鲁迅：源泉与流脉

探索鲁迅之路
中国当代鲁迅研究
(2000-2021)

孙郁 主编

中国社会科学出版社

图书在版编目（CIP）数据

探索鲁迅之路：中国当代鲁迅研究. 2000—2021 / 孙郁主编. -- 北京：中国社会科学出版社，2025.1. -- （源泉与流脉丛书）. -- ISBN 978-7-5227-4150-5

Ⅰ. I210

中国国家版本馆 CIP 数据核字第 2024PB1148 号

出 版 人	赵剑英
选题策划	陈肖静
责任编辑	慈明亮
特约策划	李浴洋
责任校对	刘　娟
责任印制	戴　宽

出　　版	中国社会科学出版社
社　　址	北京鼓楼西大街甲 158 号
邮　　编	100720
网　　址	http://www.csspw.cn
发 行 部	010-84083685
门 市 部	010-84029450
经　　销	新华书店及其他书店

印刷装订	北京君升印刷有限公司
版　　次	2025 年 1 月第 1 版
印　　次	2025 年 1 月第 1 次印刷

开　　本	710×1000　1/16
印　　张	38.25
字　　数	645 千字
定　　价	88.00 元

凡购买中国社会科学出版社图书，如有质量问题请与本社营销中心联系调换
电话：010-84083683
版权所有　侵权必究

序

孙　郁

鲁迅逝世后，他的许多朋友在怀念的文字里，都感到描述的困难，因为他那思想的广博，如何整体把握之，考验着写作者的智性。郁达夫就形容鲁迅"譬如一座高山，近瞻远瞩，面面不同"。这种感慨，含着深的体味，几十年过去，回想起来，真的感到此言不虚。不止一人抱怨说，如今描述鲁迅的文字，日趋知识化，碎片化，许多文章过于书斋气了。这是不错的，民国时期，谈论鲁迅的，多是作家和政治家，还很少有人从学术史的层面——深思精研。那时候人们在惊叹于鲁迅作品的审美价值之外，还有一种思想史的透视，甚或革命史的视角，在动荡的时代，鲁迅成为政治人物，都不是没有道理的。这种态势一直持续到20世纪90年代，随着社会的转型，读者的兴奋点转移，经典作品越来越被多元的话语罩住。新涌现的学人的叙述语态，带出的是不同于前人的风采。

描述鲁迅研究史的著作出版了多部，可引申出的思想，已经溢过历史的隧道，向四边漫去。近二十年的鲁迅研究，知识论的视角覆盖了意识形态的表述，许多过去显得很轻的话题，分量有所加重。而先前被不断阐述的内容，反倒很少有人关注了。"五四"那代人的恩怨消失的时候，反倒有了不计利害的静观的可能，而多维性的研究，也就深潜在漫长的文脉里，许多冷于旧径的词语也渐渐被注意到。古今对视，中外互感，鲁迅肖像也就去掉了诸多面纱。这是必然的趋势，关于精神的来源，思想的形成，审美的变化，都有过去未被注意到的参照出现，学界中人于此深究细考，一些模糊的地段也渐渐清晰起来。较之过去的一些宏大叙述，专业性的思考更为切实和有了知识的厚度。

用对待传统作家的方式凝视《鲁迅全集》，显然已经不能切近题旨。与一般作家不同，鲁迅特殊的地方，在于以悖谬的方式思考问题，不再是儒道释那样的观念复制和延伸，而是溅出西方近代哲学的波影，将今人的精神放在现代性的语境里究之，问之。国外就有人从西方哲学史的角度对比讨论，现代哲学的光泽与现代中国作家的著作互为对应。国内学者，在自己的书写里，也自觉不自觉带出世界文学的视角，这是被研究对象自身情况决定的。鲁迅接触和翻译的大量域外文学作品和哲学著作，其魅力的原因不在世界文学大潮中讨论他的创作，总还是难以勾勒全貌的。

在大致梳理了近二十年的研究文章后，我觉得文学研究风气的变化，在这里是有代表性的。阅读中所关注的许多作者，都是活跃在学界的中青年教师，话语逻辑都带着驳杂的知识背景，气质里也含着与前辈学者不同的元素。他们继承了前一代学者的许多传统，也开辟了属于自己的路径。史学与哲学，社会学与比较文学，语言学与金石学都出现在论者的文字中。具体来说是：学问家的鲁迅浮现，斗士的描述弱化；讨论具体问题，多于宏大叙事；东亚趣味似乎遮蔽了共产国际的趣味……倘对比八九十年代的述学风格，大有楚河汉界之别。

必须注意的是，深化性的论述偶能见到。二十年来，出现了许多有思想特色的研究文章，一些作者的知识准备和思想储备，显示了一定的厚度。郜元宝、高远东、阎晶明等面对鲁迅文本，都借助了西学资源，又能从传统文论阐发幽微。比如心学属于旧文论特色，但近代思想的底片在叙述逻辑里，就有了立体之感。郜元宝在《为天地立心——鲁迅著作所见"心"字通诠》一文，提及"中国传统心灵体验方式的现代转换"，涉及的思想与知识广泛，这是思考精神原色的一种有趣的尝试。高远东《鲁迅的可能性——也从〈破恶声论〉寻找支援》描述互为主体话题，论述鲁迅如何寻找一种新的"现代"方法，自然带有德国哲学的影子，他从鲁迅文本里看到互为参照的镜子，以往的扁平的叙事手段就在那里消失了。阎晶明在关于《野草》的阐释里，闪动着回旋之流，那无疑借鉴了克尔凯郭尔和尼采的智慧，而这些，无不是《野草》词语的丰富隐含的回音。看他们的思索与表达，就觉出对于自身的一种超越性提升。进入鲁迅世界，倘不能与之共振，或飞将起来，所知所言，总还是直白的。

因为鲁迅思想的复杂性和来源渠道的多样性，以及现实对话中的差异性背景的存在，理解起来不免存在歧义，不同人的角度有别，得出的结论也存在差别。彭小燕以存在主义的角度考察作品的气质和文脉，自成一家，如此描述自己的感受，也看出知识结构与时代的关系。罗岗《阿Q的"解放"与启蒙的"颠倒"——重读〈阿Q正传〉》，坚持的是瞿秋白的方法，30年代话语被嵌入其间，所得结论，不在主流式的解释里，便与鲁迅研究界有了一种对话性的表达。而李怡《痛感：鲁迅现代体验的起点——鲁迅与中国现代思想的形成之一》讨论现代思想如何在文本中出现，直接提出与文本之间的逻辑联系的痛感，其中做的也是哲学式的冷观。这也让人想起王晓明《鲁迅传》的题旨，作者认为鲁迅自己的经历和心境对于创作的制约，可谓心心相印。

面对经典，常常有两种解读方式，一种是沉浸式的体验的独白，另一种是冷冷的观照，仿佛医生的解剖，不被原作所囿。这两种方式在本书中显得颇为突出。王彬彬向来喜欢做史料梳理和思想反诘的工作，但看他《月夜里的鲁迅》，审美的内省颇为细致，全篇是阅读感受的一种传递，散发着幽微之处的冷感，一些精神的要义都是从词语的咀嚼里散出的。孟庆澍《〈阿金〉与鲁迅晚期思想的限度》，中心思想来自对矛盾的文本的勘察，研究者的思想也是在悖谬里蜿蜒出来的。由此说出别人说不出的感受。而冷冷的观照式的研究，则是建立在认知逻辑基础上的，王风《周氏兄弟早期著译与汉语现代书写语言》，文贵良《晚清民初：鲁迅汉语实践的"四重奏"》，都从译介层面看现代汉语如何成为审美的一部分，方法上都带着科学求实的一面，用力深而思想真，也系知识论视角的难得之作。这种进入鲁迅的方式，将经典放在大的汉语语境里，一些难题就被一一解开，使现代文学研究具有了另一种广度。也唯有鲁迅，称得上具有精神的立体性的一面，因了这种立体性，当代教育形成的知识结构往往是不够用的。

阅读有新解的文字，心中往往为之一亮，原来可类比和循环体味的路径是如此之多。董炳月在阅读鲁迅小说时，考虑到作家创作中的互文性，显得颇为重要。《鲁迅对〈狂人日记〉的阐释——兼谈〈呐喊〉的互文性》从作品的意象出发，发现鲁迅后来写作中五次觉醒于"吃人"，并在与《药》的对比里，阐述启蒙与革命的题旨。这种不同文本的连带性思考，就把作家写作之径的描述清晰化了。而在张业松那里，从《狂人日记》到《风筝》《我的兄弟》《兄弟》，串联出兄弟的精神史，"大哥"与弟弟之间的内部紧张，在不同的作品的折射，看出鲁迅对于传统伦理的解构。我们看研究者这种在不同文本中的穿梭中织出的图案，就会感到词语深处可寻觅的存在是如此之广。张全之《〈阿Q正传〉："文不对题"与"名实之辨"》，从审美语言引述出思维特征，直逼作者精神的幽深之处，显出相当好的审美天赋，他在细读里的内省式表达，便有出其不意之感。吴晓东《鲁迅第一人称的小说复调问题》，也是如此，在不同时期的写作中，发现了《呐喊》《彷徨》存在着作者一种对话与潜对话的关系模式，带有"复调诗学"的意味。这需要对于文本的细细咀嚼和深深打量。这固然受到了巴赫金的影响，但自我的体味的内蕴也是显然的，在李欧梵、严家炎之后，他对于相关审美的论述，都显示了自己的独特性。

一个经典作家的研究所以带有无限的可能性，则是因为词语的复杂和细节隐含的幽微。这些年鲁迅研究深化的地方多是细节的拓展。黄乔生《"略参己见"：鲁迅文章中的"作""译"混杂现象——〈《凯绥·珂勒惠支版画选集》序目〉为中心》，就从对照《〈凯绥·珂勒惠支版画选集〉序目》，发现何处据外文而来，何处植入己见，文章的来龙去脉也就清楚了。这种研究由小到大，看清了审美机理的另一面。薛毅的《反抗者的文学——论鲁迅的杂文写作》，与其说是对杂文的探讨，不如说是对鲁迅前后期写作意识的辨析。细致中而见广大之绪。这一篇文章透出鲁迅式的繁复性和反本质主义特色，放弃了纯文学的视角，而从"反声音"，反流行色的角度，提出"异己的'旧'"与"异己的'新'"的观念，对于知识人的角色做了重新的定位。这就将美学话题变成了精神哲学的话题，较之于过去王乾坤的从哲学角度思考文学，是另一种反向思考。王本朝《〈呐喊·自序〉与鲁迅的"五四"》的观点来自作者的细读中的领悟，发现《呐喊》写作与时代话语的差异，因为其中存在着"个人的'五四'"，由此而把五四语境和鲁迅个人语境分开，作品的特点也自然呈现出来。张洁宇的《从体制人到革命人：鲁迅与"弃教从文"》则从鲁迅职业的选择和转变中，考察杂文在其写作中的意义，即于体制的内外关系中，发现思想变动的特点："杂文以其高度的现实关联性和巨大的艺术涵容性，令鲁迅在那个'大时代'中，从一个体制人变为一个自觉的独立的批判的思想家。"这种视角，都是史料细读与知识重审的一种尝试，看似没有联系的材料，其实往往蕴含着因果逻辑。

鲁迅何以成为自己，是吸引人的话题。比如知识结构的形成，一直是被人所凝视的。陈洁的"鲁迅与北京"研究，提供了不少思考空间，李浩、乔丽华、葛涛的史料钩沉，也涉及思想来源问题。关于其知识点的来源，日本人向来走在前面，近来国内学者，于此用力深矣。杨联芬《〈域外小说集〉与周氏兄弟的新文学理念》从《域外小说集》翻译入手，看新文学理念的出现，不乏卓见。她从文言的表述里，看到新旧间的过渡，文本细读间，审美的微妙变化都被定格在时光的景深里。姜异新《"这一个讲堂中"的"电影"——观看之道与鲁迅的"弃医从文"》对于留日时期的鲁迅的精神形成，做了深入探讨，能够从丰富的域外资料和东亚战争史中，审视"弃医从文"事件，追问的过程，也多了思考的层次。宋声泉《〈科学史教篇〉蓝本考略》，则直接找出鲁迅文章的思想来源，一些文词的形成过程也一一呈现出来，这是过去几代学者无力做的工作。追述这些，对于我们弄懂鲁迅精神哲学的来龙去脉，不无意义。在关于鲁迅与日本关系上，李冬木的思考，显得更为扎实，他从日本资源中对应小说的人物特质，启示读者看到文本生成的内在机制。从域外思想接受里看作家成长之路，显然还有待于新的开拓。

我们细细回看近些年的学术动态，会发现日本的左翼知识人，对于近些年的国内学者影响很大。赵京华、董炳月、李冬木等人的译介，打开了研究的窗口。五六十年代，苏联的理论是国人的参照，八九十年代，则欧美理论进入学林，刺激了研究方法的改变。21世纪以来，日本研究界的成果所以能够渗入国人的理论中，和东亚意识的自省大有关系。赵京华《日本战后思想史语境中的鲁迅论》一文，较为系统分析日本知识界思考鲁迅的原因，带着挫折感回望历史时，鲁迅提供给东瀛的是一幅拷问的群像图。竹内好、丸山昇、木山英雄等人的文字，仿佛替中国人回答了我们未曾追问的难题。这种互补性的存在，令国内学者倍感亲切。孙玉石当年为伊藤虎丸的著作《鲁迅、创造社与日本文学》作序时说，日本学者"在东西文化交汇的视点中观察民族文化的重建时拥有一种强烈的主体意识"，此话也道出研究者泼墨为文的内在理由。

东瀛学术的缠绕性的话语，有助于对于难题的回旋式的拷问，许多青年于此获益匪浅。近来人们对于周氏兄弟的文章之道的思考，有许多借鉴了木山英雄的方法，不再像以往研究者的本质主义凝视，而是在反转和追问的追问里，接近鲁迅思想的实质。符杰祥的论文也流出木山英雄和丸山昇式的跌宕之姿，因为作者意识到了这样一个事实：鲁迅思想的生成和审美的生成，就是在多元因素的穿梭与叠印里完成的，如果述学文体中没有类似的自觉，那就难以呼应深处的情思。钱理群、王富仁、汪晖都意识到这些，但日本学者在方法论上的启示，似乎比国内学者更大。前些年一些学者论述邻国学人的著作时，也注意到了这些，但是学会类似思考的，却是六七十年代出生的人，毕竟，更年轻一代的知识结构与前辈有所不同了。

从竹内好到丸山昇、木山英雄，既有民族主义意识的闪烁，也带有战后非民族主义的背景，这些与鲁迅文本对照时，许多隐含在东亚世界深层的难题都一一浮现出来。实际上，高远东、吴俊、吴晓东、王风都在思考里摄取了日本学者的思路，一些表述也有所推进。随着东亚的视角的引进，韩国的鲁迅研究也成为一种参照，早在2005年，鲁迅博物馆就编写并由河南文艺出版社出版了《韩国鲁迅研究论文集》，此后中日韩学者的互动成为佳话。钱理群、王富仁、汪晖、高远东、郜元宝、王乾坤、王彬彬、刘春勇关于主体问题的思考，都在日本、韩国引起注意，在东亚文学研究中，三国学者的交往产生的余波，在后来更年轻的学者那里也荡出丝丝涟漪。薛毅、符杰祥、汪卫东的新作，也都可以感受到思考问题的方法的某些变化。

鲁迅的杂文研究一直是其中重要的一隅。但仅仅从文章学层面讨论，可能会遗漏些什么。刘春勇《论鲁迅杂文文体的确立与"文章学"视野的关系》借鉴了哲学的追问意识，就使文章学脉络多了神思的迂回，给一个旧的题目带来新鲜血液。汪卫东《鲁迅杂文：何种"文学性"？》引出"文学主义概念"，感受到杂文写作是对于自我与时代的双重发现，原创性的表达都具有文学性，这也给鲁迅的写作赋予了意义。鲍国华在鲁迅魏晋文学观中思考杂文写作，就把学识的维度和审美意识对照起来，看法就与传统略有差异。《"革命时代"的词与物——重读鲁迅〈魏晋风度及文章与药及酒之关系〉》不仅仅深入六朝资源里，也看到古今互感之智慧对于文章的影响。张旭东《杂文的"自觉"——鲁迅"过渡期"写作的现代性与语言政治》思考方式不同于国内学者，风格是另类的。从近期的写作特点看，他将杂文置于发生学与风格论里，从世界文学潮流里凝视文本的来龙去脉，且引入了许多新鲜的概念，对于黑格尔、本雅明、保罗·德曼的理论的运用，引出诗学的新音。印象深的是对于小说中杂文笔法的切入的解析，杂文中的小说元素的介绍，没有二元论的遗风，而是一直处于突围封闭语境的紧张之间，那些飘然于流行语之上的精神高蹈，与鲁迅文本形成一种对应的关系。

谁都知道，20世纪的鲁迅研究，有很强烈的意识形态色彩，这与时代风气与国情密不可分，其实鲁迅作品内在的政治性，是他自己也承认的。不了解现代政治与阶级冲突，对于彼时的作家的写作，自然缺少切身的体味。30年代的阶级斗争和反侵略的运动，也是促成作家写作的动因之一。过去的研究属于一边倒的观照，新时期后，意识形态的话语隐退，启蒙主义的思考明显多于政治性的思考。21世纪以来，青年学者不再满足于90年代以来的惯性思维，而是试图重返政治语境，考察政治色彩对于作家的意义。钟诚、邱焕星、李玮等人对于"政治鲁迅"的看法，就有重返历史语境的意图，虽然这也引起争论，但看邱焕星等人的文章思路，也能透露出新一代学者的某些心绪。

学界近些年对于鲁迅的传播趣味很浓。比如在海外的影响力，和国内不同时期的辐射，都有不同角度的审视，看法是中正的。中国的台湾和香港的文学与大陆文学出于一种互动的过程，而大陆的不同历史中的文学热点也略有差异。像延安的鲁迅传统，就是一个不小的课题，田刚、袁盛勇、张武军等都贡献了不少深入的文字，中国革命话语中的鲁迅元素，需要细细甄别方能体现出真实的话题。袁盛勇《延安时期"鲁迅传统"的形成》，有许多重要的发现。他们的劳作，曾引起同行的不少注意。而王学谦近来关注莫言与鲁迅遗产之关系，会心之处多多，他在现当代文学文脉中寻找相似的主题，也带来话题的延伸。类似的工作，在徐妍、李林荣、姜彩燕的研究中也有，鲁迅遗产如何进入革命文化和新中国文化之中，哪些被融合在时代话语里，哪些被遗漏掉，都是可以深谈的。

大凡对于复杂性文本作简单的价值判断时，误读是不可避免的。弗雷德里克·詹姆逊说，本雅明讨论经典作品时，就有丰富的审美维度、政治维度和历史维度，这对于我们不无启示。比如鲁迅与传统文化的关系，与共产主义运动的关系，与西方现代主义的关系，都还有不少的思考空间。而他的文体的特殊性和表达的突围性，具有维特根斯坦式的放射性。他年轻时期对于尼采、克尔凯郭尔、托尔斯泰的兴趣，以及后来译介的现代主义意味的文学作品和美术作品，都不是表层的掠影，而是带着刻骨的词语的震颤，那些舶来品都以新式的格式，嵌入汉语的肌体里，带出了缕缕幽深而丰富的气息。可以看出，他的思考和写作，是有两股流向的，一是学术的流向，这些与哲学史与思想史纠缠在一起；二是文学性的流向的，审美的体验和表述的体验，都带着超然、飘逸之气。而他将二者结合得甚好，思想与诗趣那么密切地结合在一起。但是目前对于鲁迅的研究，要么在知识层面为之，要么还是诗学的视角，将二者结合起来的研究论著，还显得不多。这不仅仅是知识结构的问题，其实也是社会性的习惯的延续。倘不能像鲁迅那样自如地穿梭于各类精神遗产与时代经纬中，以高远的视角审视之，思考之，自然不能与鲁迅真正形成对话性的关系。

鲁迅与所处的时代，构成既紧张又亲近的关系，有疏离中的直面，和直面中的疏离。这种紧张和冲突的语境里的精神闪动，使其小说与杂文带着特殊的隐喻。远离这些时代语境，理解他就会产生一种隔膜。鲁迅研究在今天有被悬置在孤零零背景的趋向，成为古代文学研究的一种。当他一天天远离今人，成为知识传播的对象时，简单化的叙述会遗失掉什么。这带来一个问题，历史语境中的紧张感和生命危机感不易被体察到了。实际的情况是，他自身的与社会对话性的功能，是人们过去愿意不断走向他的原因之一。80年代的王得后、钱理群、王富仁、汪晖等人的学术思考，就无不带有时代痕迹，也就是说，他们带着疑惑和追问，要解决自身问题，和时代难题，叙述中暗含着一种使命感。今天的学界，其实也延续着80年代的遗风，只是规范性代替了野性与批判性的冲动。导致鲁迅研究出现中和之音代替偏至之调的现象，这是学院派与儒者之风强化的一种体现。但鲁迅的意义恰在其非常规性的内力。犹如尼采与海德格尔哲学的张力一样，阐释的过程，也会给知识界带来原启性的冲击。所以，新一代学者的学术承担感和使命感，依然是不能没有的传统，如果说新一代人与胡风、冯雪峰、王瑶、李何林、唐弢还存在距离，那么自然要解决如何向历史提问，和向时代提问的课题。而其中最重要的是，研究者也当把向自我追问作为思考的动因之一。

然而能够做到此点，的确存在难处。每个时代的知识人，面对前人的遗产，问题意识自然会有所不同。后来形成的知识谱系和精神逻辑，与前人总有些偏离，我们附加在前人文本中的东西也会自然而然增多起来。在学院体制强大的今天，知识陈述覆盖创作灵思的时候，文学性被学理性置换，也成为普遍现象。但是近二十年的鲁迅研究的有趣的文本，是努力从教条主义解放出来的历史学式的还原意识占据了主流，这一本书与其说是寻找一种解释鲁迅的理论方式，不如说乃是对于存在的事实的描述，理论的迷信的教条在这一代人那里消失了。我们的作者关心的是时光深处积淀下来的斑斑痕痕，而非上面的光环。这种努力的结果，就显得事实判断有时候多于审美的判断，在一个时期的学院派语境里，作家的鲁迅被思想家和学者的鲁迅所代替，我们在众多人的文本里，看到了这样一个现象，在词语与思想的追问里，更多的时候还是留下了一个时期的学术倾向，对于鲁迅的精神世界有突围性的见解，毕竟是少见的。

这样的结果是，文学家的鲁迅的幽深的路径，只有莫言、阎连科、余华这类的作家十分关注，他们借鉴这份遗产时，从审美中获得的启示都影响了自己的写作。作家们所关注的内容，学院派的人往往是漠视的，或者是轻描淡写。学院派的知识论的覆盖性的存在，给鲁迅研究带来了一种单一化的特点。郜元宝曾经在《作家去势，"学者"横行》一文中认为，学术与文学，理想的关系是互相砥砺。并感叹作家与学者的隔膜可能导致对话的丧失，或者说彼此的单调化。在鲁迅研究中，我们现在很少看到从创作论的层面讨论文本生成的话题，对于审美方式的领悟如果失去诗意的感触，能否绘出精神丰富之图，也是可疑的。T. S. 艾略特与苏珊·桑塔格的文学研究与文学批评，是很好地运用了各种思想资源的，看他们的经典作品的研究，会发现在许多的知识点上，有着诗意般的灵光闪动，诸种精神元素跳跃在话语的链条间。不仅仅能够看到他人，更多的也是让读者看到了作者自己。当研究者的话语无法对应对象世界的丰富性时，他人与自己的形象也多是模糊的。

由此也引出一个话题，文学研究是纠缠着主体性的一种冷观与凝视，用赵园先生的话说，是"在对象世界里体现了自己的生命"。今天的研究者中其实是有这种意识的，相关的论述的角度都有所变化。这二十年间，他们不再是被一种模式所囿，我们在不同的论者那里，看到了各自寻路的努力，单色调的同质化的文章比先前少了许多。鲁迅研究的深化，既仰仗学理的照耀，也需带着摩罗诗人式的腾跃之思，这是缺一不可的。在思想贫困的时代，如何像鲁迅那样"保持深思的生命的本真"，对于研究者是一种考验，也可以说，倘不能摆脱僵硬的书写姿态，奔跑于开阔的精神之野，那与先生还是有很大的距离的。也由此，我们这一代人，对于未来的青年，真心地怀着一个深深的期待。

这一本书编辑的缘由是这样的：两年前慈明亮先生和陈肖静女士来访，希望我像王得后先生编辑1949—1999年的鲁迅研究论文选一样，编一种近二十年的鲁迅研究的论文集。这是很有意义的工作，便欣然接受下来。但因为身体原因和工作的忙碌，近期才交出稿子来。这一本书只是研究世界的一角，我主要选择了六七十年代出生的学者的文章（涉及日本话题的文章，选了两位五十年代出生的学者的），因为篇幅有限，许多好的论文不能一一列入，但总体趋势还可以看到的。编选过程，得到范国富、赵灵玉的帮助，在此一并感谢。需要说明的是，为保存论文发表时原貌，注释体例不强作统一。鲁迅研究其实是拒绝平庸的思想对话，本书的许多作者的成果，记录了时代之影，也都是向着陌生的精神之途迈进的一种实录。但愿它会引起国内外同行的注意，并开展针对性的讨论。

2024 年 3 月 31 日于北京

目 录

为天地立心
　　——鲁迅著作所见"心"字通诠 ………… 郜元宝(1)
反抗者的文学
　　——论鲁迅的杂文写作 ………………… 薛　毅(30)
《域外小说集》与周氏兄弟的新文学理念 ……… 杨联芬(68)
鲁迅的可能性
　　——也从《破恶声论》寻找支援 ………… 高远东(82)
鲁迅第一人称小说的复调问题 …………………… 吴晓东(97)
存在主义视野下的"左翼鲁迅"：走向现代
　　生命的自我救赎 ………………………… 彭小燕(118)
杂文的"自觉"
　　——鲁迅"过渡期"写作的现代性与
　　　语言政治 ……………………………… 张旭东(139)
周氏兄弟早期著译与汉语现代
　　书写语言 ………………………………… 王　风(167)
痛感：鲁迅现代体验的起点
　　——鲁迅与中国现代思想的形成之一 … 李　怡(210)
"略参己见"：鲁迅文章中的"作""译"混杂现象
　　——《〈凯绥·珂勒惠支版画选集〉序目》
　　　为中心 ………………………………… 黄乔生(224)
鲁迅杂文：何种"文学性"？ ……………………… 汪卫东(244)
《呐喊·自序》与鲁迅的"五四" ………………… 王本朝(264)
阿Q的"解放"与启蒙的"颠倒"
　　——重读《阿Q正传》 …………………… 罗　岗(272)
《阿Q正传》："文不对题"与"名实之辨" ……… 张全之(286)
月夜里的鲁迅 …………………………………… 王彬彬(299)

莫言与鲁迅的家族性相似	王学谦	(314)
晚清民初:鲁迅汉语实践的"四重奏"	文贵良	(334)
论鲁迅杂文文体的确立与"文章学"视野的关系	刘春勇	(360)
"忘却"的辩证法		
——鲁迅的启蒙之"梦"与中国新文学的兴起	符杰祥	(374)
论鲁迅对《狂人日记》的阐释		
——兼谈《呐喊》的互文性	董炳月	(394)
《科学史教篇》蓝本考略	宋声泉	(412)
《阿金》与鲁迅晚期思想的限度	孟庆澍	(420)
从体制人到革命人:鲁迅与"弃教从文"	张洁宇	(436)
从"革命鲁迅"到"政治鲁迅"		
——评李玮《鲁迅与20世纪中国政治文化》	邱焕星	(455)
"狂人"的越境之旅		
——从周树人与"狂人"相遇到他的《狂人日记》	李冬木	(469)
日本战后思想史语境中的鲁迅论	赵京华	(501)
"革命时代"的词与物		
——重读鲁迅《魏晋风度及文章与药及酒之关系》	鲍国华	(522)
箭正离弦		
——对《野草》诗性的一种理解	阎晶明	(541)
兄弟关系书写与鲁迅文学的变貌	张业松	(556)
"这一个讲堂中"的"电影"		
——观看之道与鲁迅的"弃医从文"	姜异新	(574)

为天地立心

——鲁迅著作所见"心"字通诠

郜元宝

一 "心学"与"文学"的开始

鲁迅著作中"心"字的用法,《科学史教篇》为一转折。此前偶见,皆沿袭旧惯,泛指人心而无特殊规定,如"异哉!王何心乎?"(《斯巴达之魂》),"抚心愁叹……不觉生敬爱忧惧种种心"(《中国地质略论》),"笃守旧说,得新见无所动其心"(《人之历史》),或为科学上专有名词如"地心"(《中国地质略论》)、"求心力""离心力""心房"(《人之历史》)——至是篇,始明确赋予文化根基及个体生命自觉二义,并进一步将"心"区分为"神思"与"学"两端:"盖神思一端,虽古之胜今,非无前例,而学则构思验实,必与时代之进而俱升。"不仅此也,"科学发见,常受超科学之力,易语以释之,亦可曰非科学的理想之感动……""事物之成,以手乎,抑以心乎",就是说,"神思"之心比"学"之心更重要,"学"或"学"的延长即"手","非本柢而特葩叶耳",其"深无底极"的"根源"与"本",则是"神思"之心,或曰"理想""圣觉"。鲁迅抱怨对于欧洲近世文明,"举国惟枝叶之求,而无一二士寻其本",《科学史教篇》,即所以寻科学之本也。这以后,他干脆用"心"字专指"神思"之心,而于"学"之心废弃不讲,直呼曰"学""学说"。

随着鲁迅对"心"的理解逐渐明朗化,短暂的科学时代结束了,"心学"时代揭开序幕。时在一九〇七年至一九〇八年间。

"心"既分为"神思"之心和"学"之心,则和"科学"一同让位的,还有"学说"。《科学史教篇》怀疑一切"学"的价值,稍后《摩罗诗力说》更以"冰之喻"形象说明文学与"学说"功能之不同:要告诉生活在热带的人冰是什么,种种"学说"的解释都间接而无力,唯把冰块直接贴在热带人脸上,才是最好的解释。文学描绘人生即与此相似。鲁迅用这个比喻说明,"与人生即会""直语其事实法则""实利离尽,究理弗存"的文学,价值不仅高于"科学",也高于"学说"。"心学"时代的揭幕,是文学家鲁迅告别科学家鲁迅之始,也为日后文学家鲁迅告别学者鲁迅埋下了伏笔。

鲁迅的"心学"和他的"文学"一同开始,"心学"就是"文学"。作为文化根基与个体生命自觉、有别于科学与学说的神思之"心"的"心声""内曜",在鲁迅看来,就是原初的文学(诗)。

20世纪中国文学又称"新文学",以别于传统旧文学,这原本不成问题。但各人有各人之所谓"新",把鲁迅归入"新文学",固可彰显其个性(相对于形形色色的"旧"),也能淹没其个性(混同于人皆趋赴的"新"),故不能停留于"新",应撩开"新"的面纱,"籀读其心声,以相度神思之所在"。在鲁迅,"新文学"首先乃是"心文学"。"心"是本体,"新"则系本体一现象。"新"而无"心",只剩一副空壳。"新文学"须植根于新的"心",而非别的什么"新"。判断何为真正的"新",只能用"心"衡量,不能反过来用"新"衡量"心"。这是鲁迅文学/思想最吃紧处。

一般认为,鲁迅早期思想核心在"立人",这大致包含相互支持的两面:"掊物质而张灵明,任个人而排众数"。然而,《文化偏至论》《摩罗诗力说》《破恶声论》三篇大文,基本概念都非"人",而是"心";含义相同或相近的还有"自心""自性""我性""此我""精神""神气""本原""本根""根柢""精神生活""内部之生活"(主观之内面生活)、"仁义之途,是非之端""神明""神思""人心(近世人心)""神思新宗(新神思宗)""反观诸己(内省诸己)""性灵""理想""情意""情操""情感""主观""主观性""主观倾向""主观意力""内""渊思冥想""自省抒情""内曜""自有之主观世界""心灵""神""旨趣""大本""灵明""灵府""中心""初""所宅"……诸概念极其庞杂,有《周易》、老庄语,孔、孟、陆、王语,《文心雕龙》语,佛家语,以及意译西哲语,汗漫无际,但抓住基本概念"心",立论逻辑仍有序可寻。

首先,凡所议论,皆集矢于"轻才小慧"所表现的"近世人心"之"危",并非绍述中国传统心性之学所言之"心"(虽然沿用了它的术语),亦非单纯译介西方19世纪末"神思新宗"(尽管被当作主要参照),而是紧紧抓住中西古今"迫拶"中无路可走的

"近世人心",进行现实的逼问。

其次,主张一切文化,根柢在"自性""自心",余皆"末"与"荣华",文化危机本质上是"心"的危机,是"本根剥丧,神气旁皇","心夺于人,信不繇己"。

再次,文化改造,根本须是"心"的改造,应从"己心"出发,扩大"内部生活",这样才能"外之既不后于世界之思潮,内之仍弗失固有之血脉,取今复古,别立新宗","储能于初,始长久耳"。

最后,确立"心声"——文学("诗")——为一生事业之本,"盖人文之留遗后世者,最有力莫如心声","心声"(广义的诗)为一国家一文化根本所系。

兹四者,层层递进,自成体系。

显然,此一体系并不到"立人"为止。人之为人,贵在有"心"。"立人",必须先立其人之"心",否则立无所立。

"立人",一向认为来自西方话语背景,但若着眼于早期著作所呈现的"立人"和"立心"不可分割的关系,则似乎更应该考虑"立人"之说与中国传统的渊源。实际上,"立人""立心"既是纯正的汉语,也是纯正的中国哲学概念(特别是宋儒的口头禅)。魏晋时期,"人"即普遍被视为"五行之秀""天地之心"(刘勰《文心雕龙·原道》),宋儒干脆说"立人"就是"为天地立心"(《张子语录》),这也诚如后人解释的,"天地是没有心的,但人生于其间,人是有心的,人的心也就是天地的心了"(冯友兰《中国哲学史新编》第五卷,第141页)。"立人",在根本上就是"立心"。人生天地间,倘无以自立,就好比天地无心。天地无心,世界就失去意义,这正是青年鲁迅最大的忧患,他甚至将这种忧患表述为一种无可逃避的宇宙图景:"寂寞为政,天地闭矣。"天地缘何而闭?因为"华国"之子孙"本根剥丧,神气旁皇","心夺于人,信不繇己",其所生存的两间"恶声"四溢,一片"扰攘"。处在这样的时代,诗人何为?哲士何为?当然是要"为天地立心"了。

鲁迅所谓"心",已非古人所知所感之"心",而是近世中国之"心";"天地"亦非古人所知所感之天与地,而是鲁迅置身其中的近代中国这个"海涛外薄,黄神徬倚"的"扰攘之世"。不过,就思维框架与向往的境界来说,鲁迅之心与往圣先哲之心是相通的。

倘说鲁迅有他的"人学",首先应该是一种"心学",而有别于一般之所谓"人学"。

归国后，"心学"用语的庞杂现象很快消失，而集中于"心""人心""精神""思想""灵魂"等。最常用的还是"心"字。有趣的是，他用"心"字代替留日期间众多同类字眼时，力避其他单字与"心"连缀，而尽量让孤立的"心"单字成词，情愿整句构型迁就这个单字，也不让这个单字经过变形——比如和另一个单字组成双声词——来迁就整句。如此宁拗而勿顺，在语言进化中故意保留一个刺目的非进化或反进化的存在，除了要彰显"心"字的特殊分量，还能有什么别的解释呢？

二　中西语言接触之际的双重误读

1898年年底，江南水师学堂新生、十七岁的鲁迅专程回乡参加科举考试（县试），这件事足以说明当时一个"稍稍耳新学之语"的青年学子和传统学术有着怎样的联系。姑且不去深究县试考生应该在哪些范围作准备，但可以肯定，由思孟学派开始，中经韩愈，直到大程、陆、王的一套"心学"，都与"举业"有关，不该陌生罢。鲁迅说他"几乎读过十三经"（《华盖集·十四年的"读经"》），"十三经"之《周易》《孟子》向来就被视为宋明心学的源头。此外，他熟悉的《诗经》、与天地精神相往来的庄子、《尚书》的"人心惟危，道心惟微，惟精惟一，允执厥中"（他曾专门以此语开导过柔石）以及老子的"圣人无常心，以百姓心为心"，也都位列心学谱系之首。讲"人为天地之心，心生而言立，言立而文明"的《文心雕龙》，始终是鲁迅竭力推崇的少数几本古书之一，甚至将它与亚里士多德《诗学》相提并论（《集外集拾遗补编·题记一篇》）。《摩罗诗力说》由"心"而"诗"的论述框架，和《文心雕龙》首篇《原道》颇相类似。青年鲁迅对周敦颐、王阳明的兴趣也有案可稽。据《周作人日记》，鲁迅很早就通读过《王阳明全书》及《周濂溪集》，至于读书所得，1900年所作《莲蓬人》有很好的交代："扫除腻粉呈风骨，褪却红衣学淡妆。好向濂溪称净植，莫随残叶堕寒塘。"真是一派理学后进的神情啊。而从来亲炙理学的无不染于心学，这已是公开的秘密。

留日后，对心性之学（以及与之相连、实际存在的通俗或准学术的心学）的兴趣该大大减少了吧？其实不然。且不说王学在近代日本的地位如何崇高，那些亡命东瀛的维新派与革命党人（梁启超、孙文、章太炎、汪精卫），几乎个个好谈心性（当然还有佛法），流风所及，在"清国留学生"中，"激昂慷慨，顿挫抑扬，才能被称为好文章"，三十年后鲁迅还清楚记得"'被发大叫，抱书独行，无泪可挥，大风灭烛'，是大家传诵的警句"，而《湖北学生界》特刊《汉声》封面的四句古语，"摅怀旧之蓄念，发思古之幽情，光祖宗之玄灵，振大汉之天声！"因为掺杂着种族革命情绪和心性之学的传统，更令他血脉偾张。带着这种修养的中国留学生，一接触易卜生、尼采、斯蒂纳、叔本华、基尔凯郭尔等"唯心主义"与"主观唯意志论"，不难想象会发生怎样的"视界融合"。

用传统心性之学的术语翻译西方"神思新宗"，对青年鲁迅来说，几乎不可避免。问题是在翻译过程中，心学和"神思新宗"会形成怎样的碰撞，碰撞中各自又将发生怎样的意义转换。

鲁迅首肯那些"轨道破坏者"，是因为他们批判西方近世唯外在物质是务的文化偏至而注重主观内面生活的精神性，批判群众垄断真理而主张个人的反抗与创造。他认为这两方面都为当时中国所急需。但这些思想家们的主张，并不能用"个人"和"精神"一言以蔽之，他们崇尚"个人"与"精神"，但此"个人"并非东方思维中几乎全无规定的模糊现象，"精神""灵魂"也决不封闭于血肉之躯，唯在死后或在某种修炼状态中，才离开身体而进入别的领域。易卜生、斯蒂纳、叔本华、尼采、基尔凯郭尔等反抗西方宗教与形而上学哲学的统治，但与海德格尔所谓"本体—神学—逻辑"三位一体的形而上学传统仍然有着千丝万缕的联系（海氏对尼采的解读就充分证明了这一点）。

鲁迅从他们思想中吸收的"个人""精神"，主要取其"争天抗俗"的一面，于形而上学性略无措意，倒是引入了别有源头的生物学内容。"五四"时期，鲁迅对个人的理解更加直率了："单照常识判断，便知道既是生物，第一要紧的自然是生命。因为生物之所以为生物，全在有这生命，否则失了生物的意义"，他称这是"生物学的真理"（《坟·我们现在怎样做父亲》）。李长之最先发现他这种生物学思想。据日本学者研究，这是受了大正时代生命主义的影响，如1905年出版的北村透谷《内部生命论》（作于1893年）和中泽临川1916年出版的《生命的凯歌》（伊藤虎丸《鲁迅的"生命"与"鬼"——鲁迅之生命论与终末论》，《文学评论》2000年第1期）。在这种生物或生命主义的理解中，"精神""理想""灵魂"的宗教与形而上学含义大大削弱以至消于无形,而个体肉身所固有的"神思"与"灵明"(世俗知识、情感和意志的集合)则大大强化。同时,也冲淡了中国心学传统"天—地—人—心"的整体观念或容易逃入禅窠的玄学自慊,但心学传统在推广过程中越来越强调将生命(肉身)包含在内的亲近世俗和实践的倾向,如"知行合一""心力合一",则保留下来;普通人可以领会而日常生活必须时刻面对的"世道人心"这一面,尤其受到重视。

作为鲁迅思想出发点的"个人"与"精神",是反宗教反理性的生物主义的个人与中国"心学"传统含义灵活的"心"——与肉体密切相连、善于容纳也善于拒绝的空虚灵动的"腔子"——的拼合。这是鲁迅对"神思新宗"和"心学"的双重误读,其创造性的深层含义,则是孤立的个体肉身面对笼罩性的"世道人心"时几乎毫无援助的精神承担。对鲁迅来说,这种承担不以超脱俗世为前提,毋宁就在和俗人之"心"的对话与搏斗中意识到自己也是一个俗人,才成为可能。承担的后果不必完全世俗化,也可以有形而上学性甚至宗教感,但即使这样,也不能忽略其世俗的基础。

鲁迅著作中的"心"字,来自古代汉语,又已进入现代白话文系统;既属"心学"的精英文本,又渗透于普通人的心灵体验。维特根斯坦说,"想象一种语言,就是想象一种生活",确实,任何熟悉中国生活的人,一见"心""人心"这些字眼,脑海里马上就会演出一系列真实的生活场面,而"知我者谓我心忧,不知我者谓我何求","天心自我民心,天听自我民听","虽有忮心,不怨飘瓦","人心惟危,道心惟微,惟精惟一,允执厥中","有机事,必有机心","心之官则思","正心诚意修身齐家治国平天下","问君何能尔,心远地自偏","劝君莫道山势险,更有人心险于山","吾心即宇宙,宇宙即吾心","圣人之学,心学也","为天地立心,为生民立命,为往圣继绝学,为万世开太平","心较比干多一窍,病如西施胜三分""以己之心,度人之腹","司马昭之心,路人皆知","路遥知马力,日久见人心"……从《诗经》时代绵延至今、由精英和俗众围绕"心"这个基本词共同书写的文化母本(心灵体验方式),也总会在不同方面与不同层次被激活。

三 "心"与文学翻译的理想

鲁迅以其特殊的"心"靠近西方文化,不是经由理论渠道,而是通过文学翻译——他对"神思"之"心"与"学"之心、文学与学术的轻重缓急，始终有清楚的划分。

译介外国文学，鲁迅看重的，首先是外国文学作品中跳动着的外国作家与人民的真实的心。《域外小说集》"序言"要求读者阅读翻译作品，须"按邦国时期，籀读其心声，以相度神思之所在"，这样才能"不为常俗所囿，必将犁然有当于心"。对《月界旅行》《地底旅行》二书，鲁迅欣赏的是不计结果但求"立志"的主题。他读阿尔志跋绥夫的《幸福》，感受到的是"有血的文人趋向厌世的主我"，而《黯澹的烟霭里》的作者安德列耶夫"有许多短篇和几种戏剧，将十九世纪末俄人的心里的烦闷与生活的暗淡，都描写在这里面"。《一个青年的梦》的作者武者小路实笃的序文《与支那未知的友人》说："在这本书里，放着我的真心。这个真心倘能与贵国青年的真心相接触，那便是我的幸福了。"这也正是译者鲁迅的目的。《狭的笼》"译者附记"称："通观全体，他于政治经济是没有兴趣的，也并不藏着什么危险思想的气味；他只有着一个幼稚的，然而优美的纯洁的心，人间的疆界也不能限制他的梦幻……俄国式的大旷野的精神……我掩卷之后，深感谢人类中有这样的不失赤子之心的人与著作。"《爱罗先珂童话集》译"序"说，"我觉得作者所要叫彻人间的是无所不爱，然而不得所爱的悲哀，而我所展开他来的是童心的，美的，然而有真实性的梦。……我愿意作者不要出离了这童心的美的梦，而且还要招呼人们进向这梦中"。《池边》"译者附记"则说，"那是诗人的童话集，含有美的感情与纯朴的心。……他不像宣传家，煽动家；他只是梦幻，纯白，而有大心……我本也早已忘却了，而不幸今天又看见他的《天明前之歌》，于是由不得要绍介他的心给中国人看。"

"绍介他的心给中国人看"，这句朴实的话传达了鲁迅从事文学翻译的全部理想。这理想乃根基于俗人之间的心心相印。鲁迅的心是世俗的，翻译，只是想了解另外世界真实的世俗的心。在鲁迅，不同文化间真正可沟通的，大概也唯有此心罢。

这在他对一些宗教性较强的作家的评骘中可以更明白地看出来。但丁，鲁迅爱其《神曲》"炼狱"篇描写的西绪福斯式的敢于进行绝望的反抗的"异端"，但他自己"就在这地方停住，没有能够走到天国"。1926年的《集外集·〈穷人〉小引》赞赏陀思妥耶夫斯基"因为显示着灵魂的深，所以一读那作品，便令人发生精神的变化。

灵魂的深处并不平安，敢于正视的本来就不多，更何况写出？"但在鲁迅眼里，作为"人的灵魂的伟大的审问者"的陀氏对人的"灵魂的深处"的正视和描写，首先并非宗教性的，而是"在骇人的卑污的状态上，表示出人们的心来"。基于这种定位，他才惊叹"天才的心诚然是博大的"。1935年作《且介亭杂文二集·陀思妥夫斯基的事》，对陀氏的世俗性进行了更透彻的分析，至于他创作中的宗教性因素，则明确地表达了虽然敬重却不能了解也不能赞同的态度："一读他二十四岁时所作的《穷人》，就已经吃惊于他那暮年似的孤寂。到后来，他竟作为罪孽深重的罪人，同时也是残酷的拷问官而出现了。他把小说中的男男女女，放在万难忍受的境遇里，来试炼它们，不但剥去了表面的洁白，拷问出藏在底下的罪恶，而且还要拷问出藏在那罪恶之下的真正的洁白来。……即使他是神经病者，也是俄国专制时代的神经病者，倘若谁身受了和他相类的重压，那么，愈身受，也就会愈懂得他那夹着夸张的真实，热到发冷的热情，快要破裂的忍从，于是爱他起来的罢。……但是，陀思妥夫斯基式的忍从，终于也并不只成了说教或抗议就完结。"其实在一开始，鲁迅对西方文学宗教母题就不太关心，对"原罪"说甚至还曾大胆地加以非议："故世间人，当蔑弗禀有魔血，惠之及人世者，撒旦其首矣。然为基督宗徒，则身被此名，正如中国所谓叛道，人群共弃，艰于置身，非强怒善战豁达能思之士，不任受也。"把宗教异端和中国的离经叛道者对举，正是着眼于二者共同的世俗承担。他赞美"心所思惟，多涉恶事"的亚当及其子孙，推崇拜伦、雪莱"渎圣害俗，张皇灵魂有尽之诗"，刻薄地嘲笑挪亚的子孙"敬事主神，战战兢兢，绳其祖武，冀洪水再作之日，更得密诏而自保于方舟"（《摩罗诗力说》）。这和临终不愿忏悔，遗嘱"一个都不宽恕"，可谓始终一贯。

中国人要想真正介入世界上的事务，首先必须和世界其他国家与民族的人民的心相互沟通，彼此不再隔绝。对于中国与印度人民心灵的沟通，鲁迅也只寄希望于两国人民基于各自切身的现实处境的相互了解，对于佛教这个似乎是现成的沟通渠道，并不热心。在这方面，文学的作用是别的一切文化交流活动无法取代的。鲁迅是一个视创作为生命的作家，他之所以把大部分时间花在翻译上面，就因为相信文学能够成为东海西海心理攸同的最佳媒介。1936年所作《且介亭杂文末编·〈呐喊〉捷克译本序言》就道出了这层意思:"自然,人类最好是彼此不隔膜,相关心。然而最平正的道路,却只有用文艺来沟通,可惜走这条道路的人又少得很。"不管别人怎样,他自己对这种文学翻译的理想,可谓毕生以之。

四 "国民性批判""鉴别灵魂"与"深知民众的心"

鲁迅对中国或中国人的认识,其小说与杂文对中国人种种缺点的概括,向来被说成是"国民性批判"。

确实,鲁迅很早就读过美国人 Arthur H. Smith 的 *Chinese Characteristics*,因首肯 Smith 书,还读了在它启发下日本"支那通"的一些相关研究。凡别人对中国的研究,鲁迅一般都很留心,因为那是自省的重要凭借,即使并不高明,也不应一笔抹杀,更不能因此自护其短。然而撇开这点不讲,单看研究成绩,鲁迅对外国人关于所谓中国国民性的认识,并不满意。1933 年 10 月 27 日致陶亢德信指出,Smith 书"错误亦多";至于日本,虽不断有"支那通"出现,但"尚无真'通'者"。1935 年 3 月 5 日给内山完造《活中国的姿态》所作序中,他再次讽刺了那些研究中国国民性的人单凭肤浅片面的见闻就下结论的轻率与无知,认为他们最终达到"支那是'谜的国度'"的结论是不可避免的——他们的研究注定要走进死胡同,倒是内山那样满足于就事论事、不急于下结论的"漫谈""漫文","总算还好的"。

鲁迅部分采取了美、日学者研究中国国民性的结论而非全部,这可以肯定,至于对"国民性批判"的方法论本身,则并非深信不疑。"国民性批判"是站在优势立场居高临下对"他者"进行抽象、静态、细节和现象的描写,并将这种抽象、静态、细节和现象的描写上升为终极结论,因此很难深入体察被描写者的全体与内心。对于被研究者,"国民性批判"就是《花边文学·未来的光荣》所说的"被描写"。"国民性"概念普遍流行于 19 世纪欧洲种族主义理论中,是不难理解的。整个 19 世纪,西方学者研究东方"国民性"时所依据的各种理论,一直替西方建构着种族与文化的优越感,并为西方向全球进行殖民扩张与殖民征服提供了理论依据(此点可参看刘禾《语际书写》,天地图书有限公司 1997 年版,第 57—94 页)。

"国民性批判"的方法论局限是根本性的,这也不惟外国人如此。阿 Q 被推进革命军政法庭(其实仍是旧式衙门大堂),新派执法者"长衫人物"叫他"站着说！不要跪！"阿Q还是身不由己跪下了，"长衫人物"便鄙夷地说："奴隶性！……"但也并不叫他重新站起来。阿Q的下跪确乎是"奴隶性"，但出于高高在上的"长衫人物"之口，却立刻变成无关痛痒、毫无意义的一句白话。垂死的祥林嫂拦住新派知识分子，问人死之后怎样，这又是讲究迷信的"国民性"了，但身为新派知识分子的"我"却不知所对。在这种情况下，"我"对无知的乡下女人的"国民性"的了解，究竟能否触及她真实的内心？阿Q和祥林嫂的内心，与国民性研究者是隔绝的。国民性批判的方法论局限在这两个例子中暴露无遗。正是自以为可以认识中国人的这种方法论暴露了——如果不是导致了——对中国人的无知。

Smith将"面子"作为了解中国国民性的入口，固为鲁迅所激赏，但试将其书谈"面子"的第一章和《且介亭杂文》的《说"面子"》略加比较，不难发现二者差距之大，不可以道里计。Smith认为中国人爱面子源于"对戏剧的狂热"，但这种狂热（他又称之为"戏剧本能"）从何而来，何以必然牵涉面子，却说不清楚，最后只好将面子类比于南洋土著的"塔布"，将中国人爱面子类比于"英国人之于体育、西班牙人之于斗牛"，使人愈觉其渺茫。鲁迅将"戏剧本能"解释成"做戏"，"一字一句，一举手一投足，都装模装样，出于本心的分量少，倒还是撑场面的分量多"。这种分析（另外还可举出《论"他妈的！"》《论照相之类》《略论中国人的脸》等许多文章），着眼于自己也沉沦其中的共同的生活世界，举例通俗，说理平易，触及了"本心"，给人的感觉便是真相大白，昭然目前，"直解而无所疑沮"矣。

据许寿裳回忆，鲁迅在日本确实同他探讨过中国国民性的弱点，主要结论是认为缺乏"诚"与"爱"。许的回忆，向来作为鲁迅早期有志于国民性批判的重要证据，而为研究者经常引用。但鲁迅探讨中国国民性得出的结论，并非作为方法论的国民性批判本身所能推演出来。引导鲁迅得出那种结论的思想资源，毋宁是他更熟悉的中国古圣先贤的遗教。从先秦儒家到陆、王心学，"诚"与"心"、"良知"一样，皆人之为人的最高规定。"爱"的意义背景颇不易说，但十年后鲁迅作为文学家复出时写的一篇可以和早期论文媲美的《我们现在怎样做父亲》，明确把"爱"视为生物的人的一种天性；他批评孔融那种父母子女原本无亲——也即无爱——的说法，说那"实于事理不合"。"独有'爱'是真的",是"人伦的索子","我现在心以为然的,便只是'爱'"。这样解说的"爱",就是十年前在许寿裳面前与"诚"一道提出的那个"爱"吧?它和心学鼻祖孟轲的"四端"说,不是很接近吗?早期对"国民性"的思考,思想资源主要是"心学"。他是从"人心"的角度理解所谓"国民性"的。

日本学者将 national characteristic 翻成"国民性",原本就非直译,而是借了中国心性之学语词背景的意译。characteristic 主要指事物互相区别的特征,并无"性"的意思。national characteristic 在新译名中含义已经起了变化,即在现象和特征的描述背后,指向心性的深处,只是后来中日学者在使用新译名时,没有意识到这个变化罢了。

值得注意的是,鲁迅谈国民性,往往前缀"所谓"二字,如"难道所谓国民性者,真是这样地难于改变的么?"(《华盖集·忽然想到〈四〉》)这就明白表示了"国民性"云云只是暂时借用别人的说法而已。在相同的语法位置上,鲁迅更爱用的,倒是"国民的劣根性""民族根性"之类稍稍变化的形式,而"根"与"性",又回到了心性之学的传统。

鲁迅接触 Smith 书并与许寿裳讨论国民性,正是在日本潜心写作那几篇文言论文之时,但这些文章很少出现"国民性"三字。偶或一用,也系转述他人话语,如述拜伦因不满他所帮助的希腊人而"极诋彼国民性之陋劣",普希金先受拜伦影响,后"弃置而返其初;或谓国民性之不同,当为是事之枢纽,西欧思想,绝异于俄,其去裴伦,实由天性"——对转述的西方国民性问题的解释,最终还是借助于中国传统的"天性"概念(《坟·摩罗诗力说》)。早期论文的中心概念一直是"心",而非"国民性",这点似乎至今无人议及。1925 年著名的《呐喊·自序》追述近二十年前由科学而文学的转变,有段话常常被当作鲁迅"国民性批判"思想的集中表现:"凡是愚弱的国民,即使体格如何健全,如何茁壮,也只能做毫无意义的示众的材料和看客,病死多少是不必以为不幸的。所以我们的第一要著,是在改变他们的精神,而善于改变精神的是,我那时以为当然要推文艺,于是想提倡文艺运动了。"也几乎无人(包括对国民性理论提出怀疑的刘禾)注意到,鲁迅在这里提到"国民",却未提"国民性";他强调要"改变"的始终不是什么国民性,而是"精神"。1925年3月31日,鲁迅在写给许广平的信中确实说过,"所以此后最要紧的是改革国民性,否则,无论是专制,是共和,是什么什么,招牌虽换,货色照旧,全不行的",但他接着提到"在中国活动的现有两种'主义者',外表都很新的,但我研究他们的精神,还是旧货",在他的用语中,"国民性"就其实际含义来说,随时都可以换成"精神"的。另外两处论到作为整体现象的中国人,鲁迅也没有使用"国民性"概念:"历史上都写着中国的灵魂,指示着将来的命运"[《忽然想到(四)》],"'中国大众的灵魂',现在是反映在我的杂文里了"(《准风月谈·后记》)。在鲁迅词典里,"精神"="灵魂"="心"。"national characteristic"这个外来词只有与中国传统所固有、"百姓日用而不知"的"心""精神""灵魂"之类沟通,才能消除其方法论的限制,而不失为接近中国人真实存在的一种参考。在鲁迅,"国民性批判"只是一种值得借鉴的现象描述,深入透视这些现象,就必须触及隐藏在国民性现象背后的中国人的"根性"与"心"。

在鲁迅,"国民性"是从别人那里接过来的话题和谈论这一话题的方法,他自己更关心、更常用的则是"心""人心"诸概念。在"沉入于国民中"的北京生活时期,他忧愤难消的就是"季世人性都如野狗"(《癸丑日记》),这里"人性"等于"人心",却不能换成"国民性"。谈到中国人的冥顽不化,他一言以蔽之曰"现在的人心,实在古得很呢"(《热风·随感录五十八人心很古》)。他担心"娜拉走后怎样",因为深知那仅有的"觉醒的心"只能使她像"醉虾"一样经受更大的痛苦。鲁迅认为中国人"许多精神体质上的缺点"来自"可怕的遗传"(《坟·我们现在怎样做父亲》),很快又指出,这种类似生物学的"遗传"其实是靠了复杂灵敏的文化密码的"心传"(《热风·随感录三十九》)。同样,历史上仁人志士的嘉言懿行也必须"活在战斗者的心中",才能进入或者成为一种传统(《且介亭杂文末编·关于太炎先生二三事》),"死者倘不埋在活人的心中,那就真真死掉了"(《华盖集续编·空谈》)。

作为清醒的现实主义者,鲁迅始终主张要改变中国,"根本方法,只有改良社会"(《坟·我们现在怎样做父亲》)。但也因为是清醒的现实主义者,他的改革社会的思想从不停留于表面,而是指向从根本上构成一定社会文化形态的"世道人心":"有志于改革者倘不深知民众的心,设法利导,改进,则无论怎样的高文宏议,浪漫古典，都和他们无干，仅止于几个人在书房中相互叹赏，得些自己满足。"（《二心集·习惯与改革》）不触及"民众的心"，就与他们的真实存在"无干"，也就不能从根本上激发他们的自觉。一定的国民性只是国民一定的"心"的外化，国民性的改变，根子上是"心"的改变，或者鲁迅所首肯的《新青年》所主张的"思想革命"（《华盖集·通讯》）。

在感慨国民性研究之难时，鲁迅说过，"倘使长久地生活于一地方，接触着这地方的人民，尤其是接触，感得了那精神，认真的想一想，那么，对于那国度，恐怕也未必不能了解罢"。了解别一国度的人们，"接触，感得了那精神"，这也就是《域外小说集》"序言"所谓"籀读其心声，以相度神思之所在"吧？认识活的中国人，不能倚赖从中国人的标本中提取出来的"国民性"，必须穿透居高临下、隔岸观火的隔膜的外衣，用"连自己也烧在这里面"的同情的体察（《集外集·文艺与政治的歧途》），探索他们（其实也就是我们）的精神、灵魂、思想与内心。

五　万恶之始：历代文功武卫的"治心"

比起"国民性"，"心"之所以更具观察问题的优越性，首先因为它随时可以获得中国语言传统的奥援，深深扎根于中国人的"内部生活"。不过，"心"比"国民性"更有助于观察中国人的实际问题，还在它的灵活性与可塑性，在于它动态地显示着个体生命的历史演变。"国民性"是形而上学的僵化规定，是出于他人之手的"被描写"，它只告诉我们某个民族"是什么"，却不能告诉我们某个民族特别是这个民族具体的族群与个人"可能是什么"。相反，"心"的体验结果属于"自己描写"，它诉诸人的存在的可能性，诉诸人的自由。所谓自由与可能性，既能由此上升，也能由此堕落；可以由此得生，也可由此得死。正是在这点上，鲁迅不同于那些静止地谈论中国国民性的论者："幸而谁也不敢十分决定说：国民性是决不会改变的。在这'不可知'中，虽可有破例——即其情形为从来所未有——的灭亡的恐怖，也可以有破例的复生的希望，这或者可作改革者的一点慰藉罢。"［《华盖集·忽然想到（四）》］作为研究和描写对象的国民性可以（应该）改变，就因为任何国民性总根植于民族的"心"，而"心"总有其"破例"的"不可知"，因此基于这"心"的国民性也就不会一成不变，除非"心"已死去。

早在日本留学、开始接触国民性理论时，鲁迅就意识到这个问题。他认为中国人和世界其他民族一样，开始心地都很健康。他赞赏尼采的"不恶野人"，"盖文明之朕，固孕于蛮荒，野人狂獉其形，而隐曜即伏于内……上征在是，希望亦在是"（《坟·摩罗诗力说》）。具体说到中华民族，则以为"朴素之民，厥心纯白"（《集外集拾遗补编·破恶声论》）。后来又说，人类基于生物天性的"爱"，"便在中国，只要心思纯白，未曾经过'圣人之徒'作践的人，也都自然而然的能发现"，"没有读过'圣贤书'的人，还能将这天性在名教的斧钺底下，时时流露，时时萌蘖；这便是中国人虽然凋落萎缩，却未灭绝的原因"（《我们现在怎样做父亲》）。就是在那些"圣贤书"中，一开始，"心"也并没有完全归于"纯厚"："古今的心的好坏，较为难以比较，只好求教于诗文。古之诗人，是有名的'温柔敦厚'的，而有的竟说：'时日曷丧，吾及汝偕亡！'你看够多么恶毒？更奇怪的是孔子'校阅'之后，竟没有删，还说什么'诗三百，一言以蔽之，曰：思无邪'哩，好像圣人也并不以为可恶。"（《花边文学·古人并不纯厚》）

但历史上"心"的自由常被剥夺，本来应该自觉塑造，却往往走向反面，在各种力量的左右下扭曲，变形，堕落。古民"纯白"之心随着文化进步而逐渐退化，似乎历史愈发展，文化对人的天性的伤害就愈大，"纯白"的心灵也就愈不易求，而只能深埋于"地底下"，留存在文化所不能化及的乡野民间（《且介亭杂文·中国人失掉自信力了吗》）。

但鲁迅很快发现，文化对心的伤害，主要是该文化的一部分——掌握世俗权势的统治者以及帮同他们施行统治的知识分子——对人心的伤害。他从历史角度考察心学家们所谓"千古不磨"的中国之心，越来越专注于揭露历代文功武卫对"心"的残贼。他认为统治者和帮同他们施行统治的文人对"心"的残贼，是中华民族"心"的堕落的根本原因。

统治者对"心"的伤害，很野蛮，也很简单，就是由外而内，通过控制和戕害人的身体，剥夺人身自由，来控制、戕害人的内心，剥夺内心自由。"庄子曰，'哀莫大于心死，而身死次之。'此之者，两害取其轻也。所以，外面的身体要它死，而内心要它活；或者正因为那心活，所以把身体治死。此之谓治心。"（《伪自由书·内外》）"哀莫大于心死，而身死次之"，语见《庄子·田子方》，本是记孔子语，鲁迅误作庄子了；原文也非"身死"，而是"人死"。但鲁迅的误记很有意思：人者，身心合一之谓也，身体自由是心灵自由起码的前提，动不动就取消这个起码的前提，就从根本上遏止了心的自由。历代"圣明君主"无不深知此点，《且介亭杂文·病后杂谈》就有这样的揭露："大明一朝，以剥皮始，以剥皮终，可谓始终不变……真也无怪有些慈悲心肠人不愿意看野史，听故事；有些事情，真也不像人世，要令人毛骨悚然，心里受伤，永不痊愈的。"在鲁迅看来，唐以后，"治心"已成为流传有序的一个传统："从宋朝到清朝的末年，许多年间，专以代圣贤立言的'制艺'这一种烦难的文章取士，到得和法国打了败仗，这才省悟了这方法的错误。于是派留学生到西洋，开设兵器制造局，作为那改正的手段。省悟到这还不够，是在和日本打了败仗之后，这回是竭力开起学校来。于是学生们年年大闹了。从清朝倒掉，国民党掌握政权的时候起，才又省悟了这错误，作为那改正的手段的，是除了大造监狱之外，什么也没有了……然而，在这样的近于完美的监狱里，却还剩着一种缺点。到今为止，对于思想上的事，都没有很留心。为要弥补这缺点，是在近来新发明的叫作'反省院'的特种监狱里，施着教育……考完放出的良民，偶尔也可以遇见，但仿佛大抵是萎靡不振，恐怕是在反省和毕业论文上，将力气用尽了罢。"（《且介亭杂文·关于中国的两三件事》）使鲁迅不禁毛骨悚然的是，他发现中国的"治心"，"古已有之，而于今为烈"：在他的少年时代，尽管异族统治，但"心的反抗，那时还不算什么犯罪，似乎诛心之律，倒不及现在之严"［《华盖集·忽然想到（五）》］。"别国的硬汉比中国多，也因为别国的淫刑不及中国的缘故。我曾查欧洲先前虐杀耶稣教徒的记录，其残虐实不及中国……中国青年之至死不屈者，亦常有之，但皆秘不发表。不能受刑至死，就非卖友不可，于是坚卓者无不灭亡，游移者愈益堕落，长此以往，将使中国无一好人，倘中国而终亡，操此策者为之也。"（1933年6月18日致曹聚仁书）以峻刑酷法"治心"，这在鲁迅看来实是中华民族积弱不振的万恶之首。

比较不那么野蛮的君主，另有一套高明的"治心"术，这除了上面提到的科举取士，还有《且介亭杂文·病后杂谈之余——关于"舒愤懑"》所揭露的："单看雍正乾隆两朝对于中国人著作的手段，就足够令人惊心动魄。全毁，抽毁，剜去之类也且不说，最阴险的是删改了古书的内容。乾隆朝的纂修《四库全书》……不但捣乱了古书的格式，还修改了古人的文章；不但藏之内廷，还颁之文风较盛之区，使天下士子阅读，永不会觉得我们中国的作者里面，也曾经有过很有些骨气的人。"将一个民族曾经有过正常的"心的反抗"的记忆巧妙抹去，好叫他们养成"从来如此"的习惯，确实够"阴险"的。鲁迅愤怒地称这些是对中国著作的"暗杀"，盖所杀者不仅中国之著作，更是中国曾经有过的骨气心力也。

　　站在人主旁边帮助他们"治心"的，古代是"圣人之徒"，现代则是"知识分子"。他们开始也许是害怕，"心里受伤"了，便别过脸去，"最好莫如不闻，这才可以保全性灵，也是'是以君子远庖厨'的意思"。等到逃避术用得炉火纯青，便主动伸出手来帮助人主将"治心"的工作做得更好：或者将屠夫的凶残掩盖，粉饰，甚至用美妙的诗文将整个事件描写得异常风雅；或者贡献良法美意，用冠冕堂皇的说辞，严密烦琐的仪矩，将民众的心治得浑浑噩噩，服服帖帖。"治心"的工具也是集大成者，就是具有无尚权威的那些煌煌经典："我看不见读经之徒的良心怎样，但我觉得他们大抵是聪明人，而这聪明，就是从读经和古文得来的……倘不是笨牛，读一点就可以知道，怎样敷衍，偷生，献媚，弄权，自私，然而能够假借大义，窃取美名。"（《华盖集·十四年的"读经"》）这种彻底的"治心"，确实效果卓著。在统治稳固时，是自己消化；临到外族入侵，就拱手相让，因为早就替他们预先征服了自己民族的心了："中国民族的心，有些是早给我们的圣君贤相武将帮闲之辈征服了的……心的征服，先要中国人自己代办。宋曾以道学替金元治心，明曾以党狱替满清箝口。"（《且介亭杂文二集·田军作〈八月的乡村〉序》）立于这种惨痛的"心史"背景中的鲁迅，听到胡适为"感化"日本人而说什么"要征服中国民族，必须征服中国民族的心！"当然禁不住要勃然大怒了，不管说者的真意何在。

　　缺乏精神原创，有意无意制造文化垃圾，这在鲁迅看来也是十恶不赦的"治心"。听任文坛的虚假繁荣，自鸣得意，不思创造，杜绝对外开放，使青年们除了"秕谷"而外，得不到"精神的粮食"，以至于"由聋而哑"，变成尼采所说的"末人"，最终只能和供给他们秕谷的人一样，做卑微顺服的羔羊——对这种因为缺乏"强烈的独创的创作"而满足于自欺欺人也许可以说是无心的罪失，鲁迅一样不肯宽恕："这现象，并不能全归罪于压迫者的压迫，五四运动时代的启蒙运动者和以后的反对者，都应该分负责任的。"正是有见于这种无心之罪必将导致民族精神的巨大灾难,鲁迅才那么无情地揭露所有以文坛功臣和权威自居的人们"心的腐烂""空虚"与"空洞"(《准风月谈·由聋而哑》)。

鲁迅和知识分子的矛盾,就在他的"诛心之论"专门指向知识分子有意无意地依附权势者并帮助权势者"治心"的行径(他称之为"瞒和骗"以及"帮忙""帮闲"与"帮凶")。"横眉岂夺娥眉冶,不料仍违众女心。"(《报载患脑炎戏作》)这句好像玩笑的诗,不啻他全部"心的反抗"的真实写照。他毕生工作,大半就是毫不宽假地揭露"众女心",像"这样的战士",不管"他们都同声立了誓来讲说,他们的心都在胸膛的中央,和别的偏心的人类两样。他们都在胸前放着护心镜,就为自己也深信心在胸膛中央的事作证",他也只是举起投枪,"微笑,偏侧一掷,却正中了他们的心窝"。

六　自白其心的创作

洞悉"民众的心"并历史地考察各种"治心"的同时,鲁迅也一样真实地表白自己的"心","慢慢地摸出解剖刀来,反而刺进解剖者的心脏里去"的自我解剖(《二心集·"硬译"与"文学的阶级性"》)或《野草》的"抉心自食",始终是他作品的灵魂。

"心"是鲁迅旧诗经常吟咏的主题。"灵台无计逃神矢,风雨如磐暗故园。寄意寒星荃不察,我以我血荐轩辕。"(1903年《自题小像》)此宋儒所谓"立志",亦即先立其人之"心";1931年《送O. E.君携兰归国》:"椒焚桂折佳人老,独托幽兰展素心。岂惜芳馨遗远者,故乡如醉有荆榛。""素心"者,平素之心也,"纯白"之心也;同年《送增田涉君归国》:"扶桑正是秋光好,枫叶如丹照嫩寒。却折垂杨送归客,心随东棹忆华年。"是追怀往昔的暮年的心;1934年5月《无题》:"万家墨面没蒿莱,敢有歌吟动地哀。心事茫茫连广宇,于无声处听惊雷。"这是自处渊默而与天地精神相往来的大心。1935年10月著名的《亥年残秋偶作》未提"心"字,却是高度概括的一部"心史"。

《野草》二十三篇,"心""精神""灵魂"等用得最多,其中《死后》六见,《这样的战士》五见,《一觉》五见,出现频率之高,为其他作品所鲜见。《影的告别》说:"我愿意只是虚空,决不占你的心地。"《求乞者》宣布:"我不布施,我无布施心,但我居布施者之上,给与烦腻,疑心,憎恶。"《复仇》(其二)极写耶稣临刑时"透到心髓中"的痛楚,《希望》反复告白"我的心分外地寂寞","然而我的心很平安","我的心也曾充满过血腥的歌声"。《风筝》里"心"字共出现六次:"于是二十年来毫不忆及的幼小时候对于精神的虐杀的这一幕,忽地在眼前展开,而我的心也仿佛同时变成了铅块","但心又不竟堕下去而至于断绝,他只是很重很重地堕着,堕着","我也知道还有一个补过的方法的:去讨他的宽恕,等他说:'我可是毫不怪你呵。'那么,我的心一定就轻松了","有一回,我们会面的时候,是脸上都已添刻了许多'生'的辛苦的条纹,而我的心很沉重","我想,他要说了,我即刻便受了宽恕,我的心从此也宽松了罢","我还能希求什么呢?我的心只得沉重着"。《过客》说不愿看见人们"心底的眼泪,不要他们为我的悲哀!"《墓碣文》梦见"即从大阙口中,窥见死尸,胸腹俱破,中无心肝",还读到死者的墓志铭:"抉心自食,欲知本味","然其心已陈旧,本味又何由知?"

杂文(暂且不谈小说)固然有别于诗和《野草》,但即使这种"匕首"与"投枪"式的文体,在鲁迅手里也越来越变成"为己"之作,变成自白其心的抒写。若循代而下展读鲁迅杂文,就会发现其中也有一部他个人的"心史"。

二十年代中期,白话小说创作令他声名鹊起时,稍具人心者一读《呐喊·自序》,却无不震骇于那大毒蛇般缠住灵魂的无边的"寂寞"。后来在《俄文译本〈阿Q正传〉序及著者自叙传略》中,他还说那时自己都没有把握,是否"真能够写出一个现代的我们国人的魂灵来……总仿佛觉得我们人人之间各有一道高墙,将各个分离,使大家的心无从相印",《阿Q正传》收到种种出乎意料的反应,竟致使他自己"也要疑心自己的心里真藏着可怕的冰块"。1926年,从北京出逃的他僻居厦门,一个人对着弥天大夜,自己感到"沉静下去了。寂静浓到如酒,令人微醺。望后窗外骨立的乱山中许多白点,是丛冢;一粒深黄色火,是南普陀寺的琉璃灯。前面则海天微茫,黑絮一般的夜色简直似乎要扑到心坎里。我靠了石栏远眺,听得自己的心音"。[《三闲集·怎么写(夜记之一)》] 在1927年的"革命策源地"广州,他感觉到"目前是这么离奇,心里是这么芜杂","虽生之日,犹死之年"。1932年哀集两年来的杂文准备付梓时,干脆题名曰《二心集》。所谓"二心",不仅有古之被压迫的臣民不肯顺从的"携贰的心思",也暗示他与"同阶级的人物"的截然异趋,而这"同阶级的人物",既指御用帮闲文人,故作超然的骑墙派,也包括"摆出一种极左倾的凶恶的面貌"的"同一营垒的战友"。这样的"二心",实在就是《破恶声论》所自期的不肯为任何权威所屈服、敢于"自别异","诚于中而有言;反其心者,虽天下皆唱而不与之和"的"心声"与"内曜"。1935 年 6 月,回顾三十年前介绍波兰等欧洲被压迫小国的文学,他强调那是因为"满清宰华,汉民受制,中国境遇,颇类波兰,读其诗歌,即易于心心相印,不但无事大之意,也不存献媚之心"。[《且介亭杂文二集·"题未定"草(之三)》]坚决和"倚徙华洋之间,往来主奴之界"的"西崽"们的"心"区别开来。鲁迅晚年不断目击惨状,耳闻流言,忍看朋辈成为新鬼,痛感积毁可以销骨,心境益趋荒凉,"悲愤总时时来袭击我的心,至今没有停止"(《南腔北调集·为了忘却的记念》),但他仍不愿有"超然的心",因为那要"像贝类一样,外面非有壳不可的",而是一如既往,希望终于能够"披沥真实的心……要彼此看见和了解真实的心"(《且介亭杂文末编·我要骗人》)。直到生命终点,他还无限深情地回忆屈死的"女吊"上场时如何走出巨大的"心"字;当死亡逼近门槛时,他盘算的是死后身体不能给癞皮狗吃,情愿喂狮虎鹰隼,养肥了它们,"天空,岩角,大漠,丛莽"就多了一道"伟美的壮观","捕来放在动物园里,打死制成标本,也令人看了神旺,消去鄙吝的心"(《且介亭杂文末编·半夏小集》);躺到病床上只能看看书房一角了,还说"无穷的远方,无数的人们,都和我有关"(《"这也是生活"》)。张载所谓"大其心则能体天下万物"(《正蒙·大心篇》),陆象山所谓"宇宙便是吾心,吾心便是宇宙"(《年谱》),也就是这个境界罢。

鲁迅说他的杂文"所获得的,乃是我自己的灵魂的荒凉和粗糙",又说"我并不惧惮这些,也不想遮盖这些,而且实在有些爱他们了"(《华盖集·题记》),因为"灵魂"虽然"荒凉和粗糙",到底没有完全屈服与麻木。这也正像他在《萧红作〈生死场〉序》中所说的,"然而我的心现在却好像古井中水,不生微波,麻木的写了以上那些字。这正是奴隶的心!"承认有一颗"奴隶的心",该多么凄苦,多么无奈,但也只有敢于承认这一点的人,才有资格宣称:"那么,我们还决不是奴才。"

七 "吾愿先闻其白心":以心应世的法则

创作是心声的吐露,衡人论事、批评作品,同样要直指本心。

《庄子·田子方》记叙当时被目为"荆蛮"的楚人温伯雪子路过"礼仪之邦"的鲁国,曾批评"中国之君子"——号称"中国"的鲁国大概有一种文化中心主义吧——"明乎礼义而陋于知人心",对此鲁迅深有同感,并进一步指出,"大凡明于礼义,就一定要陋于知人心"。他认为历史上多少欺蒙、冤枉、颠倒、惨剧、倒退、破坏,就因不知人心、为表面文章迷惑所致(《而已集·魏晋风度及文章与药及酒之关系》)。他与人交往,贵在心心相印,以诚待人,否则,"若其本无有物,徒附丽是宗,辄岸然曰善国善天下,则吾愿先闻其白心"(《破恶声论》)。

"先闻其白心",这种简单到近乎天真的应世法则,却往往被"羞白心于人前"的"伪士"诬为"世故"。不过,倒也因此从反面获得了关于"世故"的一种解释:就是鲁迅善于"察见渊鱼"而并不"陋于知人心"的"心学"。

与白色相对,诸色可以看得更清;唯有"白心",能照见一切心。鲁迅的文学很大程度上就是拿着镜子似的"白心"来查看别人的心。

对《新青年》的旧友,他就着眼于各人的心而痛下评骘:刘半农"浅",失之浮薄,轻率,但根本善良,热情,耿直,有如"一条清溪,澄澈见底,纵有多少沉渣和腐草,也不掩其大体的清";陈独秀和胡适之就有"韬略"了,独秀的"韬略"好似大门洞开的武库,一目了然,用不着提防,胡适之的则重门紧闭,深不可测。比较起来,他更喜欢刘的清浅(《且介亭杂文·忆刘半农君》)。对"老朋友"林语堂,他的评语是"空腹高心"[《且介亭杂文二集·"题未定"草(之六)》],而认为顾颉刚口吃,是一边说话一边运用心思所致。李越缦这位"乡贤"风行一时的《越缦堂日记》,他每次看了都"很不舒服",因为"从中看不见李慈铭的心,却时时看到一些做作,仿佛受了欺骗"[《三闲集·怎么写(夜记之一)》]。他还看出一些新青年思想其实很旧,他们的新艺术不过是从"轻薄的心里挤出来的"(《集外集拾遗补编·看了魏建功君的〈不敢盲从〉以后的几点声明》)。他借"三魂六魄,或云七魄"的传统说法,认为中国"国魂"也可以一分为三:"官魂""匪魂""民魂","惟有民魂是值得宝贵的，惟有他发扬起来，中国才有真进步"，但鉴于民族的良心（知识分子）的种种表现，他断定"民魂"难以发挥，因为许多"貌似'民魂'的有时仍不免为'官魂'，这是鉴别魂灵者所应该十分注意的"（《华盖集续编·学界的三魂》）。

当然，他也看见另外一些人的心。1933年上海纪念"一·二八"事变，"'民族英雄'的肖像一次又一次的印刷着，出卖着"，鲁迅则追问"小兵们的血，伤痕，热烈的心，还要被人糟蹋多少时候？"（《伪自由书·对于战争的祈祷》）直到生命最后一息，他还顾念着五年前"暗暗的死"在角落里的学生柔石，"街道文明了，民众安静了，但我们试一推测死者的心，却一定比明明白白而死的更加惨苦"；因为想到柔石双目失明不知真相的母亲，鲁迅当时还选了珂勒惠支一幅木刻刊登出去，那是"一个母亲，悲哀的闭了眼睛，交出她的孩子去"，鲁迅认为，这正如珂勒惠支的自画像，"是一切'被侮辱和被损害的'母亲的心的图像"（《且介亭杂文末编·写于深夜里》）。

对青年人的品评见出另一种气象。在一篇悼念文章中，他说未名社的韦素园"太认真；虽然似乎沉静，然而他激烈。认真会是人的致命伤的吗？至少，在那时以至现在，可以是的。一认真，便容易趋于激烈，发扬则送掉自己的命，沉静着，又啮碎了自己的心"（《且介亭杂文·忆韦素园君》）。1935年给《〈中国新文学大系〉小说二集》作"序"，检阅新文学第一个十年的创作，他只立一个标准，就是看作者们各自表露了怎样的"心"。他看到"浅草社"作者们如何"挖掘自己的魂灵，要发见心里的眼睛和喉舌"，"觉醒起来的智识青年的心情，是大抵热烈，然而悲凉的"，有许多"无可奈何的自慰的伤心之言"。他提醒读者注意冯沅君小说集《卷葹》的名字本意是"拔心不死"的草，称李健吾的《终条山的传说》十年之后犹能使读者看到"那藏在用口碑织就的华服里面的身体和灵魂"，而王鲁彦的"心情"虽然像爱罗先珂的悲哀，最后却"只好将心还给母亲，才来做'人'，骗得母亲的微笑。秋天的雨，无心的'人'，和人间社会是不会有情愫的"，但后来从作者另一篇小说中，他还是看到了"'人'的心是究竟还不尽的"。对凌叔华小说，他只用了短短一句："事态的一角，高门巨族的精魂"。这篇长序实在是心学批评法的一个范例。其实，1926年他为"浅草"社员编校文稿时，也是用这个方法来解读青年作者的作品的："我照作品的年月看下去,这些不肯涂脂抹粉的青年们的魂灵便依次屹立在我眼前……灵魂被风沙打击得粗暴,因为这是人的魂灵,我爱这样的魂灵;我愿意在无形无色的鲜血淋漓的粗暴上接吻。"(《野草·一觉》)

这些当然也是"诛心之论",但所"诛"者是别样的"心"。鲁迅的"诛心之论"从消极面说,是偏狭、刻毒、阴暗,从积极面说,则是直指人心,洞悉肺腑,使物无遁形,由此,"梦者自梦,觉者是之,则中国之人,庶赖此数硕士而不殄灭,国人之存者一,中国斯侂生于是已"(《破恶声论》)——积极面显然是主要的,不过带了太多的愤激而已。

不管怎样,人心总要有一个根本的改变——"诛心之论"的目的在此。俄罗斯盲诗人爱罗先珂的童话《雕的心》,热情讴歌"爱太阳""慕太阳"的"雕的心"而批评孱弱萎靡的"人心",极酷烈地描写了"雕王"为除去幼雕不幸养成的"人心",不惜亲自将它们啄死的一幕。胡风认为,翻译这篇童话的鲁迅也有一颗"雕之心"(《从"有一分热,发一分光"生长起来的》)。我想,他是抓住了鲁迅在洞悉"人心"之后心中升起的理想的光——虽然在孱弱的人们看来,这似乎近于一种疯狂的冲动。

八 "心里的尺":探询出路的指针

"我辈评论事情,总须先评论了自己,不要冒充,才能像一篇说话,对得起自己和别人。我自己知道,不特并非创作者,并且也不是真理的发见者。凡有所说所写,只是就平日见闻的事理里面,取了一点心以为然的道理;至于终极究竟的事,却不能知。"(《坟·我们现在怎样做父亲》)

1919年这段话,完全可以看作1907年另一段话的白话文翻译:

>以是之故,则思虑动作,咸离外物,独往来于自心之天地,确信在是,满足亦在是。(《文化偏至论》)

上面两段话都将个人的"确信"或"心以为然的道理"绝对置于"真理"或"终极究竟的事"之上,我觉得这是讨论鲁迅思想最恰当的出发点。鲁迅之为鲁迅,关键在此。

现代中国是一个"扰攘之世",因为骤然失去传统秩序,普遍怅惶迷离，无家可归，纷纷寻找新的秩序，希望可以安顿自己。在向外寻找新秩序的时候，个人内心的是非好恶往往被看得很轻，而绝对真理、历史必然性之类外在的标准则被看得很重；人们并且进一步用后者来规范前者，要求前者，解释前者，直至取消前者。中国知识分子本来就有崇尚"天理""天道"的传统，这个传统一旦和西方近世理性主义汇合，就结成一张几乎不可挣脱的意识形态罗网。文学家鲁迅正是在这种情势下螳臂当车，"争天抗俗"，用"心"取代"理"，用"心以为然"的标准抗衡"真理"或"终极究竟的事"。在他看来，越是"扰攘之世"就越应当尊重个人内心的声音，评判问题的标准只能从个人内心寻求，并不存在和个人"心以为然"的标准漠不相干的"真理"或"终极究竟的事"。"心"是"评论事情"乃至一般"说话"的基准，任何超越这一基准的先验权威，个人都有资格、有能力、有理由坚决抗拒之。

"心以为然"的"心"好像一种过滤器，一切都必须通过这个过滤器的检验，才能证明它们的合法性。

近代以来，一个为启蒙主义者共同关心的问题，就是如何在"王纲解纽"、准的无依的无序状态，为中国文化的再造建立一个有效基准。从晚清、"五四"直到今天，提供的各种答案，综合起来，无非三种：一，全盘西化，以西方文化标准为标准，"言非同西方之理弗道，事非合西方之术弗行"；二，中国文化本位主义，用中国固有的标准为标准；三，折中调和，无论"中体西用"或"西体中用"，都是要取二者之长，去二者之短，以造成超越中西方双重局限、史无前例、不偏不倚的新文化。

前两套方案，鲁迅在1907年就已经彻底与之划清界限了："聚今人之所张主，理而察之，假名之曰类，则其为类之大较二：一曰汝其为国民，一曰汝其为世界人。前者慑以不如是则亡中国，后者慑以不如是则畔文明。寻其立意，虽都无条贯主的，而皆灭人之自我，使之混然不敢自别异……二类所言，虽或若反，特其灭裂个性也大同。"（《破恶声论》）鲁迅反对全盘西化和中国本位，出发点并非静止地比较中西文化异同与优劣，从而定其弃取，而是以注重不注重"自我"为唯一判断的标准，这与鲁迅一贯主张"自心"为文化之本的观点是吻合的。在他看来，全盘西化也好，中国本位也好，具体选择似乎水火不容，思维方式却如出一辙，即都不约而同地抹杀了在这中间"自心"的根本地位，抽空了文化选择、文化创造的主体，只在离开"自心"的既成文化的高下优劣上面，争一日之短长。

对第三套方案，鲁迅的意见有过一阵犹豫。《文化偏至论》确定了"自心"为文化发展的始基，但谈到未来中国文化的出路，他认为理想上还应该是"洞达世界之大势，权衡校量，去其偏颇，得其神明，施之国中，翕合无间。外之既不后于世界思潮，内之仍弗失固有之血脉，取今复古，别立新宗"，对折中方案抱有一定好感。在《破恶声论》否定了第一和第二两套方案之后，折中调和就顺理成章地显现为相当具有蛊惑性、似乎是剩下来唯一可走的第三条道路了。

这第三条道路，当时还并无怎样的权威性，因此它是否会对个体的"心"构成和前二者一样的压抑与蔑视，一时也看不清楚。直到"五四"期间，在和《学衡》派的论争中，鲁迅才逐渐修正了以前这种模棱两可的思想，对用折中融会之法拼凑出"一是之学说"的不切实际、同样蔑视内心的迂阔之论，发出了辛辣的嘲讽（参见《热风·"一是之学说"》）。

全盘西化，中国本位，折中调和，这三副药方的共同点，就是将文化改造误解为在现成道路上进行非此即彼的选择。三者选择的对象不同，但就他们所选择的对象的现成给定的本质来说，又全无二致。其中致命的一点，就是不敢抛开现成给定的对象进行独立创造。进一步追究起来，之所以不敢抛开现成道路进行独立创造，根本原因，又在于作出选择之前，已经一致抹杀了进行独立创造所必须依靠的"敢于自别异"的个体内心这个始基。

文化创造的路不是现成给定的。走一条不是现成给定的道路，必须有一颗自由无畏的大心。这颗心不固执于已有，虚怀以待一切有益的营养，始终属意于尚未映入眼帘的道路。

1927年12月，在介绍陶元庆的绘画时，鲁迅发表了一段非常精辟的论述，寥寥数语，抵得过一部文化哲学：

> 他并非"之乎者也"，因为用的是新的形和新的色；而又不是"Yes""No"，因为他究竟是中国人。所以，用密达尺来量，是不对的，但也不能用什么汉朝的虑傂尺或清朝的营造尺，因为他又已经是现今的人。我想，必须用存在于现今想要参与世界上的事业的中国人的心里的尺来量，这才懂得他的艺

术。(《而已集·当陶元庆君的绘画展览时》)

鲁迅处处强调"自心"的重要，但他从未给"自心"的具体内容作过任何僵死规定。不作规定才是最本质的规定，因为"心"是不能被规定的。

鲁迅的"心"在面对具体事务时，固然清楚地显示着自己的是非好恶，但在面对整体文化出路这样的根本问题时，他的"心"永远是虚灵的，像一只空虚的杯子，未曾容纳什么，却因此可以容纳一切。这样的"心"，这样"心里的尺"，只是"无"；这个"无"，却是一切生机勃勃的"有"的始基。

世上本无路，路在人心中。

九　"吐露本心"："转变"关口的支撑点

20世纪20年代中期以后，迫于形势，鲁迅对"革命文学"发生了浓厚兴趣。他认识"革命文学"，主要参照，是苏联革命进程中的文学现象，但他理解苏联革命中的文学，不光是抓住理论，而主要以普通读者的身份，用一直充满确信地运用着从未放弃的方式，直接从苏联文学作品中感受作家们所展露和所描写的"心"。他对苏联乃至中国所谓"革命文学"的态度，是以自己对"革命时代的活着的人的心"的真实感受为转移的。

在1926年，他就这样读解苏联作家里培进斯基作品："他还是不免于念旧。然而他眼见，身历了革命了，知道这里面有破坏，有流血，有矛盾，但也并非无创造，所以他决没有绝望之心。这正是革命时代的活着的人的心。"(《华盖集续编·马上日记之二》)当大家都在谈"革命文学"时，鲁迅小心地提出了另一个概念，叫"革命时代的文学"，一字之差，却有根本的不同。"革命时代的文学"不等于由概念推导出来的纯乎其纯的"革命文学"，而是跳动着"革命时代的活着的人的心"的文学，是从这样的"心"发出的"心声""内曜"。同年对勃洛克《十二个》的读解如出一辙："人多是'生命之川'之中的一滴，承着过去，向着未来，倘不是真的特出到异乎寻常的，便都不免并含着向前和反顾。诗《十二个》里就可以看见这样的心：他向前，所以向革命突进了，然而反顾，于是受伤……"并且单凭托洛茨基论勃洛克的文章，鲁迅就很有把握地自以为看到了托洛茨基的"心"，断定托氏不仅是"一个喑呜叱咤的革命家和武人",还是"一个深解文艺的批评者"(《集外集拾遗·〈十二个〉后记》)。对苏联作家的体认,给他批评在相似或相同处境里中国作家的创作提供了直接参考。比如,从叶永蓁《小小十年》中,他看到了"背着传统,又为世界思潮所激荡的一部分的青年的心",他赞赏这位青年作者"逐渐写来,并无遮瞒,也不装点,虽然间或有若干辩解,而这些辩解,却又正是脱去了自己的衣裳"。这种批评,简直就是对勃洛克、里培进斯基的批评的翻版。

鲁迅对苏联文学这种"籀读其心声,相度其神思之所在"的心心相印的解读法,是在长期文学实践中自己建立起来的,苏联作家(包括苏联批评家)的作品不过给了他一个机会再次确认这种解读法,并进一步坚定了他一贯所抱的文学是"心声""内曜"的主张。

正是基于这种确信,当激进的青年文学家从意识形态的单向度要求出发对他大肆围攻时,他可以比以前更坚定、更响亮地主张,创作必须"抒写自己的心",最好必须是在"感到寂寞时"(《而已集·小杂感》),"好的文艺作品,向来多是不受别人命令,不顾利害,自然而然地从心中流露的东西;如果先挂起一个题目,做起文章来,那又何异于八股,在文学中并无价值,更说不到能否感动人了"(《而已集·革命时代的文学》)。他热情鼓励中国的青年们"大胆地说话,勇敢地进行,忘掉了一切利害,推开了古人,将自己的真心的话发表出来"(《三闲集·无声的中国》)。他就是这样用他的"心"直接对抗他们的"意识":"……多少伟大的招牌,去年以来,在文摊上都挂过了,但不到一年,便以变相和无物,自己告发了全盘的欺骗,中国如果还会有文艺,当然先要以这样直说自己所本有的内容的著作,来打退骗局以后的空虚。因为文艺家至少是须有直抒己见的诚心和勇气的,倘不肯吐露本心,就更谈不到什么意识。"(《三闲集·叶永蓁作〈小小十年〉小引》)

上述文章均写于1926—1929年,正是通常所谓鲁迅思想的"转变"期。作为文学家的鲁迅,在"转变"期构成思想的剧烈冲突的,并非对于某种政治立场、社会理想与哲学思想由开始的"不信"转到后来"信",而是两种不同的文学观念——《三闲集·文艺与革命(并冬芬来信)》所谓"写的是外表"还是"内心"的文学——的冲突。在和激进的青年文艺家们论争中,通过有意识的学习,鲁迅确立了文艺"不过是一种社会现象"的认识,然而在这大前提下面,他的文学的支撑点仍是个体的"自心",而非群体的"阶级意识",正如上面提到的那封回信,在承认了文艺的社会性之后,马上又补充说,文艺"是时代的人生记录"。

他的文学始终偏向主观人生,而非客观社会;偏向个体内部生活("心"),而非强行规定(虚构)的群体"意识"。在这意义上,可以肯定地说,并不存在文学家鲁迅的所谓"转变",因为他没有在一贯坚守的"心"之外,为文学——包括他决定为之辩护甚至为之献身的"革命时代的文学"——确立别的支撑点。他的文学一直是《摩罗诗力说》所确认的"心声""内曜",就像《汉文学史纲要》对屈原的文学的界定:"凭心而言,不遵矩度",或者《魏晋风度及文章与药及酒之关系》所推崇的魏晋文学家的"师心使气"。

余　论

"然其心已陈旧,本味又何由知?……""……答我。否则,离开!……"

——《野草·墓碣文》

七十五年前这个严峻的发问,始终折磨着关心鲁迅、关心中国现代历史的每一个读者的心。人们根据自己的经验、立场与知识背景,纷纷探索鲁迅的心,希望以各自的方式求得一个正解。长期以来,这几乎构成现代文学乃至文化史研究一个最大的兴奋点,而研究者的见仁见智,言从殊,本身就是一种有趣的景观。

有人,如夏济安、李泽厚、汪晖、王晓明、吴俊等,深刻分析了鲁迅的个性心理,尤其是它的黑暗面,但他们的分析更多从现代西方哲学找依据,最后(李泽厚和汪晖)不得不以存在主义之类解释鲁迅。这当然未尝不可,而且,当鲁迅与中国传统之关系的研究出现不能兼顾十九、二十世纪西方思想影响的缺失时,李、汪的偏重还尤其显得必要。但是,倘若过分强调十九、二十世纪西方思想的一元影响而不察鲁迅思想所根植的中国传统的渊源,则又不免顾此失彼。

有人,如林毓生,在概括儒家传统特别是程朱理学和陆王心学的思维特征为"强调'心'的理智与道德作用""强调从思想文化方面对社会作整体改造"之后,直接跳到"五四",认为"五四"

沿袭了这种思维习惯并把它推向极端，鲁迅便是这种极端偏至的传统思维方式的代表。这种说法对儒家传统的概括是否确当姑置勿论，但它至少化约了复杂的"五四"语境，抹杀了鲁迅以及其他"五四"代表人物对自身或许与之具有某种瓜葛的传统思维包括心学思维方法的挣脱与改造，更抹杀了在这同时，他们仍然有以各自的方式接续心学的精神气脉的可能性。

有人，如朱维铮，否认章太炎与王阳明的亲和关系，一定程度上也阻断了将鲁迅与包括"心学"在内的中国传统心灵体验方式联系起来的思考进路。谢樱宁《章太炎年谱拾遗》对此多有辨正，兹不赘述。

更多的人在研究鲁迅与中国传统时，胶着于鲁迅自己供认的"庄子韩非之毒"，对鲁迅未曾明言的包括"心学"在内的传统的其他方面，则不屑一顾。

有人，如胡风、冯雪峰，对鲁迅在多元拿来的基础上进行一元创造的智慧和勇气，阐释甚力，关于鲁迅不落痕迹的自由的思想形态也多有触及。正是他们的有关论述（比如冯雪峰强调鲁迅的思想不等于任何曾经影响过鲁迅的思想，胡风进一步强调鲁迅的文学/思想的本质是"心与力的结合"），触发了我对鲁迅"心学"的兴趣。限于时代环境，他们未能深究鲁迅与传统心灵体验的关系，即便对多元拿来的多元也往往只能述其有限的几元。但是，在所有关于鲁迅思想方式的解释中，胡、冯的说法还是最接近事情的本相。这是现代中国两位极能进行独立运思的值得尊敬的人物，他们的遗憾只是时代加给的。他们关于鲁迅的解释所蕴含的思想努力，往往将问题逼近到鲁迅的"心学"的门槛，可惜这种努力的意义至今仍然被遮蔽着。

鲁迅的"心"究竟怎样，可从不同角度探索，这里只想提出一点：鲁迅的"心"以中华民族几千年的"心学"（由精英和俗众共同书写的心灵体验的历史）为依托，不过在他身上，又最能看出中国传统心灵体验方式的现代转换。鲁迅凭其心的挣扎，把在别人那里呈现为赤裸裸的概念形态的思想理论问题转换为活生生的"直剖明示"的文学问题——心灵体验、心灵判断、心灵取舍的问题，在"古今中外"激烈交战、几乎无路可走的绝境，开辟出自己的道路——心的道路。鲁迅在中国文化史上的特殊地位，主要就在于他身处"扰攘之世"，奋其毕生心力，为"心夺于人，信不繇己"因而"本根剥丧，神气旁皇"的"华国""立心"，在于他的"立心"大业所完成的对中国传统心灵体验方式的继承与超越。鲁迅的思想、文学是特殊形态的一种心学。

2000年5月17日

（原载《鲁迅研究月刊》2000年第7期）

反抗者的文学
——论鲁迅的杂文写作

薛 毅

两个鲁迅？

从 1924 年后半年到 1926 年，是鲁迅创作非常活跃的时期。他的《彷徨》与《野草》均在这个时期完成，也正是在这个时期，鲁迅的杂文显示出他的独特与成熟。还是在这个时期，鲁迅的复杂性与多面性成为令人无法回避的存在。似乎有着两个鲁迅，一个是写作《野草》与《彷徨》的鲁迅，另一个是写作杂文的鲁迅，这两者之间，似乎存在着一种解释学上的断裂。冯雪峰曾作这样的判断：

> 我以为《野草》中的大部分作品，是和他同时写的《华盖集》及其续编的杂文有不同的特点。《华盖集》及其续编，是鲁迅先生极其猛烈的社会战斗的记录，所表现的思想和感情都是很健康的，这是说他反对封建主义和反对帝国主义的斗争。但《野草》则更多地表现了鲁迅先生的内心矛盾的交战和痛苦的叫声，其中的思想就不能当作鲁迅先生的社会思想的代表来看，因为它表现得很隐晦，同时作为思想者著作来看，在鲁迅先生的著作里面也并不占那么重要的地位，并且其中好几篇作品，无论在思想上在感情上都是个人主义的，而且阴暗的，有虚无感的，悲观而绝望的。自然，这种虚无和绝望的感情，同时又被鲁迅先生自己在否定着，他同自己的虚无和绝望斗争，这是在同一篇作品中都看得出来的，但斗争的结果怎样呢？还是有些虚无和绝望，总之是矛盾，个人主义本身的矛盾。（冯雪峰：《回忆鲁迅》）

这代表着中国传统马克思主义者对鲁迅的看法：《野草》中所呈

现的鲁迅这一面是有待否定的，是鲁迅对自己旧思想和旧感情的咀嚼。鲁迅同时写作的两种文体有了新旧之分，杂文代表着他的主流方向，代表着他的未来的选择，而《野草》则代表着他思想转折时期的次要的、与他即将否定的思想与感情相关的写作。

这种解释模式自八十年代以来，被新的模式所代替，汪晖这样阐释鲁迅的杂文与《野草》的关系：

> 从总体上说，鲁迅的杂文与《野草》在思维方式和思维内容上形成了两个不相同的思想体系，它们在许多方面相互渗透，却有着不同的逻辑起点和文化心理背景。鲁迅杂文所蕴含的丰富的社会历史哲学与《野草》所体现的深刻的人生哲学在外在形态和内在运思方面的差别，恰恰构成了鲁迅精神结构的复杂与丰富：矛盾的双方各自包含着自身的真理性，关于中国人及其社会改造的现实思考与关于个体存在的形上思想相互渗透又各有分工。思维逻辑的一致性已经打破，但对于鲁迅来说，期间仍然存在着某种"个人同一性"：个体生存与社会解放始终是以人的主体性的建立和人的解放为根本目的的。从更广泛的意义上说，这两个方面均隶属于鲁迅的"人学"体系，从而形成了深刻的社会文化批判同复杂的个体生命体验交织起来的独特的思想体系。
>
> 对于这样一个复杂的精神结构，对于这个精神结构中长期并存的相互矛盾、相互渗透的思维内容，有些研究者试图突出一个、弱化或贬低另一方，从而把复杂的精神结构理解为单一的、有序的发展过程，特别是把《野草》所体现的深沉的人生思考视为短暂的思想苦闷的表现，却不去探讨这种人生思考的普遍意义及其深刻的历史文化渊源。……毫无疑问，《野草》真实地表现了"彷徨"时期鲁迅的特有心态，但它所呈现的独特的思维方式却在本世纪初年已获得了它的哲学启示。《野草》所体现出的作家特异的个性气质和思维方式对于鲁迅而言是一种持久的存在，而其含蕴的思想情感内容又鲜明地标示着鲁迅的"现代"意义。（汪晖：《反抗绝望》，上海人民出版社1991年版，第13页。）

很明显，在八十年代，汪晖把《野草》与鲁迅杂文并置的目的是为《野草》一辩。尽管汪晖也指出两者的相互渗透，但是，他更愿意强调两者之间的差异：杂文是社会历史的，《野草》是人生哲学的；杂文是关于中国人及其社会改造的现实思考，《野草》是关于个体的形上思考。毫无疑问，在八十年代的氛围中，这种表述也可以迅速变为：杂文因为是社会历史的，现实的，所以是外在的，非本质的。《野草》因为是关于人生的，个体的，所以更具有本质意义，更有永恒性。李泽厚说：

> 鲁迅尽管自1918年起在《新青年》发表了《狂人日记》等一系列小说、随感，猛烈地抨击着旧道德旧文学，但他所呐喊的所鼓吹的所反对的，如果从思想角度说，尽管深度远超众人，但在基本思想、主张上，却与当时他的朋友和战友们大体相同，并没有什么独特之处。
>
> 鲁迅真正日益激动和积极起来，是他二十年代卷入女师大风潮，目击刘和珍被杀，被章士钊罢官，跟"正人君子"笔战，以及和许广平的恋爱，这使他由北京而厦门而广州而上海，现实生活和政治斗争使他由孤独者一步步走上马克思主义左派战士的道路。但是，鲁迅后期基本上并没有成功的小说，他的力扛九鼎叱咤千军的著名杂文，尽管在狠揭烂疮的思想深度和喜笑怒骂的文学风采上，始终是鹤立鸡群、无与伦比，但在思想实质和根本理论上，与当时瞿秋白、冯雪峰等人也基本相同，也并无特殊。
>
> 然而，鲁迅却始终是那样独特地闪烁着光辉，至今仍然有着强大的吸引力，原因在哪里呢？除了他对旧中国和传统文化的鞭挞入里沁人心脾外，值得注意的是，鲁迅一贯具有的孤独和悲凉所展示的现代内涵和人生意义。
>
> 这种孤独悲凉感由于与他对整个人生荒谬的形上感受中的孤独、悲凉纠缠溶合在一起，才更使它具有了那强有力的深刻度和生命力的。鲁迅也因此而成为中国近现代真正最先获有现代意识的思想家和文学家。（李泽厚：《中国现代思想史论》，东方出版社1987年版，第111页。）

而最集中体现他的形而上的孤独与悲凉的，自然是《野草》了。相比之下，鲁迅的杂文就不是鲁迅精神的最本质的体现了。李泽厚讲述了他思想得以发展的情境，他的现实斗争状况，这促使他走向左派战士的道路,而他的形而上的孤独、悲凉的现代意识是来自尼采、安特列夫等人。

八十年代以来的解释模式,几乎与传统马克思主义模式截然相反。后者把鲁迅分割为前期与后期,把鲁迅的《野草》以及所有与之相关的思想与感情放入他的前期,并且认定是前期中处于次要地位的。这样,鲁迅的杂文构成了鲁迅极为主要的占主流地位的思想与感情世界。而八十年代以来,鲁迅的前期后期的分割模式没有变动,但前期的地位远超过后期,甚至是,前期体现了真正的鲁迅,而后期则在很大程度上,成了一个党派的鲁迅,一个思想与艺术两方面都蜕化了的鲁迅。而且,对于前期的鲁迅来说,最能体现真正的鲁迅的,是《野草》以及与《野草》相似的《彷徨》。总而言之,《野草》是鲁迅的灵魂之所在,而他的杂文,则是表象的,非本质的。

但是,这两种截然相反的解释模式在思维方式和事实认定上却有着惊人的一致性,只是在价值判断上出现了对立。两者都把《野草》与鲁迅的杂文作为断裂的两极,《野草》之所以值得肯定或之所以值得否定,都因为它是鲁迅的个人主义精神的体现,都因为它与尼采、基尔凯郭尔、安特列夫相关,都因为它表现了孤独、绝望。杂文之所以处于最高位置或之所以地位不高,也因为它是鲁迅党派立场的体现,都因为它与现实斗争产生了紧密的或曰过分紧密的联系。

钱理群这样描述鲁迅研究50年来的变化:

> 如果说40、50、60年代,人们对鲁迅的观察视野集中在"民族英雄"的鲁迅这一个层面上,带有单向思维的性质,那么,今天,人们尽管仍然高度重视鲁迅作为"我们民族的伟大代表"、"我们民族的优秀精神的大集合体"这一面,同时又把观察视野缩小到作为"个人"的鲁迅,对"自我"——他的独特的思维方式、心理素质、性格、情感……,感到了浓厚的兴趣,又扩大到作为人类探索真理的伟大代表的鲁迅,从世界范围内,从人类思想发展史的广大时间、空间来探讨鲁迅及其思想、艺术的价值。(钱理群《心灵的探寻·引言》,上海文艺出版社1988年版,第12页。)

钱理群希望找到三者之间的辩证关系，但是，不可否认，当代鲁迅研究确实是从"民族性"走向"个人性"与"人类性"，这显示出研究模式在价值尺度上的根本变化。所谓的"个人性"与"人类性"都是在与"民族性"的差异中显示出来的，所以，鲁迅的杂文就因为与他人的观点基本相同，并无特殊性而缺乏意义。而他的《野草》等作品是最独特的，最显现出自我的特点的，又是在世界范围内最有现代意识的。八十年代以来的解释模式中，非常值得思考的一个问题是：所谓鲁迅的"个人性"与"人类性"几乎是可以合二为一的。他最独特的情感、思维能与西方现代哲人息息相通，他从世纪初认同的西方近现代思想能帮助他形成最为独特的个性。从"个人性"论证到"人类性"，从"人类性"论证到"个人性"，是八十年代以来，鲁迅研究最有特色的地方。作为存在主义的鲁迅（人类性）与作为孤独的在绝望中挣扎的鲁迅（个人性），两者之间，《野草》得以被充分地重视，而他的杂文，被绕开了。

但鲁迅有一段话，针对的正是这种"个人性"与"人类性"：

> 我们常将眼光收得极近，只在自身，或者放得极远，到北极，或到天外，而这两者之间的一圈可是绝不注意的……
> 在中国做人，真非这样不成，不然就活不下去。例如倘使你讲个人主义，或者远而至于宇宙哲学，灵魂灭否，那是不要紧的。但一讲社会问题，可就要出毛病了。北平或者还好，如在上海则一讲社会问题，那就非出毛病不可，这是有验的灵药，常常有无数青年被捉去而无下落了。
> 在文学上也是如此。倘写所谓身边小说，说苦痛呵，穷呵，我爱女人而女人不爱我呵，那是很妥当的，不会出什么乱子。如要一谈及中国社会，谈及压迫与被压迫，那就不成。不过你如果再远一点，说什么巴黎伦敦，再远些，月界，天边，可又没有危险了。（《集外集拾遗·今春的两种感想》）

"个人性"与"人类性"合二为一的缺陷就在于完全忽略了"这两者之间的一圈"，也就是鲁迅与这个时代、社会、历史的关系。在鲁迅那里，并没有一个先验的"个人性"的存在，也没有超越时代与社会的形而上的追求。相反，这正是鲁迅所反抗的思维方式与人文类型。去除了在个人与形而上之间、个人与人类之间的社会——这一中间层面，去获得永恒的文学艺术与哲学上的价值，并不是鲁迅所愿意的。鲁迅的个人性及其形而上的人生体验都与"外面的世界"息息相关，都是在具体的历史场景中得以生成的。换言之，对于鲁迅，我们需要寻找到历史主义的方法，把鲁迅的写作、鲁迅的思想置入具体的历史情景中来理解。而不是把他的某一个方面，某一种文体，作为他的独特本质。

《野草》与鲁迅杂文的关系

《野草》确实真切地表达了鲁迅的人生哲学，但是同样，《野草》也表达出了鲁迅将人生哲学对象化的努力。也就是说，这种人生哲学与对这种人生哲学的疑问与反思是彼此纠缠在一起的。《野草》在结构上通常以梦境入笔，梦境的奇特以及由此呈现的人生体悟是无法被忽略的，但是，梦境也提示人们，做梦的人与梦中的人并不一致，后者不能取代前者，前者在作品中并未完成。这与直接呈现一种人生哲学有很大的区别。另外，在《野草》中，总隐含着一个对话者，一个听者，所谓的人生哲学是在对话之中展开的，同样使作品的主题带有反思性质。对话构筑的情景能牵扯出哲学主题产生的具体历史背景。比如《影的告别》，以形而上的体悟观之，它讲述了"无家可归的惶惑"，而类似于海德格尔、卡夫卡、萨特的哲学，类似于荒诞主义的现代意识。但是，《影的告别》隐含着一个听者，一个在作品中的"人"。影子对这个听者说话，而且，我们会发现，影子自身是在与"人"的关系中产生的。这个"人"是相信将来的"黄金世界"的。正是在这个"人"世界中，光明与黑暗被作了有效的划分，时间的变化成了明暗之战。但是影子并没有从根本上否定"人"的观念，相反，影子自身并无独特的话语，其话语都是来自"人"，影子的告别表明，在这个话语世界里，没有影子的生存可能，无论告别还是伴随"人"，都将走向毁灭。再如《失掉的好地狱》，对话在人与魔鬼之间展开，鲁迅关于未来的灾难性预言以魔鬼之口说出。《墓碣文》中，与鲁迅相关的人生哲学写在死者的墓碣上，而让一个"我"在未来的某一时刻与死者相遇。未来的眼光同样存在于《颓败线的颤动》中老女人的儿孙们的态度上，存在于《死后》对主人公死后的想象中。

朋友，时候近了。

影子所说的话到底指向什么样紧逼的时间？在《野草》的题辞中，鲁迅说：

> 地火在地下运行，奔突；熔岩一旦喷出，将烧尽一切野草，以及乔木，于是并且无可腐朽。

这预示着一个天翻地覆的时代的来临。二十年代中后期，鲁迅预感到风暴的来临，这风暴，似乎具有俄罗斯式的革命的性质，也是在这个时期，鲁迅多次提及叶赛宁等人在革命到来后的幻灭。这正是与《野草》写作紧密相关的社会背景。鲁迅把这个时代称为"明与暗，生与死，过去与未来之际"，以《野草》"献于友与仇，人与兽，爱者与不爱者之前作证"。换言之，《野草》的写作是在预感到地火将烧尽野草的压力下进行的，是面对即将到来的大时代而作的自我检验。

就象人们可以从《野草》中读到的那样，鲁迅对待未来，对待"黄金世界"的态度是疑惑的，他主动地写出了自己与之的距离，与之的差异，对它的忧虑，某种不信任。但是并不意味着他站立在它的对立面。地火将烧尽野草的预感并没有使得他否定地火，这个预感倒促使他写出野草之将被地火烧尽的原因。那种面对自身被"烧尽"，却如此"坦然""欣然""大笑""歌唱"，这说明，"影子"等意象并不能足以概括鲁迅自我形象的全部内容，影子，死尸等，在说出自己的同时，存在另一个主体形象，在观察和检讨这些被对象化了的自我形象。我们在关注"我""梦见"的内容的同时，也必须关注梦见那些内容的作为主体的"我"的存在，这个"我"包含着更多的可能性，是《野草》的灵魂，一个使自我形象对象化的具有反思性质的灵魂。

鲁迅说：

> 我的作品，太黑暗了，因为我常觉得惟"黑暗与虚无"乃是"实有"，……其实这或者是年龄和经历的关系，也许未必一定的确的，因为我终于不能证实：惟黑暗与虚无乃是实有。（《两地书·四》）

"常觉得"却又"终于不能证实"，构成了一种矛盾运动。这表现在《野草》中，是一面写出这种经验与感受，一面将它们打上一个问号。这问号指示着另一种可能性：也许一切未必如此，也许还有另外的可能。人们称这一种人生哲学为："绝望的抗战"，或曰"反抗绝望"。这是八十年代以来，鲁迅研究最可贵的发现。

> （鲁迅）比那个时代的许多知识分子都更多地承受了那种先觉者的苦痛，在某种意义上，他简直是现代中国最苦痛的灵魂。但是他没有因此就停顿不前。当理论信仰不足以支撑自己的时候，他就更多地依靠自己的人格力量，动员起全部的理智来保卫呐喊的激情。这就是"绝望的抗战"的真正涵意。这就是那些自辟之论的意义所在，它们并非是体现了一付睿智的思辨头脑，而是显示了一种与黑暗势不两立，一种知其不可为而为之的战斗的人格。（王晓明：《潜流与漩涡》，中国社会科学出版社1991年版，第22页。）

但是，这种人生哲学，不可能仅仅是一种姿态，这种战斗的人格不可能不付诸战斗的行动。

> "反抗绝望"的人生哲学来自对自我的沉思与反省。但是这种反省并不意味着孤立于外部世界，尤其是社会。……对"自我"状况的洞悉，实际上使得"过客"和"影"通过自身最深的核心牢牢地扎根于存在的最深层次，连接着整个世界。……"反抗绝望"的人生哲学使我们理解了鲁迅艺术世界的双重品质：它由于对自我本质的深刻理解而必然走出自身，热烈地关注社会的和群体的问题。……"反抗绝望"的人生哲学必然体现为他对社会存在的改造与批判。（汪晖：《反抗绝望》，第255页。）

"反抗绝望"的人生哲学使得《野草》与鲁迅的杂文联系起来了。
但是，要从"影"的言行中推导出反抗绝望的人生哲学是颇为困难的。"影"面对"人"，所说的是他的"彷徨于无地"的绝境。死尸的执心自食换来的是"终以殒颠"。过客明知前面是坟，为什么还要走下去？就连《这样的战士》一文中，战士的行为又有什么依据呢：

他终于在无物之阵中老衰，寿终。他终于不是战士，但无物之物则是胜者。

在这样的境地里，谁也不闻战叫：太平。

太平……。

但他举起了投枪！

这转折词"但"的前后，有明显的断裂。整篇文章，都呈现出这种断裂。似乎只有用"人格力量"，"知其不可为而为之"的精神，"自我超越"的努力，才能解释这种状况：所有的努力都是徒然，都没有好的结果，都必然绝望，而这种努力却能坚持下去，永不停息。但是，如果我们不仅仅满足于用人格力量来解释"反抗绝望"的人生哲学的产生，那么，我们也就不会仅仅从《野草》中寻找鲁迅的人生哲学，更不会仅仅把"影""过客"看作鲁迅的本质。在我们熟知了"影""过客"等陷于绝境的自我形象的同时，必须领悟在绝境之上，有一个"坦然""欣然""大笑""歌唱"的自我形象，而这个形象与鲁迅在讲述自己的杂文时所描画出的形象非常一致：

站在沙漠上，看看飞沙走石，乐则大笑，悲则大叫，愤则大骂，即使被沙砾打得遍身粗糙，头破血流，而时时抚摩自己的凝血，觉得若有花纹，也未必不及跟着中国的文士们去陪莎士比亚吃黄油面包之有趣。（《华盖集·题记》）

显然，这个形象诞生于对"影"等形象的克服，是对无家可归的惶惑感、反抗行为的无意义感、面对死亡的荒诞感的克服。在《野草》中，鲁迅并没有非常充分地展现作为主体的自我如何克服作为对象化了的自我，如何超越绝境，这与《野草》写作的特性有关。所以，仅仅以《野草》来理解鲁迅，容易把鲁迅与鲁迅审视和表现的一些自我形象等同起来。仅仅以《野草》来理解鲁迅的反抗绝望的人生哲学，也容易把这种人生哲学理解为没有文化与思想依据的，仅仅由人格力量与生存意志支撑起来的东西。但是，在我看来，鲁迅的杂文，正是他的反抗绝望哲学的实践，指示着他如何超越《野草》所展示的绝境。

"中间物"意识的危机及超越

八十年代以来,鲁迅研究的另一个重要发现是他的"中间物"意识。鲁迅说:

> 大半也因为懒惰罢,往往自己宽解,以为一切事物,在转变中,是总有多少中间物的。动植之间,无脊椎和脊椎动物之间,都有中间物;或者简直可以说,在进化的链子上,一切都是中间物。当开首改革文章的时候,有几个不三不四的作者,是当然的,只能这样,也需要这样。他的任务,是在有些警觉之后,喊出一种新声;又因为从旧垒中来,情形看得较为分明,反戈一击,易制强敌的死命。但仍应该和光阴偕逝,逐渐消亡,至多不过是桥梁中的一木一石,并非什么前途的目标,范本。(《写在〈坟〉后面》)

在"中间物"意识的背后,站立着中国现代文化的进化论思想,一种新旧更替的,发展、进步的学说。也就是说,中间物在这个进化路途中,有着双重身份和特性,一方面,他是与传统、与过去相对立的,因而具有肯定的——新的、进步的意义,另一方面,他又是与传统和过去相联系的,因而又是应该被否定的。如汪晖所说:"只有意识到自身与社会传统的悲剧性对立,同时也意识到自身与这个社会传统的难以割断的联系,才有可能产生鲁迅的包含自我否定理论的'中间物'意识"(《反抗绝望》,第136页)。这成为鲁迅思想历程中的两次觉醒。

这其实是鲁迅进入新文化运动的时候就已经产生的自觉意识。在《新青年》上,鲁迅说:

> 新的应该欢天喜地的向前走去,这便是壮,旧的也应该欢天喜地的向前走去,这便是死;各各如此走去,便是进化的路。
> 老的让开道,催促着,奖励着,让他们走去。路上有深渊,便用那个死填平了,让他们走去。
> 少的感谢他们填了深渊,给自己走去;老的也感谢他们从我填平的深渊上走去。——远了远了。
> 明白这事,便从幼到壮到老到死,都欢欢喜喜的过去;而

且一步一步，多是超过祖先的新人。

这是生物界正当开阔的路！人类的祖先，都已这样做了。（《热风·四十九》）

在新旧交替的历史路途中，每一个人都构成了新旧之间的一个环节。鲁迅在这种进化论思想的指引下，非常清楚自己该做什么事情，他甚至能教育别人如何做一个有利于历史进化的父亲。他说：

论到解放子女，本是极平常的事，当然不必有什么讨论。但中国的老年，中了旧习惯旧思想的毒太深了，决定悟不过来。譬如早晨听到乌鸦叫，少年毫不介意，迷信的老人，却总须颓唐半天。虽然很可怜，然而也无法可救。没有法，便只能先从觉醒的人开手，各自解放了自己的孩子。自己背着因袭的重担，肩住了黑暗的闸门，放他们到宽阔光明的地方去；此后幸福的度日，合理的做人。（《坟·我们现在怎样作父亲》）

这种平和、乐观、自觉的人生选择是"中间物"意识的体现。但是，到了二十年代中期，它变得高度紧张、冲突起来了。鲁迅的两度觉醒，似乎都遇到了无法克服的困境。第一种觉醒，产生了"先觉者"与传统社会、与庸众对立的图式，不仅产生了先觉者的痛苦与孤独、产生了关于国民性的思想，而且产生了一种复仇的思想。《野草》中的两篇《复仇》把两者的对立展现为先觉者对庸众的悲悯、诅咒和仇恨，甚至是冷眼赏鉴庸众的无聊。第二种觉醒，也不单单是对自我与传统关系的自觉，更产生了《影的告别》《墓碣文》——不再是自觉到由于因袭的重担而无法进入未来，而是不愿意进入未来世界，也不再是发现了自我与传统的关系而作自我否定与批判，而是对这种自我产生了无尽的迷惑，"自啮其身"的结果不是自我明了，而是无法知道自己的"本味"。就象《过客》中过客不知道自己是谁，从哪里来，到哪里去。这与新文化运动时期，鲁迅的"中间物"的自觉意识有了天壤之别。因此，与其说上述的紧张与冲突体现了鲁迅的"中间物"意识，还不如说，它们表明中间物意识支配下的人生选择走向了绝境，这里面也包含着鲁迅对进化主义思想的疑惑。

这种疑虑并没有足以让鲁迅弃绝进化论，但能使鲁迅不再简单

地以"将来必胜于过去,青年必胜于老人"来看问题。鲁迅说:

> "将来"这回事,虽然不能知道情形怎样,但有是一定会有的,就是一定会到来的,所虑者到了那时,就成了那时的"现在",然而人们也不必这样悲观,只要"那时的现在"比"现在的现在"好一点,就很好了,这就是进步。
>
> 这些空想,也无法证明一定是空想,所以也可以算是人生的一种慰安,正如信徒的上帝。(《两地书·四》)

如此,进化的链子出现了松动,对将来的疑虑与对这种疑虑的疑问,使"将来"在一定程度上被悬置起来,存而不论。"中间物"意识与"将来"的关系不再如此紧密,而紧紧地盯住了"现在",鲁迅发现了执着于"将来"的理想主义的毛病:

> 我看一切理想家,不是怀念"过去",就是希望"将来",而对于"现在"这个题目,都缴了白卷,因为谁也开不出药方。(《两地书·四》)

鲁迅使"现在"凸显出来,不仅仅是在进化链子的意义上,相反,鲁迅赋予它以独立的性质,他甚至以杂文的笔法倡导让三者的关系脱钩:

> 仰慕往古的,回往古去罢!想出世的,快出世罢!想上天的,快上天罢!灵魂要离开肉体的,赶快离开罢!现在的地上,应该是执着现在,执着地上的人们居住的。(《华盖集·杂感》)

这种对"现在"的高度重视,使他在若干年后,面对以"将来"的名义批判他的革命文学家,不再是以"影"对待"人"的方式,来表达彷徨于无地的惶惑,而是嘲弄他们:

> 恭喜的英雄,你前去罢,被遗弃了的现实的现代,在后面恭送你的行旌。(《三闲集·太平歌诀》)

这是对《野草》中"影子"与"人"图式的超越。也就是说,鲁迅不再仅仅把自己看作一个与传统有联系，因而需要作强烈的自我否定的对象。进化链子松动后，"中间物"的第二次觉醒所产生的自我否定意识被一种空前的自由感所代替。鲁迅说出了他与别人行为的区别：

> 你的反抗，是为了希望光明的到来罢？我想，一定是如此。但我的反抗，却不过是与黑暗捣乱。（《两地书·二四》）

这种"捣乱"，有着"乐则大笑，悲则大叫，愤则大骂"的自由，那正是在杂文中显示出来的鲁迅形象。

与此相联系，"中间物"的所谓第一次觉醒，那种先觉者与整体社会，与庸众的对立图式，也出现了变化。在鲁迅说出"群众，尤其是中国的，永远是戏剧的看客"（《坟·娜拉走后怎样》）的时候，在鲁迅说出"暴君治下的臣民，大抵比暴君更暴"（《热风·六十五 暴君的臣民》）的时候，这种对立是剧烈的，其间渗透着鲁迅对近代中国历史的悲哀体验，以及对民众的愤怒与无奈。所能作的似乎只是让他们无戏可看，甚至是复仇，鲁迅考虑到绥惠略夫的命运："要救群众，而反被群众所迫害，终至于成了单身，忿激之余，一转而仇视一切，无论对谁都开枪，自己也归于毁灭。"（《两地书·四》）鲁迅在二十年代中期持续思考着绥惠略夫的命运，鲁迅发现，中国的改革者的境遇与他非常相像。《野草》中的两篇《复仇》庶几近之。但是，鲁迅在体验这种复仇感的同时，警觉到了绥惠略夫思想的可怕。

> 然而绥惠略夫临末的思想却太可怕。他先是为社会做事，社会倒迫害他，甚至于要杀害他，他于是一变为向社会复仇了，一切都是仇仇，一切都破坏。中国这样破坏一切的人还不见有，大约也不会有的，我也并不希望其有。（《华盖集续编·记谈话》）

这种警觉同样出现在鲁迅的小说《孤独者》中。《孤独者》几乎描画了一个与鲁迅自己一模一样、与绥惠略夫极为相似的魏连殳，一个由爱、同情、热诚走向恨、轻蔑、冷酷的孤独者，复仇者，小说全面展示了"先觉者"的宿命图像，并到达了万物皆空的虚无的绝境。但是，《孤独者》与《工人绥惠略夫》之不同在于，前者有一个第一人称"我"的存在,"我"在小说中,为这一幅宿命的绝望图像打上了一个问号,这是一个沉陷在同样的宿命中而又竭力否认,内心深处发现自己在步其后尘而又竭力摆脱,竭力与魏连殳保持距离的叙述者,这使"我"的命运带有未完成的意义,使小说中的"孤独""生存"等问题没有"形而上"的结论。也许魏连殳的命运如此惨烈,让人们忽略了"我"的存在,甚至让人们感到"我"的存在似乎妨碍了鲁迅对魏连殳的命运的更深入的表现。但是,从另一个角度看,"我"的存在才是这篇小说最独特的地方,否则它就仅仅成了《工人绥惠略夫》的中国翻版。就像鲁迅时时用叶赛宁的命运来提醒自己不要步其后尘,碰死在自己所讴歌希望的现实上,鲁迅也不愿意自己成为绥惠略夫,魏连殳,在绝境中无法自拔。从绝境中挣扎出来,才是《孤独者》写作的真正用意。所以,在小说的结尾,我们看到了另一个形象:

> 我的心地就轻松起来,坦然地在潮湿的石路上走,月光底下。

从绝境中出走,获得"轻松"和"坦然",这是鲁迅的独特之处。"我"之"走"往往成为鲁迅小说的结尾呈现出来的姿态,"轻松"和"坦然"的鲁迅走向哪里呢?就像反抗绝望绝对不仅仅是一个姿态一样,走出绝境的鲁迅也表现出他的具体的行为,这需要从鲁迅的杂文中寻找答案。

1926年末,鲁迅为杂文集《坟》写了《题记》,这篇文章的意义并不限于讨论杂文集《坟》,而是对包括《华盖集》及《续编》在内的二十年代中期鲁迅的杂文写作的总结。

> 天下不舒服的人们多着,而有些人们却一心一意在造专给自己舒服的世界。这是不能如此便宜的,也给他们放一点可恶的东西在眼前,使他有时小不舒服,知道原来自己的世界也不容易十分美满。苍蝇的飞鸣,是不知道人们在憎恶他的;我却明知道,然而只要能飞鸣就偏要飞鸣。我的可恶有时自己也觉得,即如我的戒酒,吃鱼肝油,以望延长我的生命,倒不尽是为了我的爱人,大大半乃是为了我的敌人,——给他们说得体面一点,就是敌人罢——要在他的好世界上多留一些缺陷。君子之徒曰:你何以不骂杀人不眨眼的军阀呢?斯亦卑怯也已!

但我是不想上这些诱杀手段的当的。木皮道人说得好，"几年家软刀子割头不觉死"，我就要专指斥那些自称"无枪阶级"而其实是拿着软刀子的妖魔。

为敌人而活下去，这种人生选择令人想起魏连殳的话，"偏要为不愿意我活下去的人们而活下去"。但是，有所不同的是，鲁迅的这个敌人有特定的所指，是"那些自称'无枪阶级'而其实是拿着软刀子的妖魔"，而不是那种包括庸众在内的社会整体。二十年代中期，鲁迅杂文中频繁出现了"特殊知识阶级"概念，这并不是指新文化时期的"旧党"，而是用来指称新的为阔人与权势说话，压制反抗者与穷人的知识者类型，尤其是经过了女师大事件与三·一八惨案，鲁迅更看到了这类敌人的面目。鲁迅没有把他们看作旧的行将消亡者，而是把他们看作新的，正在发生作用的人。鲁迅在《题记》中说，"中国人的思想，趣味，目下幸而还未被所谓正人君子所统一"，这话，包含着他对正人君子的行为的预测。

以新的"特殊知识阶级"作为主要的批判对象，是鲁迅杂文的新的起点。鲁迅在新文化时期写的许多杂感，是以新旧对立为主要模式的，用鲁迅的话来说，"先前，我只攻击旧党"（《两地书·一〇》），因而在总体上，与新文化阵营的要求相一致。而这个新的起点，是对新旧对立模式的突破。执着并突现"现在"的独立意义，使鲁迅的杂文由时间性走向空间性：从"现在"，从当下，来理解各种行为、各种话语的构成、来源，及其对各种不同的群体个体所产生的不同的效果，特别是判断它们与权力之间的或显或隐的关系。这并不是说，鲁迅的杂文不再涉及新旧对立主题，而是说，这个主题不再足以涵盖他的杂文创作，新旧对立中非常重要的先觉者与庸众的关系，不再是他所要研究的中心了。鲁迅说：

> 现在，没奈何，也只好从智识阶级……一面先行设法，民众俟将来再谈。（《华盖集·通讯》）

如前所说，"将来"在鲁迅的执着于"现在"的选择中，具有存而不论的悬搁位置，民众"俟将来再说"，也就是存而不论之意了。在鲁迅以后的杂文中，仍然有着民众的话题，但是，鲁迅已经逐渐告别了整体性的对民众的判断，后者不再构成对先觉者的生存、生存意义构成挑战与威胁的群体了。因为在"现在"这个图像得以具体展开的空间中,民众的行为是具体的而不是形而上的,是有前因的,而不是自足的。

因此,如果关于鲁迅的"两次觉醒"的命题①能够成立的话,那么,也可以说,在二十年代中期,存在着鲁迅的新一次觉醒:第一,鲁迅以《野草》和《彷徨》中的一些小说,总结了前两次觉醒所面临的困境;第二,鲁迅以杂文的写作,开启了他的新的追求与写作的可能性,这种新的可能性无法被先觉者与社会、大众的对立图示所能概括,也无法被发现与审视自我作为是传统的一部分这一图示所能解释。以杂文为核心的写作,具体体现出了鲁迅反抗绝望的人生哲学,并由此开创了别一种天地。

怎么写?

在一篇题为《怎么写》的"夜记"中,鲁迅曾描绘过独自一个人的心境:

> 夜九时后,一切星散,一所很大的洋楼里,除我以外,没有别人。我沉静下去了。寂静浓到如酒,令人微醺。望后窗外骨立的乱山中许多白点,是丛冢;一粒深黄色火,是南普陀寺的琉璃灯。前面则海天微茫,黑絮一般的夜色简直似乎要扑到心坎里。我靠了石栏远眺,听得自己的心音,四远还仿佛有无量悲哀,苦恼,零落,死灭,都杂入这寂静中,使它变成药酒,加色,加味,加香。这时,我曾经想要写,但是不能写,无从写。这也就是我所谓"当我沉默着的时候,我觉得充实,我将开口,同时感到空虚"。

个体与自然乃至宇宙相遇了,生与死、悲哀与苦恼,纠集在了一起。个体的心境在海天之间展开,内心与外界在这种特定的"没有别人"的沉静中,相互交流着,生命被读进风景中去,内部与外部构成了有机的关系,外部的一切都成为生命的展示,两者产生了强烈的共鸣,共同指向遥远的、无限的不可言说的极点。这非常典型地类似于一种象征的美学风格。依照"纯文学"的要求,这段落

---

① 参见汪晖《反抗绝望》,第132—139页。

无疑是鲁迅文章中文学意味最强的文字之一。但是,鲁迅却在这里停住了脚步,他接着说:

> 莫非这就是一点"世界苦恼"么?我有时想。然而大约又不是的,这不过是淡淡的哀愁,中间还带些愉快。我想接近它,但我愈想,它却愈渺茫了,几乎就要发见仅只我独自倚着石栏,此外一无所有。必须待到我忘了努力,才又感到淡淡的哀愁。
>
> 那结果却大抵不很高明。腿上钢针似的一刺,我便不假思索地用手掌向痛处直拍下去,同时只知道蚊子在咬我。什么哀愁,什么夜色,都飞到九霄云外去了,连靠过的石栏也不再放在心里。而且这还是现在的话,那时呢,回想起来,是连不将石栏放在心里的事也没有想到的。仍是不假思索地走进房里去,坐在一把唯一的半躺椅——躺不直的藤椅子——上,抚摩着蚊喙的伤,直到它由痛转痒,渐渐肿成一个小疙瘩。我也就从抚摩转成搔,掐,直到它由痒转痛,比较地能够打熬。
>
> 此后的结果就更不高明了,往往是坐在电灯下吃柚子。

这一转折把主人公带回到现实生活之中了。蚊子咬人,拍蚊子,抓痒,吃柚子之类,琐碎的小事,不再与主客体产生共鸣与默契,也无法统一在遥远的不可言说的边际了。这感受的"纯文学性"似乎在大打折扣了。但是,这也似乎对"纯文学"的沉思默想形成一种反讽:它指出了前者所产生的象征意味的规定性前提,那是在一种特定的场合,在没有旁人,在假设蚊子之类不存在,或者忽略了它们的存在的情况下,人与世界才似乎息息相通,人才可能体会一种"世界苦恼"。鲁迅后来重新提及他这一次的沉思默想,但他把这与"为艺术而艺术"联系在了一起:

> 现在比较安全一点的,还有一条路,是不做时评而做艺术家。要为艺术而艺术。住在"象牙之塔"里,目下自然要比别处平安。就我自己来说罢,——有人说我只会讲自己,这是真的。我先前独自住在厦门大学的一所静寂的大洋房里;到了晚上,我总是孤思默想,想到一切,想到世界怎样,人类怎样,我静静地思想时,自己以为很了不得的样子;但是给蚊子一咬,跳了一跳,把世界人类的大问题全然忘了,离不开的还是我本

身。(《集外集拾遗补编·关于知识阶级》)

在这里,鲁迅对此的回忆变得很调侃,他似乎并不以自己无法接近和追寻这种"渺茫"的"淡淡的哀愁"而可惜。相反,鲁迅更愿意指出它是在现实世界中比较安全的写作方式。鲁迅表示自己愿意走出这个规定性。他声称,他愿意回到现实世界中来,而不愿意为了表达这种"世界苦恼"而排斥身边的小事:

> 虽然不过是蚊子的一叮,总是本身上的事来得切实。能不写自然更快活,倘非写不可,我想,也只能写一些这类小事情,而还万不能写得正如那一天所身受的显明深切。而况千叮万叮,而况一刀一枪,那是写不出来的。
> 尼采爱看血写的书。但我想,血写的文章,怕未必有罢。文章总是墨写的,血写的倒不过是血迹。它比文章自然更惊心动魄,更直截分明,然而容易变色,容易消磨。这一点,就要任凭文学逞能,恰如冢中的白骨,往古来今,总要以它的永久来傲视少女颊上的轻红似的。
> 能不写自然更快活,倘非写不可,我想,就是随便写写罢,横竖也只能如此。这些都应该和时光一同消逝,假使会比血迹永远鲜活,也只足证明文人是侥幸者,是乖角儿。但真的血写的书,当然不在此例。(《三闲集·怎么写》)

鲁迅的杂文所写的就是这类"小事",他说明,这种写作方式应该和时光一同消逝。这里,所谓的"小事",是在与上面所说的"纯文学"类写作相区别的,它意味着,所写的事情并不足以产生永恒的价值。鲁迅的杂文就是在写小事上,与"纯文学"的要求相远离了。在为《华盖集》作的《题记》中,鲁迅说自己的写作"议论又往往执滞在几件小事情上,很足以贻笑于大方之家。然而那又有什么法子呢。我今年偏遇到这些小事情,而偏有执滞于小事情的脾气"。这种"小事"的说法也产生在与探寻永恒之类的写作的对比中。如此,所谓"小事"概念是很反讽的,它是指以"永恒"之类的写作规范要求下,"小事"变成了人们所说的小事。

> 我知道伟大的人物能洞见三世,观照一切,历大苦恼,尝

大欢喜，发大慈悲。但我又知道这必须深入山林，坐古树下，静观默想，得天眼通，离人间愈远遥，而知人间也愈深，愈广；于是凡有言说，也愈高，愈大；于是而为天人师。我幼时虽曾梦想飞空，但至今还在地上，救小创伤尚且来不及，那有余暇使心开意豁，立论都公允妥洽，平正通达，像"正人君子"一般；正如沾水小蜂，只在泥土上爬来爬去，万不敢比附洋楼中的通人，但也自有悲苦愤激，决非洋楼中的通人所能领会。

这病痛的根柢就在我活在人间，又是一个常人，能够交着"华盖运"。

这段文字几乎是对刚才所引的《怎么写》段落的概括，而反语性更为加强了。鲁迅似乎很谦卑地说自己没法飞到太空中，只能留在地面上，却道出了两种写作的区别：一种远离人间，而意欲洞见一切，观照一切；另一种则"活在人间"，执着于现实土地。前者是有规定性的写作，鲁迅宣布，他的写作不遵从这种规定：

我以为如果艺术之宫里有这么麻烦的禁令，倒不如不进去；还是站在沙漠上，看看飞沙走石，乐则大笑，悲则大叫，愤则大骂，即使被沙砾打得遍身粗糙，头破血流，而时时抚摩自己的凝血，觉得若有花纹，也未必不及跟着中国的文士们去陪莎士比亚吃黄油面包之有趣。（《华盖集·题记》）

我们可以发现，鲁迅对自己选择杂文进行写作有着非常明显的自觉意识，这种自觉意识的形成是在与文学的合理化工程的抗争中产生的。所谓"学者多劝人踱进研究室，文人说最好是搬入艺术之宫"的工程，这种"艺术之宫"建立的是一种"自律"的美学要求，希望文学避开其他社会实践而成为一块独立的自我控制、自我决定，无功利目的的领地。它许诺在一个不自由的社会中建立一个自由而独立的艺术空间，它强调文学的价值和意义在于探索永恒的人性，在于超越现实。鲁迅从这种"文学概论"中看到文学与现实丧失了联系，看到文学丧失了现实的抗争能力。鲁迅杂文写作自始至终，都与这类文学观念有着强烈的冲突。鲁迅引用别人以"纯文学"的标准对杂文所作的批评：

最近以来，有些杂志报章副刊上很时行的争相刊载着一种散文非散文，小品非小品的随感式的短文，形式既绝对无定型，不受任何文学制作之体裁的束缚，内容则无所不谈，范围更少有限制。为其如此，故很难加以某种文学作品的称呼；在这里，就暂且名之为杂文吧。

在"纯文学"的标准看来，杂文过分容易，使作家们甘自菲薄而放弃其任务，毁掉了自己，以投机取巧的手腕来替代一个文艺作者的严肃的工作。鲁迅反驳道：

> 所谓"严肃的工作"是说得明明白白的：形式要有"定型"，要受"文学制作之体裁的束缚"；内容要有所不谈；范围要有限制。这"严肃的工作"是什么呢？就是"制艺"，普通叫"八股"。

批评与反驳针锋相对。在"纯文学"看来，"定型""束缚""限制"是产生"伟大的文学"的必要条件，在鲁迅那里，却看到了所谓"纯文学"观念如何借用"伟大的文学"形成了压抑机制。鲁迅非常清楚这种文学观念的来源，它并不是"伟大文学"本身，而是现代合理化工程对文学的要求，它是大学教授们的产物，是"文学概论"之所谓"文学"。这种文学观念规范了文学的规则，文学的意义。鲁迅嘲讽地说，他和他的同人们并不愿意遵循大学教授们给定的文学规矩：

> 我们试去查一通美国的"文学概论"或中国什么大学的讲义，的确，总不能发见一种叫作 Tsa-wen 的东西。这真要使有志于成为伟大的文学家的青年，见杂文而心灰意懒：原来这并不是爬进高尚的文学楼台去的梯子。托尔斯泰将要动笔时，是否查了美国的"文学概论"或中国什么大学的讲义之后，明白了小说是文学的正宗，这才决心来做《战争与和平》似的伟大的创作的呢？我不知道。但我知道中国的这几年的杂文作者，他的作文，却没有一个想到"文学概论"的规定，或者希图文学史上的位置的，他以为非这样写不可，他就这样写，因为他只知道这样的写起来，于大家有益。农夫耕田，泥匠打墙，他只

为了米麦可吃，房屋可住，自己也因此有益之事，得一点不亏心的糊口之资，历史上有没有"乡下人列传"或"泥水匠列传"，他向来就并没有想到。如果他只想着成什么所谓气候，他就先进大学，再出外洋，三做教授或大官，四变居士或隐逸去了。（《且介亭杂文二集·徐懋庸作〈打杂集〉序》）

杂文的写作，如同农夫耕田，泥匠打墙，于大家有益，而不求永恒，不求在文学史上占有位置。鲁迅所谓"生产者的艺术"，指的就是如此：

> 消费的艺术。它一向独得有力者的宠爱，所以还有许多存留。但既有消费者，必有生产者，所以一面有消费者的艺术，一面也有生产者的艺术。（《且介亭杂文·论"旧形式的采用"》）

消费的艺术是"高等有闲者的艺术"，是对生活的点缀，是让人们进行把玩、赏鉴的艺术。中国现代文学观念的建立中，这种消费的艺术成为可以被解释为"超脱""非功利"，是"帮助人摆脱实在的世界的缰锁，跳出到可能的世界中去避风息凉"（朱光潜《谈美》），可是，在鲁迅看来，这无非是"抚慰劳人的圣药"［《且介亭杂文二集·"题未定"草（六至九）》］。鲁迅这样描述文艺历史的发展："以前的文艺，好像写别一个社会，我们只要鉴赏；现在的文艺，就在写我们自己的社会，连我们自己也写进去；在小说里可以发现社会，也可以发现我们自己；以前的文艺，如隔岸观火，没有什么切身关系；现在的文艺，连自己也烧在这里面，自己一定深深感觉到；一到自己感觉到，一定要参加到社会去！"（《集外集·文艺与政治的歧路》）鲁迅之所谓"生产者的艺术"，就是要打破艺术与现实生活之间的距离，取消艺术对现实生活有所不谈的禁令，并且否定了艺术的无功利性，抛弃了为了永恒的目的而牺牲艺术在当下作用的观念。使写作牢牢地与"现在"相联系，使写作完全嵌入了当下的话语实践与社会实践之中。鲁迅这样阐述他的杂文与"现在"的关系：

> 况且现在是多么切迫的时候，作者的任务，是在对于有害的事物，立刻给以反响或抗争，是感应的神经，是攻守的手足。

潜心于他的鸿篇巨制，为未来的文化设想，固然是很好的，但为现在抗争，却也正是为现在和未来的战斗的作者，因为失掉了现在，也就没有了未来。（《且介亭杂文·序言》）

这样的写作，绝对不是用来把玩和赏鉴的，也不是用来营造另外一个可能的世界，更无意于在文学历史上图谋不朽。它完完全全是一种当下的在"现在"中紧扣"现在"的实践：

要做就做，与其说明年喝酒，不如立刻喝水；待廿一世纪的剖掘戮尸，倒不如马上就给他一个嘴巴。至于将来，自有后起的人们，决不是现在人即将来所谓古人的世界，如果还是现在的世界，中国就会完！（《华盖集续编·有趣的消息》）

世上如果还有真要活下去的人们，就先该敢说，敢笑，敢哭，敢怒，敢骂，敢打，在这可诅咒的地方击退了可诅咒的时代。[《华盖集·忽然想到（五至六）》]

"现在"的空间

鲁迅对"现在"的高度重视与对中国历史的"循环"性的认识相关。在他还相信历史进化学说的时候，他发现中国历史似乎比较特殊：

许多历史家说，人类的历史是进化的，那么，中国当然不会在例外。但看中国进化的情形，却是有两种很特别的现象：一种是新的来了好久之后而旧的又回复过来，即是反复；一种是新的来了好久之后而旧的并不废去，即是羼杂。然而就并不进化么？那也不然，只是比较的慢，使我们性急的人，有一日三秋之感罢了。（《中国小说的历史的变迁·小序》）

以来自西方的普遍主义的眼光看中国的状况，而发现其特殊性，这种思维方式是很典型的。很明显地，鲁迅在这里对中国历史的"反复"与"羼杂"性质的认识，同样属于此类。因此，这种特殊的历史还是被"新"与"旧"的关系来解释的。但是，鲁迅另有一种观念，那就是，异己的"旧"与异己的"新"掺杂在一起的中国状况。早在写作《文化偏至论》的时候，鲁迅就把异己的"新"作为自己的批判对象，他以另一种方式预测中国的未来：

> 往者为本体自发之偏枯，今则获以交通传来之新疫，二患交伐，而中国之沉沦遂以益速矣。

在鲁迅的历程中，正是异己的"新"的出现，给予了他强烈的刺激，并使他放弃了进化论的观念：

> 我想，我的神经也许有些瞀乱了。否则，那就可怕。我觉得仿佛久没有所谓中华民国。……我觉得革命以前，我是做奴隶；革命以后不多久，就受了奴隶的骗，变成他们的奴隶了。[《华盖集·忽然想到（一至四）》]
>
> 我的一种妄想破灭了。我至今为止，时时有一种乐观，以为压迫，杀戮青年的，大概是老人。这种老人渐渐死去，中国总可比较地有生气。现在我知道不然了，杀戮青年的，似乎倒大概是青年，而且对于别个的不能再造的生命和青春，更无顾惜。……血的游戏已经开头，而角色又是青年，并且有得意之色。我现在已经看不见这出戏的收场。（《而已集·答有恒先生》）
>
> 我一向是相信进化论的，总以为将来必胜于过去，青年必胜于老人，……然而后来我明白我倒是错了。这并非唯物史观的理论或革命文艺的作品蛊惑我的，我在广东，就目睹了同是青年，而分成两大阵营，或则投书告密，或则助官捕人的事实！我的思路因此轰毁。（《三闲集·序言》）

异己的"新"不断破灭进化主义对"新"的期待，这种"新"，包括"中国民国"，包括青年，同时也包括新文化运动以后的知识阶级。二十年代中期以后，鲁迅持续受到这些异己的"新"的打击。如此，进化主义所建立起来的时间统一性被破灭了。而原本似乎是在时间上的新与旧，却结合成一种空间的关系：

> 中国的文化，便是怎样的爱国者，恐怕也大概不能不承认是有些落后。新的事物，都是从外面侵入的。新的势力来到

了,大多数的人们还是莫名其妙。北平还不到这样,譬如上海租界,那情形,外国人是处在中央,那外面,围着一群翻译,包探,巡捕,西崽……之类,是懂得外国话,熟悉租界章程的。这一圈之外,才是许多老百姓。(《三闲集·现今的新文学的概观》)

过去、现在、未来并没有朝着进步的方向发展。异己的"过去"在向"现在"羼杂,"现在"丧失了向可期待的"将来"联系的可能性,将来,成为将来的"现在"。鲁迅描述了中国的"现在"的图像,而这个图像在鲁迅看来,也是属于将来的:

香港虽只一岛,却活画着中国许多地方现在和将来的小照:中央几位洋主子,手下是若干颂德的"高等华人"和一伙作伥的奴气同胞。此外即全是默默吃苦的"土人",能耐的死在洋场上,耐不住的逃入深山中,苗瑶是我们的前辈。(《而已集·再谈香港》)

倘照这样下去,中国的前途怎样呢?别的地方我不知道,只好用上海来类推。上海是:最有权势的是一群外国人,接近他们的是一圈中国的商人和所谓读书的人,圈子外面是许多中国的苦人,就是下等奴才。将来呢,倘使还要唱着老调子,那么,上海的情状会扩大到全国,苦人会多起来。(《集外集拾遗·老调子已经唱完》)

以西方中心主义的眼光来看,从外国洋人,到中国的读书人,高等华人,再到土人,苦人,他们之间有着文明优劣,有着文明与野蛮的关系,因此,存在着时间上的先后关系,在西方文明的扩展中,土人与苦人的明天,应该是高等华人,读书人,后者的明天,当然是更先进的西方洋人。这种观念至今绵延不绝,许诺着一个发展、进化的伟大将来。但鲁迅把这种所谓的时间性作了空间的排列,他们共时的存在,却形成了奴役与被奴役的关系。在鲁迅的"人"的观念中,如果说,从"吃人的人",到"真的人"[①]之间,是一种野蛮与文明的关系,被他组合进了进化主义的时间关系。那么,鲁

[①] 参见《呐喊·狂人日记》。

迅思想的新的进展是在于强调"人"在社会中所处的不同位置及其所构成的关系。也就是鲁迅所谓的"大发现":从"人"中看到"压迫者和被压迫者"①,这是展现了"人"的空间图像。这个图像具体化为一种"现在"的社会关系,一种西方世界与本土社会之间、沿海通商口岸与内地之间的结构性联系,一种新的等级性制度的发展,具体的人在这个空间性图像中的差异昭然若揭。

在这个空间关系中,鲁迅看到了中国人在西方人中间的位置,也就是所谓"被描写的光荣"。鲁迅从传教士写的《支那人气质》,从西方的电影与文学中,看到中国人如何被描写成奇特的、低劣的人种。法国小说家德哥派拉来中国寻找小说材料,鲁迅感慨道:

> 但中国人,在这类文学家的作品里,是要和各种所谓"土人"一同登场的,只要看报上所载的德哥派拉先生的路由单就知道——中国,南洋,南美。英、德之类太平常了。我们要觉悟着被描写,还要觉悟着被描写的光荣还要多起来,还要觉悟着将来会有人以有这样的事为有趣。(《花边文学·未来的光荣》)

鲁迅从旧戏和电影中,阐述这种空间结构中,描写与被描写关系的变迁。旧戏中,官与民之间关系产生了有利于官的奴隶形象:

> 有一出给了感动的戏,好像是叫作《斩木诚》。一个大官蒙了不白之冤,非被杀不可了,他家里有一个老家丁,面貌非常相像,便代他去"伏法"。那悲壮的动作和歌声,真打动了看客的心,使他们发见了自己的好模范。因为我的家乡的农人,农忙一过,有些是给大户去帮忙的。为要做得像,临刑时候,主母照例的必须去"抱头大哭",然而被他踢开了,虽在此时,名分也得严守,这是忠仆,义士,好人。

---

① 参见鲁迅在《南腔北调集·祝中俄文字之交》中,回忆俄罗斯文学对中国文学的影响,他说:"那时就知道了俄国文学是我们的导师和朋友。因为从那里面,看见了被压迫者的善良的灵魂的,酸辛,的挣扎;还和四十年代的作品一同烧起希望,和六十年代的作品一同感到悲哀。我们岂不知道那时的大俄罗斯帝国也正在侵略中国,然而从文学里明白了一件大事,是世界上有两种人:压迫者和被压迫者!从现在看来,这是谁都明白,不足道的,但在那时,却是一个大发见,正不亚于古人的发见了火的可以照暗夜,煮东西。"

而西方电影中,则出现了有利于西方人的非西方人形象:

>   但到我在上海看电影的时候,却早是成为"下等华人"的了,看楼上坐着白人和阔人,楼下排着中等和下等的"华胄",银幕上现出白色兵们打仗,白色老爷发财,白色小姐结婚,白色英雄探险,令看客佩服,羡慕,恐怖,自己觉得做不到。但当白色英雄探险非洲时,却常有黑色的忠仆来给他开路,服役,拼命,替死,使主子安然的回家;待到他豫备第二次探险时,忠仆不可再得,便又记起了死者,脸色一沉,银幕上就现出一个他记忆上的黑色的面貌。黄脸的看客也大抵在微光中把脸色一沉:他们被感动了。

在西方强势文明下的,国产电影中,却出现了新的景观:

>   这部片子,主题是"开化瑶民",机键是"招驸马",令人记起《四郎探母》以及《双阳公主追狄》这些戏本来。中国的精神文明主宰全世界的伟论,近来不大听到了,要想去开化,自然只好退到苗瑶之类的里面去,而要成这种大事业,却首先须"结亲",黄帝子孙,也和黑人一样,不能和欧亚大国的公主结亲,所以精神文明就无法传播。这是大家可以由此明白的。(《准风月谈·电影的教训》)

鲁迅非常清楚中国的老例是官与民之间的奴役和被奴役关系,那所谓的好模范形象是使百姓服从统治的法术而已。但鲁迅并不认为西方世界之进入中国能解除中国原本的奴役关系,相反,这会演化为西方对中国的殖民主义关系,与中国内部的殖民关系。而处于底层的中国"土人"与"苦人"则受制于双重奴役。因此,我们可以把鲁迅的杂文写作看作对这种"被描写"的境地的反抗,一种摆脱屈辱的"他者"位置,使主体获得自主地位的努力。鲁迅杂文中有一个关键词"声音",这是鲁迅不断地重复使用的概念,鲁迅希望"被描写"的"他者"能发出自己的声音,"是黄莺便黄莺般叫;是鸱鸮便鸱鸮般叫"。这种对"声音"的呼唤,针对的就是上述空间结构中,西方对中国、上等人对下等人的政治与文化控制:

> 我们已经不能将我们想说的话说出来。我们受了损害，受了侮辱，总是不能说出些应说的话。拿最近的事情来说，如中日战争，拳匪事件，民元革命这些大事件，一直到现在，我们可有一部像样的著作？民国以来，也还是谁也不作声。反而在外国，倒常有说起中国的，但那都不是中国人自己的声音，是别人的声音。
>
> 我们试想现在没有声音的民族是那几种民族。我们可听到埃及人的声音？可听到安南，朝鲜的声音？印度除了泰戈尔，别的声音可还有？（《三闲集·无声的中国》）

在"无声的中国"如何发声？

鲁迅坚决维护白话文运动，在鲁迅看来，这是现在的中国人发出声音的条件。而文言文是横亘在现代人之上而不能让现代人说出自己的声音的死了的语言，是少数人控制的语言。只有白话文才有可能使现代中国人发出"真的声音"，而只有发自"诚"的"真的声音"被别人倾听到，人与人的灵魂才有可能相通，人们才能互相了解，而只有灵魂得到沟通，"爱"才能成为可能。也正是基于这样的追求，鲁迅才不遗余力地支持大众语运动。因为鲁迅所期待的发出声音的中国人，并不是少数住在洋楼里的鄙视大众的读书人，教授，而是至今无法用文字表达自己的声音的底层人。以此观之，鲁迅作出了在现在的知识分子看来仍然是显得偏激的判断：

> 中国现在的所谓中国字和中国文，已经不是中国大家的东西了。
>
> 古时候，无论那一国，能用文字的原是只有少数的人的，但到现在，教育普及起来，凡是称为文明国者，文字已为大家所公有。但我们中国，识字的却大概只占全人口的十分之二，能作文的当然还要少。这还能说文字和我们大家有关系么？
>
> 也许有人要说，这十分之二的特别国民，是怀抱着中国文化，代表着中国大众的。我觉得这话并不对。这样的少数，并不足以代表中国人。正如中国人中，有吃燕窝鱼翅的人，有卖红丸的人，有拿回扣的人，但不能因此就说一切中国人，都在吃燕窝鱼翅，卖红丸，拿回扣一样。要不然，一个郑孝胥，真可以把全副"王道"挑到满洲去。

>我们倒应该以最大多数为根据，说中国现在等于并没有文字。(《且介亭杂文·中国语文的新生》)

如何"将文字交给一切人"(《且介亭杂文·门外文谈》)？鲁迅赞同了是汉字的拉丁化方案。拉丁语运动是一场失败了的改革运动。但是，鲁迅对现代中国书面语的深刻洞见却是非常有启示的，现代书面语，如果只能被少数人控制和运用，永远与大众无关，那它所承载的声音也将永远是少数人的，不完全的、片面的。

但是，鲁迅绝没有以大众代表的身份来发出声音，相反，鲁迅与许多左翼知识分子的区别就在于后者以"惟我是无产者"自居，而鲁迅则强调他自己是从旧阵营里出来。鲁迅看到的是这样的状况，洋人与高等华人、官僚和读书人共同统治着中国，中国人与中国沉默的土人在文化上处于"被描写"的境地，在大多数人沉默中，构成了一个"无声的中国"。在这个背景下，鲁迅面对着少数人——知识阶级发出的声音。这是"无声的中国"所存在的声音，是一种在文化上拥有绝对控制权的声音，它与"现在"的社会空间构成怎么样的关系，成为鲁迅分析和批判的核心。不同于进"研究室"和入"艺术之宫"，鲁迅选择了报刊传媒作为阵地，而报刊传媒也正是知识阶级发声的载体。

近代以来报刊的发展形成了与大一统官方声音不同的声音，知识分子亦以杂感的形式表达对时事、社会的意见。但是，报刊也是在官与商、本土与洋人等各种力量控制之下的产物，就象它们的读者，市民阶层也是在这些交织的力量之下形成和产生的。鲁迅所处的时代，特别是三十年代上海的报刊，集中反映了各种政治力量的交织。因此，与其说报刊为鲁迅提供了社会批判和杂文写作的阵地，还不如说，鲁迅利用了这块阵地。因为，这些报刊并不可能出现鲁迅所希望出现的民众的声音，它们的常态只能是上述各种力量的平均数，在可能的范围里，往市民的消费主义方向发展。中国现代报刊作为一个"公共空间"是建立在排斥平民、大众的参与的前提下的，现代书面语与大众的隔绝，书写是一种特权，在现代传媒这个"公共空间"上，大多数人，是被排挤出去的。在现代书写行为中，大多数，是丧失这种权利的。现代"公共空间"被忽略了的背景在于：民众的沉默，是政客、文人、记者、商人、明星、贤达等发声的前提，民众的被排挤，是他们被选入的条件。在这个空间中，对国事的谈论往往是隐晦曲折的，对"风月"的闲聊则畅行无阻。对社会的揭露往往遭受检查官的封杀，对明星、闻人的报道则成为热点和卖点。而就象"排挤机制在进行分野与压制的同时，也唤起了无法抵销的对抗力量"①一样，鲁迅在这个领域内部构成了一种对抗的力量。鲁迅在这个"公共空间"上所作的，是利用了各种力量交织的缝隙，权力控制的空白地带，一面揭露这个空间与权力的关系，另一面以言语实践，促使这个空间内部的权力空白地带，发出反抗官与商、华人与洋人、文人与政客合谋的权力的声音。他的写作并不能代表沉默的大多数，但是，他以他的方式使现代书写、现代"公共空间"与被排斥的沉默的大多数之间产生了联系。

美国学者李欧梵在讨论《申报》与鲁迅的《伪自由书》的时候，对鲁迅的杂文作了如下评论：

> 我从文中所见到的鲁迅形象是一个心眼狭窄的老文人，他拿了一把剪刀，在报纸上找寻"作论"的材料，然后"以小窥大"把拼凑以后的材料作为他立论的根据。事实上他并不珍惜——也不注意……报纸本身的社会文化功用和价值，而且对于言论自由这个问题，他认为根本不存在。别人（如新月社）提出来讨论，他嗤之以鼻，把它说成奴才焦大在贾府前骂街，得到的报酬只是马粪，而现在居然"有时还有几位拿着马粪，前来探头探脑的英雄。……要知道现在虽比先前光明，但也比先前厉害，一说开去，是连性命都要送掉的。即使有了言论自由的明令，也千万大意不得"（《言论自由的界限》）。
>
> 然而我认为鲁迅的问题就在于他为了怕送掉性命而没有"说开去"！我认为这不是说或不说的问题，而是如何说法，如何"说开去"，如何找寻空隙，建立一个说话的新模式。②

这说话的"新模式"是什么，李欧梵语焉不详，他的结论是鲁迅聪明人反被聪明误，对政府的态度过分对抗，个人恩怨太多，不能自安于社会边缘，象《申报》早期的"游戏文章"作者那样，以

---

① 哈贝马斯：《公共领域的结构转型》，学林出版社1999年版，第7页。
② 李欧梵：《"批评空间"的开创》，《"批评空间"的开创：二十世纪中国文学研究》，东方出版中心1998年版。

旁敲侧击的方式来作时政风尚的批评。而那些早期的"游戏文章"在李欧梵看来似乎"已经造成了一种公论,提供了一个史无前例的公开政治论坛"。或许,所谓新模式就是指这种"游戏文章"?有意思的是,《伪自由书》中大量的非旁敲侧击的公开的政论,倒不符合"新模式"的要求了,倒对言论自由没有什么贡献了。但是,有一点是肯定的,《申报》的副刊"自由谈",确实因公开的非旁敲侧击的政论过多而受到官方的压迫,使得编者们不得不坦言"这年头,说话难","吁请海内文豪,从兹多谈风月,少发牢骚"。而用"游戏文章"作为"公共空间"的开创性文体,把非游戏的文章排除在外,这或许是当时能争取到的言论自由?但这自由的界限却是不言自明的了。鲁迅看到的正是这种"界限",这种"公共空间"的异己性。但是,为什么不可能这样看待:把《伪自由书》看作是一种言论自由的新贡献,因为这些言论不再是旁敲侧击的,不再是游戏的,而是对官方政策和行为的相对更直接批判。李欧梵说鲁迅对言论自由问题不予以考虑,这并不准确,准确的说法是鲁迅所要求的言论自由与"别人"(如新月社)并不一样。在鲁迅看来,新月社所要求的言论自由是能够与官方共处的,批评官方又为官方着想的权利,这与李欧梵所希望的知识分子不两极化,对政府的态度不"对抗"相一致。这种言论自由似乎还主动地设立界限,那就是对不宽容者的不宽容态度,换言之,言论自由者与当局有着共同的敌人,那些对现有秩序有危险的言论,不予以宽容。这正是所谓的自由主义知识分子与鲁迅不同的地方,前者需要的是秩序和合作,而后者面对秩序的压制采取的是反抗和斗争的立场。两者的结果也不一样,鲁迅总是上了官方的黑名单,而另一些言论自由的奋斗者的前途正如鲁迅所说:"吐出马粪,换塞甜头,有的顾问,有的教授,有的秘书,有的大学院长,言论自由,《新月》也满是所谓'为文艺的文艺'了。"(《伪自由书·言论自由的界限》)鲁迅与他的对立面——现代知识阶级的根本不同在于,鲁迅认定这样一个社会空间是异己的存在,是必须受到否定和批判的,而对立面则把这个社会空间视作他们可以有所行动的场所。因此,前者是要不断地反抗这种奴役的秩序,而后者并不愿意破坏,甚至主动在维护这种秩序。

也许,更应该重视的是,李欧梵非常有意思地提出了这些问题:

> 如果"伪自由"指的是假自由的话,他这本书是否也因国

民党限制自由而成了一本"伪书"？他在文中处处讽刺报纸的虚伪报导，似乎又把自己塑造成揭橥真理的英雄，如此则《伪自由书》应指国民党统治下的假自由，那么，又如何在"伪自由"的环境下说真话？

如果他真的想探讨真实，为什么又引了那么多别人的文章作"奇文共赏"？而共赏之后又有何益处？

李欧梵的答案写在他的文章中：这只能证明鲁迅站在私人的道德和个人恩怨立场上，心眼狭窄，"为了怕送掉性命而没有'说开去'！"而他的杂文，从文学艺术立场来看，也并不出色。

不过，如果跳出被规定了的"文学艺术立场"来看，我们可以发现，鲁迅的杂文的形式和主题的创新，就在于它不是与上述知识阶级和传媒的声音——这种控制了文化话语权、言论传播渠道的在"无声的中国"中几乎是唯一的声音——不相关的声音，而是这类声音的"反声音"。鲁迅杂文就是这样一种执着于"现在"的话语实践，一种"反声音"，把知识阶级的声音与整个社会空间的结构性关系联系起来。正是由于这种联系，鲁迅杂文以现代知识阶级作为主要批判对象，才有深远的意义，才不再是什么个人恩怨与私人的道德立场，鲁迅当然有许多杂文是批判社会的其他问题而与知识阶级没有多大关系的，但正是前者，才形成鲁迅杂文的特色。而这种对现代知识阶级的批判也不再是什么"怕送掉性命"的怯懦行为，因为这种批判是与对整个奴役秩序的反抗联系在一起的。在"现在"的社会中，安全的是为艺术而艺术的人，是对反抗秩序者持排挤态度的人，而鲁迅选择的是危险的方式：

讽刺家，是危险的。

假使他所讽刺的是不识字者，被杀戮者，被囚禁者，被压迫者罢，那很好，正可给读他文章的所谓有教育的智识者嘻嘻一笑，更觉得自己的勇敢和高明。然而现今的讽刺家之所以为讽刺家，却正在讽刺这一流所谓有教育的智识者社会。

因为所讽刺的是这一流社会，其中的各分子便各各觉得好像刺着了自己，就一个个的暗暗的迎出来，又用了他们的讽刺，想来刺死这讽刺者。

……然而社会讽刺家究竟是危险的，尤其是在有些"文学家"明明暗暗的成了"王之爪牙"的时代。人们谁高兴做"文字狱"中的主角呢,但倘不死绝,肚子里总还有半口闷气,要借着笑的幌子,哈哈的吐他出来。笑笑既不至于得罪别人,现在的法律上也尚无国民必须哭丧着脸的规定,并非"非法",盖可断言的。

　　我想:这便是去年以来,文字上流行了"幽默"的原因,但其中单是"为笑笑而笑笑"的自然也不少。(《伪自由书·从讽刺到幽默》)

讽刺文章与"游戏文章"之不同,也在于此。而鲁迅确实在"现在"中,找寻到了空隙,建立起了一个说话的新模式。

反"声音"与寓言式写作

鲁迅杂文的"反声音"是指,它是一种关于"声音"的"声音",是"无声的中国"中少数者(知识阶级、传媒)"声音"的"声音"。这种"声音"是异己的存在,是少数垄断了文化和话语权的意图使当下的"好世界"得以长存的声音,是使少数人(正人君子)意图统一中国人的思想、趣味的声音,是使奴隶们放弃反抗的欲念,像细腰蜂用麻醉的毒针把青虫麻痹得不死不活一样,这种声音是使人甘心永远作奴役的机器的"麻痹术"(《坟·春末闲谈》)。这种声音是鲁迅的敌人。而鲁迅的工作就在于揭示这种声音背后的意图,它与权力的关系,撕破这种声音构成的意识形态网络,使之无法有效地行使它的能力。这是鲁迅的极为自觉的杂文意识。

因此,鲁迅的声音是在与这种声音的关系中体现出来的,而无法单独割裂出来。就象一个反抗者在与敌人搏杀的情景一样,如果把敌人的形象抹去,这反抗者的行为就会显得莫名其妙,甚至有点滑稽了。当李欧梵等以所谓"时过境迁"的眼光看鲁迅,而看到鲁迅成了"心眼狭窄的老文人"也就不足为奇了。鲁迅之所以引了那么多别人的文章作"奇文共赏",其益处就在于让读者回到原初的情景中去,让读者明白,鲁迅的杂文与这种情景是无法分割的。

"引语"性是鲁迅杂文的一个非常重要的特点。鲁迅的杂文,首先不是关于"事实"的话语,而是关于"话语"的话语。因为他首先要面对的,是这些话语所构成的"声音",是由报刊传媒传递出来的新闻、谣传与文人的言论。这种"他人的话语"的出现,使鲁迅的杂文具有反美学的性质,因为它是异己的,无法使主体与之投合的、无法建立起认同性的,也没有任何契合点的,自我与世界之间的抒情、感怀,对遥远的不可言说的边际的沉思默想,都被这些异己性的话语所冲断。但鲁迅非常故意地让"他人的话语"潮水般涌入自己的杂文中,甚至自己的杂文集的名称、自己的笔名也往往来自他人的话语。如此,鲁迅的杂文不再形成"象征"的天地,而是一个讽喻的世界。"象征是形式的有机的发展产物;在象征的天地内,生命和形式是同一的。"[1] 在象征美学中,自我与世界存在于统一体中,心灵于是与万事万物产生交流的可能。但是,就象鲁迅的体会所揭示的那样,这只在特定的情景中才可能出现,那就是,"没有别人",这里所谓"别人"就是异己的"他人",象征美学的前提就是对异己性的排除。鲁迅从个人的沉思默想转而回到现实中,强调"现在"的重要性,也就把异己性纳入自己的写作之中。而在讽喻的天地中,写作不是直接与事物建立联系,而是"必须涉及到先于它的另一个符号"[2],话语在原本的运用和重新运用之间,会产生意义的变化,这说明,讽喻的写作是一种有"他者"性存在的写作。鲁迅并没有从写作的理论上考虑这些问题,但是,鲁迅从写作的政治性上表明,在如此的现实中,对他而言,与其选择排除异己性的美学方式,不如放弃这种个人的沉思默想,直接与这种异己性搏击更有意义。进一步,鲁迅杂文的讽喻也不仅仅是文学理论讨论的如何在对前人的话语的牵涉与否定中说话,而是把这种话语作为对象来看待。鲁迅有数篇《"立此存照"》,将报刊文章大段摘引,而后作简单的评论,其中之一道:

……在手里的就是这《儿童专刊》,立刻去看第一篇。果然,发见了不忍删节的应时的名文:

小学生们应有的认识

梦 苏

最近一个月中,四川的成都,广东的北海,湖北的汉

---

[1] 保罗·德曼:《时间性修辞学》,《解构之图》,中国社会科学出版社1998年版,第8页。
[2] 保罗·德曼:《时间性修辞学》,《解构之图》,第25页。

口,以及上海公共租界上,连续出了不幸的案件,便是日本侨民及水兵的被人杀害,国交显出分外严重的不安。

小朋友对于这种不幸的案件,作何感想?于我们民族前途的关系是极大的。

国际的交涉,在非常时期,做国民的不可没有抗敌御侮的精神;但国交尚在常态的时期,却绝对不可有伤害外侨的越轨行动。倘若以个人的私怨,而杀害外侨,这比较杀害自国人民,罪加一等。因为被杀害的虽然是绝少数人,但会引起别国的误会,加重本国外交上的困难;甚至发生意外的纠纷,把整个民族复兴运动的步骤乱了。这种少数人无意识的轨外行动,实是国法的罪人,民族的败类。我们当引为大戒。要知道这种举动,和战士在战争时的杀敌致果,功罪是绝对相反的。

小朋友们!试想我们住在国外的侨民,倘使被别国人非法杀害,虽然我们没有兵舰派去登陆保侨,小题大做:我们政府不会提出严厉的要求,得不到丝毫公道的保障;但总禁不住我们同情的愤慨。

我们希望别国人民敬视我们的华侨,我们也当敬视任何的外侨;使伤害外侨的非法行为以后不再发生。这才是大国民的风度。

这"大国民的风度"非常之好,虽然那"总禁不住""同情的愤慨",还嫌过激一点,但就大体而言,是极有益于敦睦邦交的。不过我们站在中国人的立场上,却还"希望"我们对于自己,也有这"大国民的风度",不要把自国的人民的生命价值,估计得只值外侨的一半,以至于"罪加一等"。主杀奴无罪,奴杀主重办的刑律,自从民国以来(呜呼,二十五年了!)不是早经废止了么?

真的要"救救孩子"。这"于我们民族前途的关系是极大的"!

而这也是关于我们的子孙。大朋友,我们既然生着人头,努力来讲人话罢!(《且介亭杂文末编·"立此存照"七》)

这里,引语进入鲁迅的杂文中不是用来争辩关于事实的真伪或对事情的看法,这不是说鲁迅对事实问题没有兴趣,但鲁迅更注重的是从"引语"对事件的谈论中发现"引语"潜含着的声音,那种暗含杀机的,那种将中国人不当人的心理。鲁迅让引语在他的杂文中"显现自身"。

从话语中分析出"话语性",也就是说话语和意义之间的关系不是直接对应的,而是关系到说话者的位置,说话者所处的环境,话语在这个社会空间的效应。鲁迅引用荷兰作家望蔼覃童话《小约翰》,其中记着小约翰听两种菌类相争论,从旁批评了一句"你们俩都是有毒的",菌们便惊喊道:"你是人么?这是人话呵!"鲁迅接着说:

> 从菌类的立场看起来,的确应该惊喊的。人类因为要吃它们,才首先注意于有毒或无毒,但在菌们自己,这却完全没有关系,完全不成问题。

而所谓的"人话",位置各个不同,得仔细判别话语来自什么样的人:

> "人话"之中,又有各种的"人话":有英人话,有华人话。华人话中又有各种:有"高等华人话",有"下等华人话"。浙西有一个讥笑乡下女人之无知的笑话——
> "是大热天的正午,一个农妇做事做得正苦,忽而叹道:'皇后娘娘真不知道多么快活。这时还不是在床上睡午觉,醒过来的时候,就叫道:太监,拿个柿饼来!'"
> 然而这并不是"下等华人话",倒是高等华人意中的"下等华人话",所以其实是"高等华人话"。在下等华人自己,那时也许未必这么说,即使这么说,也并不以为笑话的。(《伪自由书·"人话"》)

话语一旦与说话人的位置联系起来,话语的意义出现了变化。鲁迅在似乎是可以客观地对事实进行认识和讨论的地方,观察到了话语的政治性,看到了上等人对下等的,强者对弱者的话语垄断。当别人煞有介事地讨论女人与说谎问题的时候,鲁迅作了如下评论:

> 侍桁先生在《谈说谎》里,以为说谎的原因之一是由于弱,

那举证的事实，是："因此为什么女人讲谎话要比男人来得多。"

那并不一定是谎话，可是也不一定是事实。我们确也常常从男人们的嘴里，听说是女人讲谎话要比男人多，不过却也并无实证，也没有统计。叔本华先生痛骂女人，他死后，从他的书籍里发见了医梅毒的药方；还有一位奥国的青年学者，我忘记了他的姓氏，做了一大本书，说女人和谎话是分不开的，然而他后来自杀了。我恐怕他自己正有神经病。

我想，与其说"女人讲谎话要比男人来得多"，不如说"女人被人指为'讲谎话要比男人来得多'的时候来得多"。（《花边文学·女人未必多说谎》）

由于话语的意义不再仅仅限定在与事实的关系层面上，鲁迅甚至对"谣言"也有浓厚的兴趣：

不过，谣言这东西，却确是造谣者本心所希望的事实，我们可以借此看看一部分人的思想和行为。（《华盖集续编·无花的蔷薇之三》）

我就是常看造谣专门杂志之一人，但看的并不是谣言，而是谣言作家的手段，看他有怎样出奇的幻想，怎样别致的描写，怎样险恶的构陷，怎样躲闪的原形。造谣，也要才能的，如果他造得妙，即使造的是我自己的谣言，恐怕我也会爱他的本领。（《准风月谈·归厚》）

话语的人为性质和构造性质并不是简单地用"真实"可以衡量的。"中国民权保障同盟"指责中国监狱里的拷打行为。而报载胡适曾经亲自看过几个监狱：

"很亲爱的"告诉这位记者，说"据他的慎重调查，实在不能得最轻微的证据，……他们很容易和犯人谈话，有一次胡适博士还能够用英国话和他们会谈。监狱的情形，他……说，是不能满意的，但是，虽然他们很自由的……诉说待遇的恶劣侮辱，然而关于严刑拷打，他们却连一点儿暗示也没有。"

同情胡适的知识分子也许会说胡适太天真和善良，但如果这种所谓的天真和善良，那所谓"有一分证据，只可以说一分话"的方法只会遮掩中国的现实，那同情分量也就没有几斤几两了。鲁迅没有纠缠于胡适所见所闻的真实性，而是对胡适的言论作了"寓言"性的解读。他联系到了胡适在另一处的激昂慷慨的题辞：

  公开检举，是打倒黑暗政治的唯一武器，光明所到，黑暗自消。

鲁迅把这题辞与这言论结合起来：

  我于是大彻大悟。监狱里是不准用外国话和犯人会谈的，但胡适博士一到，就开了特例，因为他能够"公开检举"，他能够和外国人"很亲爱的"谈话，他就是"光明"，所以"光明"所到，"黑暗"就"自消"了。他于是向外国人"公开检举"了民权保障同盟，"黑暗"倒在这一面。
  但不知这位"光明"回府以后，监狱里可从此也永远允许别人用"英国话"和犯人会谈否？
  如果不准，那就是"光明一去，黑暗又来"了也。（《伪自由书·"光明所到……"》）

这豪言壮语、亲身实践，和中国现实之间，被寓言性地结合在一起，互相之间得到了新的说明：监狱借胡适遮掩了自己，胡适以独立知识分子的身份为监狱作了有事实依据的辩护，"光明"成为"黑暗"的庇护伞。这里并不牵涉到胡适的个人动机，而是他的言行与中国现实之间产生了互动关系。寓言写作是能将本不相关的事物建立起物理世界所无法建立的联系，让差异的东西在全新的结合中，产生新的单个事物所无法产生的意义。在寓言那里，话语不是自足的，不是自己能说明自己的，言和意并不是天然、有机地联系在一起的，用异质性的事物去叩问话语，话语将在新的语境中得到新的说明。1933年3月18日，胡适在北平对记者说，日本"只有一个方法可以征服中国，即悬崖勒马，彻底停止侵略中国，反过来征服中国民族的心"。这话要是说胡适本意是想卖身投靠，难免冤枉了胡适。但是，在日本以武力图谋征服中国的时候，这话的非"本意"的意义却也可以得到新的读解，鲁迅把它放置在新的语境中：

> 在前年，曾经拜读过中里介山氏的大作《给支那及支那国民的信》。只记得那里面说，周汉都有着侵略者的资质。而支那人都讴歌他，欢迎他了。连对于朔北的元和清，也加以讴歌了。只要那侵略，有着安定国家之力，保护民生之实，那便是支那人民所渴望的王道，于是对于支那人的执迷不悟之点，愤慨得非常。
>
> 那"信"，在满洲出版的杂志上，是被译载了的，但因为未曾输入中国，所以像是回信的东西，至今一篇也没有见。只在去年的上海报上所载的胡适博士的谈话里，有的说，"只有一个方法可以征服中国，即彻底停止侵略，反过来征服中国民族的心。"不消说，那不过是偶然的，但也有些令人觉得好像是对于那信的答复。(《且介亭杂文·关于中国的两三件事》)

这"令人觉得好像"，使胡适的言论与日本人的言论联系了起来。这自然是假定的、用人为的方式拼凑起来的，但正是这种寓言性的拼凑，揭示出了原本的话语的另一种可能性。

在鲁迅的杂文中，寓言性的联系，把彼此根本无关的事物结合起来，有利于鲁迅打破所引用的话语的规定性，捕捉得到话语发展的新的被掩盖的可能性。而这一切，其实都是在社会结构空间中得到最基本的检验的。换言之，鲁迅考察一种话语的意义，并不是看说话者自己陈述的动机，而是看说话人在这个空间的位置，看话语在这个空间的作用。话语与权力的关系，对社会各阶层人能起到的效果，是鲁迅最为敏感地把握的。所以，鲁迅从带领着羊群走向屠宰场的领头羊中，看到了知识阶级；从失势的党国元老那里，联想到了宫女们的"药渣"；从文学家对隐士境界的推崇中，发现了放在抽屉里算账用的算盘；慷慨激昂而空洞的行为，在与唐·吉诃德的对比下，显露出假唐·吉诃德的面目；人权主义的言词用焦大在贾府中的行为来说明。"现在"与历史、风月与国事、文人与政治、形而上与形而下被聚合在一起，共同说明着话语背后被遮盖了的一切。寓言写作扯去了话语原本的崇高、独立、公正、神圣的含义，而让它在这个社会空间中的现实效应和意义呈现了出来。

（原载《今天》2001年夏季号）

《域外小说集》与周氏兄弟的新文学理念

杨联芬

内容提要 周氏兄弟的《域外小说集》,是近代中国最早的具有规范化与学术化品格的翻译文学,但在晚清基本未被读者接受,其审美价值几近没有实现。然而作为"潜文本",它孕育了十年后震动文坛的《人的文学》与《狂人日记》。人道主义与诗化叙事,是《域外小说集》的两个突出特征,也是周氏兄弟对五四新文学在理论与美学上的两大贡献。《域外小说集》在传播上的失败,证明其在伦理观念与审美上的超前,却是研究周氏兄弟五四时期新文学理论与创作实践不可缺少的历史环节。

关键词 周氏兄弟;《域外小说集》;人道主义;诗化叙事

较之林纾翻译小说的历史局限性,周氏兄弟的《域外小说集》,以系统、直译的风格和明确的思潮意识,宣告了中国文学翻译"林纾时代"的结束,标志着文学翻译规范化、学术化的来临。

《域外小说集》所选择的基本是十九世纪中后期至二十世纪初的欧洲小说,旨在体现欧洲"近世文潮"[2],即西方浪漫主义之后的现代文学思潮。《域外小说集》选译的作品,均为短篇,而西方现代短

---

[1]《域外小说集》1909年印于日本东京的第一、第二册初版本,现已不易看到。一般能查阅到的,是1921年上海群益书社的重印本。另有岳麓书社1986年据1909年初版本和1921年群益版辑印的"旧译重刊"《域外小说集》。《域外小说集》1909年初版本署"会稽周氏兄弟纂译",1921年重印本则署"周作人编译"。重印本对初版译文某些生僻字作了修改,并在篇目上有所增加,如显克微支《酋长》、安兑尔然(安徒生)《皇帝之新衣》等。其所增加者,都是周氏兄弟1909年计划在《域外小说集》各分册中陆续刊出的。本文所据版本,是1921年上海群益书社版《域外小说集》;引文摘录,凡未特别注明,均为此版。

[2]《域外小说集·略例》(此为初版本附文),引自岳麓书社1986年版《域外小说集·略例》,第6页。

篇小说，在审美形态和叙述方式上与中国传统小说差异最大。选择短篇，固然有资金、规模等方面的考虑①，但从文学上说，西方短篇小说形式的引入，实为中国小说的现代化提供了极其重要的借鉴。林纾的翻译，千方百计在西方小说中寻求与中国文学和文化相同的地方，以此消除中西暌隔，使一向自大的中国士大夫"勿遽贬西书，谓其文境不如中国也"②；周氏兄弟的翻译，则旨在将"中国小说中所未有"的异域情调介绍进来③，为中国小说现代化提供一种可资借鉴的新形式。林译为中国封闭的文学打开了通往"世界"的窗口，周氏兄弟的《域外小说集》则试图使中国文学与世界文学融合。林译小说良莠并存，而《域外小说集》"收录至审慎"，既照顾"各国作家"，又体现"外国新文学"和西方"近世文潮"④。所以，1909年《域外小说集》出版时，鲁迅执笔的序文颇有一点自负的意味——"异域文术新宗，自此始入华土。使有士卓特，不为常俗所囿，必将犁然有当于心，按邦国时期，籀读其心声，以相度神思之所在。则此虽大涛之微沤与，而性解思惟，实寓于此。中国译界，亦由是无迟莫之感矣。"⑤

然而，这部译著由于读者寥寥，从接受美学看，它的文学价值几近没有实现。

关于《域外小说集》的印行，周氏兄弟在1921年群益书社重印版的序言⑥中，有过详细介绍：

> 当初的计画，是筹办了连印两册的资本，待到卖回本钱，再印第三第四，以至第 X 册的。如此继续下去，积少成多，也

---

① 1921年群益版《域外小说集序》："但要做这事业，一要学问，二要同志，三要工夫，四要资本，五要读者。第五样逆料不得，上四样在我们几乎全无：于是又自然而然的只能小本经营，姑且尝试，这结果便是译印《域外小说集》。"《域外小说集·域外小说集序》，第1页。

② 林纾：《黑奴吁天录·例言》，[美] 斯土活（H. W. Stowe）《黑奴吁天录》，林纾、魏易译，商务印书馆1981年版。

③ 《域外小说集·著者事略》"迦尔洵"，第6页。

④ 《域外小说集·域外小说集序》，第1页。

⑤ 《域外小说集·序言》。

⑥ 此文署名周作人，实际是鲁迅执笔。周作人在《知堂回想录》第八十六则《弱小民族文学》中说："一九二〇年三月群益书社重印《域外小说集》的时候，有一篇署我名字的序文，也是他做的。"香港三育图书文具公司1974年版。

可以约略绍介了各国名家的著作了。于是准备清楚，在一九〇九年的二月，印出第一册，到六月间，又印出了第二册。寄售的地方，是上海和东京。

半年过去了，先在就近的东京寄售处结了帐。计第一册卖去了二十一本，第二册是二十本，以后可再也没有人买了。那第一册何以多卖一本呢？就因为有一位极熟的友人，怕寄售处不遵定价，额外需索，所以亲去试验一回，果然划一不二，就放了心，第二本不再试验了。——由此看来，足见那二十位作者，是有出必看，没有一人中止的，我们至今很感谢。

至于上海，是至今没有详细知道。听说也不过卖出了二十册上下，以后再没有人买了。于是第三册只好停版，已成的书，便都堆在上海寄售处堆货的屋子里。过了四五年，我们这过去的梦幻似的无用的劳力，在中国也就完全消灭了。①

文学作为审美活动，其审美价值的实现，须以文本的传播、读者的接受为前提。《域外小说集》，由于读者的缺席，它的审美价值可以说是没有实现的。然而作为一种"潜文本"，《域外小说集》消失于晚清读者视域的审美特质，却在五四时期周氏兄弟的文学活动中重获发扬。所以，考察《域外小说集》，不但为我们认识晚清文学状况提供了参照，而且是研究周氏兄弟美学思想脉络的重要环节。

一

比较林译小说大获全胜的情形，《域外小说集》的被冷落，在令人遗憾之余，不得不引起我们的思考。简单地说，《域外小说集》传播上的失败，缘于它审美与道德观念上的超前。

检视周氏兄弟五四时期在新文学理论与小说创作上的建树，我们不能不考虑翻译《域外小说集》的全过程（这决不仅仅是语言的转换过程）在周氏兄弟文学观念、审美思想形成中的作用。"人道主义"的价值观念与"诗化叙事"的小说审美追求，是《域外小说集》最引人注目的两个特征，也是兄弟二人对五四新文学的最大贡

---

① 《域外小说集·域外小说集序》，第1—3页。

献。周氏兄弟后来强调的《域外小说集》的"本质"①,大抵是指它们。《域外小说集》在晚清"早产",而它作为"潜文本"的价值,则孕育了十年后震动文坛的《人的文学》与《狂人日记》。

"人的文学",是周作人为中国现代文学贡献的重要思想范畴,它的基本含义是以人道主义为本,对人生现象加以审美表现。"人的文学"作为一个精辟的思想母题,从根本上阐明了中国现代文学的核心价值,奠定了中国现代文学"现代性"的重要内涵。"人"成为尺度,人道主义与个性主义,成为五四文学的伦理目标,其所带来的生命关怀与人性解放话语,造成中国文学空前的活跃,也使晚清开始酝酿的新文学,找到了超越政治启蒙的"现代"平台。

不止一人说过,五四新文化的最大功绩,是发现了"人"。五四在中国历史上的地位,它对人本主义的力倡与传播,其作用类似于文艺复兴对欧洲近代历史的意义。而这场"中国的文艺复兴",周氏兄弟扮演的是举足轻重的角色。

周氏兄弟对人道主义的提倡,构成五四新文学最崇高的基调。而他们身上人道主义思想的形成,却在晚清。自《域外小说集》开始,周氏兄弟对西方小说的系统翻译与研究,就始终在人道主义的基本准则下进行。1920年,周作人用白话文翻译的短篇小说集《点滴》出版时,他在序言中再三强调其作品的"两件特别的地方——一,直译的文体,二,人道主义的精神",并声明书中所选的作家尽管有的"人生观绝不相同",小说"也并非同派","却仍有一种共通的精神,——这便是人道主义的思想"②。这部书的末尾,附印着《人的文学》。可见,人道主义是周氏兄弟新文学观中最重要的思想。

《域外小说集》选择作品的一个显著标准,就是人道主义。英国作家王尔德本是主张为艺术而艺术的,他的作品也大都体现唯美主义倾向,但他的童话《安乐王子》(今译《快乐王子》),因"特有人道主义倾向"而被周氏兄弟选入③——高高矗立在城市上空的英俊美丽的王子塑像,接受着人们的赞赏,眼睛却满含泪水,他注视着生病的穷人、街头的弃儿、饥饿的艺术家、因火柴打翻在水沟而不

---

① 1920年,当朋友建议重新出版《域外小说集》时,周氏兄弟认为译文"句子生硬""诘屈聱牙"而"委实配不上再印",但同时又认为,"只是他的本质,却在现在还有存在的价值,便在将来也该有存在的价值"。《域外小说集·域外小说集序》,第3页。

② 《点滴·序》,北京大学出版部1920年版。

③ 《域外小说集·著者事略》"淮尔特"(王尔德),第1—2页。

敢回家的卖火柴的小女孩……他请燕子卸下自己剑柄上的红宝石，摘下蓝宝石做的眼睛，剥掉贴满全身的金叶，把这些财物统统送给那些绝望的穷人；最后，他那颗铅做的心脏因对人间惨状深感痛苦而碎裂。《安乐王子》最动人的，就是这深挚的人道主义情感。周氏兄弟古奥的译文，使这篇童话没有能够成为孩子们的读物，但它的"本质"，却在后来巴金的白话译文中得到完美表达，并在中国读者中传播至今。

波兰作家显克微支，是周氏兄弟偏爱的对象，《域外小说集》已出的两册中，显克微支的作品占了三篇[①]。

《乐人扬珂》写一个羸弱而有智障的小男孩扬珂，生于贫困，因为饥饿而时常啼哭。但他对音乐有一种天才的敏感，他总在倾听：森林里有音乐在奏，田野里有音乐在奏，风在奏，村子在奏，一切自然都在奏着音乐。他的奇异的幻觉，太不招人爱，连说给母亲听，也总是招致呵斥。酒吧里的琴声，令他陶醉，他用薄板自制了一把提琴，而这把琴几乎发不出声音。但琴和萝卜，却成为瘦弱的孩子饥荒中支撑生命的力量。扬珂梦寐以求的，就是能够有一把真正的琴。一个有月光的夜晚，扬珂在幻觉的引领下，摘下了别人家墙上的琴。于是他成了人人不齿的小偷，被毒打一顿。羸弱的孩子，经历这场致命打击，再也没有起来。扬珂临死的场面，催人泪下：

> 小窗之外，有黄雀啁啾鸣樱树间。斜阳入窗，色作黄金，照儿枕上，乱发蓬飞，面惨白无血色。此落日余光，盖犹大道，垂死之魂，即乘此去。当永谢此世，得趁光明，善也。彼生时，仅行荆棘道耳。儿余息未绝，色若有思。时则村中有诸响度窗而入，暮色既下，女郎自田野束刍归，各歌绿野之曲，而川畔亦有箫声断续，扬珂今末次闻此矣。其手制胡琴，则横卧于席上。

> 儿忽若喜，微语曰："阿奶！"母咽泪对曰："吾儿，何也？"扬珂曰："阿奶，至天国，帝肯与我一真胡琴耶？"母应之曰："然。吾儿，彼当与汝。"……

[①] 1909 年版有《乐人扬珂》（第一册）、《天使》《灯台守》（第二册）；1921 年重印版增加《酋长》一篇。

可惜的是，这悲凉而抒情的叙述，没有赢得清末士大夫青睐。

显克微支这篇作品，在叙述方式上，已经脱离了十九世纪现实主义小说通常的写实和再现方式，更多运用主观表现手法，具有浓郁的抒情色彩。它的叙事是属于二十世纪现代文学的，而它所饱含的人道主义情怀，则又是典型的十九世纪的。显克微支在欧洲享有崇高声誉，勃兰兑斯评价他"系出高门，天才美富，文情菲恻，而深藏讽刺"[1]。但是，对于一般中国读者来说，至今仍然是陌生的。显克微支既不是英、法、俄等"大国"作家，他的小说又不属于故事好看、情节精彩而很有市场卖点的那一类，所以与中国一般读者的趣味是有距离的。显克微支的著名中篇小说《炭画》，被勃兰兑斯称为"文字至此，已成绝技，盖写实小说之神品也"[2]，然而1909年周作人的中文译本投稿时，却屡遭拒绝，直到1914年由鲁迅出面联系，才在北京文明书局出版[3]。

一方面是人道主义与民族关怀，另一方面是真挚、动人、优美的诗意，这两者大约是周氏兄弟私淑显克微支的原因。显克微支的作品，不但深切地关注着弱小的生命，而且也深深地爱着他的多难的祖国，这导致他写出杰出的《灯台守》（今译《灯塔看守人》）。《灯台守》叙述一位浪迹美洲的波兰籍老兵的一段经历，语言"极佳胜，写景至美，而感情强烈，至足动人"[4]，宛如一首至醇至美的诗。这位波兰老兵自荐担任巴拿马附近一个面积不过一亩[5]的孤岛的灯塔看守员。这里除了每天有一只小船运送淡水及食品，再无别的居民。灯塔位于又高又陡的四百多级台阶之上，灯塔看守员的生活犹如囚犯，一般人是不愿干的。但一生辗转流徙、需要休息的老人无家可归，把这个工作当作美差。面对苍茫的海天，聆听大海的怒涛，老人孤独而疲惫的心灵在这旷渺的空间暂得安宁，对大海"虽每日见此而亦不厌"。

老人与天空、大海、海鸥为伴，非常尽职地守护着灯塔，把小岛当成了他生命的最后一站。一天，送水船给他带来一个包裹，是

---

[1] 《域外小说集·著者事略》，第10页。
[2] 《域外小说集·著者事略》，第10页。
[3] 参见《知堂回想录》第九十八、九十九则《自己的工作》（上）、（下），香港三育图书文具公司1974年版。
[4] 《域外小说集·著者事略》，第10页。
[5] 周作人译本为"全岛大可数亩"，此从施蛰存白话译本，作"一亩"。

波兰侨民协会为答谢他捐款而寄赠的几本书籍。老人在多年的流浪颠沛生活中，很少遇到波兰人，波兰文的书籍就更不用说了。今天拿到这几部书，他激动不已。打开书，波兰伟大诗人密克微支的诗句，令老人强烈感动以至于呜咽流涕了——"是时心事波起，不能自制，遂啜泣自投于地，白发皓然，与黄沙相杂。心念离别故园，凡四十祀，且不闻方言者，亦不知几何年矣。今乃自来相就，超大海而得诸天涯独处之中，美哉可念哉故国之言文也！然老人虽泣失声，而不因于痛苦，惟旧爱重生，重逾万有，因至是耳。时则呜咽陈情，乞宥于所爱。"这一天，老人一直这样读着，感动着，直到"暮色陡下"。老人枕着石头，闭上眼睛，"天半犹有彩云，色作朱绛或如金黄，老人之心，乃正乘此云而归故国"。梦幻中，老人回到了久别的故乡——"耳际闻松林摇动有声，流水淙淙，如人私语，旧乡风物，一一如前"，"茅舍栉比，窗隙皆漏灯光。有小阜水磨及二池塘，左右相对。池中蛙蛤和鸣，彻夜不歇……"这一梦如此令人陶醉，以至于当老人被人唤醒，已是第二天早上。由于昨夜没有点灯，一条船撞上了海滩。不用说，老人被免了职，重新踏上流浪的路。这颇富幽默感的情节，却不是人生的调味品，它饱含着一位令人尊敬的老人孤独与悲凉的苦涩。

显克微支的这篇小说，既有出人意表的情节，又是非常优美的抒情文；情节隐藏于情绪的波澜中，情绪推动着情节发展；人与自然融为一体，心灵的感觉都投射到优美而富于变幻的自然景象中，如诗，如画，又像流动的音乐。

显克微支的作品，体现着《域外小说集》作品的整体特征——充满人道主义精神的、诗意的、主观化的叙事。由此可见周氏兄弟审美旨趣之一斑。

二

《域外小说集》出版之前，周作人曾经翻译过几种欧洲小说。其中有英国哈葛德的《红星佚史》，俄国阿·托尔斯泰的《可怕的伊凡》（鲁迅修改誊正后易名《劲草》），匈牙利育凯摩耳的《匈奴骑士录》《黄蔷薇》，以及显克微支的《炭画》等。然而有意思的是，只有哈葛德的《红星佚史》和育凯摩耳的《匈奴骑士录》顺利出版，而其他几种，或者若干年后才得出版（如《黄蔷薇》，《炭画》），或者最终没有问世（如阿·托尔斯泰的《劲草》）。顺利出版的哈葛德小说《红星佚史》，1907年2月译出，11月便被商务印书馆作为"说部丛书"初集之第七十八种出版，并获稿费二百元①。这部小说在叙事方式上最接近中国传统小说，即具有情节的完整性与传奇性；而选择哈葛德，大半也是由于当时周氏兄弟对林译小说的兴趣——周作人后来回忆说，林纾翻译的哈葛德小说，如《鬼山狼侠传》，《埃及金塔剖尸记》，"内容古怪"，"很有趣味"，"引导我们去译哈葛德"②。由于林译小说的巨大影响，"哈葛德"的名字自然地与"传奇性"相联系，仿佛一种品牌标志，能够轻而易举地赢得出版社的青睐。但是，一个不容忽略的细节是，商务印书馆在编辑这部小说时，将周氏兄弟"苦心搜集的索引式附注，却完全删去了"③——出版社的行为反映了当时读书界的趣味，他们只需要故事，并不需要有关的背景知识，也不注重译本的学术规范。周氏兄弟译本最具特点、最有价值的大概就是书中关于古希腊、埃及神话人物之间关系的考索性说明（尽管这些注解有错讹），"但似乎中国读者向来就怕'烦琐'的注解的，所以编辑部就把它一股脑儿的拉杂摧烧了"④。模仿林译而又比林译更加规范，这是初试翻译的周氏兄弟译书的特点；清末文坛只选择他们"像"林译的地方，拒绝了他们超越林译的规范化与学术化追求。周氏兄弟翻译的规范化，其实就是一种现代文学翻译的学术精神。这种精神在当时似是一种不需要的奢侈品，故被出版社粗暴删除了。

《域外小说集》出版于1909年，那时国内正是小说盛极一时的时代，翻译小说相当风行，而且翻译小说的数量往往多于创作小说⑤。周氏兄弟的翻译，无论从"小说"的体裁，还是从"翻译"的角度看，都是正逢其时的。但是，它的文学趣味与审美倾向，显然超越了当时读者的审美习惯与能力，它实际是一次早产。

从语言看这部译本，林译小说的影响显然仍然存在。它选择的是林纾式的中国士大夫的"雅言"，追求简古、朴纳——鲁迅、周作

---

① 参见《知堂回想录》第七十七、七十八则《翻译小说》（上、下）。
② 参见周作人《鲁迅与清末文坛》，《林纾研究资料》，福建人民出版社1982年版，第390页。
③ 周作人《知堂回想录》第七十七则《翻译小说》（上）。
④ 周作人《知堂回想录》第七十七则《翻译小说》（上）。
⑤ 阿英统计晚清翻译小说占小说总量的三分之二。阿英：《晚清小说史》，东方出版社1996年版，第210页。

人的好些文章都明确提到过林译小说对他们的影响①。但是《域外小说集》所选作品,在小说的审美旨趣上,不但已超越了林译②,而且与中国一般的小说旨趣也完全不同。

问题就在这里。

《域外小说集》所选的作品,都是短篇小说③,而这些短篇,大多属于侧重主观表现的抒情化小说——作品往往不依靠情节去叙事,没有清晰完整的情节,甚至没有故事,只有不连贯的碎片式的生活场景,人物主观的感觉与想象,某种情景交融的景致,等等。这种既缺乏情节因素,又缺乏故事的小说,是二十世纪小说叙事的新模式,周氏兄弟率先将这些在西方亦属先锋的短篇小说样式用"直译"介绍到中国,确实超越了中国读者的审美限度。

周氏兄弟回忆说,"《域外小说集》初出的时候,见过的人,往往摇头说,'以为他才开头,却已完了!'那时短篇小说还很少,读书人看惯了一二百回的章回体,所以短篇便等于无物"④。晚清士大夫,在情节叙事的小说之外,能够接受的,只有梁启超那种论辩散文式的政治小说。周氏兄弟的《域外小说集》,是小说,却又超越了一般小说以情节讲述故事的特征;非小说,却又不同于中国的诸子散文。《域外小说集》提供的作品,在古文形式下,表现的却是完全陌生的现代人的经验与感受;一般士大夫,无论是怀着"读小说",还是怀着"听道理"的审美期待的,都不会在《域外小说集》中得到满足,相反是失落。

即使在今天看,《域外小说集》所选的作品,并没有被时间淘洗掉,仍然是世界文学的精品。周氏兄弟的选择,虽然常常着眼于苦难的或弱小民族的文学,它自然没有囊括世界所有杰出作家,但它所选择的作家作品却代表了十九世纪中期至二十世纪初欧洲一流的短篇小说。这些小说,除了在内容、情调上符合周氏兄弟

---

① 《域外小说集》初版《序言》中说"《域外小说集》为书,词致朴讷,不足方近世名人译本";周作人1925年12月在《语丝》第3期《林琴南与罗振玉》中说"我个人还曾经很模仿过他的译文"。

② 周作人1920年在《点滴》的序中说:"我从前翻译小说,很受林琴南先生的影响;1906年住东京以后,听章太炎先生的讲论,又发生多少变化,一九〇九年出版的《域外小说集》,正是那一时期的结果。"《点滴·序》,北京大学出版部1920年版,第1—2页。

③ 周氏兄弟称为"小品",将童话、寓言亦算在里面。

④ 《域外小说集·域外小说集序》,第5页。

极端推崇的人道主义外，还有一个共同特征，就是大都具有主观性和抒情性，常常在诗的意境与话语中，表达满含人道主义情怀的个体生命体验。因此，这些作品在形态上大都"不像"小说，而更接近诗。

莫泊桑（周译"摩波商"）的小说，他们没有选取他那些故事性、戏剧性强、因而更"像"小说的作品，却首先选取了一篇抒情化的小说《月夜》。这篇小说没有故事，通篇展示的是一位教堂"长老"（神甫）的内心体验与情感波动：神甫自视为神的代言者，总在思考上帝造物的旨意，对现实充满忧虑。女性那充满情感与爱欲的存在，在他看来是对人的蛊惑，他认为那是上帝造物的一个失败，也许是专门为考验男子而设的。他本能上无法抵御对女性柔情的感觉，理智上就加倍憎恨她们。他竭力要做的一件事，就是说服桀骜不驯的外甥女皈依天主。在一个月夜，神甫站在静谧温柔的月光下，面对蛙鸣莺啼的原野，百思不得其解：上帝造出黑夜，仅仅是为了休息，为什么让夜晚如此迷人？这充满诗情画意的美景究竟是为什么人安排的呢？

>……长老神思幽立，有如诗人古德。故今见月夜之美，庄严而清静，心遂为之大动。小园洁月，果树成行，小枝无叶，疏影横路。有忍冬一树，攀附墙上，时发清香，似有华魂，一一飞舞温和夜气中也。长老吸颢气咽之，如醉人之饮酒。徐徐而行，心自惊异，几忘其侄（指神甫的外甥女——引者注）矣。未几至野外，长老立止，瞻望四野，皎然一白，碧空无云，夜气柔媚。蛙蛤乱鸣，声声相续，如击金石。月光冶美，足移人情。益以杜鹃歌声宛转，如催入梦，是摩摩之音，适助人温存也。长老前行，而意甚颓唐，亦不自知其故。唯觉力尽，欲席地少休，赏物色之美，更进，则有小溪曲流，水次列白杨数树。薄霭朦胧，承月光转为银色，上下弥漫，遍罩水曲，若被冰绡。长老止立，万感交集，心不自宁，觉复有疑问起胸中矣！

仿佛是上帝在捉弄他，正当神甫自问"天造设物，玄妙至是，设之大地，将为谁氏之娱耶？"他猛然发现，在这皎洁美妙的月光下，与无比温馨的大自然融为一体的，是一对年轻的恋人——"野中有树，穹然而高，上蒙轻霭。时见人影冉冉出树下，二人同行,男子顾身,以腕挽女颈,时唼其额,尔时四野景物,忽有生意,天成图画,用相位置……"而这对恋人中的女主角不是别人,正是他努力要用天主的神力去征服的外甥女。神甫在"惊且愧"中逃遁。

  小说叙述的视角是神甫,以他的眼光展示极不具故事性的零碎的事件、场景,而大量的内心活动与景物描写相交融,揭示了主人公内在的矛盾与困惑。大自然的优雅,就像人性与人生一样丰富、美好,它们使主人公俨然上帝使者的神圣与焦虑,显得荒唐和可笑,作者的讽刺也就具有了一种超越的优容,作品的情调像月光一样温柔旷远。这篇小说,没有故事,也没有情节,主观化的场景伴随着人物的思绪与情绪飘飞。莫泊桑此篇小说,与他通常追求"冷静""客观"的写实风格不太一样,算得上"心理写实主义"。

  迦尔洵的小说《邂逅》,写一位叫"那及什陀"(今译"娜结兹达")的妓女与一位叫"伊凡"的青年男子的一段悲剧纠葛。伊凡爱上了那及什陀,努力想以自己的真诚感化她,使她脱离卑贱的生活;但那及什陀早已对人世失去信任,她以堕落麻痹和保护自己,不愿回归常人的生活。伊凡的痴情,一度使她感动和痛苦,但她最终还是选择了拒绝。最后,伊凡绝望自杀。小说分别由男、女主人公的日记和少量第三人称客观叙述交叠构成,使作品形成一种复调式结构。男女主角各自的独白,使作品的情调具有复调音乐式的跌宕、缠绵,深入地揭示着男女主人公内心最隐秘最真实的情感,可谓"尽其委曲"[①]。译者每在段末附注"(以上那什及陀记)""(以上伊凡记)""(以上记事)"的字样,帮助读者及时调整心理,理解叙述视角的变换。但是,正如周氏兄弟在《域外小说集》的《著者事略》中所说,迦尔洵《邂逅》的文体,实属"中国小说中所未有也"。这样的文体,对于读惯第三人称连贯叙事的中国读者来说,很难适应,读不懂是自然的。

  但比较起来,莫泊桑的主观表现尚在"写实"的范围,叙述视角的相对固定(内视角),叙述语言的单纯、清晰,意境的情景交融,虽然从"小说"的角度看,完全陌生,但是从"抒情"的角度看,还是可与中国古典诗文的抒情方式沟通。但《域外小说集》中还有一些小说,不但叙述视角内倾,而且叙述结构与话语已经脱离

[①] 《域外小说集·著者事略》"迦尔洵",第6页。

了十九世纪"写实"的经典模式，体现出二十世纪文学的"现代主义"特色。

安特来夫是鲁迅喜欢的作家。他的小说，由于象征手法的娴熟运用，具有浓厚的现代主义色彩。其小说叙述的主观视点与意识流手法，增强了小说的朦胧和神秘意味。安特来夫的长篇小说《红笑》（周氏兄弟名《赤咲记》，列于《域外小说集》的书目预告中），写主人公在战争的残酷场景中对生命的痛苦体验，紊乱的思绪，充满幻觉的视觉与想象，都表现着主人公面对生命在血腥中丧失的痛苦与悲哀，曾经被视为二十世纪象征主义小说的代表作。《域外小说集》选译的两个短篇《默》《谩》，也基本上体现了安特来夫小说的一般特征：善用象征，描写幻觉，营造幽暗的意境，对人物心灵的感受和痛苦挖掘极深。《域外小说集》中的作品大多是周作人译，而安特来夫的两篇《谩》《默》均为鲁迅所译。《谩》（今译《谎言》）写男主人公在极度焦虑与嫉妒中杀死恋人的过程：他发现她对自己爱的承诺是虚假的，便陷入痛苦中不能自拔，经常想到死。在一次幽会时，他在黑暗中窥见了死亡的狰狞面容。于是，他杀死了她。她把谎言与真理一同带走，然而留下的依然是谎言——"嗟夫，惟是亦谩，其地独幽暗耳。劫波与无穷之空虚，欠申于斯，而诚不在此，诚无所在也。顾谩乃永存，谩实不死……"真实实在是不存在的，世间只有永恒的空虚与黑暗。主人公由此自嘲，做人而想寻找真理，"抑何愚矣！"小说以一个精神病态者的视点，用第一人称叙述，主人公内心的焦虑，幻化成一系列独特的主观感觉，爱与恨，占有与复仇，热烈与冷酷，这些充满强烈对比的情绪，在作品中是通过主人公深刻而变态的内在感受与谵语式独白表现的。真理与谎言，无边的黑暗与空虚，这些概念，通过作品的象征意境得到表现。这篇小说独特的叙述方式与阴冷的意象，以及小说结尾的"援我！咄，援我来！"（"救救我吧！呵，救救我呀！"）使我们不难发现，安特来夫对鲁迅后来创作《狂人日记》的影响是多么大。

《默》（今译《沉默》）的主人公是一位叫伊革那支的牧师。他既是冷酷的父亲，又是傲慢的神父，女儿内心痛苦，神父却在急躁的劝说失败之后，便用沉默对待她。在父子俩沉默的对峙中，女儿终于在孤独无助中自杀。在牧师自私而傲慢的内心，女儿的死提供了众人耻笑他的话柄，因而在女儿的葬礼上，他不露半点悲哀——"顾众目聚瞩，而伊革那支之立屹然，时盖绝不为殇女悲，特力护神甫威棱，使勿失坠已耳。"然而，惩罚终于来临，女儿去世后，"阖宅默然"，妻子瘫痪在床，睁着眼睛，没有悲哀，没有怨恨，甚至没有感觉，只有沉默。每天晨祷之后，牧师"辄入客室"，环顾空空的鸟笼和熟悉的家具，便坐在安乐椅上"谛听默然"。他听到了空鸟笼的沉默，那是"微而柔"的，这沉默"满以苦痛，中复有久绝之笑寓之"。他也听到妻子的沉默，这沉默"冰重如铅，且绝幽怪，虽在长夏，入耳亦栗然如中寒"。而那"悠久如坟，閟密如死"的沉默，则是"其女之默也"。渐渐地，死亡般的沉默终于令牧师难以承受，他来到女儿坟前呼唤，来到妻子床前乞怜，然而，回答他的依然只有死一般的沉默。作者将笔触深入人物幽深的感觉世界，在象征的意境中将一种难以描述的情绪揭示出来。安特来夫通常被"称为神秘派或颓废派的作家"，而周氏兄弟选择他的原因是他的作品"带着浓厚的人道主义的色彩"[①]。

《域外小说集》所选作品，俄国作家明显居多，除了迦尔洵、安特来夫，还有契诃夫、斯蒂普虐克，共7篇，几近半数。11年后周作人编译《点滴》时，俄国作家的作品仍然占近40%，这个偏好来自被他们称为"俄国的特性，与别国不同的"人道主义[②]。

晚清时期周氏兄弟的文学思考，是基于"立人"理想的艺术探索；他们所崇尚的人道主义、心灵的表现和诗化叙事，在当时都是超越性的，那个时代消受不了它。《域外小说集》采用雅训的古文翻译，而这种文体的读者对象——士大夫阶层，在那时还只能够以欣赏史、汉的心态接受林纾的翻译小说，至多，还有充满宏议论辩色彩的新小说。而当迎来理解的时代——五四时，古文形式又使它们不再适宜，"不但句子生硬，'诘诎聱牙'，而且也有极不行的地方"[③]。但是，作为周氏兄弟早期文学实践的重要事件，《域外小说集》的潜在审美价值以及它所蕴蓄的周氏兄弟的超前文学观，却在约十年以后发挥了极其重大的作用。周氏兄弟对中国现代文学的影响，未能通过读者对《域外小说集》的阅读实现，却以"潜文本"的方式蓄积并整理了周氏兄弟的新文学理念，使他们刚刚介入五四，便双双成为新文学的理论与创作重镇，贡献出精湛的思想与艺术，

[①] 《〈齿痛〉译后记》，《点滴》，北京大学出版部1920年版，第180页。
[②] 《〈齿痛〉译后记》，《点滴》，北京大学出版部1920年版，第180页。
[③] 《域外小说集·域外小说集序》，第3页。

极大地推动了中国文学现代性的实现。《域外小说集》作为文本的流产，也从另一个角度证明，当时中国读者对现代精神的体验与表达，尚有相当距离；而林译小说恰好充当了这一历史转换的中介。

二〇〇二年

（原载《鲁迅研究月刊》2002年第4期）

鲁迅的可能性
——也从《破恶声论》寻找支援

高远东

一 问题的提出

鲁迅的思想和文学具备什么可能性？这一问题在近百年来随着时代的变化不断被不同的人提及，并经由不同的落实或结晶为某种思想果实，或化身为历史的某种支撑结构，或者被当权者谋算，或者作为在野者的良知存在……在这一过程中，人们根据自己的立场、观点、利益设问，再以自己的政治、学术、道德实践作答，因此这一自问自答之间，鲁迅的可能性往往已经变成了不可能性——说到底，谈论鲁迅毕竟是我们自己的建构工作，是我们自己的思想史、学术史甚至政治史的一部分，建构的成败并非取决于鲁迅，而是取决于建构主体的我们而已。

现在之所以再次提出这一问题，当然主要还是因为时代变了，变得不仅与鲁迅生活的当时、与"二战"之后、与"文革"时期，与20世纪八九十年代不同，而且很可能与产生鲁迅问题的原始条件——因应近代以降来自西方的全面挑战——不同了，这样，鲁迅的意义和价值就显出了局限性，变得可疑起来。在不少人的语汇中，以现代性为主要诉求目标的鲁迅业已油尽灯枯，其可能性问题不过是其可能性是否仍存在的一个疑问而已。那么，这一切是如何发生的？我们能否把随时代变动的已然事实等同于一种思想的必然？如果可能，那么如何解释历史与逻辑的分裂？如果不能，那么如何看待二者的同一性？事实上，任何一种体制或思想秩序都自有其历史的宿命，而每一种新的现实也有其理应遵循的因果，如果不去追究这种变动的表象背后的物质和精神的动因，而仅仅满足于事后诸葛式的智慧,把已然当必然,而据为真理标准,恐怕难合学究之义。

鲁迅的思想和文学一直没有如他所愿地"速朽",对它所作的解释——无论意识形态的利用或反利用,还是思想性的阐发和学术性的整理——一直构成着近代以来"中国意识"的重要内容(近年韩国学界也像日本学界一样热衷于建构"亚洲主义",探寻"新的文明原理",也有人把鲁迅作为资源),这自然是因为鲁迅的问题诸如"立人""立国"之类与传统中国/东亚社会文化转型之间的深刻联结,以及在批判性地审视这一传统方面表现的深入性和透彻性,乃至其中内涵的一种人之为人、文化之为文化的独特方法。在中华人民共和国成立后,尽管其批判性的、革命的本质一度被体制性地改造或抑制,因而呈现为一种极其矛盾的存在,但一旦遭遇社会生活的变革活水,它总能与有准备的思想结合,焕发蓬勃的生命力。因而在20世纪的中国,鲁迅的思想和文学具有说不尽的、常读常新的特点,其可能性似乎是无限广延的。即使在今天,处于社会体制转型的巨变过程中、为应付各种问题的挑战而焦头烂额的中国思想界,依然常有人要到鲁迅的思想和经验中汲取灵感和启示。听说在当今日本,经济发展处于表面停滞的高原期,社会文化呈现着后现代的图景,但人们对未来前途却感到渺茫,而鲁迅——这个未尝自外于日本、曾经给日本的现代反省提供过某种借鉴和方向感的异国作家,其意义因此也与战后不同,《鲁迅文集》卖不过《柏拉图式的性爱》和小林善纪,早在书店绝版且不能再称之为公共读物;其思想和文学也只是作为学界怀旧的对象,不再具有前瞻性和引导性。这种种情形可能与鲁迅存在的前提——追求现代性——不再存在有关,可以视为理所当然。不过,尽管如此,与此相关的当今种种现实,像人们常提及的所谓现代的终结、全球化和冷战结束之类,并不足以构成终结20世纪人类的思想、文化、道德等种种所得的理由。事实上,我们的生活仍在延续,世界也仍受制于现代历史发展的种种矛盾之中,因此,与其把包括鲁迅在内的现代成果视为要扬弃的包袱,倒不如把它视为一种再出发,一种凝结着一个世纪的历史丰富性的可能性的再出发。

那么,鲁迅的思想和文学——这一凝结着20世纪中国/亚洲历史的丰富性、具有内在精神深度的独特诉求,对于21世纪的可能性何在呢?

二 鲁迅的可能性

鲁迅的可能性是历史地存在的,长期以来,作为中国文化革命的意识形态,它深植在中国的现代文化建构之中。其思想和文学不断被朝野利用改造、援为资源,其意义和价值也被不断地生产着,围绕着它的问题点又派生出一系列问题,进而成为现代"中国意识"的基本组织。因此,我们要讨论其可能性,先得弄清鲁迅与我们的"连带点"何在,与我们连带的"问题性"何在。也就是说,我们在什么情况下、遇到什么问题时才会想到他,才会从他那里寻求启示和支援。

鲁迅把其杂文的写作称为"社会批评"和"文明批评",这既可视为他对其思想和文学性格的基本定位,也让我们因此回溯而得知其问题的基点。事实上,尽管鲁迅一生从事过多种求知的、实践的、创造的事业,但贯穿其始终的关心却在于探究一种关于人、社会、文明的病理,并寻求积极的治疗与改造。这是触及人类生活"本根"①的问题,也应该是他在不同时代、不同地域都能具备丰富的可能性而与后人发生关系、让我们产生"连带感"的重要原因。鲁迅关于人、社会、文明的基本思想是在留学日本(1902年3月——1909年7月)时形成的,其早期五篇文言论文——尤其是《文化偏至论》(1907年)、《摩罗诗力说》(1907年)和《破恶声论》(1908年)三篇——奠定了他的思想的基础,确立了鲁迅之为鲁迅的特质。虽然其思想和文学在他回国后才真正展开,但却是多以反题的方式展开的,其思想的正题诸如"立人"和"立国"之类,只能折射在像应该如何"救孩子""做父亲"和解放女性,如何"改造国民劣根性",如何追求合理的生活和社会等所谓"反帝反封建"的内容之中。也就是说,它们在思想现实化的同时,也为现实的思想所制约,其可能性是辩证地受到了局限的。比如在阿Q这样的否定性形象中,我们如何体会其"立人"的崇高思想旨趣;在"鲁镇""未庄"乃至"S城"那样的中国社会里,我们如何理解其"尊个性而张精神"的"人国"境界,恐怕所得有限。既然鲁迅思想的原创点在其早期论文之中,那我们或许就不该舍近求远,而到正与"无物之阵"肉搏血战的中后期鲁迅那里,去寻找那些业已实现、因而也就有所局

---

① 鲁迅《破恶声论》劈首第一句就是"本根剥丧,神气旁皇"。

限了的可能性。

在上述几篇论文中，我要特别引《破恶声论》中的思想作为支援，较之《文化偏至论》和《摩罗诗力说》，这篇七千字的论文长期以来得不到学界的足够重视——在我个人的印象中，其意义是经过伊藤虎丸先生多年来的独特阐释和发现之后，① 才逐渐为人所知、所重的——它刊登于1908年12月《河南》第8期，虽然尚未写完，却是鲁迅留日期间所发表的最后一篇论文，可视为他七年留学的心得集成和思想总结。

《破恶声论》探讨的依然是贯穿于《文化偏至论》《摩罗诗力说》通篇的文明再造的原理性问题。鲁迅外承19世纪末到20世纪初以尼采（F. Nietzsche）、克耳凯郭尔（S. Kierkegaard）、施蒂纳（M. Stirner）为代表的欧洲质疑现代性的新思潮，内接章太炎有关"个体""自性"之于民族、社会、政府、国家等现代建制的否定关系的思考②，有所扬弃地深入到个人观念的诸层面，就此一根本与晚清时中国追求现代性的种种表现，进行病理性的描述和分析。由于大家对其中内容早就耳熟能详，因此我不再就鲁迅此文的具体结论进行讨论，而是企图透视、提炼其中内涵的方法，关注其中一些概

---

① 笔者接触的伊藤虎丸先生有关研究的中文文献为，《早期鲁迅的宗教观——"迷信"与"科学"之关系》（《鲁迅研究月刊》1989年第11期）；《亚洲的"近代"与"现代"——关于中国近现代文学史的分期问题》（《二十一世纪》双月刊，1992年第14期）；《鲁迅的"生命"与"鬼"——鲁迅之生命论与终末论》（《文学评论》2000年第1期）；《鲁迅与日本人——亚洲的近代与"个"的思想》（李冬木译，河北教育出版社2000年版）。除此以外，乐黛云《鲁迅的〈破恶声论〉及其现代性》（《中国文化研究》1999年春之卷，总第23期），张承志《再致鲁迅先生》（《读书》1999年第7期），尾崎文昭《21世纪里鲁迅是否还值得继续读？》（韩国中语中文学会2002年会议发表论文）诸文，都有对鲁迅"伪士当去，迷信可存"一语的激赏，可视为与伊藤先生的某种呼应。

② 1906年6月29日，章太炎刑满出狱后东渡日本，主持《民报》笔政。在1906年9月5日至1908年10月10日《民报》被封的两年间，发表了大量政论及哲学和宗教学论文，一方面批判康有为、梁启超、严复等人的社会政治主张，一方面想重构一个以"公""群"和"进化"观念为基础的反现代世界的世界观，其核心观念之一就是"个体"及"自性"。他用个体、自性等相关话语攻击国家、政府、家族、社会以至人类自身，同时又试图以此建立新的宗教、革命的道德。这时的章氏思想被认为最为复杂难解，不仅因为他为文古奥，常用难解的佛教词汇表述其社会思想，还因为他以自性、个性为肯定概念的思想体系与其所从事的社会目标之间的关系颇具悖论色彩。有关研究请参看汪晖《个人观念的起源与中国的现代认同》之二《章太炎：个体、自性及其对"公"的世界观的批判（1906—1910年间的思想）》（《汪晖自选集》，广西大学出版社1997年版）。鲁迅此时正处于"弃医从文"后思想跃进的质变期，章氏对他的影响不仅表现在文风上，而且反映在对其一些概念、命题的直接沿用和发挥上。

念、范畴、命题的开发价值。

我以为,《破恶声论》以"朕归于我""人各有己"等观念为中心,确立了以"内曜""自性"为资源,以"自觉"①为方法的"立人"构造,并以此为基础,寻求肯定其精神旨趣——"掊物质而张灵明,任个人而排众数"②的社会和文明目标。其中尤其重要者,不仅在于破"破迷信"的"恶声"时肯定"迷信"具有的价值,给我们展示其宗教观的或一特质,而且在于剖析"崇侵略"的帝国主义动物"古性"时,指出了依靠"反诸己"的"自省",把"立人"的主体化建构发展到相互关系领域,从而克制"兽性"/"奴子之性"、确立"相互主体性"(intersubjectivity)③ 的可能性。

三 从"主体性"到"相互主体性"的构图

毫无疑问,《破恶声论》中"朕归于我""人各有己"所蕴含的"个人"觉醒的内容,与中国传统思想中儒道释的"内省""齐物""我执"等观念背后的能动资源不同,"个人"由一个自然人的单位指称,而成为民族、社会、国家的结构部件("个体"),再进而从中独立出来,确立自足的归属性和主权,让人可以理直气壮地说"我属于我自己",可以拒绝任何人或社会建制的干涉,这当然是一个十足现代的事件。它在亚洲/中国的出现,当然不会止于鲁迅早期有师承的三篇论文,不会止于《破恶声论》中的名言警句,其实早在人类的思想、诗歌、宗教的经验中,"个人"的自我归属性就一直作为前提而存在着。就是说,人只有先属于自己,才能再进一步建立他与世界、语言、上帝等等对象物的关系,因而它不仅在创造性领域"古已有之",在人类的文明实践中,事实上也是不可或缺的一个条件。不过,作为人之为人的属性,它事实上的存在是一回事,对它的意识又是一回事。"个人"只有被"自觉"才可能作为"个人"而存在,才有可能跨越古代而成为现代"主体"之一员。为什么"自觉"——自我作为主体的意识——如此重要呢?这当然涉及

---

① "自觉"一词,首先见于《文化偏至论》:"外之既不后于世界之思潮,内之仍弗失固有之血脉,取今复古,别立新宗,人生意义,致之深邃,则国人之自觉至,个性张,沙聚之邦,由是转为人国。"《破恶声论》中则有"今者吾国胜民,素为吾志士所鄙夷不屑道者,则咸入自觉之境矣"等语,它与"立人"思想的关系是显而易见的。

② 借用《文化偏至论》中的提法。

③ Intersubjectivity 一词,也有人译为"主体间性",反而令人不知所云,故不用。

现代的本质，涉及现代社会、现代文明的本质。鲁迅《破恶声论》的意义，及其与《文化偏至论》和《摩罗诗力说》既联系又区别之处，我以为就在于它不仅强调了伊藤虎丸先生所看重的"个"（个人）的自觉，而且把"自觉"视为一种确立人的主体性——也就是所谓"立人"的方法。个人只有先"自觉"，才能进一步建立其与自我、与他人和社会（"群"），与民族国家等的关系，才能具备诸如思想、诗歌、宗教等有深度的"主观之内面精神"生活的可能性。因此，"自觉"的问题在鲁迅的"立人"思想中有着根本的重要性，也是体现其尚未完全展开的可能性的重要侧面。

那么，"自觉"在鲁迅那里到底意味着什么？其精神机制又如何？这一具有心理体验意味的"主体"确立法又如何进入与他人、与社会的关系而求得发展，进而实现其社会的、文明的目标呢？

我们知道，《破恶声论》是在晚清康有为、梁启超与章太炎思想政争的背景下展开论述的，鲁迅又"站在章炳麟的阵营里发言"[①]，因而其"自觉"的"立人"方法与章太炎1906年至1908年主笔《民报》时期的思想密切相关，其与佛教、心学的改造、取舍关系应该是存在的，因此，"自觉"一词自然地带有中国传统智慧的意味。但我们也知道，《破恶声论》又具有审视"十九世纪文明之通弊"和追求"二十世纪新文明"的大背景，其关于"个人"的思想与《文化偏至论》《摩罗诗力说》中的西方资源有着更加直接的转合关系，是其"立人"思想的进一步展开和深化，因而其欧洲来源或许更值得重视。事实上，"自觉"作为一种确立人的主体性的方法，在鲁迅那里是与"怀疑"这一近代理性精神相联系的。虽然其"立人"思想表现了更多的"信"的一面，但若不能联系鲁迅后来对它的反证，即在《呐喊》《彷徨》中对"老中国的儿女们"（茅盾语）种种愚昧、不觉悟、非"人"的精神病态的描写，以及《野草》中对自己意识深处种种矛盾、怀疑的深刻表现等内容，恐怕就难以明白二者的联系，从而对这一思想的性质作出误断。

"自觉"一词，并非首见于《破恶声论》，早在《文化偏至论》

[①] 今村与志雄：《鲁迅思想之形成》，《讲座·近代亚洲思想史·中国编》，弘文堂昭和35年出版。

中，鲁迅就把它与"立人"问题联系起来思考。他先指出"立人"对于"生存两间，角逐列国是务"的重要性，然后设想其"道术"——手段或方法——"乃必尊个性而张精神"。那么，这"个性"该怎样"尊"，"精神"该怎样"张"呢？鲁迅取法尼采的"超人"、易卜生的"孤独个人"、施蒂纳的独异自在的"唯一者"等代表"二十世纪之新精神"的资源，在抨击19世纪文明"重物质"之弊的同时，强调了人的精神生活——"主观与自觉之生活"对它的意义。鲁迅的原话如下：

> 意者文化常进于幽深，人心不安于固定，二十世纪之文明，当必沉邃庄严，至与十九世纪之文明异趣。新生一作，虚伪道消，内部之生活，其将愈深且强欤？精神生活之光耀，将愈兴起而发扬欤？成然以觉，出客观梦幻之世界，而主观与自觉之生活，将由是而益张欤？内部之生活强，则人生之意义亦愈邃，个人尊严之旨趣亦愈明，二十世纪之新精神，殆将立狂风怒浪之间，恃意力以辟生路者也。①

这其实就是鲁迅的文明论的主题。其中三个设问，层层递进地给出了一种由"新生一作""虚伪道消"与"成然以觉，出客观梦幻之世界"而来的"二十世纪之文明"的远景，像"愈深且强"的"内部之生活"，"愈兴起而发扬"的"精神生活之光耀"，乃至"由是而益张"的"主观与自觉之生活"等，从而可使"人生之意义亦愈邃，个人尊严之旨趣亦愈明"，而这实际上也就成为其使"个性尊而精神张"的方法。不过，更值得注意的是其中"成然以觉，出客观梦幻之世界"这句话的意思，"觉"与"自觉"两个词先后在该句中出现，它们到底意味着什么？鲁迅为什么不说"主观梦幻世界"而偏要极端"主观唯心"地说"客观梦幻世界"，并把"出客观梦幻之世界"看成一种"觉"呢？我以为，这实际上正是鲁迅思想的锋芒之所在，正是表现其思想独特性的地方。我们知道，在鲁迅的"立人"和"立国"思路中，如何"恃意力"在亚洲/中国传统和19世纪欧洲文明之外开辟新的精神"生路"，乃是其重要的主题之一，一个人倘若不能认识"客观世界"的"梦幻性"，他

---

① 《鲁迅全集》第1卷，人民文学出版社1981年版，第55—56页。

就无法超越其任由"活身之术"支配的物质性,也就无法确立精神的自我,取得独立和主权,而具有所谓"主观与自觉之生活"的可能性。

因此说,"自觉"的生活就是"主观"的生活,"自觉"的机制就是"主观"的机制,二者不能分割。而"主观"——对人的能动资源的内在观照与坚持——在鲁迅的"立人"构图中就具有了方法论的意味,其精神机制也就带上了某种悖论性。也就是说,一个人在其追求精神自立的"自觉"过程中,"内曜""自性"既是"自觉"的内在资源,又是其外在对象,完全脱离了对客观世界的依赖,其"个体的精神发展不是在主客关系中展开,而是在个体与自身的关系中展开"①,这如何可能呢?因此我们发现,鲁迅的"自觉"——这一使人主体化的方法,在诉诸人的有限理性的同时,更多地却指向人的情感、意志、直觉等非理性部分,其"个人"的"自立"即"自觉"的过程往往是内证的、天启的、带神秘意味的,对它的表达也往往不是概念逻辑的,而是形象诗性的,更多依据人的主观心理体验来确认。比如他对觉悟状态的描述:

> 荣华在中,厄于肃杀,婴以外物,勃焉怒生。于是苏古掇新,精神阊彻,自既大自我于无竟,又复时返顾其旧乡,披厥心而成声,殷若雷霆之起物。梦者自梦,觉者是之……

比如他对由"立人"而"立国"之转变的描述:

> 故今之所贵所望,在有不和众嚣、独具我见之士,洞瞩幽微,评骘文明,弗与妄惑者同其是非,惟向所信是诣……则庶几烛幽暗以天光,发国人之内曜,人各有己,不随风波,而中国亦以立。

这其实是一个分水岭。一边是欧洲 18—19 世纪以来以启蒙主义为代表的理性化的主体性构造,另一边是后起的以叔本华、尼采、克耳凯郭尔、施蒂纳等为代表的强调情感、意志、直觉的主体化构造;一边是以严复、康有为、梁启超为代表的中国现代之路,另一边是

---

① 汪晖:《个人观念的起源与中国的现代认同》,《汪晖自选集》,第 135 页。

由章太炎代表的反现代的现代之路,因而若从鲁迅的思想亲缘来看,带有神秘意味的"自觉"成为内含着其独特主体化价值的"立人"方法,也就并非不能理解的现象;而《破恶声论》中把清末中国理性主义者的浅薄、幼稚之声——"汝其为国民"说和"汝其为世界人"说①斥为六种"恶声"而进行讨伐,并特别肯定启蒙主义者要破除的"迷信"具有"非信无以立"的"向上"价值,也就是理所当然的事了。

由于"主观""自觉"状态的内在性,鲁迅的"立人"构图与康德所描述的启蒙方法,即通过培养其"运用理性"的能力和勇气来消除"未经他人引导就不能摆脱的不成熟状态"有所不同,除了所动用、激发的资源有差异,这一主体化构造似乎难以进入与他人、与社会、与国家的关系而得到发展,难以成为一种"将真理的进步与自由的历史直接拉上关系的事业"② ——看来遭遇某种难局是不可避免的了,但鲁迅却在处理"崇侵略"这一社会达尔文主义的问题时,出人意料地把"立人"的主体化构造提高到一个新的认识水平,这就是他发现了"自省"("内省""反省")的意义,通过它,不仅找到了进入与社会、国家乃至国际等相互关系领域的入口和通道,而且把自足的"立人"构造发展为一种开放的、关涉社会、国家关系的"相互主体性"格局。

前面曾提到,《破恶声论》重在批判晚清中国思想界关于"人"的两种设计,一是被"慑以不如是则亡中国"的"国民说",鲁迅以"破迷信""崇侵略""尽义务"三者概括其问题,乃是"立宪派"乃至"革命派"的主张;二是被"慑以不如是则畔文明"的"世界人说",鲁迅以"同文字""弃祖国""尚齐一"三者概括其问题,它代表早期中国无政府主义者的主张。二者合起来即六种所谓"恶声",构成了鲁迅要"破"的靶子。鲁迅只完成了对前两种"恶声"即"破迷信"和"崇侵略"的批判。而在这两部分中,学界似对其批判"破迷信"的思想较为重视,像伊藤虎丸先生对"伪士当

---

① "国民"概念是由梁启超提出的,可能来自日语。1905年,汪兆铭在甫创刊的《民报》第1期就曾发表《民族的国民》一文,鼓吹"立宪"救国。因此"汝其为国民"说代表了当时中国民族民主革命的主流见解。而"汝其为世界人"说则由吴稚晖、李石曾等无政府主义者在1907年6月提出,当时他们在巴黎创办《新世纪》宣传其主张,1908年章太炎在《民报》曾予以反击。

② 借用M.福柯语,见《论何谓启蒙》中译文,台北《思想》(联经思想集刊1)。

去，迷信可存"等命题的阐释就颇具说服力①，但对另一部分——批判"崇侵略"的部分则缺乏足够注意，其价值似未得到有深度的开发。我以为就鲁迅由"立人"而"立国"的思路而言，其对"崇侵略"思想的批判无疑居于要津之点：在这里，鲁迅不仅思考人与社会、国家的关系，而且思考社会、国家与人的关系，而且思考国家与国家的关系——在应该如何克制和消灭"兽性"和"奴子之性"的脉络中，鲁迅完全超越社会达尔文主义的逻辑，把"主观""自觉"发展为"反诸己"的"自省"，把"立人"的主体化构造发展为包括"群之大觉""立国"在内的"相互主体性"格局，从而给出了一种迥异于19世纪西方殖民/帝国主义的世界观和文明观。

我不知道鲁迅的批判除了针对晚清中国立宪派及革命派的"国民说"外，是否也包含着对明治时期日本思想的某种观察在内，那时的日本刚经历了日清、日俄两大战争，但之前思想界就忙于"脱亚入欧"，把西方殖民/帝国主义的逻辑合法化，像福泽谕吉从"民权论"到"国权论"的转向就是一个例子；而战败的中国一方，甚至包括革命党人等"中国志士"在内，羡慕"欧西"的强大和日本弱肉强食的成功，不惜接受社会达尔文主义的文明逻辑，以西欧、日本为师以图民族自强②。这种情况其实代表着亚洲/中国与西方之"现代"相遇的残酷现实：殖民/帝国主义不仅属于殖民者，而且也

---

① 笔者接触的伊藤虎丸先生有关研究的中文文献为，《早期鲁迅的宗教观——"迷信"与"科学"之关系》（《鲁迅研究月刊》1989年第11期）；《亚洲的"近代"与"现代"——关于中国近现代文学史的分期问题》（《二十一世纪》双月刊，1992年第14期）；《鲁迅的"生命"与"鬼"——鲁迅之生命论与终末论》（《文学评论》2000年第1期）；《鲁迅与日本人——亚洲的近代与"个"的思想》（李冬木译，河北教育出版社2000年版）。除此以外，乐黛云《鲁迅的〈破恶声论〉及其现代性》（《中国文化研究》1999年春之卷，总第23期），张承志《再致鲁迅先生》（《读书》1999年第7期），尾崎文昭《21世纪里鲁迅是否还值得继续读？》（韩国中语中文学会2002年会议发表论文）诸文，都有对鲁迅"伪士当去，迷信可存"一语的激赏，可视为与伊藤先生的某种呼应。

② 此类论述，例如宋教仁《汉族侵略史叙列》把黄帝以来的中国历史肯定为七次大的侵略扩张史；梁启超《中国殖民八大伟人传》把东南亚的开发视为中国殖民之功等。刘师培（光汉）《醒后之中国》则对中国20世纪之"霸"业蓝图有更具体的设想："吾所敢言者，则中国之在二十世纪必醒，醒必霸天下。地球终无统一之日则已耳，有之，则尽此天职者，必中国人也。""值二十世纪之初幕，而亲身临其舞台，自然倚柱长啸……举头于阿尔泰之高山，濯足于太平洋之横流，觉中国既醒后之现象，历历如在目前……中国其既醒乎，则必尽复侵地，北尽西伯利亚，南尽于海。建强大之海军，以复南洋群岛中国固有之殖民地。迁都于陕西，以陆军略欧罗巴，而澳美最后亡。"此类"肉攫之鸣"，恐怕连希特勒都要甘拜下风了。

成为被殖民者的意识形态；不仅被殖民者用来进行征服，而且也被殖民者用来进行反征服——处于主从关系之中的主从双方竟享有同一种价值。鲁迅发现了这一点，其思考因而也得以在完全不同的思想平台——如何消除主从关系——之上进行，他不仅关心反侵略、反奴役、反殖民，而且关心侵略、奴役、殖民的思想机制的生产，关心怎样从根本上消除侵略、奴役和殖民机制的再生产问题。作为一个"受侵略之国"的青年思想者，鲁迅对"崇侵略"思想的批判完全不同于"彼可取而代之"的反抗逻辑，完全超越了当时亚洲/中国思想关于人、社会、国家、世界之关系的理解水平。

在鲁迅看来，"崇侵略者类有机，兽性其上也，最有奴子性"，它源于人类进化中"自虫蛆虎豹猿狖以至今日"潜伏下来的"古性"，以及相应的"间恤人言，则造作诸美名以自盖"将其合理化和合法化的思想制度。他以19世纪侵略扩张最野蛮的"一切斯拉夫主义"① 为例，剖析其"不以艺文思理，足为人类荣华者是尚，惟援甲兵剑戟之精锐，获地杀人之众多，喋喋为宗国晖光"的要害，批判不少中国/亚洲人也认同的"嗜杀戮攻夺，思廓其国威于天下者"的"兽性之爱国"：

> 盖兽性爱国之士，必生于强大之邦，势力盛强，威足以凌天下，则孤尊自国，蔑视异方，执进化留良之言，攻小弱以逞欲，非混一寰宇，异种悉为其臣仆不慊也。

这里值得注意的是，所谓"兽性之爱国"，其外表现为"势力盛强，威足以凌天下"，其内表现为"孤尊自国，蔑视异方"且"执进化留良之言"的文化优越感，自以为占据着文明"进步"的制高点，实质却在于"攻小弱以逞欲，非混一寰宇，异种悉为其臣仆"的种种征服。鲁迅不满于19世纪西方殖民/帝国主义表现于国际政治、经济、军事、文化关系上的野蛮征服和主从逻辑，对中国"崇侵略"思想的批判也基于同样思路展开。不过鲁迅指出，中国的所谓"云爱国""崇武士""托体文化，口则作肉攫之鸣"者还不能称为"兽性爱国者"，除了其弱国被奴役的地位外，它还有两种表现与之不

---

① 即泛斯拉夫主义，19世纪30年代形成，主张各斯拉夫民族尽皆统一于沙皇制度，由沙俄政府提倡。

同：一是"崇强国"，所谓"举世滔滔，颂美侵略，暴俄强德，向往之如慕乐园"；二是"侮胜民"，所谓"至受厄无告如印度波兰之民，则以冰寒之言嘲其陨落"——鲁迅以为，"波兰印度，乃华土同病之邦"，中国志士本该本着"人不乐为皂隶"之心而"眷慕悲悼之"——可表现的却是相反的"艳羡强暴之心"，这是为什么呢？他想到了被奴役被殖民的文化后果问题：

> 岂其屡蒙兵火，久匍伏于强暴者之足下，则旧性失，同情漓，灵台之中，满以势利，因迷谬亡识而为此与！故总度今日佳兵之士，自屈于强暴久，因渐成奴子之性，忘本来而崇侵略者最下；人云亦云，不持自见者上也。

因此，"兽性"和"奴子之性"实际正是殖民/帝国主义——中国"佳兵之士"的意识形态——根性的一体之两面：当它处于强势地位时，所张扬的乃是"兽性"；当处于弱势地位时，所表现的则是"奴子之性"，二者都是主从关系的产物，是19世纪的西欧文明和亚洲旧传统的问题之所在。那么，怎样才能消灭"兽性"和"奴子之性"，从主从关系中走出呢？鲁迅的答案是，本着"人不乐为皂隶"之心、作将心比心、"反诸己"的"自省"①：

> 不尚侵略者何？曰反诸己也，兽性者之敌也。

为什么"反诸己"的"自省"能成为"兽性者之敌"呢？我想其道理在于，所谓"反诸己"的"自省"，意味着主体进入与他人、与异己者的关系再返回自身而产生的某种觉悟，它虽然与前述"自觉""主观"一样仍为内在的活动，但由于必须在与他人、与异己者的关系中落实和体会"人不乐为皂隶"之心，其反侵略、反奴役、反殖民的取向也就必然不能是单向的，而必然是双向的和开放的。它不仅针对着"兽性者"，而且主要针对着由"兽性者"和"奴子之性"者共同结成的主从关系。主体只有在"反诸己"的"自省"——再"自觉"之中，才能通过关系中的互动，使自己得到真正的锤炼和改造，由单一关系的存在而发展为一种相互关系的平等

---

① 《破恶声论》最后一句为："乌乎，吾华土亦一受侵略之国也，而不自省也乎！"

存在。"兽性者"只知自己"不乐为皂隶"而不管他人意愿;"奴子之性"者则或者屈服于"兽性者"的淫威,或者梦想有一天取而代之。二者彼此间虽然也存在着紧张和变化,却不过是主从双方的轮替或循环而已。(这一主题在鲁迅后来的小说、杂文中仍多有表现,如对阿Q式革命的剖析及对所谓"旧式觉悟"的批判和警惕,都贯穿着这种认识思路,但其发源则应从《破恶声论》算起。)因此我以为,鲁迅"反诸己"思想的贡献,不仅在于使其"自觉"的"立人"法克服了自我肯定的"自闭症"倾向,而且在于其对与异己者(他人、社会、文化、国家)关系的相互性的发现。只有在相互关系中,"兽性者"才有可能思考、关注他人的"不乐为皂隶"问题;只有进行"反诸己"的"自省","兽性者"与"奴子之性"者才可能在与他人、与异己者的关系中产生"觉悟",最终出脱主从关系。这种由执着观点的相互性而来的变化,不仅表现在人与人的关系上,而且还表现在人与社会、人与国家,乃至社会与社会、社会与国家、国家与国家的诸种关系上,正因为把握了这一关键,鲁迅"立人"的主体化构造才最终进入了"人各有己""群之大觉"的相互主体的格局,其"立人"的"主体性"也才发展为"群""国"关系上的"相互主体性"。通过执着彼此的相互性,鲁迅实际上已经触及其早期思想中某些语焉不详的命题的展开渠道,比如"立人"和"立国"的关系问题——如何把个人觉醒的"自觉"发展为社会觉醒的"群之大觉",如何由"群之大觉"而至于建立现代民族国家——"人国"等,就可循此而找到路径。

  以"反诸己"的"自省"来抵抗"尚侵略"的"兽性"/"奴子之性",其中隐含着鲁迅回应中国/亚洲之"现代"的重要方法,毛泽东说鲁迅"没有丝毫的奴颜和媚骨,这是半殖民地人民最可宝贵的性格",竹内好则以"回心"说肯定鲁迅的做法代表着东亚进入现代世界史的主体的真实性,我以为都可视为对此特质的一种把握。作为其"立人""立国"思想的重要基础之一,"反省"("内省""自省")的问题虽早在留日时期就已提出并初步建构,但它更充分的展开却仍在回国之后,像散文集《野草》的某些主题,《狂人日记》中狂人从被"吃"的恐惧到产生"将来容不得吃人的人"的觉悟,再到发现不仅大哥、连自己也可能"吃过"妹子、有四千年"吃人"履历的反省等,其思路就与《破恶声论》中有关"自觉""反诸己"的"自省"等内容如出一辙。这说明它乃是鲁迅思想的基本方法之一,其中"反诸己"的想法当为其精髓:"反诸己"一词并非鲁迅的专属,儒家"修身齐家治国平天下"的思想中也寓有此一精神,但鲁迅所强调的"自省"并非儒家式的"内省""自修",而是在相互关系中的主体的精神"再自觉";其触角不仅指向自我,而且指向社会、国家,指向一切相互关系。也正因如此,它才可以克服单向主体化方案的弊端,通过执着相互性而给人以消灭主从关系的希望。单纯"立人"的主体化构造虽然可导致主体的产生,但却不一定能够消灭主从关系,因为在主从关系中也可存在一个主体,而另一个却是从属或奴隶。只有把"主体"发展为"相互主体",把"主体性"发展为"相互主体性",才能从根本上杜绝主从关系的生产和再生产,完全消灭主从关系,而"群之大觉"后"雄厉无前,屹然独见于天下"的"人国"远景才不会是纸上的空谈。

四 结语

从"主体性"到"相互主体性"的构图是《破恶声论》重要的理论贡献之一,它虽然并未完成,但已完成的部分已呈现出骨骼清晰的轮廓,具有丰富的开发价值。表面上,鲁迅是在探讨中国的现代之路如何走,实际上其思想已经触及对19世纪西欧文明和亚洲/中国传统的批判和反省,他对"破迷信"和"崇侵略"两种"转向"式的中国/亚洲的现代回应方法的批判,表明他已在探寻一种新的"现代"方法和文明的可能性,而"相互主体性"的思维则为其"掊物质而张灵明,任个人而排众数"的社会文明目标奠定了全新的方法论基础。到后来的"五四"时期和30年代,鲁迅施行"社会批评"和"文明批评"的目标虽有变化,比如由初期的对西方思想和中国传统并重变成主要针对中国传统和现实,但其思想方法却一以贯之,尤其是从《文化偏至论》和《破恶声论》开始的对中国的现代变革力量——所谓"中国志士"及"伪士""轻才小慧之徒"等——的批判,后来更由于介入中国共产主义革命而给我们提供了更多思考空间。比如说,鲁迅本着对消灭主从关系的"第三样社会"的向往接近了苏联及其意识形态,但在与"左联"领袖的工作经验中却发现了其"革命工头""奴隶总管"的内容,这些肩负创造新的社会、文化乃至文明可能性的革命者,居然与阿Q一样充满着旧意识旧觉悟,沦落于主从关系的轮回之中而不自知。过去人们多强调鲁迅之对中国"传统"的批判,而忽略他同时也在进行的对中国之"现代"的批判,其实相对于前者,后者或许更能给我们以深刻启示。

2002年12月21日改毕于东京

(原载《鲁迅研究月刊》2003年第7期)

鲁迅第一人称小说的复调问题

吴晓东

内容提要 鲁迅第一人称小说中的叙事者"我"与人物之间构成了一种对话与潜对话的关系模式,这种关系模式既是处理小说中不同的甚至彼此冲突的声音的方式,也使小说中的对话性与辩难性得以"形式化",其中蕴含了一种第一人称叙事的复调诗学。在这种复调的背后,是"我"与人物构成的对话性的境遇关系,由此可以进一步引发出鲁迅小说文本中的主体建构问题。

鲁迅小说中的复调问题在近些年的研究中得到了关注,如严家炎先生的《复调小说:鲁迅的突出贡献》一文,[①] 即是从总体上把握鲁迅小说的复调特征。本文则限于讨论鲁迅包括《狂人日记》和《伤逝》在内的第一人称小说。在我看来,鲁迅的第一人称小说更吻合于复调理论,也更有可分析性。

所谓小说中的复调,按巴赫金的研究,其基本含义是指一部小说中有多种独立的、平等的、都有价值的声音,这些声音以对话和辩难的关系共存。[②] 鲁迅第一人称小说的复杂性即多从这些复调式的声音中来。这些具有充分价值的不同声音既各自独立而又彼此对话与参照,在鲁迅的小说中组成了一个多声部的话语世界。这些对话

---

① 严家炎:《复调小说:鲁迅的突出贡献》,《中国现代文学研究丛刊》2001 年第 3 期。又如吴晓东、倪文尖、罗岗《现代小说研究的诗学视域》(《中国现代文学研究丛刊》1999 年第 1 期),也尝试从复调的角度对鲁迅小说进行诗学范畴的初步归纳和提升。

② 巴赫金指出:"有着众多的各自独立而不相融合的声音和意识,由具有充分价值的不同声音组成真正的复调——这确实是陀思妥耶夫斯基长篇小说的基本特点。"巴赫金:《陀思妥耶夫斯基的诗学问题》,生活·读书·新知三联书店 1988 年版,第 29 页。巴赫金讨论的是陀思妥耶夫斯基的长篇小说。就复调特征的展开的充分性而言,长篇小说当然是更好的形式,但这并不意味着短篇小说与复调无缘,相反,从鲁迅短篇小说的复调因素中更能见出鲁迅处理世界的方式的复杂性以及艺术思维的深刻本质。

或辩难的声音,在鲁迅的小说中大致以两种形式存在,其一是人物的对话形式,如《在酒楼上》中"我"与吕纬甫的对话,《祝福》中"我"与祥林嫂的对话以及《头发的故事》中"我"与N先生的对话。其二则是小说文本的结构形式。如在《狂人日记》中,我们固然在小说主体部分听到的是狂人的声音,但是鲁迅又在日记前加了一个小序做出交代,称这不过是一个被迫害狂的呓语。这就在某种意义上构成了对狂人声音的解构,从而使小序和正文之间生成了一种小说结构和形式层面的潜对话关系。又如《伤逝》的副标题"涓生的手记",它的存在不仅提示了《伤逝》是一部手记体小说,而且意味着小说之上或小说之外还有一个更超越的观察者在审视着"手记"中讲的故事,形成的是一种类似布莱希特表现主义戏剧中的间离效果。这个"间离"的观察者可以是叙事学意义上的隐含作者,也可以是理想读者,小说的理想读者可以通过小说的副标题洞见作者的叙述策略,进而把作者的立场与涓生的表白区分开来,不至于把涓生的姿态完全等同于作者的态度,保持与小说中涓生叙事的距离,从而才可能以理性的眼光审视涓生。而这种审视的态度,正是小说作者的态度,因此可能也是作者要求读者应该具有的态度,使读者成为一个更超越的观察者。副标题"涓生的手记"的另一个作用则在于,它使"手记"中的记述成为一个已经尘埋了的过去时的文本,因此这个更超越的观察者也有可能是现在的涓生,从而使小说生成了两个"我",一个是手记中叙述的过去的"我",另一个是把手记呈示给读者的现在的"我",两个"我"之间也有可能构成潜在的对话关系。第一人称叙事的魅力之一就是不同时间位置的两个"我"之间的这种对话关系。[①] 一个现在时中"我"的存在,意味着小说的回忆有一个最终的参照和判断尺度,有一个理想化的、站在最后的制高点上的主体的存在。正是这一潜在的主体观照着手记中的故事,使"我"的回忆纳入一个更超越的叙事框架中,获得了再度阐释的可能性,从而增添了文本释义的复杂,并使小说有了两个释义空间:一个是手记中的过去时态的阐释空间,另一个是现

---

① 第一人称小说中的"我"还可以更复杂,如普鲁斯特《追忆似水年华》中有三个"我":"叙事的我","回忆的我","行动的我"。《追忆似水年华》中的对话关系,既有"叙事的我"与"回忆的我"的对话,也有"叙事的我"与"行动的我"的对话,还有"回忆的我"与"行动的我"的对话。可参见热奈特《叙事话语 新叙事话语》,中国社会科学出版社1990年版。

在时的阐释系统。两个系统之间构成的也是一种潜在对话关系。

在巴赫金看来,这种在形式层面生成并固定下来的潜在或内在的对话关系,比表面上有两个人物在小说中对话更值得重视,从而构成了更具有诗学意义的形态。正如巴赫金所说:"恰恰是话语这种内在的对话性,这种不形之于外在对话结构、不从话语称述自己对象中分解为独立行为的对话性,才具有巨大的构筑风格的力量。"①从这个意义上理解,鲁迅小说中的复调也同样构成了一种风格,具有从诗学层面进行深入阐释的可能性。

一　第一人称叙事的潜对话模式

在鲁迅的第一人称小说中,《在酒楼上》是值得深入阐发的一部。小说中叙事者"我"与人物吕纬甫的对话与潜对话,也构成了一个合适的切入点。《在酒楼上》潜藏着的多重语义,在很大程度上与小说潜在的对话性相关。

与《孤独者》《祝福》《故乡》等小说一样,《在酒楼上》也是由第一人称"我"来讲述他人的故事。但有意味的是,"我"又是小说中一个同样值得分析的形象。在重视几部小说中被叙述出来的魏连殳、祥林嫂、闰土、豆腐西施、吕纬甫等人物的同时,也需要对叙事者"我"的作用加以关注。在这几篇小说中,"我"是不是一个纯粹的叙事者?除了叙事之外,"我"是否还是一个有主体性的独立形象?"我"是否还生成了其他的结构性的功能?"我"与小说人物之间生成的是怎样一种关系?对于这些问题的解答,《在酒楼上》提供了一个极好的个案。

在《在酒楼上》中,尽管"我"主要讲述的是吕纬甫的故事,但是作者同时对"我"也倾注了别样的关切。小说一开始就交代了"我"的身份背景和心理状态:"我"从北地向东南旅行,绕道访了家乡,就到了离家三十里,当年曾经在这里的学校里当过一年教员的S城。"深冬雪后,风景凄清",在"懒散和怀旧的心绪"中,"我"独上一家以前熟识的叫一石居的小酒楼。小说这时描绘了楼下废园中老梅斗雪的风景,进而引入了对"我"的心理描写:

---

① 巴赫金:《长篇小说的话语》,《小说理论》,河北教育出版社1998年版,第58页。

> 我转脸向了板桌，排好器具，斟出酒来。觉得北方固不是
> 我的旧乡，但南来又只能算一个客子，无论那边的干雪怎样纷
> 飞，这里的柔雪又怎样的依恋，于我都没有什么关系了。我略
> 带些哀愁，然而很舒服的呷一口酒。

小说很自然地从叙事过渡到心绪，羁旅之愁的刻绘为接下来与吕纬甫的相逢奠定了心理期待。而上述对叙事者的勾勒，一方面使"我"构成了小说中独立的人物形象，另一方面则为与吕纬甫的邂逅和对话提供了必要的前理解。叙事者"我"与吕纬甫接下来的邂逅构成了一种情境，进而生成了潜在的对话性。这种对话性主要还不是指小说中我和吕纬甫的对话，两个多年不见的朋友一下子突然相逢，肯定有寒暄，这种寒暄当然称不上复调意义上的对话性。而且，在小说中，叙事者与吕纬甫的寒暄很快就变成了吕纬甫的独白。这时"我"的作用在表面上看只是把吕纬甫的独白串联起来，体现的是纯粹的叙述功能。

由此，《在酒楼上》变成了由"我"叙述出来的吕纬甫所讲述的两个故事，一个是他千里迢迢回故乡为三岁就死去的小弟弟迁坟的故事；一个是他为了满足母亲的心愿给母亲当年邻居的女孩子顺姑送剪绒花的故事。这两个故事构成了小说的主体部分。从启蒙立场着眼，写这两件事是为了表现吕纬甫的"颓唐消沉"，"随波逐流地做些'无聊的事'"，"然而，当我们暂时忘掉叙事者潜在的审视的目光，只关注吕纬甫讲的故事本身，就会感到这其实是两个十分感人的故事，有一种深情，有一种人情味，笼罩着感伤的怀旧情绪。我们猜测，《在酒楼上》有可能是鲁迅最个人化的一篇小说，吕纬甫所做的两件事可能是鲁迅所真正激赏的带有鲜明鲁迅特征的事情，让人感受到一种诗意的光芒"[1]。尤其是第一个故事中的"掘墓迁坟"，更是具有象征性意义的行为：

> 我当时忽而很高兴，愿意掘一回坟，愿意一见我那曾经与
> 我很亲睦的小兄弟的骨殖：这些事我生平都没有经历过。到得
> 坟地，果然，河水只是咬进来，离坟不到二尺远。可怜的坟，

---

[1] 吴晓东、倪文尖、罗岗：《现代小说研究的诗学视域》，《中国现代文学研究丛刊》1999年第1期。

两年没有培土，也平下去了。我站在雪中，决然的指着他对土工说，"掘开来！"我实在是一个庸人，我这时觉得我的声音有些希奇，这命令也是一个在我一生中最为伟大的命令。但土工们却毫不骇怪，就动手掘下去了。待到掘着圹穴，我便过去看，果然，棺木已经快要烂尽了，只剩下一堆木丝和小木片。我的心颤动着，自去拨开这些，很小心的，要看一看我的小兄弟。然而出乎意外！被褥，衣服，骨骼，什么也没有。我想，这些都消尽了，向来听说最难烂的是头发，也许还有罢。我便伏下去，在该是枕头所在的泥土里仔仔细细的看，也没有。踪影全无！

鲁迅把掘墓的细节和吕纬甫的心理写得如此细致，而"一生中最伟大的命令"也是有些夸张的措辞，理解这种夸大其词需要了解"坟"的意象在鲁迅作品中的象征性含义。① 联系鲁迅的其他文本，可以认为，"坟"是过去生命的象征，坟中沉埋的是生命记忆。鲁迅在《坟·题记》中即称他之所以"造成一座小小的新坟"，"一面是埋葬，一面也是留恋"。掘坟的行为则表征着对已逝生命的追寻，挖掘的是自己的生命记忆。而挖到最后，坟中"踪影全无"，用鲁迅习用的语汇来说，即"空空如也"。这一细节也多少反映了鲁迅惯常的"虚空"的心理体验。因此，有理由说吕纬甫身上是有鲁迅的影子的。吕纬甫的声音可能更代表鲁迅心灵深处的某种声音。同时，当吕纬甫连篇累牍地讲述自己的故事，在呈现自己的生存境遇时，吕纬甫

---

① "坟"的意象或许正是一个把现实和已逝的生命记忆结合在一起的典型意象，"坟"在处理文化记忆以及人与生活世界的历史性方面是非常重要的符码。福柯曾经考察过西方的墓园，认为墓园在西方是有别于一般文化空间的地点。"直到18世纪末叶，墓园都一直被安置在城市的中心，紧临教堂，"但"从19世纪初叶起，墓园开始被放置在城市边界之外……病魔的主题经由墓园和传染病而散播，持续到19世纪末叶。因而19世纪人们开始把墓园移到郊区。此时，墓园不再是城市神圣和不朽的中心，而变成了'另一种城市'，在此每一个家庭拥有它晦暗的长眠处所"。这就是西方墓园所经历的"一个重大的转变"。参见福柯《不同空间的正文与上下文》，包亚明主编《后现代性与地理学的政治》，上海教育出版社2001年版，第24页。但在中国"坟"的意象有所不同。典型的中国的坟尚不在城市中的公墓，而是乡野中的坟墓。按废名在小说《桥》中的说法，"坟"同山一样是大地的景致。一座坟提示给你的，就是这个地方的现实生存与祖先与过去的一种维系，从而让这个地方具有了历史感。中国的坟就在人间，是乡土生活世界的组成部分。鲁迅对"坟"的意象尤其偏爱，他自己最喜欢的照片也是自己题写的"我坐在厦门的坟中间"。

就在自白中成为一个独立的主体。读者由此几乎不再听到叙事者的声音,以至于有可能忽略"我"的存在,全神贯注于吕纬甫的故事。

但这并不意味着叙事者的"声音"完全消失。与陀思妥耶夫斯基笔下的叙事者不同,在陀思妥耶夫斯基的小说中,叙事者声音往往是真正隐退的,这种隐退标志着陀思妥耶夫斯基在小说中力图回避自己的主观声音、价值立场、道德判断,他只让人物自己说话,他的小说由此呈现出巴赫金所说的"众声喧哗"的对话性。巴赫金的"复调"理论,指的正是陀思妥耶夫斯基小说中话语杂陈的对话特征。陀思妥耶夫斯基的不同人物的声音都是自足的,往往都有存在的合理性,又都在与其他声音辩难,更重要的是与作者辩难。而作者则往往回避自己的价值倾向,因此你搞不清他到底赞成哪一个人物的立场,或者说人物的立场都是作者的立场。巴赫金认为这表明了作者其实是在内心深处进行自我辩难。这种辩难性和复调性标志着某种统一的一元性的真理被打碎了,没有什么人掌握唯一正确的真理。从复调性的角度看来,很难说小说中哪个人物代表作者的声音,称某个人物是作者的化身或者影子的说法是很难成立的。任何一个人物都只是小说中的一个人物而已,没有谁能代表权威立场,更不代表某种真理性,正像昆德拉说的那样:"小说,是个人想象的天堂,在这块土地上,没有人是真理的占有者……但所有人在那里都有权被理解。"[①]

但是《在酒楼上》的区别在于,我们从小说中是能够感受到叙事者的声音与态度的,之所以说"感受到",是因为鲁迅没有让叙事者"我"直接发表评论。小说写出来的是吕纬甫的自说自话,但我们从吕纬甫的独白中可以感受到叙事者是有立场的,而这种立场恰恰对吕纬甫构成了压迫。小说中写吕纬甫讲完自己从太原回故乡给三岁就死掉的小弟弟迁坟的故事后,吕纬甫有这样一段话:

> 阿阿,你这样的看我,你怪我何以和先前太不相同了么?是的,我也还记得我们同到城隍庙里去拔掉神像的胡子的时候,连日议论些改革中国的方法以至于打起来的时候。但我现在就是这样了,敷敷衍衍,模模胡胡。我有时自己也想到,倘若先前的朋友看见我,怕会不认我做朋友了。——然而我现在就是这样。

[①] 昆德拉:《小说的艺术》,生活·读书·新知三联书店1992年版,第155页。

从中可以看出，叙事者"我"是有自己的态度的，但他的态度却是通过吕纬甫的话间接表现出的。当然也可以说这是吕纬甫感到心虚，在当年一起参加革命的老战友面前自觉地意识到自己的颓唐。所以吕纬甫的独白中有一种自我辩难的成分，正像《祝福》中的"我"以及《伤逝》中涓生也有自我辩难的声音一样。这种自我对话和申辩，按巴赫金的说法，也是一种复调的对话性的表现。

　　对话性与辩难性在鲁迅小说中之所以值得关注，是因为它是处理不同的甚至彼此冲突的声音的方式。在吕纬甫的自我辩难背后，其实有一种个人空间和公共空间，私人话语和革命话语，个人行为和群体行动的冲突，同时也是个人记忆和集体记忆，诗意叙述与宏大叙述的冲突，或者说是个人趣味、心灵归宿与社会责任、道义担之间的冲突。《在酒楼上》的潜在的对话性正是边缘话语与主流话语之间的冲突与潜在的对抗。在小说中这种对抗正是通过叙事者"我"与吕纬甫的对话性结构委婉曲折地表达出来的。吕纬甫的话语尽管处在被压抑的状态，但是它毕竟得到了宣泄的途径，也就被间接地彰显出来。它在被质疑和否定的同时，也就有可能获得存在的历史性与合理性。如果只看到鲁迅对吕纬甫的颓唐持一种批评的态度，就很难意识到这种对话性的冲突以及吕纬甫个人记忆和诗意叙述存在的合理性。

　　吕纬甫的两个故事表现的是对伦理、温情以及个人日常生活和个体记忆的回归，但他的个人化记忆以及他故事中的渴望和诗意在小说中面临的是启蒙主义的宏大叙事的压迫，其存在的合法性同时又是被小说叙事者"我"甚至被吕纬甫自己深刻质疑的。这种质疑，除了体现着主流话语与边缘话语之间的冲突与潜在的对抗之外，也体现了鲁迅自反性的思维习惯。鲁迅的艺术思维的特质和魅力也正在此，他往往在提出一个命题的同时，又对这个命题加以反思和怀疑。而这种反思和怀疑的过程，在鲁迅这里即是一个自我对话的过程。《野草》尤其是这种自我怀疑和对话的经典文本。而在小说中，这种对话性则面临着一个吻合于小说体裁的形式化的过程。而叙事者"我"与人物间的对话与潜对话的关系模式，就是一个"形式化"的有效方式。尽管对话往往并没有真的发生，如《在酒楼上》；或者更是发生在叙事者的内心深处，如《故乡》和《祝福》。这就是鲁迅第一人称叙事的潜对话的模式。

二 反传统与传统认同的冲突

《在酒楼上》曾经倍受海外学者的关注,譬如林毓生和李欧梵都集中讨论过吕纬甫的内在声音表现出的更复杂的意识,进而探讨鲁迅思想意识的复杂性。

在《中国意识的危机——"五四"时期激烈的反传统主义》一书中,林毓生把鲁迅的意识分为三个层次:第一个是显示的层次,或者说是有意识层次,鲁迅的激烈的反传统主义即属于这种显示的层次。第二个是隐示的层次,是虽然有意识但鲁迅没有明言的层次。第三个是下意识的层次。①

林毓生富有启示意义的是他谈论鲁迅意识的前两个层次——显示的层次和隐示的层次——的冲突。在显示的层次上,鲁迅表现出的是彻底的激烈的反传统,但是在隐示的层次上,却表现出"献身于中国知识和道德的某些传统价值",②用林毓生更通俗的说法是一种"念旧",即对传统价值的热情。这就在鲁迅的意识中产生了一种强烈的紧张。讨论这种紧张关系是很吸引人的,因为林毓生认为,这种紧张不是形式上或者逻辑上的矛盾。我认为这是一种价值结构意义上的紧张关系。在某种意义上说,这种紧张构成了鲁迅思想冲突的核心内容,至少在五四新文化运动时期是解读鲁迅的关键性问题。这种冲突构成的张力会把鲁迅拉向哪里?鲁迅有没有解决这种紧张关系?他又是如何解决的?林毓生认为,研究鲁迅如何应对这种紧张,对于了解鲁迅复杂的意识具有关键性的作用。他的做法是通过细读鲁迅的一篇小说来讨论这个问题,这篇小说就是《在酒楼上》。

林毓生和李欧梵都十分看重周作人在《鲁迅小说里的人物》中提供的证据,即《在酒楼上》中的迁坟的故事和送剪绒花的故事"都是著者自己的"。李欧梵由此认为"在主人公对自己过去经历的叙述中,潜藏着鲁迅生活的许多真实插曲","甚而在某个情节中,叙述者和主人公都成了鲁迅自身的投影,他们的对话纯然是戏剧性

---

① 下意识层次林毓生没有多谈,但是他认为谁想要了解鲁迅的下意识,就应该去读《野草》。通过《野草》了解鲁迅的下意识,这一点在今天差不多已经是鲁迅研究界的一种共识。

② 林毓生:《中国意识的危机——"五四"时期激烈的反传统主义》,贵州人民出版社1988年版,第235页。

的作者本人的内心独白"。① 林毓生也据此进行推断,认为鲁迅借助吕纬甫的故事来表现自己的意识,因此可以把小说中吕纬甫和叙事者"我"的对话,看成是鲁迅在他自己心中所进行的交谈。换句话说,"我"与吕纬甫都反映着鲁迅的思想,而吕纬甫所表现出来的"念旧",正是鲁迅的复杂意识的隐示的层面。吕纬甫的矛盾在于他曾经是个到城隍庙里拔掉神像的胡子的反传统的斗士,因此,他所做的迁坟之类的事情与他的曾经有过的革命信仰是冲突的。吕纬甫的这种冲突在林毓生看来当然也正是鲁迅的冲突,它体现出的是反传统和传统的认同之间的冲突。

我们以往习惯于把鲁迅反传统和"怀旧"的冲突看作是情感和理智的矛盾,即在情感上眷恋中国的过去而在知识上信奉西方的价值。比如汉学家赖文森(Joseph Levenson)也是用这种模式来解释这种鲁迅式的紧张和矛盾的,这就是我们熟悉的所谓"历史"和"价值"的二分法。但是林毓生对这种二分法却有所质疑,他认为用历史与价值的二分解释鲁迅的冲突是不顾具体历史根源的复杂性的一种僵硬解释,因为鲁迅意识中的冲突,并不在于情感和思想这两个范畴之间,而在于思想和道德的同一范畴之内。换句话说,鲁迅的反传统和认同传统,都是出于"理性上的考虑和道德上的关切",②而不涉及情感领域的问题,它是价值和理性的同一层面的问题,因而它是不可解决的。它是一个真正的康德意义上的二律背反,即传统在鲁迅这里完全构成了两个对立的命题。一个命题是:传统是必须抛弃的,它引发的正是五四的文化逻辑:彻底反传统的激进主义文化姿态;而另一个命题则是:传统是应该继承的,用林毓生的话来说,"中国传统的完整秩序业已崩溃,但它的某些成分未必就丧失其同一性和影响力"。这是两个对立的命题,所以它是无解的。也许在今天会有许多人问为什么无解?我们完全可以扬弃坏的传统,继承好的传统,对传统完全可以一分为二。我认为这是对待传统的一种理想化态度,不符合五四的历史语境和文化逻辑。正如林毓生所指出的那样,鲁迅意识的冲突"是20世纪中国文化空前危机的象

---

① 李欧梵:《鲁迅创作中的传统与现代性》,乐黛云主编《当代英语世界鲁迅研究》,江西人民出版社1993年版,第90页。
② 林毓生:《中国意识的危机——"五四"时期激烈的反传统主义》,贵州人民出版社1988年版,第179页。

征",这种危机在当时的绝大多数激进主义者看来正是传统的整体性危机,它在五四激进主义知识分子那里形成的是一种整体观思想模式,不可能寻求一个多元论的解决冲突的方法。林毓生称,因而在鲁迅的思想中无法产生可供选择的分析范畴,所以鲁迅的意识的危机仍然没有缓解,而中国文化的危机则必须借助于与传统彻底决裂才能最终解决。但这就意味着把传统的价值无差别地全盘抹杀,就像在90年代的文化保守主义者那里传统一下子又都成了好的东西一样,都是二元对立的思维模式的结果。

"五四"的彻底反传统可以说是一种文化意义上的弑父行为,它最终必然在反传统的一代人心里造成逆反体验,造成鲁迅式的冲突、紧张甚至分裂。而鲁迅的这种分裂是更深刻的,因为它是价值和思想同一层面之内的分裂。如果仅是理智和情感的冲突倒好办了,人们最终总会在理智和情感之间做出反应和选择,要么遵照理智,要么屈从情感。尽管选择的痛苦无法避免,但总是可以选择的。相比之下,价值层面的冲突则显然是更要命的。所以研究者常常说鲁迅是分裂的,痛苦的,冲突的,矛盾的,他的思想总是处在一种内在的紧张状态之中,而且是不可调和的,其根本的原因正是价值层面的紧张与冲突。这是现代人的宿命,它也是属于尼采的,属于卡夫卡的,属于王国维的,当然也是属于鲁迅的。但也正是这种冲突造就了这些世纪思想者的深刻。①

三 第一人称叙事的诗学

林毓生对《在酒楼上》的分析存在的问题是把吕纬甫完全认定

---

① 林毓生对鲁迅意识中的冲突的分析值得借鉴之处是他把问题复杂化、历史化和语境化的方法。所谓"复杂化",即是说我们所遭遇的西方和传统问题,不是用非此即彼的思路就能解决的,也不是诉诸简单的价值立场和单一的理论视野就能奏效的,我们面对的完全可能是悖论式的局面。当初李泽厚用"启蒙与救亡的双重变奏"来概括中国现代历史,就是试图把现代史描述为一个内在的悖论图景,尽管他的这种"变奏"的勾画也不免陷入了二元论的陷阱。所谓"历史化和语境化",即把问题放到历史和现实语境中,看看它们是不是真正成为问题,又是怎样成为问题的,在当时的历史语境中这些问题是怎样产生出来的,当时的人们又是怎样应对的。譬如关于传统与现代性,真正有意义的问题不是讨论有没有一个完美的现代性以及自足的传统存在于那里,而是把传统与现代性内在化于20世纪的历史实践中,然后可以发现,传统和现代性都不是自足的,它们已经在20世纪的历史叙述中经历了一次次的叙述、阐释与重构,因此考察到底有没有一个自足的传统以及有没有一个理想的现代性,即使不是不可能的,也是没有多大意义的。考察传统与现代性问题的出发点和归宿都应该是20世纪中国的历史语境与现实处境。

为作者鲁迅。小说中的吕纬甫表现出对传统价值的认同，林毓生由此推断说："鲁迅自己一生中也从未在理智和道德上违反这种传统价值，因为他就是小说中的吕纬甫。"① 这种三段论式的演绎未免有简单化之嫌，小说文本因此直接成为思想史研究的材料。

如果说林毓生对《在酒楼上》的文本解读指向了思想，那么另一种方式则是指向形式。林毓生的问题也许正是出在对小说的形式问题的忽略，叙事者"我"在小说中的功能尚未进入他的视野，因此，他的分析无法解决小说中反映出的思想冲突和紧张关系以及复杂和矛盾的话语到底是如何具体地落实在小说的形式层面的。② 具体到《在酒楼上》，小说所透露出的反传统和怀旧之间的紧张正形式化为叙事者"我"与吕纬甫的对话关系，这是一种小说内在的结构性关系，是一种形式化的要素。而对《在酒楼上》的解读试图提升到形式诗学的层面，就不能只关注吕纬甫的故事。从小说诗学的角度着眼，更应引起重视的恰恰是叙事者"我"。由于"我"的存在，吕纬甫讲述的故事便被置于叙事者再度讲述的更大的叙事框架中。吕纬甫的故事便成为以"我"为中介的故事。一方面吕纬甫的故事经过了叙事者"我"的再度转述，另一方面，"我"同时也充当了一个审视者的角色，吕纬甫的自我申辩、自我否定正因为他一直感受着"我"的潜在的审视的目光。③ 从而"我"与吕纬甫之间呈现为一种内在的对话关系，这种对话性一方面表现为小说的叙述形式，另一方面则表现为价值观意义上的对话，小说的更深层的语义正由这种关涉价值观的对话关系显示。而小说中的"我"与吕纬甫的潜在对话，最终可以看作是作者两种声音的外化。"我"和吕纬甫的辩难，正是作者的两种声音在对话，在争辩，在冲突，而且很难说哪一种是主导性声音。前引李欧梵的话称"叙述者和主人公都成了鲁迅自身的投影，他们的对话纯然是戏剧性的作者本人的内心独白"，论者是从内心独白的意义上理解对话的，但是这种说法解释不了为什么鲁迅费尽周折地把本来的内心独白对话化？为什么鲁迅不

---

① 林毓生：《中国意识的危机——"五四"时期激烈的反传统主义》，贵州人民出版社1988年版，第246页。

② 因此林毓生的方法仍然是思想史的方法，而关注叙事者和叙述形式，则是诗学的方式。

③ 参见吴晓东、倪文尖、罗岗《现代小说研究的诗学视域》，《中国现代文学研究丛刊》1999年第1期。

让吕纬甫直接来呈示内心独白，而偏偏要动用了一个叙事者来叙述吕纬甫讲的故事？李欧梵和林毓生强调的都是叙事者"我"与吕纬甫的同一性，而小说的对话性本身指向的更是差异性，就是说，当鲁迅可能认同吕纬甫的诗意叙述和个人性话语的同时，他也在反省这种话语，小说中的"我"在很大程度上代表的就是反省的立场，从而使"我"与吕纬甫的话语之间表现出一种辩难性。这就是在小说的叙述层面以及价值层面所生成的叙事者"我"与人物的潜对话关系。

在鲁迅第一人称叙事的小说中，"我"与他者的话语总体上都构成了一种对话性的复调关系，进而生成了一种复调的诗学。正像巴赫金所说："不同'语言'（不管是什么样的语言）之间是可能产生对话关系的（一种特殊的对话关系），也就是说它们可能被看作是观察世界的不同视角。"① 对话性的存在，使鲁迅小说中并置了双重甚至多重声音，这些矛盾、冲突的话语和声音，印证了巴赫金复调诗学所阐释的多声现象和杂语现象，决定了鲁迅观察世界的多维视角，也决定了鲁迅小说世界的开放性和多重阐释性，很难以单一的价值标准作最终裁决。在鲁迅小说中你时时会意识到存在两种话语，两种言说的方式，两种文体，两种语义系统，最终就像《在酒楼上》表现出的那样，有两种价值体系，这两个维度之间就有一种辩难性。这种辩难也包括人物以及叙事者的自我辩难，如吕纬甫、涓生的自我辩解。尤其是涓生更是像陀思妥耶夫斯基笔下受良心、道德感谴责的人物。《祝福》中的叙事者"我"也表现出类似的特征：

> 我很悚然，一见她的眼钉着我的，背上也就遭了芒刺一般，比在学校里遇到不及豫防的临时考，教师又偏是站在身旁的时候，惶急得多了。对于魂灵的有无，我自己是向来毫不介意的；但在此刻，怎样回答她好呢？我在极短期的踌躇中，想，这里的人照例相信鬼，然而她，却疑惑了，——或者不如说希望：希望其有，又希望其无……。人何必增添末路的人的苦恼，为她起见，不如说有罢。
>
> 魂灵的有无，我不知道；然而在现世，则无聊生者不生，

---

① 巴赫金：《长篇小说的话语》，《小说理论》，河北教育出版社1998年版，第73页。

即使厌见者不见，为人为己，也还都不错。我静听着窗外似乎瑟瑟作响的雪花声，一面想，反而渐渐的舒畅起来。

祥林嫂的发问，在"我"的内心中掀起了波澜，"悚然""背上也就遭了芒刺一般""惶急""踌躇"等语，都表明作者遭遇了表达的困境，背后则是良知的困扰。而颇费踌躇的措辞，欲言又止的句式，含糊其词的语义，进退维谷的姿态，都展示给读者一个内心声音复杂化的叙事者形象。《祝福》中的"我"除了承担叙事的功能外，也一直呈示着自己的主体化的声音，尽管这是一种暧昧不明的声音。这种暧昧不明也是叙事者遭遇价值困境，进而进行自我辩难的反映。而从另一个角度说，"我"其实也一直在心中与祥林嫂进行潜在的对话，只是没有被说出，这未说出的声音更表明了叙事者的一种非确定的态度和立场。可惜这个声音是不充分的，所以它有一种未完成性。① 独立分析鲁迅的任何一篇第一人称小说，"我"的形象都有一点单薄。但是，如果总体上考察《故乡》《在酒楼上》《孤独者》《祝福》等小说的第一人称叙事，"我"就形成了一个第一人称叙事者系列，可以称之为"归乡"叙事模式中的叙事者。把这些小说放在一起读，叙事者"我"的形象就更值得分析了。"我"主要是讲述他者的故事，但也同时在展示叙事者自我的心路历程，总体上就呈现出一个在困惑和痛苦中彷徨的现代人的形象，一个寻路者的形象。《故乡》的结尾"希望是本无所谓有，无所谓无的。这正如地上的路；其实地上本没有路，走的人多了，也便成了路"以及《彷徨》的题记"路漫漫其修远兮，吾将上下而求索"都突现了这个寻路者的形象。而"路"的意象也隐喻着精神与灵魂的探索。李欧梵就说：可以把鲁迅的"虚构小说的行动看作是精神上'探索灵

---

① 《故乡》中叙事者的声音也是如此，譬如"我"以下的心理活动："我躺着，听船底潺潺的水声，知道我在走我的路。我想：我竟与闰土隔绝到这地步了，但我们的后辈还是一气，宏儿不是正在想念水生么。我希望他们不再像我，又大家隔膜起来……然而我又不愿意他们因为要一气，都如我的辛苦展转而生活，也不愿意他们都如闰土的辛苦麻木而生活，也不愿意都如别人的辛苦恣睢而生活。他们应该有新的生活，为我们所未经生活过的。""我想到希望，忽然害怕起来了。闰土要香炉和烛台的时候，我还暗地里笑他，以为他总是崇拜偶像，什么时候都不忘却。现在我所谓希望，不也是我自己手制的偶像么？只是他的愿望切近，我的愿望茫远罢了。"叙事者"我"在表达自己的希望，但是同时又在自我质疑这种希望，这种心理模式与《在酒楼上》和《祝福》有相似性，尽管在《故乡》中这个叙事者的声音完得相对完整。

魂'过程,既是探索他的民族的灵魂也是探他个人的灵魂"①。如果说在一部小说中"对意义的探求始终是由叙事者承担的",② 那么在鲁迅的第一人称小说中,这个探索意义的承担者就是叙事者"我"。这就是第一人称叙事者所承载的意识形态功能。③ 对第一人称的考察因此不单是纯粹的叙述学以及形式诗学的问题,正如刘禾所提示的那样,第一人称背后还有政治学。④ 第一人称堪称是意识形态想象的最理想的载体,在它的身上,凝聚着文学作品中思想形态和结构形式之间的紧张关系。

鲁迅的第一人称小说的复调特征表明,作为一种文本形式存在的小说在结构层面必然生成某些形式化的要素,从而把小说结构成一个内在统一体。文学作品中内在化的思想和结构性的紧张关系最终总会在形式层面表现出来,在这个意义上,形式总是内化了社会历史内容的"有意味的形式"。正像杰姆逊(詹明信)在评价卢卡奇时所说:"卢卡奇教给了我们很多东西,其中最有价值的观念之一就是艺术作品(包括大众文化产品)的形式本身是我们观察和思考社会条件和社会形势的一个场合。有时在这个场合人们能比在日常生活和历史的偶发事件中更贴切地考察具体的社会语境。""卢卡奇对我来说意味着从形式入手探讨内容,这是一个理想的途径。"⑤ 作为西方马克思主义学者的杰姆逊最终关注的是政治、经济、文化、意识形态诸种领域,但是他的方法论中最重要的特征之一是从不放

---

① 李欧梵:《鲁迅的小说——现代性技巧》,《当代英语世界鲁迅研究》,第41页。
② 让·伊夫·塔迪埃:《普鲁斯特和小说》,上海译文出版社1992年版,第16页。
③ 第一人称叙事还有另一重要的功能,即美学功能。第一人称叙事者带来的是"距离控制"的美学效果。对小说中的距离问题考察得最充分的是布斯的《小说修辞学》,书中提出了小说中存在的几种距离:价值距离、理智距离、道德距离、情感距离、时间距离等(参见布斯《小说修辞学》,北京大学出版社1987年版)。第一人称叙事的美学效果即是拉开作者与读者的距离,叙事者成为读者与作者之间的中介。按李欧梵的说法,这一中介的存在使读者不会把小说中的观点误认作是鲁迅本人的思想态度,所以"鲁迅的第一人称叙事远非是自传性的,它是一种有效的方式,使鲁迅可以与他的同时代读者保持距离"(李欧梵:《鲁迅的小说——现代性技巧》,《当代英语世界鲁迅研究》,第47页)。第一人称的作用因此更是功能性的,结构性的,审美性的。参见吴晓东《鲁迅小说的第一人称叙事视角》,《记忆的神话》,新世界出版社2001年版。
④ 可参见刘禾《现代中国小说中的第一人称叙事的政治》(*The Politics of First-Person Narrative in Modern Chinese Fiction*, Ph. D. diss., Harvard University, 1990.)。
⑤ 詹明信:《晚期资本主义的文化逻辑》,生活·读书·新知三联书店1997年版,第13页。

逐形式与审美问题:"我历来主张从政治社会、历史的角度阅读艺术作品,但我决不认为这是着手点。相反,人们应从审美开始,关注纯粹美学的、形式的问题,然后在这些分析的终点与政治相遇。"也正是在这个意义上,杰姆逊格外重视布莱希特:

> 人们说在布莱希特的作品里,无论何处,要是你一开始碰到的是政治,那么在结尾你所面对的一定是审美;而如果你一开始看到的是审美,那么你后面遇到的一定是政治。……而我却更愿意穿越种种形式的、美学的问题而最后达致某种政治的判断。①

尽管如此,形式的和美学的问题在杰姆逊那里仍还有手段的迹象,而我认为形式本身正是本体和目的。正像罗兰·巴尔特在《写作的零度》中所说:"写作在本质上是形式的道德。"形式所积淀和凝聚的"意味"更内在也更稳定,形式所隐含的东西往往更深刻,形式最终暴露的东西往往也更彻底,形式更根本地反映了作家的思维方式和他认知世界、传达世界的方式。

以"表现的深切和格式的特别"著称的鲁迅小说正是认知与传达世界的形式化的方式,其经典性和成熟性正表现在思想内容的形式化。鲁迅的意识形态想象通常是在形式层面得以沉积,这构成了鲁迅小说经得起审美批评和形式研究的重要原因。所以本文的目的不是要确证鲁迅的小说也有复调性,不是为了证明他和陀思妥耶夫斯基一样了不起,而是探讨鲁迅的小说思维与文本形式的关系,探讨鲁迅话语世界的复杂性、对话性甚至冲突性以及探讨鲁迅呈现世界的特殊方式,进而探讨内在的紧张、冲突的话语类型和思想模式是如何转化为有意味的形式的。而形式诗学的出发点正是寻求使小说组织成统一体的诗学机制,这种诗学机制是文本内部的,也是形式化的。形式诗学关注的是这样的问题:作品的形式是怎样构成的?它与世界的关系如何?作家又是怎样通过形式传达世界的?哪些是只有通过形式才能看到的东西?一部小说如何把关于生活世界的断片化的经验缝合在一起?小说中使文本成为共同体的主导的形式因

---

① 詹明信:《晚期资本主义的文化逻辑》,生活·读书·新知三联书店1997年版,第7页。

素到底是什么？由主导的形式因素又派生出哪些微观诗学机制？又有哪些诗学机制具有相对的普适性？这些都是形式诗学追寻的问题。

四　文本中的主体建构问题

前面说过，当吕纬甫在连篇累牍地讲述自己的故事，在呈现自己的一种生存境遇时，吕纬甫就在自我陈述中成为一个主体。但这种说法太简单化了，主体的问题要远为复杂。吕纬甫的主体性是不是自足的？小说中的叙事者"我"的逼视有没有构成对吕纬甫的主体性的消解？文本中的主体是如何建构的？鲁迅所建构的是什么样的主体？这都是可以进一步追问的问题。

研究者注意到鲁迅在作品中处理的往往都是一些分裂的或者不健全的主体。阿Q的主体性就是不健全的，孔乙己是一个妄想性的人格，狂人则是个分裂的主体。这不是说狂人得的是一种精神分裂症，而是说狂人在自己的日记中表现出两种形象，一个是自我扩张的反传统的斗士的形象，另一个则是绝望的忏悔者的形象。狂人最终震惊地发现"我也吃过人"，以致他"不能想了"，这就是狂人"原罪"意识的自觉，所以有论者说《狂人日记》"把一种极度分裂的内省之声引入了中国文学"，[①] 这在中国文学中是前所未有的。

《伤逝》也表现为主体性的欠缺和分裂。这也许是鲁迅小说中最难解读的一篇，关于它已经有的每一种阐释模式都似乎不完全到位，原因也许在于小说中的主体存在着矛盾甚至分裂。小说的副标题"涓生的手记"标明小说是涓生的独白体，似乎不存在复调倾向，但是这是一个矛盾的自我辩解的叙事者，他的叙述是有缝隙的，甚至是分裂的。已有的阐释大都立足于涓生的叙述，而没有质疑他的叙述本身，所以就容易产生问题。

倘若孤立地审视《伤逝》中涓生的手记，读者往往更注意其中不失深刻的思想以及不乏真诚的忏悔。在手记中，涓生叙述的关键词是"空虚""真实""遗忘""说谎""悔恨""生存""死亡"等。[②] 在小说的结尾一段这些关键词尤其高密度地出现：

但是，这却更虚空于新的生路；现在所有的只是初春的夜，

[①] 刘禾：《跨语际实践》，生活·读书·新知三联书店2002年版，第183页。
[②] 《伤逝》中一共出现了25个"空虚"（"虚空"），10个"真实"的字眼。

竟还是那么长。我活着,我总得向着新的生路跨出去,那第一步,——却不过是写下我的悔恨和悲哀,为子君,为自己。

我仍然只有唱歌一般的哭声,给子君送葬,葬在遗忘中。

我要遗忘;我为自己,并且要不再想到这用了遗忘给子君送葬。

我要向着新的生路跨进第一步去,我要将真实深深地藏在心的创伤中,默默地前行,用遗忘和说谎做我的前导……。

一系列关键词被组织进了一个复杂而矛盾的话语情境中。这些其实是大而无当的抽象词汇的确显出涓生思想的深刻,他思考的是关于生存、虚空等哈姆雷特式的大命题,往往会把读者的视线引向形而上的领域,我们就会忽略其实这是推卸责任的更高明的借口。以前我的确相信的是涓生的思想,涓生认为只有当生与死的问题自明了之后,爱才有所附丽,先要生存,然后才谈得上爱情,所以涓生有更本体的困惑和执着。如果追寻整个小说中涓生的逻辑,会发现涓生强调的也正是"真实"害死了子君,而不是他的抛弃。他坚持的是"真实",不想虚伪地许诺还爱着子君,尽管他的自我辩护本身仍然表现出人格的虚伪性和分裂性。

刘禾在《跨语际实践》一书中认为,通过悼念子君的死,涓生就使自己的"伤"获得了人们的同情。同时涓生的叙述又压抑了子君的故事,他是按照对自己有利的方式操纵着叙事,并从死者的沉默中获益。所以涓生的书写,是为了将子君的幽灵"从自己的记忆中放逐"。[①] 从涓生的立场说,他如果要重建自我,就必须遗忘自己的痛苦和悔恨。所以我认为《伤逝》表达的仍然是一种鲁迅式的"为了忘却的记忆"。记忆有时是必须忘却的,一旦有些记忆不断地复现,就会带来痛苦。所以从鲁迅这里你可以看到,人类不光是与遗忘抗争,也在与记忆抗争,鲁迅的记忆就是为了忘却,为了遗忘[②]。涓生的哲

---

① 刘禾:《跨语际实践》,生活·读书·新知三联书店2002年版,第238页。

② 这和普鲁斯特的哲学就大相径庭。普鲁斯特把记忆看成是人的本性,人只能在自己的记忆中维持主体性。所以莫洛亚在给《追忆似水年华》作的序中说:"人类毕生都在与时间和遗忘抗争。他们本想执著地眷恋一个爱人、一位友人、某些信念;遗忘从冥冥之中慢慢升起,淹没他们最美丽、最宝贵的记忆。……总有一天,那个原来爱过、痛苦过、参与过一场革命的人什么也不会留下。"莫洛亚说出了普鲁斯特试图表达的更潜在的含义,即"寻找失去的时间"其实是与时间本身以及与遗忘相抗衡的方式。

学就是一种遗忘的哲学,他的回忆的深层机制正是为了忘却,所以才要以遗忘和说谎为先导。遗忘背后有一种快乐机制,即忘掉痛苦和悔恨,才能快乐地活下去,而有着太多的记忆是很难向前迈步的,哪怕是一些美好的记忆,这恐怕是《野草》中的过客拒绝小姑娘的施舍的更内在的原因。

《伤逝》的主题因此可以概括为遗忘与逃避。而涓生的懦弱,最终则根源于他的自我中心的世界。按刘禾的说法,涓生是用"关于真实和谎言的争辩","来代替现代主体性的深重危机"。所以刘禾认为,涓生也表现为一种"分裂式自我",这种分裂在小说中具体表现为"叙事的自我"和"体验的自我"之间的分裂:"叙事的自我"的依据只能在现在时,也就是叙述的当下来找,叙事总是根源于"叙事的自我"现在的需要。涓生的叙事动机就是为了逃避过去的记忆,他对过去的故事有着"权威的,指示性的控制"。"如果说先前涓生用言语将子君从他的生活中逐开,那么现在他则倚赖写作行为消除对她的记忆,将这记忆抛入遗忘之中。①"叙事的自我依据的就是他的现在的遗忘机制。也可以说,涓生的"叙述的自我"试图否定当初的"体验的自我",他的分裂也正表现为"叙事的自我"和"体验的自我"的分裂。②

从文本的内部结构和内在逻辑上看,无论是《狂人日记》还是《伤逝》所表现出的分裂的主体性,都构成了中国现代文学主体建构过程中的象征。现代文学的创生过程,也是现代主体是否能够建构以及如何建构的过程。人们都熟悉关于五四启蒙主义的最通常的表述,即五四的主题是人的发现。但是,这个现代主体的创建过程却不是那么简单的。刘禾就发现现代的"自我"范畴是极不稳定的,"因为个人常常发现自己最终在社会秩序的迅速崩溃中失去了归属",③郁达夫笔下的多余人形象恰恰印证了这一点。五四时期最值得重视的两个小说家无疑是鲁迅和郁达夫,郁达夫的现代品格在李欧梵看来在于他的小说经常表现的是"破碎的、无目的以及充满不确定性因素的旅程",郁达夫的多余人多是漂泊者的形象。如果说,

---

① 刘禾:《跨语际实践》,生活·读书·新知三联书店2002年版,第241页。
② 这意味着文本内的主体是可以以对抗的方式存在的。这种对抗,在《伤逝》中表现为两个涓生的不同声音的反差,一个是当下的叙述的涓生,另一个是过去的被叙述的涓生。这种主体的对抗,也是小说的内在的杂声的反映,恰是复调诗学感兴趣的问题。
③ 刘禾:《跨语际实践》,生活·读书·新知三联书店2002年版,第132页。

鲁迅的过客的主体性是被一种超目的论的哲学支撑,换句话说,跋涉本身就是一种目的论,那么郁达夫的零余者则是无目的的徘徊的形象,"徘徊在女人和男人、东方和西方、传统与现代、知识分子与农民之间,郁达夫笔下的旅人无法为自己找到一个稳固的立足点"。[①]可以说,《沉沦》就已经开始了郁达夫的现代主题的表达,即现代性的危机是一种个人和民族的双重危机,民族国家的危机必然要反映为主体的危机,[②] 最终则决定了主体的不确定性。

鲁迅的作品同样反映了主体性的危机,"在而不属于两个世界"即同样是个体在社会秩序的崩溃中失去归属的体验。《野草》因此堆积了一系列二元对立式的范畴:

  天地有如此静穆,我不能大笑而且歌唱。天地即不如此静穆,我或者也将不能。我以这一丛野草,在明与暗,生与死,过去与未来之际,献于友与仇,人与兽,爱者与不爱者之前作证。
  为我自己,为友与仇,人与兽,爱者与不爱者,我希望这野草的死亡与朽腐,火速到来。要不然,我先就未曾生存,这实在比死亡与朽腐更其不幸。
——《题辞》

  我不过一个影,要别你而沉没在黑暗里了。然而黑暗又会吞并我,然而光明又会使我消失。
  然而我不愿彷徨于明暗之间,我不如在黑暗里沉没。
  然而我终于彷徨于明暗之间,我不知道是黄昏还是黎明。我姑且举灰黑的手装作喝干一杯酒,我将在不知道时候的时候独自远行。
——《影的告别》

……于浩歌狂热之际中寒;于天上看见深渊。于一切眼中

[①] 刘禾:《跨语际实践》,生活·读书·新知三联书店2002年版,第210页。
[②] 在《沉沦》的结尾,主人公蹈海自尽,这种死亡无疑有一种象征性,是主体缺失的必然结果。但是更值得分析的是主人公蹈海前的独白:"祖国呀祖国,我的死是你害我的!你快富起来,强起来吧!你还有许多儿女在那里受苦呢!"在郁达夫这里,现代主体性的崩溃,就与现代民族国家的范畴建立了不可分割的联系。曾有评论者说《沉沦》结尾是失败的,小说一直写的是青春期的压抑,是零余者的个体意义上的心理危机,结尾却简单而且牵强地把小说主题提升到爱国主义和家国政治层面,显得十分不协调。我以前也认同这种说法,但是不容忽略的是,郁达夫的这个主题模式是现代小说惯常的模式,的确反映着中国现代主体的建构过程与民族国家之间千丝万缕的联系。

看见无所有；于无所希望中得救。……

——《墓碣文》

　　文中并置的一系列的范畴差不多都是分裂性的，它正是不稳定的主体性的内在表征。所以鲁迅曾经同样面对主体的危机。但是，中国现代作家中只有鲁迅才真正做到了正视主体的分裂性，正视中国现代主体的不成熟不健全和不稳定性，正如有研究者指出的那样，中国文学一直有个致命的缺陷，即"不敢或不愿正视主体的根本残缺，不敢或不愿把自身连同世界放在一处进行审视"。"鲁迅是唯一的例外，而新文学的发展并不由于鲁迅的出现而改变主潮，相反，鲁迅那种主体矛盾和分裂的呈现方式一直是其他作家们颇感陌生和不以为然的，也一直被作为鲁迅自身的某种缺点来对待。"与此同时，中国作家却总有办法保持主体完整的最后幻觉。① 所以在作家们建构的主体性虚幻的完整与实际上的缺失之间，就有了裂痕。杰姆逊说："我们总乐于把自己设想为统一完整的主体，……要是每当我们把自己表现为整体时我们都能起而打碎这一幻觉，正视矛盾和特殊经验的多重性，我们就正是在以辩证的方式思考问题。"② 因此，鲁迅对统一完整的主体幻觉的打破，对现代主体分裂性的正视，以及他毕生对瞒和骗的揭示，都表明他是最清醒的现实主义者。

　　另一方面，鲁迅在揭示了现代主体性的危机的同时，也把个体命运置于历史和生存境遇中去观照与关怀。鲁迅小说中"我"与人物的关系在一定意义上构成的正是对话性的境遇关系，他的第一人称小说因此表现出了一种"交互主体性"的倾向。③ 小说的意义是

---

① 薛毅：《无词的言语》，学林出版社1996年版，第193页。
② 詹明信：《晚期资本主义的文化逻辑》，生活·读书·新知三联书店1997年版，第36页。
③ 20世纪现象学和存在主义的"交互主体性"的概念，可以参考《主体性的黄昏》（弗莱德·R. 多尔迈著，万俊人等译，上海人民出版社1992年版）一书的梳理。在西方对主体理解的历史中，笛卡儿是重要的一环。在笛卡儿式的"我思故我在"中，主体性是由我自己的思想确立的。而现象学和存在主义则主张一种交互主体性，即把主体性理解为一种人与人的关系和境遇。在此前比如霍布斯的哲学中，人类的状态被描述为一种人与自然环境和社会环境之间的对抗状态，一种易卜生式的个人独抗大众的主体性。而到了胡塞尔和海德格尔这里，人生存在与他人组成的关系和境遇中。读存在主义的文学，会发现"境遇"是最重要的存在主义文学主题，而意义也产生于人的境遇，就像托多罗夫在《批评的批评》中说："意义来源于两个主体的接触。"所以主体性存在于主体之间，即所谓主体间性（inter-subjectivity）。这也是巴赫金的对话诗学受到广泛重视的原因所在。

在对话性的境遇中体现的,而意义也正生成于人物命运的彼此参照。这当然并不是说叙事者与人物就是现代意义上的主体,而是说"我"与他者的对话关系反映出鲁迅总是把笔下的人物境遇化与历史化。所谓的主体因此并不是一个自我中心化的范畴,而是一系列关系的确立,即确立我和他人,我与外部世界的关系,从而生成一种交互主体性。① 这就是鲁迅的复调小说最终显现给我们的问题。②

(原载《文学评论》2004 年第 4 期)

---

① 这样一来,甚至阿 Q 也同样有主体性。鲁迅写《阿 Q 正传》,一开始阿 Q 是被嘲弄的对象,在《晨报副刊》最初发表时,孙伏园是放在"开心话"栏目中。但渐渐地鲁迅认真起来了,阿 Q 也就有了主体性,孙伏园也觉得不很开心,于是第二章就移到了"新文艺"栏。从叙事学的角度说,《阿 Q 正传》从最初的全知叙事渐渐转向了阿 Q 的人物视角,小说焦点开始围绕着阿 Q 的行为和意识,我们就读到了作者对人物的同情和哀怜。最后小说竟然进入了阿 Q 的思想和下意识层面,当阿 Q 记起四年之前在山脚下遇见恶狼的体验,这就差不多是鲁迅自己的体验介入了。这就是理解的同情的过程,也是主体化的过程。

② 当然更复杂的话题是中国现代历史中的主体性建构问题,以及历史中的主体与文本中的主体之间的关系问题。而这已经不是本文所能企及的课题了。

存在主义视野下的"左翼鲁迅"：
走向现代生命的自我救赎

彭小燕

摘 要 在存在主义视野里，1925年、1926年重返"战士真我"、超越生命虚无的鲁迅必然会坚持反抗强权、暴政的"左翼"立场。对于鲁迅，"左翼"立场的核心是自觉地批判、反抗世间的种种"黑暗"，尤其是人为的暴力、杀戮。这一"左翼"立场具有政治性，但并不必然地具有政党政治的色彩。"左翼鲁迅"的真正意义不仅仅是直面现实、担当人间的道义良知，同时也是鲁迅生命历程中的自我救赎，意味着鲁迅对自身藉以超越虚无、创造意义的"战士"生命的坚实践履，呈现着鲁迅生命中的现代信仰光辉。

关键词 存在主义；左翼鲁迅；战士；超越虚无；自我救赎

基于笔者考察鲁迅生命历程的一贯逻辑，可以说，到1925年年底、1926年年初，鲁迅已经重新"出世"的"战士真我"，① 富于内在逻辑地规定了在历经1927年的血腥屠杀之后鲁迅的"左翼"立场——反抗专制暴虐势力的立场，也规定了20年代后期、30年代鲁迅与诸多知识者之间的"同盟"或者"敌对"的关系。这种立场决不仅仅意味着鲁迅对社会责任和道义的担当，同时也意味着鲁迅对于其"战士真我"的真正践履，对于其自我生命价值的坚实创造，对于其自我生存虚无的执著超越②——在这一意义上，"左翼鲁迅"正是鲁迅自我生命的"庄严自救"。

---

① 参阅北京师范大学2005届博士学位论文《存在主义视野下的鲁迅——穿越生存虚无、撞击世界"黑暗"的现代信仰者》第三章第二节之二。
② 可参阅北京师范大学2005届博士学位论文《存在主义视野下的鲁迅——穿越生存虚无、撞击世界"黑暗"的现代信仰者》第三章第二节之二。

鲁迅的"左翼"立场，现实政治秩序反对者的立场，首先是与他对强权压制、暴力屠戮的反抗意识与反抗言行联系在一起的。在这里，我们看到的是"战士"鲁迅对社会历史意义上的黑暗势力的对立、批判与反抗。

当谈及1925年的"女师大事件"时，鲁迅有过一句耐人寻味的话："我的对于女师大风潮说话，这是第一回。"① 所谓说话，指的是《忽然想到》的第七篇，作于1925年5月10日，这个时间正是在杨荫榆5月9日已经公布开除六学生决定之后。② 那么，鲁迅公开为"女师大事件"说话的时间，在他看来，就是一些学生作为弱者，作为被管制者已经到了被严重损害的时候——他不能沉默了。他的底线与立场是明晰的。有一个细节尤其能够补证这一点。1926年11月，许广平做了广东省立女师的训育处主任，这已经是一个有点权力管制学生的位置。鲁迅对于她所孜孜谈论的"学校风潮"，则委婉地，但其实又是很明确地表示了不同的意见。鲁迅提示许广平对于所在学校的风潮"无须详述，因为我对于此事并不怎样放在心里，因为这一回的战斗，情形已和对杨荫榆不同也"③。这不同的情形，指的不就是在"这一回"的学生风潮中，许广平以及校长等不再是弱势中的，没有实际权力的被管制者，而已是强势中的，有实际权力的管制者了。鲁迅基于自己内在的精神逻辑，以自己的"不感兴趣"对忙于校事、唠叨于"风潮"的许广平做了提醒。

1926年的"三·一八"惨案中，国民政府所在地的门前竟至于是一个让和平请愿者热血横流、生命涂炭的处所——不仅军阀政府这样做了，而且文人学士也这样以为。这是已经自觉要反抗"黑暗"世界，抉择了"战士"之身的鲁迅不能不愤怒的。而死者不幸又是他自己教过、认识而且激赏的学生，痛惜其生命死难的心情更为深切。于施暴者，鲁迅的悲愤就有："如此残虐险恨的行为，不但在禽兽中所未曾见，便是在人类中也极少有的"，"血债必须用同物偿还。拖欠得愈久，就要付更大的利息！""以上都是空话。笔写的，有什

---

① 《鲁迅全集》，人民文学出版社1981年版（本文所引鲁迅原文均据此版，以下简称《全集》）第3卷，第173页。
② 参阅薛绥之主编《鲁迅生平史料汇编》第3辑，天津人民出版社1983年版，第354—355页。
③ 参阅《两地书全编》，浙江文艺出版社1998年版，第519—531页。

么相干?""三月十八日,民国以来最黑暗的一天,写。"于死难者,鲁迅说过:"呜呼,我说不出话,但以此记念刘和珍君!"①

同时,鲁迅也宣示了自己的"战士"生命抉择及其意义:"真的猛士,敢于直面惨淡的人生,敢于正视淋漓的鲜血。""苟活者在淡红的血色中,会依稀看见微茫的希望;真的猛士,将更奋然而前行。""在这淡红的血色和微末的悲哀中,又给人暂得偷生,维持着这似人非人的世界。我不知道这样的世界何时是一个尽头!""我们还在这样的世上活着;我也早觉得有写一点东西的必要了。"② 这是4月1日写下的文字。4月8日,鲁迅再写《淡淡的血痕中》,更直接地宣示:"叛逆的猛士出于人间;他屹立着,洞见一切已改和现有的废墟和荒坟,记得一切深广和久远的苦痛,正视一切重叠淤积的凝血……"③ 不难看到,日益走向"战士真我"的鲁迅,④ 已经在持续地进行他真正的批判、反抗活动,在真正地践履着他的"战士"生命了。鲁迅对一个"似人非人",恍若"废墟和荒坟"的"苦难—黑暗(达到了暴虐的程度)—虚无"现实实施着他的揭露、抗议与反抗。同时,也让我们见证了他那分明就不甘于自我生命委顿与虚无的生存超越意志。自己毕竟"还在这样的世上活着",还要诉求、追寻一点活着的意义、价值:"我也早觉得有写一点东西的必要了。"一个还在活着的"人的生命",一个执意超越自我生命之"死亡—虚无"的"战士",必然会直面环境世界的种种悲剧——更何况是人为的生命死难——而果敢、勇毅地说话,直至寻找可能的改革途径。

尽管鲁迅的愤怒、揭露、批判与反抗似乎注定没有实际性的现实作用,时隔不久,鲁迅自己也被列在了"被缉拿"的名单之中。但是,在中国人的精神历史上,《记念刘和珍君》《淡淡的血痕中》见证了现代中国的生命死难;表征着鲁迅对于其"战士"生命的真诚践履,表征着现代中国某一类知识分子生命存在的高贵和尊严。鲁迅的这类文字矗立起了一座铭刻生命悲剧,指斥现实暴虐的精神丰碑;它会长存于世代流变中的中国,会不断地警示一种命运、一

---

① 《全集》第3卷,第262—264、277页。
② 《全集》第3卷,第274、277、274页。
③ 《全集》第2卷,第221—222页。
④ 参阅北京师范大学2005届博士学位论文《存在主义视野下的鲁迅——穿越生存虚无、撞击世界"黑暗"的现代信仰者》第三章第二节之二。

种记忆、一种声音。

如果说"左翼"立场、现实秩序反对者的立场并不必然地与一种政党性的政治立场、政治活动联系在一起，如果"左翼"立场能够意味着对任何一种损害弱势者权益，屠戮弱势者生命的既定社会规则的激进式批判、反抗与变革的话，那么，笔者以为，"女师大事件"、"三·一八"惨案中的"鲁迅言行"，可以说，是鲁迅最初的、最早的"左翼"活动。而我们已经看到，鲁迅的这一"左翼"言行一开始就"根连"着他超越虚无，反抗"苦难—黑暗—虚无"现实的"战士"抉择。①

而1927年的"屠戮"则可谓继1926年的"三·一八"惨案之后，再一次以一种实际的"政治性黑暗"与"生命、人性灾难"给择定了"战士"生命路径的鲁迅以残酷、严峻的考验。眼见强权专制、暴力屠戮，鲁迅已然"重新临世"的"战士"生命，在本质上，是无法抑制住自己的愤怒、批判与反抗的。面对这场"革命盟友"间的杀戮，"置身事外""沉默""旁观"的方式，在根本上就无法过得了鲁迅自身的生命逻辑这一关。因此，鲁迅其实是以他自己所能够有的方式而勉力介入、揭露、批判和反抗了。

捕杀发生的当天，鲁迅从睡梦里被叫醒②——他对于国民革命的良好希望就此彻底破灭了。至此，世间之事又一次让他领受到所谓绝望、"破灭""轰毁"等。然而，1927年4月的鲁迅，已经是一个自觉地持有反抗"苦难—黑暗—虚无"世界的"战士"生命的鲁迅，他不会轻易地放弃自己自觉坚守的"介入—反抗"意志。③ 身处险境中的鲁迅，并不逃走、躲避——像许广平的老家人所建议的那样。他去中山大学为营救学生据理力争："五四运动时，学生被抓走，我们营救学生……我们都是五四运动时候的人，为什么现在成百成千个学生被抓走，我们又不营救了呢？"④ 营救无效，剩下捐款慰问。⑤

---

① 可参阅北京师范大学2005届博士学位论文《存在主义视野下的鲁迅——穿越生存虚无、撞击世界"黑暗"的现代信仰者》第三章第二节之二。
② 参阅薛绥之主编《鲁迅生平史料汇编》第4辑，天津人民出版社1983年版，第302—303页。
③ 参阅北京师范大学2005届博士学位论文《存在主义视野下的鲁迅——穿越生存虚无、撞击世界"黑暗"的现代信仰者》第三章第二节之二。
④ 参阅薛绥之主编《鲁迅生平史料汇编》第4辑，天津人民出版社1983年版，第269、303、364—368页。
⑤ 《全集》第14卷，第652页。

最后剩下的是近乎自虐式的"一语不发","不吃","辞职",①"失眠"。②可谓是痛心、无望之中,兼以自恨无能、自恨无为的行为表现,是一个努力"介入"酷虐现实,意欲救助死难生命的"反抗者"在无可措手、难付身心时的低落行止。诚然,鲁迅并不是一个实际的政党政治革命者,他没有权柄,有的仅仅是珍爱生命权利和记忆国民革命宣示的民主平等、自由人道等目标的思想。他不会认可任何意义上的屠戮、捕杀的合法性,更不会确认革命盟友之间的屠戮、捕杀的合法性。他决不会接受这类的理智与坦然、这类的自欺欺人的逻辑:"这是'党校'(国民党所办的学校——笔者注),凡在这里做事的人,都应该服从国民党的决定,不能再有异言。"③

对于1927年的"屠戮",其一,如上所述,鲁迅有基于他自身的实际身份、精神逻辑所持有的"行为介入"。尽管这样的"介入"同样没有起到实际性的作用,但是它呈现的是20世纪一个现代中国生命的真正存在和他的道义良知,呈现了一个现代中国人的生命尊严——这点尊严是我们古老的国民一直没有得到过的。

其二,我们会看到,鲁迅多次反复地用自己的文字进行了揭露、批判。

1927年4月26日的《野草·题辞》,在一般情形下,该是鲁迅面对往日之"我""博弈虚无""回归战士真身"的精神旅程要说的几句话。④而鲁迅却在其中说:"我自爱我的野草,但我憎恨这以《野草》作装饰的地面。"⑤对于自我生命求索之旅的那点顽韧信念,对于"地面"——现实世界——的憎恨之情,应当是有其不得明言的"现实情结"的吧。往实处说,那正是对一个"屠戮盟友"的现实世界的憎恨与指斥;往抽象之处说,则是对一切人为地导致生命死难的"社会性黑暗"的憎恨与指斥。同时,也富于象征色彩地对于这类"黑色"行为将会导致的毁灭性后果发出了警告:"地火在地

---

① 参阅薛绥之主编《鲁迅生平史料汇编》第4辑,天津人民出版社1983年版,第269、302—303页。

② 《全集》第14卷,第652页。

③ 参阅薛绥之主编《鲁迅生平史料汇编》第4辑,天津人民出版社1983年版,第303页。

④ 可参阅北京师范大学2005届博士学位论文《存在主义视野下的鲁迅——穿越生存虚无、撞击世界"黑暗"的现代信仰者》第三章第二节之二。

⑤ 《全集》第2卷,第159页。

下运行，奔突；熔岩一旦喷出，将烧尽一切野草，以及乔木，于是并且无可朽腐。"① 对于这一自觉有意的警告，鲁迅在1928年写下的《路》之中还更明显地提醒了"革命文学家"们：

> 地火在地下运行，奔突；熔岩一旦喷出，将烧尽一切野草，以及乔木，于是并且无可朽腐。
> ……
> 还只说说，而革命文学家似乎不敢看见了，如果因此觉得没有了出路，那可实在是很可怜，令我也有些不忍再动笔了。②

在1927年6月1日的《〈书斋生活与其危险〉译者附记》中，鲁迅说："对于实社会实生活略有言动的青年，则竟至多遭意外的灾祸。译此篇讫，遥想日本言论之自由，真'不禁感慨系之矣'！"③ 似乎逮住一个机会就要暗示一下现实中的"青年死难"事件，而且分明也在痛感自己的"言论困境"——眼见人为导致的生命死难，自己却连言说的自由都已经没有了。如今的精神困境、生命存在困境显然已经更甚于"三·一八"惨案时刻。

1927年7月23日的广州，是一个鲁迅即使沉默也难免"亲共"嫌疑的地方，然而，鲁迅并没有沉默。他讲《魏晋风度及文章与药及酒之关系》，讲的就是政客"豪杰"们如何找着了借口就诛杀异己，诛杀"反对派"；讲的是魏晋文人如何看似放达，实则可怜到了随时可能因为一个只要说得出来的理由而"人头落地"的地步，而且决没有人敢去问一问——为什么如此"出尔反尔"。这其实就是在讲身边现实的酷虐暴力了。要神圣地"清党"，自然就可以严正地"屠戮昨日的盟友"。人，随时也就可以因为"言论"而至"被捕、被杀"了。三民主义承诺的民主、自由、平等在哪里？这点曲折、真切的用心，鲁迅自己后来也说过的："弟在广州之谈魏晋事，盖实有慨而言。""迩来南朔奔波，所阅颇众，聚感积虑，发为狂言。""要之一涉目前政局，便即不尴不尬。"④ 然而，就在"杀人"之地

---

① 《全集》第2卷，第159页。
② 《全集》第4卷，第89—90页。
③ 《全集》第10卷，第277页。
④ 《全集》第11卷，第646页。

就谈"杀人"的事——自然要有所曲折,以免自己的脑袋落地——但听众们未必就懂得其中的真义。那位"有恒"先生还在"恳切地祈望鲁迅出马"说话,以"救救孩子"。① 而鲁迅就深有沉痛地表示了两点。其一,在这个血腥暴虐时代,"现在倘再发那些四平八稳的'救救孩子'似的议论,连我自己听去,也觉得空空洞洞了"②。其二,即使是他已经说过的用心良苦的话,民众又何尝真正地听到过、思考过、理解过呢?"我的话也无效力,如一箭之入大海。否则,几条杂感,就可以送命的。"③

到了9月,对于专制暴虐现实,鲁迅就有"专制使人们变成冷嘲。……共和使人们变成沉默"的辛辣批判④。9月4日,写着《答有恒》的鲁迅,仍然身在危险的广州,但他还是公开地谈及了自己在1927年4月的广州所眼见亲证的"恐怖屠戮",所历经的"破灭""轰毁"——眼见青年杀戮青年而升起的大轰毁、大绝望。谈及了他所体味到的令人悲哀的言说困境——自己先前唤醒青年的文字竟是在帮着制作醉虾。⑤ 一边是没有言论自由但见"死亡"恐怖的言说困境;一边是即使有所言说也不过是"制作醉虾的帮手"之类的残酷自省。一边是即使自己真的用心地"说"了,但也并无听众"真听"的无聊、尴尬、悲哀;一边又还有"你何以不说话了呢?"这样的询问。鲁迅的言说困境、生存困境是多重的、包抄式的。

然而,已为"战士"的鲁迅,仍然还是一个"说"的抉择,在《魏晋风度及文章与药及酒之关系》之中,在《答有恒》之中,鲁迅都或曲或直地表达了自己要以文字"介入—批判—反抗"的"战士"抉择:

> 据我的意思,即使是从前的人,那诗文完全超于政治的所谓"田园诗人""山林诗人",是没有的。完全超出人间世的也是没有的。既然是超出于世,则当然连诗文也没有。……
> 由此可知陶潜总不能超于尘世,而且,于朝政还是留心,

---

① 参阅《全集》第3卷,第458页,注释第2条。
② 《全集》第4卷,第456页。
③ 《全集》第3卷,第457页。
④ 《全集》第3卷,第530页。
⑤ 《全集》第3卷,第453—454页。

也不能忘掉"死",这是他诗文中常常提起的……①

但我也在救助我自己,还是老法子:一是麻痹,二是忘却。一面挣扎着,还想从以后淡下去的"淡淡的血痕中"看见一点东西,誊在纸片上。②

前一段说世间并无所谓"田园诗人""山林诗人",连著名的大隐士陶潜也一样,其中的真意是不难推知的——鲁迅自己今天的演说也是一样的,是事关当时政治,事关"人间"之事的。而所谓"不能忘掉死",既是对于肉体生命死亡的不能忘怀(1927年的广州正是一个多有此类死亡的地方),也是对于精神生命中的"死亡—虚无"③的始终牵念。这都是连那位极其超然的老隐士陶潜也无法淡忘的,人世间的"死尸—虚无"又何其沉重呢。"也不能忘掉死"一语,对于鲁迅,实是大有深意的"有慨而言"。

后一段,有愤激、讥刺之言,而说明鲁迅自己真正的生命抉择的话语则是在后一句。如今的鲁迅是抉择了"战士真我"的反抗者,他哪里能够麻痹和忘却,只要看他文字间念念不忘的"淡淡的血痕中"五个字就能够明白。1925年,他曾经以它们作标题写过文字,这文字就出现在他率笔写下了《这样的战士》之后的第四个月,同样是一场"生命屠戮"之后的1926年4月8日。其间,鲁迅说过的:"叛逆的猛士出于人间;他屹立着,洞见一切已改和现有的废墟和荒坟,记得一切深广和久远的苦痛,正视一切重叠淤积的凝血……"④那"出于人间"的"猛士",恰是要超越虚无、反抗世间"黑暗",从而抉择"战士真我"的鲁迅,⑤他如何能够做到麻痹与忘却呢?愤激之语,讥刺世上的"聪明人"而已。另一方面,也是意指黑暗、酷虐之中,自己也往往不得不如此"装死",以便能够得到"幸活"之"缝隙",否则,身当此世,人头一落地,就连那几页揭露、批判、反抗的杂文也彻底失去出场的机会了。

---

① 《全集》第3卷,第516页。
② 《全集》第3卷,第457—458页。
③ 参阅北京师范大学2005届博士学位论文《存在主义视野下的鲁迅——穿越生存虚无、撞击世界"黑暗"的现代信仰者》第三章第二节之二。
④ 《全集》第2卷,第221—222页。
⑤ 参阅北京师范大学2005届博士学位论文《存在主义视野下的鲁迅——穿越生存虚无、撞击世界"黑暗"的现代信仰者》第三章第二节之二。

尤应注意的是，在上引的文字中，鲁迅甚至还明言了他的"自我生命救赎"之法。鲁迅直言他在"救助我自己"。他告诉了我们，他救赎自我生命的真正方式是挣扎与反抗。这反抗之一，就是直面血肉现实，记忆这一现实，写下自己的"匕首"式杂文，正所谓"从以后淡下去的'淡淡的血痕中'看见一点东西，誊在纸片上"。鲁迅已经在自觉地坚守、践履他"介入—批判—反抗"的"战士真我"了。而且，在这段文字的前一节，鲁迅恰恰就说到了他自己精神生命中最深刻、最艰难的"虚无境遇"："我知道我自己，我解剖自己并不比解剖别人留情面。好几个满肚子恶意的所谓批评家，竭力搜索，都寻不出我的真症候。"① 在笔者的逻辑中，鲁迅解剖自我生命所到达的最精深之处，所深深品味过的"真的症候"，正是他的"虚无体验"与"虚无超越"。鲁迅自我生命跋涉得最为艰难、最为勇毅的地带也是他的"虚无博弈""虚无超越"与重返"战士真我"。②

看来，1927年的"屠戮"之际，鲁迅所以敢于为营救学生，据理力争，敢于顶着"亲共"的危险，就在广州曲曲直直地说话，是真有他自觉的"战士生命情结"的：说，还是不说？做，还是不做？对于鲁迅，这是一种坚守反抗还是放弃反抗，坚守"战士真我"还是放弃"战士真我"的重大抉择。这抉择根连着他的生命信仰，根连着他精神生命上的"死"（"装死"——形同虚无）与"活"、"躲避于虚无"与"创造出意义"的根本抉择。③ 如此，我们就能够在鲁迅自我生命的深层精神逻辑中看清楚一个问题：新文化运动之际，战斗呼呼呐喊反抗，作随感作小说作诗歌，做新式学问的知识者很多，为什么独独鲁迅选择了在强权专制、暴力屠戮时刻的行动与言说，选择了"批判—反抗"的话语立场，直至生命实践？人们曾经用"自愿面对历史的必然"，来分析鲁迅、布莱希特以及萨特，以为三人都同样具有"批判的自觉"。④ 并且也看到了他们的一个共同特点："他们不愿改变自己的批判立场，尽管别样的立场看来更为

---

① 《全集》第3卷，第457页。
② 参阅北京师范大学2005届博士学位论文《存在主义视野下的鲁迅——穿越生存虚无、撞击世界"黑暗"的现代信仰者》第三章第二节之二。
③ 参阅北京师范大学2005届博士学位论文《存在主义视野下的鲁迅——穿越生存虚无、撞击世界"黑暗"的现代信仰者》第三章第二节之二。
④ 乐黛云主编：《国外鲁迅研究论集》，北京大学出版社1981年版，第80—81页。

幸运。①"而笔者认为，对于鲁迅，以及萨特而言，所谓"批判的自觉"能够关联到的，绝不仅仅是一个社会历史的问题，阶级叛逆的问题，关注生民苦难、社会黑暗的问题，而同时是一个"虚无体认"之中的自我生命意义追寻、价值创造与切身践履的生命哲学问题。最现实、最真挚的生命关怀立场，往往是伴随着最不现实，但却同样真诚、精深的个体生命问题的。否则，人们将很难回答：为什么是他们，为什么恰是他们——人类历史上并不怎么多有的这些人，成为在"政治上前进（联系上下文，这是指对于强权暴虐的政治力量的反对、抗议，对于被强权政治力量打压、迫害的政治异己阵营的同情直至支持——笔者），艺术上伟大的作家"，从而"对于自由派批评者"提出挑战，堪称"一个特殊的难题"？②

鲁迅 1927 年的文字中，决不乏对于他所无法接受的现代"革命屠戮"的批判、反抗，除上文引证的以外，这年 9 月 24 日写下的《小杂感》中也有直接的揭露、批判文字，其中最可征引的一段是：

> 又是讲演录，又是讲演录。
> 但可惜都没有讲明他何以和先前大两样了；也没有讲明他演讲时，自己是否真相信自己的话。③
> 革命，反革命，不革命。
> 革命的被杀于反革命的。反革命的被杀于革命的。不革命的或当作革命的而被杀于反革命的，或被当作反革命的被杀于革命的，或并不当作什么而被杀于革命的或反革命的。
> 革命，革革命，革革革命，革革……。④

两段话都直接关乎 1927 年中国社会的暴虐政治现实，饱含着辛辣的讽刺、批判；也传递出鲁迅尤为独特、犀利的观照中国现代革命的目光——他关注变换中的革命表象背后生命（人）的真实表现、真实处境。后一段中，几乎符咒般的语言更暴露了 1927 年"屠戮"的酷虐不仁、丧失理性，也说中了整个 20 世纪中国历史上的理性蒙

---

① 乐黛云主编：《国外鲁迅研究论集》，北京大学出版社 1981 年版，第 95 页。
② 乐黛云主编：《国外鲁迅研究论集》，北京大学出版社 1981 年版，第 84 页。
③ 《全集》第 3 卷，第 530 页。
④ 《全集》第 3 卷，第 532 页。

昧、人性沉沦、生命屠戮；不仅显示着鲁迅杂文在当时的果敢、勇毅，也最典型地让世人看到了鲁迅杂文所凭借的生命底蕴，所抵达的社会历史深度、广度。

在鲁迅，对于"屠戮"以及"屠戮者"持续不断的揭露、批判同时伴随着对于"被屠戮者"生命死难的深挚同情。"杀戮青年的，似乎倒大概是青年，而且对于别个的不能再造的生命和青春，更无顾惜。如果对于动物，也要算'暴殄天物'。"①"我就是这做醉虾的帮手，弄清了老实而不幸的青年的脑子和弄敏了他的感觉，使他万一遭灾时来尝加倍的苦痛……"②"中国现在是一个进向大时代的时代"，"许多为爱的献身者，已经由此得死"③。"毕磊君大约确是共产党，于四月十八日从中山大学被捕。……他一定早已不在这世上了，这看去很是瘦小精干的湖南的青年。"④ 生命的死难、苦痛，青春的陨灭确是鲁迅所为之痛惜并深刻铭记的。

可以说，面对1927年的"暴力"，心仪"战士真我"的鲁迅，自觉地、必然地坚守着他的"批判""反抗"立场，并且又一次真切地意识到了自己并没有"批判""反抗"之自由的自我生命困境；同时，鲁迅的真挚同情也留给了被"暴力所解决着"的人们。这两个方面其实内在地规约着1927年及其之后鲁迅诸多生命实践活动的根本指向。伴随着"一党专制"，文化高压，捕杀"左翼"文化人士，秘密处决政治犯等强权暴力政策，伴随着鲁迅与被压制者、被捕杀者阵营的近距离接触，鲁迅"批判""反抗"强权统治，"同情"被压制者、被"解决"者的心志溢出话语层面，指向实际行动的可能性就愈来愈大了。

面对多次反复的"生命屠戮"，鲁迅就曾经深感自己的话语的无力："以上都是空话。笔写的，有什么相干？"⑤ 如前所述，鲁迅的"批判—反抗"话语，常常被他自己仅仅视为"救助我自己"的自我生命行为，视为让他自己的生命存在还能够留下几许痕迹，证明他也还在生活，还在说话，还不曾死灭，还没有装死，如此而已。何况又是"杀戮"之后，曲曲直直、不得自由的那点文字。1926年

---

① 《全集》第3卷，第453页。
② 《全集》第3卷，第454页。
③ 《全集》第3卷，第547页。
④ 《全集》第4卷，第21页。
⑤ 《全集》第3卷，第362页。

10月,"三·一八"惨案在许多国人的记忆里可能消逝得差不多了,而编完《华盖集续编》的鲁迅写下的是:"这半年我又看见了许多血和许多泪,/然而我只有杂感而已","泪揩了,血消了;/屠伯们逍遥复逍遥","连'杂感'也被'放进了应该去的地方'时/我于是只有'而已'而已!"① 1928年10月,离1927年4月的"清党",不远不近,也正是多数国民忘记它的好时候了,而鲁迅偏不忘记,他在《而已集》的《题辞》中原样照搬了上引的话语。在这样的文字中,鲁迅无奈于、不满于这样的"杂感反抗""言语反抗"的心绪是明显的。然而,舍此而外,别的"挣扎—反抗"之路又在哪里呢?鲁迅从来都不是一个政治革命的实际参与者。② 在本质上,他对于没有现代国民的民主自由意识为基石的政治革命一向是持有怀疑态度的,他并不简单地相信某一次、某一种革命就能够让中国的陈腐现实与国民的奴性灵魂得到一劳永逸式的"至善"改变。然而,可以想象,正如1927年4月15日的下午,鲁迅会列席中山大学主任会议,企望以和平的、人道的、理性的方式救助学生一样,他太有可能不会拒绝,而是寻求合作者,以便尽可能实际地救助被压制者,被捕杀者。自然,他也必须尽可能保护好自己的生命权益。而在鲁迅的精神逻辑中,这样的实际活动就会以一种实践性的生命存在来实现他的"反抗真性",来把他的"话语批判"与实际的"现实反抗"相连接。在这样的心态下,1927年后的鲁迅,极容易在其实际生存活动中支持、资助那些意在反抗强权专制与暴力杀戮,意在求得自我生存权利与自我政治权利的和平反抗活动。这主要是"国统区"的"左翼"文化活动,以及意在救助被捕杀者的实际性人道活动,意在追求思想言论、集会结社之自由的现代国民民权保障活动。这就使得鲁迅的"左翼"立场(现实政治秩序反对者立场,"生命—人道"立场),在一定程度上,真正地带上了20世纪世界"左翼"文化人士往往难免的政党性政治色彩,具体地说,是成为宣言为中国乃至世界无产阶层、被压迫者阶层谋取利益的政治力量中国共产党的"盟友"。

---

① 《全集》第3卷,第365页。
② 即使是他最为肯定的辛亥革命,鲁迅自己也说他并没有实际地做过多少事,而只是辛亥革命的热情拥护者、欢迎者;参阅景宋《民元前的鲁迅先生》,《鲁迅回忆录:专著》(上册),北京出版社1999年版,第97—100页。

以下是1927年以后，鲁迅在"话语"层面的"介入—批判—反抗"之外所实际参与的"介入—反抗"活动：

> 1927年，支持中国济难会的活动，多次资助该会对于政治革命受难者的救助。①
>
> 1930年，与郁达夫等列名实际上是以共产党人为组织者的中国自由运动大同盟发起人，②参与了该同盟举办的五次讲演活动③，公开支持了被压制、被剿灭中的现实政治反抗力量。
>
> 1930年，参与筹备中国"左翼"作家联盟，被选为常务委员，鲁迅与被压制、被杀戮中的共产党人的联系、合作更加紧密。鲁迅以各种形式支持、帮助过各类"左翼"人士（大都是共产党人），接受他帮助的"左翼"文艺人士、共产党人，量多而实难以具体计数，其中最广为人知的就有瞿秋白、冯雪峰、"左联"五烈士、丁玲、楼适夷、沙汀、艾芜、唐弢、叶紫、萧红、萧军、胡风等等。另外，鲁迅对现代木刻运动的支持、参与广为人知，而鲁迅的木刻活动与他的"左联"活动实际上很难分开。

1933年，鲁迅参加中国民权保障同盟，为释放政治犯，废除非法拘禁、酷刑，反对政治杀戮出力，为谋求言论、集会、结社之自由尽力。

笔者提出的一个问题是，我们究竟能够如何看待鲁迅的这些实际性反抗活动的意义。

首先，在鲁迅所参与的这些活动中，可以看到三个明显的特点。

其一，除了与中国济难会（此会成立于1925年，发起人中既有共产党一面的张闻天、郭沫若等，亦有国民党一面的杨杏佛、戴季陶等④）的关联，基本上不带多大危险性以外，鲁迅所置身其中的其

---

① 参阅薛绥之主编《鲁迅生平史料汇编》第5辑，天津人民出版社1986年版，第73—78页。
② 参阅薛绥之主编《鲁迅生平史料汇编》第5辑，天津人民出版社1986年版，第92、102—106页。
③ 参阅薛绥之主编《鲁迅生平史料汇编》第5辑，天津人民出版社1986年版，第111—115页。
④ 参阅薛绥之主编《鲁迅生平史料汇编》第5辑，天津人民出版社1986年版，第76—78页。

他三种实际性活动在强权专制当道、暴力肆虐的当时,都是具有危险性的,轻则被捕、重则被杀。由于参加自由运动大同盟、"左翼作家联盟",鲁迅被"国民党浙江省党部通缉",先后共计3次离家避难。① 而与鲁迅一样,积极谋划、参与中国民权保障同盟活动的杨杏佛,则于1933年6月被暗杀在上海法租界。

其二,鲁迅所参与的这四种活动都带有为被压制者、被剿灭者谋取基本生命权益、政治权益与思想、言论自由权利的特点,都是对于现实秩序中的政治强权力量压制他人、屠戮他人的行径的对抗与反抗,其中承载的正是一个现代人的社会政治意识、生命意识与人道意识。在这样的内在逻辑中,鲁迅就既能够成为现实政治秩序中的被压制者、被剿灭者——正在为自身的生存权益、政治权益而抗争的共产党人的"盟友",又能够与出乎现代民权意识,人道人性立场而为政治犯们争取人的权利,为公民人权而奔走的国民党"左派"力量"共行动"。

其三,这些活动比之鲁迅往往关注时事的"匕首"式杂文,是一种更加直接的,具有一定实际作用的现实"介入—反抗"活动。鲁迅把他杂文中的"话语批判""话语反抗"拓展、延伸而为实际性的"反抗"行动。

面对鲁迅的这些实际反抗活动,正如人们在对鲁迅杂文进行评价时所表现的那样,人们对于鲁迅此类活动的意义的认识也一样表现出这样的倾向:人们关注这些活动中鲁迅强烈的社会责任感、道义感,也往往看到了他的伟大、不凡,但是,人们一般也都不问为什么鲁迅会做这种选择,在这些活动背后鲁迅的生命原动力是什么?新文化运动中的其他人(胡适、周作人、钱玄同等)为什么就不做这种选择?

在笔者的逻辑中,"匕首"式杂文写作,富于即时介入、批判与反抗精神的杂文写作,对于鲁迅自我生命本身的存在有怎样的意义价值,那么,上述的"反抗"活动对于鲁迅自我生命的存在也就会有怎样的意义价值。因为,鲁迅自觉参与的这些实际性活动的背后所具有的精神追求与他自觉坚守的"匕首"式杂文写作所意味的精神追求是有同一性的:二者都源自鲁迅在1925年、1926年重新审

---

① 参阅薛绥之主编《鲁迅生平史料汇编》第5辑,天津人民出版社1986年版,第339—340页。

视、自觉回归的"战士真我"抉择，二者都意味着鲁迅对自己超越自我生存虚无，反抗人间苦难、社会黑暗与虚无世界，创造自我生命意义的"战士"人生的践履。诚然，鲁迅的实际性"反抗"活动在担当社会责任、社会道义层面上的特点是比较明显的，但我们却也能够从鲁迅的相关言行以及他身体力行的行动本身之中，看出在鲁迅那里，这些实际性活动对于他自我生命存在本身的创造性价值——它们与鲁迅杂文一样是鲁迅自觉地藉以超越自我虚无，创造生命价值的"战士真我"的实践行动，它们对于鲁迅自我生命的存在一样具有一种自觉的生命自救意味。

在中国自由运动大同盟的发起人名单中并没有与鲁迅最为亲密，也最为鲁迅"热爱"[①]的柔石在列，那份名单曾刊于1930年的《萌芽月刊》第一卷第三期上。但是，鲁迅却在1931年4月，柔石殉难后写下的《柔石小传》中，记柔石是"自由运动大同盟"的"发起人之一"，同时是"左翼"作家联盟的"基本构成"人员。[②] 1934年，鲁迅所写《自传》里，1927年之后的大事则记有四件：一件是在中国现实上发生的，即"清党"；其他三件则都是鲁迅自己所做的事，分别为加入自由大同盟、左翼作家联盟和民权同盟。[③] 可见，参与自由大同盟、左翼作家联盟以及民权保障同盟，所有这些实际活动在鲁迅内心深处的份量是很重大的，也就是说，这些实际性活动首先是为鲁迅自己极为看重的。

在1930年3月21日给章廷谦的信中，鲁迅谈及"自由运动大同盟"时，的确又说过："自由运动大同盟确有这个东西，也列有我的名字，……近来且往学校的文艺团体演说几回，关于文学的。我本不知'运动'的人，所以凡所讲演，多与该同盟格格不入，然而有些人已以为大出风头，有些人则以为十分可恶，谣诼谤骂，又复纷纭起来。半生以来，所负的全是挨骂的命运，一切听之而已，即使反将残剩的自由失去，也天下常事也。"[④] 这几句话，需要分析性的对待。鲁迅对"运动"一词，特别加上了引号，似有讽刺之意。其原因，可能由于鲁迅不赞同以潘汉年、田汉等人为中心组织者的

[①] 参阅薛绥之主编《鲁迅生平史料汇编》第5辑，天津人民出版社1986年版，第347页。
[②]《全集》第4卷，第278—279页。
[③]《全集》第8卷，第362页。
[④]《全集》第12卷，第6—7页。

"刻意运动"式的"自由求取"思路与行事方式。① 因而在这封信里，对于他自己曾经用以讽刺过高长虹等人的"运动"一词②尤其不以为然。在鲁迅个人化的语汇里，"运动"一词，有时是带有它特别的"贬义"的——这时候的"运动"一词，含有不顾理性地刻意求取某种对象的意思。③ 因此，鲁迅在这里说他是"本不知'运动'的人"，等等。但他对于"自由运动大同盟"在一个没有言论思想自由的时代，指向言论思想自由的根本目标则是极其认同的；否则，他决不会分明不满而又最终参与的，更不会在《柔石小传》里出现那样的意向性记忆偏差——从上下文看，鲁迅是以"柔石"曾经为"自由运动大同盟"发起人为其生命亮点的。冯雪峰对于这件事的回忆，也能确认鲁迅有所不满的是它的"斗争"思路、行事方式，而不是它所指向的争取思想、言论、教育与集会结社之自由的根本目标。④ 而且，鲁迅这里的话可能还隐含着别的意思。当年，鲁迅因为"自由运动大同盟"的事而被"国民党浙江省党部"通缉，而章廷谦就在浙江杭州，他这样低调说话，可能有通过朋友信件尽可能起点缓和作用，传递有利于自己的相关信息的意思。希望庶几能够免去几许由于"通缉"而带来的人身麻烦——"将残剩的自由失去"。写信之时，也正是鲁迅因受通缉而离家避难之时。同一信中，鲁迅就说到，郁达夫不能自由北上（鲁迅自己也是特别需要"自由北上"的权利的，他的母亲还在北京）的第三个原因，就是他在"自由同盟（他还是避免用'运动'一词——笔者注）上的一个名字"；并且鲁迅又的确真的说及了自己可能因此而失去"残剩的自由"的问题。

而最重要的是，此信其实同时表明了鲁迅内心对于参与自由同

---

① 参阅薛绥之主编《鲁迅生平史料汇编》第5辑，天津人民出版社1986年版，第102—103页，冯雪峰的相关回忆文字。
② 比如鲁迅在涉及相关事件时，曾在私人信中说："连我请他吃过饭也是罪状了，这是我在运动他"（《全集》第11卷，第200页）；公开文字中也说过："对于狂飙运动，向不知怎么回事：如何运动，运动甚么。"（《全集》第3卷，第391页）
③ 除上文中讽刺高长虹的例子外，还有讽刺他在厦大很看不惯的一班教员的话："另外又有一班教员，在做两种运动：一，要求永久聘书……；一，要求十年二十年后，由学校付给养老金终身。"（《全集》第11卷，第156页）又如谈及"民族主义文学"运动时，说："但此辈有运动而无文学，则亦令出版者为难。"（《全集》第12卷，第34页）。
④ 参阅薛绥之主编《鲁迅生平史料汇编》第5辑，天津人民出版社1986年版，第92页。

盟之事不计后果的果敢、断然态度："一切听之而已。"7天之后，鲁迅又致信章廷谦，这封信的内容更把他自己参与"自由运动大同盟""左翼作家联盟"，自觉执意地不惜作"梯子"的真实心境异常明确地表达出来：

> 梯子之论，是极确的，对于此一节，我也曾熟虑，倘使后起诸公，真能由此爬得较高，则我之被踏，又何足惜。……所以我十年以来，帮未名社，帮狂飙社，帮朝花社，而无不或失败，或受欺，但愿有英俊出于中国之心，终于未死，所以此次又应青年之请，除自由同盟外，又加入左翼作家连盟，于会场中，一览了荟萃于上海的革命作家，然而以我看来，皆茄花色，于是不佞势又有作梯子之险，但还怕他们尚未必能爬梯子也。哀哉！①

首先，我们注意到一个细节，鲁迅在这里仍然避用"运动"一词而说"自由同盟"，那么，他集中看取其"自由"目标的内心不是又得到了几许显露？

其次，鲁迅所自愿选择的"作梯子"，他要"作"的是青年文艺投身者的梯子。而我们知道，鲁迅对于中国青年的真诚希望——他所希望的"英俊"，是能够毁坏、扫荡古旧黑暗中国里制作人肉筵宴的厨房，能够创造中国"非奴隶"的第三样时代的青年。也就是说，他要作的是中国现实现状中的反抗者们、批判者们、改革者们的梯子。而在鲁迅的意识中，中国人的生存现实又是一个充斥着"生民苦难—社会黑暗—生命虚无"的世界。② 那么，鲁迅的"梯子"抉择就内在地联系着他的"虚无体验"，联系着他"超越—反抗"虚无，回归"战士真我"的心路。而在他所与之合作，所给予帮助的联盟阵营中，至少，"盟友"们是面对现实中的强权专制与暴力屠戮，面对被压制，被捕杀的危险而并没有放弃挣扎、反抗与战斗的一群文艺青年。

在那个时代，鲁迅所可能期望到的"年青的思想战士""年青的

---

① 《全集》第12卷，第8页。
② 参阅北京师范大学2005届博士学位论文《存在主义视野下的鲁迅——穿越生存虚无、撞击世界"黑暗"的现代信仰者》第三章第一节。

精神界战士"如果不能够来自这样一个群体，又能够来自哪里？面对自我生命的虚无境遇，面对一个"苦难—黑暗—虚无"的世界，鲁迅自觉选择的是回归、坚守他自我生命的"战士"本色；① 而面对"盟友"，尤其是面对青年"盟友"，他对于具有同等质量的"战士"生命的渴望，应当是一种自觉而且自然的愿望吧。"但愿有英俊出于中国"，但愿他们还会爬"梯子"，还能够爬向生命与思想，反抗与批判的高处，爬向生存战斗的高处，还能够真有几分拜伦、雪莱、裴多菲、莱蒙托夫的生命气韵，堪为真正的"战士""猛士"。那么，鲁迅的"梯子抉择"就可谓一种为了"养育"富有韧劲而其思想又不乏丰富、深刻的"战士生命"而"自觉殉难的抉择"——鲁迅此心，几人堪知？"左联"五烈士，其中就有鲁迅最为信赖的，挑选着"损己利人"之道而背负在身的柔石。柔石等23人殉难，鲁迅公开地写："我沉重的感到我失掉了很好的朋友，中国失掉了很好的青年。"② 私下里则说："好的青年，自然有的，我亲见他们遇害，亲见他们受苦，如果没有这些人，我真可以'息息肩'了。"③ 在这样的文字里，也许只有鲁迅自己知道，他那颗期望"英俊出于中国"的心灵，被这个黑暗暴虐的世界伤害到了什么样的程度——而况，这些伤害还有的是来青年们自身的"打杀"。

然而，当我们意识到鲁迅的自由同盟活动、"左翼"作家同盟活动，这些弄得不好就意味着自身的生命危险、"脑袋落地"的活动被他自己承认为不惜毅然去做的"梯子事业""殉难之事"时，我们还要想到一个问题——一个人，一个生命，在什么情况下，会冒了生命的危险去选择这样一种"殉难"之业？笔者想到的是，只有当"作梯子"的事情本身，对于他自身的生命存在，对于他自我生命的精神领地，亦极其重要、不可或缺的时候，人是最有可能这样去做的。而在上引的同一封信里，鲁迅也还有他别有心绪、耐人寻味的几句话：

> 至于北京……据我所见，则昔之称为战士者，今已蓄意险

---

① 参阅北京师范大学2005届博士学位论文《存在主义视野下的鲁迅——穿越生存虚无、撞击世界"黑暗"的现代信仰者》第二章第二节之三，第三章第二节之二。
② 《全集》第4卷，第486页。
③ 《全集》第12卷，第206—207页。

仄，或则气息奄奄，甚至举止言语，皆非常庸鄙可笑，与为伍则难堪，与战斗则不得，归根结底，令人如陷泥坑中。①

前面是说自己不惜作新一代"战士生命"的"梯子"，此处则说到昔日的"战士"们已经不再存在，他们的生命存在已经奄奄一息，生死不分，形容其如今的生存状态甚至已经如同泥坑，既不堪与其为伍，亦无法与其战斗。这，不是在叹息中国知识阶层"生命价值的虚无"——"生已经恍若死"——又是什么呢？联系上下文，不难看到在这样的"虚无揭示"中，鲁迅自己所殷切冀望的仍然是"战士"生命的有与无、在与不在。而我们也不难想到，这分"战士"情结是与当时鲁迅在"黑色"现实之中跟一类活生生的挣扎者、反抗者人群的联盟有着联系的，鲁迅自己在希望着这样的阵营中会有自己所渴望的"英俊"存在——有年青的"战士"生命的存在。可见，正是为了坚守自己超越虚无的"战士真我"，为了生存世界中更多的"战士"生命的诞生，鲁迅说："我之被踏，又何足惜。"是鲁迅超越虚无的"战士真我"抉择内在地规约了鲁迅为了更多的"战士"生命的诞生而有的"梯子"行为——一种殉难式的生命行为。

那么，鲁迅走向强权专制、暴力屠戮下的挣扎者、反抗者人群，参与其中的实际性反抗活动，这样的生命实践选择就是与他自觉抵御、超越生命的"死亡—虚无"状态（如"昔之称为战士者"，今天的"气息奄奄"，"令人如陷泥坑"的状态），自觉坚守、践履其"战士真我"的重大生命抉择有内在联系的，而绝不仅仅是对于自我现实世界的道义与责任担当——尽管，它们往往更明显地表现为对于现实世界的道义与责任担当。这就是说，鲁迅对现实世界的道义与责任担当是有他深刻的生命哲学基石的，这能够提示我们：正是为了自我生命不困于生存的虚无，为了超越自我生命的"死亡—虚无"，我们才走向对于尘世的道义、责任的勇敢担当。这也就是说，我们的担当，在其最深刻之处是我们自我生命的存在问题，是自我生命的一份创造性事业——是我们从虚无中拯救起自己的生命尊严的问题。

正是这样的生命深度，赋予那些真正果敢地担当了尘世道义与世间责任的人们，以朴素、平凡、谦卑的眼神——像大地之上，衣

---

① 《全集》第12卷，第9页。

饰褴褛，轻轻走过的耶稣、大佛……人们往往以为他们是人中的乞丐呢，人们往往不知道他们是人类生命中的珍稀瑰宝。而我们也就能够对于鲁迅的"梯子"选择，对于他那些甘冒种种危险而置身其中的生命活动有了一分深刻的理解——它们出自他的"战士真我"，出自他对于虚无人生的执著超越。相应地，我们也就能够理解，为什么鲁迅对于"左联"的解散会那样的计较，对于"左联"所曾经宣言过的目标，也是无产阶级文学所宣言过的目标——为苦难中的、被压迫中的劳苦大众谋其利益的目标，所谓"无产阶级之解放"的目标会那样在意。要坚持一个长长的口号"民族革命战争的大众文学"，不放弃"革命"，不放弃"苦难大众"。对于某些人，一切口号都可能是招牌，换个招牌何其容易啊。而对于"战士"生命自觉抉择、自觉坚守中的鲁迅来说，他走向"左翼"作家联盟，走向与被压迫者，被捕杀者的"结盟"，直至成为已经殉难了的柔石、瞿秋白等人的师长、朋友，乃至知己，他用的是他整个"战士"生命抉择中的"对峙—反抗"精神，用的是他生命存在之路上最深刻、最宝贵的"战士生命""大成""大悟"，用的是一个自觉的"殉难者"最深挚的生命底蕴。

  这样的生命抉择绝不是可以轻易放弃的。

  也正是在这样的生命逻辑中，我们更能够理解，践履"战士真我"，铸造"战士"生命的鲁迅，在1931年（柔石等死难之后）就曾经自觉地甘冒死亡的风险而请求朋友在国外发表《黑暗中国的文艺界的现状》。[①] 在1933年6月20日杨杏佛的送殓现场，鲁迅又以不惜赴死的决心亲临出席。1936年重病之际的鲁迅，仍然不惜冒着死亡的危险，拒绝为治病而离开上海，他的理由之一是"总得必须有人坚持着和战斗下去！"[②]——我相信，对于鲁迅，这是一个源自他自觉的生命抉择的真实理由。

  而因为什么理由，人会为了一个目的而不再畏惧自己生命的死亡？在笔者看来：正是那些已经自觉地"置身"过自我生命的"死亡—虚无"深渊，已经自觉地抉择了自我生命超越"死亡—虚无"

---

 ① 北京鲁迅博物馆鲁迅研究室编：《鲁迅年谱》第4卷，人民文学出版社2000年版，第3卷，第253—254页。
 ② 参阅薛绥之主编《鲁迅生平史料汇编》第5辑，天津人民出版社1986年版，第357页。

的真正意义创造路径，并且以自己的生命存在正在自觉践履这一意义创造路径的人们。简单地说，是那些具有其自觉的生命信仰的人们不再会害怕死亡，他们不会设法去逃脱肉体生命的自然死亡，他们最害怕的是"生而恍若死""生而不如死"，是置身在与生存虚无同一的"伪生命""真死亡"状态。在这样的心境下，真正的信仰者在某些生命重大时刻会自觉地逼向死亡而藉此确证着、呈现着其生命本身的真正存在。克尔凯郭尔就曾在日记里说："就我本人而言，我不禁想知道，我——即使谋事在人——是否真有本事入狱，最终被处死……"① 晚年的托尔斯泰也曾经无畏地对着俄国的专制暴虐势力与陈腐东正教势力表达过——他并不害怕监狱生活。在传统宗教的意义上，这样的人是懂得信仰真谛的先知；在现代人类生命价值创造的意义上，这样的人是有其个人性的生命信仰基石"超越虚无—创造意义"路径的新型信仰者。②

当鲁迅走向他自觉的"匕首"式杂文写作，以之作为他自觉践履其超越虚无，创造意义的"战士真我"时，企望他改变这一选择是与鲁迅的生命之路颇为隔膜的；同样，当鲁迅自觉地以他的多种实践活动——往往是具有"左翼"立场，具有强权专制暴虐势力反抗者立场的生命实践活动来践履他的"战士"生命时，看不到鲁迅自我生命的自救性意义和创造性光辉反而为鲁迅"抱憾""叹息"的人们，至少在下列两点上有所问题：一，他们并不具有置入历史现场的生命意识与人道意识——甚至连人世间最起码的道义与责任担当都没有被他们所认同；二，他们根本没有看到鲁迅升起于虚无渊面而命意深远的"战士"生命抉择所内蕴的生命哲学底蕴、生命信仰意义，正是一种现代意义的生命信仰内在地规约着、升华着鲁迅的"左翼抉择"。

2023 年 10 月 12 日

（原载《文学评论》2006 年第 4 期，部分文字有异。）

---

① 克尔凯戈尔（一译克尔凯郭尔）：《克尔凯戈尔日记选》，宴可佳、姚蓓琴译，上海社会科学院出版社 1995 年版，第 200、202 页。
② 参阅拙文《重塑现代人类的生命信仰——"19—20"世纪的存在主义思想与鲁迅的精神之路》（一至四），《鲁迅研究月刊》2005 年第 6、10、11、12 期。

杂文的"自觉"
——鲁迅"过渡期"写作的现代性与语言政治

张旭东

鲁迅形象的基本轮廓最后可以说是通过他的杂文写作确定下来的。要谈鲁迅杂文的整体和全貌还需要做很多准备工作。今天我就谈谈我称为"过渡期"的两三本杂文集,看看能否从这里总结出鲁迅杂文写作的某些特点。具体讲是分析《华盖集》《华盖集续编》和部分《而已集》的内容。我的假设是:1925年至1927年,是鲁迅的杂文写作走向"自觉"的过渡时期,也是鲁迅杂文的特殊质地逐渐定型的时期。

之所以从这个阶段入手探讨鲁迅的杂文写作,是因为我觉得为大家所熟悉的鲁迅早期论文、散文和小说写作,从文学批评的角度看,基本上还是属于比较规范的"思想"和"文学"范畴,但从《华盖集》开始,出现了一种独特的、难以规范的写作样式,我们只能在"杂文"的框架下来考察,而它也反过来构成了鲁迅杂文写作的一个坚硬的内核。鲁迅早期作品虽然奠定了他的文学史地位,涵盖了所有文体(包括《热风》"随感录"这样日后被发扬光大的写作方式),富于形式上的创造力,但就杂文写作的特殊状态来说,却还没有到"自觉"的阶段。这么讲当然不是要贬低鲁迅早期写作的重要性。因为恰恰是因为早期写作的巨大成功,鲁迅作为作家在这一阶段似乎有一种近乎无限的可能性:比方说他可以走"为艺术而艺术"的路子;他可以潜心于鸿篇巨制,争当中国的歌德或托尔斯泰;他可以做学问家,思想大师,舆论领袖,青年偶像,社会名流,等等。所以首先我们要看到,"杂文的自觉"从我们今天的角度看固然代表一种写作的更高阶段,但在当时看,却也是鲁迅个人的危机阶段,因为伴随"杂文的自觉"一同来到的也是对自己人生境遇的自觉；对自己同这个时代的对抗关系的自觉；当然，也是对自身有限性的自觉：越来越明白自己不可能做什么或不愿意做什么。简单地说，鲁迅选择杂文的过程，也是杂文选择鲁迅的过程。这是一个带有点宿命味道的痛苦、挣扎的过程，但也是意识越来越明确地把握和"接受"这种宿命、这种痛苦和挣扎的过程。正是通过这个过程，通过持续不断的对抗和冲突，鲁迅的写作同它的时代真正融合在一起，杂文作为一种时代的文体方才确立下来。这同鲁迅《新青年》时期的启蒙、批判和文学形式探索是有质的不同的。所以我把这个"过渡期"当作自觉的鲁迅杂文写作的源头看，而《华盖集》等集子里面的文章，就是这种杂文自我意识的现象学材料。

另外，从风格上看，从《华盖集》开始，鲁迅的文字和写作风格出现了一些明显的变化。当然，即使在这个时间段范围内看，针对切身利害的世事和个人而写的战斗性杂文也并不一定是唯一的、占绝对主导地位的写作样式。比如收入《野草》的散文诗作品作于1924年至1926年；《彷徨》里面的几篇东西作于1925年；后来收入《两地书》的同许广平之间的通信，在1925年上半年达到高潮；收入《朝花夕拾》的回忆性散文作品写于1926年。这些当然都是文学性比较强的作品，在气质和精神维度上同峻急的、徒手肉搏的杂文很不一样。同时，在鲁迅成熟期和后期杂文里大显身手的文体和写作母题在《热风》里早已经登场（特别是"随感录"这种形式），某种意义上可以说，杂文的样式是隐含在鲁迅白话写作的起点里的。但尽管《坟》和《热风》里的论文和议论文已经相当程度上具备了鲁迅中后期"杂文"写作的特点，它们更多则是来自鲁迅写作和思想内部的一贯性和一致性，还不足以说明使鲁迅杂文成为鲁迅杂文的某种特殊的规定，即所谓的 final distinction（终极特征）。

这种"终极特征"初看可能是比较极端的、看似偏颇甚至偶然的东西，但这却正是鲁迅杂文的隐秘内核，是它的筋骨和精髓；抽掉这些特质，或把它们弱化在鲁迅写作的一般特征里，或把它们作审美化、"文学化"稀释，就会与鲁迅杂文的隐秘内核失之交臂。所以在这个意义上，我们可以说《华盖集》等集子代表的是一种特例，是非常态，但却是一种证明了常态的真正精神基础的非常态。德国政治哲学家卡尔——施米特（Carl Schmit）说过，在政治领域，非常态和例外状态能告诉我们常态的本质和基础；比如战争就通过阶级、民族、宗教、文化、经济领域里冲突的极端化，向人们表明这些范畴在平日隐而不显的政治强度（political intensity）。同样，从中国历史上看，乱世或许比治世更能说明中国政治和社会的本质。在一个转喻的意义上，我们可以说鲁迅杂文写作的极端状态或过渡状态，要比它早期和晚期的"常态"更能说明它文学本体论内部的"政治的逻辑"。

大家知道早期散文写作得益于以《新青年》同仁为先锋的白话革命和新文化运动，所以有较强的思想启蒙的色彩，它伴随着感情和理想的投入，所以也带有诗的色彩；伴随着"人的觉醒"，它又具有一定的人道主义的、存在主义的色彩与倾向。这一切当然都是许多人至今还很喜欢《坟》《热风》《野草》《朝花夕拾》（更不用说鲁迅的小说创作）的原因。但从《华盖集》开始，有一种非常不同的文风和作者形象出现了，鲁迅自己在《华盖集·题记》里有一个解释，我们下面会分析。可以说，同前期具有启蒙使命感与一定浪漫情调的散文以及后期炉火纯青的杂文写作相比，《华盖集》和《华盖集续编》里的文章不太好看，甚至有些枯燥：似乎文学性不高，个人意气太重，陷于具体的人事矛盾，按教科书上的说法是同恶势力不妥协地战斗；但在今天一般文学读者眼里，这简直就是一场笔墨官司，你一拳我一脚，打来打去纠缠不清，哪里还有什么精神内涵和审美超越。但如果我们把鲁迅的杂文写作看作一个整体，那么这个关头的重要性是怎么强调也不为过的。总之，尽管要做这样那样的背景交代，我们还是可以感到，从《华盖集》开始，一种特殊的杂文的自觉出现了；更确切地说，一种对杂文的必然性的认识和承担明确出现了。

这三个集子里的情况是，《华盖集》收入 1925 年所作杂文 31 篇；《华盖集续编》收入 1926 年所作杂文 32 篇和 1927 年所作杂文 1 篇。《而已集》收入 1926 年所作杂文 1 篇和 1927 年所作杂文 29 篇，包括"四·一二"白色恐怖和国共分裂前后的东西。可以看到，这个阶段在鲁迅个人史上也是一个过渡期：五四前后思想启蒙、白话革命时代的那种观念上和风格上的朝气蓬勃，那种要在文化上打碎旧世界，建立新世界意气风发，那种理想主义已经在现实面前碰碎了。1923 年同周作人之间的兄弟失和，被迫搬出八道湾等变故对鲁迅的打击是很大的，以至于在此后一年左右的时间里，在鲁迅写作生涯上相对而言是一个空白，直到 1924 年下半年，创作才逐渐重新活跃起来。而以国共合作和北伐为代表的大革命，此时还没有展开，在北洋军阀控制下的北京，在气氛上仍然保守、反动和沉闷。

《华盖集》《华盖集续编》和《而已集》的文章，鲁迅自己统称为"杂感"，他自己这个时候还没有形成一个统一的杂文理论。杂感当然是有感而发；"感"把人的意识从内部带向外部，而"杂"却暗示这种外部并不听"内部"秩序的调遣，而是突如其来，常常令人措手不及，疲于应付。鲁迅杂文的自觉来自对这种随时陷入重围，"六面碰壁"状态的自觉；来自对自己的生命在这些无谓的搏斗中消耗、消逝的自觉；来自对外界无情的压力和自己对这种压力的抵抗的自觉。所有这些离理想中的人的生活和"文学"都越来越远了，但有一种写作却从中生发出来。杂文的自觉是对这种宿命的自觉。而杂文的成熟，可以说就是把那种令人震惊、痛苦的创伤性的外界的"杂"逐渐安排在一种意识结构和文字风格之中的过程；这个过程不是要简单地"克服"外界的杂，比如说把它"升华"为"美"或"不朽"或种种玲珑可鉴的"小玩意儿"，而恰恰是把外界粗暴丑恶的直接的"杂"转化为意识结构里的有条理、有意味的杂，即一种批判的认识能力和穿透力；同时也转化为文字世界内部的"杂"，即杂文。鲁迅杂文最终的文学性，就来自这种以写作形式承受、承当、抵抗和转化时代因素和历史因素的巨大的能力和韧性，而在此诗学意义和道德意义密不可分，是同一种存在状态和意识状态的两面。所以鲁迅杂文世界的两极，一是那种体验层面的抵御"震惊"的消耗战和白刃战，一是一种"诗史"意识，一种最高意义上的为时代"立此存照"，为生命留下"为了忘却的记念"的意识。

《华盖集》时期所"感"的杂，包括这样几件具体的事情：第一件是所谓女师大风潮。身为女师大兼职教授的鲁迅支持女师大的学生驱逐反动校长杨荫榆，这些学生被杨荫榆开除，鲁迅由此也站在杨和她的教育部后台的对立面，最后被教育总长章士钊开除他在教育部的公职，鲁迅把章士钊告上法庭，最后得以官复原职，但已觉得北京不是久留之地。《华盖集》是鲁迅从自己角度对这一"风潮"所作的实录，说笔墨官司也好，说思想斗争也好，总之是一件非常牵扯精力、开仗后非打到底的一件事。第二件事就是《华盖集续编》里边涉及的"三·一八"惨案，他自己有两个学生在执政府前被卫队开枪打死，总共有47个学生被打死，在当时引起社会各界的抗议，包括一些平日不问政治的、自命清高的人都写过非常激烈的文字，鲁迅为此写了《记念刘和珍君》。《而已集》里的事情就更大，即所谓"四·一二"清党，是重大历史事变。鲁迅没有直接着笔这个事变，因为太危险了，稍不留神就会遭杀身之祸，但这件事情却让他确信自己不是活在人间，让他连杂感都不得不藏起来，只能"而已"而已。这三件事接踵而来，女师大风潮让他觉得自己陷入"鬼打墙"一般无路可走的境地；"三·一八"让他感到年轻人的血使他窒息，难以呼吸；但到"四·一二"他发现自己错了：原先以为黑暗已经到头，而现在发现远远有比这更黑暗的。北洋政府虽然在政治上非常黑暗、昏聩、反动，但是在文化上，至少给文人留下点互相吵架的自由，现在国内就有学者做翻案文章，说北洋军阀时期实际上从文化思想和教育上看不错，很宽松，很自由，等等。这也许不全错，但并不是说军阀有开明的文艺政策，而是他们只顾着打仗，实在顾不过来抓"上层建筑"和"意识形态"领域。如果有可观赏的自由和呼吸空间，那是来自纯粹的混乱。但 1927 年后，国民党的白色恐怖一来，连那点空间都没有了，一时间如鲁迅所说，到处都在杀人，到处都见得到血。《而已集》跨越了 1927 年，从中国社会政治事件来说，这一年是个大变动之年，辛亥革命以来民国一次又一次的失败，此刻使鲁迅从隐痛状态变为公开的激烈对抗，从此鲁迅的文化批判和社会批判，同共产党领导的阶级对抗一直是一种平行关系，没有直接的交点，但却是彼此呼应，有着共同的未来指向。但这种方向感、对抗性和朝向未来的乌托邦指向在《华盖集》时期还没有清晰化，所以杂文的过渡期和自觉期，可以说又是在思想上和政治上的一个不明朗的时期完成的。

可以说 1925—1926 年是鲁迅另一个苦闷期，虽然没有辛亥革命后抄古碑的时间长。《华盖集》《华盖集续编》和《而已集》是在没有一个明确的观念、信仰、运动和组织的依靠和支撑的情况下孤军奋战的记录，所谓"两间余一卒，荷戟独彷徨"，就是心境的写照。一个孤独的斗士在战斗，但为什么而战并不清楚，只知道自己"鬼打墙"一样四处碰壁，没有进路，但更没有退路。但这两年也是鲁迅极为多产的阶段，是他从抑郁和绝望中拼命杀出一条血路的阶段。在个人生活上，这种拼杀的结果是终于迈出了包办婚姻的樊笼而同自己的学生许广平公开同居。而在写作上，我以为就是以《华盖集》为标志，走上了自觉的杂文写作道路。鲁迅的杂文从此据有它自身的存在理由；有它自身的本体论根据；有自己的诗学和政治学辩护。它不再需要假借或依托某种思想、观念、艺术效果或文体定例或规范（比如散文诗、小品文、回忆性写作、政论文、时论、叙事、笔记、书信等）而存在，它开始按照自身的规则界定自己、自己为自己开辟道路，最终成为现代中国文学的一种主要文学样式。在这个意义上，尽管《华盖集》等在常规的"文学性"意义上远不如《野草》《彷徨》《朝花夕拾》耀眼，但却是鲁迅杂文自我意识的一个隐秘的诞生地。

所有这一切，都在作于1925年最后一天的《华盖集·题记》中或直白、或隐晦地谈到了。这篇文字可以说藏有鲁迅杂文自我意识的密码。下面我们来仔细考察一下。

> 在一年的尽头的深夜中，整理了这一年所写的杂感，竟比收在《热风》里的整四年中所写的还要多。意见大部分还是那样，而态度却没有那么质直了，措辞也时常弯弯曲曲，议论又往往执滞在几件小事情上，很足以贻笑于大方之家。然而那又有什么法子呢。我今年偏遇到这些小事情，而偏有执滞于小事情的脾气。(3/3)①

尽管一开头的"在一年的尽头的深夜中，整理了这一年所写的杂感"仍旧带给人一种熟悉的文人自画像式的感觉，但这第一段话已经给我们提供了关于杂文的新信息：首先是量很大，比《热风》里整整四年所写的还多，也就是说这种文体已变成鲁迅最得心应手的写作方式和主要的表达手段。其次，更重要的是为什么会这样，为什么不得不这样。鲁迅的交代是："我今年偏遇到这些小事情，而偏有执滞于小事情的脾气。"这里几乎每个字都是关键词。首先是"小事情"。杂文的自觉，先要对自己的题材内容有一个清醒的认识。鲁迅知道在1925年遭遇到或找上门来的事情里面是找不出通向纯粹艺术伟大作品的通道，找不到能体现生命尊严和价值的东西。"小事情"的"小"不仅仅在于它的低俗、零碎、猥琐、令人不耐烦和气闷，而且在于它本身所包含的必然性和真实性；种种理想和梦想，种种以"大事情"面目出现的东西，在这种"小事情"面前总是碰壁，因为是后者而不是前者跟"历史"站在一起，具有现实本身所

---

① 《鲁迅全集》第3卷，人民文学出版社2005年版，第3页。"/"前为卷数，后为页码数，下同。

具有的强度，尽管它往往是一种黑暗的强度。这种必然性和现实逻辑"偏"要找到鲁迅，而鲁迅的"脾气"也"偏"不能对此轻轻放过或取一种"潇洒"的逃避态度。

这两个"偏"字，实在是道出了杂文的命运：性格即命运，反过来说，在杂文的命运里也预示了杂文的性格和使命，而这是别的体裁不具备的。

最后，在杂文的题材和使命都已经明确之后，杂文的气质和特点也变得清晰了，这就是"执滞"。这既是一种道德上的"较真"、执拗和认真；也是一种个人意义上的"不得不"，一种无奈的，但却是别无选择的投入和陷入；往往始于不得不战，但一旦开战，则奉陪到底。这是一种写作上的战斗状态，是短兵相接的遭遇战变成旷日持久的消耗战；是锱铢必较、以眼还眼、以牙还牙、以血还血的拉锯战；这种战斗的最低状态也是它的最高状态：为战而战，战斗为战斗提供最终的道德合法性依据。这里并没有也不需要"更高"的目的。在此我们看到内在于杂文写作的一种逻辑演变，起先是杂文的"功利决定"，即利害冲突（所谓"小事情"的本意），这是个人意义上的维护自身的生存权利，但同时也是令人生厌的无止境的人事缠斗和笔墨官司，这里占主导的情绪状态是厌烦、憎恶和虚无感；随即它变成一种道德领域的"善与恶"的冲突，并由此达到政治领域的"生与死""敌与友"的激烈程度，这里占主导的情绪状态是恐惧、紧张、愤怒和冷酷，是置敌人于死地的专注和快意；最后从不情愿的，甚至引发厌恶感和虚无感的战斗伦理学达到一种"非功利"的战斗的审美自律性乃至游戏状态，即以战斗为快乐、以战斗为生活和写作本身。

在鲁迅的种种"脾气"里，"执滞于小事情"是最令人生畏的，可以说它是杂文的风格实质所在。如何理解这种被鲁迅杂文所"执滞于"的"小事情"呢？首先，这种小事情把人的意识从种种冠冕堂皇的"大事情"上转移开，从种种以"历史""文化""道德""不朽"等名目的虚伪和颓废中转移开，从而把"当下"和"此刻"这些突如其来的瞬间同语言的新的可能性凝聚在一起。没有这种令人无法脱身的"小事情"，人的意识就无法突入事物表面或陷入时间的停顿，就无法获得一种超越时间性和概念体系的独一无二性。同样，没有那种"执滞"的脾气，这些"小事情"也无法在琐碎、无聊和令人厌恶之外获得诗学的和政治的意义。我们知道鲁迅明确意识到自己生于一个一切"可以由此得生，而也可以由此得死"的"大时代"（《而已集·〈尘影〉题辞》，3/571），在此，新与旧、生与死、光明与黑暗、文明与野蛮随时处于你死我活的搏斗状态，而生命在这个时代没有别的选择，它"不在沉默中爆发，就在沉默中死亡"。但鲁迅与这个大时代的关系，却正是通过"执滞于小事情"确立的。

在《华盖集·题记》中鲁迅已经明确写道：

> 我知道伟大的人物能洞见三世，观照一切，历大苦恼，尝大欢喜，发大慈悲。但我又知道这必须深入山林，坐古树下，静观默想，得天眼通，离人间愈远遥，而知人间也愈深，愈广；于是凡有言说，也愈高，愈大；于是而为天人师。我幼时虽曾梦想飞空，但至今还在地上，救小创伤尚且来不及，那有余暇使心开意豁，立论都公允妥洽，平正通达，像"正人君子"一般；正如沾水小蜂，只在泥土上爬来爬去，万不敢比附洋楼中的通人，但也自有悲苦愤激，决非洋楼中的通人所能领会。
>
> 这病痛的根柢就在我活在人间，又是一个常人，能够交着"华盖运"。(3/3)

这是《题记》中的第二段话，它紧接着"我今年偏遇到这些小事情，而偏有执滞于小事情的脾气"，进一步说明了杂文的自我意识：那种"深"而"广"，"高"而"大"的东西，是不属于杂文的世界的，因为杂文同生活相关联的媒介不是"静观默想"或"心开意阔"；不是距离和沉思；不是"正人君子"的"平正通达"，而是"碰钉子""碰壁"；是"悲苦激愤"；是"创伤"和"病痛"；是交着"华盖运"的"常人""活在人间"；不如说，对于鲁迅，对于杂文的自觉来说，"华盖运"正是生活和存在的常态，在这种自我意识中包含了对种种"体面"或安全的生活方式的憎恶和决裂，以及对种种以"公理"代言人自居的权势的帮闲——"学者、文士、正人、君子"——的憎恶和决裂。

在更为个人的意义上，这也是在向自己年轻时的梦想告别；更重要的是，它是在一个文学或写作的岔路口上作最后的选择。对鲁迅这样以写作为业的人来说，这也是个体存在方式的选择，是一种"存在的政治"意义上的终极选择：

> 也有人劝我不要做这样的短评。那好意，我是很感激的，而且也并非不知道创作之可贵。然而要做这样的东西的时候，恐怕也还要做这样的东西，我以为如果艺术之宫里有这么麻烦的禁令，倒不如不进去；还是站在沙漠上，看看飞沙走石，乐则大笑，悲则大叫，愤则大骂，即使被沙砾打得遍身粗糙，头破血流，而时时抚摩自己的凝血，觉得若有花纹，也未必不及跟着中国的文士们去陪莎士比亚吃黄油面包之有趣。(3/4)

可以说，"站在沙漠上，看看飞沙走石，乐则大笑，悲则大叫，愤则大骂，即使被沙砾打得遍身粗糙，头破血流，而时时抚摩自己的凝血，觉得若有花纹"，正是自觉的杂文家的第一幅，或许也是最生动的一幅自画像。在语言的层面上，这样的表述本身既是写作强度的极端化，也是存在的政治的强度的极端化，两者间的无中介状态，正是作为中介或媒介的杂文写作形式的最根本的特点。对于任何熟悉鲁迅前期写作的读者来说，这样的表白无疑首先是一种文学内部的决定，也必然首先在语言世界的内部被理解，因为这关系到作为作家的鲁迅的最终定义。但作为鲁迅本人来讲，这样的决定却是在文学层面之上的决定，是一种超审美的决定，因为这个决定的前提，正是摆脱文学性和审美范畴的内部考虑：它最终是在生存的政治的层面所作的一个道德决定。这也决定了这个时代的文艺，"是往往给人不舒服的，没有法子"（3/571）。这里留给文人的选择是："要不然，只好使自己逃出文艺，或者从文艺推出人生。"（3/571）无疑，这是从杂文的自觉这个角度出发，对现代中国文艺形成的一般看法。但这个现实判断和道德决定的悖论和辩证法在于，这个决定是以"生命"的名义作出的，但却只能是通过杂文写作的语言实践表达的。在中国现代文学史上，再没有任何一种文体，像杂文这样达到了内容与形式的最极端的结合。

随同这个决定一起出现的"杂文的自觉"虽然是一种"否定的精神"，一种批判、嘲讽和对抗的姿态，但它归根结底是一种对生命的肯定，因为"世上如果还有真要活下去的人们，就先该敢说、敢笑、敢哭、敢怒、敢骂、敢打，在这可诅咒的地方击退了可诅咒的时代！"（3/45）这里作为生活和生命迹象出现的是"执着现在、执着地上的人们"，是他们的"真的愤怒"（3/52—53）。这种姿态无疑是一种彻底的现代主义姿态，因为它以一个充满紧张的此刻取代了历史；用一种存在的状态和它所蕴含的创造的契机否定了传统；用体验的强度取消了种种经验、记忆和叙事的完整性；用一种瞬间的永恒性否定了历史主义的种种有关"公理"和"不朽"的神话。鲁迅甚至借用叔本华的寓言，把那些"自以为倒是不朽"的声音比作围着战死的战士飞舞的苍蝇的营营的叫声（3/40）。在《夏三虫》一文中，他用在叮人吸血之前总要"哼哼地发一大篇议论"的蚊子来比喻那些自以为是的文人雅士，而赞赏"肚子饿了，抓着就是一口，绝不谈道理、弄玄虚"的"鹰鹯""虎狼"（3/42）；而在《革命时代的文学》里，鲁迅指出了文体的另一面，即"文学文学，是最不中用的，没有力量的人讲的；有实力的人并不开口，就杀人，被压迫的人讲几句话，写几个字，就要被杀"（3/436）。他嘲笑以"中庸"掩饰怯懦的"纵为奴隶，也处之泰然，但又无往而不合于圣道"的"通人"和"伶俐人"（3/27），而推崇"失败的英雄""韧性的反抗"、胆敢"单身鏖战的武人"和"抚哭叛徒的吊客"（3/153）。他号召中国青年少读或者不读中国书，多看外国书，因为"少看中国书，其结果不过不能作文而已。但现在的青年最要紧的是'行'，不是'言'。只要是活人，不能作文算什么大不了的事情"（3/12）。他排斥一切让人"觉不出周围是进步还是退步，自然也就分不出遇见鬼还是人"的"古董和废物"（3/101）；反对一切"装腔作势"的读经，提倡"查帐"式的读史，目的是从中得到"中国改革之不可缓"的觉悟（3/148—149）。所有这一切，同尼采在《历史对人生的利与弊》所倡导的那种创造性遗忘是相一致的。而在保罗·德曼看来，现代主义的本质正在于以"现代性"取消历史对人的统治，从而为一种新的价值体系的创造开辟一个空间，一个反时间性的空间。我们看到，伴随着杂文的自觉出现的，是进一步的反形而上学和更为彻底的"传统的悬置"：

> 仰慕往古的，回往古去罢！想出世的，快出世罢！想上天的，快上天罢！灵魂要离开肉体的，赶快离开罢！现在的地上，应该是执着现在，执着地上的人们居住的。（《华盖集》，3/52）

从这个角度观察，鲁迅的杂文写作同《狂人日记》以来的具有形式意味的写作（小说、散文诗、美文等）仍然具有形式上的关联，虽然这种关联只能在一个更为抽象的现代主义价值观、历史观和语言哲学的层面上才变得明确化。但鲁迅写作的现代主义精神和气质，却是不可避免地同一个语言的世界凝聚在一起，随同他的文字一道显现。而也只能在语言和文字的世界里，被鲁迅自己称为"一时的杂感一类的东西"或"这些无聊的东西"的杂文，才获得美学上的确定性，而这种审美和风格的确定性又是同为鲁迅杂文提供道德基础的政治彼此浑然一体的，它们共同构成了作为作家/杂文家的鲁迅的文学性自我形象。这一切在《华盖集·题记》的结尾得到了淋漓尽致的表现：

> 现在是一年的尽头的深夜，深得这夜将尽了，我的生命，至少是一部分的生命，已经耗费在写这些无聊的东西中，而我所获得的，乃是我自己的灵魂的荒凉和粗糙。但是我并不惧惮这些，也不想遮盖这些，而且实在有些爱他们了，因为这是我辗转而生活于风沙中的瘢痕。凡有自己也觉得在风沙中辗转而生活着的，会知道这意思。(3/5)

与开头"在一年的尽头的深夜中"的意象相呼应，这段文字不仅表明了"杂感"的文章笔法和形式考虑，更进一步揭示了作者内心的矛盾，即"我的生命，至少是一部分的生命，已经耗费在写这些无聊的东西中，而我所获得的，乃是我自己的灵魂的荒凉和粗糙"。

对生命无谓的消耗的悲凉感和绝望感，贯穿于鲁迅所有的文字，在《野草·希望》篇里，青春的耗尽更是绝望/希望二重奏的引子。

但只有在杂文里，鲁迅个体生命的自我意识（包括他早年基于进化论、尼采的哲学、"摩罗诗力"的天才观和五四启蒙理想主义所包含的种种有关"个人"的意识形态）才被"扬弃"于一种更高的存在的政治和审美判断："但是我并不惧惮这些，也不想遮盖这些，而且实在有些爱他们了，因为这是我辗转而生活于风沙中的瘢痕。"杂文的自觉过程，就是把这种对迎面而来的世事的恐惧以及对它的克服一同敞开在语言世界里的过程。这个自觉是对自己命运的自觉，是对自己命运的爱，是把"辗转而生活于风沙中的瘢痕"作为生活的见证和写作本身的选择和决断。可以说，在杂文的自觉里，存在的自律性——归根结底是一种政治逻辑的自律性——压倒了审美的自律性；但内在于政治的逻辑的"生死搏斗"的含义，使得这种自觉专注于当下和此刻，从而在"现在"和"历史""语言"与"时间"的冲突中恢复了写作本身的道德本体论和文学本体论意义。

杂文的自觉包含了对"我自己的灵魂的荒凉和粗糙"的自觉，但后者不仅仅是对"幼时虽曾梦想飞空"的怀旧式的记忆。上面引述的那段的话结尾处的"凡有自己也觉得在风沙中转辗而生活着的，会知道这意思"这句话不应该轻轻放过，因为它表明，即便作为杂文的自觉"内在性"不足的寂寞和悲凉感，也并不是来自那种苍白的个人自恋或对"纯形式"的向往，而是指向一个潜在的集体性经验的可传达性和可交流性，这同那种在暗夜中看到匕首的寒光而发出会心一笑的孤独的集体性或"共谋性"是一致的。杂文的自觉，正因为它是被时代所决定并针对时代的，所以它最终不是一种内向的自我意识，而是指向语言的外部，指向寓言性真理的重新定义。在纯粹审美意义上，我们可以看到，无论是现代主义试图无情地超越历史、建立一个永恒的、常新的、指向未来的"此刻"的努力，还是历史不断把这种英雄主义的、创造的此刻同样无情地纳入自身的因果链的"吞噬"效应，都在一个"荒凉和粗糙"的历史环境里展开，并从各自不同的方向上进一步加强了这种"荒凉和粗糙"感。也就是说，"荒凉和粗糙"所代表的那种"崇高"（在这里取 Sublime 的原意，即"令人畏惧的美"）要比一切优美、高雅、光滑的制作更接近生存的真实状态和生命的价值指向，而杂文正是这种"崇高"的得天独厚的形式，它的短小、破碎、灵活、粗糙、直接、激烈和狠毒无不内在于时代的现实以及与之相对抗的意识，或不如说正是这种现实和意识本身的语言的外化。

我们可以看到，在"杂文的自觉"里，包含着两种悖论性的矛盾。首先，它是写作本身的悖论：写作要达到它的自觉状态，就必须通过一种距离和"自律性"来"否定"现实的即时性和直接性；某种意义上，这要求写作专注于自己内在诉求，把自己看得比现实"更高""更持久"。其次，自觉地写作又必须同这种"写作的自觉"斗争，力图打破写作本身的神话和异化倾向，把写作最大限度地推出自身之外，向一个陌生的、未可知的存在边界冲击，把写作的形式、组织、体制和自律性打散、消解在一个同写作的"内在性"相对立的外部世界，从而把这个"外部"作为写作的内容确立在语言的内部。这种悖论性矛盾存在于一切现代主义写作样式之中，但在杂文样式中表现得尤为激烈和极端。对于杂文写作来说，写作的自我否定不是写作的自我意识的最高要求，而是它的起点；它不是风格的顶点，而是使得写作成为可能的前提。没有这种自我否定，就没有杂文，因为只有放弃自文学体制名义下的自由与安全，放弃"美"的保护伞，才有杂文的行动和实践。杂文可以说处在作为"有意味的形式"的文学写作的最外部的边界，在这里，语言和"自我意识"通过陷入同一个粗糙荒凉的外部世界的无止境的搏斗，通过"最低限度的文学"或"小文学"（minor literature）而展示出文学国度的终极意志和最大强度。

其次，"杂文的自觉"也非常集中地体现了"现代性"同"历史"之间的相互否定的冲突关系，而这种关系既是现代精神的核心，也是历史意识的核心。保罗·德曼在《文学史与文学现代性》一文中通过回顾尼采的历史哲学点出了"现代主义"概念内在的历史/反历史悖论：现代性通过否定以往历史过程的合法性而把自己确立为历史的终极视野，但这场否定历史的豪赌却最后不得不仍旧通过一个历史过程获得意义；也就是说，即便是现代主义以"永恒的此刻"或"常新"的名义所进行的否定历史的行为，最终也只能从它所否定的历史过程的连续性中获得其自身的（历史）价值和（历史）意义。所以现代精神最终不得不成为一种具有强烈的自我批判、自我否定倾向的历史意识，或不如说，历史通过这种现代性的介入而重新获得某种自我知识。（参看 *Blindness and Insight*，Minneapolis MN：University of Minnesota Press，pp. 150 – 151。）在现代主义文学对现代性"纯粹的当下"（the true present）的追求和这种非历史、超历史的瞬间自身不断被历史重新回收的冲突中，杂文代表了一种特殊的解决方式，即通过放弃或"悬置"文学性而无条件地投入历史事件和历史过程，但却在"执滞于小事情"的过程中把历史意识突然地、不间断提升到一种寓言的高度和强度上，从而把作为历史过程的中国社会、传统、文化重新纳入现代性的终极视野。这种在具体时间的流逝中体验到的无时间感并不来自某种"更高"的哲学洞察或对"更新"的东西的盲目信仰，而是来自它同历史过程的尖锐的、不妥协的对立，来自生命体验和语言世界经受的不断的压力和变形。在尼采和德曼的意义上，现代主义文学和现代性本身因为它相对于历史过程的胜利而立刻面对它那个"纯粹的当下"的自我否定，因而形式的胜利最终以其再历史化而宣告失败；但在鲁迅的意义上，杂文最终却因为它起点上的文学性的自我否定，即它相对于历史过程的自觉的失败而在语言的层面获得了对历史（它既包括传统也包括当下）的否定，因而在最终获得了某种寓言性的胜利，这种不仅使寓言性摆脱了现代主义对象征体系和文学本体论的迷恋，摆脱了"纯粹的当下"的封闭性，而且把现代精神及其语言表达时时确立在它同过去、现在和未来的紧张关系之中。这就是为什么鲁迅在《青年必读书》里面可以公然宣布，跟能不能活下去的问题相比，能不能写文章的问题算不了什么 ["只要是活人，不能作文算什么大不了的事"（3/12）]。在此，让人摆脱"文化传统"和"文学体制"意义上的历史（以"中国书"为其具体的概念形象）的意志力，不但来自"活着"所代表的生命的"纯粹的此刻"，也来自"活下去"所代表的现实性和具体性（"与人生接触，想做点事"），来自生命延续所包含的时间过程和由此而来的"再历史化"倾向。但对"中国书"和"作文"的否定，最终却仍然是在文化政治的层面，通过"中国书"与"外国书"，"沉静下去"与奋发有为，"僵尸"与"活人"，"言"与"行"之间的取舍和选择而达到。正如"永恒的现在"对历史的否定最终要被"再历史化"，"行"对"言"的否定，最终仍然只能通过"言"的内在结构的激进化而确立下来。在此，杂文变成了语言中的行动和实践意义上的形式。这种文学自我否定的痕迹，本身又是现代性文学性的实质所在。为了"活人"，鲁迅可以不要"作文"，但"活人"只要活着，就会发出声音，就会哭、笑、怒、骂，就会挣扎和战斗，就会有"活人的写作"出现。这同鲁迅关于杂文的种种自觉的考虑、表述和实践是一致的。

  鲁迅杂文概念的内涵当然不仅仅是一个形式问题，而是有其自身的特定的历史内容。同欧美现代派或日本现代主义运动相比，中国白话文学里面的现代精神或现代主义，自始至终是同一种集体性的社会斗争和文化命运结合在一起，受到各种激进的变革力量的激发和滋养。1925年不只是鲁迅个人"运交华盖"、在苦闷中搏斗的一年，也是中国对外反帝国主义、反殖民主义，对内反对军阀统治的斗争风起云涌的一年。1924年11月，孙中山离粤北上，并发表宣言，主张打倒军阀和帝国主义，废除不平等条约，召集国民会议以谋求中国的统一与建设。1925年1月，年轻的中国共产党在上海召开了第四次代表大会，讨论在日益高涨的革命形势面前如何加强对群众运动的组织和领导。同年2月，全国铁路工人总罢工以及随后发生的"二七惨案"标志着中国劳工运动进入到一个新阶段。同月，广州革命政府在进行了针对陈炯明的第一次东征，三千多黄埔军校师生打败了号称有八九万之众的军阀武装，攻占汕头，揭开了北伐的序幕。3月12日孙中山病逝，留下致苏联的遗嘱："亲爱的同志，当与你们诀别之际，我愿表示我热烈的希望，希望不久即将破晓，斯时苏联以及良友及盟国而欢迎强盛独立之中国。两国在争世界被压迫民族自由之大战中，携手并进以取得胜利"［鲁迅博物馆编：《鲁迅年谱》（增订版）第二卷，人民文学出版社2000年版，第179页］。可以说，20世纪中国的"变革"和"革命"大势决定了鲁迅杂文写作终极的道德远景和积极态度，但变革与革命所遇阻力的强大和顽固决定了鲁迅杂文峻急、深沉、强硬和锱铢必较的风格特点。这种民族历史境遇的不同决定了鲁迅与西方或日本现代主义文艺的差异。《华盖集》《华盖集续编》和《而已集》不仅记录了鲁迅杂文从"运交华盖"和"执滞于小事情"达到自觉，也涉及文学和革命的关系。以往在鲁迅研究领域里，凡是鲁迅涉及革命以及文学同革命的关系的文字，大都是放在"政治""立场""观点"的框架里来考察的。但实际上，文学与革命的关系对于鲁迅杂文写作来说，同样是一个事关语言实践的内在本质的问题，因为它关系到文学本身的有效性和激进性；关系到现代性自我意识同历史过程的关系；关系到那种"纯粹的当下"及其语言表述同一个时间构造的关系。

1927年4月8日，在"四·一二"事变发生前仅四天，鲁迅在广州黄埔军官学校作了题为《革命时代的文学》（《而已集》）的演讲。从各方面看，这个演讲都是他在过渡期所表达的有关杂文的想法的正面补足和对应，也就是说，鲁迅在种种逆境下对杂文所作的"消极的""反面的"或"否定的"界定，在这里都能找到其在乐观向上的革命时代的积极、正面、肯定的对应。

对这篇讲演稿的常见的误读是认为鲁迅在这里谈的是革命文学，但事实上，鲁迅谈的是"革命时代"同文学的关系，更准确地讲，是谈何以在那时的中国，"革命"和"文学"之间尚没有发生有机的关系，因而还不具备产生"革命文学"的条件。在文学与革命孰轻孰重的问题上，鲁迅同在《青年必读书》里一样不含糊：有没有革命文学并不重要［"革命文学倒无须急"（3/437）］，在呼唤革命的社会里，文学往往是"最不中用的"（3/436）；重要的是要有革命，在有革命的地方才可能有革命文学；更重要的是要有革命人，而只有革命人"不受别人命令，不顾利害，自然而然地从心中流露的东西"（3/437），才可能是文学，从而才可能是革命文学，否则命题作文，"又何异于八股"（3/437）。

鲁迅对革命同文学的关系的考虑，同他在《华盖集·题记》里所表现的（杂文）写作的自觉有一种潜在的呼应关系。但值得注意的是，鲁迅的演讲虽然谈的是革命和文学的关系，但核心问题和问题的实质都在革命，革命是主动的、创造性的、改变人类生活基本格局的大事，而文学不过是以一种特定方式传达被革命所决定和塑造的历史经验。以往文学史和文学理论往往自觉不自觉地把文学和革命的问题作为政治问题来处理，但在鲁迅杂文自我意识的脉络里，我们可以清楚地看到，文学与"革命时代"的关系，是文学现代性核心问题的一个特殊形式，这个问题就是文学如何在风格和形式的内部让"纯粹的此刻"打上时间的印记，让历史过程的流速和冲击力在语言和形式中变成一种赋形力量，从而把审美（距离、自律性、非功利、传统）与现代性（直接性、变动、新生事物、时尚、瞬间）的内在对立转变为一种文学生产力。

从这个角度看，我们可以进一步理解鲁迅为何按照革命的发展阶段，分三个部分谈大革命与文学的关系，即大革命之前、大革命当中、大革命之后，而把文学放在一个相对静止、看似被动的位置上。下面我们就来分段看一下：

（一）大革命之前，所有的文学，大抵是对于种种社会状态，觉得不平，觉得痛苦，就叫苦，鸣不平，在世界文学中关于这类的文学颇不少。但这些叫苦鸣不平的文学对于革命没有什么影响，因为叫苦鸣不平，并无力量，压迫你们的人仍然不理，老鼠虽然吱吱地叫，尽管叫出很好的文学，而猫儿吃起它来，还是不客气。所以仅仅有叫苦鸣不平的文学时，这个民族还没有希望，因为止于叫苦和鸣不平。例如人们打官司，失败的方面到了分发冤单的时候，对手就知道他没有力量再打官司，事情已经了结了；所以叫苦鸣不平的文学等于喊冤，压迫者对此倒觉得放心。有些民族因为叫苦无用，连苦也不叫了，他们便成为沉默的民族，渐渐更加衰颓下去，埃及，阿拉伯，波斯，印度就都没有什么声音了！至于富有反抗性，蕴有力量的民族，因为叫苦没用，他便觉悟起来，由哀音而变为怒吼。怒吼的文学一出现，反抗就快到了；他们已经很愤怒，所以与革命爆发时代

接近的文学每每带有愤怒之音；他要反抗，他要复仇。(3/438)

某种程度上，这也是鲁迅杂文从中出现的社会环境的写照。但杂文的自觉虽然是对这种"叫苦，鸣不平"状态的自觉，但却拒绝其"无力量"状态和失败感，而是致力于不惜一切地将"官司"打下去。杂文家所写的不是"冤单"，他决不给"对手知道他没有力量再打官司，事情已经了结了"的机会。鲁迅借助青年时代常用的"声音"的比喻，强调在大革命之前，文学的革命性在于抵抗沉默和衰颓，坚持反抗性，在反抗中孕育力量和觉悟，以便终有一天把"哀音"变为"怒吼"、把"觉得不平，觉得痛苦"变为"复仇"。

（二）到了大革命的时代，文学没有了，没有声音了，因为大家受革命潮流的鼓荡，大家由呼喊而转入行动，大家忙着革命，没有闲空谈文学了。还有一层，是那时民生凋敝，一心寻面包吃尚且来不及，那里有心思谈文学呢？守旧的人因为受革命潮流的打击，气得发昏，也不能再唱所谓他们底文学了。有人说："文学是穷苦的时候做的"，其实未必，穷苦的时候必定没有文学作品的，我在北京时，一穷，就到处借钱，不写一个字，到薪俸发放时，才坐下来做文章。忙的时候也必定没有文学作品，挑担的人必要把担子放下，才能做文章；拉车的人也必要把车子放下，才能做文章。大革命时代忙得很，同时又穷得很，这一部分人和那一部分人斗争，非先行变换现代社会底状态不可，没有时间也没有心思做文章；所以大革命时代的文学便只好暂归沉寂了。(3/438—439)

这一段话最能够说明鲁迅对革命时代与文学关系的看法，即"大家忙着革命"的时候，是"没有闲空谈文学"的。鲁迅并不为"大革命时代的文学只好暂归沉寂"而惋惜，而是视为理所当然，因为做文章的人同所有人一样，都必须投入"变换现代社会的状态"的斗争中去，为了这种斗争，一时不能做文章大概也是算不了什么的。值得注意的是，鲁迅在这里不仅强调革命对于文学的优先性和决定性，也为文学写作自身的基本条件和相对自律性预留了空间，这就是"一穷，就到处借钱，不写一个字，到薪俸发放时，才坐下来做文章"和"挑担的人必要把担子放下，才能做文章"。这同他在后面以及其他文章里强调文学写作要有"余裕"和"余裕心"是一致的。但正因为如此，鲁迅把文学归入作为一般文化的历史领域，而革命却属于那种打破历史连续性的突发事件，属于为文化和历史确立新的起点和价值的断裂和"积极的遗忘"。所以大革命时代的文学的沉寂往往伴随着一种肯定生命、孕育新人和创造历史的行动，同这种行动的专注、紧张和严峻相比，文学的絮絮叨叨或叽叽喳喳只是一种颓废。

> （三）等到大革命成功后，社会底状态缓和了，大家底生活有余裕了，这时候就又产生文学。这时候底文学有二：一种文学是赞扬革命，称颂革命，——讴歌革命，因为进步的文学家想到社会改变，社会向前走，对于旧社会的破坏和新社会的建设，都觉得有意义，一方面对于旧制度的崩坏很高兴，一方面对于新的建设来讴歌。另有一种文学是吊旧社会的灭亡——挽歌——也是革命后会有的文学。（3/439）

既然鲁迅把文学同一般文化一道归入历史领域，视为常态的组成部分，那么大革命之后的社会，哪怕是革命社会，仍旧会重新历史化、常态化、体制化，从而生产出自己的一般性文化，包括文学。但鲁迅马上把问题转到处在大革命浪潮中的中国，并做出了以下的批判性观察：

> 不过中国没有这两种文学——对旧制度挽歌，对新制度讴歌；因为中国革命还没有成功，正是青黄不接，忙于革命的时候。不过旧文学仍然很多，报纸上的文章，几乎全是旧式。我想，这足见中国革命对于社会没有多大的改变，对于守旧的人没有多大的影响，所以旧人仍能超然物外。广东报纸所讲的文学，都是旧的，新的很少，也可以证明广东社会没有受革命影响；没有对新的讴歌，也没有对旧的挽歌，广东仍然是十年前底广东。不但如此，并且也没有叫苦，没有鸣不平；止看见工会参加游行，但这是政府允许的，不是因压迫而反抗的，也不过是奉旨革命。中国社会没有改变，所以没有怀旧的哀词，也没有崭新的进行曲。（3/440）

显然，这段话才是鲁迅真正要讲的，是他黄埔军校讲演的点睛之笔。鲁迅从文学着眼，看到的却是历史过程不间断的连续性和一体性，是激进断裂的缺席，是现代性的不在场；而现代性的不在场决定了中国现代文学的迟到和难产，或不如说，鲁迅所谓的文学本身就是现代性的一种形式，相对于历史过程和历史统一体而言，文学从本质上讲永远是"现代"的，因为它同活着的人站在一起，同他们的存在、体验和创造性站在一起，从而同一切"传统"相对立。在现代性的条件下，对旧制度的挽歌同对新制度的赞歌一样，都是"现代"的，因为他们都以时代的激变为前提条件和政治内容，但在广东和全中国旧文学仍然充斥于世，旧人物仍"超然物外"，在鲁迅看来，"足见中国革命对于社会没有多大的改变，对于守旧的人没有多大的影响"。在现代性缺席的情况下，文学同"旧文学"的界限无法划清，"纯粹的当下"和历史噩梦的重现无法区分，因而"新文学"或"现代文学"必须以最激烈的方式摆脱一切文学固有体制和固有形式的羁绊，因为只有通过不断的、持之以恒的文学形式创新和文学体制批判，写作才能够颠覆种种文学的旧制度，而把语言内部的激进性同"纯粹的当下"凝聚在一起。在这个意义上，鲁迅的杂文正是尚没有"革命文学"的大时代里的激烈文学实践形式，它最极端的对立面，就是"诗词骈文"等国粹"正宗"（3/500）；与这种僵死的文学程式相比，杂文是文学从经验世界里的再出发，是没有"文学"的时代的文学寓言，是基于不可能性的可能性，是"纯粹的当下"在语言世界里留下的种种震惊、厌恶、绝望和痛苦的记录——一个人化、风格化的记录，但鲁迅的语言风格不是把现代性体验转化为"不朽"的审美形式，而是指向它的震惊的源头，即现代性意义上的历史的自我否定。而没有这种自我否定，真正的"人的历史"和社会不断将自身历史化的过程就无从开始。这样，作为现代性承载者的个体自我意识就无法通过现代"瞬间"的再历史化过程而自我否定；既然这种自我否定的道路被堵死，现代性的自我意识也就无法同过去和未来"和解"，它就只能永远处在震惊和虚无的心脏，被困在永恒的"此刻"之中奋力挣扎。因此鲁迅的文学焦虑、现代性焦虑和（中国）文明焦虑是三位一体的。如果我们把革命理解为现代性的最高形式，把中国"新文学"理解为现代性的一种表达方式，我们就可以理解鲁迅大革命时代的文学理论和文学实践，就能在杂文写作对传统写作样式和有关"文学性"的种种神话和禁忌的超越中看到一种现代主义的激进性，这种激进性既内在于现代性本身，也内在于文学本身。这也就是为什么在鲁迅的短篇小说和散文诗之外，"杂文的自觉"代表了中国现代主义的又一个源头。在"杂文的自觉"和杂文写作同时代的亲密关系之外，我想进一步就鲁迅过渡期杂文写作里的写作"动机"或杂文"发生学"和"动力学"问题谈谈我的观察。在《华盖集·并非闲话（三）》里面，我们可以看到如下线索：

> 我何尝有什么白刃在前，烈火在后，还是钉住书桌，非写不可的"创作冲动"；虽然明知道这种冲动是纯洁，高尚，可贵的，然而其如没有何。前几天早晨，被一个朋友怒视了两眼，倒觉得脸有点热，心有点酸，颇近乎有什么冲动了，但后来被深秋的寒风一吹拂，脸上的温度便复原，——没有创作。至于已经印过的那些，那是被挤出来的。这"挤"字是挤牛乳之"挤"；这"挤牛乳"是专来说明"挤"字的，并非故意将我的作品比作牛乳，希冀装在玻璃瓶里，送进什么"艺术之宫"。（3/158）

作为一个已有高度写作成就的作家，一个老练的文人，鲁迅何尝不知道作文章要有"余裕"和"余裕心"。在《华盖集·忽然想到》里面，他就曾指出那种"不留余地"的"压迫和窘促之感"不利于读书之乐和文艺创作的活力，批评"现在器具之轻薄草率（世间误以为灵便），建筑之偷工减料，办事之敷衍一时，不要'好看'，不想'持久'"，甚至上纲上线到"人们到了失去余裕心，或不自觉地满抱了不留余地心时，这个民族的将来恐怕就可虑"的高度（3/16）。但鲁迅偏偏用一个"挤"字来说明自己的写作动机和写作条件，声明它们的"不纯"和"不雅"。"挤"这个动词的确非常生动直观地表明了鲁迅杂文写作的外部压力、在这种压力下形成的杂文的内部构造和质地，以及这"内"与"外"的特殊的、严丝合缝的对应关系。这种发生学构造是我们理解杂文的寓言特质的关键。

鲁迅说他的文章都是"挤"出来的："所谓文章也者，不挤，便不做。挤了才有。"（3/160）"挤"的第一层含义是外界和他人挤过来，自己是被挤的一方，无处可躲，也无处可退；如果有"抵抗"，那是作用力反作用力的关系，因为这抵抗的环境是被"挤"的力量所限制和塑造的。反之，没有这种外界的挤压，也就没有创作；没有现实世界的"挤"的压力，也就没有语言世界里的变形、紧张、严峻、坚硬。这同我们上面讨论过的"杂文的自觉"，即接受杂文的命运，把"必然"变为"自由"，把负面的东西变为正面的力量的态度是相一致的。所以这个"不挤不写"既是无奈，也是有意识的选择，因为不是被挤出来的文字，缺少一种质地，是不值得信赖，甚至可有可无的。所以鲁迅进一步发挥道："总之，在我，是肚子一饱，应酬一少，便要心平气和，关起门来，什么也不写了；即使还写，也许不过是温暾之谈，两可之论，也即所谓执中之说，公允之言，其实等于不写而已。"（3/161）反过来讲，值得写的东西，一定是被"挤"出来的东西：时代就像一个无情的冲压机，而杂文是在它的不断变化的模具中、在时代的巨大力场里被一个一个铸造出来的硬币。在这个意识同历史的塑造与被塑过程里，没有"烟士披离纯""创作感兴"之类有关艺术天才的神话的位置，有的只是一种作为生存底线的道德质地和语言质地，它们通过"挤"而找到了自己的独特形式，即杂文的形式。

构成这个"挤"的境遇的，既包括那些让鲁迅觉得"运交华盖"的"小事情"，也包括后面发生的诸如"三·一八""四·一二"乃至"左联五烈士"被秘密枪杀于龙华这样的事件，那种让鲁迅觉得自己不是活在人间、让他觉得再不写点东西就要窒息的暗夜。这里我着重谈一下鲁迅的"碰壁"体验。在《华盖集·"碰壁"之后》，鲁迅仔细地记叙了自己在女师大风潮过程中作为一个兼职教员同杨荫榆把持的校方的种种不快和冲突，然后以顿悟的笔触写道：

  碰壁，碰壁！我碰了杨家的壁了！
  其时看看学生们，就像一群童养媳……。
  这一种会议是照例没有结果的，几个自以为大胆的人物对于婆婆稍加微辞之后，即大家走散。我回家坐在自己的窗下的时候，天色已近黄昏，而阴惨惨的颜色却渐渐地退去，回忆到碰壁的学说，居然微笑起来了。
  中国各处是壁，然而无形，像"鬼打墙"一般，使你随时能"碰"。能打这墙的，能碰而不感到痛苦的，是胜利者。——但是，此刻太平湖饭店之宴已近阑珊，大家都已经吃到冰其淋，在那里"冷一冷"了罢……。

> 我于是仿佛看见雪白的桌布已经沾了许多酱油渍,男男女女围着桌子都吃冰其淋,而许多媳妇儿,就如中国历来的大多数媳妇儿在苦节的婆婆脚下似的,都决定了暗淡的运命。
> 我吸了两支烟,眼前也光明起来,幻出饭店里电灯的光彩,看见教育家在杯酒间谋害学生,看见杀人者于微笑后屠戮百姓,看见死尸在粪土中舞蹈,看见污秽洒满了风籁琴,我想取作画图,竟不能画成一线。我为什么要做教员,连自己也侮蔑自己起来。(3/76)

这种被诸如"杨家的壁"四面围堵、挤压、挫败的"碰壁"感,不但决定了一种特殊的、对抗性的经验内容(这是"失败者"的经验内容),更产生了一种寓言的幻象,随着"我于是仿佛看见",现实被"魔幻"化、漫画化,但却由此省略了许多看似必要的表现上或逻辑上的中间步骤,直接达到了一种近乎武断的、带有胜利感和复仇意味的讽刺性和寓言性真实("回忆到碰壁的学说,居然微笑起来了")。杂文写作的核心,正在于这种通过寓言家的直观或"幻视"(比如上文中一系列的"看见……看见……看见……")直达真实的能力;这种杂文的寓言性真实既带有概念的纯粹性和普遍性("谋害""屠戮""死尸""污秽"),又是感性的、直接的、特殊的("在酒杯间""于微笑后""在粪土中""洒满了风籁琴")。这种杂文写作的寓言性逻辑既"执滞于小事情",满足于在本雅明所谓的"堕落的具体性"中捕获思想和语言的战利品,也能够随时出其不意地摆脱一时一地的纠缠,在自造的象征世界里展现有关现实和历史的整体表象,比如"中国各处是壁,然而无形,象'鬼打墙'一般,使你随时能碰";或如下面这个更令人震惊的幻象:

> 华夏大概并非地狱,然而"境由心造",我眼前总充塞着重迭的黑云,其中有故鬼,新鬼,游魂,牛首阿旁,畜生,化生,大叫唤,无叫唤,使我不堪闻见。(3/72)

可以说,"境由心造"是寓言家从"挤"的经验中、从通过"挤"而同外部世界形成的共生关系中得到的一种独特的自由。这比前面提到过的"敢说,敢笑,敢哭,敢怒,敢骂,敢打,在这可诅咒的地方击退了可诅咒的时代"更贴近杂文写作的内在机制。同时,一个"挤"字，把内与外的对抗关系说得淋漓尽致，这种对抗、压力、紧张、厌恶和愤怒不但对语言表达有内在的赋形作用，也预先决定了作品的接受。正是由于杂文是"挤"出来的，所以鲁迅可以对围绕杂文写作的种种闲话不屑一顾。"挤"使得杂文写作远离了绅士风度、费厄泼赖、"为艺术而艺术""公理""正人君子"等造作空洞、自命超脱的派头和姿态，从而保证了杂文文体同时代的身体接触和战斗所需的认真和专注。那种"彼此迎面而来"，以摩擦、碰撞、推搡和搏斗为家常便饭乃至写作唯一理由的体验，使得杂文这种看似最随意、最个人化的写作样式远离了一切仅仅是个人的因素和随意性；远离了一切传统格式的游戏性；远离了一切轻浮、懦弱、无聊、自鸣得意、人云亦云和哗众取宠，从而在基本的写作伦理上摆脱了"旧文学"和"旧文人"的生活世界和文学生态，获得了一种作为"新文学"政治本体论基点的严肃性、实用性和现代性，因为再没有哪种写作方式能像杂文一样，把切关个人利害和生存的体验同被一般化、普遍化了的"纯粹的此刻"结合在一起，一同构成对历史的某种"危险的关头"的寓言性、批判性把握。

最后，我想用《华盖集续编》里的两篇文章来结尾。一篇是《学界的三魂》，另一篇是《一点比喻》，它们都从不同侧面把鲁迅杂文的内在生成机制和编制过程展示得淋漓尽致。在《学界的三魂》里，鲁迅从中国人的三魂六魄说或者七魂说入手，说中国国魂如果有三魂的话，第一个是官魂、第二个是匪魂、第三个是民魂。这种"灵魂鉴别"的来由，仍然是被"挤"和"执滞于小事情"：

> 去年，自从章士钊提了"整顿学风"的招牌，上了教育总长的大任之后，学界里就官气弥漫，顺我者"通"，逆我者"匪"，官腔官话的余气，至今还没有完。但学界却也幸而因此分清了颜色；只是代表官魂的还不是章士钊，因为上头还有"减膳"执政在，他至多不过做了一个官魄；现在是在天津"徐养兵力，以待时机"了。我不看《甲寅》，不知道说些什么话：官话呢，匪话呢，民话呢，衙役马弁话呢？（3/222）

最初于《语丝》周刊第六十四期发表时，篇末有作者的《附记》如下：

今天到东城去教书，在新潮社看见陈源教授的信，在北京大学门口看见《现代评论》，那《闲话》里正议论着章士钊的《甲寅》，说"也渐渐的有了生气了"。可见做时事文章的人官实在是做不得的，……自然有些"土匪"不妨同时做官僚，……这么一来，我上文的"逆我者'匪'"，"官腔官话的余气"云云，就又有了"放冷箭"的嫌疑了。现在特地声明：我原先是不过就一般而言，如果陈教授觉得痛了，那是中了流弹。要我在"至今还没有完"之后，加一句"如陈源等辈就是"，自然也可以。至于"顺我者'通'"的通字，却是此刻所改的，那根据就在章士钊之曾称陈源为"通品"。别人的褒奖，本不应拿来讥笑本人，然而陈源现就用着"土匪"的字样。有一回的《闲话》（《现代评论》五十）道："我们中国的批评家实在太宏博了。他们……在地上找寻窃贼，以致整大本的剽窃，他们倒往往视而不见。要举个例吗？还是不说吧，我实在不敢再开罪'思想界的权威'。"按照他这回的慷慨激昂例，如果要免于"卑劣"且有"半分人气"，是早应该说明谁是土匪，积案怎样，谁是剽窃，证据如何的。现在倘有记得那括弧中的"思想界的权威"六字，即曾见于《民报副刊》广告上的我的姓名之上，就知道这位陈源教授的"人气"有几多。

从此，我就以别人所说的"东吉祥派""正人君子""通品"等字样，加于陈源之上了，这回是用了一个"通"字；我要"以眼还眼以牙还牙"，或者以半牙，以两牙还一牙，因为我是人，难于上帝似的铢两悉称。如果我没有做，那是我的无力，并非我大度，宽恕了加害于我的敌人。还有，有些下贱东西，每以秽物掷人，以为人必不屑较，一计较，倒是你自己失了人格。我可要照样的掷过去，要是他掷来。但对于没有这样举动的人，我却不肯先动手；而且也以文字为限，"捏造事实"和"散布'流言'"的鬼蜮的长技，自信至今还不屑为。在马弁们的眼里虽然是"土匪"，然而"盗亦有道"的。记起一件别的事来了。前几天九校"索薪"的时候，我也当作一个代表，因此很会见了几个前"公理维持会"即"女大后援会"中人。幸而他们倒并不将我捆送三贝子花园或运入深山，"投畀豺虎"，也没有实行"割席"，将板凳锯开。终于"学官""学匪"，都化为"学丐"，同聚一堂，大讨其欠账，——自然是讨不来。记

得有一个洋鬼子说过：中国先是官国，后来是土匪国，将来是乞丐国。单就学界而论，似乎很有点上这轨道了。（3/223）

这段看似交代背景的文字，实乃杂文写作的一个方法入门。"执滞于小事情"和"挤"决定了杂文发生的动力场，但要把所有这些内力和外力安排在文字和文章的格局内，还需要一种编织法，即把种种"小事"，按照"挤"的来路有条不紊地以引文和例证的形式镶嵌在"执滞"的脉络里。这段文字里密密麻麻的引号及其重叠，说明了杂文写作同它的具体环境的亲密关系。这个环境既是由"迎面而来"的种种"小事"所决定，也是由杂文家根据寓言的逻辑自由选择和界定的结果：它可以通过语言形式层面的游戏、征引和"用典"灵活多变地让杂文的行文自由出入在不同的语境：个人意气的语境（"我可要照样的掷过去，要是他掷来"）、论争语境（"如果要免于'卑劣'且有'半分人气'，是早应该说明谁是土匪，积案怎样，谁是剽窃，证据如何的"）、道德语境（"我就以别人所说的'东吉祥派''正人君子''通品'等字样，加于陈源之上了"）、历史语境（"中国人的官瘾实在深，汉重孝廉而有埋儿刻木，宋重理学而有高帽破靴，清重帖括而有'且夫''然则'"）（3/220）乃至经济语境（"学丐"和"索薪"）。

这种编织法使得杂文家既可以全力投入一时一地的遭遇战，有保持一种寓言家"立此存照""借此说彼""以小见大""忽然想到"的自由。这种"执滞"的方式不但针对时局和历史的种种经不起认真推敲和追问的浮皮潦草、似是而非的表面现象（包括"正人君子""通品""思想界的权威"之类唬人的头衔），也针对写作和语言本身的异化和物化倾向，即深入"旧文学"肌体和灵魂的"行官势、摆官腔、打官话"（3/220）。官腔在此当然有具体的历史所指，但对所有"腔"的反感和警惕，贯穿鲁迅杂文写作。他晚年就批评上海文艺青年的文艺腔和几个"拉大旗作虎皮"的理论家的马列腔。从鲁迅反对"官腔"和"文艺腔"到延安时期的毛泽东反对"党八股"，整个新文学的历史，从某种意义上说，也是反对语言的物化和体制化的历史。以此为鉴，我们也可以看到这种内在于"新文学"的语言的实质性和激进性在今天的中国又一次面临危机。我们今天的学界也免不了是各种学术腔充斥——国学腔、"海外汉学"腔、"西方理论"腔、实证研究腔、文人雅士或票友腔；思想争论和意识形态争论往往还没有充分展开，就很快落入各种"腔"和"调"的窠臼，被简化为某种立场和姿态，某种词藻的排列："消极自由"腔、"左翼愤青"腔、"普世文化"腔、"文化保守主义"腔等。在基本的语言实践层面，在种种体制性因素的影响下，由"新文学"奠基的当代汉语写作状态可以说非常恶劣，处在各种官话、广告词、大众媒体的哗众取宠、学院做派、劣质夹生的翻译体、城市小资"私人语言"等的重重包围之中。

在语言伦理的基本层面上，杂文继承和发扬了"新文学"反对一切陈腐、造作、空洞、繁复、因循、高高在上的程式化写作的革命传统，因而是"平民写作""国民写作""个人写作"的自觉实践；它包含了反叛者对于"新"的近代意义上的合法性与合理性的高度自信，包含了"野"和"野人"对于一切"礼"或"礼教"的摒弃。站在新的"礼"从中生发出来的"野"的立场上，鲁迅作了"官之所谓匪"和"民之所谓匪"的区分，嘲笑以"官"自居、把所有挑战者都视为"匪"的旧文学和旧文人官学一体的习气，从而把文化批判、国民性批判和文明批判的道德制高点保持在自己这边，成为杂文的一种不言自明的内在力量。鲁迅写道：

> 所谓学界，是一种发生较新的阶级，本该可以有将旧魂灵略加澌洗之望了，但听到"学官"的官话，和"学匪"的新名，则似乎还走着旧道路。那末，当然也得打倒的。这来打倒他的是"民魂"，是国魂的第三种。先前不很发扬，所以一闹之后，终不自取政权，而只"任三五热心家将皇帝推倒，自己过皇帝瘾去"了。惟有民魂是值得宝贵的，惟有他发扬起来，中国才有真进步。但是，当此连学界也倒走旧路的时候，怎能轻易地发挥得出来呢？在乌烟瘴气之中，有官之所谓"匪"和民之所谓匪；有官之所谓"民"和民之所谓民；有官以为"匪"而其实是真的国民，有官以为"民"而其实是衙役和马弁。所以貌似"民魂"的，有时仍不免为"官魂"，这是鉴别魂灵者所应该十分注意的。(3/222)

第二个例子是《一点比喻》。因为北京接近塞外，常有绵羊一群群地被赶进城来，走上屠宰场。鲁迅在北京的街上看到羊群"挨挨挤挤，浩浩荡荡，凝着柔顺有余的眼色，跟定'牧羊人'匆匆地竞

奔它们的前程",忍不住要"开口向它们发一句愚不可及的疑问——'往那里去?!'"(3/232)

所谓"愚不可及",是因为羊群通常也由脖子上挂着"作为智识阶级徽章"的小铃铎的"山羊"领导着。于是便有了下面这段同智识阶级的问答:

> 君子若曰:"羊总是羊,不成了一长串顺从地走,还有什么别的法子呢?君不见夫猪乎?拖延着,逃着,喊着,奔突着,终于也还是被捉到非去不可的地方去,那些暴动,不过是空费力气而已矣。"
> 这是说:虽死也应该如羊,使天下太平,彼此省力。
> 这计划当然是很妥帖,大可佩服的。然而,君不见夫野猪乎?它以两个牙,使老猎人也不免于退避。这牙,只要猪脱出了牧豕奴所造的猪圈,走入山野,不久就会长出来。(3/233)

这场想象的对话虽远不及有关"铁屋子"那场对话有名,但意思却是相近的。这种从羊到猪,从肉猪到山林里长着獠牙的野猪再到背上长着刺的豪猪(下面我们马上会讲到)的"逃逸的路径"(routes of flight/德勒兹),是无法用诗、小说或散文诗的语言捕捉和描述的;但用杂文的方式,就恰到好处,不但有论辩、有追问,又有观念的交锋,而且有文字上的戏剧性和紧张感,甚至有栩栩如生的形象,虽然这不是"纯文学"的形象,而是寓言的形象。

不仅如此,鲁迅还对这个野猪的寓言形象做了如下发挥,它可以作为"挤"字的一个进一步的注解:

> 有不守这距离的,在英国就这样叫,"Keep your distance!"但即使这样叫,恐怕也只能在豪猪和豪猪之间才有效力罢,因为它们彼此的守着距离,原因是在于痛而不在于叫的。
> 假使豪猪们中夹着一个别的,并没有刺,则无论怎么叫,它们总还是挤过来。孔子说:礼不下庶人。照现在的情形看,该是并非庶人不得接近豪猪,却是豪猪可以任意刺着庶人而取得温暖。受伤是当然要受伤的,但这也只能怪你自己独独没有刺,不足以让他守定适当的距离。孔子又说:刑不上大夫。这就又难怪人们的要做绅士。

> 这些豪猪们,自然也可以用牙角或棍棒来抵御的,但至少必须拼出背一条豪猪社会所制定的罪名:"下流"或"无礼"。(3/234)

"刺"和"牙",与其说是距离的保证,不如说是接触的媒介。这种针锋相对、"以牙还牙"的对峙、抵抗和挤来挤去,是杂文与时代关系的最直观的写照,是"挤"的有效性的基本前提,否则,"无论怎么叫,它们总还是挤过来"。杂文固然就是寓言家的"刺"和"牙",即鲁迅所谓的匕首投枪;但在语言的范围之外,机枪大炮也同样是一个阶级或一个民族的"刺"和"牙"。这同鲁迅对中国人"见了狼就要像狼""见了羊就要像羊"(而不是相反:见了狼就变得像只羊,见了羊就变得像只狼)的最低期待是一致的。这种抵住时代的咽喉的杂文家的姿态,同时也具有认识论上的合目的性,即真实性。归根结底,杂文家引以为乐的并不来自"彼此迎面而来,总不免要挤擦、碰磕";而是"倘使所有的只是暴戾之气,还是让它尽量发出来罢……我也知道将什么之气都放在心里,脸上笔下却全都'笑吟吟',是极其好看的;可是掘不得,小小的挖一个洞,便什么之气都出来了。但其实这倒是真面目。"(3/239)

(原载《文艺理论与批评》2009年第1、2期)

周氏兄弟早期著译与汉语现代书写语言

王 风

一

不管是被认为,还是实际作为新文学创作的起源,鲁迅的《狂人日记》都是突然的。这并不止于其将整个历史作为寓言所激发的巨大的现实批判力量,单就书写语言而言,也是空前的。那个时期新文学的著译,比如胡适、比如刘半农,在文学革命之前都有白话实践,他们个人的书写史均有脉络可寻。但如果回溯周氏兄弟二人的文学历程,可以发现,此前十五年,文言在他们的写作中占有绝对统治的地位。似乎鲁迅决定改用白话是瞬间的转变,即便周作人,直到1914年,其主张仍然是小说要用文言:

> 第通俗小说缺限至多,未能尽其能事。往昔之作存之,足备研究。若在方来,当别辟道涂,以雅正为归,易俗语而为文言,勿复执着社会,使艺术之境萧然独立。斯则其文虽离社会,而其有益于人间甚多。①

所谓"易俗语而为文言",可以看作周氏兄弟文学革命之前书写语言选择的缩影。在他们刚进入文学领域的时候,其所抱持原非什么"萧然独立",而恰恰相反。1903年,初涉翻译的鲁迅在书写语言上所努力的却是白话。该年,在《浙江潮》上的《斯巴达之魂》《哀尘》用的固然是文言,但同时开始的文字量更大、持续更久的,却是用白话——或者从结果上看,试图用白话翻译"科学小说"《月界旅行》《地底旅行》。

---

① 《小说与社会》,《绍兴县教育会月刊》第5号,1914年2月20日,转引自陈子善、张铁荣编《周作人集外文》上集,海南国际新闻出版中心1995年版。

选择这样的文本作为翻译对象，源于梁启超的影响。据周作人回忆："鲁迅更广泛的与新书报相接触，乃是壬寅（1902）年二月到了日本以后的事情……《新小说》上登过嚣俄（今称雨果）的照片，就引起鲁迅的注意，蒐集日译的中篇小说《怀旧》（讲非洲人起义的故事）来看，又给我买来美国出版的八大本英译雨果选集。其次有影响的作家是焦尔士威奴（今译儒勒·凡尔纳），他的《十五小豪杰》和《海底旅行》，是杂志中最叫座的作品，当时鲁迅决心来翻译《月界旅行》，也正是为此。"① 从当年资料来看，周氏兄弟对梁启超文学活动的关注亦可得到证明。鲁迅那时日记不存，但如周作人日记癸卯（1903）三月初六日云，"接日本二十函，由韵君处转交，内云谢君西园下月中旬回国，当寄回《清议报》《新小说》，闻之喜跃欲狂"。十二日记鲁迅"初五日函"所列托寄书籍的"书目"，就有《清议报》八册、《新民丛报》二册，以及《新小说》第三号。② 自然这些鲁迅此前都已经读过，而这仅仅是他们对梁的阅读史的一个事例。③

1902年梁启超在《新小说》创刊号发表《论小说与群治之关系》，将"新一国之小说"作为"新一国之民"的前提，小说因此承担了"新道德""新宗教""新政治""新风俗""新学艺""新人心""新人格"诸多任务。④ 鲁迅早期文学主张一个主要构成部分即来源于此，《月界旅行·辨言》云：

> 盖胪陈科学。常人厌之。阅不终篇。辄欲睡去。强人所难。势必然矣。惟假小说之能力。被优孟之衣冠。则虽析理谭玄。亦能浸淫脑筋。不生厌倦。……故掇取学理。去庄而谐。使读者触目会心。不劳思索。则必能于不知不觉间。获一斑之智识。破遗传之迷信。改良思想。补助文明。势力之伟。有如此者。我国说部。若言情谈故刺时志怪者。架栋汗牛。而独于科学小说。乃如麟角。智识患隘。此实一端。故苟欲弥今日译界之缺

---

① 《鲁迅与清末文坛》，《鲁迅的青年时代》，中国青年出版社1957年版。嚣俄照片刊于《新小说》第二号，光绪二十八年（1902）十一月十五日。
② 《周作人日记》上，大象出版社1996年版。
③ 他们对梁启超的接受可参看周作人《我的负债》，1924年1月26日《晨报副刊》；《鲁迅与清末文坛》，《鲁迅的青年时代》。
④ 光绪二十八年（1902）十月十五日。

点。导中国人群以进行。必自科学小说始。①

"故苟欲……必自科学小说始"云云,从句式到语气都类于梁启超的"故今日欲改良群治,必自小说界革命始,欲新民,必自新小说始"。② 当然就其个人因素而言,"我因为向学科学,所以喜欢科学小说"。③ 至1906年回乡结婚前,就现在所知,鲁迅编撰了《说钼》《中国地质略论》《物理新诠》《中国矿产志》等,都属于所谓"科学"。而翻译《月界旅行》《地底旅行》《北极探险记》这些"科学小说",本就是"科学"的延伸。

两部"旅行"都试图采用白话,但又都混杂着文言,这种情况的产生自有其原由。那些科学论文具有学术性质,自然采用正式的书写语言文言。而科学小说,其目的在于开启民智,并不在文学本身,因而就翻译策略而言,必然是希望迁就尽量多读者的阅读能力,以使"不生厌倦""不劳思索"。所以"原书……凡二十八章。例若杂记……今截长补短。得十四回","其措词无味。不适于我国人者。删易少许"。④ 这与林纾《黑奴吁天录·例言》"是书言教门事孔多,悉经魏君节去其原文稍烦琐者"目的相同,都在于"取便观者"。

但林纾预设的是能读出"该书开场、伏脉、接笋、结穴,处处均得古文家义法"的"观者","所冀有志西学者,勿遽贬西书,谓其文境不如中国也"。或者可以说,他预想的就是鲁迅这样的阅读对象,所以"就其原文,易以华语",⑤ 这个"华语"是古文一派的文言,为鲁迅们所熟知。而梁启超、鲁迅的翻译是以小说吸引尽可能多有识字基础的读者,使其不期然而受到文学以外其他方面的影响,就语体的选择策略而言,当然只能是所谓"俗语"。

"俗语"在这个语境中可以理解为白话,实则中国历史提供了一千多年这种语体的产品。梁启超《十五小豪杰·译后语》"本书原拟依水浒红楼等书体裁。纯用俗话",⑥ 明白指出这种翻译要进

---

① 《月界旅行》,光绪二十九年(1903)十月十五日,中国教育普及社版。
② 《论小说与群治之关系》。
③ 《鲁迅全集》第十二卷"书信"340515①致杨霁云,人民文学出版社1981年版。
④ 《月界旅行·辨言》。
⑤ 转引自陈平原、夏晓虹编《二十世纪中国小说理论资料》第一卷,北京大学出版社1989年版。
⑥ 《十五小豪杰》第四回"译后语",《新民丛报》1902年第6号。

入哪个文体和语体传统。语体上采用白话，文体上章回小说的各种特征一应俱全。鲁迅《北极探险记》已佚，然就《月界旅行》《地底旅行》而言，每回皆用对仗作为回目。《月界旅行》各回，诸如"却说"这样的开头，回末"正是"后接韵语数句，再加以"且听下回分解"之类。到《地底旅行》，回末的套话消失，但其他都还保留。①

文体上选择章回，则语体上自应使用白话。梁启超本来就是如此设计："但翻译之时。甚为困难。参用文言。劳半功倍。计前数回。每点钟仅能译千字。此次则译二千五百字。译者贪省时日。只得文俗并用。"② 就梁这样从小受到文言训练的文人而言，白话反而困难，那是另一种带有历史限制性的写作，需要专门的才能，远不是胡适所谓"有什么话，说什么话；话怎么说，就怎么写"那样简单。③ 鲁迅也是"初拟译以俗语。稍逸读者之思索。然纯用俗语。复嫌冗繁。因参用文言。以省篇页"，④ 其理由虽与梁启超有所不同，好像是主动而非被迫的选择。不过对他而言，虽然此前一定有过丰富的阅读经验，但从未有过此类写作，白话较之文言可能还是吃力得多，陡然实践，自然别扭。

鲁迅后来回忆，"那时又译过一部《北极探险记》，叙事用文言，对话用白话"，⑤ 是双语体的结构。实际上此前的两部"旅行"已经是在白话的基础上混用文言，只是这文言更多在对话中出现。⑥《北极探险记》如许翻转过来，倒是很不一样的实践，可惜现在看不到了。

两部"旅行"，从总体上看，是文言成分失控地不断增加的过程。《月界旅行》前半部分，基本还守着章回的味道，如：

却说社员接了书信以后。光阴迅速。不觉初五。好容易挨

---

① 《地底旅行》，光绪三十二年（1906）三月二十九日，南京启新书局版。
② 《十五小豪杰》第四回"译后语"。
③ 《建设的文学革命论》，《新青年》第四卷第四号1918年4月。
④ 《月界旅行·辨言》。
⑤ 《鲁迅全集》第十二卷"书信"340515①致杨霁云。
⑥ 卜立德就这两部书的观察得出判断，"译文中叙事用白话，对白则用文言"，虽说不尽如此，但大致对白中的文言成分要远多于叙事。[英] 卜立德：《凡尔纳、科幻小说及其他》，王宏志编《翻译与创作——中国近代翻译小说论》，北京大学出版社2000年版。

到八点钟。天色也黑了。连忙整理衣冠。跑到纽翁思开尔街第廿一号枪炮会社。一进大门。便见满地是人。黑潮似的四处汹涌。

其后如"众人看得分明。是戴着黑缘峨冠。穿着黑呢礼服。身材魁伟。相貌庄严"云云,① 都是话本语言的风格。但到后半部,叙事上不时不自觉地使用文言:

众视其人。则躯干短小。鬓如羚羊。即美国所谓"歌佉髯"也。目灼灼直视坛上。众人挨挤。都置之不问。……社长及同盟社员。都注目亚电。见其挺孤身以敌万众。协助鸿业。略无畏葸之概。叹赏不迭。②

则几乎有林译的味道。不过总体上叙事大部分还是文白兼用,至于对话部分,则前后截然是两个样子:

大佐白伦彼理道。这些事。总是为欧罗巴洲近时国体上的争论罢了。麦思敦道。不错不错。我所希望。大约终有用处。而且又有益于欧罗巴洲。毕尔斯排大声道。你们做甚乱梦。研究炮术。却想欧洲人用么。大佐白伦彼理道。我想给欧洲人用,比不用却好些。……③

社长问道。君想月界中必有此种野蛮居住的么。亚电道。余亦推测而已。至其实情。古无知者。然昔贤有言曰。"专心于足者不蹶"。余亦用此者为金杖。以豫防不测耳。社长道。然据余所见。则月界中当无此种恶物。读古书可知。亚电大惊道。所谓古者者,何书耶。社长笑道。无非小说之类耳。……④

再如第二回社长的长篇报告纯用口语,第八回亚电的长篇演说则古韵铿锵,是更鲜明的对比。而到了《地底旅行》,似乎已经完全不管

---

① 《月界旅行》第二回。
② 《月界旅行》第九回,"畏葱"当作"畏葸"。
③ 《月界旅行》第一回。
④ 《月界旅行》第十三回。

文言白话，只照方便。

鲁迅后来谈到他的早期作品，曾明言"虽说译，其实乃是改作"①，又说："但年青时自作聪明，不肯直译，回想起来真是悔之已晚。"② 关于是否"直译"，倒不能光以"自作聪明"视之。《地底旅行》署"之江索士译演"，演者衍也，增删变易，文体上不顾原来格式，语体上随意变换，本就是题中应有之意。如周作人所言，此时鲁迅"不过只是赏玩而非攻究，且对于文学也还未脱去旧的观念"。③ 而于雨果特别重视，致有"好容易设法凑了十六块钱买到一部八册的美国版的嚣俄选集"，并寄给周作人这样当年绝无仅有的豪举，④ "大概因为《新小说》里登过照片，那时对于嚣俄十分崇拜"。⑤ 虽说雨果的重要性无可置疑，但这并不来自自身的选择，而是接受他者的判断。揆诸鲁迅以后的文学经验，实在并不是他真正的趣味。所译《哀尘》，⑥ 从译文和"译者曰"看，其绍介是隆重而谨慎的，与对"科学小说"的态度绝异。陈梦熊曾"根据法文原著略加核对"，"发现鲁迅虽据日译本转译，但除一处可能出于日译本误译外，几乎是逐字逐句的直译"，⑦ 而这个文本所使用的却是文言。周作人后来说："当时看小说的影响，虽然梁任公的《新小说》是新出，也喜欢它的科学小说，但是却更佩服林琴南的古文所翻译的作品。"⑧ 指的不是这件事，但也能说明他们对文言白话两种语体的态度。

至翻译《月界旅行》《地底旅行》之举，自然有"向学科学"的背景，但就题材选择也可判断受梁启超译《十五小豪杰》和卢藉东译《海底旅行》的影响。"辨言"中谓："然人类者。有希望进步之生物也。故其一部分。略得光明。犹不知餍。发大希望。思斥吸力。胜空气。泠然神行。无有障碍。若培伦氏。实以其尚武之精神。写此希望之进化者也。"纯是严复观念，梁启超文风。其后如"殖民

---

① 《鲁迅全集》第十二卷"书信"340506 致杨霁云，又 340717②致杨霁云。
② 《鲁迅全集》第十二卷"书信"340515①致杨霁云。
③ 《关于鲁迅之二》，《瓜豆集》，岳麓书社 1989 年版。
④ 《学校生活的一叶》，《雨天的书》，岳麓书社 1987 年版。
⑤ 《鲁迅的故家》"补遗三"，人民文学出版社 1957 年版。
⑥ 《浙江潮》1903 年第 5 期。
⑦ 熊融：《关于〈哀尘〉、〈造人术〉的说明》，《文学评论》1963 年第 3 期。
⑧ 《周作人回忆录》七七"翻译小说（上）"，湖南人民出版社 1982 年版。

星球。旅行月界","虽地球之大同可期。而星球之战祸又起",借此"冥冥黄族。可以兴矣",① 此类军国民主义的思路和幻想,无非将《斯巴达之魂》的寄托衍为说部,"掇其逸事。贻我青年",② 与文学没什么关联。而即便这难说是著是译的《斯巴达之魂》,大概题材选择上也渊源于梁启超此前的《斯巴达小志》。③

鲁迅给周作人寄了一大套雨果选集,再加上"那时苏子谷在上海报上译登《惨世界》,梁任公又在《新小说》上常讲起'嚣俄'",④ 其直接的后果是周作人创作了一部《孤儿记》,"是记为感于嚣俄哀史而作。借设孤儿以甚言之"。⑤ 周作人当时与丁初我发生关系,⑥ 投稿《女子世界》,所以著译大多与女性有关,如《侠女奴》《好花枝》《女猎人》《女祸传》等等。当然女性问题周作人终生关注,不过此前他的角度还多与所谓"英雌"有关,不乏应景的因素。《侠女奴》篇首附语曰:"其英勇之气。颇与中国红线女侠类。沈沈奴隶海。乃有此奇物。亟从欧文迻译之。以告世之奴骨天成者。"⑦《题侠女奴原本》:"多少神州冠带客。负恩愧此女英雄。"⑧ 而《女猎人·约言》自述撰作动因,"因吾国女子日趋文弱。故组以理想而造此篇",并进一步发挥说:"或谓传女猎人。不如传女军人。然女军人有名之英雄。而女猎人无名之英雄也。必先无名之英雄多,而后有名之英雄出。故吾不暇传铁血之事业。而传骑射之生涯。"

在这样的目的驱动下,《女猎人》"是篇参绎英星德夫人南非搏狮记。而大半组以己意",并明言"所引景物。随手取扱""猎兽之景。未曾亲历""人名地名。亦半架空"。⑨ 类似的例子是"抄撮《旧约》里的夏娃故事"而成的《女祸传》。⑩ 这些大概已完全不能

---

① 《月界旅行·辨言》。
② 《斯巴达之魂》附语,《浙江潮》1903年第5期。
③ 《斯巴达小志》,《新民丛报》第十三号。可参看牛仰山《近代文学与鲁迅》五(一)的分析,漓江出版社1991年版。
④ 《学校生活的一叶》,《雨天的书》。
⑤ 《孤儿记》"绪言",小说林社丙午年(1906)六月版。
⑥ 《周作人回忆录》四一"老师(一)"言在南京水师学堂时,"我的一个同班朋友陈作恭君,定阅苏州出版的《女子世界》,我就将译文寄到那里去……"又见《丁初我》,《知堂集外文·〈亦报〉随笔》,岳麓书社1988年版。
⑦ 《女子世界》1904年第8期。"亟从亟"当作"亟亟从"。
⑧ 《女子世界》1904年第12期。
⑨ 《女子世界》1905年第1期。
⑩ 《周作人回忆录》五三"我的笔名"。《女祸传》,《女子世界》1905年第4、5期合刊。

算是翻译，"南非搏狮记"、《旧约》顶多是题材，或者干脆就是材料。至于确实发意撰述的《孤儿记》，据说写到后半段"便支持不住，于是把嚣俄的文章尽量的放进去，孤儿的下半生遂成为 Claude 了"。① 这部小说的"凡例"确曾说明："是记中第十及十一两章。多采取嚣俄氏 Claude Geaux 之意。此文系嚣俄小品之一。"②

《周作人日记》1903 年四月初二日："看小说《经国美谈》少许，书虽佳，然系讲政治，究与我国说部有别，不能引人入胜，不若《新小说》中《东欧女豪杰》及《海底旅行》之佳也。"③ 此时周作人尚未起意于文学，阅读兴趣似乎与乃兄相近，也有"旅行"这一类。但所言"说部"，其实已经有自己的看法，即评判标准在于能否"引人入胜"，而不在"讲政治"。因而随后入手著译，虽然也有其他目的，但对于文本选择则有自己的判断。初着手的《侠女奴》，来源于著名的阿里巴巴故事，后来他将《天方夜谭》称为"我的第一本新书"，"引起了对于外国文的兴趣"，而之所以起意翻译是因为"我看了觉得很有趣味"，"一心只想把那夜谭里有趣的几篇故事翻译了出来"。④ 首先是有趣，至于将女奴曼绮那弄成主人公，比之于红线女，命之以女英雄，那是另外的问题，毋宁说是附加的意义。至《孤儿记》，则干脆声称："小说之关系于社会者最大。是记之作。有益于人心与否。所不敢知。而无有损害。则断可以自信。"⑤ 只是从消极的一面说，相较鲁迅翻译"科学小说"的目的，至少是不太在意诸如"获一斑之智识。破遗传之迷信。改良思想。补助文明"⑥。在语体的选择上，他从不曾试过使用白话，原因也在于此。

与鲁迅一开始关注"科学小说"相仿，周作人虽对"政治小说"印象不佳，但于"侦探小说"却有兴趣。辛丑（1901）12 月 13 日日记，"上午……大哥来，带书四部。……下午，大哥回去，看《包探案》《长生术》二书，……夜看《巴黎茶花女遗事》一本竟"。⑦ 这一

---

① 《学校生活的一叶》，《雨天的书》。
② 《孤儿记》"凡例"。"Geaux" 应作 "Gueux"。
③ 《周作人日记》上。
④ 《周作人回忆录》四一"老师（一）"，五一"我的新书（一）"。
⑤ 《孤儿记》"凡例"。
⑥ 《月界旅行·辨言》。
⑦ 《周作人日记》上。

天的阅读，除接触了林译的哈葛德、小仲马外，还有科南道尔所谓《包探案》，其经验几乎代表那时候的流行和兄弟俩所受的影响。诚如鲁迅后来所言："我们曾在梁启超所办的《时务报》上，看见了《福尔摩斯包探案》的变幻，又在《新小说》上，看见了焦士威奴（Jules Verne）所做的号称科学小说的《海底旅行》之类的新奇。后来林琴南大译英国哈葛德（H. Rider Haggard）的小说了，我们又看见了伦敦小姐之缠绵和菲洲野蛮之古怪。"① 不过，周作人翻译的科南道尔《荒矶》，却并不从"福尔摩斯全案"选择，而是"小品中之一。叙惨淡悲之凉景。而有缠绵斐恻之感"。②

爱伦坡 The Gold-bug 乙巳（1905）正月译竟，五月初版，取名"山羊图"，旋被丁初我易曰"玉虫缘"。这部小说是"还没有侦探小说时代的侦探小说"，周作人"受着这个影响"，但注意的却是"它的中心在于暗码的解释，而其趣味乃全在英文的组织上"，"写得颇为巧妙"。③ 所谓"惨怪哀感""推测事理，颇极神妙"，这已经没有什么济世的想法，而仅仅出于对文学和语言的喜好。甚至因为"日本山县氏译本名曰掘宝"，④ 故而特意提醒"我译此书。人勿疑为提倡发财主义也"。⑤

出于这样的翻译目的，尽量传达原本的面貌成为必然的选择，周作人因而态度迥别。对读原本，可以发现译者至少主观上希望完全忠实原著。如"例言"中特别指出："书中形容黑人愚蠢。竭尽其致。其用语多误……及加以迻译。则不复能分矣。"当时翻译风气，遇到这种情况，或略过，或改写。但周作人特意间注说明，如 I 问"And what cause have you"，Jupiter 答"Claws enuff"，译本加括号说明，"英语故 Cause 与爪 Claws 音相近、故迦误会"。甚至有些显得过于细致，"As the evening wore away"译作"夜渐阑"，本已经很妥当了，但还是特意注曰，"此夜字英文用 Evening，与 Night 有别、Evening 指日落至寝前、Night 指寝后至破晓、其别颇微、惟在中文则无可分"。而小说后部高潮是对暗码的破译，符号、格式非常特殊，阿

---

① 《祝中俄文字之交》，《鲁迅全集》第四卷《南腔北调集》。
② 《荒矶》，《女子世界》1905 年第 2、3 期，被标为"恋爱奇谈"。引见第 2 期该译"咐言"，"惨淡悲之凉景"当作"惨淡悲凉之景"。
③ 《周作人回忆录》五二"我的新书（二）"。
④ 《玉虫缘·例言》，文盛堂书局丙午（1906）四月再版。
⑤ 《玉虫缘·附识》。

拉伯数字和英文字母等更无法改易，周作人一一译出。当然此一文本被选择时这就是躲不开的问题，或者就恰恰因为其"却不能说很通俗"，① 才使得他另眼相看了起来。

周作人晚年回忆中，对于自己的早年译作多有说明，而创作则从未提起，《孤儿记》如此，还有一篇非常短小的《好花枝》也未见道及。这篇小说见于《女子世界》，而且也正因为这篇小说，该杂志有了"短篇小说"栏目之设。② 基本可以判定，这是周作人有意的试验，而并非对杂志采择稿件倾向的迎合。

这个短小的作品在当时虽未见得有多么奇特，却也相当集中地体现了周氏兄弟文言著译的面貌，以及那个时代新型文本的形式特征。这种形式特征首先是在翻译过程中搬用的，对于自己所重视的文本，"直译"成为选择，诸如分段、标点等也尽量遵照原式，并由此影响到他们的写作。《好花枝》中，就可以看到密集的分段，以及频繁使用的问号和叹号。比如：

> 少顷少顷。③ 月黑。风忽大。淅淅雨下。斜雨急打窗纸。如爬沙蟹。
> 阿珠。大气闷。思庭前花开正烂熳。妬花风雨恶！。无情！。无情！。恐被收拾去愁！。野外？。花落！。明日不能踏青去?!。
> 雨益大。
> 【按】：由于排版横行，本文所引语例，句读本应改置于句末文字之下。但排版系统无法支持，只能排入句中。由此出现标点之后加句读的情况，则类于两个标点并存。惟请阅读时明察。

段落和标点符号属于书写形式的范畴，汉语古典文本中本不存在，无论诗文小说，在"篇"这个层面上并不分段，而在"句"这个层面上亦无标点。一篇文章，就是方块字从头到尾的排列，无形式可言。这当然限制了某种表达的可能产生，或者更准确地说，其所造就的表达方式成为一种风格。比如话本中常见的"却说""一路无

---

① 《周作人回忆录》五二"我的新书（二）"。
② 《女子世界》1905 年第 1 期。
③ "少项"当作"少顷"。

话/一夜无话""花开两头/话分两头，各表一枝"就起着事实上的分段功能，由于通篇不提行，只能用此类词汇手段来区分段落。现代人可能已经很难意识到这些形式因素存在与否如何影响汉语文本的表达。

句读通常被认为是古代的标点符号，实际上其性质并不相同。句读出现于南宋，一直以来，在童蒙读物或者科考选本中被广泛使用。（某些印刷文本以空格断句，为用同于句读。）但这种使用是针对已经存在的文章施加的，也就是说，这些文章写作时并无句读存在，只是为了特定的目的在印刷中加以使用，或者个人阅读时自行断句。在写作中其实并不随时句读，句读不参与写作，因而性质上与标点符号绝异。

近代报刊的兴起，区分出不同以往文集之文的报章之文。由于媒介的不同，从一开始，报刊上的文章就有一部分实行分段，而句读则普遍施加。但分段只是简单区分文章层次，并非追求表达效果。句读无论是作者还是编辑所为，都是为了方便普通读者的阅读。至十九二十世纪之交，某些标点符号才开始进入汉语文本，比如括号，是代替旧式双行夹注的。引号也在部分文本中被使用，但不为标识对话，而是施于专有名词。再有就是问号和叹号，对表达情绪有比较明显的作用。

不过这不包括起断句作用的逗号和句号，当时的诸多文本，实际上是句读和新式标点的混合体。值得注意的是，在书写格式上，这些新式标点是排入行中，占用与文字相等的地位。而句读则置于文字一侧，并不占用行内空间，仅仅起到点断的作用。即使该处已有新式标点，其旁依然施以句读。这种二元体制体现了那时候普遍的认识，即句读的功能是划分阅读单位，而新式标点是参与表达的。所以新式标点具有准文字功能，与句读是两套系统。

《好花枝》的这个语例也是这种体制，问号和叹号排入句中，与文字占同样的地位。而即便是施加了这样的标点符号，还是照样在旁边"点句"。具体而言，叙述部分只施以句读，心理描写则加上叹号和问号。

这个文本内部，如果没有标点，很多句子是无法断开的。"野外花落"没人会想到该断开。而即便用上句读，"野外？花落！"这样的内心问答也无法表现。还有这样的段落：

177

奇！。下雨？。梦！。阿珠。今者真梦？！。何处有风雨。

取消标点仅存句读，则不知何意：

奇。下雨。梦。阿珠。今者真梦。何处有风雨。

如果像古代文本没有句读：

奇下雨梦阿珠今者真梦何处有风雨

就可以有不止一种断句方式，意思大不相同。正如一个有名的例子"下雨天留客天天留客不留"，加上不同标点，可以有上十种句式，各说各的话。

　　密集分段和问号、叹号大量使用在晚清最有名的例子是陈冷血，或者可看作"冷血体"的重要特征。不过，周作人初接触时似乎并无好感，癸卯年（1903）三月十一日日记："上午无事，看《浙江潮》之小说，不佳。"① 这是该刊第一期，其小说栏下所刊即喋血生的《少年军》和《专制虎》。当然，所谓"冷血体"的成型和出名，是在1904年《时报》和《新新小说》的大量撰述之后，其体式确让人耳目一新。周作人谈及"在上海《时报》上见到冷血的文章，觉得有趣，记得所译有《仙女缘》，曾经买到过"，② 则受影响大体是有的。不过，比较二者的句式，还是有很大的区别，例如冷血的句子：

恶！、汝亦人耶！。汝以人当牛羊耶！、即牛羊、且不忍出此。
噫！彼何人。其恶人欤？。何以其设施。为益世计？。其善人欤？。何以全无心肝。残忍若是？。③

在加叹号的句子中，有"耶"；在加问号的句子中，有"欤""何以"。也就是说，如果不加标点，凭阅读也是能够分辨出这个句式的

---

① 《周作人日记》上。
② 《鲁迅与清末文坛》，《鲁迅的青年时代》。
③ 《侠客谈·刀余生传》（第二），《新新小说》第一年第一号，光绪三十年八月初一日。

性质。至于给"恶""噫"这样的叹词加上叹号，就更不用说了。问号或叹号只是在过往已有的句式上加强了语气，不是非此则无以成立。而周作人的"奇！下雨？梦！阿珠。"并无词汇手段，标点完全取代了词汇，成为文本中不可移除的新的形式因素。

而即便是句读，某些句子也有特殊之处：

> 室中。孤灯炯炯。照壁。焰青白。如萤。

这个段落仅施句读，不过值得注意的是，句读可能在写作时就已经参与，未必是后加的。如取消，他人无法像这样断开，比如可以断成"室中孤灯。炯炯照壁"等等，这说明这个文本中的句读已部分具有标点的功能。

类如《好花枝》这样的频密分段，同样是"冷血体"的特点。胡适后来谈及《时报》以陈冷血为代表的"短评"，"在当时却是一种文体的革新。用简短的词句。用冷隽明利的口吻。几乎逐句分段。使读者一目了然。不消费工夫去点句分段。不消费工夫去寻思考索"。① 这确实迎合了报章的阅读特性，亦即可以快速浏览。冷血的"论"多以排比式和递进式为主。如：

> 侠客谈无小说价值！
> 侠客谈之命意。无小说价值。何则、甚浅近。
> 侠客谈之立局。无小说价值。何则、甚率直。无趣味。
> 侠客谈之转折。无小说价值。侠客谈之文字。无小说价值。何则、甚生硬。无韵。不文不俗。故侠客谈全无小说价值。②

至于小说，尤其是短篇或者系列短篇，比如他经常著译的侠客、侦探或虚无党等类型，也是能提行就提行：

> 路毙渐转侧。
> 少年闻诸人语。不耐。睨视曰。君等独非人类欤。其声凄远。

---

① 胡适《十七年的回顾》，《时报》"时报新屋落成纪念增刊"1921年10月10日第九张。
② 《侠客谈·叙言》，《新新小说》第一年第一号。

> 路毙开眼回首视少年。曰、子独非我中国人欤。其声悲。
> 少年见路毙能言。乃起。脱外衣披路毙身上。呼乘舆来。载路毙。告所在。
> 少年乃解马系。乘怒马。去。①

后来周作人提到自己的《侠女奴》和《玉虫缘》,说"那时还够不上学林琴南……社会上顶流行的是《新民丛报》那一路笔调,所以多少受了这影响,上边还加上一点冷血气"。② 而同时期的《好花枝》,从面貌上看其"冷血气"可不只一点:

> 咦!。阿珠忽瞥见篱角虞美人花两朵。凉飔扇。微动好花枝!。不落?。否!。阿珠前见枝已空。——落花返枝!。
> 落花返枝?。
> 蝴蝶!。
> 蝴蝶飞去!。

标点和分段的使用与陈冷血风格相近。因而在当时,除了"严几道的《天演论》,林琴南的《茶花女》,梁任公的《十五小豪杰》"这"三派"之外,③ 冷血一路也是他的文学语言来源之一。而且严林梁等大体影响的还是语言风格,冷血一路则直接与书写形式相关,引发一系列的表达变化。不过周作人后来的回忆虽然也经常提到陈冷血,但并不与严林梁并列。所谓"还够不上学林琴南"云云,实际隐含着当年的高下判断。回顾自己的阅读史,先是庚子以后读梁启超,"愉快真是极大",这从他的日记中可以得到印证。后来是"严几道林琴南两位先生的译书",使他降心相从,"我虽佩服严先生的译法,但是那些都是学术书,不免有志未逮,见了林先生的史汉笔法的小说,更配胃口,所以他的影响特别的大",④ 则大体还是以为

---

① 《侠客谈·路毙》,《新新小说》第一年第二号,光绪三十年(1904)十月二十日。
② 《丁初我》,《知堂集外文·〈亦报〉随笔》。
③ 《我学国文的经验》,《谈虎集》,岳麓书社1989年版。
④ 《我的负债》。周作人日记记载阅读梁著的感受如壬寅年(1902)七月所记,三日"看至半夜不忍就枕",初六日"阅之美不胜收"。按,本年周作人日记西历7月25日起借用梁启超斋名,署题"冰室日记",至8月5日"纪日改良",改用中历从"七月三日"起记。《周作人日记》(上)。

严林高于梁陈。梁影响最早,至于陈,则只是"一点冷血气"。或许周作人此时能读西文,此后能读日文,新的书写形式在东西文中本就自然如此,冷血体只是在汉语文本环境中"有趣",并没有什么需要敬服的。

当然,仅就这个《好花枝》而言,是与陈冷血文本有不同之处的。陈冷血的书写形式如果取消的话,固然会使其强烈的叙述效果消失,但并不妨碍文本的成立。而周作人的则有完全无意义的危险,比如上例中"不落?否!"问号叹号是不可或缺的。而结尾,如果没有标点分段,则成为"落花返枝落花返枝蝴蝶蝴蝶飞去",变得莫名其妙,其书写形式与文本紧紧粘连,已经无法脱开。

至于鲁迅,周作人晚年谈及《哀尘》,言曰"文体正是那时的鲁迅的,其时盛行新民体(梁启超)和冰血体(陈冷血),所以是那么样"。① 这里提到冷血的影响,主要也是由于文本频密的分段和短峭的句式。"陈冷血在时报上登小说,惯用冷隽,短小突然的笔调",而《哀尘》中"如……'要之嚣俄毋入署'。'嚣俄应入署'。又……'兹……(另行)而嚣俄遂署名。(另行)女子惟再三曰:云云'均是。"② 当然,鲁迅翻译《哀尘》的 1903 年中,"冷血体"尚未流行,不过周作人后来回忆,冷血"又有一篇嚣俄(今改译雨果)的侦探谈似的短篇小说,叫作什么尤皮的,写得很有意思"。③ 这篇作品实际上题"游皮",署西余谷著,收在冷血译的《侦探谭》第一册,④ 离《哀尘》发表不远,况且在《浙江潮》上冷血也早于鲁迅发表作品。

1906 年《女子世界》发表的鲁迅译《造人术》,同样被标明为"短篇小说",⑤ 也是满身"冷血气"。随着人造生命逐渐诞生,主人

---

① 熊融《关于〈哀尘〉、〈造人术〉的说明》引周作人给作者的复信。原函影印件见陈梦熊《知堂老人谈〈哀尘〉〈造人术〉的三封信》,《鲁迅研究月刊》1986 年第 12 期。该函写于 1961 年 4 月 22 日,其中"冰血"当作"冷血",系周作人手误。

② 陈梦熊《知堂老人谈〈哀尘〉〈造人术〉的三封信》引周作人 1961 年 5 月 16 日回信。所谓"另行"亦即别起一段。信中另例举《哀尘》受梁启超、严复影响的段落。另外还可参看熊融《关于〈哀尘〉、〈造人术〉的说明》中所引《造人术》与《天演论》语例的比较,牛仰山《近代文学与鲁迅》五(二)中对《哀尘》受冷血影响的引例。

③ 《关于鲁迅之二》,《瓜豆集》。

④ 时中书局 1903 年版。

⑤ 《女子世界》1906 年第 4、5 期合刊。《鲁迅全集》中《鲁迅著译年表》误系 1905 年。

公"视之!""视之! 视之!""否否——重视之! 重视之!""视之! 视之! 视之!"。最后：

> 于是伊尼他氏大欢喜。雀跃。绕室疾走。噫吁唏。世界之秘。非爱发耶。人间之怪。非爱释耶。假世果有第一造物主。则吾非其亚耶。生命！。吾能创作。世界！。吾能创作。天上天下。造化之主。舍我其谁。吾人之人之人也。吾王之王之王也。人生而为造物主。快哉。

同《好花枝》一样，这也是一篇几乎没有"故事"，而以心理描写为重的作品。《新新小说》创刊号曾预告其翻译，但在第二期却有冷血"译者附言"云，"前定造人术篇幅短趣味少恐不能餍读者望故易此"。[①] "篇幅短"固是一个原因，而"趣味少"云者，则恰显现其与周氏兄弟的区别。

有关分段和标点这些书写形式的问题对现在的阅读者来说，早已习焉不察。但在晚清的汉语书写语言变革过程中所起的作用无论如何估价都不过分。此类变化在文言和白话系统内部都在发生，总体而言尤以文言为甚，或者可将之称为近代文言。这当然与口语没有关系，完全是书写的问题，所以不妨将其看成"文法"的变化。可以这样认为，就"词法"和"句法"的层面，出现了一些新的"文法"。而真正全体的变化在于整个篇章层面——姑且称为"章法"，出现了新的文章样式，这是由段落标点这些书写形式的引入所造成的。周氏兄弟的文本也是这一历史环境中书写大革命的产物。

二

1906年夏秋之际，完婚后的鲁迅与周作人都来到东京，开始了他们三年的共同工作。此前半年，鲁迅从仙台退学，弃医从文。其心路历程，俱载《呐喊》自序。虽说其中并未提及周作人，但对于文学，显然他们是有默契的。固然，兄弟的气质、偏向不会完全一致，但互相影响之下，已经很难对那个时期的两人作出清晰的划分。

[①] 见《新新小说》第一年第二号《巴黎之秘密》文末。可参考张丽华对这一问题的考证：《读者群体与〈时报〉中"新体短篇小说"的兴起》，《南京师范大学文学院学报》2008年第2期。

此前，鲁迅在日本，其主要发表刊物是《浙江潮》。而在江南的周作人则主要向《女子世界》和小说林社供稿。相对而言弟弟对文学的兴趣更纯粹一些，而鲁迅一直在建构他对于民族未来的方案，文学是在这一基础上的最终选择。他们发表作品的地点也各自不同，哥哥在关东，弟弟在江南。

《造人术》是个例外，而且曾经周作人之手推荐，应无疑义。① 从题材上看，这篇也是所谓"科学小说"。当时化学界已从无机物中合成有机物尿素，因而创造生命在理论上成为可能，大可幻想造出人来。但在这非常短小的篇幅中，并无所谓"科学"，② 其重点在描写"伊尼他氏"造人过程的心理变化，很容易让人联想到后来《不周山》中的女娲造人。当然此处鲁迅想要表达什么，并不容易确定。当时周作人跋语倒是有个解释：

> 萍云曰。造人术。幻想之寓言也。索子译造人术。无聊之极思也。彼以世事之皆恶。而民德之日堕。必得有大造鼓洪炉而铸冶之。而后乃可行其择种留良之术。以求人治之进化。是盖悲世之极言。而无可如何之事也。③

这篇文章应该是鲁迅在仙台时所译，④ 跋语简直可以作《呐喊》自序中弃医从文的注解。周作人将之归为"幻想之寓言""悲世之极言"，正不在于其是否"科学"。虽然他晚年说"《造人术》跋语只是臆测译者的意思，或者可以说就是后来想办《新生》之意，不过那时还无此计划"。⑤ 但就鲁迅选择的文本性质而言，显然与译介两个"旅行"的目的并不一样，也许当时兄弟二人已有思想上的交流或者默契。

---

① 陈梦熊《知堂老人谈〈哀尘〉〈造人术〉的三封信》中周作人1961年8月23日函影印件，其中言及"由我转给《女子世界》"。

② 有趣的是，当时鲁迅所据翻译的日文本标为"怪奇小说"，而他所未见到的英文原作恰标为"非科学小说"。参看神田一三《鲁迅〈造人术〉的原作》，《鲁迅研究月刊》2001年第9期。

③ 《女子世界》1905年第4、5期合刊。

④ 陈梦熊《知堂老人谈〈哀尘〉〈造人术〉的三封信》中周作人1961年8月23日函影印件，其中言及当时鲁迅"计当已进仙台医学校矣"。

⑤ 熊融《关于〈哀尘〉、〈造人术〉的说明》引周作人另一封答复笔者的信。原函影印件见陈梦熊《知堂老人谈〈哀尘〉〈造人术〉的三封信》，该函写于1961年9月6日。

1907年筹办《新生》没有成功，不过按周作人的说法，"但在后来这几年里，得到《河南》发表理论，印行《域外小说集》，登载翻译作品，也就无形中得了替代，即是前者可以算作《新生》的甲编，专载评论，后者乃是刊载译文的乙编吧。"①

　　这"乙编"的工作，其实还应包括中长篇的《红星佚史》《劲草》《匈奴骑士录》《炭画》《神盖记》《黄蔷薇》等，其中最后一种翻译时鲁迅已经回国。东京共同工作期间，《河南》上的论文鲁迅写得多，而翻译则主要靠周作人，这缘于弟弟的西文水平要远好于哥哥。最早选择《红星佚史》，显然是周作人的趣味，因为这是古希腊的故事，而两位原作者哈葛德和安特路朗，一位是他所喜欢的林译《鬼山狼侠传》的原作者，一位以古希腊研究著名。② 这部稿子卖给商务印书馆，封面书名之上赫然印着"神怪小说"，估计他们见了哭笑不得。其"序"云：

> 中国近方以说部教道德为桀。举世靡然。斯书之繙。似无益于今日之群道。顾说部曼衍自诗。泰西诗多私制。主美。故能出自繇之意。舒其文心。而中国则以典章视诗。演至说部。亦立劝惩为臬极。文章与教训。漫无畛畦。画最隘之界。使勿驰其神智。否者或群逼櫋之。所意不同。成果斯异。然世之现为文辞者。实不外学与文二事。学以益智。文以移情。能移人情。文责以尽。他有所益。客而已。而说部者。文之属也。读泰西之书。当并函泰西之意。以古目观新制。适自蔽耳。③

这已是《河南》诸文对于文学一系列论述的先声。《摩罗诗力说》云："由纯文学上言之，则以一切美术之本质，皆在使观听之人，为之兴感怡悦。文章为美术之一，质当亦然，与个人暨邦国之存，无所系属，实利离尽，究理弗存。"④《论文章之意义暨其使命因及中国近时论文之失》亦言："文章一科，后当别为孤宗，不为他物所统。"⑤ 也就是说，文学自身就有意义自足性。而不像此前鲁迅的翻

---

① 《周作人回忆录》八一"河南——新生甲编"。
② 《周作人回忆录》七七"翻译小说（上）"。
③ 商务印书馆丁未年（1907）十一月初版，为说部丛刊初集第七十八编。
④ 《鲁迅全集》第一卷《坟》。
⑤ 《周作人集外文》上集。

译,小说的价值存在于"科学"。周作人"组以理想而造此篇",希望他日有人"继起实践之""发挥而光大之"。①

有了这样的意义自足性,才会"宁拂戾时人。移徙具足",为的是"迻译亦期弗失文情"。《域外小说集》"集中所录。以近世小品为多",他们当然知道"不足方近世名人译本",期待的读者是"有士卓特。不为常俗所囿",正与最初翻译科学小说的预设成两极。这是一种不计商业后果的试验,为的是"异域文术新宗。自此始入华土"。② 有这样的自我标的,"略例"中对诸多细节都作出规定,其中一条也涉及书写形式:

> ！表大声。？表问难。近已习见。不俟诠释。此他有虚线以表语不尽。或语中辍。有直线以表略停顿。或在句之上下。则为用同于括弧。如"名门之儿僮——年十四五耳——亦至"者。犹云名门之儿僮亦至。而儿僮之年。乃十四五也。

因为要"移徙具足",所以类此标点符号这样的书写形式也就必须"对译"。③ 比如所举例子,见于周作人译迦尔洵《邂逅》,破折号的使用使得这种插入语结构的新的文法得以实现,否则只能改变语序,如"犹云"之下的句式,因而这实际上是强调了标点符号对句式的创造。

叹号和问号确实是"近以习见",这两种符号使得情绪表达未必需要表决断和疑问的语气词来实现。而所谓虚线即省略号亦使得"语不尽"和"语中辍"无须改用文字说明,可以直译。在没有标点的时代,这都需要词汇手段。随手举个著名的例子,比如《红楼梦》九十八回黛玉之死:

> 刚擦着猛听黛玉直声叫道宝玉宝玉你好说到好字便浑身冷汗不作声了

必须要有"说到好字",表明"语不尽",否则很难让人明白,"你

---

① 《女猎人》"约言"。
② 《域外小说集》第一册"略例""序言",1909年3月东京版。
③ "对译"一语见商务印书馆给周作人的《炭画》退稿函,《关于〈炭画〉》,《语丝》1926年第83期。

好"甚至可以理解为问候语或判断句,因而确实是需要词汇手段以避免歧义。白话如此,文言亦如此,如章太炎谈到的例子:

> 《顾命》"陈教则肄肄不违",江氏集注音疏谓:"重言肄者,病甚气喘而语吃。"其说是也。①

还有"期期艾艾"这个成语的出处:

> 昌为人口吃,又盛怒,曰:"臣口不能言,然臣期期知其不可。陛下虽欲废太子,臣期期不奉诏。"(《史记·张丞相列传》)
> 邓艾口吃,语称艾艾。(《世说新语·言语》)

所谓"肄肄""期期",在有标点符号的文本环境中,都可以免去这些词汇手段,即使拟音,也可以加添省略号,模拟声口的时值。此前,用省略号表明"语不尽"已经很常见,但鲁迅所译《四日》中不擅俄语的鞑靼人的"语中辍",则还是相当特别的:

> 操俄语杂以鞑靼方言曰。彼善人。善人。然汝则恶。汝恶也。彼魂善。然汝则一兽。……彼生。然汝则死。……神令众生皆知哀乐。而汝无所求。……汝乃一石。……土耳!石无所需。而汝无所需。……汝乃一石。……神不汝爱。然神彼爱也。②

这样过于复杂的断断续续在以往的文本环境中很难出现,因为不可能在每处都用词汇手段说明"语中辍"。正是由于《域外小说集》坚持"移徙具足",才使得这种句式的"直译"得以实现。

像省略号一样,周氏兄弟此前的文本,破折号也是使用的。所不同的是,以往文本中多是"表略停顿",并不由此改变语序。此时则另有"句之上下"的功能,则出现了新的句式:

> 时困顿达于极地。乃颓然卧。识几亡。忽焉。——此岂神守已

---

① 《文学说例》,《中国近代文论选》下,人民文学出版社1959年版。
② 《域外小说集》第二册,1909年版。

乱。耳有妄闻耶。似闻。……不然。否。诚也。——人语声也。①

如此直接描写心理活动的表达方式可以说是全新的,如果没有这三个标点符号的综合运用,依古典文本的写法,估计只能"暗自寻思"如何如何。

这个时期他们的翻译思想也显现出变化,《域外小说集》广告言:"因慎为译述,抽意以期于信,译辞以求其达。"② 几乎同时的《〈劲草〉译本序》也说:"爰加厘定,使益近于信达。托氏撰述之真,得以表著;而译者求诚之志,或亦稍遂矣。"③ 严复所谓"信达雅",存其信达而刊落其雅,这是因为听到章太炎"载飞载鸣"的评价而不佩服其"骎骎与晚周诸子相上下"的雅。④ 由于自身文学主张的确立,兄弟二人与梁启超,甚而陈冷血背道而驰;而师事章太炎又使得他们与严几道、林琴南分道扬镳。章太炎有关文章的主张,当时随学的周氏兄弟当然是知道的,也会受影响。不过这也要看如何看,无论如何,他们是写不出章太炎的文字。正像此前受严复、林纾影响,"觉得这种以诸子之文写夷人的话的办法非常正当,便竭力的学他。虽然因为不懂'义法'的奥妙,固然学得不象"。确实,如林纾这样的古文家,是数十年如一日的自我训练,至少周氏兄弟年轻时的经历中并没有这样的苦功。至于"听了章太炎先生的教诲……改去'载飞载鸣'的调子,换上许多古字",⑤ 恐怕确实也就仅限于"文字上的复古"。⑥ 求学章门本为"只想懂点文字的训诂,在写文章时可以少为达雅"。⑦ "改去'载飞载鸣'的调子"未必就

---

① 《四日》,《域外小说集》第二册。
② 原载《时报》宣统元年(1909)闰二月二十七日,转引自郭长海《新发现的鲁迅佚文〈域外小说集〉(第一册)广告》,《鲁迅研究月刊》1992年第1期。
③ 《鲁迅全集》第八卷《集外集拾遗补编》。又此残稿当为"又识",原稿署"乙酉三月","乙酉"当为"己酉"之误,《鲁迅著作手稿全集》(一),福建教育出版社1999年版。
④ "载飞载鸣"语见《社会通诠商兑》:"严氏固略知小学。而于周秦两汉唐宋儒先之文史。能得其句读矣。然相其文质。于声音节奏之间。犹未离于帖括。申夭之态。回复之词。载飞载鸣。情状可见。盖俯仰于桐城之道左。而未趋其庭庑者也。"《民报》第12号,1907年3月6日。"骎骎与晚周诸子相上下"语见吴汝纶《天演论序》,《中国近代文论选》上。
⑤ 《我的复古的经验》,《雨天的书》。
⑥ 《我的负债》,其中甚至说受影响"大部分却是在喜欢讲放肆的话,——便是一点所谓章疯子的疯气"。
⑦ 《记太炎先生学梵文事》,《秉烛谈》,岳麓书社1989年版。

成为章太炎的文章路子，那也是有某种"义法"的，即便"竭力的学他"，最终恐怕还是"学得不象"。

况且《域外小说集》中兄弟两人的风格自身就不尽一致，这其中部分可能是由于西文水平的差异。鲁迅德文终生使用不畅，译文可以看出句句字字用力，对原文亦步亦趋。而周作人此时的英文水平已经完全胜任，显得游刃有余。这种状况从鲁迅仅译三个短篇而周作人包办其他之余，还译了多部中长篇可以看出来。但更大的影响在于两人性格的差异，鲁迅的彻底性和周作人的中庸也使得二人在译作中显露出不同的个性。

周作人后来谈到他当时选择了"骈散夹杂的文体，伸缩比较自由，不至于为格调所牵，非增减字句不能成章"，① 大概也并没有什么刻意的效法对象，或者是小时读《六朝文絜》之类的影响。② 而尤其在景物描写的翻译上，多骈举排比，这样的文字风格，弱化句子之间的逻辑关系，甚至词组之间也能保持原文的语序：

（1）明月正圆。（2）清光斜照。（3）穿户而入。（4）映壁作方形。（5）渐以上移。（6）朗照胡琴。（7）纤屑皆见。（8）时琴在室中。（9）如发银光。（10）腹尤朗彻。（11）扬珂注视良久。

(1) The moon in the sky was full, (2) and shone in with sloping rays (3) through the pantry window, (4) which it reflected in the form of a great quadrangle on the opposite wall. (5、6) The quadrangle approached the fiddle gradually (7) and at last illuminated every bit of the instrument. (8) At that time it seemed in the dark depth (9) as if a silver light shone from the fiddle, (10) —— especially the plump bends in it were lighted so strongly (11) that Yanko could barely look at them. ③

---

① 《谈翻译》，《苦口甘口》，太平书局1944年版。
② 周氏兄弟小时家里就有《六朝文絜》，为他们所喜读。《鲁迅的国学与西学》，《鲁迅的青年时代》。
③ 《乐人扬珂》Yanko the Musician, and Other Stories，《域外小说集》第一册。英文原文据 Henryk Sienkiewich, Sielanka: A Forest Picture and Other Stories, trans. Jeremiah Curtin, Boston: Little, Brown, and Company, 1899. 周作人《关于〈炭画〉》："1908年在东京找到了宼丁译的两本显克微支短篇集，选译了几篇。"1926年《语丝》第83期。其中除《炭画》译自 Hania 外，《域外小说集》所收几篇皆据此本。

几乎可以完全对应,似乎是更高程度的"直译",但词组次序的完全一致却解散了原文的句式关系,也就是重新结句,因而从句子的层面上看倒是不折不扣的"意译",可以随便成文,难怪他觉得"这类译法似乎颇难而实在并不甚难"①。而此前对严林"学得不象"时的译法并不如此,比如晚年回忆时觉得"也还不错"②的《玉虫缘》的开头:

> 岛与大陆毗连之处。有一狭江隔之。江中茅苇之属甚丛茂。水流迂缓。白鹭水凫。多栖息其处。时时出没于荻花芦叶间。岛中树木稀少。一望旷漠无际。
>
> It is separated from the mainland by a scarcely perceptible creek, oozing its way through a wilderness of reeds and slime, a favorite resort of the marsh-hen. The vegetation, as might be supposed, is scant, or at least dwarfish. No trees of any magnitude are to be seen.

虽无法像前例那样词组顺序完全一致,但至少句间的逻辑关系比较清晰。反而到了《域外小说集》时期,某些句式的规整却造成了意义上的削足适履,比如俯拾即是的"明月正圆。清光斜照"之类,简直将异域改造成古昔,③ 想必是译笔的不假思索。至于这两个语例中一个将"fiddle"译成"胡琴",一个用"白鹭水凫"译"the marsh-hen",④ 则是更加极端的例子。

相对而言,尽管鲁迅只译了三篇,而且其中大概也有误译,但几乎没有此类情况。确如其后来所言"许多句子,即也须新造,——说得坏点,就是硬造。据我的经验,这样译来,较之化为几句,更能保存原来的精悍的语气"⑤。而"化为几句"正是周作人当年的译法:

---

① 《谈翻译》,《苦口甘口》。
② 《周作人回忆录》五二"我的新书(二)"。
③ 袁一丹曾论及《域外小说集》周作人为了句子的整齐,多少会损伤原文意义的完足。《作为文章的"域外小说"》(未刊)。
④ 张丽华曾就本条语例谈及周作人译文中此类附载传统意象色泽的词汇改变了原文的风味。《现代中国"短篇小说"的兴起——以文类形构为视角》第三章第二节(未刊)。
⑤ 《"硬译"与"文学的阶级性"》,《鲁迅全集》第四卷《二心集》。

先将原文看过一遍，记清内中的意思，随将原本搁起来，拆碎其意思，另找相当的汉文——配合，原文一字可以写作六七字，原文半句也无妨变成一二字，上下前后随意安置，总之要凑得像妥贴的汉文，便都无妨碍，唯一的条件是一整句还他一整句，意思完全，不减少也不加多，那就行了。①

鲁迅则"按板规逐句，甚而至于逐字译的"。② 毫不忌讳于"新造"和"硬造"：

吾自愧。——行途中自愧。——立祭坛前自愧。——面明神自愧。——有女贱且忍！。虽入泉下。犹将追而诅之。

"Ich schäme mich auf der Strasse, —— am Altar schäme ich mich —— vor Gott schäme ich mich. Grausame, unwürdige Tochter！Zum Grabe sollte ich sie verfluchen……"及门。尚微语曰。言之。而为之对者。又独——幽默也。

erreichte die Tür und flüsterte keuchend："Sprich！" und die Antwort：—— Schweigen. ③

可以看出，与周作人相异，他是坚决不去"解散原来的句法"，④反倒像是因此而解散了译文的句法。或者可以说，正是这样一种状态，使得鲁迅形成其终身的语言习惯。即便是没有原本牵制，由己之意的写作，照样追求语句的极限，这种不惜硬语盘空的姿态正根植于他此时强迫性的语言改造。

尽管周氏兄弟译法并不相同，但对原本的尊重态度则是一致的。如此带来书写形式的全面移用，尤其鲁迅的译作，实际上是将西文的"章法"引入——亦即"对译"到汉语文本之中。句法的变化，

---

① 《谈翻译》，《苦口甘口》。
② 《"硬译"与"文学的阶级性"》。
③ 二例均见《默》Schweigen，《域外小说集》第一册。德文原文据 Leonid Andrejev, *Der Abgrund und andere Novellen*, Theo Kroczek (ed. & trans.), Halle a. S.：Verlag von Otto Hendel, 1905. 相关考证据 Mark Gamsa, *The Chinese Translation of Russian Literature：Three Studies*, Leiden, Boston：Brill, 2008, p. 233, note12, 这个考证主要依据鲁迅1906年《拟购德文书目》。
④ 《艺术论》"小序"，《鲁迅全集》第十卷《译文序跋集》。

甚至所谓"欧化"的全面实现端赖于此。从这个意义上说,《域外小说集》确实可以被认为是汉语书写语言革命的标志性产物,尽管那是文言。

不过,奇怪的是,标点符号系统中的引号始终未被周氏兄弟所采用,少量引号只用来标识专有名词,而不标识引语。对于小说这样的叙事文体,通常情况下总有大量的对话,缺失这个"小东西"对表达效果而言可谓影响至巨。同样在鲁迅译的《谩》中,其开头与原文出入如此:

  吾曰。汝谩耳。吾知汝谩。
  曰。汝何事狂呼。必使人闻之耶。
  此亦谩也。吾固未狂呼。特作低语。低极戛戛然。执其手。而此含毒之字曰谩者。乃尚鸣如短蛇。
  女复次曰。吾爱君。汝宜信我。此言未足信汝耶。
  "Du lügst! Ich weiβ es,daβ du lügst!"
  "Weshalb schreist du so? Muβman uns denn hören?"
  Auch hier log sie, denn ich schrie nicht, sondern flüsterte, flüsterte ganz leise, sie bei der Hand haltend und die giftigen Worte "Du lügst" zischte ich nur wie eine kleine Schlange.
  "Ich liebe dich!" suhr sie sort,"du muβt mir glauben! berzeugen dich meine Worte nicht?"

原文开头由引号直接引语构成一组对话,而译文没有这个形式因素,因而必须添加"吾曰"和"曰"的提示,不如此则变成或独白或自语或心理活动,对话中的"汝"必被认为同是一人所言。后面"女复次曰"与原文语序有别,否则"吾爱君"则不能确定是"女"说的话。正是这一标点符号的缺失,在翻译原则上强项如鲁迅者,也不得不妥协,对语序作出调整。

二十五年后鲁迅《玩笑只当它玩笑(上)》引了刘半农一段"极不费力,但极有力的妙文":

  我现在只举一个简单的例:
  子曰:"学而时习之,不亦悦乎?"
  这太老式了,不好!

"学而时习之,"子曰,"不亦悦乎?"

这好!

"学而时习之,不亦悦乎?"子曰。

这更好!为什么好?欧化了。……①

三种句式,一个"不好",是因为"老式";两个"好",则是因为"欧化"。事实上,还可以再有个"好",即如有上下文,可能根本不用指明"子曰"。不过这些个"欧化"在书写中能够成立正是由于引号的存在,中国古典文本,无论文言还是白话,大体只好是"老式"的句式。而且"曰""道"每处皆不可省,否则究竟谁说的话就无以推究了。② 至于"曰"等之后是直接引语还是间接引语,至少在形式上无法分别。

文言时代的周氏兄弟,既然不采用引号,则无论原文如何,都只能一律改为"老式"的句式。随便举《玉虫缘》中几句对话为例:

Presently his voice was heard in a sort of halloo.

"How much fudder is got for go?"

"How high up are you?" Asked Legrand.

"Ebber so fur." replied the negro; "can you de sky fru de top ob de tree."

"Never mind the sky, but attend to what I say. Look down the trunk and count the limbs below you on this side. How many limbs have you passed?"

但闻其语声甚响曰。

麦撒。如此更将如何。

莱在下问曰。

汝上此树。已高几许?。

迦别曰。

甚远。予可于树顶上望见天色。

---

① 刘复:《中国文法通论》"四版附言",求益书社1924年版。鲁迅文见《花边文学》,《鲁迅全集》第五卷。

② 这类"欧化"被王力界定为"五四以后新兴的句法";又,在先秦,"曰"有时可被省略,此后则罕觏。分见《汉语史稿》第四十二节"词序的发展"、第五十一节"省略法的演变",中华书局1980年版。

莱曰。

汝惟留意于予所言。天与非天。不必注意。——试数汝之此边。已有若干枝越过。汝刻已上树之第几枝?

原文四句对话均为直接引语,有四种不同的叙述格式:第一句,先提示说话者,然后引出话语;第二句,先引出话语,再提示说话者;第三句,将话语分成两部分,中间提示说话者;第四句,因为可以类推,只引话语,不提示说话者。但到周作人的翻译文本中,都统一成一种类似话剧剧本的格式。

到《域外小说集》时代,由于译法的改变,句式安排比较灵活。在某些情况下,没有引号周作人也可以做到保持原语序,如安介·爱棱·坡《默》的开头:

汝听我。为此言者药叉。则举手加吾顶也。曰。吾所言境地。在利比耶。傍硕耳之水裔。景色幽怪。既无无动。亦无无声。①

"Listen to me," said the Demon, as he placed his hand upon my head. "The region of which I speak is a dreary region in Libya, by the borders of the river Zaïre, and there is not quiet there, nor silence."

原文将引语打成两截,中间点出说话者及其动作,译文照此次序。不过后半部用"曰"提示,是原文没有的。"said the Demon"译作"为此言者药叉",属于补叙性质。如照普通译作"药叉曰",则整段句意不明。

况且,这种情况也是不常有的,对话往返次数一加多,在有引号的情况下,通常可以不再提示对话者。但他们没有用到这个标点,就不得不反复添加原文未有的句子。兹举《灯台守》一截:

"Do you know sea service?"
"I served three years on a whaler."
"You have tried various occupations."
"The only one I have not known is quiet."

---

① 《域外小说集》第二册。

"What is that?"

The old man shrugged his shoulders. "Such is my fate."

"Still you seem to me too old for a light-house keeper."

"Sir," exclaimed the candidate suddenly, in a voice of emotion, "I am greatly wearied, knocked about. I have passed through much, as you see. This place is one of those which I have wished for most ardently.……"

曰。汝习海事乎。老人曰。余曾居捕鲸船者三年。曰。君乃遍尝职事。老人曰。所未知者。独宁静耳。曰。何也。老人协肩曰。命也。曰。然君为灯台守者。惧泰老矣。老人神情激越。大声言曰。明公。余久于漂泊。已不胜倦。遍尝世事。如公所知也。今日之事。实亦毕生志愿之一。……①

无论如何,这是极为忠实的翻译,"意思完全,不减少也不加多",但需处处点名某"曰",无一处可以遗漏。无论如何,周氏兄弟此时已尽其所能"迻译亦期弗失文情",但一遇到对话,必然出现这种无法"对译"的情况。

可以比较吴梼《灯台卒》相同的段落:

"海里的事呢。……"

"坐在捕鲸船里三年。"

"如此说来。老翁简直色色精明。没一件事不干到。……"

"俺所不知道的。……惟有平安无事四个字。……"

"怎么那样。……"

老人耸起肩甲。答说。

"那也是俺的命运。"

"但则老翁。我想看守灯。像似老翁那样。年纪不过大了么。……"

老人徒然叫一声"不。……"那声气觉得非常感激。随后接下去。

"呀。怎地说时。实在不好。你老也看见知道。俺已疲倦非

---

① 《灯台守》 The Light-house Keeper of Aspinwall,《域外小说集》第二册。英文原文据 Sielanka: A Forest Picture and Other Stories。

常。俺是从那世上汹波骇浪之中。隐闪而来。俺素来愿得这样的生活。这样的位置。……"①

吴梼也以直译得到后世的佳评,他是从日语译入,用的是白话。从这个段落来看,就"文情"的传达,确实不如周作人。比如"色色精明"是多出来的;"quiet"译成"平安无事四个字",不管数词还是量词都不对;而"恁地说时"云云则流露出古典白话小说的口吻。吴译在书写形式上也是句读加标点的双重体制,问号在他的译文中用为省略号。不过由于引号的使用,而且每个对话都提行,至少文本在直观上比周译接近原文面貌。

汉语文本对话中使用引号,其实在周氏兄弟开始从事翻译之时就被隆重引入。1903 年《新小说》第 8 号上开始连载的周桂笙译《毒蛇圈》,其译者识语云:

> ……其起笔处即就父母问答之词。凭空落墨。恍如奇峰突兀。从天外飞来。又如燃放花炮。火星乱起。然细察之。皆有条理。自非能手。不敢处此。虽然。此亦欧西小说家之常态耳。爰照译之。以介绍于吾国小说界中。幸弗以不健全讥之。②

吴趼人在第三回批语中也着重点评,"以下无叙事处所有问答仅别以界线不赘明某某道虽是西文如此亦省笔之一法也"。③ 所谓"别以界线"就是标上引号,所以可以"不赘明某某道"。着重介绍之余,此译尚在连载,吴趼人已出手撰《九命奇冤》,开头也模仿了一道:

> "唅!。伙计!。到了地头了。你看大门紧闭。用甚么法子攻打。""呸!。蠢材。这区区两扇木门。还攻打不开么。来!、来!!、来!!!、拿我的铁锤来。""砰訇、砰訇、好响呀。"……"好了。有点儿红了。兄弟们快攻打呀。"豁、剌、剌。豁、剌、

---

① 《绣像小说》第六十八、第六十九期,1906 年 2 月。所据日文本田山花袋译,见《太阳》第 8 卷第 2 号,明治三十五年(1902)二月。
② 《新小说》第八号,1903 年 10 月 5 日。
③ 《新小说》第九号,1904 年 8 月 6 日。

刺。"门楼倒下来了。抢进去呀。"……哄、哄、哄、一阵散了。这一散不打紧。只是闹出一段九命奇冤的大案子来了。

嗳、看官们。看我这没头没脑的忽然叙了这么一段强盗打劫的故事。那个主使的甚么凌大爷。又是家有铜山金穴的。志不在钱财。只想弄杀石室中人。这又是甚么缘故。想看官们看了。必定纳闷。我要是照这样没头没脑的叙下去。只怕看完了这部书。还不得明白呢。待我且把这部书的来历。与及这件事的时代出处。表叙出来。庶免看官们纳闷。

话说这件故事出在广东……①

只是这先锋的试验一下子就露出"这一散不打紧"的老腔调，随后一口一个"看官"，终而至于与《毒蛇圈》一样，必须"话说"，而转入话本的叙述语调。

吴趼人后来还有《查功课》这样大量使用引号，全文基本由对话结构的短篇小说。②《月月小说》中，白话文本里此类书写形式和表达方式不算少见。至于文言文本，当属陈冷血最为喜用，《新新小说》中以他为首的著译，除叹号问号满天飞外，引号也神出鬼没。如他自著自批解的《侠客谈》，一开始对话的格式是"曰"后提行缩格，与周作人《玉虫缘》等同是当时文言译作通行的格式。不久毫无规律地偶尔加了些引号，似乎慢慢熟悉了句法，就开始不断表演倒装：

"汝恐被执欤"?。旅客又笑问。
"否!、否!、是乃余所日夜求而不得者。"盗首正色答。
"然则汝何恐怖欤?。汝被执时亦如余昨夜欤"? 旅客又问。
盗首云、
是不然!、是不然!、是盖所以与大恐怖于我者。③

最后的"盗首云"露出了马脚。如此这般的时用引号时不用引号，肯定不是直接引语和间接引语的区别。其"重译"《巴黎之秘密》

---

① 《新小说》第十二号，1904年12月1日。
② 《月月小说》第一年第八号，1907年5月26日。
③ 《侠客谈·刀余生传》（第七），《新新小说》第一年第一号。

以及其他文本大体亦如此，越往后引号越频密，一样很难找出何时用何时不用的规律，短篇小说也是有的文本用，有的文本不用。不过无论如何，这种不顾前后挥洒自如的作风，即使不能算作"冷血体"的一个特点，却也确实是陈冷血的最大特点。

《域外小说集》为了"移徙具足"，而至于在体例上列专条说明标点符号的使用。独独避用引号，造成无法"对译"，实在让人有点难以理解。他们可是直读英德原本，所绍介的"异域文术新宗"恰是小说，不会感觉不到引号对于文本面貌的巨大影响。也不可能是印刷所缺乏排印标点的条件，那时日本的出版物绝大部分已都有新式标点。当然，兄弟前后曾所服膺的，不管是梁启超、林琴南，也不管是严几道、章太炎，其无论是小说还是文章，无论是著是译，都不曾使用这种书写形式，但似乎也不成其为完全的理由。那么虽然这方面周氏兄弟并没有留下解释，或者可以悬揣，引号所起作用在于标示直接引语，也就是声口的直接引述，则文言如何是口语？！他们大概未必有这方面的自觉判断，也许是出于某种直觉而不自觉地避用。如果这样，那也就不是文言这一语体所能解决的问题了。

三

鲁迅 1909 年 8 月先行回国，1911 年 5 月再赴日本，不久后与周作人一家同回绍兴，至 1912 年 2 月赴南京任职教育部，其间约半年多兄弟共处。在此期间，鲁迅创作了后来被周作人起名为"怀旧"的小说。①

这篇文言小说大致作于辛亥革命至民国建元之初的绍兴，周作人言是"辛亥年冬天在家里的时候"，"写革命前夜的情形"，既是写"革命前夜"，那当然是写于革命之后。② 有关它的研究，已经有各种各样的论述。普实克读出文本前后不同的面貌，亦即他所谓"情节结构"，开头部分"一大段这样的描写"，其后"才接触到可称为情节的东西"。③ 姑不论用"描写"与"情节"来说明是否合

---

① 《小说月报》第四卷第一号，署名周逴，1913 年 4 月 25 日。
② 《关于鲁迅》，《瓜豆集》。鲁迅《集外集拾遗》将《怀旧》编年于 1912 年，略有问题，最大可能当在 1911 年 11 月至 1912 年 1 月间。
③ 《鲁迅的〈怀旧〉——中国现代文学的先声》，乐黛云编《国外鲁迅研究论集(1960—1981)》，北京大学出版社 1981 年版。

适，能体味其间分别，自是出色的感觉。实际上，原始文本前后的差异远要大得多，现在的整理本统一了全文的书写形式，这样的更动遮盖了鲁迅写作过程中手法的突然变易。

小说开头部分描述秃先生的教学法，原刊的书写形式是分段和句读的结合：

> ……久之久之。始作摇曳声。曰。来。余健进。便书绿草二字。曰。红平声。花平声。绿入声。草上声。去矣。余弗遑听。跃而出。秃先生复作摇曳声。曰。勿跳。余则弗跳而出。

这样的叙述策略并不大需要标点符号的参与，其间"曰"所引领的对话自然无须引号。不过，似乎作者写作感觉发生变化，突然之间转为一种戏剧化场景：

> "仰圣先生！。仰圣先生！。"幸门外突作怪声。如见訾而呼救者。
> "耀宗兄耶。……进可耳。"先生止论语不讲。举其头。出而启门。且作礼。

这里一组对话，先直接引语，由于其语是互相称呼，自然点明对话者，无须言某"曰"，其后以倒装的方式补叙情节，如此则对话必须加上引号。

其后则是有关长毛的故事，主体情节的推进依赖于不断的对话来组织。可以说是"章法"全变，再也离不开引号的使用。这一书写形式的引入使得行文多变，场景组织空前灵活，远非《域外小说集》所能相比，反而与以后他所创作白话小说体式相近：

> "将得真消息来耶。……"则秃先生归矣。予大窘。然察其颜色。颇不似前时严厉。因亦弗逃。思倘长毛来。能以秃先生头掷李媪怀中者。余可日日灌蚁穴。弗读论语矣。
> "未也。……长毛遂毁门。赵五叔亦走出。见状大惊。而长毛……"
> "仰圣先生！。我底下人返矣。"耀宗竭全力作大声。进且语。

"如何!"秃先生亦问且出。睁其近眼。逾于余常见之大。余人亦竞向耀宗。

"三大人云长毛者谎。实不过难民数十人。过何墟耳。所谓难民。盖犹常来我家乞食者。"耀宗虑人不解难民二字。因尽其所知。为作界说。而界说只一句。

"哈哈难民耶。……呵……"秃先生大笑。似自嘲前此仓皇之愚。且嗤难民之不足惧。众亦笑。则见秃先生笑。故助笑耳。

"包好,包好!"康大叔瞥了小栓一眼,仍然回过脸,对众人说,"夏三爷真是乖角儿,要是他不先告官,连他满门抄斩。现在怎样?银子!——这小东西也真不成东西!关在牢里,还要劝牢头造反。"

"阿呀,那还了得。"坐在后排的一个二十多岁的人,很现出气愤模样。

"你要晓得红眼睛阿义是去盘盘底细的,他却和他攀谈了。他说:这大清的天下是我们大家的。你想:这是人话么?红眼睛原知道他家里只有一个老娘,可是没有料到他竟会那么穷,榨不出一点油水,已经气破肚皮了。他还要老虎头上搔痒,便给他两个嘴巴!"

"义哥是一手好拳棒,这两下,一定够他受用了。"壁角的驼背忽然高兴起来。

"他这贱骨冷打不怕,① 还要可怜可怜哩。"

花白胡子的人说,"打了这种东西,有什么可怜呢?"——

康大叔显出看他不上的样子,冷笑着说,"你没有听清我的话;看他神气,是说阿义可怜哩!"②

由此我们可以看到"仰圣先生"和"耀宗兄"互相称呼那一组对话的意义。鲁迅晚清民初的著译事业,实际上为他的新文学创作准备了新的"章法"。这是一个不断添加的过程,到了《怀旧》,已大体完备。与文学革命时期鲁迅的小说相较,其区别可能只在文言和白

---

① "贱骨冷"当作"贱骨头"。
② 《药》,《新青年》第六卷第五号,1919 年 5 月。

话这个语体层面。似乎只要待得时机到来，进行文言与白话的语体转换即可化为新文学。

那么，是否可以认为新文学的大部分目标无须乎胡适的白话主张，因为不管是思想还是文学，至少从《怀旧》看，文言也能完成文学革命的诸多任务。

事情当然并不如此简单，《怀旧》可以说是文言文本最极端的试验，而恰恰因为走到了这个限度，语体与新的书写形式之间出现了难以克服的矛盾。《怀旧》有这样一句引语：

> 秃先生曰。孔夫子说。我到六十便耳顺。耳是耳朵。到七十便从心所欲。不逾这个矩了。……余都不之解。

这是开头部分的叙述，秃先生所"曰"，并未加上引号，而全文只有此处引语是直接传达声口。这就形成有意思的现象，后面带引号的热闹对话并非日常口语，实际上是将口语转写成文言，却以直接引语的方式出现，而这句真正描摹语气的，却以间接引语的方式出现。

汉语古典文本，无论文言还是白话，实际上是无法从形式上区分直接引语和间接引语，因为没有引号这个形式因素来固定口说部分，从文法上也无法分别。无论是"曰"是"道"，其所引导，只能从语言史的角度判断其口语成分，一般的阅读更多是从经验或者同一文本内部的区别加以区分。唐宋以来文白分野之后，文言已经完全不反映口语，文言文本中直书口语是有的，但那只是偶尔的状况。如今对文言句子直接加引号，从形式上看是直接引语，但所引却是现实中甚至历史上从未可能由口头表达的语言。由《怀旧》的文本揣测，鲁迅在这篇小说开笔时似乎并未预料到后面会写法大变，只是进入有关"长毛"的情节时发现不得不如此。结果新的表达需求必须有新的书写形式的支持，而新的书写形式的实现又带来了语体上的巨大矛盾，所显示的恰是文言在新形式中无法生存的结果，简直预告了文言的必须死灭。

民元之后，鲁迅入教育部，至民国六年秋周作人到北京，兄弟二人重聚之前，他的工作基本转入学术领域，大致在金石学和小说史。留在家乡的周作人，则主要兴趣除民俗学外，还在文学。无独有偶，1914年周作人也发表了一篇小说《江村夜话》，① 其结构与《怀旧》颇为相似，开头部分也是"描写"，然后转入一个片断式"情节"，以数人的对话来结构故事。其间连缀曰，"秋晚村居景物。皆历历可记。吾今所述。则惟记此一事"。因而更像一则长笔记或传奇。周作人并没有像鲁迅那样引入新的对话格式以制造戏剧感，当然也就没有像《怀旧》那样显露出语体与书写形式的紧张关系。不过，话说回来，这也许是兄弟二人天分差异所致。鲁迅后来谈到自己的小说，说是"写些小说模样的文章"，② 而周作人在白话时代也令人惊讶地试手写过小说，如《夏夜梦》《真的疯人日记》《村里的戏班子》等。③ 只是鲁迅即使真是写文章，无论《朝花夕拾》《野草》还是杂文，也都有些"小说模样"。周作人写起小说来，说到底干脆还是文章，并无"假语村言"的才华，《江村夜话》自不例外。

按周作人自己的说法，日本回国以后到赴北大任教这一时期，正在他"复古的第三条支路"上，"主张取消圈点的办法，一篇文章必须整块的连写到底"。不过正因为种种复古的实践，"也因此知道古文之决不可用了"。④ 如此有了文学革命的周作人，1918年伊始在《新青年》上发表作品，早于鲁迅。第四卷第一号刊载译作《陀思妥夫斯奇之小说》，但据周作人自己说，"我所写的第一篇白话文，乃是"第二号上的《古诗今译》Theokritos 牧歌第十，"在九月十八日译成，十一月十四日又加添了一篇题记，送给《新青年》去"。⑤ 不过无论原刊还是周作人日记，均未记录这两个时间，则晚年回忆如此确切，或者另有所据。⑥ 而在回忆录中将"题记"全文照录，可见其重视。其第二条云："口语作诗不能用五七言，也不必定要押

---

① 《中华小说界》1914年第7期。按：张菊香、张铁荣编《周作人年谱》并陈子善、张铁荣编《周作人集外文》均误系于1916年。另，二书均有署名"顽石"的白话小说《侦窃》，原刊《绍兴公报》，实则此篇并该报上十多篇署此笔名者均非周作人作品。参看汪成法《周作人"顽石"笔名考辨》，《湖南人文科技学院学报》2007年第1期。

② 《呐喊·自序》，《鲁迅全集》第一卷。

③ 前两篇分别写于1921年9月、1922年5月，收《谈虎集》。后一篇写于1930年6月，收《看云集》。又《周作人回忆录》九八"自己的工作（一）"言及，约当《怀旧》的"同时也学写了一篇小说，题目却还记得是《黄昏》"。

④ 《我的复古的经验》，《雨天的书》。又《周作人回忆录》九七"在教育界里"。

⑤ 《周作人回忆录》一一六"蔡子民（二）"。

⑥ 周作人1920年4月17日所作《点滴·序言》称，"当时第一篇的翻译，是古希腊的牧歌"，引"小序"末注"十一月十八日"，与回忆录所记微有出入。《点滴》，"新潮丛书第三种"，1920年8月版。

韵，只要照呼吸的长短作句便好。现在所译的歌就用此法，且试试看，这就是我所谓新体诗。"

《古诗今译》中有两处"歌"，确实是"照呼吸的长短作句"，而且不押韵，如：

> 他每都叫你黑女儿，你美的 Bombyka，又说你瘦，又说你黄；我可是只说你是蜜一般白。
>
> 咦，紫花地丁是黑的，风信子也是黑的；这宗花，却都首先被采用在花环上。
>
> 羊子寻首蓿，狼随著羊走，鹤随著犁飞，我也是昏昏的单想着你。①

周作人晚年回忆并说"这篇译诗和题记，都经过鲁迅的修改"，②大概也是事实。从题记时间看，应该是给一月出版的四卷一号，不过却延了一个月发表。而就在这第一号上，明显是由胡适邀约沈尹默、刘半农发表《鸽子》《人力车夫》等新诗。这无论对新诗史还是胡适个人都是极为重要的一批作品，简单说，就是"自由体"出现了。此前胡适所作，按他自己的说法，"实在不过是一些刷洗过的旧诗！这些诗的大缺点就是仍旧用五言七言的句法"，其实还有骚体和词牌，结集时收在《尝试集》第一编。而第二编收录自称"后来平心一想"而成就"诗体的大解放"的作品，③正是以此号所刊《一念》等开头的。

1918年5月15日出版的《新青年》第四卷第五号，有鲁迅首篇白话作品《狂人日记》，另外"诗"栏中刘半农《卖萝卜人》其自注云："这是半农做'无韵诗'的初次试验。"④ 胡适等的自由诗一开始确实还是押韵的，不过周作人《古诗今译》早已主张"也不必定要押韵"，而且实践了。自然那是翻译，至他发表第一首新诗《小河》，其题记则更明确提出主张："有人问我这诗是什么体，连自

---

① 《新青年》第四卷第二号，1918年2月15日。
② 《周作人回忆录》——六"蔡子民（二）"。
③ 《尝试集》"自序"，上海亚东图书馆1920年版。
④ 又，《扬鞭集》"自序"言："我在诗的体裁上是最会翻新鲜花样的。当初的无韵诗，散文诗，后来的用方言拟民歌，拟'拟曲'，都是我首先尝试。"《扬鞭集》上卷，北新书局1926年版。

己也回答不出。法国波特来尔（Baudelaire）提倡起来的散文诗，略略相像，不过他是用散文格式，现在却一行一行的分写了。内容大致仿那欧洲的俗歌；俗歌本来最要叶韵，现在却无韵。或者算不得诗，也未可知；但这是没有什么关系。"①

"一行一行的分写"当然并不是他的首创，此前胡适等的白话新诗早已如此。甚至早在晚清，诗词曲等也有分行排列的，周氏兄弟文本中如骚体等也大多"分写"。不过那只是排版而已，分不分行并无区别。就如中国古典韵文，实际上无论写作还是印刷，并不分行，亦无标点，因为押韵，而且每句字数各有定例，分不分行并不影响阅读。如今周作人主张不规则作句、不押韵，如果再用"散文格式"，那确实"算不得诗"了。在不押韵、不规则作句的情况下，"一行一行的分写"是新诗必须有的书写形式，新诗之所以成其为诗体端赖于此。

不规则作句、不押韵、分行，是周作人"我所谓新体诗"的观念，大概也是汉语新诗主流的特点。不过要说到实践，其实早在他的文言时代就已进行。1907年的《红星佚史》，据周作人所言，其中十几首骚体"由我口译，却是鲁迅笔述下来；只有第三编第七章中勒尸多列庚的战歌，因为原意粗俗，所以是我用了近似白话的古文译成，不去改写成古雅的诗体了"。② 则"古雅的诗体"非周作人所擅，故由其兄代劳。后来《域外小说集》里《灯台守》也有一首骚体译诗，被收入《鲁迅译文集》，③ 应该没有问题。至于周作人"用了近似白话的古文译成"的那一首，其文如下：

其人挥巨斧如中律令。随口而谣。辞意至粗鄙。略曰。
勒尸多列庚。是我种族名。
吾侪生乡无庐舍。冬来无昼夏无夜。
海边森森有松树。松枝下。好居住。
有时趁风波。还去逐天鹅。
我父唏涅号狼民。狼即是我名。
我挈船。向南泊。满船载琥珀。

---

① 《新青年》第六卷第二号，1919年2月15日。
② 《周作人回忆录》七七"翻译小说（上）"。
③ 第十册"附录"，人民文学出版社1959年版。

> 行船到处见生客．赢得浪花当财帛．
> 黄金多．战声好．更有女郎就吾抱．
> 吾告汝．汝莫嗔．会当杀汝堕城人。①

这首译诗，应该算作"杂言诗"。"杂言诗"用韵、句式在古典韵文中最为宽松，大概可以视为古代的"自由诗"。这一首三五七言夹杂，是杂言诗中最常见的句式组合。

译于1909年的《炭画》也有诗歌，周作人并不借重乃兄，自己动手，如：

> 淑什克……作艳歌曰．
> 我黎明洒泪．直到黄昏．
> 又中宵叹息．绝望销魂．

又如：

> 身卧白云间．悄然都化．眼泪下溶溶．
> 天地无声．止有藓华海水．环绕西东．
> 且握手．载飞载渡．——②

虽是押韵，但也仅此而已，而且凭己意"长短作句"，已不是杂言诗的体制。而到1912年译《酋长》，其中的"歌"则连韵也免了，又不分行，简直就是文言版的《古诗今译》：

> 却跋多之地、安乐无忧。妇勤于家、儿女长成、女为美人、男为勇士。战士野死、就其先灵、共猎于银山。却跋多战士、高尚武勇、刀斧虽利、不染妇孺之血。③

如果不是预先标示"歌有曰"，根本无法判断这是诗歌。《新青年》

---

① 《红星佚史》第三编第七章。
② 分见《炭画》第六章、第七章，文明书局1914年版。
③ 《域外小说集》，上海群益书社1920年版。此版较1909年东京版新增入周作人此后的文言翻译，同时所有文本均添加新式标点。有关《酋长》的翻译时间见《周作人回忆录》一〇〇"自己的工作（三）"。

时期，周作人白话重译此作，这几句被译成：

> Chiavatta 狠是幸福。妇人在舍中工作；儿童长大，成为美丽的处女，或为勇敢无惧的战士。战士死在光荣战场上，到银山去，同先祖的鬼打猎。他们斧头，不蘸妇人小儿的血，因为 Chiavatta 战士，是高尚的人①。

整体观之，可以看出二者处理语言的理路是一致的，即"不能用五七言，也不必定要押韵，只要照呼吸的长短作句便好"，白话文本如此，早到民国元年的文言文本就已经如此了。1919 年开始的《小河》等，其先声是在这里，只是再度增加了分行这一书写形式要素，以使诗重新有别于文。

不过两个语例最后一句的语序有差别，文言本作"却跋多战士、高尚武勇、刀斧虽利、不染妇孺之血"；白话本作"他们斧头，不蘸妇人小儿的血，因为 Chiavatta 战士，是高尚的人"。白话本主句在前从句在后，亦即王力所谓"先词后置"。② 鲁迅也有类似的例子，1920 年 9 月 10 日日记："夜写《苏鲁支序言》讫，计二十枚。"③ 发表于《新潮》时题"察拉图斯忒拉的序言"，④ 共十节。而保存于北京图书馆则有前三节文言译本，题"察罗堵斯特罗绪言"。⑤ 两个文本开头部分有如下句式：

> 你的光和你的路，早会倦了，倘没有我，我的鹰和我的蛇。
> 载使无我与吾鹰与吾蛇。则汝之光耀道涂。其亦倦矣。

白话本同样是从句后置。这种新的"文法"的产生，是周氏兄弟进入白话时代以后一个新的书写形式因素引入的结果，这一新书写形式就是逗号和句号的配合使用。晚清以来诸多文本句读和标点并存，

---

① 《新青年》第五卷第四号，1918 年 10 月 15 日。
② 《汉语史稿》第四十二节"词序的发展"。
③ 《鲁迅全集》第十四卷。
④ 第二卷第五号，1920 年 9 月。
⑤ 《鲁迅译文集》第十册"附录"。研究界引用普遍标为 1918 年译，不知来源。实际上这种说法颇为可疑，而且仅这三节就不可能译于同时，因为第三节已不译为"察罗堵斯特罗"，而译为"札罗式多"了。

他们亦不例外，而句读很容易让人误以为就是句号和逗号。事实上周氏兄弟著译，写作过程中并不加句读，只是在最后誊写时才进行断句，① 甚至有些还可能是杂志编辑所为。句号和逗号是最常用的两种标点符号，但其实最晚被引入汉语书写中，就因为汉语文本原就有施以句读的历史。句读和句号逗号都有断句的功能，虽然断句方式并不相同，但表面上看似乎差别不大，不过句号逗号的配合使用有时可以反映某种文法关系，为句读所不备，更何况当时"读"用得极少。就这两对语例，白话文本如果一"句"到底，那就无从知道从句归属的是前一个句子还是后一个句子，也就是其主句到底在前在后无法判别。

这两个标点符号是周氏兄弟文本引入的最后一种书写形式，就翻译来说，可以最大限度将原文的语序移植过来。周作人发表的第一篇白话作品《陀思妥夫斯奇之小说》，其中有这样的语例：

他们陷在泥塘里、悲叹他们的不意的堕落、正同尔我一样的悲叹、倘尔我因不意的灾难、同他们到一样堕落的时候。

And they mourn, down there in the morass, they mourn their incredible fall as you and I would mourn if, by some incredible mischance, we ourselves fell.

但他自己觉得他的堕落、正同尔我一样、倘是我辈晚年遇着不幸、堕落到他的地步。

……he fells his degradation as I would feel if, in my later years, by some unhappy chance, such degradation fell on me. ②

移用的是句读的符号，功能却完全是句号和逗号。两处英文原文都是"if"所带领的从句后置，原文照译有赖于逗号和句号的配合，句读不可能完成这样的任务。

如此终于全面实现了书写形式的移入，亦即《域外小说集》所

---

① 他们文言时期的手稿大都不存，不过遗留下来的《神盖记》可作推断。《周作人回忆录》八八"炭画与黄蔷薇"云，该稿"已经经过鲁迅的修改，只是还未誊录"。百家出版社1991年6月版的《上海鲁迅研究》4，影印了首页，文句连写并无句读。

② 汉语文本见《新青年》第四卷第一号，1918年1月15日。英文原本见 W. B. Trites 作 *Dostoievsky*, *The North American Review*, Vol. 202, No. 2, 1915 August, New York City。周作人译文题注"第七一七号译北美评论"，期数为总期次，即总717号。

言的"移徙具足",或者也可以说是"欧化"的全面实现。这使得文本面貌远离汉语书写的习惯,即便在《新青年》同人中也是极端的例子。钱玄同和刘半农导演的那场著名的"双簧戏",钱玄同化名王敬轩以敌手口吻批判周作人的译文:

> 若贵报四卷一号中周君所译陀思之小说。则真可当不通二字之批评。某不能西文。未知陀思原文如何。若原文亦是如此不通。则其书本不足译。必欲译之。亦当达以通顺之国文。乌可一遵原文迻译。致令断断续续。文气不贯。无从讽诵乎。噫。贵报休矣。林先生渊懿之古文。则目为不通。周君謇涩之译笔。则为之登载。真所谓弃周鼎而宝康瓠矣。①

所谓"一遵原文迻译",正是周作人的原则;"断断续续。文气不贯",也是周作人在所不辞的。次年,《新青年》"通信"中有封张寿彭来函,指责周作人在"中国文字里面夹七夹八夹些外国字","恨不得便将他全副精神内脏都搬运到中国文字里头来,就不免有些弄巧反拙,弄得来中不像中,西不像西",并特别点到所译《牧歌》"却要认作'阳春白雪,曲高和寡'了"。其实,此前的文言译本,周作人早就得到相类的异议,"确系对译能不失真相,因西人面目俱在也。行文生涩,读之如对古书"。② 那是一封《炭画》的退稿函,周作人置于无可如何。如今面对有关《牧歌》的批评,他有强硬得几乎是鲁迅语调的回答:

> 我以为此后译本,仍当杂入原文,要使中国文中有容得别国文的度量,不必多造怪字。又当竭力保存原作的"风气习惯,语言条理";最好是逐字译,不得已也应逐句译,宁可"中不像中,西不像西",不必改头换面……但我毫无才力,所以成绩不良,至于方法,却是最为正当。③

周作人此时译本里对人地名等专有名词采取直用原文的策略,并不

---

① 《文学革命之反响》,《新青年》第四卷第三号,1918 年 3 月 15 日。
② 《关于〈炭画〉》,《语丝》1926 年第 83 期。
③ 周作人答张寿朋,《新青年》第五卷第六号"通信",1918 年 12 月 15 日。

转写为汉字，此即"杂入原文"。"最好是逐字译，不得已也应逐句译"，则是放弃《域外小说集》时期的译法，而与鲁迅的翻译原则相一致。这一翻译原则按鲁迅的说法就是"循字迻译"，①为周作人在白话时代所遵用，而鲁迅，则是从《域外小说集》开始，不折不扣地执行终生。晚年在上海有关他的翻译的一系列争论，其译本效果如何姑且不论，但就翻译原则而言，确实在他是一以贯之的。

鲁迅去世后，周作人在回忆文章里提到当年受章太炎的影响，"写文多喜用本字古义"，认为"此所谓文字上的一种洁癖，与复古全无关系"。②不过对于他们而言，绍介域外文学所坚持的"对译"原则，毋宁说也是另外一种文字上的洁癖，即是"弗失文情"，而且将其执行到彻底的程度——所谓"移徙具足"，所谓"循字迻译"。正是在这一过程中，汉语书写语言在他们手里得到最大限度的改变。

这个过程横跨了两种语体，从文言到白话。在周氏兄弟手里，对汉语书写语言的改造在文言时期就已经进行，因而进入白话时期，这种改造被照搬过来，或者可以说，改造过了的文言被"转写"成白话。与其他同时代人不同，比如胡适，很大程度上延续晚清白话报的实践，那来自"俗话"；比如刘半农，此前的小说创作其资源也可上溯古典白话。而周氏兄弟，则是来自自身的文言实践，也就是说，他们并不从口语，也不从古典小说获取白话资源。他们的白话与文言一样，并无言语和传统的凭依，挑战的是书写的可能性，因而完全是"陌生"的。一个有趣的例子，当时张寿朋在批评周作人《牧歌》不可卒读的同时，表扬"贵杂志上的《老洛伯》那几章诗，狠可以读"，而《老洛伯》就是胡适的译作，胡适在按语中提到原作者 Lady Anne Lindsay "志在实地试验国人日用之俗语是否可以入诗"，③译作所用语言确实就是"日用之俗语"。

刘半农后来曾提到一个观点："语体的'保守'与'欧化'，也该给他一个相当的限度。我以为保守最高限度，可以把胡适之做标准；欧化的最高限度可以把周启明做标准。"④周氏兄弟的白话确实已经到了"最高限度"，这是通过一条特殊路径而达成的。在其书写

---

① 鲁迅 1913 年《艺术玩赏之教育·附记》："用亟循字迻译。庶不甚损原意。"《鲁迅全集》第十卷。
② 《关于鲁迅之二》，《瓜豆集》。
③ 《新青年》第四卷第四号，1918 年 4 月 15 日。
④ 刘复：《中国文法通论》"四版附言"。

系统内部，晚清民初的文言实践在文学革命时期被"直译"为白话，并成为现代汉语书写语言的重要——或者说主要源头。因为，并不借重现成的口语和白话，而是在书写语言内部进行毫不妥协的改造，由此最大限度地抻开了汉语书写的可能性。"当时很有些'文法句法词法'是生造的，一经习用"，"现在已经同化，成为己有了"。① 之所以有汉语现代书写语言，正是因为他们首先提供了此类表达方式。

这源于《狂人日记》，作为白话史上全新"章法"的划时代文本，鲁迅第一篇白话小说几乎可以看作对周作人第一篇文言小说《好花枝》的遥远呼应。与《好花枝》一样，提行分段是《狂人日记》文本内部最大的修辞手段。开头"今天晚上，狠好的月光"。结尾"救救孩子……"都是独立的段落，全文的表达效果皆有赖于此类的书写手段。如果没有这些书写形式的支持，几乎可以说，这个文本是不成立的。

《狂人日记》正文之前有一段文言识语，有关其文本意义，学界多有阐释。不过识语称"语颇错杂无伦次"，或许这种全新的书写语言在时人眼中确是这样一副形象。这些新式白话被"撮录一篇"，② 则白话正文或者可以看作全是文言识语的"引文"。如果换个戏剧性的说法，则新文学的白话书写正是由经过锻造的文言介绍而出场的。

（原载《鲁迅研究月刊》2009年第12期、
2010年第2期）

---

① 《"硬译"与"文学的阶级性"》，《二心集》，《鲁迅全集》第四卷。
② 《新青年》第四卷第五号，1918年5月15日。

痛感:鲁迅现代体验的起点
——鲁迅与中国现代思想的形成之一

李 怡

提 要 在失落了"痛感"的"瞒和骗"的知识分子传统中,鲁迅的意义便在于通过对早年创伤体验的"痛感"的发掘,重新恢复了一位知识者对世界的敏感和反抗。对于鲁迅的"痛感"不能作狭隘的道德意义的人格苛责,而应当置放于现代思想建设的宏大背景上予以辨认,从创伤中获得"痛感",因"痛感"而"求真",而"立人",这是鲁迅作为现代知识分子的情感逻辑与思想走向,也是整个中国现代思想的坚实的起点。

关键词 痛感;创伤体验;现代思想

作为中国现代思想重要组成的鲁迅,其基本的来源何在?这一方面体现为鲁迅与中外文化的关系问题,即哪样一些古今中外的思想资源参与了鲁迅本人的现代思想建构;另外一方面,从现实的人生的"过程"中来挖掘鲁迅思想的生成也十分的重要。前者往往能够说明一个现代人、中国人的鲁迅在思想文化史长河中的独特选择,甄别他与种种思想体系的独特的对话关系,后者则是更为具体地呈现鲁迅本人的人生与生命历程,将现代思想的产生视为具体时空环境的一个结果。

当代中国的思想文化研究,曾经很长时间地为各种"他者"的资源所困扰,或者是极"左"时代的政治意识形态论述,或者是"现代化"时代的西方思想资源,唯独忽略了鲁迅作为独立生命个体的自我"体验"之于其"思想"形成的深入挖掘,好像"思想"天生更属于"选择""继承"或"汲取",而不是从具体的人生感受中"萃取"和"升华"。在今天,重新恢复鲁迅在当代社会生活中的影响力,更有必要着力剖析鲁迅思想的"人生来源",将鲁迅的思想纳入到现代中国生命体验的实际过程当中。

那么,形成鲁迅现代体验的起点在哪里呢?我认为是一种新的痛感的获得与发展,在中国知识分子的思想发展史上,这样的感受具有穿云拨雾般的历史意义。

"痛感"与失落了的"痛感"

知识分子,可以说就是一些极富有"痛感"的人。"痛感",我们这里将之理解为是一种对于苦难的坦然的正视、深切的体验与纠缠中的克服与超越,是作为精神创造者的知识分子正视人生、"穿击"人生的庄严的形式,这有别于我们日常生活中发出的若有若无的感叹与忧伤。

一切精神创造都可以说是对于苦难的超越方式。"痛感"的摄取和因克服痛感而创造的精神成果,是知识分子自我确证的重要标志。犹如鲁迅所说:

> 然而知识阶级将怎么样呢?还是在指挥刀下听令行动,还是发表倾向民众的思想呢?要是发表意见,就要想到什么就说什么。真的知识阶级是不顾利害的,如想到种种利害,就是假的,冒充的知识阶级……不过他们对于社会永不会满意的,所感受的永远是痛苦,所看到的永远是缺点,他们预备着将来的牺牲,社会也因为有了他们而热闹,不过他的本身——心身方面总是苦痛的。①

在人类文明的经典之作里,我们看到的总是人们如何在苦难之中开辟前行的图景。人类文化的经典中最动人的篇章都是对困难的关怀与超越。在西方文化史上,我们看到的就是一个绵绵不绝的知识分子"痛感"的记述史:古希腊神话标举着"神"与"人"的对立,关爱人类的普罗米修斯注定了就是天主宙斯的对立面,他也因此而遭受到严酷的惩罚;有人说古希腊神话是神人同形同性,但即便是天主宙斯也难以窥测命运女神的喜怒,这难道不就是对人生命运的深切哀痛?回到人自己的世界,从俄狄浦斯王的受难、《圣经》

---

① 鲁迅:《集外集拾遗补编·关于知识阶级》,《鲁迅全集》第 8 卷,人民文学出版社 1981 年版,第 190、191 页。

对人类的"原罪"宣判到现代主义的绝望与悲剧体验，西方知识分子的苦难意识如长河奔流。与此同时，伴随着这一漫长心灵的"痛感"的却又是西方文化在各个阶段所表现出来的持续不衰的创造力，是知识分子对于自身社会角色与社会使命的自发体认与勉力担当，虽然他们尚没有形成19世纪以后俄法知识分子那样的高度的批判的自觉。在古希腊，有"兼职"的文人如将军兼历史学家的修昔底德，也有在"学园"里授课的"专职"人士如苏格拉底、柏拉图、亚里士多德等，但在将"求知"作为自己神圣而崇高的使命这一观念上似乎却有着广泛的共识。亚里士多德的《形而上学》开篇即宣布："求知是人类的天性。"接着，又进一步阐述说：

> 古往今来人们开始哲理探索，都应起于对自然万物的惊异；他们先是惊异于种种迷惑的现象，逐渐积累一点一滴的解释，对一些较重大的问题，例如日月与星的运行以及宇宙之创生，作成说明。一个有所迷惑与惊异的人，每自愧愚蠢（因此神话所编录的全是怪异，凡爱好神话的人也是爱好智慧的人）；他们探索哲理只是为想脱出愚蠢，显然，他们为求知而从事学术，并无任何实用的目的……这样，显然，我们不为任何其他利益而找寻智慧；只因人本自由，为自己的生存而生存，不为别人的生存而生存，所以我们认取哲学为唯一的自由学术而深加探索，这正是为学术自身而成立的唯一学术。①

求知与"实用"相区别而与人的"自由"相联系。在哲学家恩培多克勒那里，则有了拒绝王位的选择，在另一个哲学家德谟克利特那里，则诞生了名言："我宁愿找到一个因果的说明，而不愿获得波斯的王位。"虽然他们对现实体制的姿态远未达到让现代知识分子满意的程度，但平心而论，西方知识分子的独立自由的创造传统便是由此展开的。

中国的情形如何呢？

与西方文明的发展颇为相似的是，中国知识分子第一次大规模

---

① ［古希腊］亚里士多德：《形而上学》，吴寿彭译，商务印书馆1959年版，第1、5页。

出现的时代也是一个苦难的时代,用孔子的话来说就是:"太山坏乎!梁柱摧乎!哲人萎乎!"礼崩乐坏,世界失范,战乱频仍,人人自危。先秦时期的诸子百家同样以自己的精神创造超越着现实苦难,这是中国历史上第一批有影响的知识分子,孔子、老子、庄子、韩非子、墨子……他们提出了各自的思想与学说,这些学说既是现实的策略,也是他们关于人生与生命的一种理性思考或者信仰。无论它们自身还有多少的问题,也无论以后对中国社会起了怎样复杂的影响,我们都应当看到,这都是他们独立的富有创造性的成果,他们就是用这样的独立思考显示了知识分子的价值。在当时,对"道"的维护与领受成了他们在世俗社会里保持自身独立追求的一种精神力量,孔子说:"君子谋道不谋食",① "士志于道,而耻恶衣恶食者,未足与议也"②。孟子云:"无恒产而有恒心,唯士为能。"③ 这都体现了先秦时代的知识分子对自身角色独立性的某种把握。孔子学说到后来总是成为政治家阐释和利用的对象,而其实在孔子本人在世的时候,他首先是为了自己的思想而存在,而不是为了某一个政治家而存在的,"周游列国"就是为自己的思想负责的艰难形式。在那个时候,儒家学说也首先是为了学说本身而不是为了某一个政治势力而存在,孟子在答复"古之君子何如则仕"的问题时,明确提出了"就三去三"的条件:

> 所就三,所去三。迎之致敬以有礼,言将行其言,则就之。礼貌未衰,言弗行也,则去之。其次,虽未行其言也,迎之致敬以有礼,则就之。礼貌衰,则去之。其下,朝不食,夕不食,饥饿不能出门户,吾闻之,曰:"吾大者不能行其道,又不能从其言也,使饥饿于我土地,吾耻之。"周之,亦可受也,免死而已矣。④

---

① 《论语·卫灵公》,《诸子集成》第一册《论语正义》,上海书店1986年影印版,第346页。
② 《论语·里仁》,《诸子集成》第一册《论语正义》,上海书店1986年影印版,第78页。
③ 《孟子·梁惠王上》,《诸子集成》第一册《孟子正义》,上海书店1986年影印版,第56页。
④ 《孟子·告子下》,《诸子集成》第一册《孟子正义》,上海书店1986年影印版,第509—510页。

但是，随着中国大一统专制制度的形成，社会结构的超稳定形式的出现，中国知识分子便从根本上改变了先前的存在方式。在这样的体制当中，文化教育首先不是为了对"道"的维护（虽然这个词语依然被人们频繁地挂在嘴上），更不是以自身智慧的增长为目的，它已经成为国家选拔官吏的过程，知识本身失去了价值，知识沦为了通向仕途的"敲门砖"。所谓"学成文武艺，货与帝王家"。在这个时候，单纯的"卫道"实际上也失去了市场，"道"不过是知识分子与政治家达到其他目的的旗号，孔子的道德学说其实也不能满足政治家的现实统治的需要，"外儒内法"才是对他们的真实描述。在这个知识与信仰的全面异化过程中，在这个知识分子的独立与尊严日益丧失的时候，是司马迁"倡优意识"发出了最后的抗议与叹息：

仆之先，非有剖符丹书之功，文史、星历近乎卜祝之间，固主人所戏弄，倡优畜之，流俗之所轻也。①

以后，中国知识分子开始走向"巧滑"之路，堕落为鲁迅所谓的"做戏的虚无党"，在他们那里，出现了心与言的分离，真理与策略的分离，道与术的分离。最终，他们逐渐演变为一群聪明而没有信仰更没有创造能力的"弄臣"。重要的是所有的学说都失去先秦时代那种直面人生苦难的勇气，一位知识分子最可宝贵的"痛感"已然丧失。因为，社会也不再鼓励他们开掘这些痛感的意义了，他们不必再有作为精神创造者的独立价值了。

这是一个相互作用的过程，中国政治格局不再需要知识分子的独立性，而中国知识分子也在适应政治家要求的时候放弃了自身的独立价值，知识分子的自我放弃也促进了政治家得心应手的政治策略，而最后的结果就是：中国的知识分子不必自寻烦恼地开掘人生的痛感了。在一个严格的意义上讲，中国历史的发展实际上是不断"改造"和"吞噬"着真正的知识分子，我们的文化失落"痛感"已经很久很久了！

创伤体验与"痛感"的生成

在这个背景上我们来看鲁迅的意义。

---

① 引自韩兆琦《史记选注汇评》，中州古籍出版社1990年版，第646页。

可以毫不夸张地说，鲁迅是20世纪中国也是千年封建历史之后的中国知识分子中最富有人生"痛感"的一位。

那么，这样的"痛感"是如何生成的呢？

在这里，我想重提鲁迅的少年创伤记忆，虽然对这样的少年记忆的考察似乎不无争论，但是，由创伤记忆而突破了我们熟悉的人生的幻象，这无论怎么说都是一个新的开始。奥地利心理分析学家A. 阿德勒认为："在所有心灵现象中，最能显露其中秘密的，是个人的记忆。他的记忆是他随身携带、而能使他想起自己本身的各种限度和环境的意义之物。记忆绝不会出自偶然：个人从他接受到的，多得无可计数的印象中，选出来记忆的，只有那些他觉得对他的处境有重要性之物。因此，他的记忆代表了他的'生活故事'；他反复地用这个故事来警告自己或安慰自己，使自己集中心力于自己的目标，并按照过去的经验，准备用已经试验过的行为样式来应付未来。"①

1922年12月3日，鲁迅在为自己生平第一部小说集作序的时候，第一次清理了他的"生活故事"，这个故事的开篇和最引人注目的部分就是他少年的创伤：

> 我有四年多，曾经常常，——几乎是每天，出入于质铺和药店里，年纪可是忘却了，总之是药店的柜台正和我一样高，质铺的是比我高一倍，我从一倍高的柜台外送上衣服或首饰去，在侮蔑里接了钱，再到一样高的柜台上给我久病的父亲去买药。……
>
> 有谁从小康人家而坠入困顿的么，我以为在这途路中，大概可以看见世人的真面目……②

这就是鲁迅最沉痛的"记忆"。当鲁迅开始用自己的语言向更多的世人来传达自己的人生体验之时，他首先清理出来的便是这一个创伤记忆，自然，其选择不会是偶然的，用A. 阿德勒的观点来看，也就是"用这个故事来警告自己或安慰自己，使自己集中心力于自己的目标，并按照过去的经验，准备用已经试验过的行为样式来应

---

① ［奥］A. 阿德勒：《自卑与超越》，黄光国译，作家出版社1986年版，第66页。
② 鲁迅：《呐喊·自序》，《鲁迅全集》第1卷，第415页。

付未来"。

　　创伤之所以能够成为创伤就在于它的发生远远超过了人们固有的人生期待。在一个高挂着"翰林金匾"的殷实家庭里，作为长男的鲁迅原本是百般呵护的对象。"我生在周氏是长男，'物以希为贵'，父亲怕我有出息，因此养不大，不到一岁，便领到长庆寺里去，拜了一个和尚为师了。"① 重温童年岁月，鲁迅也会情不自禁地流露出先前的得意神态来："长妈妈，已经说过，是一个一向带领着我的女工，说得阔气一点，就是我的保姆。我的母亲和许多别的人都这样称呼她，似乎略带些客气的意思。只有祖母叫她阿长。我平时叫她'阿妈'，连'长'字也不带；但到憎恶她的时候，——例如知道了谋死我那隐鼠的却是她的时候，就叫她阿长。"② 然而，当祖父科场贿赂案发，父亲一病不起，家庭荣誉不再，以至于连基本的生计都出现了问题的时候，仿佛一夜之间，什么都变了，甚至原来的亲朋好友，比如"和蔼"的衍太太：

　　　　父亲故去之后，我也还常到她家里去，不过已不是和孩子们玩耍了，却是和衍太太或她的男人谈闲天。我其时觉得很有许多东西要买，看的和吃的，只是没有钱。有一天谈到这里，她便说道，"母亲的钱，你拿来用就是了，还不就是你的么？"我说母亲没有钱，她就说可以拿首饰去变卖；我说没有首饰，她却道，"也许你没有留心。到大厨的抽屉里，角角落落去寻去，总可以寻出一点珠子这类东西……。"

　　　　这些话我听去似乎很异样，便又不到她那里去了，但有时又真想去打开大厨，细细地寻一寻。大约此后不到一月，就听到一种流言，说我已经偷了家里的东西去变卖了，这实在使我觉得有如掉在冷水里。流言的来源，我是明白的，倘是现在，只要有地方发表，我总要骂出流言家的狐狸尾巴来，但那时太年青，一遇流言，便连自己也仿佛觉得真是犯了罪，怕遇见人们的眼睛，怕受到母亲的爱抚。③

---

① 鲁迅：《且介亭杂文末编·我的第一个师父》，《鲁迅全集》第 6 卷，第 575 页。
② 鲁迅：《朝花夕拾·阿长与〈山海经〉》，《鲁迅全集》第 2 卷，第 243 页。
③ 鲁迅：《朝花夕拾·琐记》，《鲁迅全集》第 2 卷，第 292 页。

1925年5月,鲁迅又一次重复了他少年时代所遭遇的家庭巨变:

> 我于一八八一年生在浙江省绍兴府城里的一家姓周的家里。父亲是读书的;母亲姓鲁,乡下人,她以自修得到能够看书的学力。听人说,在我幼小时候,家里还有四五十亩水田,并不很愁生计。但到我十三岁时,我家忽而遭了一场很大的变故,几乎什么也没有了;我寄住在一个亲戚家,有时还被称为乞食者。①

十三岁,这是一个人正在从童年走向少年的关键时刻,苏联教育心理学家与社会学家科恩指出:"如果说童年期的自我意识变化看似平缓而渐进的,那么,过渡年龄期即青少年时代则向来被认为是一个突变、'再生'和新质生成的时代,而最主要的还是发现个人'自我'的时代。"② 从"并不很愁生计"到"乞食者",从"小康人家"到"在侮蔑里接钱",在已经无法抹去的创伤记忆当中,正在发现"自我"的鲁迅实际上获得了一个"穿透"人生幻象的机会,他所经历的人生观念的"突变"显然要比一般的"平稳"成长的孩子更大。当传统中国知识分子已经无力执著于人生痛感的时候,他们实际上是在不断用儒家伦理道德说教的概念编织温情脉脉的人伦面纱,太平盛世、礼仪之邦、惜老怜贫、父慈子孝、兄弟怡怡……就是这一套似是而非的描述阻挡着人们对于生存真相的发现,在后来的《野草·立论》中,鲁迅告诉我们,在中国,洞察真相与讲述真实都是十分困难的:

> "一家人家生了一个男孩,合家高兴透顶了。满月的时候,抱出来给客人看,——大概自然是想得一点好兆头。
> "一个说:'这孩子将来要发财的。'他于是得到一番感谢。
> "一个说:'这孩子将来要做官的。'他于是收回几句恭维。

---

① 鲁迅:《集外集·俄文译本〈阿Q正传〉序及著者自叙传略》,《鲁迅全集》第7卷,第82页。
② [苏]科恩:《自我论》,佟景韩等译,生活·读书·新知三联书店1986年版,第291页。

"一个说：'这孩子将来是要死的。'他于是得到一顿大家合力的痛打。"①

从"痛感"到"求真"与"立人"

对鲁迅创伤体验的注意由来已久，但我们的认知却要么偏向社会历史的揭露（旧社会旧中国种种弊端），要么就偏向对所谓人格心理的窥视性阐释，后者甚至演变发展为对所谓鲁迅"阴暗心理"的"发现"。这两个方面的认知都有其严重的问题，前者停留在社会"反映"的表层，基本上忽略了这些蕴藏在生存遭遇之中的更为重要精神意义——只有形成作家精神意义的东西才具有深入解析的价值；后者把握了现象的"精神"内涵，却往往又将精神的复杂简化为世俗的道德判断，所谓的"阴暗""偏狭""变态"其实不过就是衡量人际关系的用语，它们完全不能展示一位思想大家的丰富的精神世界，人类思想文化发展的事实常常证明，最远离世俗最有悖于常人"现象"当中很可能包含了超越于时代的精神指向，作为现实生活意义的亲善友人与作为精神创造者的思想家并不容易吻合。例如，在"半生反鲁"、抨击鲁迅最是激烈的苏雪林眼中，"褊狭阴险，多疑善妒之天性，睚眦必报，不近人情之行为，岂唯士林之所寡闻，亦人类之所罕睹"就是鲁迅的基本特点，②然而只能以这样的角度"窥视"鲁迅的苏雪林显然无力在更为广大而深刻的思想史的层面上解释鲁迅，她不仅没有做到胡适当年劝诫的"持平"，就是对鲁迅心理阴暗面的描述也远不如鲁迅自身的反省更为坚实，而鲁迅，作为丰富的现代精神的探险者，他的远远超出批评者的自我反省恰恰反过来证明我们的阐释（即便是这样的人格心理的阐释）是多么的苍白无力，鲁迅的创伤和痛感都期待着基于更大的思想史视野的理解。

在我看来，创伤和痛感起码形成了鲁迅思想的两个重要趋向：求真与立人，而这正是现代中国思想的基础。

失去了"痛感"的中国知识分子，实际上就在根本上失去了面对中国"真相"的勇气，进而也丧失了看取"真相"的能力。鲁迅

---

① 鲁迅：《野草·立论》，《鲁迅全集》第2卷，第207页。
② 苏雪林：《鲁迅传论》，《我论鲁迅》，台北：传记文学出版社1979年版。

所谓"直面惨淡的人生",所谓批判"瞒与骗",也就是将"求真"当作现代思想文化建设的基础。

鲁迅一生都致力于对固有思想所形成的种种现实的和观念的假象——"真"的反面的揭露和批判。仁义礼智信的道德面纱被刺破了,鲁迅悟到:"别人我不得而知,在我自己,总仿佛觉得我们人人之间各有一道高墙,将各个分离,使大家的心无从相印。"① 而曾经接受过的来自传统经典的道德说教,也是多么虚妄:"中国的旧学说旧手段,实在从古以来,并无良效,无非使坏人增长些虚伪,好人无端的多受些人我都无利益的苦痛罢了。"② 求真意志让鲁迅在现代知识分子中,几乎是最彻底地打破了一切的幻想,鲁迅不再对自己的族群抱有无条件的认同,他总是冷静地关注着身边的人群,从未因为群体的裹挟而轻易放弃自己的人生态度,从留日时期开始,这几乎贯穿了鲁迅的整个人生。"他在游学时期,养成了冷静而又冷静的头脑,惟其爱国家爱民族的心愈热烈,所以观察的愈冷静。"③ 在一系列的社会活动与人际交往之中,他都在周遭的热闹中独守了一分自我的宁静,是宁静给了他一双特别的眼睛。在东京留学生热烈的革命集会上,他一边听着吴稚晖的慷慨陈词,一边却掩饰不住自己内心的某种失望:"讲演固然不妨夹着笑骂,但无聊的打诨,是非徒无益,而且有害的。"④ 在日本的列车上,几位新来的浙江同乡因为相互让座而忙得不亦乐乎,鲁迅不仅对这样的礼仪颇不以为然,而且还想得很深:"我那时也很不满,暗地里想:连火车上的坐位,他们也要分出尊卑来……"⑤ 鲁迅参加了"浙学会",一度奉命回国暗杀满清大员,对如此激进的革命行动,他还是直言不讳地表达了自己的保留态度。在鲁迅看来,其他的中国留学生同学并不能仅仅因为他们的"同胞"身份就足以获得必然的认同。

鲁迅致力于中国社会的改革与革命,但众所周知,他对革命的

---

① 鲁迅:《集外集·俄文译本〈阿Q正传〉序及著者自叙传略》,《鲁迅全集》第7卷,第81页。

② 鲁迅:《坟·我们现在怎样做父亲》,《鲁迅全集》第1卷,第137页。

③ 许寿裳:《鲁迅的生活》,《我所认识的鲁迅》,人民文学出版社1978年版,第23页。

④ 鲁迅:《且介亭杂文末编·因太炎先生而想起的二三事》,《鲁迅全集》第6卷,第558页。

⑤ 鲁迅:《朝花夕拾·范爱农》,《鲁迅全集》第2卷,第313页。

前途不抱太多的幻想。"革命，革革命，革革革命，革革……"竟然成了他描述中国历史的一种话语方式，① 他还言及辛亥革命以后的体验："我觉得，革命以前，我是做奴隶；革命以后不多久，就受了奴隶的骗，变成他们的奴隶了。"对革命者常常提及的未来"黄金世界"，他时有讥讽，甚至，还对冯雪峰说过："你们来到时，我要逃亡，因为首先要杀的恐怕是我。"② 在给朋友的通信中，又预言革命成功以后自己将会穿上红马甲扫大街："倘当崩溃之际，竟尚幸存，当乞红背心扫上海马路耳。③"对于中国革命的艰难性与中国社会改造的艰难性，鲁迅有着自己独立的判断。这是以"真"的精神来勘验我们的理想和信仰。

作为文学家，鲁迅对"文学的限度"却有自己的十分清醒的认识。在《呐喊》自序中，鲁迅所阐述的疑问是："假如一间铁屋子，是绝无窗户而万难破毁的，里面有许多熟睡的人们，不久都要闷死了，然而是从昏睡入死灭，并不感到就死的悲哀。现在你大嚷起来，惊起了较为清醒的几个人，使这不幸的少数者来受无可挽救的临终的苦楚，你倒以为对得起他们么？"④ 这是在提醒我们，文学是否真的能够承担起那样的使命？它会不会恰恰产生相反的后果？显然，这同样是一个严肃的问题！在鲁迅的一生中，他多次谈到文学的作用及自己的创作体会，常常使用着"无聊"这样的字眼。《革命时代的文学》里有过一个著名的说法："一首诗吓不走孙传芳，一炮就把孙传芳轰走了。"而《而已集·答有恒先生》一文中，却阐述了一个关于"醉虾"的发人深省的比喻："我就是做这醉虾的帮手，弄清了老实而不幸的青年的脑子和弄敏了他的感觉，使他万一遭灾时来尝加倍的苦痛，同时给憎恶他的人们赏玩这较灵的苦痛，得到格外的享乐。"⑤

"我常觉得惟'黑暗与虚无'乃是'实有'。"⑥ "我只很确切地知道一个终点，就是：坟。"洞悉了生命的真谛之后，鲁迅是如此的"透彻"，而"透彻"并不仅仅是针对他者，同样包括了自己："我

---

① 鲁迅：《华盖集·忽然想到（三）》，《鲁迅全集》第3卷，第16页。
② 李霁野：《忆鲁迅先生》，《鲁迅研究学术论著资料汇编》第2册，第115页。
③ 鲁迅：《书信·致曹聚仁 340430》，《鲁迅全集》第12卷，第397页。
④ 鲁迅：《呐喊·自序》，《鲁迅全集》第1卷，第419页。
⑤ 《鲁迅全集》第3卷，第454页。
⑥ 鲁迅：《两地书·四》，《鲁迅全集》第11卷，第20页。

的思想太黑暗，而自己终不能确知是否正确"①

只有在"穿透"了各种思想文化制造的幻象之后，新的思想文化才有了生成发展的基础。在鲁迅的表达中，"真"往往成为他追寻意义前提和重心。"世上如果还有真要活下去的人们，就先该敢说，敢笑，敢哭，敢怒，敢打，在这可诅咒的地方击退了可诅咒的时代！"② 中国现代思想，就是一些"真要活下去的人们"的创造，"因为真实，所以也有力"③。

"痛感"体验也促使鲁迅从改造人生的意义上构想着未来的社会。

过去我们常常将鲁迅的社会理想认定为"改造国民性"，这里其实存在若干的误解之处，"改造国民性"并不是首先由鲁迅提出来的，也不是鲁迅一人追求的目标，鲁迅在表述这一目标的时候，显然有着与他人很不一样的内涵。

梁启超的《新民说》首先提出了"国民性"的问题，"国民""自由"等概念也应运而生。以后，又有以日本为革命大本营的孙中山提出了"三民主义"，实际上也是在一个新的历史层面上设计中国人的生存发展问题。

但是梁启超的启蒙思想也好，孙中山的排满革命也好，它们都有一个基本的倾向，即主要还是从国家民族的"整体利益"出发。他们试图"首先"从整体上解决中国的问题，认为只有整体上解决了问题，个人的权利和自由才谈得上。"群"是当时一个使用率最高的关键词，具有道德、政治与民族国家等多方面的指向，"合群救国"才是新民说的根本目的。"欲其国之安富尊荣，则新民之道不可不讲。""夫吾国言新法数十年而效不睹者，何也？则于新民之道未有留意焉者也。"④ 也就是说，梁启超提出改造国民性还是为了国家、民族、社会的整体利益，而非个人的存在与发展。在梁启超看来，"群"才是人之为人的根本标志。"人也者，善群之动物也。""人而不群，禽兽奚择？"⑤ 他集中讨论了"公德""私德"的问题，但却赋予"公德"以更高的地位："报群报国之义务，有血气者所同具

---

① 鲁迅：《两地书·二四》，《鲁迅全集》第11卷，人民文学出版社1981年版，第79页。
② 鲁迅：《华盖集·忽然想到》，《鲁迅全集》第3卷，第43页。
③ 鲁迅：《且介亭杂文二集·漫谈"漫画"》，《鲁迅全集》第6卷，第234页。
④ 梁启超：《新民说》，《梁启超全集》第2册，第655页。
⑤ 梁启超：《新民说》，《梁启超全集》第2册，第660页。

也。苟放弃此责任者，无论其私德上为善人为恶人，而皆为群与国之蟊贼。"① 他郑重其事地提出了人的自由问题，但却明确表示："自由云者，团体之自由，非个人之自由也。野蛮时代，个人之自由胜，而团体之自由亡；文明时代，团体之自由强，而个人之自由减。"② 孙中山的著名论断也是：为了大众的自由，革命者应该牺牲、放弃自己的自由。

从这个意义上看，以梁启超、孙中山为代表的关于"中国人"未来的设计，都体现出了十分鲜明的国家主义立场。他们都是以国家的整体利益为最高目标，个人的人生幸福从属于这一"伟大"的目标，国家整体目标的实现是个人幸福实现的绝对前提。

鲁迅与他们有着很大的不同。

从总体上说，鲁迅的思考是生发自他少年时代对于人性的悲剧性体验。

鲁迅对于民族问题的认识并不像当时一般的知识分子那样的笼统和概括，他似乎更习惯于将民族的问题与普通个人的人生遭遇结合起来，从中留心人在具体生活环境中的状态和表现。许寿裳的回忆告诉我们，在东京宏文学院念书的时候，鲁迅与他一边感叹中华民族的屈辱，一边却在反思："怎样才是理想的人性""中国民族中最缺乏的是什么""它的病根何在"，这种反思与当时梁启超、章太炎等维新派、革命派人士从扫除国家政治障碍的角度批判国民性颇有不同。如果说遭遇了高层政治挫折的梁启超决心解决民族的政治问题，出身于书香门第、自觉承袭汉民族国学传统的章太炎关注的是中华民族在整体上的政治革命与文化复兴，他们在当时影响了留日中国知识分子的主流，那么鲁迅这位因家道中落而深味了"世人真面目"的青年则主要关心一位普通中国人的基本的生存处境与生存原则。鲁迅与许寿裳议论得最多的"理想的人性"不是"欲其国之安富尊荣"，而是作为人自身的生存原则："当时我们觉得我们民族最缺乏的东西是诚和爱，——换句话说：便是深中了诈伪无耻和猜疑的毛病。"③ "理想人性"的问题自然也属于民族问题，但更准确地讲却应当属于"民族性"生存中的人自身的问题。如果说前述

---

① 梁启超：《新民说》，《梁启超全集》第 2 册，第 661 页。
② 梁启超：《新民说》，《梁启超全集》第 2 册，第 678 页。
③ 许寿裳：《回忆鲁迅》，《我所认识的鲁迅》，人民文学出版社 1978 年版，第 59 页。

大多数的知识分子都是在民族国家建设的层面上开掘自己的"体验",那么鲁迅则是将他们那宏阔抽象的"国家"潜沉到了具体的人、具体的自我,用他在《文化偏至论》中的话来说就是"入于自识",即返回到人的自我意识。

鲁迅的立场是普通人的生存,他不是站在一般的国家发展的需要讨论"改造国民性",而是具体地关注每一个个体的人生和自我人性的完善。他人常常借"改造国民性"来"立国",而鲁迅是在新的人生设计中"立人"。

鲁迅早期的六篇论文及其他文学创作,正是他提炼自己独特的"立人"思想的重要结晶,这些论文从最早的1903年《说钿》(后来收入《集外集》)开始就体现了作者对于社会文化发展的独特见识,到1908年最后的一篇文言论文《破恶声论》,完全是在自我思想的不断完善和充实当中建构起了一个关于中国文化建设的全新计划,与梁启超、孙中山的差异在于,鲁迅为现代思想文化的建设设定了一个重要的前提,这就是"人"的自我建设,只有"立人"之后,"沙聚之邦"才可能转为"人国"。

从创伤中获得"痛感",因"痛感"而"求真",而"立人",这是鲁迅作为现代知识分子的情感逻辑与思想走向,鲁迅说:"穿掘着灵魂的深处,使人受了精神底苦刑而得到创伤,又即从这得伤和养伤和愈合中,得到苦的涤除,而上了苏生的路。"鲁迅和中国现代思想的出现就是经过"苦的涤除"之后的"苏生的路"。① "人们是的确由事实而从新省悟,而事情又由此发生变化的。"② "事实"就是形成鲁迅及中国现代思想的最重要的起点,能够感受和直面"事实"是现代思想者的基本素质,现代中国的"事实"基础最终吸附了中外思想的资源,构成了博大的新文化空间。

(原载《武汉大学学报》2011年第5期)

(发表时题目为《痛感:鲁迅现代思想的催化剂》)

---

① 鲁迅:《集外集·〈穷人〉小引》,《鲁迅全集》第7卷,第105页。
② 鲁迅:《且介亭杂文·关于中国的两三件事》,《鲁迅全集》第6卷,第11页。

"略参己见":鲁迅文章中的"作""译"混杂现象
——《〈凯绥·珂勒惠支版画选集〉序目》为中心

黄乔生

一

创作家鲁迅,幸,还是不幸,生在西方文化广泛而深刻影响中国的时代,读新式学堂,出洋留学,精通至少一种外语,翻译很多外国著作。创作家兼翻译家,创作和翻译两样文字有时就不免混在一起。鲁迅青年时代,或因处于学习阶段,或为了现实目的——例如宣传和赚取稿费——而改写外国作品,所谓"改写",就是不采取所谓直译方法,而近乎严复和林纾的"达旨",其结果当然是"作""译"混同,归类非易。例如,鲁迅在日本留学时写的介绍镭的发现的论文《说钼》和根据西方历史故事改写而成的《斯巴达之魂》,他本人编辑第一本论文集《坟》时并不收录,但到晚年,他的友人找出这些篇什要编入《集外集》时,他没有表示反对,只在序言里表达了一点儿"悔其少作"的感想:"例如最先的两篇,就是我故意删掉的。一篇是'雷锭'的最初的绍介,一篇是斯巴达的尚武精神的描写,但我记得自己那时的化学和历史的程度并没有这样高,所以大概总是从什么地方偷来的,不过后来无论怎么记,也再也记不起它们的老家;而且我那时初学日文,文法并未了然,就急于看书,看书并不很懂,就急于翻译,所以那内容也就可疑得很。而且文章又多么古怪,尤其是那一篇《斯巴达之魂》,现在看起来,自己也不免耳朵发热。"① 另一种较为普遍的情况,是他的创作文字中引用外国文献却不注明出处,如早期的《摩罗诗力说》《人之历史》等,

---

① 鲁迅:《〈集外集〉序言》,《鲁迅全集》第7卷,人民文学出版社2005年版,第4页。

让后世的学者们煞费考证的功夫；① 其中年期的学术著作《中国小说史略》，因注释不完整、不细致，且未列出参考书目，致有他抄袭外国人的同类著作的传言。② 直至今日，仍有《中国小说史略批判》③之类著作出版，在指明某些论断不正确外，也指明其标注的不规范。

鲁迅的二弟周作人，有一时在文章中大量引用古书或外国书。他对这种行文方式的辩解是：本来想要表达自己的意见，但见古人或外国人已经说得很好，自己不必要再费力措辞，直接引用或翻译出来，岂不是好。他的文章在这些关节上，态度诚实，总是将借用段落打上引号，附上或长或短的解说评论，使读者一目了然。也正因为如此，倒引得有些读者给他个"文抄公"的讥刺。其实，鲁迅晚年也有不少文章，为了"立此存照"的目的，大量引用他人的文字，自己只加几句引语、评语。但或许因为鲁迅这类文章没有周作人的多，或许因为别的什么原因吧，还不大有人把鲁迅叫作"文抄公"。

扩大言之，在中国，除了造字的先民，至少自孔夫子以降，以汉语写作者，免不了或述或译，取法于古人、今人和外人。韩愈力主"词必己出"，但要求太高，很多人做不到，于是只好"降而不能为剽窃"，也就是俗话说的"天下文章一大抄"。宋朝的黄庭坚善于借用，自诩"点石成金"，无论如何高妙，也抵不过狄仁杰或福尔摩斯般聪慧的学者们的反复探究。引用本国文字，容易被人发现，中国古人说诗人是窃贼，对他们早有警惕；近现代中外交通大开，情况愈益复杂，引用外国文字，由于中国读者懂外文的少，而外国著作家懂中文者更少，就更可能出现以翻译冒充著作的现象。

作为翻译家，鲁迅后期力主"直译"——宁可不太顺，也要忠实于原著——译文中自然不会再有早期那种"夹译夹议"的情形。但他的创作，不免时时引用外国人的著作，在中国近现代急需大量进口文化产品的情况下，鲁迅这样做的原因自不难理解。其实，不独鲁迅为然，这是当时中国知识分子的普遍做法，仿佛孔乙己所说

---

① 日本北冈正子、中国赵瑞蕻做过此类追本溯源的工作。北冈正子：《〈摩罗诗力说〉材源考》，何乃英译，北京师范大学出版社1983年版；赵瑞蕻：《〈摩罗诗力说〉注释·今译·解说》，天津人民出版社1984年版。另关于鲁迅早期译作的论文有樽本照雄《关于鲁迅的〈斯巴达之魂〉》，《鲁迅研究月刊》2001年第6期；中岛长文《蓝本〈人之历史〉》，鲁迅研究室编《鲁迅研究资料》第12辑，天津人民出版社1983年版。

② 参见鲁迅《华盖集续编·不是信》《且介亭杂文二集·后记》。

③ 欧阳健：《中国小说史略批判》，山西人民出版社2008年版。

"窃书不为偷",对东洋西洋的思想观念,明明暗暗地借用。今天,我们来探究一下鲁迅此类文字的构成成分及其来源,对研究那个时代汉语文学发展及中西文化交流或者不无启发。

最近这方面有一些研究成果,值得注意。例如,鲁迅为自编的《比亚兹莱画选》写的"小引"中有不少引文,作者并没有清晰地标出处,只笼统说:"他(指比亚兹莱——本文引者)的作品,因为翻印了《Salomé》的插画,还因为我们本国时行艺术家的摘取,似乎连风韵也颇为一般所熟识了。但他的装饰画,却未经诚实地介绍过。现在就选印这十二幅,略供爱好比亚兹莱者看看他未经撕剥的遗容,并摘取西蒙斯(Arthur Symons)和杰克逊(Holbrook Jackson)的话,算作说明他的特色的小引。"① 两位研究者——徐霞的《"比亚兹莱"的中国旅程——鲁迅编〈比亚兹莱画选〉有关文化、翻译、艺术的问题》和星野幸代的《鲁迅〈《比亚兹莱画选》小引〉的写成——以西蒙斯和杰克逊的影响为中心》——将鲁迅的"小引"与其所摘取的两位外国作者的原文仔细核对,找出鲁迅使用上述两人的原著的段落,发现很多段落是直译原作者的文章,给人的印象是鲁迅的文章称为"作"不如称为"译"更贴切。然而,这篇"小引"先被收入《集外集拾遗》,后又收入《鲁迅全集》(现在《鲁迅全集》第7卷),一向被当作鲁迅的原创文字对待。然而,两位研究者未多加注意的一点是,鲁迅并没有将这篇"小引"收入文集的意图。鲁迅生前确有编辑《集外集拾遗》的计划,他本人拟定了书名,并且收集抄录了一些篇目,有的还加写了"补记"或"备考",但因为逝世没有完成。完成该书编辑的是许广平女士。许广平在《编后说明》中说:"其他如《怀旧》……比亚兹莱画选小引……等篇,谅为先生故意删掉或漏落,或年远失记,一向没有收集的。为了敬仰先生的一切,全集尽力之所能集,这里也都编入了。"② "小引"之类文字,完成时间不久,鲁迅不可能遗忘,也不难寻找,可见他没有编入文集的计划。

---

① 鲁迅:《〈比亚兹莱绘画选〉小引》,《鲁迅全集》第7卷,第357—358页。许广平后记见鲁迅先生纪念委员会编、鲁迅全集出版社1939年5月发行的《集外集拾遗》。
② 星野幸代:《鲁迅〈《比亚兹莱画选》小引〉的写成——以西蒙斯和杰克逊的影响为中心》,《上海鲁迅研究》2010年秋季号,李金然译;徐霞《"比亚兹莱"的中国旅程——鲁迅编〈比亚兹莱画选〉有关文化、翻译、艺术的问题》,《鲁迅研究月刊》2010年第7期。

本文介绍的是鲁迅《〈凯绥·珂勒惠支版画选集〉序目》（以下简称《序目》）。① 这篇文章，鲁迅去世前已经有了将其编入《且介亭杂文末编》的计划，而且列为第二篇。后来文集由许广平编成，于1937年7月出版。

显然，鲁迅把这一篇视为自己的著作。但鲁迅并非没有迟疑。他去世前不久，日本作家鹿地亘编译他的文集，计划收录这篇《序目》，写信征求他的意见，他回信说："不过，我以为没有《珂勒惠支版画选集序目》这篇也好。记得在日本已有更详细的介绍了。不过倘已译好，收进去亦可。"听口气，仿佛同意收进文集，主要原因是不想让翻译者的辛劳白白浪费。而且对于《序目》的后半部分，鲁迅更表示疑问道："版画的解释是否也要翻译？"② 语气中颇含有这一部分不能算是自己的创作的意思。

的确，鲁迅在《序目》中是做了声明的："选集所取，计二十一幅，以原版拓本为主，并复制一九二七年的印本《画帖》以足之。以下据亚斐那留斯及第勒（Louise Diel）的解说，并略参己见，为目录——……"因为有了"己见"，而且前半部分也有一些自己组织的介绍和议论文字，这篇文字——特别是后半部分——就不能完全算是翻译。但又因为是"略参"，自己的意见并不很多，就使得他本人和后人在将其编入著作集还是译文集的时候面临两难选择了。

二

为编辑《凯绥·珂勒惠支版画选集》，鲁迅做了充分准备。

鲁迅购藏的凯绥·珂勒惠支作品集主要有：《凯绥·珂勒惠支帖》Käthe Kollwitz Mappe, Herausgegeben Von Kunstwart, Kunst-wart-Verlag, München, 1927；《凯绥·珂勒惠支画集》Das Käthe Kollwitz-Werk, Dres-den, C. Reissner, 1931, 38P, 182 pictures；《母与子》Mutter Und Kind, Gestalten und Ge-sichte der Künstlerin gedeutet von Louise Diel, Berlin, Furche-Kunstverlag, 1928；《发出一声呐喊：女艺术家的生平和作品》Ein ruf ertönt, Eine Einführung in das Lebenswerk der Künstlerin von Louise Diel, Berlin, Furche Künstverlag, 1927；《织工、农民战争、战争》Ein Veberaufstand, Bauernkrieg, Krieg.

---

① 《鲁迅全集》第6卷，第485—494页。
② 鲁迅1936年9月6日致鹿地亘信，《鲁迅全集》第14卷，第392—293页。

Die drei Blattfolgen der Künstlerin mit Text von Louise Diel, Berlin, Furche-Kunstverlag。除第一种《凯绥·珂勒惠支画帖》（以下简称《画帖》）为斐迪南·亚斐纳留斯（Ferdinand Avenarius，1856—1923）编辑外，其他几种多为迪尔（鲁迅译作"第勒"）编著。

鲁迅购藏凯绥·珂勒惠支版画原作 16 幅。当他编辑《凯绥·珂勒惠支版画选集》时，全部使用了所藏版画，其余取自所藏图书，特别是《画帖》。他在上海举办木刻讲习班和德国版画展览会时，曾展示这些版画和书籍，并把《织工》六幅版画赠送给日本讲师内山嘉吉以为答谢。据内山嘉吉回忆："在六天的讲习中，鲁迅先生每天带着珂勒惠支和其他作家的版画集，一边让大家看，一边配合我的讲义对大家讲解，他的热忱真令人钦佩。""鲁迅先生赠我一件我认为受之有愧的礼物，那就是前面所说，被 B29 燃烧弹烧毁的珂勒惠支亲笔签名的铜板《织匠》一套六幅。战前和战中，我曾几次把这套鲁迅先生生前所珍惜的版画借给小野忠重先生，由他在日本各地展示给大家欣赏。"①

鲁迅所编《凯绥·珂勒惠支版画选集》受其所藏德国图书的影响是很明显的。《画帖》收入作品 15 幅：Aus Dem Weberaufstand（织工一揆）、Gretchen（格莱亲）、Tanz um Die Guillotine（断头台边的舞蹈）、Aufruhr!（造反!）、Bewaffnung!（圆洞门里的武装）、Losbruch（反抗）、Schlachtfeld（战争）、Arbeitslos（失业）、Arbeiterin（女工）、Die Begrussung（欢迎）、Mutter und Kind（母与子）、Die Ge-schwister（兄弟姐妹）、Uberfahren（突袭）、Das Sterbende Kind（垂死的孩子）、Tod und Weib（死和女人）。鲁迅编辑的《版画选集》共收 21 幅作品：《自画像》（Selbstbild）、《穷苦》（Not）、《死亡》（Tod）、《商议》（Beratung）、《织工队》（Weberzug）、《突击》（Sturm）、《收场》（Ende）、《格莱亲》（Gretchen）、《断头台边的舞蹈》（Tanz Um Die Guillotine）、《耕夫》（Die Pflueger）、《凌辱》（Ver-gewaltigt）、《磨镰刀》（Beim Dengeln）、《圆洞门里的武装》（Bewaffnung In Einem Gewoelbe）、《反抗》（Losbruch）、《战场》（Schlachtfeld）、《俘虏》（Die Gefangenen）、《失业》（Arbeitslosigkeit）、《妇人为死亡所捕获》（Frau Vom Tod Ge-packt）亦名《死和女人》（Tod Und Weib）、《母与子》（Mutter Und Kind）、《面包!》（Brot!）、《德

---

① 内山嘉吉：《中国版画与我》，《版画》第一期（1956 年 10 月）。

国的孩子们饿着!》(Deutschlands KinderHungern!)。鲁迅的《选集》所收一部分是他从德国原作者那里购买的原拓,一部分如《格莱亲》《断头台边的舞蹈》《失业》《死和女人》《母与子》直接取自画帖。因未见原作,所据为画帖,因此,有的作品"原大未详",只标注了创作时间、版刻类型等信息。鲁迅曾购买两个版本的《画帖》,他在《序目》中做了比较,认为,珂勒惠支的"本国所复制的作品,据我所见,以《凯绥·珂勒惠支画帖》(Kaethe Kollwitz Mappe, Herausgegeben Von Kunstwart, Kunstwart-Verlag, Munchen, 1927)为最佳,但后一版便变了内容,忧郁的多于战斗的了"。后来,他把后一版赠送给朋友,留下第一版作参考。①

鲁迅《序目》中介绍画家生平的文字,主要来自《画帖》,也参考了其他资料。材料使用中出现了一些意义不明确、不准确甚至错误的地方。如"这穷困的法学家便如俄国人之所说:'到民间去'"。考虑到上文的语境,如果译为"这位贫穷的法学家因为做不成官,只好像俄国人所说的,成了人民大众的一员了",就更容易理解。原文说画家的父亲做法官不成而做了泥瓦工,一直到卢柏死后,才来当这教区的首领和教师(er wurde Maurer machte als solcher seinen Meister und blieb Maurer so lange, bi ser als Sprecher in die Gemeinde Rupps aufgenommen ward.),鲁迅《序目》中却译作他当了"木匠"。类似的笔误还有,如鲁迅说"一九一四年十月末,她的很年青的大儿子以义勇兵死于弗兰兑伦",事实上,战死的是她的第二个儿子彼得。鲁迅写作时,材料来源比较多,有德文原文,也有日文和中文参考资料,后者包括史沫特莱女士应鲁迅之约为版画选集所撰序言《凯绥·珂勒惠支——民众的艺术家》(茅盾译)。把女艺术家的父亲说成木匠的错误,就可能源自序言。而关于珂勒惠支儿子的战死,序言说:"凯绥·珂勒惠支以百折不回的坚毅,憎恨着战争。上次的欧洲大战夺去了她的长子,仅仅只有十八岁的小伙子。他是战死在比利时的被欺骗的第一批德国青年之一,他就葬在比利时。"史沫特莱在写作时发生了笔误,鲁迅参考她的文字,遂以讹传讹。但是有一个地方,则是史沫特莱的序言不错而鲁迅《序目》出错,又说明鲁迅并不是全部以序言的说法为准。这是当说到凯绥·

---

① 黄乔生:《鲁迅外文藏书提要(二则)·凯绥·珂勒惠支画帖》,《鲁迅研究月刊》2011年第3期。

珂勒惠支的父亲对女儿的培养时，鲁迅《序目》说："然而先不知道凯绥的艺术的才能。"亚斐纳留斯的原文是 Käthes Kunstlertalent erkannte er fruh. 珂勒惠支的父亲认识到了凯绥的艺术才能，在女儿的艺术教育上不惜财力。史沫特莱的序言说得很清楚："作为那时候的一个社会主义者，他反抗着妇女应得安分守着教堂，厨房，和孩子的观念，——这是旧德国君主政权下的，而也是现在国社党（NAZI）政权下的社会的法规。因了她父亲的这一信念，所以凯绥能够成为艺术家。"珂勒惠支 14 岁前，她的父亲就为她特别安排了素描课程。①

接下来，鲁迅的介绍文字比亚斐纳留斯原文多了两个情节，一是"这才赴她的兄弟在研究文学的柏林"，二是为了"厌倦"去了 Munchen 的 Herterich 那里学习。亚斐纳留斯的原文也没有提到女艺术家兄弟幼年时的朋友。亚斐纳留斯《画帖》介绍珂勒惠支的《妇人被死亡所捕》和以"死"为题材的小图，与鲁迅的介绍小有出入。原文说 1909 年的作品有《失业》和《妇人被死亡所捕获》，鲁迅把后者算作 1910 年的作品。而原文将"死"题材小图系在 1911 年。②

1911 年后画家的经历和创作情况，鲁迅显然参考了亚斐纳留斯著作之外的资料，如迪尔编辑的著作。"一八年十一月，被选为普鲁士艺术学院会员，这是以妇女而入选的第一个。从一九年以来，她才仿佛从大梦初醒似的，又从事于版画了，有名的是这一年的纪念里勃克内希（Liebknecht）的木刻和石刻，零二至零三年的木刻连续画《战争》，后来又有三幅《无产者》，也是木刻连续画。"关于珂勒惠支一生艺术风格的转变，鲁迅《序目》讲得并不详细，尤其没有讲到六十岁的珂勒惠支毅然衰年变法，开始尝试新的表现方式——雕塑。而这一点，史沫特莱的序言说述较详。

对于画家的评价能体现鲁迅的艺术观。但《序目》中有些观点直接译自《画帖》。鲁迅有时标明出处，如在"诚如亚斐那留斯之所说"之下，有一大段引文：

---

① 阿瑟·克莱因、敏娜·克莱因：《珂勒惠支的艺术生活》，顾时隆译，人民美术出版社 1987 年版，第 12 页。

② 其他类似的错误还有。如版画作品的纪年，《战争》木刻连续画的创作时间，鲁迅写作 1902—1903 年，实际上是 1923 年的作品。

新世纪的前几年，她第一次展览作品的时候，就为报章所喧传的了。从此以来，一个说，"她是伟大的版画家"；人就过作无聊的不成话道："凯绥·珂勒惠支是属于只有一个男子的新派版画家里的"。别一个说："她是社会民主主义的宣传家"，第三个却道："她是悲观的困苦的画手"。而第四个又以为"是一个宗教的艺术家"。要之：无论人们怎样地各以自己的感觉和思想来解释这艺术，怎样地从中只看见一种的意义——然而有一件事情是普遍的：人没有忘记她。谁一听到凯绥·珂勒惠支的名姓，就仿佛看见这艺术。这艺术是阴郁的，虽然都在坚决的动弹，集中于强韧的力量，这艺术是统一而单纯的——非常之逼人。

这里的"一个说"，"别一个说"，并非确指，因为《画帖》原文也没有加以注明。原作者的用意，是以此说明画家的艺术存在较大争议，有人攻击她，也有人给以辩护。

1927年，珂勒惠支六十岁。鲁迅的《序目》中介绍了一些情况："霍普德曼那时还是一个战斗的作家，给她书简道：'你的无声的描线，侵人心髓，如一种惨苦的呼声：希腊和罗马时候都没有听到过的呼声。'"这些材料鲁迅借自迪尔编撰的《织工、农民战争、战争》，只是其中对霍普德曼的评价可能受了史沫特莱《序言》的影响。《序言》说："这时候（指凯绥·珂勒惠支在巴伐利亚学习时——引者），正是该尔哈尔德·霍普德曼（GERHART HAUPTMANN）这戏曲家（从那时以后，是名誉和威权的磕头虫）以及抱着同样见解的许多男人和女人在艺术和文学上引导着为现实主义的斗争。"迪尔编撰的《织工·农民战争·战争》的扉页上有欧洲知名人士为她的六十寿辰纪念发来的贺信的，署的是签名手迹。霍普特曼的贺信写于1927年6月10日。而法国作家罗曼·罗兰（Romain Rolland）的贺信写于7月8日，原文为法文，附有德译文。鲁迅完整地翻译了这段话："凯绥·珂勒惠支的作品是现代德国的最伟大的诗歌，它照出穷人与平民的困苦和悲痛。这有丈夫气概的妇人，用了阴郁和纤秾的同情，把这些收在她的眼中，她的慈母的腕里了。这是做了牺牲的人民的沉默的声音。"不过，扉页上排在第一位的是另一位德国著名艺术家马克思·利伯曼（1847—1935）写于1927年5月15日的贺词，鲁迅却没有引用。当时，为庆祝女艺术家的60寿辰，举办了多个作品展览会，规格最高的当属普鲁士艺术学院主办的展览会。而利伯曼正是这个艺术学院的领导人（präsident der Preusischen Academie ber Künste）。利伯曼是一位犹太人，柏林分离派的发起人之一，长期担任普鲁士艺术学院院长和名誉院长。他在纳粹统治时期受到迫害，被迫辞去艺术学院名誉院长职务。他的贺词应该是很重要的，因为另外两位是作家和戏剧家，只有他是艺术家。①

关于凯绥·珂勒惠支的现况，鲁迅这样做了介绍："然而她在现在，却不能教授，不能作画，只能真的沉默的和她的儿子住在柏林了；她的儿子像那父亲一样，也是一个医生。"这些情况可能得自与珂勒惠支有交往的史沫特莱，也可能得之于当时的报纸杂志。鲁迅曾与中国民权保障同盟的同志一起到德国驻上海领事馆，就希特勒政府迫害文化人士而向德国政府提出抗议。珂勒惠支就在受迫害之列。而她本人也对中国的左翼运动表示过声援，例如，柔石等左翼作家被秘密杀害后，她的名字也列在欧洲文化界人士抗议宣言上。

鲁迅的介绍文字中，未注明出处的引文也有不少。例如，"在女性艺术家之中，震动了艺术界的，现代几乎无出于凯绥·珂勒惠支之上——或者赞美，或者攻击，或者又对攻击给她以辩护"。看行文风格，很可能译自外文。鲁迅提到原作者的名字而不注明具体出处的，有霍善斯坦因（Wilhelm Hausenstein），他"批评她中期的作品，以为虽然间有鼓动的男性的版画，暴力的恐吓，但在根本上，是和颇深的生活相联系，形式也出于颇激的纠葛的，所以那形式，是紧握着世事的形相"。还有一段日本评论家的话："她照目前的感觉，——永田一修说——描写着黑土的大众。她不将样式来范围现象。时而见得悲剧，时而见得英雄化，是不免的。然而无论她怎样阴郁，怎样悲哀，却决不是非革命。她没有忘却变革现社会的可能。而且愈入老境，就愈脱离了悲剧的，或者英雄的，阴暗的形式。"下文又提到，永田一修将珂勒惠支后来的作品加以分析，认为霍善斯坦因的批评有所不足。永田一修还将她的作品同利伯曼的作品进行比较，说，后者是只觉得题材有趣，来画下层世界，她是因为被周围的悲惨生活所感动，所以非画不可，这是对于榨取人类者的无穷的愤怒。鲁迅引用这些论述时，只提到作者之名，而未说明出自何种杂志或

---

① Ein Veberaufstand, Bauernkrieg, Krieg, Die drei Blattfolgen der Künstlerin mit Text von Louise Diel. Berlin, Furche-Kunstverlag.

书籍。只是在日文译者要翻译这篇文章时,鲁迅才告诉他日文引文的出处:"其中引用永田氏的原文,登在《新兴艺术》上,现将该杂志一并送上。"具体地说,永田一修文章题为《世界现代无产阶级美术的趋势》,载《新兴艺术》1930 年 7、8 月第 4、5 号合刊。① 鹿地亘的译本在日本出版,鲁迅这篇文字的一部分因此可以算是日文版的"出口转内销"了。

鲁迅编辑的《凯绥·珂勒惠支版画选集》体例上虽然有所取法于《画帖》,但也有自出心裁之处。至少,版画选集的第一个作品、女艺术家的《自画像》是鲁迅的精心安排,正如《序目》所说:"这是作者从许多版画的肖像中,自己选给中国的一幅,隐然可见她的悲悯,愤怒和慈和。"

三

鲁迅说《序目》对珂勒惠支版画作品的解说参考了亚斐纳留斯和迪尔的著作,而掺杂一些"己见"。那么,这些"他见"和"己见"分别是哪些?下面略举几例以作说明。2010 年在北京举办了凯绥·珂勒惠支版画展览,展示其艺术成就及对中国现当代美术的影响。② 随展出版的图册③,收录展出作品并配解说文字。凡曾在鲁迅所编《选集》中出现的,图录都采用了鲁迅《序目》中的解说文字。因此出现一个有趣的现象:鲁迅从德国著作中有时直接翻译的文字,又被图录的编者当作鲁迅本人的意见引用。鲁迅在中国名声甚大,又是最先介绍凯绥·珂勒惠支到中国来的人,编者借重鲁迅的影响力推广展览,用意不难理解。然而,编者想必从鲁迅文章中得知,文中的很多意见来自两位德国艺术评论家,但却未对此加以说明。图录以中英两种文字出版,因此,鲁迅这些文字又被译成英文。从德文到中文,又从中文到英文,鲁迅参考的德国评论家的意见经过了一个辗转翻译的过程。不过,也许因为展览图册的编纂者感到鲁迅《序目》中解说的不足,又另撰了较长较细致的解说词,与鲁迅的解说并行。

---

① 《新兴艺术》,日本美术理论月刊,田中房次郎编,1929 年创刊,东京艺文书院出版,鲁迅藏有第一年第 1—3 号、第二年第 1—3 号、第 4—5 号。
② 参阅《鲁迅研究月刊》2010 年第 3 期相关报道,及同期刊载的黄乔生的文章《梦里依稀慈母泪——为"珂勒惠支和当代艺术作品"巡回展而作》。
③ 艺美基金会编:《凯绥·珂勒惠支 Käthe Kollwitz》,2009 年。

先来看系列版画《织工》："这是有名的《织工一揆》①（Ein Weberaufstand）的第一幅，一八九八年作。前四年，霍普德曼的剧本《织匠》始开演于柏林的德国剧场，取材是一八四四年的勒列济安（Schlesien）麻布工人的蜂起，作者也许是受着一点这作品的影响的，但这可以不必深论，因为那是剧本，而这却是图画。"鲁迅所编《版画选集》全部收录这个系列，而亚斐纳留斯则是从中选取了他认为最好的一幅即第五幅《冲门》（Sturm），鲁迅译作《突击》。《序目》对《突击》的解说词是：工场的铁门早经锁闭，织工们却想用无力的手和可怜的武器，来破坏这铁门，或者是飞进石子去。女人们在助战，用痉挛的手，从地上挖起石块来。孩子哭了，也许是路上睡着的那一个。这是在六幅之中，人认为最好的一幅，有时用这来证明作者的《织工》，艺术达到怎样的高度的。"人认为"，可能是"有人认为"，也可能是"普遍认为""公认为"，是不明确也不准确的用法。

《画帖》的解说是：

> Vor der Gartenpforte es abrikanten Dreiβiger. Sie erfen it teinen inein nd brechen ie ür uf. Wie usdrucksvoll ieses frühe Blatt auch ist, es lät doch kaum ahnen, zu welcher Hδhe sich die Kunst Hathe Kollwitzens bis zum" Bauernkriege "steigern wird.

鲁迅的解说比较详细，对人物的状态进行描述甚至发挥，如说女子们助战时，写下了"痉挛的手"这种有动感的想象之词。鲁迅特别关注到画面上的妇女和孩子，还结合系列中的其他作品，把握了画面的连续感，如说前一幅版画中睡着的孩子这时醒来而且哭了。但鲁迅没有借用亚斐纳留斯最后一句的将这幅版画之同《农民战争》系列比较的观点"这版刻技术后来在《农民战争》中达到顶峰"。展览图录在解说这幅图时，没有提到前面画面中熟睡的孩子，但却介绍了另外一个孩子——在以前的画面中没有出现的："妇女、男人和儿童聚集在一道装饰华丽的铁门前，即将暴力越过栅栏。地面上站着一名男子和一个儿童正举起石头，递给一个弯着腰的妇女。她

---

① 织工一揆，即织工起义。一揆为日语。从这个中日合璧的译名来看，鲁迅也参考了日文资料。

一只手把石头放进围裙里,另一只手把石头递给一个男人,而他准备把石头掷过大门……"① 这解说使画面更有动感。

《织工》系列版画的第一幅《穷苦》,亚斐纳留斯的《画帖》并没有收入。鲁迅《序目》解说道:"我们借此进了一间穷苦的人家,冰冷,破烂,父亲抱一个孩子,毫无方法的坐在屋角里,母亲是愁苦的,两手支头,在看垂危的儿子,纺车静静的停在她的旁边。"鲁迅在给日文译者鹿地亘的信中说:"请将说明之二《穷苦》条下'父亲抱一个孩子'的'父亲'改为'祖母'。我看别的复制品,怎么看也像是女性。Diel 的说明中也说是祖母。'"从这段话可以看出,鲁迅写作的时候,并没有参考迪尔的著作,仅凭己意,解说画面。后来自己发现或者经人指出其中的错误,才去核对材料,确定那个人是女性。奇怪的是,2010 年北京画展图录在鲁迅的评论之下另撰一个解说词,却也将"祖母"误作"父亲",显然是过于相信鲁迅的解说了:

> 此幅石板画描绘了一个拥挤不堪的房间,在最显著的前景位置,一个孩子躺在床上睡觉。母亲在床边弯着身子,额头遍布皱纹,瘦骨嶙峋的大手抱着头,愁苦而绝望。父亲和另一个孩子在后窗边蜷缩着,焦急地望着熟睡中的孩子。光从小窗透进屋内,照亮了熟睡孩子的脸,同时也照射出这个家庭贫困、破败的场景。父母凝望他们病榻上孩子的坚韧的目光,折射出一种不安的绝望。一架闲置的织布机,说明这个家庭失业的不幸状况,同时填补了房间后部的空间。阴影越过后窗,指向下一幅版画。②

自然,后出转精,展览图册对画面的描写更加细腻。

《版画选集》中有四幅作品直接取自亚斐纳留斯的《画帖》,即《格莱亲》《断头台边的舞蹈》《死和女人》《母与子》。

关于《格莱亲》(Gretchen),鲁迅的解说是:"一八九九年作,石刻;据《画帖》,原大未详。歌德(Goethe)的《浮士德》(Faust)有浮士德爱格莱亲,诱与通情,有孕;她在井边,从女友听到邻女

---

① 艺美基金会编:《凯绥·珂勒惠支 Käthe Kollwitz》,2009 年,第 26 页。
② 艺美基金会编:《凯绥·珂勒惠支 Käthe Kollwitz》,2009 年,第 18 页。

被情人所弃，想到自己，于是向圣母供花祷告事。这一幅所写的是这可怜的少女经过极狭的桥上，在水里幻觉的看见自己的将来。她在剧本里，后来是将她和浮士德所生的孩子投在水里淹死，下狱了。原石已破碎。"

其中关于原石的存殁情况，来自亚斐纳留斯的解说的最后一句：Die Verlassene auf dem schmalen, schmalen Steg, und unten im Wasser spukt ihr die Zukunft. Wohl das früheste der "visionären" Bilder dieser Künstlerin. Die Platte dieses wundersamen Werkes ist zerstδrt. 但亚斐纳留斯原文中在这幅版画中表现了"艺术家最初的对于幸福的幻象"这个意思，鲁迅并没有采用。鲁迅为中国读者加添了一些基本信息，即歌德《浮士德》中格莱亲的结局。

鲁迅这样解说《断头台边的舞蹈》（Tanz um Die Guillotine）："是法国大革命时候的一种情景：断头台造起来了，大家围着它，吼着'让我们来跳加尔玛弱儿舞罢！'（Dansons La Carmagnole!）的歌，在跳舞。不是一个，是为了同样的原因而同样的可怕了的一群。周围的破屋，像积叠起来的困苦的峭壁，上面只见一块天。狂暴的人堆的臂膊，恰如净罪的火焰一般，照出来的只有一个阴暗。"与《画帖》的解说差别不大：Das Blutgerüst steht, sie heulen das "Dansons la Carmagnole!" Keine Einzelnen, eine von gemeinsamen Aualen ge-meinsam vertierte Masse. Die alten Häruser rings wie aus tausenderlei wiederholten Alltagsleiden Hauf über Hauf geschichtetes Elend. Vom Himmel nur ein zackiger Fetzen frei. Alles sonst eine Düsternis, die von den Armendes rasenden Menschenhaufs wie von Fegfeuerflammen durch-flackert wird.

《妇人为死亡所捕获》（Frau Vom Tod Gepackt），亦名《死和女人》（Tod und Weib）。鲁迅的解说词是："一九一〇年作，铜刻；据《画帖》，原大未详。'死'从她本身的阴影中出现，由背后来袭击她，将她缠住，反剪了；剩下弱小的孩子，无法叫回他自己的慈爱的母亲。一转眼间，对面就是两界。'死'是世界上最出众的拳师，死亡是现社会最动人的悲剧，而这妇人则是全作品中最伟大的一人。"亚斐纳留斯的解说较为简短，但大体具备鲁迅解说的意思：Er überfärllt's von hinten aus ihrem eignen Schatten, umklammert's und zerknicht's. Meisterringer der Welt, aber hier auch Teufel. Die Komposi-tion statuarisch. Das Ganze unter den groβen Werken dieser Frau eines der

Grδβten. 鲁迅省略了原文的"雕像般的作品"（Die Kom position Statusrisch）这个形容语，而加入自己的观感："剩下弱小的孩子，无法叫回他自己的慈爱的母亲。一转眼间，对面就是两界。"更注意对作品悲剧气氛的渲染。

关于《母与子》的评论，鲁迅也部分采用了亚斐纳留斯的观点，并且加以声明。"《母与子》（Mutter Und Kind）。制作年代未详，铜刻；据《画帖》，原大 19×13cm。在《凯绥·珂勒惠支作品集》中所见的百八十二幅中，可指为快乐的不过四五幅，这就是其一。亚斐那留斯以为从特地描写着孩子的呆气的侧脸，用光亮衬托出来之处，颇令人觉得有些忍俊不禁。"差不多是直译亚斐纳留斯的解说：

> Neben der gleichfalls von uns abgebileten "Begruβung" vielleicht das einzige "freundliche" Blatt der Kollwitz. In der sorgfältigen Zeichnung des drolligen Kinderprofils und in seiner Heraush-ebung durch die Beleuchtung mag man sogar et-was wie Humor finden.

只是亚斐纳留斯原文认为，这是珂勒惠支唯一"欢快"（einzige freundliche）的作品，并不准确，因为珂勒惠支这种温馨快乐场面的作品还有一些，所以鲁迅加添了数字"四五幅"。亚斐纳留斯的《画帖》成书时间较早，而鲁迅搜集的珂勒惠支作品集好几种，鲁迅举出的例证，就是迪尔编辑的《凯绥·珂勒惠支作品集》。当然，其中欢快作品占的比重并不大，所以说"不过四五幅"。

附带说明，2010 年北京展览图录提供了一个信息：这幅版画中的工人妇女是珂勒惠支创作的原型之一瑙约克女士，她们之间因创作产生了友情。这些传记材料，又是鲁迅不及看到的了。①

鲁迅的观察力是敏锐的，他在这些版画中注意到了一般人可能忽略的内容，从而体察原作者的用意。例如《织工队》。他在《序目》中解释说："《织工队》（Beberzug）。铜刻，原大 22×29cm，同上的第四幅。队伍进向吮取脂膏的工场，手里捏着极可怜的武器，手脸都瘦损，神情也很颓唐，因为向来总饿着肚子。队伍中有女人，也疲惫到不过走得动；这作者所写的大众里，是大抵有女人的。她

---

① 艺美基金会编：《凯绥·珂勒惠支 Käthe Kollwitz》，2009 年，第 82 页。

还背着孩子,却伏在肩头睡去了。"鲁迅注意到了处于画面中心位置的女子和儿童,而关注妇女儿童,正是凯绥·珂勒惠支艺术的特点之一。

展览图录的解说文字更细致:"十八名织工在示威浪潮中游行,十八张不同的面孔,充满着进攻和反抗的怒火。有些趋于平静,苦恼而恐惧,但依然坚定决绝。走在游行队伍最前面的是一位瘦削的母亲,她凝视着地面,由于背着熟睡的孩子,她的头部和背部已经弯曲。一个愤怒的男人走在她面前,拳头紧贴在胸前,显示出坚毅的决心。在他身后是一个长相酷似年轻时的凯绥·珂勒惠支的女子,女子左右各有一个男人,一个年轻一个年老。年轻男子高昂着头,加入到呐喊和歌唱的队伍中;老年男人嘴角低垂,满面愁容但正义凛然,他的双手深深插在上衣口袋中;而年轻的'艺术家'正充满期许地遥望前方。他们后面是四名高大壮硕的织工,高喊着前行。他们头部的不同角度为整个队伍创造了一个动态的前进步调。那些在他们身后和四周的织工手持他们日常的劳动工具如斧头、镐和镰刀,但却仿佛携带者武器一样,挑衅性地挥舞着拳头,抑或无可奈何地注视前方。……"①

这段文字吸收了长期以来的研究成果,注重介绍珂勒惠支的艺术手法。而鲁迅早就识得那个熟睡的孩子,体会到版画家匠心独运的所在。仅凭这点"己意",鲁迅堪称珂勒惠支的"知音"。

再来看"农民战争"系列。关于《圆洞门里的武装》(BewaffnungIn Einem Gewoelbe),鲁迅的解说较亚斐纳留斯为简略。"大家都在一个阴暗的圆洞门下武装了起来,从狭窄的戈谛克式阶级蜂涌而上:是一大群拼死的农民。光线愈高愈少;奇特的半暗,阴森的人相。"亚斐纳留斯的原文是:

> Aus der Folge "Bauernkrieg". Noch haben sie fast nur Sensen, Sicheln und Dreschflegel, nun sturmen sie die enge gotische Treppe hinauf. Wie ein "Heerwurm" aus verzweifelten Menschen. Die "Daumiersche Diagonale" der Komposition (die Käthe Kollwitz auch sonst ließt) aufs großartigste durchgeführt, ausdrucksvoll auch im Licht von den blitzender Sensen unten bis zu dem Verdämmern oben.

---

① 艺美基金会编:《凯绥·珂勒惠支 Käthe Kollwitz》,2009 年,第 24 页。

鲁迅的解说没有采用原文关于武器如打禾棒等的说明，只突出对"哥特式的楼梯"及对不顾一切的人群的描绘。但鲁迅省略了原文对版画艺术的评论，如，亚斐纳留斯认为，珂勒惠支喜欢使用的"多米埃式对角线"，在这幅版画中得到了最杰出的体现。"奇特的半暗，阴森的人相"，则是鲁迅自己的观感。

系列的第五幅《反抗》（Losbruch）。鲁迅《序目》写道："谁都在草地上没命的向前，最先是少年，喝令的却是一个女人，从全体上洋溢着复仇的愤怒。她浑身是力，挥手顿足，不但令人看了就生勇往直前之心，还好像天上的云，也应声裂成片片。她的姿态，是所有名画中最有力量的女性的一个。也如《织工一揆》里一样，女性总是参加着非常的事变，而且极有力，这也就是'这有丈夫气概的妇人'的精神。"鲁迅基本上采用了亚斐纳留斯的解说：Das Doppelblatt aus der Folge "Bauernkrieg". Das Weib, die Verk-δrperung hundertmal aufgespeicherter, hundertmal stummgepre-βter Wut, am Tage der Rache: wie sie hetzt, wird der ganze Schwarm ein Fluβ aus Leibern, dem sie die Richtung gibt. Die Weibsgestalt eines der gewaltigsten Gebilde unsrer gesamten Kunst, gerade, wie diese Gestalt gehalten und geladen ist und sich nicht austobt. Man beachte vor allem ihre Kopfhaltung, so wenig man davon sieht. Dann die Hände! Die Haltung in einem Sich-selber-Hemmen, während die Energie wie Elektrizität auf die andern strδmt. 虽然描述语有所简化，但强调了画面的激情和力度。

"农民战争"的第六幅是《战场》（Schlachtfeld）。鲁迅解说道："农民们打败了，他们敌不过官兵。剩在战场上的是什么呢？几乎看不清东西。只在隐约看见尸横遍野的黑夜中，有一个妇人，用风灯照出她一只劳作到满是筋节的手，在触动一个死尸的下巴。光线都集中在这一小块上。这，恐怕正是她的儿子，这处所，恐怕正是她先前扶犁的地方，但现在流着的却不是汗而是鲜血了。"亚斐纳留斯原文为：Ist er's? Ein Dunkel, aus dem sich mit einem Fast-Nichts an Zeichnung denoch die Gestalt des Weibes und sogar ihr Gesichtsausdruck zum bohrenden Eindruck lδst. Das Hell gesammelt auf einen kleinsten Raum. Auf ein entseeltes Gesicht und eine Hand. Was erzählt dieses Gesicht, was diese Hand! 展览图录提供了更多信息："战斗之后尸横遍野，弯腰农妇昏暗的轮廓与地平线一同构成了坟墓上十字架的形状，仿佛是为牺牲者树立的一座纪念碑。农妇伏在一个男孩的尸体前，他的头被农妇的灯盏照得极亮,农妇认出这就是她的儿子。这里珂勒惠支选择自己的儿子彼得作为男孩的原型,而这却成为了一个凶兆——彼得后来在1914年不幸牺牲在第一次世界大战的战场上。"①

《耕夫》(Die Pflueger),《画帖》并没有选录,鲁迅以所购原版编入选集。他的解说是:"这里刻划出来的是没有太阳的天空之下,两个耕夫在耕地,大约是弟兄,他们套着绳索,拉着犁头,几乎爬着的前进,像牛马一般,令人仿佛看见他们的流汗,听到他们的喘息。后面还该有一个扶犁的妇女,那恐怕总是他们的母亲了。"后面的确有一个母亲。鲁迅所藏的几种凯绥·珂勒惠支版画作品集中,可以见到有母亲形象的底稿。但珂氏出售这幅作品给鲁迅时,选了没有母亲的画面。

关于《失业》(Arbeitslosigkeit),鲁迅写道:"一九〇九年作,铜刻;据《画帖》,原大44×54cm。他现在闲空了,坐在她的床边,思索着——然而什么法子也想不出。那母亲和睡着的孩子们的模样,很美妙而崇高,为作者的作品中所罕见。"同《画帖》原文出入不大:Er sitzt an ihrem Bett—er hat ja Zeit!—grübelnd, was wird? Schwarz vor dem Weiβ, eine simple Lichtsymbolik, die so natürlich kam, daβ sie der Künstlerin vielleicht nicht einmal bewuβt ward Die Muttter und die schlafenden Kinder von einem schöneren, edleren Typ, als sonst bei der Künstlerin.

迪尔编纂的《发出一声呐喊》对于鲁迅编辑珂勒惠支作品、撰写序目,及后来撰写有关这位德国女艺术家的评论文字,都有帮助。②例如,关于珂勒惠支在版画创作方面的经历及业绩,鲁迅在《序目》中介绍说:"从一九年以来,她才仿佛从大梦初醒似的,又从事于版画了,有名的是这一年的纪念里勃克内希(Liebknecht,通译李卜克内西)的木刻和石刻。"鲁迅比较欣赏的珂勒惠支的一些作品,在迪尔这本著作中有详细的介绍,如第10页的《牺牲》,鲁迅就多次提到,并复制在报刊上,表达对牺牲的中国左翼青年的哀悼之情。

《版画选集》中有两幅直接取自迪尔编辑的《发出一声呐喊》,

---

① 艺美基金会编:《凯绥·珂勒惠支 Käthe Kollwitz》,2009年,第42页。
② 黄乔生:《鲁迅外文藏书提要(一则)·发出一声呐喊:女艺术家作品导论》,《鲁迅研究月刊》2011年第7期。

即《面包》（Brot!）、《德国的孩子饿着》（Deutschlands Kinder hungern!），分别在第 32、34 页上。鲁迅这样解说《面包!》（Brot!）："石刻，制作年代未详，想当在欧洲大战之后；据原拓本，原大 30×28cm。饥饿的孩子的急切的索食，是最碎裂了做母亲的心的。这里是孩子们徒然张着悲哀，而热烈地希望着的眼，母亲却只能弯了无力的腰。她的肩膀耸了起来，是在背人饮泣。她背着人，因为肯帮助的和她一样的无力，而有力的是横竖不肯帮助的。她也不愿意给孩子们看见这是剩在她这里的仅有的慈爱。"关于《德国的孩子们饿着!》，则这样说："石刻，制作年代未详，想当在欧洲大战之后；据原拓本，原大 43×29cm。他们都擎着空碗向人，瘦削的脸上的圆睁的眼睛里，炎炎的燃着如火的热望。谁伸出手来呢？这里无从知道。这原是横幅，一面写着现在作为标题的一句，大约是当时募捐的揭帖。后来印行的，却只存了图画。"

四

通过上文的讨论，我们约略了解了鲁迅这篇《序目》材料的来源，也略知文章的创新点也就是所谓"己见"究竟是哪些。可以说，这是一篇以译为主的文字。

1936 年鲁迅编辑《凯绥·珂勒惠支版画选集》时，身体已经十分衰弱。撰写"序目"，需要深入细致地研究作品，写出自己独到的感悟，不像序言作者史沫特莱只写出一般印象即可。鲁迅将难题留给了自己。时间紧迫，加之缺少参考资料，是造成序目不周全、少独创的重要因素。

鲁迅出版这部书，主要是为了介绍这位杰出的德国版画家，以为中国青年版画工作者的借鉴，并服务于现实的斗争。因为印制这部书并非以营利为目的，所以他在广告中以君子之腹发出号召："有人翻印，功德无量。"

或者有人会说，由此可见鲁迅版权意识不强。前文在介绍鲁迅《集外集》序言中说到自己借用外国材料来著作时，提到了"偷"字，似乎是信手一写，幽了一默。在那时也许不算什么，但以今天的眼光来看，就有抄袭和侵权之嫌。的确，在鲁迅时代，版权问题不像现在这么受重视。他有时在未征得原作者同意的情况下，翻译编印他们的作品。即便是对自己著作的版权，他也并不看得很重——特别是对待外国翻译出版的时候。例如，他在致捷克翻译家普实克的信中说:"我同意于将我的作品译成捷克文,这事情,已经是给我的很多的光荣,所以我不要报酬,虽然外国作家是收受的,但我并不愿意同他们一样。先前,我的作品曾经译成法、英、俄、日本文,我都不收报酬,现在也不应该对于捷克特别收受。况且,将来要给我书籍或图画,我的所得已经够多了。"① 当美国人伊罗生翻译他的小说发表在纽约《小说杂志》后,写信询问他如何转交稿酬,他的回答让伊罗生感到"有个性有特色":"您翻译我的小说《风波》要寄给我的报酬,我想告知您的是,我不愿获取,因为我在这件事上没有花多少功夫。我希望此款由您随意处置。"②

不过,随着图书出版越来越商品化,作为自由撰稿人的鲁迅受生活所迫,版权意识有所提高。晚年,他在给友人的信中慨叹:"上海真是流氓世界,我的收入,几乎被不知道什么人的选本和翻板剥削完了。然而什么法子也没有。"③ 而且,外国重视版权,不断有人向他申请版权许可,也使他的版权意识得到加强,例如《草鞋脚》的译者、美国人伊罗生来信请求授权时,他回信说:"我的小说,今年春天已允许施乐君(埃德加·斯诺——引者注)随便翻译,不能答应第二个人了。"④ 这当然又是一个受西方观念影响的例证。

鲁迅《序目》以及诸如《〈比亚兹莱画选〉小引》之类"作""译"混杂的文字,至少提醒我们,鲁迅对于西方艺术的学习和评介,是一个艰难、复杂的过程,既显示了他本人的艺术修养和语学程度,也多少体现了中国近现代文化与西方文化融合的广度和深度。中国近现代文化深受西方文化影响,翻译、改写过程中,生吞活剥造成的消化不良,思绪纷繁引起的行文混乱,个中甘苦,很多人都经历过。鲁迅曾以"窃火煮自己的肉"来比喻这项工作,断非当时人们喊喊"奥伏赫变"之类口号、后来者献上"中西贯通"之类赞词那么简单。将一百多年来外国对中国的影响做一个彻底的梳理,分清哪些材料是存货,哪些属于进口,哪些观念、主义是照搬照抄,哪些被真正理解和掌握,哪些是自己的创造。弄清楚原料怎样被引进,怎样被修改、篡改,怎样被误认为原创乃至独创,甚至重新包

---

① 鲁迅1936年9月28日致普实克信,《鲁迅全集》第14卷,第398页。
② 鲁迅研究室编:《鲁迅研究资料》第6卷,天津人民出版社1980年版,第11—13页。
③ 鲁迅1936年3月24日致曹靖华信,《鲁迅全集》第14卷,第55页。
④ 鲁迅1934年8月22日致伊罗生信,《鲁迅全集》第14卷,第320页。

装、回流海外,可探究的领域广阔得很。

短小的《序目》或可作为近现代中国文化演进中的一个标本,有更多"雄文""巨著"有待细读详论。

(原载《鲁迅研究月刊》2012 年第 4 期)

鲁迅杂文:何种"文学性"?

汪卫东

内容提要 杂文是鲁迅倾力最多也是最受争议的写作。鲁迅杂文之谜关乎对20世纪中国最有成就的作家的评价,也关乎对20世纪中国文学的深入理解。鲁迅不是从既有文学规范出发走向杂文的,于他,文学是一种行动,既是参与国族现代转型的独立精神行动,又是生命意义上个人存在的抉择,这一复杂承担者,最终是杂文。日本时期的"文学自觉"后,鲁迅先后经历了"小说自觉"与"杂文自觉","杂文自觉"是对自我与时代的双重发现,发生于"第二次绝望"后,以《华盖集》为标志。鲁迅以其真诚、原创的杂文创作,冲击着固有的文学规则和秩序,同时带来并确立了新的文学性质素,丰富并深刻影响了现代中国的文学性建构。鲁迅杂文对20世纪中国精神现场的展示及其精神难题的洞察,显现了文学揭示精神存在的文学性内核。

关键词 鲁迅杂文;文学自觉;小说自觉;杂文自觉;"文学性"

一 鲁迅杂文之谜

杂文,是鲁迅倾力最多的写作,后期更是以几乎所有的精力投入,在其一生的创作中,杂文字数占约百分之八十。杂文又是鲁迅创作中最受争议的,对于其成就,肯定者给以很高的评价;否定者也不少,其生前就有论者对杂文是否属于文学提出质疑,更多人惋惜未能于占尽先机且出手不凡的小说创作竭尽全力。

20世纪中国最重要的文学家百分之八十的创作是杂文,这个事实,使杂文是否文学这个问题,摆在了我们面前。

有趣的是,鲁迅生前说到杂文,往往语焉未详,话中有话,使杂文问题平添一种富有魅力的神秘色彩。

一方面，对于种种非议，每每在杂文集的序言或后记中提及，并略作辩解。如在其杂文写作初期的《华盖集·题记》中说：

> 也有人劝我不要做这样的短评。那好意，我是很感激的，而且也并非不知道创作之可贵。然而要做这样的东西的时候，恐怕也还要做这样的东西，我以为如果艺术之宫里有这么麻烦的禁令，倒不如不进去；还是站在沙漠上，看看飞沙走石，乐则大笑，悲则大叫，愤则大骂，即使被沙砾打得遍身粗糙，头破血流，而时时抚摩自己的凝血，觉得若有花纹，也未必不及跟着中国的文士们去陪莎士比亚吃黄油面包之有趣。①

将杂文称之为"短评"，并在字面上与"创作"分开。"创作"所指何为？是一般所说的现代意义上的文艺创作？若果如此，五四后公认的四大现代文体为小说、诗歌、散文、戏剧（话剧），难道"短评"不属于散文？所谓"短评"者，与"艺术之宫里"的散文，差别何在呢？

在杂文写作中期的《三闲集·序言》中，又以"杂感"称之：

> 但粗粗一想，恐怕这"杂感"两个字，就使志趣高超的作者厌恶，避之惟恐不远了。有些人们，每当意在奚落我的时候，就往往称我为"杂感家"，以显出在高等文人的眼中的鄙视，便是一个证据。……
> "杂感"之于我，有些人固然看作"死症"，我自己确也因此很吃过一点苦，但编集是还想编集的。②

在后期的《且介亭杂文·序言》中又说：

> 近几年来，所谓"杂文"的产生，比先前多，也比先前更受着攻击。例如自称"诗人"邵洵美，前"第三种人"施蛰存和杜衡即苏汶，还不到一知半解程度的大学生林希隽之流，就

---

① 鲁迅：《华盖集·题记》，《鲁迅全集》第3卷，人民文学出版社1981年版（下同），第4页。
② 鲁迅：《三闲集·序言》，《鲁迅全集》第4卷，第3页。

都和杂文有切骨之仇，给了种种罪状的。然而没有效，作者多起来，读者也多起来了。[①]

三段自述，正好分别处于其杂文创作的早、中、晚期，具有代表性。三段自述有以下几个特点：一是对倾情所注的对象，命名上一直有些含糊，称之为"短评""杂感"，及后来偶尔直呼其为"杂文"，其中确有个变化的过程；二是自觉将杂文与惯常所界定的"艺术""文艺""文学"和"创作"拉开距离；三是一再强调"然而要做这样的东西的时候，恐怕也还要做这样的东西""但编集是还想编集的"，情有独钟的态度非常明确，始终如一。

另一方面，杂文对于鲁迅，又是一个始料未及、不断发现的过程。《华盖集·题记》中说："在一年的尽头的深夜里，整理了这一年所写的杂感，竟比收在《热风》里的整四年所写的还要多。"《华盖集续编·小引》中又说："还不满一整年，所写的杂感的分量，已有去年一年的那么多了。"在编订完《且介亭杂文二集》写的《后记》中，鲁迅回顾道："我从在《新青年》上写《随感录》起，到写这集子里的最末一篇止，共历十八年，单是杂感，约有八十万字。后九年中的所写，比前九年多两倍；而这后九年中，近三年所写的字数，等于前六年……"发现杂文的过程，也是一个发现自我的过程，其与杂文的缘分约定，是一步步确立的，是偶然，似乎也是必然。

可以看到，鲁迅言及杂文，大多是在自我辩解的语境中，不能说没有自信，处境却相当被动。换言之，他一直是在抵抗中守护他与杂文的缘分约定。所可注意者，鲁迅从来不说杂文是什么，只是强调其与所谓"艺术""文艺""文学""创作"等不相干。通过否定性的言说来呈现对象，自是佛、道二家之所擅，莫非鲁迅继承了这一传统言说智慧？还是内有隐衷难以说出，或说来话长难以尽述？

大作家如此钟情执意于区区杂文，确乎成为20世纪中国文学的一个谜，此谜非同小可，不仅关乎对20世纪中国最有成就的文学家的评价，而且牵连对20世纪中国文学的理解，弥足重要，而又索解为难。

对鲁迅杂文的研究，前贤同人已作出过杰出的贡献，对于理解

[①] 鲁迅：《且介亭杂文·序言》，《鲁迅全集》第6卷，第3页。

"鲁迅杂文"现象,皆收启蒙发聩之功效。出于善情美意,论者多喜为鲁迅杂文之"艺术"的或"文学"的身份正名。历来对其文体特征的界定,就强调其"文学"和"艺术"的归属,瞿秋白认为杂文是"文艺性的论文"①,冯雪峰认为是"诗和政论凝结"②,后来研究者则归之为"侧重于议论性的散文"③;对于杂文文学特征的论述,大多聚焦于形象、类型、意象、诗性、想象、情感、修辞、体式和语言等所谓"文学艺术特色"层面。

在接受美学的观点上,以规范的、普泛的文学和艺术标准来探讨鲁迅杂文之受普通读者欢迎的原因,原也无可厚非。然而,以作者意图视之,本无意于常规的"文学"与"艺术"标准,如何以此类标准视之?更为关键的是,从常规文学标准出发,无法历史地理解鲁迅与杂文之间的宿命般的联系,进而发现其中可能蕴藏的文学问题。

鲁迅杂文之谜,蕴含着尚待挖掘的资源。值得追问的是,在谈到他人对杂文的非议的时候,鲁迅多表示对一般"文学理论"和所谓"艺术之宫"的不屑,这一否定之后,究竟潜伏有怎样的定见?是什么样的"文学"观念使他走向杂文的?杂文对于鲁迅,并不是一个预先的设计,而是一个不断发现自我的过程,那么,他又是怎样一步步走向杂文的?其中有什么必然性?对规范文学标准的拒绝,显现了什么样的"文学性"?鲁迅杂文现象,展现了20世纪中国"文学性"的哪些隐秘特征?作为文学范式,又是如何影响了20世纪中国"文学性"的意向性建构?

二 杂文背后的"文学主义"

杂文背后,有全新文学观念的支持。鲁迅的文学观,是五四文学观念的源头之一,既代表着五四文学观念较为深刻的一脉,同时还有尚未展开的更为深远的内涵。

20世纪是文学的世纪,五四标志着世纪思潮的文学转向。同是径由思想到文学的路径,陈独秀、胡适与鲁迅于五四文学革命走到

---

① 参见何凝(瞿秋白)《鲁迅杂感选集·序言》,青光书局(上海北新书局)1933年版。
② 参见冯雪峰《鲁迅与中国民族及文学上的鲁迅主义》,《文艺阵地》1940年第5卷第2期。
③ 参见林非《中国现代散文史稿》,中国社会科学出版社1981年版。

一起,然三人对文学内涵的具体考量,其实未必相同。确切地说,陈、胡虽垂青于文学的路径,但对这文学是什么,可能尚未遐思。鲁迅对文学的选择,有着断念和决断的深思背景。由于连接着后来一系列影响深远的文学行动,"弃医从文"已超出其个人事件的范围,在发生学意义上成为20世纪中国文学的原点性事件。弃医从文后得以实施的两件文学方案——一是在《河南》杂志发表的系列文言论文,二是兄弟二人翻译出版的《域外小说集》——皆能显示其对文学的全新想象。五篇文言论文对"精神"和"诗"两个契机的双重把握,昭示了十年后五四思想革命和文学革命的两个命题,成为20世纪中国文学的先声。

《域外小说集》的翻译是向异邦寻求"新声"的实践,"收录至审慎"①,侧重十九世纪后之俄国及东、北欧短篇小说,一多为被压迫民族的文学,二多为挖掘心灵、具有精神深度的作品,显示了与时人迥异的眼光。故序文不无自信:"异域文术新宗,自此始入华土。②"其所寓于文学者,一冀以反抗之声激起国人之"内曜",以助邦国的兴起,二以文学移入异质之精神,改造沉沦之国民性,即所谓"性解思维,实寓于此","籀读其心声,以相度神思之所在"③。在五四之前的周氏兄弟的文学方案中,文言还是白话,并非关心所在,五篇论文,皆出以文言,《域外小说集》在文言追求上,甚至意在与林琴南一比高下,此皆过于聚焦文学思想功能之故。

鲁迅文学的原初动机,是救亡图存的近代情结,而其深度指向,则是精神的现代转型,这就是救亡—精神—文学的转型理路;这一深度指向一经确立,也就越过民族国家的视域,指向人的精神的提升与沟通。

肇始于世纪初的想象与实践,十年后汇入五四文学革命,与胡适白话文运动结伴而行,修成正果。鲁迅文学的汇入,使内蕴不清的陈、胡文学革命方案,加入了深度精神内涵。鲁迅的每篇小说,都以"表现的深切"引起同人击节称赏,周作人《人的文学》一

---

① 鲁迅解释说:"集中所录,以近世小品为多,后当渐及十九世纪以前作品。又以近世文潮,北欧最盛,故采译自有偏至。惟累卷既多,则以次及南欧及泰东诸邦,使符域外一言之实。"(鲁迅:《译文序跋集·〈域外小说集〉序言》,《鲁迅全集》第10卷,第155页。)

② 鲁迅:《译文序跋集·〈域外小说集〉序言》,《鲁迅全集》第10卷,第155页。

③ 鲁迅:《译文序跋集·〈域外小说集〉序言》,《鲁迅全集》第10卷,第155页。

出，举座皆惊，后被胡适推为"当时关于改革文学内容的一篇最重要的宣言"①，皆因周氏兄弟实乃渊源有自，有备而来。

留日时期周氏兄弟的文学立论，在世纪初驳杂纷呈的中西语境中展开，其必须面对的文学观念，一是中国固有之文学观，其一为以文学为游戏、消遣的观念，晚清结合商业运作，此类文学正方兴未艾，与此相关，是文学无用论，其二是"文以载道"、以文章为"经国之大业"的文学功用观，晚近则是梁启超对小说与群治关系的揭示，以文学为治化之助；二是晚清刚刚传入的西方纯文学观念。于此三者，周氏皆有不满，游戏观念，自所不齿，载道之言，视为祸始，梁氏之说，直趋实用，西方传来之近代纯文学观，又过于"为艺术"。文学既关乎救亡，首先要排斥的，是本土之游戏、消遣观，舶来之纯文学观，亦须加修正。文学是有所为的，然其有所为，非传统之载权威之"道"，经一姓之"国"，亦非直接以助治化，而又要有所不为。要从这有为与无为的悖论夹缝中挣脱而出，需追寻文学更坚实的基座，故二人由此出发，把文学上推，与"精神""神思"等原初性存在直接对接。《摩罗诗力说》将文学与"史乘""工商""格言""卒业之券"这些应用性知识话语相比较，展示文学的"不用"性，再进一步追问文学的"不用之用"，将其归结为"以能涵养吾人之神思耳"②。周作人则广集西方近世诸家之说，考索文学要义，采美国宏德（Hunt）之说，将文学"使命"归为四项："裁铸高义鸿思，汇合阐发之""阐释时代精神，的然无误也""阐释人情以示世""发扬神思，趣人生以进于高尚也"。③ 最后得出："文章一科，后当别为孤宗，不为他物所统。"④

在周氏兄弟的文学想象中，文学与精神、神思等原初性存在直接相关，二者的直接对接，一方面得以超越知识、伦理、政教等"有形事物"的束缚而获独立，"别为孤宗"，另一方面，它又与政治、伦理、知识等力量一道，对社会、人生发挥作用和影响。这样，

---

① 胡适：《〈中国新文学大系·建设理论集〉导言》，《胡适全集》第12卷，安徽教育出版社2003年版，第296页。
② 鲁迅：《坟·摩罗诗力说》，《鲁迅全集》第1卷，第71页。
③ 周作人：《论文章之意义暨其使命因中国近时论文之失》，《周作人集外文》（上集），海南国际新闻出版中心1995年版，第46—49页。
④ 周作人：《论文章之意义暨其使命因中国近时论文之失》，《周作人集外文》（上集），海南国际新闻出版中心1995年版，第57—58页。

进者可使文学通过精神辐射万事万物，发挥其"不用之用"和"远功"，退者亦可使文学通过回归精神而独立，在有为与无为（独立）之间，文学找到了存在的基点。

文学与知识、道德、宗教一道，分享了精神的领地，但文学又自有其超越性在。二人都强调文学与其他有形之知识形态的不同："盖世界大文，无不能启人生之閟机，而直语其事实法则，为科学所不能言者。……此为诚理，微妙幽玄，不能假口于学子。"① "文章犹心灵之学"② "高义鸿思之作，自非思入神明，脱绝凡轨，不能有造。"③ 文学自由原发、不拘形态，因而在精神领域亦占据制高点的位置，尤其在王纲解纽、道术废弛的世纪初语境中，文学更显出其推陈出新的精神功能。故此，在周氏兄弟那里，文学，成为精神的发生地和真理的呈现所，它与知识、道德、伦理、政治等的关系，不是后者通过前者发挥作用，而是相反，文学作为精神的发生地，处在比后者更本原的位置，并有可能通过它们发挥作用。

这就是周氏兄弟在世纪初驳杂语境中确立的文学本体论，文学本体之确立，在中国文学史上第一次将文学确立在独立的位置上，而其独立，不是建立在纯文学观之审美属性上，而是建立在原创性精神根基上，随着与精神的直接对接，文学被推上至高的位置，摆脱了历来作为政教附庸的位置，却以更为原创的力量发挥其影响。文学既非"官的帮闲"，亦非"商的帮忙"，而是作为独立的力量，参与到社会与历史中去。周氏兄弟文学本体论的形成，固然来自救亡图存的动机，然已超越救亡方案的单一层面，成为一个终极性立场。文学不仅在救亡局面中超越了技术、知识、政制等有形事物，甚至在精神领域取代了僵化衰微的宗教、道德、政教、知识等的位置和作用，成为新精神的发生地和突破口。在这个意义上，称之为"文学主义"，大概也不为过吧。

周氏兄弟后来以各自的方式应对现实的挑战，作为积极和消极回应现实的结果，二人的文学实践，划出了越来越分离的轨迹，在某种程度上说，20世纪初的这一文学立场，主要是通过鲁迅的卓越

---

① 鲁迅：《坟·摩罗诗力说》，《鲁迅全集》第1卷，第71—72页。
② 周作人：《论文章之意义暨其使命因及中国近时论文之失》，《周作人集外文》（上集），海南国际新闻出版中心1995年版，第48页。
③ 周作人：《论文章之意义暨其使命因及中国近时论文之失》，《周作人集外文》（上集），海南国际新闻出版中心1995年版，第49页。

文学实践，对世纪文学产生了深远影响。从这一终极立场出发，鲁迅以文学为独立的行动，积极参与和深度介入了中国的现代转型，并经历了多次绝望，切己的是，所有现代参与的不幸，都化为他个体的、心理的精神事件，作为副产品，在这一过程中，他以文学的形式表达了堪称现代中国最深刻的生命体验，留下了中国近现代文化转型最深刻的个人心理传记，这些，都成为文学家鲁迅的底色。

至此，可以把"鲁迅文学"的要义归结为两点：一是文学是一个终极性的精神立场；二是文学是一个独立的行动。需要进一步探讨的是，如此至高的精神立场，如何诉诸文学的行动？负载精神使命的文学行动，又是如何真正成为鲁迅个人的行动？

三　文学自觉、小说自觉与杂文自觉

如果说"弃医从文"标志着鲁迅的"文学自觉"，那么，它以什么样的文学行动来践履？又以什么样的文体来承担呢？

日本时期的文学自觉，应该在人生决断的意义上来理解。对于鲁迅，文学是一种行动，既是社会历史意义上的参与现代变革的独立行动，同时又是生命意义上的个人存在的抉择。日本时期的"文学自觉"后，鲁迅先后经历了"小说自觉"与"杂文自觉"，"小说自觉"发生于隐默十年（第一次绝望）之后，"杂文自觉"则发生于1923年后，以1923年的沉默为标志的"第二次绝望"是其分水岭。

《摩罗诗力说》所宣扬的摩罗精神的承担者，多为诗人，小说并非关注的对象。① 初上文学之途的周树人，所着意者是诗（文体），诗的主观性与鼓动性，与其对"个性"与"精神"的高扬正相合拍。"无不刚健不挠，报诚守真；不取媚于群，以随顺旧俗；发为雄声，以起其国人之新生，而大其国于天下"②，这是对摩罗诗人的评价，也正是自我期许吧。盖棺定论，在20世纪中国，可以说，鲁迅差不多实现了当初的期许，但其"雄声"，并非诗歌。

完全可以设想，若主、客观条件适合，青年周树人完全可能成

---

① 如在说到摩罗精神的斯拉夫谱系时，作为小说家的"鄂戈理"（果戈理），特强调排除在外："前二者以诗名世，均受影响于裴伦；惟鄂戈理以描写社会人生之黑暗著名，与二人异趣，不属于此焉。"（鲁迅：《摩罗诗力说》，《鲁迅全集》第1卷，第87页。）

② 鲁迅：《摩罗诗力说》，《鲁迅全集》第1卷，第99页。

为一个富有晚清主观精神、激越气质与英雄情结的诗人。终于没有成为"诗人",诗之"别才"的局限?抑或文体的困境?成为现实的是,作为文学家的鲁迅,十年后是凭小说一炮打响。

鲁迅之走向小说,当然可以找到诸多切身的因缘,如近代对小说社会作用的认识,自小对小说的喜爱,长期以来在中国古典小说方面的学术积累,日本时期开始的对域外现代小说的发现,等等,但这些尚不足说明其选择小说的内在原因。

伊藤虎丸曾以鲁迅的"出山"之作《狂人日记》为文本,探讨其成为"小说家"背后的秘密,他认为,通过"罪"的自觉,在《狂人日记》中,一种新的"现实主义"的亦即"科学"的态度和方法形成了,小说家鲁迅的产生,也是一个现实主义者甚至科学者的产生。[1] 如果这里所谓小说的态度和方法,指向一种清醒的、客观的、展示的、批判性的态度,一种诉诸虚构的耐心,那么可以说,小说的自觉,与第一次绝望后现实感与批判意识的上升内在关联。小说的虚构性提供了将危机洞察转化为深刻批判的自由度和整合性要求(概括),同时,又提供了作者隐藏自己的可能。

谈到鲁迅的文学主义立场,不可离开处于其思想核心的国民性批判问题。至高精神立场的确立,基于对"沦于私欲"的国人精神状况的洞察,冀望于文学来振拔国人的精神沦丧。与中国固有的人性论相连,在鲁迅这里,精神,首先诉诸人性——其近代形态为国民性——的状况,并要作为"个"的人格来承担。因此,文学的精神立场,又可转换为我们所熟知的"立人"与国民性问题。据许寿裳回忆,鲁迅留日时期关注三个问题:1. 怎样才是最理想的人性?2. 中国国民性中最缺乏的是什么?3. 它的病根何在?[2] 这三个问题,可以视为青年鲁迅"立人"工程的两个层面,1 是正面的目标,2、3 是反面的批判。

日本时期的文言论文,皆可视为第一个层面对"精神"和"意力"的正面寻求和激越呼唤,虽然也基于对时事和人性的洞察和批判,但批判还未成为论文的主旋律,指点江山、激扬文字的激情,遮蔽了潜隐而冷静的洞察。青年人的热烈自信与晚清氛围的激越慷

---

[1] 参见伊藤虎丸《鲁迅与日本人——亚洲的近代与"个"的思想》,河北教育出版社 2001 年版。

[2] 许寿裳:《我所认识的鲁迅》,人民文学出版社 1952 年版,第 59 页。

慨相较于"小说",更接近"诗"。

如果说"怎样才是理想的人性"是一个理想性的、诗意的命题,那么,"中国国民性中最缺乏的是什么"和"它的病根何在"则需要现实的、批判的甚至科学的态度去面对。正是对国民劣根性的认识,一种批判的紧迫感的产生,使鲁迅由一个诗性青年,变成一个冷静的中年小说家。国民性批判,确乎成为后来终其一生的使命。

这一转换源于文学志业的一系列挫折,形成于十年隐默的第一次绝望。

"弃医从文"的文学计划刚刚展开,就接连遭遇挫折——"于浩歌狂热之际中寒"。① "我决不是一个振臂一呼应者云集的英雄",② 不过是对青年自我期许的打击,而后来经历的每况愈下的社会乱象,则使他逐渐陷入隐默和沉潜状态,前后近十年时间,③ 这就是鲁迅的第一次绝望,S会馆的六年,是其顶点,也是其标志。会馆的不动声色中,洞察的冷眼看得更深,纷纷乱象展现的,是近代危机进一步加深和危机症结进一步暴露的过程,并印证了他对国民性问题的思考,如果说日本时期国民性的问题框架没有改变,那么,其所关注的中心,应不再是第一个问题,而是国民性的弊端和根源。隐默的十年,对于鲁迅,是危机意识与批判意识不断上升的过程。不在沉默中爆发,就在沉默中灭亡,钱玄同的到来,终于引发《狂人日记》,小说家的鲁迅正式产生。

被视为鲁迅的,也是20世纪中国的第一篇现代小说的《狂人日记》,是鲁迅危机意识的总爆发,并通过"吃人"这样极为直观的概括,对中国危机的本质及其根源做出了空前宏深的总体性揭示和批判。所谓"表现的深切"与"格式的特别",互为因果,隐默十年后的第一声"呐喊",积蓄着十年的深切体验与思考,必须通过特定的格式才能表达出来。诉诸一种极为"深文周纳"的小说构型,狂语被放置在"假作真时真亦假"的语境中,极尽曲折地表达出来。

《狂人日记》的复杂构型为作者揭示真相提供了充分自由,短篇浓缩了巨大的概括性和批判性,同时又具备复杂的隐藏功能。小说

---

① 鲁迅:《野草墓碣文》,《鲁迅全集》第2卷,第202页。
② 鲁迅:《呐喊·自序》,《鲁迅全集》第1卷,第419页。
③ 鲁迅后来回忆:"见过辛亥革命,见过二次革命,见过袁世凯称帝,张勋复辟,看来看去,就看得怀疑起来,于是失望,颓唐得很了。"(鲁迅:《〈自选集〉自序》,《鲁迅全集》第4卷,第455页。)

构型使"呐喊"的声音突出出来,而"呐喊"者自己是模糊的。文言的"识"有意突出"余"作为日记发现者的身份,从而与声音保持充分的距离。隐藏自己,正是鲁迅五四时期的自我愿望。深深的绝望如一根伏线,潜藏于出击身影的背后,站在边缘"呐喊几声",正是近乎折中的姿态。

《呐喊》就在揭露与隐藏、批判与掩饰之间曲折前行,但不久,小说批判就难以为继,启蒙主题逐渐受到本来试图压抑下去的个人意识的质疑。《阿Q正传》之后,鲁迅明显加快了《呐喊》创作的进度,似乎想尽快结束《呐喊》的创作。

1920年《新青年》团体解散,鲁迅"又经验了一回同一战阵中的伙伴还是会这么变化"①。1922年12月深夜,作《呐喊·自序》,在深深的绝望感中第一次以文字回顾失败的经历。1923年,鲁迅又一次陷入了沉默。② 这是两个创作高峰间的沉默的一年,这之前,是五四高潮时期的"一发而不可收"的《呐喊》的创作,其后,开始了《彷徨》和《野草》的创作。两个写作高峰正好衬托出这一年黑洞般的沉默。

1923年,发生了对于鲁迅的人生有着决定性影响的两件事。一是周氏兄弟失和,二是七月接到北京女子高等师范学校的聘书。如果说兄弟失和让前期的家庭生活告一段落,那么,接受聘书,因为涉及女师大事件及许广平的到来,拉开了此后新的人生大幕。兄弟分裂,发生于第一次绝望和《新青年》解体之后,几乎葬送了最后的意义寄托。1923年的沉默,是第二次绝望的标志。③

和第一次绝望一样,鲁迅最终走了出来,1924年2月,开始

---

① 鲁迅:《南腔北调集·〈自选集〉自序》,《鲁迅全集》第4卷,第456页。
② 除了没有间断的日记,现在所能见到的作品,是收入《鲁迅全集》中的《关于〈小说世界〉》(1月11日)、《看了魏建功君的〈不敢盲从〉以后的几句声明》(1月13日)、《"两个桃子杀了三个读书人"》(该文发表于1923年9月14日的《晨报副刊》,署名"雪之"。)和《宋民间之所谓小说及其后来》(1923年11月)四篇,前二者是两篇声明性质的短文,后二者是学术性质的,并撰《明以来小说年表》(据北京鲁迅博物馆鲁迅研究室编《鲁迅年谱》,手稿现存,未印),此外还有致周建人、许寿裳、蔡元培、孙伏园、胡适、马幼渔、钱稻孙、李茂如、孙福熙几位熟人的信(1981年版《鲁迅全集》收入致许寿裳、蔡元培、孙伏园的四封信)。以上所列诸篇,除《宋民间之所谓小说及其后来》,皆为其生平所未亲自收集者。在翻译上,该年5月之前翻译了爱罗先珂的三篇短篇作品。
③ 有关鲁迅"第二次绝望"的论述,详见笔者《鲁迅的又一个"原点":一九二三年的鲁迅》(《文学评论》2005年第1期)。

《彷徨》的写作，该月一连写了三篇，在 9 月一个无人的"秋夜"，又走进《野草》。

《彷徨》和《野草》既标志着鲁迅打破了一年的沉默，又记录着走出绝望的心路历程。《彷徨》和《野草》一样，是一次自我疗伤的过程。在《彷徨》中，鲁迅寄托了个人在绝望中的自我情绪，进行了深刻的自我反思，通过对自我结局的悲观预测，试图向旧我告别。正如《野草》的写作只能有一次一样，《彷徨》也是一次性的，此后，小说难以为继。

杂文的自觉，于"第二次绝望"后正式发生。如果说，小说自觉依赖于现实感和批判意识的产生，那么，杂文自觉，则依赖于对自我与时代的进一步发现，这一发现过程，就在后来写的《彷徨》，尤其是《野草》中。在《野草》中，鲁迅将纠缠自身的矛盾全部袒露出来，通过穿越死亡，终于获得新生。

四 鲁迅杂文：自我与时代的双重发现

《野草》追问的结果，是对自我与时代的双重发现。这就在最后写的《题辞》中：

> 过去的生命已经死亡。我对于这死亡有大欢喜，因为我借此知道它曾经存活。死亡的生命已经朽腐。我对于这朽腐有大欢喜，因为我借此知道它还非空虚。
>
> 生命的泥委弃在地面上，不生乔木，只生野草，这是我的罪过。
>
> ……
>
> 但我坦然，欣然。我将大笑，我将歌唱。
>
> ……
>
> ……我以这一丛野草，在明与暗，生与死，过去与未来之际，献于友与仇，人与兽，爱者与不爱者之前作证。
>
> 为我自己，为友与仇，人与兽，爱者与不爱者，我希望这野草的死亡与朽腐，火速到来。要不然，我先就未曾生存，这实在比死亡与朽腐更其不幸。[①]

生与死的辩证，意味着面向死亡的追问，终于参透了生的真谛，

---

① 鲁迅：《野草·题辞》，《鲁迅全集》第 2 卷，第 159、160 页。

企图发现的矛盾背后的真正自我，原来并不存在。生命具神性，生存在现实，首先要获得生存，在这生死不明的时代，紧紧抓住即使并不显赫的当下生存。

最终确认的自我，就是当下的反抗式生存，这是自我与时代的双重发现，是自我与时代关系的重新确认。所谓当下性，已不同于前述"小说自觉"赖以产生的现实感，现实感是打破自我想象之后一种危机意识的形成，一种面向现实的态度，而当下性，则是对现实本质的进一步确认，是对20世纪中国变乱与转型的"大时代"性的发现，这就是"明与暗，生与死，过去与未来之际"，是所谓"方生方死，方死方生"，是"可以由此得生，而也可以由此得死"的"大时代"①。"大时代"处在生死未明的转换中，由每一个转换中的"当下"组成，大时代之生与死，取决于每一个当下的抉择。大时代中的自我，与时代共存亡，只有投入对每个当下生存的争夺——反抗，才有个人与时代的未来。

反抗意识也不同于"小说自觉"赖以产生的批判意识。批判意识固然具备严峻的使命感，但尚未达到使命感与个体存在的真正融合；作为个人存在的决断，经过《野草》确立的无条件的绝对反抗，既是一种参与历史、投身现实的行动，也是一种在生命体验与生存哲学层面上经得起拷问的生命姿态。在绝对的反抗中，长期困扰鲁迅的"人道主义"与"个人主义"的内在矛盾，才得以解决，个人与时代显得过于紧张的关系，也开始和解。从此，自我无须隐藏于虚构之后，完全可以直接袒露出来，以真实的身份投入文学与时代的互动。

确实能把捉到鲁迅自我意识逐渐凸显的过程。五四时期，"站在边缘呐喊几声"和"听将令"的姿态，使他没有和盘托出自己的态度和主张，这表现在《呐喊》中，也表现在同时期的"随感录"中。写于五四时期的杂感，是广泛的"社会批评"和"文明批评"，采取声援《新青年》的边缘姿态，属五四道德革命的范围，虽厚积薄发，论理透彻，但还没有找到真正属于自己的抗击目标，投入个人的人格力量，显得散兵游勇，不在状态。

第二次绝望，使鲁迅失去所寄托的一切，只剩下孤独的个人，摆脱了启蒙的外在重负，心态反而较为自由。鲁迅与五四主将胡适

---

① 鲁迅：《而已集·〈尘影〉题辞》，《鲁迅全集》第3卷，第547页。

的关系，可作为考察的凭借，二人之间的通信一直保持到 1924 年，也就在这一年结束。在复出后的演讲中，鲁迅开始公开对胡适的批评，① 若在五四时期，这些都是不可能的吧。空前自由的心态使鲁迅迎来了又一个更加多产的创作高峰，并开始以自由个人的身份，展开与杨荫榆、章士钊和现代评论派的论战，论战中的思想和文章，开始淬发出真正属于自己的光彩。

《野草》追问的终点，就是杂文自觉的起点。《野草·题辞》，说的是《野草》，同时也就是杂文，它是不堪回首的《野草》的结束，同时也是鲁迅杂文时代真正来临的宣言！

20 年代中期，在内向型《彷徨》和《野草》写作的同时，一种新的外向型写作已悄然开始，于是出现了两个不同文本中的鲁迅，一是《彷徨》《野草》中自我挣扎、自我疗伤的鲁迅，二是《华盖集》中叱咤风云、所向披靡的鲁迅。如果说《彷徨》尤其是《野草》的自我拷问和自我挣扎，标志着鲁迅通过对旧的自我的总结和清算，终于走出了第二次绝望，那么，在论战的文字中，一个行动者、反抗者和杂文家的鲁迅，已经产生。

小说创作逐渐减少背后，是虚构热情和耐心的消失。第一次绝望后催生小说的危机意识，基于对现状的洞察，指向对真相的揭示，因而垂青于"虚构"所提供的文本世界的总体性。"杂文自觉"基于对当下性的发现，及由此催生的自我行动（生存）的迫切感，产生时不我待，直接诉诸行动的自我欲望，失去虚构的耐心。时代就是文本，写作就是行动，变乱中国的现实，比虚构更具有写作的意义，现实完全可以取代虚构，直接成为写作的对象。② 在《且介亭杂

---

① 在复出后的演讲中，鲁迅开始公开对胡适的批评，1923 年 12 月的《娜拉走后怎样》对胡适五四时期所翻译易卜生名剧《玩偶之家》的主题作了颠覆式的重估，已透露此中消息；1924 年 1 月的演讲《未有天才之前》又将胡适几年前的"整理国故"的主张列为"一面固然要求天才，一面却要他灭亡，连预备的土也想扫尽"的几种"论调"之首提出批评。

② 鲁迅曾说："中国现在的事，即使如实描写，在别国的人们，或将来的好中国的人们看来，也都会觉得 grotesk。我常常假想一件事，自以为是想得太奇怪了；但倘遇到相类的事实，却往往更奇怪。在这事实发生以前，以我的浅见寡识，是万万想不到的。"（鲁迅：《华盖集续编·〈阿 Q 正传〉的成因》，《鲁迅全集》第 3 卷，第 380、381 页。）"假如有一个天才，真感着时代的心搏，在十一月二十二日发表记叙这样情景的小说来，我想，许多读者一定以为是说着包龙图爷爷时代的事，在西历十一世纪，和我们相差将有九百年。"（鲁迅：《华盖集续编·〈阿 Q 正传〉的成因》，《鲁迅全集》第 3 卷，第 382 页。）

文·附记》中，鲁迅最后意味深长地说："我们活在这样的地方，我们活在这样的时代。"①

鲁迅杂文的开始编集，始于1925年，该年编有《热风》和《华盖集》，两篇相隔不到一个月的"题记"，情感态度颇值得比较玩味，《热风》收的主要是五四时期的随感录，《华盖集》则是1925年一年杂感的结集，《热风·题记》有一种事不关己、立此存照式的淡定，《华盖集·题记》则大为不同，情有独钟，敝帚自珍，并在自我否定与辩解中，曲折地透露了杂文的自觉意识：

> 在一年的尽头的深夜中，整理了这一年所写的杂感，竟比收在《热风》里的整四年中所写的还要多。意见大部分还是那样，而态度却没有那么质直了，措辞也时常弯弯曲曲，议论又往往执滞在几件小事情上，很足以贻笑于大方之家。然而那又有什么法子呢。我今年偏遇到这些小事情，而偏有执滞于小事情的脾气。正如沾水小蜂，只在泥土上爬来爬去，万不敢比附洋楼中的通人，但也自有悲苦愤激，决非洋楼中的通人所能领会。
>
> 这病痛的根柢就在我活在人间，又是一个常人，能够交着"华盖运"。
>
> ……
>
> 然而只恨我的眼界小，单是中国，这一年的大事件也可以算是很多的了，我竟往往没有论及，似乎无所感触。……
>
> 现在是一年的尽头的深夜，深得这夜将尽了，我的生命，至少是一部分的生命，已经耗费在写这些无聊的东西中，而我所获得的，乃是我自己的灵魂的荒凉和粗糙。但是我并不惧惮这些，也不想遮盖这些，而且实在有些爱他们了，因为这是我转辗而生活于风沙中的瘢痕。凡有自己也觉得在风沙中转辗而生活着的，会知道这意思。②

"华盖运""小事情""执滞""耗费""无聊""灵魂的荒凉和粗糙"，诸多说辞背后，皆有反面的对应，潜藏杂文自觉的密码：一，"小事情"是个体存在与时代命运的扭结，是小自我与大时代的

---

① 鲁迅：《且介亭杂文·附记》，《鲁迅全集》第6卷，第213页。
② 鲁迅：《华盖集·题记》，《鲁迅全集》第3卷，第3、4、5页。

直接碰撞，是当下发生的历史。"大事件"历来是正史叙述的对象，而"小事情"才是亲身见证的"野史"，以小见大，"小事情"更能揭示时代的真相。这里所说的"小事情"，是因女师大风潮引起的与杨荫榆、章士钊、陈西滢等的一系列笔战，鲁迅的杂文由此开始与实际的人事产生关联，这些笔墨官司，看似纠缠于个人恩怨，但对于鲁迅自己却有重要的意义，在笔战中，他开始以真实的自我出击，并以整个人格来承担。自我的突出，使鲁迅杂文真正变成一种行动，一种自我存在的方式。二，"执滞"于"小事情"，正是一种直面现实、不放过每一个当下的杂文态度，一种"纠缠如毒蛇，执着如怨鬼"①的韧性，一种"所遇常抗，所向必动"②的早年"摩罗诗人"理想的践履。三，"耗费"。从这时起，鲁迅杂文集的题记、引言或后记中，经常出现对生命消逝的感叹，这既有正言若反的时光虚掷的感喟，同时也说明，杂文写作正是有限生命对于"大时代"的全身心投入。四，"无聊""荒凉和粗糙"。这是杂文写作作为绝望的反抗的题中应有之义。鲁迅曾以"与黑暗捣乱"③来形容他的反抗，业已放弃一切前提的为反抗而反抗的反抗，就像西绪弗斯推石上山，未免"无聊""荒凉和粗糙"，但却是别无选择的当下生命的最真实状态。

《华盖集》成为鲁迅"杂文自觉"的标志。"华盖运"，不幸？还是有幸？

五　鲁迅杂文与"文学性"

20世纪中国最杰出的文学家的创作主要是杂文，使我们无法回避这样的问题：杂文是否文学？杂文的"文学性"何在？

"文学性"（Literariness），是20世纪上旬西方文学研究领域的核心问题，90年代又成为我国文学研究界的热议话题。20年代，"文学性"由俄国形式主义批评家、结构主义语言学家罗曼·雅柯布森提出，意指"那种使特定作品成为文学作品的东西"④，即文学的本质特征和属性。文学性是一个试图拿来代替文学从而方便给文学

---

① 鲁迅：《杂感》，《鲁迅全集》第3卷，第49页。
② 鲁迅：《摩罗诗力说》，《鲁迅全集》第1卷，第81页。
③ 鲁迅：《两地书·二四》："你的反抗，是为了希望光明的到来吧，我想，一定是如此的。但我的反抗，却不过是与黑暗捣乱。"（《鲁迅全集》第11卷，第79页。）
④ 转引自周小仪《文学性》，《文艺学新周刊》2006年第13期。

本质加以界定的概念，历来就此问题的争议，无论是本质主义倾向的分析与界定，还是具有解构倾向的历史主义描述，都深入并丰富了我们对文学的理解。对于众说纷纭的"文学性"问题，我们需要确立一些基本态度：一是，人们无法穷尽对某一本质的追问，但本质追问又是理解的必然路径。可以谈论的本质，并非一种绝对的存在，而是人类的一种可贵的（并非谬误）认识模式，试图抵达文学本质的文学性，是一种意向性的存在，存在于我们对于文学的意向性建构中。二是，文学的本质规定性，是在与他者的区别和关系中建立起来的，在不同的历史语境中有不同的显现，所谓本质必须放在历史语境和与他者的关系中来理解。三是，文学是一种社会性的话语实践，文学性是在实践活动中呈现或者被指认出来的，文学的历史实践构成了文学性的要素，当下的文学实践又不断地改变并且开拓文学性的构成。

鲁迅不是从某一既定的"文学性"出发，走向文学的。文学对于鲁迅，始终是一种行动，是参与民族国家现代转型的行动，同时也是个人存在的选择。"弃医从文"，是"志业"的选择，文学，并非借以谋生的职业和社会身份的寄托，而是深度介入近代危机、促进现代转型的精神行动；文学，也不是坐在象牙塔中进行从容虚构的艺术品，而是与现实进行直接搏击的行动本身。对于生存的可能性、价值和意义来说，所谓文学性等，都并不重要。

作为历史行动与个人存在方式的文学，不是规范文学性的产物，相反，文学性才是真诚的、原创的文学行动的产物。鲁迅一路走来，以其真诚、原创的文学实践，冲击并改变着固有的文学规则和秩序，同时带来并确立了新的文学性质素，丰富并深刻影响了现代中国的文学性建构。

在现代文学的文类秩序中，杂文只能勉强地被安放在较为边缘的"散文"里，它与想象性、创造性、情感性、形象性、总体性的现代文学性要求可能相距最远，但就是在这一边缘地带，杂文却构成了对固有文学秩序的最大挑战。通过对规范文学性的拒绝，杂文在更为阔大的版图上显现了文学性的要求，并彰显了20世纪中国现代文学性的新质。

杂文的文学性，难以把它作为既有的、具有自然本质的中性客体，从对象性的观察与分析中提取出来。只有从文学行动入手，杂文作为一个整体的文学性才得以呈现。

在鲁迅自己的表述中，我们现在所言的杂文，一般称之为"杂感"或"短评"，这一称呼一直延续到30年代。在《写在〈坟〉后面》里，鲁迅第一次提到"杂文"，但却把"杂文"与"杂感"明确分开，这里的杂文，指收在《坟》中跨度达二十年的"体式上截然不同的"文章的总称①，而"杂感"，应是有感而发，随感随写的短文。到后期，鲁迅才渐渐将"杂感"与"杂文"称谓合一。

在晚年所写的《且介亭杂文·序言》中，才道出"杂文"的原意：

> 其实"杂文"也不是现在的新货色，是"古已有之"的，凡有文章，倘若分类，都有类可归，如果编年，那就只按作成的年月，不管文体，各种都夹在一处，于是成了"杂"。分类有益于揣摩文章，编年有利于明白时势，倘要知人论世，是非看编年的文集不可的，……况且现在是多么切迫的时候，作者的任务，是在对于有害的事物，立刻给以反响或抗争，是感应的神经，是攻守的手足。②

从最传统的编年编辑法中，一种全新的现代文学意义呈现出来。编年意义上的"杂文"，不在于艺术性的"揣摩文章"，而在于"知人论世"和"明白时势"，"文章"——文学艺术不是最终寄托，而是让编年的"杂文"成为个人与民族的历史写照。编年，正是展现文学行动的最合适方式，如果说每一篇"杂感"是"攻守"当下、"感应"现实的"神经"和"手足"，作为整体的"杂文"，则展现为人生的历史和行动的轨迹，是让当下变为历史，与现实一道成长的力量，杂文写作，是于转型时代让每个有意义当下成为现代史的行动。鲁迅以杂文为武器，最充分地发挥了文学参与历史和干预现实的功能，展现了其个人存在与中国20世纪历史的复杂纠缠，鲁迅杂文，不仅成为其本人最出色的个人传记，也是20世纪中国的一份"野史"，成为中国现代性的丰富见证。以杂文为核心的鲁迅文学，

---

① 鲁迅：《写在〈坟〉后面》："所以几年以来，有人希望我动动笔，只要意见不很相反，我的力量能够支撑，就总要勉力写几句东西，给来者一些极微末的欢喜。人生多苦辛，而人们有时却极容易得到安慰，又何必惜一点笔墨，给多尝些孤独的悲哀呢？于是除小说杂感之外，逐渐又有了长长短短的杂文十多篇。其间自然也有为卖钱而作的。这回就都混在一处。"（《鲁迅全集》第1卷，第282、283页。）

② 鲁迅：《且介亭杂文·序言》，《鲁迅全集》第6卷，第3页。

以其示范效应,深刻影响了20世纪中国文学,并和世纪文学一道,形成了20世纪中国"严肃文学"的范式和传统,从而丰富了我们对文学的理解。

对于文学性问题,鲁迅并非全无考量。日本时期文学自觉之初,在追问"文章"(文学)之价值时,就曾直言:"由纯文学上言之,则以一切美术之本质,皆在使观听之人,为之兴感怡悦。文章为美术之一,质当亦然,与个人暨邦国之存,无所系属,实利离尽,究理弗存。"① 在"纯文学"立场上,通过一系列否定,将文学之"用",寄托于价值中性的"兴感怡悦"上。相对于一切有形之"实利"与"究理","兴感怡悦"不指向某一具体目标,它是一个否定性的"不是",同时也是一个具有更大可能性的"是",最终收获的是文学的"不用之用"。吾人皆知,鲁迅之追问,其实正是试图将文学与"个人暨邦国之存"的救亡使命联系起来,但这一联系,不是二者之间的直接对接,而是以原发的、创造性的、具有无穷可能性的精神世界为中介,故将文学价值归结为——"涵养人之神思,即文章之职与用也。"②

"兴感怡悦"只是没有能指的所指,为何"兴感"?为何"怡悦"?"兴感"什么?"怡悦"什么?仍是需要进一步落实的问题。鲁迅不可能满足于文学内涵的空洞状态,更不可能满足于为"皇帝鬼神"而"兴感",为"才子佳人"而"怡悦"。文以载道、游戏消遣、为艺术而艺术,皆非鲁迅文学的最终目的地,文学必然要面向人生,有所关怀,"兴感怡悦"必然要被填以更具价值的内涵,指向更高更广的精神空间。

如果非要追问"文学性"何在,则惯常所想象的"文学性"似乎都被"蔓延"了。文学性是审美?则从艺术到日常生活,审美无处不在;文学性是虚构和形象性?则影视剧目、电脑游戏等皆具此特征;文学性是乔纳森·卡勒(Jonathan Culler)所谓的"语言的突出"?则无处不在的广告语未尝不擅此道;文学性是创造性?则这一浪漫主义时期的文学优越感,现如今已经不为文学所独具。文学,我们需要寻找它得以存在的更为坚实的基座。

俄国形式主义曾将文学的本质归结为语言的陌生化,落脚点依

---

① 鲁迅:《坟·摩罗诗力说》,《鲁迅全集》第1卷,第71页。
② 鲁迅:《坟·摩罗诗力说》,《鲁迅全集》第1卷,第71页。

然是语言本身。对语言的关注显示了形式化的倾向,也难免走向能指的游戏。笔者以为,语言即存在的符号化,在终极意义上,文学,作为一种非确定性的话语方式,是在知识、体制、道德和宗教之外,揭示被遮蔽的存在,使存在的可能性得以展现的一种不可或缺的独特力量。真正的文学,始终面向人生,揭示存在的真实,"官的帮闲"和"商的帮忙"的文学则只会为了某种利益去重复人生、简化生命和粉饰现实。

存在最终是精神性的,文学揭示的存在,本质上是精神存在。面向人生、揭示存在的文学,不可能满足于物质世界的展示,无疑要进入更高的精神空间,反过来,如果没有更高的精神存在,如何面向和揭示人生?

"三千年未有之大变局"的 20 世纪中国的现代转型,将现代国族命运与现代文学命运紧紧联系在一起,现代中国文学积极参与了民族国家的现代转型。在 20 世纪中国艰难转型的历史语境和精神场域中,现代转型最深处的国人精神的转型,无疑是从族、国、家、到个人存在的最核心所在。鲁迅文学,以其对现代国人魂灵的深刻洞察,以终其一生的国民性批判,击中了现代中国文学的精神命脉,无论是小说、《野草》还是杂文,皆是对他人与自我内在真实(精神存在)的深度揭示。放弃虚构、直面现实的杂感,所指摘的一人一事,并不局限于人、事本身,无不上升到精神的反思,一篇篇杂感,就是一个个精神现场,这些杂感合在一起——杂文,更是以整体的方式,展现了 20 世纪中国的精神生态,揭示了中国现代生存中被遮蔽的精神难题。鲁迅杂文每能于平常中见真相,于现象中见本质,不断刷新我们对现实与自我的认知,使沉溺于传统惯性的存在变为陌生,同时展开现代生存新的可能性,以杂文为代表的鲁迅文学是 20 世纪中国文学中最有深度、最具代表性的存在。

(原载《文学评论》2012 年第 5 期)

《呐喊·自序》与鲁迅的"五四"

王本朝

《呐喊·自序》写于1922年12月3日的北京,今年恰是它的90周年。它是一个有着丰富意义的文本,要理解鲁迅的人生道路、精神思想和文学创作,理解新文学的发生以及五四思想启蒙运动和现代知识分子的生存状态等,都需要《呐喊·自序》的支持,至少是无法完全绕开的文本。文章用笔简朴,直抒胸臆,虽然叙述的是个人经历和感受,却抵达了社会时代和精神心理的深处。它提供了许多颇值得玩味的关键词,成为阐释者津津乐道的典型话语,如父亲的"病""看客"形象、"铁屋子""听将令"以及"好梦""寂寞""无聊""悲哀""孤独"和"呐喊"等,由此还构成了一组组张力关系,如记忆与忘却、看与被看、困顿与寻求、救人与自救、希望与绝望、将令与曲笔、强壮的体格与麻木的神情、"我"的小说与"别人"的艺术等。这样,《呐喊·自序》就成了鲁迅小说的互文本,与鲁迅的文学创作构成"互文"现象。由此可以讨论它所隐含的精神心理,分析鲁迅生存状态,甚至可作为存在主义文本看待。我想讨论鲁迅与"五四"思想启蒙的关系。《呐喊·自序》是鲁迅的个人叙事,隐含着他与"五四"的关系,特别是与《新青年》思想启蒙运动的关系。

实际上,《呐喊·自序》就是一篇序言,主要叙述《呐喊》创作因由。让人意外的是,鲁迅并不完全是将《呐喊》纳入"五四"新文化运动中去叙述,而是从个人的人生历程与思想感受去描述创作因由。文章一开篇就说:

> 我在年青时候也曾经做过许多梦,后来大半忘却了,但自己也并不以为可惜。所谓回忆者,虽说可以使人欢欣,有时也不免使人寂寞,使精神的丝缕还牵着已逝的寂寞的时光,又有

什么意味呢，而我偏苦于不能全忘却，这不能全忘的一部分，到现在便成了《呐喊》的来由。

鲁迅的《呐喊》和"呐喊"并非风云激荡的"五四"产物，而是鲁迅个人"不能全忘"的"梦"的"一部分"，于是建立起"个人/文本"的内在关联。因有这样的主体，才有这样的《呐喊》！"主体"的人生选择和被选择，"个人"的感受和思想就是《呐喊》的思想。从文章可以看出，鲁迅的"主体"是由"家族"和"民族"建构起来的，有个人的选择，更有家族和民族的"被"选择，有曲折的人生道路，更有复杂的精神心理。因父亲的"病"而"学医"，是鲁迅的选择，也可以说是一种"逼迫"，"幻灯片事件"导致鲁迅的"从文"，由民族意识而选择，失败后还有了一段精神"挣扎"的苦闷历程，从"好梦"到"寂寞"一直走到"呐喊"。通过叙述"个人"生活和心理的不断变化解释写作《呐喊》的缘由，说明创作主体始终是文学创作的动力和源泉，主体的丰富才能创造文本的复杂。

鲁迅以感伤而无奈的笔调描述了他的选择和被选择的人生。一开始就写到了父亲的"病"。父亲的"病"让他感受到人间的"侮辱"和中医的无用，也带来个人的无助，"我的父亲终于日重一日的亡故了"，"我"也不得不面临"从小康人家而坠入困顿"的困境，"看见了世人的真面目"，不得不"走异路，逃异地"，在"走投无路"中学洋务，有了"美满"的"行医"之梦，在遭遇到"幻灯片事件"后，感到虽有"强壮的体格"，却露出"麻木的神情"，梦想再次破灭，转向"从文"办杂志，再因"各自的运命"而解体，一个人经受着"未尝经验的无聊"和"寂寞"：

> 凡有一人的主张，得了赞和，是促其前进的，得了反对，是促其奋斗的，独有叫喊于生人中，而生人并无反应，既非赞同，也无反对，如置身毫无边际的荒原，无可措手的了，这是怎样的悲哀呵，我于是以我所感到者为寂寞。

鲁迅被抛入"毫无边际"和"无可措手"的"荒原"之中，承受着无尽的"悲哀"和"寂寞"，并且"这寂寞又一天一天的长大起来，如大毒蛇，缠住了我的灵魂了"。"荒原中的呐喊"，这是鲁迅孤独的绝叫，也是鲁迅精神的自画像。在"悲哀"和"寂寞"中，鲁迅"看见自己了"，有了一份清醒："我决不是一个振臂一呼应者云集的英雄。"因为有"梦"的驱使，鲁迅一直想做"家族"和"民族"中的英雄，去"救人"和"救世"，但最终的结局却是残酷的，发现自己不过是一个凡人，一个需要"自救"的平凡人。在生命无法承受"寂寞"之重的时候，不得不"回到古代去"，由此"麻醉自己的灵魂"，或"不愿追怀"而"忘却""青年时候的慷慨激昂"。

以上内容，主要勾勒了鲁迅在"五四"之前的人生道路和精神心理，可以看到"前"五四时期的鲁迅是怎样一个人。家族和民族逼迫他选择了"救人"和"救世"，做着一个又一个美好的"梦"，但都纷纷破灭了，不得不将清醒的自我逼进昏睡的"古代"中去。这也是鲁迅"前"五四的生存状态。鲁迅的思想和精神并不来自五四，而有着自己独特的人生体验。

接下来，就叙述了鲁迅与钱玄同关于"铁屋子"的经典对话。联系前文，可见鲁迅是将"五四"思想启蒙纳入自己的人生历程，而不是把个人纳入五四时代，这样的叙述给人的感受是，鲁迅被迫"遭遇"了"五四"，而不是主动选择了"五四"。"五四"思想启蒙运动似乎成了鲁迅人生中插足的第三者，表明鲁迅有他个人的"五四"。

当"五四"启蒙运动发生的时候，鲁迅正在"S会馆"的"槐树"下"钞古碑"，消磨"生命"的热情，"夏夜，蚊子多了，便摇着蒲扇坐在槐树下，从密叶缝里看那一点一点的青天，晚出的槐蚕又每每冰冷的落在头颈上"，体验着一份寂静而孤清的生活。一天晚上，老朋友钱玄同来了，"将手提的大皮夹放在破桌上，脱下长衫，对面坐下了，因为怕狗，似乎心房还在怦怦的跳动"。这本来是几年前的事，几年后还对来人"装束""动作"和"心理"有这般细致而清晰的记忆，说明当时与鲁迅来往的人的确极少，所居之地也真够偏僻的了。

于是，他们间发生了这样一场对话：

"你钞了这些有什么用？"
"没有什么用。"
"那么，你钞他是什么意思呢？"
"没有什么意思。"

"我想，你可以做点文章……"

一问一答，简洁明了，却意味深长。钱玄同一上来就向"我"发问"有什么用？"，说明钱玄同代表的"新青年"群体持有明显的"思想启蒙"功利主义思想，考虑问题都从"有何用"出发，从古碑内容之于社会现实的功用而质疑其合理性，鲁迅却没有采用他后来惯常使用的"随便玩玩"作问答，而是直接说"没有什么用"，谁知客人继续质疑鲁迅"钞"古碑行为的含意，鲁迅立即断然回答"没有什么意思"。显然，鲁迅对客人的问话意图早已心知肚明，思虑甚久。"钞古碑"对他个人而言有一定的"麻醉"作用，但他却直截了当地做出断然否定的回答，表明他不想与客人讨论事情的真实意图和效果，更不想让对方进入或洞察到自己的真实内心，而是将自己封闭起来，将钞古碑当作个人私事。钱玄同却等不及了，说出此行目的："你可以做点文章……"省略号表示试探的语气，有钱玄同的顾虑，鲁迅很快猜透了他的心思，"懂得他的意思了"，"他们正办《新青年》"，并且正面临着自己曾经有过的处境："没有人来赞同，并且也还没有人来反对。"根据周作人的回忆，在钱玄同来之前，鲁迅早知道《新青年》，"并不怎么看得它起"，对它的态度"很冷淡的"①。鲁迅后来也回忆起当时的心情："我那时对于'文学革命'，其实并没有怎样的热情。见过辛亥革命，见过二次革命，见过袁世凯称帝，张勋复辟，看来看去，就看得怀疑起来，于是失望，颓唐得很了。"② 钱玄同是鲁迅、周作人兄弟一同在东京听章太炎讲学的老朋友，作为《新青年》同人，他一直热心敦促周氏兄弟为《新青年》杂志写稿，周作人寄了稿子去，鲁迅却迟迟不动笔，因为鲁迅在经历不少挫折之后，对事对物总取迟疑、观望态度，对刚刚出现的新事物更是这样。这次却有些不同，也许鲁迅从钱玄同的步步紧逼里感受到了他们的无助和急迫，特别是与自己一样的"寂寞"。《新青年》由"呐喊"而生"寂寞"，这唤起了鲁迅相似的记忆，但鲁迅仍是迟疑不决，于是就有了这样的疑问：

---

① 周作人：《鲁迅的故家》，鲁迅博物馆等编《鲁迅回忆录》，北京出版社1999年版，第1067页。

② 鲁迅：《〈自选集〉自序》，《鲁迅全集》第4卷，人民文学出版社2005年版，第468页。

> 假如一间铁屋子，是绝无窗户而万难破毁的，里面有许多熟睡的人们，不久都要闷死了，然而是从昏睡入死灭，并不感到就死的悲哀。现在你大嚷起来，惊起了较为清醒的几个人，使这不幸的少数者来受无可挽救的临终的苦楚，你倒以为对得起他们么？

这是鲁迅的"铁屋子"寓言，也是鲁迅"在铁屋中的呐喊"，它比荒原中的呐喊更让人感到寒冷与绝望，因为在"绝无窗户""万难破毁"的铁屋子里。如叫醒了"较为清醒的几个人"，又找不到出路，忍受"无可挽救的临终的苦楚"，不是更对不起他们吗？鲁迅有这样的担心和质疑并不是多余的，他后来在大革命失败的历史场景里，目睹了年轻人的血，还痛苦地自责自己的"呐喊"，"弄清了老实而不幸的青年的脑子和弄敏了他的感觉，使他万一遭灾时来尝加倍的苦痛，同时给憎恶他的人们赏玩这较灵的苦痛，得到格外的享乐"，他甚至怀疑自己"也帮助着排筵宴"，充当了吃人"筵席"上"醉虾的帮手"①。应该说，鲁迅是有预感的。

但钱玄同却继续做鲁迅"思想工作"，试图改变鲁迅的想法："然而几个人既然起来，你不能说决没有毁坏这铁屋的希望。"于是，鲁迅有了这样的回应：

> 是的，我虽然自有我的确信，然而说到希望，却是不能抹杀的，因为希望是在于将来，决不能以我之必无的证明，来折服了他之所谓可有，于是我终于答应他也做文章了，这便是最初的《狂人日记》。从此以后，便一发而不可收，每写些小说模样的文章，以敷衍朋友们的嘱托，积久就有了十余篇。

"我"对"绝望"的"确信"，主要是来自过去的个人经验，但它并不能"抹杀"或否定他人或未来的"希望"，"决不能以我之必无的证明，来折服了他之所谓可有"，于是就答应写文章，这似乎成了顺理成章的事情。"写些小说模样的文章，以敷衍朋友们的嘱托。"这是鲁迅写作《呐喊》的理由和意图么？显然不是。关于《呐喊》创作的来由，《呐喊·自序》提供了两种看似矛盾实际上并不矛盾

---

① 鲁迅：《答有恒先生》，《鲁迅全集》第3卷，人民文学出版社2005年版，第474页。

解释，一是为自己，二是为他人。他说当时并不是"一个切迫而不能已于言的人"，自己虽有"话"说，但也并非"切迫"想说，只是"未能忘怀于当日自己的寂寞的悲哀"，所以才有写文章的初衷，"慰藉那在寂寞里奔驰的猛士，使他不惮于前驱"，为了朋友们不致完全陷入"寂寞的悲哀"，为醒过来的"猛士"而"呐喊"。从全文的叙述看，《呐喊》的写作也是为了自己，从父亲的"病"到"逃异地"，从"学医"到"从文"，直至用"钞古碑"去麻醉自己，"梦"生"梦"灭，一路走来，虽事与愿违，但都走在"救人"和"救世"的路上。钱玄同的到访与对话不过是唤醒了过去的记忆，应承写文章，并非完全出自朋友的"嘱托"，而有"不能全忘却"的记忆，有创伤的复苏与重建。一句话，也是为了"自己"，为了释放有着历史记忆和心理负担的自我。

这样，《呐喊》的写作既是"五四"的产物，也是鲁迅个人历史和心事的结晶，更是鲁迅的精神"拯救"。"钞古碑"是鲁迅服用麻醉药，"五四"的到来并没有让鲁迅服用兴奋剂，参与其间不过是他的"勉为其难"。鲁迅将个人与五四统一起来了，但五四却被叙述成了个人史，"铁屋中呐喊"成为"荒原中呐喊"的延续。《呐喊·自序》渲染了"荒原中呐喊"的寂寞与悲哀，有意掩藏了"铁屋中呐喊"的效果和结局，"至于我的喊声是勇猛或是悲哀，是可憎或是可笑，那倒是不暇顾及的"，它更多呈现了"呐喊"时不得不"听将令"的写作处境：

> 既然是呐喊，则当然须听将令的了，所以我往往不恤用了曲笔，在《药》的瑜儿的坟上平空添上一个花环，在《明天》里也不叙单四嫂子竟没有做到看见儿子的梦，因为那时的主将是不主张消极的。至于自己，却也并不愿将自以为苦的寂寞，再来传染给也如我那年青时候似的正做着好梦的青年。

鲁迅把《呐喊》里的"曲笔"加以一一叙说，显然是为了提醒读者"曲笔"的非个人性。因为听"将令"而采用曲笔，没有曲笔处多属于鲁迅个人的了。因此，《呐喊》有着双重意义指向，存在丰富的语言缝隙。并且，鲁迅将"曲笔"解释为不仅是为了"听将令"，还是为了"正做着好梦的青年"，"不愿将自以为苦的寂寞"再传染给他们。事实上，《呐喊》的写作不可能规避鲁迅在历史和现实中感受到的"寂寞",正是"自以为苦"的"寂寞"才是鲁迅最深切的生命体验。"寂寞"已不是简单的情绪感受,而是生命形态、存在方式和精神困境的表达,正是"寂寞"及其对寂寞的种种"记忆"才创造了《呐喊》的丰富。由于"听将令"而使用"曲笔",鲁迅还谦虚地表示:"我的小说和艺术的距离之远,也就可想而知了"。这既是对当时流行的唯美、纯艺术观念的讥讽,也可说明鲁迅对真正的"艺术"非常清醒。按鲁迅的逻辑推断,至少《呐喊》的个人"记忆"是艺术的,因为"个人"体验具有生成艺术的可能。

《呐喊》成了"听将令"的写作,鲁迅后来也说是"遵命文学","遵奉"五四文学革命"前驱者的命令"[①]。作这样的近似申明性的表述,其用意也被文学史夸大了,因为"五四"之于现代中国,无论是文学革命还是社会革命都是宏大叙事,鲁迅和《呐喊》被纳入五四叙事,对双方都是有利的,可以带来相互的增值。事实上,鲁迅并不能完全代表"五四"传统,也不是五四新文化运动的主将,《呐喊·自序》就提供了人们质疑的理由。鲁迅将《新青年》作为个人人生道路和思想变迁中的一个环节去描述,他的进入基于相似的"荒原中呐喊"的孤独与寂寞,源于对他人和未来的不"确信",即对存在多种可能性的认同。前者近似同情的声援,后者可理解为曾经做过的"梦"的死灰复燃。因此,如果说鲁迅受到了五四启蒙主义的感召,或者说是对启蒙主义的追求,似乎都有过高评价的成分。鲁迅对启蒙主义是有质疑的,"铁屋子"的比喻就流露了这种质疑,把"熟睡的人们"唤醒了,能让他们找到出路吗?或者说,仅仅是思想启蒙就能"破毁""铁屋子"吗?鲁迅也是心存怀疑。大家比较熟悉的一个例证,就是在五四运动一周年的1920年5月4日,他给自己的学生宋崇义写了一封信,将学生爱国运动和新文化运动所引发的"纷扰"看作社会乱象,他的评价是:"由仆观之,则于中国实无何种影响,仅是一时之现象而已",说到学生的爱国,更是悲观地认为:"一无根柢学问,爱国之类,俱是空谈"[②]。尽管鲁迅对钱玄同有疑问,对五四思想启蒙也有怀疑,对五四学生运动评价也不高,但他最终答应写文章,并将《呐喊》结集出版。他是

---

① 鲁迅:《〈自选集〉自序》,《鲁迅全集》第4卷,人民文学出版社2005年版,第469页。

② 鲁迅:《致宋崇义》,《鲁迅全集》第11卷,人民文学出版社2005年版,第383页。

"悬揣人间暂时还有读者"而高兴？还是因为《呐喊》隐藏着他个人的秘密，是他个人的精神史？我想，这些都值得追问，我更倾向于后者，如果是这样，那么，《呐喊·自序》将五四思想启蒙放在个人人生转捩点去作叙述，其用意显然说明《呐喊》既属于五四，又不完全属于五四。它所描述的五四是个人的，从个人心理和私人交往层面展开叙述，从被"入伙"视角，表达了对五四启蒙精神既坚持又质疑的立场，先是质疑，后是同情，再是部分接受，显示了鲁迅一贯的在质疑中坚持，在坚持中质疑的思维立场。这是鲁迅的"五四"观，是一种非常独到而特别的现代思想文化眼光。实际上，鲁迅对五四新文化运动中的"科学""民主"观念也是既坚持又怀疑的。这是后话，这里不详谈。

（原载《文艺争鸣》2013年第1期）

阿Q的"解放"与启蒙的"颠倒"
——重读《阿Q正传》

罗 岗

一

汉娜·阿伦特在《论革命》(1963年)中指出,"革命"作为一种现代性的事物"与这样一种观念是息息相关的,这种观念认为,历史进程突然重新开始了,一个全新的故事,一个之前从不为人所知、为人所道的故事将要展开",也即"革命"意味着"开端"。"这样的一个开端,一定与暴力具有内在联系。传说中我们的历史开端似乎证实了这一点,如圣经和典故所说:该隐杀亚伯,罗慕路斯杀雷穆斯。暴力是开端,同样,如果没有忤逆之举,就不能缔造开端"。但"革命"是一种现代的"开端",与历史的"开端"不同之处在于其表现为"立国"和"立法"的使命,相同之处在于"它要确立一个新开端,这本身似乎就要求暴力和侵害,不妨说是要重演远古神话中处在一切历史开端时的罪行(罗慕路斯杀雷穆斯、该隐杀亚伯)"。① 对《圣经》中该隐杀亚伯,一般人都比较熟悉,但对出自罗马神话的罗慕路斯与雷穆斯的故事,可能就了解不多了。不过,对于爱好鲁迅和熟读中国现代文学的人来说,看到罗慕路斯与雷穆斯的典故,却颇有亲近之感。阿伦特只是在将"历史"比附于"现代"的意义上使用了这个典故:"这些故事都是直言不讳的:无论人类能拥有多么深厚的兄弟情谊,这一兄弟情谊都是来自于兄弟仇杀;无论人类能够形成什么样的政治组织,这些政治组织都是起源于罪恶。"② 而早在她发表这番宏论的三十年前,一个现代中国的革命家、思想家和文学家瞿秋白同样是引用这个故事,却对"革命"

---

① 参见汉娜·阿伦特《论革命》,陈周旺译,译林出版社2007年版,第17、9、27页。
② 汉娜·阿伦特:《论革命》,第9页。

"开端""暴力"以及"立国"与"立法"之间的复杂关联进行了别开生面的诠释:"神话里有这么一段故事:亚尔霸·龙迦的公主莱亚·西尔维亚被战神马尔斯强奸了,生下一胎双生儿子:一个是罗谟鲁斯(即'罗慕路斯'——引者注,下同),一个是莱谟斯(即'雷穆斯');他们俩兄弟一出娘胎就被丢在荒山里,如果不是一只母狼喂他们奶吃,也许早就饿死了;后来罗谟鲁斯居然创造了罗马城,并且乘着大雷雨飞上了天,做了军神;而莱谟斯却被他的兄弟杀了,因为他敢于蔑视那庄严的罗马城,他只一脚就跨过那可笑的城墙。……莱谟斯是永久没有忘记自己的乳母的,虽然他也很久的在'孤独的战斗'之中找寻着那回到'故乡'的道路。他憎恶着天神和公主的黑暗世界,他也不能够不轻蔑那虚伪的自欺的纸糊罗马城,这样一直到他回到'故乡'的荒野,在这里找着了群众的野兽性,找着了扫除奴才式的家畜性的铁扫帚,找着了真实的光明的建筑,——这不是什么可笑的猥琐的城墙,而是伟大的簇新的星球。①"

和阿伦特抽象地把"开端"的"暴力"指向"兄弟仇杀"不同,瞿秋白具体分析了罗谟鲁斯杀莱谟斯的原因:"莱谟斯却被他的兄弟杀了,因为他敢于蔑视那庄严的罗马城,他只一脚就跨过那可笑的城墙",并且指出莱谟斯之所以蔑视罗马城,是因为他"永久没有忘记自己的乳母的……他憎恶着天神和公主的黑暗世界,他也不能够不轻蔑那虚伪的自欺的纸糊罗马城",进而发现了莱谟斯出路在于"他回到'故乡'的荒野,在这里找着了群众的野兽性,找着了扫除奴才式的家畜性的铁扫帚,找着了真实的光明的建筑,——这不是什么可笑的猥琐的城墙,而是伟大的簇新的星球"。瞿秋白通过对罗谟鲁斯和莱谟斯的故事的再解读,展现了理解"暴力""开端"和"立国""立法"之间关系的另一种可能性:如果说罗谟鲁斯建立罗马城意味着"立国"的话,那么"暴力"创制的"开端"源于莱谟斯根据自己的"立法"原则,根本就不把"那庄严的罗马城"视为"立国"的标志,"他只一脚就跨过那可笑的城墙"。因此,"开端"的"暴力"不是简单地指向"兄弟仇杀",而是深刻地揭示出两种"立国"与"立法"原则的冲突:罗谟鲁斯只记得天神和公

---

① 瞿秋白:《〈鲁迅杂感选集〉序言》(1933年),《鲁迅杂感选集》,上海出版公司1951年版,第3页。

主的世界,"完全忘记了自己的乳母是野兽",所以要去"建筑那种可笑的像煞有介事的罗马城";而莱谟斯"永久没有忘记自己的乳母的",他憎恨天神和公主的世界,蔑视那纸糊似的罗马城,他要回到"故乡"的荒野,"在这里找着了群众的野兽性","找着了真实的光明的建筑"。于是,作为现代"开端"的"革命",与历史"开端"的"暴力"不同之处在于,它的"暴力"从来就不是抽象的,而是以"群众的野兽性"之名,批判性地指向了以往视为神圣和理所当然的"立国"和"立法"的原则,指向了"天神"和"公主"所代表的"高高在上者"的"世界"。

回到瞿秋白的文章,我们知道他借用这个神话,是为了回答"鲁迅是谁"的问题,并且通过这个神话,瞿秋白找到了答案:"是的,鲁迅是莱谟斯,是野兽的奶汁所喂养大的,是封建宗法社会的逆子,是绅士阶级的贰臣,……他从他自己的道路回到了狼的怀抱。①"当他把"鲁迅"比喻为"莱谟斯"时,围绕这一神话展开的"革命""开端""立国"和"立法"的联想,也就马上具体化为"辛亥革命""中华民国"和"鲁迅"之间的关联:"他对辛亥革命的那一回,现在已经不敢说,也真的不忍说了。那时候的'纯钢打成的'人物,现在不但变成了烂铁,而且……真金不怕火烧,到现在,才知道真正的纯钢是谁呵!"瞿秋白继续借用罗谟鲁斯和莱谟斯的典故,将西方列强对中国的侵略以及由此带来的"千年未有之变局"比拟为"帝国主义的战神强奸了东方文明的公主,这是世界史上的大事变,谁还能够否认? 这种强奸的结果,中国的旧社会急遽的崩溃解体",于是便有了"罗谟鲁斯"和"莱谟斯"两种不同的选择:就前者而言,"出现了华侨式的商业资本,候补的国货实业家,出现了市侩化的绅董,也产生了现代式的小资产阶级的智识阶层。从维新改良的保皇主义到革命光复的排满主义,虽然有改良和革命的不同,而士大夫的气质总是很浓厚的。文明商人和维新绅董之间的区别,只在于绅董希望满清的第二次中兴,用康梁去继承曾左李的事业,而商人的意识代表(也是士大夫),却想到了另外一条出路:自己来做专权的诸葛亮,而叫四万万阿斗做名义上的主人",这就是"罗谟鲁斯"要建造的"那虚伪的自欺的纸糊罗马城"吧?对后者来说,"鲁迅和当时的早期革命家,同样背着士大夫阶级和宗

---

① 瞿秋白:《〈鲁迅杂感选集〉序言》,《鲁迅杂感选集》,第3页。

法社会的过去。但是……他和农民群众有比较巩固的联系。他的士大夫家庭的败落，使他在儿童时代混进了野孩子的群里，呼吸着小百姓的空气。这使得他真像吃了狼的奶汁似的，得到了那种'野兽性'。他能够真正斩断'过去'的葛藤，深刻地憎恶天神和贵族的宫殿，他从来没有摆过诸葛亮的臭架子。他从绅士阶级出来，他深刻地感觉到一切种种士大夫的卑劣，丑恶和虚伪。他不惭愧自己是私生子，他诅咒自己的过去，他竭力的要肃清这个肮脏的旧茅厕"。所以，作为"莱谟斯"的"鲁迅"不仅"一脚"跨过了"罗马城"可笑的"城墙"，而且回到"故乡"的荒野上，去寻找"群众"的"野兽性"："鲁迅其实并不孤独的。辛亥革命的怒潮，不在于一些革命新贵的风起云涌，而在于'农人野老的不明大义'；他们以为'革命之后从此自由'（《总理全集》：《民元杭州欢迎会上演说辞》）。不明大义的贫民群众的骚动，固然是给革命新贵白白当了一番苦力，固然有时候只表现了一些阿Q的'白铠白甲'的梦想，然而他们是真的光明斗争的基础。精神界的战士只有同他们一路，才有真正的前途。①"

在瞿秋白的描述中，"罗谟鲁斯"和"莱谟斯"代表了两种对立的历史构图，但这一种对立却有着共同的暴力性开端，即"帝国主义的战神强奸了东方文明的公主"，导致中国传统的"士大夫与民众"关系的构图发生根本性的改变，"罗谟鲁斯"和"莱谟斯"虽然进行了不同的选择，但作为"强奸"这种暴力性开端的产物，都在用自己的方式回应时代的根本性变化，因为他们知道不可能再固守传统的"士大夫与民众"关系的构图了。罗谟鲁斯"有点儿惭愧自己是失节的公主的亲属"，更不愿意承认吃过荒原上狼的乳汁，因此，他对传统"士大夫与民众"关系的改写是"自己来做专权的诸葛亮，而叫四万万阿斗做名义上的主人"，也就是表面上不得不顺应"人民主权"的原则，实际上依然还是希望保持"士大夫支配民众"的结构；莱谟斯"不惭愧自己是私生子，他诅咒自己的过去"，但自身"从绅士阶级出来"，反而比一般民众更深刻地感受到传统"士大夫与民众"关系的不平等、丑恶和虚伪，所以更热切地寻求从根本上改变这种关系，希望找到与民众之间新的关系构图。这种新的构图既区别于传统的"士大夫支配民众"，也不满于让"民众"做

---

① 参见瞿秋白《〈鲁迅杂感选集〉序言》，《鲁迅杂感选集》，第4、5、8页。

"名义上的主人","自己来做专权的诸葛亮",而是要让"四万万阿斗做真正的主人"。

二

鲁迅这一"莱谟斯"式的新构图当然不是一蹴而就,而是在与传统势力、现实状况以及自身意识艰苦卓绝的斗争中逐渐成形的。从他那部以反思"辛亥革命"而著称的《阿Q正传》,选择为一个中国农村社会最底层的流浪雇农"做正传",就可以清晰地看到这一构图成形的痕迹。汪晖在讨论《阿Q正传》的"序"时,曾经极富启发性地指出:"'正传'是一个反语,是正史及其系谱的反面。……没有'正传',就不能了解正史谱系及其规则是如何确立的。有传,就意味着有世家、有本纪;不仅如此,有传,也意味着一个更为广大的、被排除在这个谱系之外的谱系,但这个谱系之外的谱系只能以'无'的形式存在。若没有由'正传'所代表的、没有名分的世系,谱系及其名分就不可能成立;倒过来,若'正传'破土而出,正史的谱系就面临着危机。在这个意义上,革命与'正传'——亦即被压抑在正史图谱之外的世界——之间有着某种天然的关系。像'我'这样一个实在不足道的人来给不足道的阿Q立传,那只能是'正传'了——但'正传'居然被写出,而且堂而皇之地登在报纸上,不就和辛亥革命之后'阿Q究竟已经用竹筷盘上他的辫子了'一样,意味着一种秩序的变动、意味着革命并非全然地虚无吗?"[1] 进而还分析了用洋文字母"Q"来为本来似乎无姓无名的"阿Q"命名,与《新青年》所打开的"新文化运动"的空间有关,"阿Q没有姓名,没有来历,只能用《新青年》倡导的洋字Q来表达,旧有的语言秩序中没有他的位置——如果作为异己的洋字也变成了中国语言秩序的一部分,这不是说现代的国人的灵魂(它也只能通过语言来呈现)不是也包含了异己的要素吗?这个异己的要素是反思的契机"[2]。但是,这个"空间"除了具有解放的作用,是否也隐含着某种压抑"无名者"的可能呢?"阿Q"的"阿"字"非常正确,绝无附会假借的缺点,颇可以就正于通人","倘若用胡适之倡导的

---

[1] 汪晖:《阿Q生命中的六个瞬间——纪念作为开端的辛亥革命》,《现代中文学刊》2011年第3期。

[2] 汪晖:《阿Q生命中的六个瞬间——纪念作为开端的辛亥革命》。

实证主义的考据方法来论证，阿Q的位置大概与其在传统正史中的位置一样，是无法证明其存在因而也就不存在的人物。这里洋字代表的异己的文化又被自我颠覆了。鲁迅的这段话暗示了他与胡适、《古史辨》派以及整个现代实证主义史学之间的对立——实证主义史学发端之时，将神话、传说的时代一并腰斩，颇有几分反传统的味道；但它也像正史谱系一样，将一切普通人民口传中的人物、事迹、故事作为无法实证的事实排除在'历史'范畴之外"。① 通过对"阿Q正传"四个字词的推敲，汪晖揭示出"阿Q"能以"正传"的方式浮出历史的地表，既要与传统"正史"的谱系决裂，也要争取"新文化运动"所开创的空间，又要警惕这一现代性的空间成为新的压抑性力量……尽管他已经意识到无论是为"正传"正名，还是为"阿Q"命名，都"涉及名实问题，以及与名实问题直接相关的秩序问题"，② 但汪晖基本上把他对"序"讨论限制在"命名"问题和"语言"问题上，或多或少地忽略了与"名"相对的"实"问题，与"语言"相对的"秩序"问题。

具体而言，其中的关键问题是关于"阿Q姓什么"？汪晖也在文章中提到这点，但被他以阿Q"无名无姓无来历"所一笔带过："立传的通例，要知道他姓什么，但阿Q没有姓。好像姓过一回赵，但很快就不行了，赵老太爷说：'你怎么会姓赵！——你那里配姓赵！'"③ 然而，如果我们回到这篇"序"的文本，就不难发现谈到"阿Q姓什么"时，"作者"似乎放弃了原来讨论"正传"那种多少有点"掉书袋"的书生口吻，转而使用现代小说叙述者的客观语调，描述了阿Q自以为"姓赵"却被迫"不能姓赵"的故事：

> 有一回，他似乎是姓赵，但第二日便模糊了。那是赵太爷的儿子进了秀才的时候，锣声镗镗的报到村里来，阿Q正喝了两碗黄酒，便手舞足蹈的说，这于他也很光采，因为他和赵太爷原来是本家，细细的排起来他还比秀才长三辈呢。其时几个旁听人倒也肃然的有些起敬了。那知道第二天，地保便叫阿Q到赵太爷家里去；太爷一见，满脸溅朱，喝道：

---

① 汪晖：《阿Q生命中的六个瞬间——纪念作为开端的辛亥革命》。
② 汪晖：《阿Q生命中的六个瞬间——纪念作为开端的辛亥革命》。
③ 汪晖：《阿Q生命中的六个瞬间——纪念作为开端的辛亥革命》。

"阿Q,你这浑小子!你说我是你的本家么?"

阿Q不开口。

赵太爷愈看愈生气了,抢进几步说:"你敢胡说!我怎么会有你这样的本家?你姓赵么?"

阿Q不开口,想往后退了;赵太爷跳过去,给了他一个嘴巴。

"你怎么会姓赵!——你那里配姓赵!"

阿Q并没有抗辩他确凿姓赵,只用手摸着左颊,和地保退出去了;外面又被地保训斥了一番,谢了地保二百文酒钱。知道的人都说阿Q太荒唐,自己去招打;他大约未必姓赵,即使真姓赵,有赵太爷在这里,也不该如此胡说的。此后便再没有人提起他的氏族来,所以我终于不知道阿Q究竟什么姓。[①]

这一段描述性的文字,在以议论为主的"序"中显得有些突兀,但和正文的小说笔调却颇为合拍。假如将关于"正传"以及"阿Q"名字的叫法和写法的讨论,都当作为"小说叙述"而做的准备,那么这段描述可以看作是整篇小说的叙述起点。因为在这儿涉及的不是抽象地讨论"作者"为"传主""命名"的"语言"的问题,而是具体地描绘在"实际存在"的"乡村秩序"中一个底层乡民如何被驱逐、被欺凌的情形:首先,阿Q姓什么以及是否姓赵,关涉的不只是他个人,而是与他所归宿的氏族或宗族有关。这一段开头提起"有一回,他似乎是姓赵",最后却以"此后便再没有人提起他的氏族来,所以我终于不知道阿Q究竟什么姓"结束,就和"姓什么"与"氏族"的内在关联有关。历史地看,将底层乡民"姓什么"和"氏族"或"宗族"的归宿密切联系在一起,是明清以来逐渐成熟的宗法制社会的特征,也即所谓"乡村共同体"或"乡里空间"的特征。尽管当时的"乡村共同体"或"乡里空间"是由"富民层"和"士绅"阶层所主导,但由于"富民层"和"士绅"阶层需要优先考虑的是"共同体"的整体利益,特别是"公业"制度,也就是"乡村共同体"或"乡里空间"的"共同财产"制度的存在——这些"公业"或"共同财产"往往根据用途不同,分为祀田、义田和学田等——使得同一氏族("宗族")中人无论贫富,都可以共同祭祀祖先,以及分享丰收、嫁娶、"进学"(考中科举)和

---

① 鲁迅:《阿Q正传》,《呐喊》,人民文学出版社1956年版,第71—72页。

升迁（官吏晋升）等共同的喜悦与荣耀。① 由此便可以理解，为什么"赵太爷的儿子进了秀才的时候，锣声镗镗的报到村里来"，阿Q"便手舞足蹈的说，这于他也很光采，因为他和赵太爷原来是本家，细细的排起来他还比秀才长三辈呢"。姑且不论他是不是酒后胡说什么"比秀才长三辈"，从阿Q作为长辈为本家的孩子中了秀才感到光采的行为来看，其实相当符合"乡村共同体"的伦理习俗。然而，与阿Q的行为形成对比的是，作为"士绅"的"赵老太爷"本应该比普通乡民更自觉地维护这种伦理习俗，可是他的所作所为却恰恰相反，赵老太爷不准阿Q姓赵——"你怎么会姓赵！——你那里配姓赵！"这从根本上破坏了"乡村共同体"的伦理习俗和秩序。所谓"你怎么会姓赵！"似乎只是剥夺了普通乡民分享我"赵老太爷"一家因儿子"进学"带来荣耀的权利，然而不要忘了，乡民分享荣耀的权利来自"乡村共同体"的"公共性"，不准分享即以"一己之私"凌驾于"公共性"之上，当然是对"乡村共同体"的破坏；而所谓"你那里配姓赵！"则更进一步暴露了"乡村共同体"内部贫富差距之间矛盾的激化，"赵老太爷"不准阿Q"姓赵"，没有任何理由，只是认为他"不配"，"不配"的原因自然是因为他穷——阿Q是乡村最底层的流浪雇农，他连地主的佃户和长工都不是，只是在农忙时给人雇去打短工，连家也没有，住在村外的破庙里——但仅仅因为他"穷"，就认为他"不配"，更是对"乡村共同体"伦理习俗和秩序彻底的背叛和破坏。按照"乡村共同体"或"乡里空间"的理想构成，作为主导者的"士绅"阶层如"赵老太爷"之类人物，应该以保全"共同体"的整体利益为己任，即使面对"穷人"，也不是一味打压排斥，而是共同救济吸纳。所谓"富贵人家，常肯救济贫穷；贫穷人家，自然感激富贵"，这是明清以降各种"乡规民约"的共同诉求，"大富户若行救济，则贫民有所依靠，思乱邪

---

① 按照沟口雄三的说法，公业的"公"和"人人皆教养于公产不恃私产，人人即多私产，亦当分之于公产……"（康有为：《礼运注》）中所说的"公产"的"公"相同，这里的"私"都把自己投入到"公"，把"私"独自的领域熔融到公共性里。也就是说，关系的公以联结私与私的方式把"私"包含于内，而从"私"的角度来看，私可以在关系网（公）的内部主张私人参与的部分，但这私人参与的部分始终和其他私人参与的部分联结在一起，因此无法建立一个和公（关系）相割裂的私人独自的领域（自私）。换言之，私由于加入了公反而无法和公相分离，获得独立（沟口雄三：《作为方法的中国》，孙军悦译，生活·读书·新知三联书店2011年版，第60—61页）。在他看来，正是因为这种"公"与"私"的"关系性"，才使得中国宗法制的"乡村共同体"或"乡里空间"得以保全。

心也就会自行消融。贫民感激并随顺富户，富户就可以使他们安分守己，不会'一朝暴富'而挑起暴乱"，于是形成了稳定的"乡村共同体"或"乡里空间"。① 而"赵老太爷"对阿Q的驱赶与放逐正是对上述原则的践踏和背叛，导致的结果是，未庄的人们认定阿Q"大约未必姓赵"，更关键的是他"即使真姓赵，有赵太爷在这里，也不该如此胡说的"。连"姓"都要独占，何况其他？究竟谁是标榜"相互扶持、互帮互助"的"乡村共同体"的破坏者，岂不一目了然吗？

从上面的讨论，我们可以清楚地看到，关于"阿Q姓什么"的讨论，构成了"作者"为阿Q"做正传"的起点；关于"阿Q想姓赵，赵老太爷却不让他姓赵"的叙述，构成了阿Q整个生命故事的起点；然而更重要的是，倘若把《阿Q正传》视为鲁迅对"辛亥革命"最深刻的反思，那么他通过对"阿Q姓什么"的讨论和对"赵老太爷不准阿Q姓赵"的叙述，将"乡里空间"的崩溃作为反思"辛亥革命"的起点。这样来解读《阿Q正传》的"序"，并非要证明鲁迅先知先觉般地反驳了从"乡里空间"到"各省之力"的"辛亥革命新论"，② 而是要揭示出他深刻地预见了"乡里空间"崩溃所带来的悲剧性与革命性并重的后果，也就是从原来似乎蒙上了一层温情脉脉的面纱的宗法制社会中自觉或不自觉地放逐出、驱赶出一批又一批"阿Q"式的人物，他们就像一群又一群游荡在荒野上的孤魂野鬼，不知何去何从，似乎是为了呼应《阿Q正传》的"序"中那句难解的"仿佛思想里有鬼似的"。作为"鬼魂"式存在的阿Q以及记录"鬼魂"式存在状况的《阿Q正传》，正如汪晖所指出的那样，针对"辛亥革命"具有极其丰富的自我冲突和自我解放的特质："辛亥革命是一个国民自我改造的伟大事件，因而也是国民性的这一能动性的历史性展开——辛亥革命提供了阿Q转向革命的契机，但未能促发他的内部抗争或挣扎。因此，'革命'只是作为偶然的或未经挣扎的本能的瞬间存在于阿Q的生命之中。没有挣扎，意味着没有产生主体的意志；但写出了这一没有挣扎的瞬间的鲁迅，却显

---

① 沟口雄三：《中国前近代思想的演变》，索介然、龚颖译，中华书局1997年版，第396页。
② 参见沟口雄三《辛亥革命新论》，《中国的历史脉动》，乔志航、龚颖译，生活·读书·新知三联书店2014年版。

示了强烈的意志——辛亥革命的'不彻底性'其实也正是力图将阿Q的本能的瞬间上升为意志的表达——它无法在阿Q的革命中获得表达，而只能在对这场革命的反思中展现自身，而阿Q正是检验这场革命的试纸。因此，鲁迅不但用革命审判了阿Q，而且也用阿Q审判了革命，而使得这一双重审判的视野得以发生的，就是'仿佛思想里有鬼似的'那句话中的'鬼'。①"

在这个意义上，作为"起点"的阿Q"想要姓赵"和"赵老太爷不让他姓赵"与作为"终点"的阿Q"想要革命"与"假洋鬼子不让他革命"构成了某种反讽式的对应关系：正是因为赵老太爷把他从"乡里空间"中驱逐出来，才使得阿Q"想要革命"，但如果不从根本上改变"士大夫支配民众"的构图，那么"假洋鬼子"必定和"赵秀才"之类"咸与维新"或"共同革命"，却一定"不让阿Q革命"。借用日本学者伊藤虎丸的说法，从"辛亥革命"方面来看，"没有让阿Q觉悟的革命，不是革命"；而从"阿Q"方面来看，"把奴隶根性进行权力化描画的主人公阿Q不仅仅是一个被否定的人物，正如木山英雄将他读解成一个'积极的黑暗人物'那样，实际上除此以外（除了自我变革以外），他也是可以成为肩负起中国革命的、不具备'国粹'性的主体的'积极人物'，正因为如此，此后作为小说家的鲁迅的行动，才自始至终以这样的'国粹'来把接纳欧洲近代'人'显灵托魂，由此产生的变革主体不在正人君子（的国粹）那里摸索，而在民众（的国粹）这边摸索。可以说，这个构图一直贯穿始终"。②

三

很显然，上述的设想与鲁迅"莱谟斯"式的选择有关。在他看来，"阿Q"式的民众要获得主体性的前提是从传统的"共同体"中解放出来，无论这种解放是自愿的还是被迫的。如果没有这种解放，就不可能从根本上破坏"士大夫支配民众"这一传统构图及其形形色色的现代变体。因此，尽管他不断地反思"辛亥革命"，不断地批判"中华民国"，但鲁迅却十分珍视作为"民国的来源（起源）"的"辛

---

① 汪晖：《阿Q生命中的六个瞬间——纪念作为开端的辛亥革命》。
② 参见代田智明《谈鲁迅论与"个"的自由主体性——由伊藤虎丸论起》，赵晖译，《现代中文学刊》2011年第3期。

亥革命":"我觉得久没有所谓中华民国。我觉得革命以前,我是做奴隶;革命以后不多久,就受了奴隶的骗,变成他们的奴隶了。……我觉得什么都要从新做过。退一万步说罢,我希望有人好好地做一部民国的建国史给少年看,因为我觉得民国的来源,实在已经失传了,虽然还只有十四年!"① 这是因为"鲁迅对辛亥革命的批判起源于对这场革命所承诺的秩序变迁的忠诚。在鲁迅的心目中存在着两个辛亥革命:一个是作为全新的历史开端的革命,以及这个革命对于自由和摆脱一切等级和贫困的承诺;另一个是以革命的名义发生的、并非作为开端的社会变化,它的形态毋宁是重复。他的心目中也存在着两个中华民国:一个是建立在'道德革命'基础上的中华民国,而另一个是回到历史循环的另一个阶段的、以中华民国名义出现的社会与国家"。② 由此,用"民国"的"理想"来批判民国的"现实",就很自然地发展出"启蒙"规划,也即陈独秀强调的"政治觉悟"的根源必须来自"伦理觉悟":"绝大多数""无知无觉"的"国民"的心理结构仍然停留在专制体制的层面,如果要唤起广大民众的觉悟,自觉争取民主,就必须在文化心理层面有所突破,"儒者三纲之说为吾伦理政治之大原……。近世西洋之道德政治,乃以自由、平等、独立之说为大原,……此东西文化之一大分水岭也……。此而不能觉悟,则前之所谓觉悟者,非彻底之觉悟,盖犹在徜徉迷离之境。吾敢断言曰,伦理之觉悟为最后觉悟之觉悟"③。一种来源于"政治的觉悟",进而追求"伦理之觉悟"的"新文化"逐渐浮出历史的地表,这种"新文化"之所以要反对中国传统文化,反对儒教,特别是反对家族制度的核心——"三纲五常",很显然,它的动力来自现实政治的危机,来自"民国理想"对"民国政治"批判的可能。

"政治的觉悟"与"伦理的觉悟"之间的关联,重新将"革命"与"启蒙"的问题摆在了我们面前。但对于如"鬼魂"般从崩溃的"乡里空间"放逐出来的阿Q们来说,"启蒙"不仅仅是抽象的说教,否则又会重新回到"士大夫(或其各种现代变体,如智识阶级)

---

① 鲁迅:《华盖集·忽然想到之三》,《鲁迅全集》第3卷,人民文学出版社2005年版,第16—17页。
② 汪晖:《阿Q生命中的六个瞬间——纪念作为开端的辛亥革命》。
③ 陈独秀:《吾人最后之觉悟》,《青年杂志》第1卷第6号。

支配民众"的关系中。因此,汪晖认为鲁迅在《阿Q正传》中展示出来的是对"启蒙"与"革命"关系的"颠倒",他称之为"向下超越",也即"鲁迅试图抓住这些卑微的瞬间,通过对精神胜利法的诊断和展示,激发人们'向下超越'——即向着他们的直觉和本能所展示的现实关系超越、向着非历史的领域超越。革命不可能停留在直觉和本能的范畴里,但直觉和本能不但透露了真实的需求和真实的关系,而且也直白地表达了改变这一关系的愿望。因此,不是向上超越,即摆脱本能、直觉,进入历史的谱系,而是向下超越,潜入鬼的世界,深化和穿越本能和直觉,获得对于被历史谱系所压抑的谱系的把握,进而展现世界的总体性"①。然而,"这些卑微的瞬间"不能够被简单地理解为"现代主义"式"主体"所具有的潜意识、欲望、直觉和本能的活动,而应该历史性地回到是什么具体的经济、社会、政治甚至是身体状况,决定了这些看似与直觉和本能有关的活动。譬如《阿Q正传》中这一段描写颇为人们所津津乐道:"他在路上走着要'求食',看见熟识的酒店,看见熟识的馒头,但他都走过了,不但没有暂停,而且并不想要。他所求的不是这类东西了;他求的是什么东西,他自己不知道。未庄本不是大村镇,不多时便走尽了。村外多是水田,满眼是新秧的嫩绿,夹着几个圆形的活动的黑点,便是耕田的农夫。阿Q并不赏鉴这田家乐,却只是走,因为他直觉的知道这与他的'求食'之道很辽远的。但他终于走到静修庵的墙外了。"② 就像汪晖说得那样,在阿Q"求食"的过程中,他"正是凭借'直觉'开始向往一种他所不知道的东西——一种外在于圣经贤传、外在于历史、外在于秩序、外在于自我因而也外在于他与周遭世界的关系的东西。这不正是摆脱他人引导的可能性所在吗?这个东西可以被界定为'无',因为它无法通过现存的事物和秩序来呈现自身。只有将这个被直觉所触碰的'无'发掘出来,阿Q才能摆脱依赖他人的引导而行动的惯习。"③ 但结合上下文,我们不能忘记阿Q是在怎样的一种现实条件下,忽然之间发生"转向",产生"摆脱他人引导的可能性"的。具体而言,是所谓的"生计问题"逼得他走投无路了:阿Q因为向吴妈求爱不成,反而再次遭到赵太

---

① 汪晖:《阿Q生命中的六个瞬间——纪念作为开端的辛亥革命》。
② 鲁迅:《阿Q正传》,《呐喊》,第90页。
③ 汪晖:《阿Q生命中的六个瞬间——纪念作为开端的辛亥革命》。

爷们的驱逐，以至于马上陷入赤贫的状态，所有年轻和年老的女人见了他马上避开，所有原来请他帮工的乡民都拒绝再请他干活……阿Q前所未有的孤立，"饿"的感觉几乎把他压垮，"冷"的感觉迫使他面对现实，只有在这些"物质条件"甚至可以说是"无物质条件"具备了的情况下，阿Q才有可能发生真实的"转向"。于是，我们这才更深入地理解了，为什么鲁迅要把"阿Q姓什么"和"赵太爷不许阿Q姓赵"作为整部小说的起点，因为只有剥夺、不断地剥夺、一次又一次地剥夺，让他们在物质上处于赤贫的状态，才能打碎"阿Q"们的迷梦，让他们直面无法直面的现实，从而重新获得改变现实的可能。

阿伦特虽然正确地指出："只有当人们开始怀疑，不相信贫困是人类境况固有的现象，不相信那些靠环境、势力或欺诈摆脱了贫穷桎梏的少数人，和受贫困压迫的大多数劳动者之间的差别是永恒而不可避免的时候，也即只有在现代，而不是在现代之前，社会问题才开始扮演革命性的角色",[①] 然而由于她在过分推崇"美国革命"的同时又过分贬低"法国革命"，认为后者因为仅仅关注社会问题而忘记了革命的要义："革命掉转了方向，它不再以自由为目的，革命的目标变成了人民的幸福",[②] 从而将"社会问题"与"政治问题"严格区分开来，认为"革命"只需要处理"自由立国"的问题，根本无须过问穷人的温饱，否则就堕入了"必然性"的陷阱，并借此大肆批判马克思主义："马克思对革命事业最具爆炸性同时也确实最富创见的贡献就是，他运用政治术语将贫苦大众那势不可挡的生存需要解释为一场起义，一场不是以面包或财富之名，而是以自由之名发动的起义。马克思从法国大革命中学到的是，贫困是第一位的政治力量。……马克思将社会问题转化为政治力量，这一转化包含在'剥削'一词中……马克思正是假革命之名，将一种政治因素引入新的经济科学之中，进而使之成为它自命的东西——政治经济，也就是一种依赖于政治权力，因而能被政治组织和革命手段推翻的经济。"[③] 姑且不论被她视为"革命典范"的"美国革命"是否能将"社会问题"和"政治问题"区隔清楚，仅就"经济"与"政治"

[①] 汉娜·阿伦特：《论革命》，第11页。
[②] 汉娜·阿伦特：《论革命》，第9页。
[③] 汉娜·阿伦特：《论革命》，第50页。

或更具体的"贫困"与"自觉"而言,通过鲁迅对阿Q命运的描写,我们也能发现,即使那时鲁迅不是马克思主义者,他也充分意识到如果不能把"社会问题"转化为"政治问题",那么"政治"永远都是"少数人"的政治,这样的政治建立起来的一定是"纸糊的罗马城";与此相应,如果不能把"政治问题"转化为"社会问题",那么无论是"人民主权"还是"民国理想",都只算是"空头支票",不可能使人们回到"故乡"的荒野,"找着了群众的野兽性","找着了真实的光明的建筑"。正是从这两个既相反又相从的方向,鲁迅找到了突破传统"士大夫支配民众"的构图,重构新型的"知识分子与民众"关系——也就是"启蒙"与"革命"关系——的契机。

在寓言的意义上,如"鬼魂"般存在的"阿Q"代表着从"欧洲的透视法"来看"时而是古代的、时而是封建的、时而是原始的"、停滞不前的"中国农村",这是"西方帝国主义"及其走狗"旧中国"的统治者最后企图征服的地方。然而"中国农村"却以马克思主义为媒介同时扬弃了"现代西方"和"旧中国",颠覆了西方的"透视法",反而利用自己新生的"透视法"批判"西方"及其走狗"旧中国"。① 于是,以"土地革命"为特征、以"广大农民"为主体的中国革命,不仅一脚跨过了"纸糊的罗马城",而且将"人民主权"与"人民的现代化"紧密联系在一起,在不久的将来重新创造出崭新的"群众性"!

[原载《华东师范大学学报》
(哲学社会科学版) 2013 年第 1 期]

---

① 沟口雄三:《作为方法的中国》,第 39 页。这是沟口雄三对日本的中国思想史研究者西顺藏观点的概括。虽然他批评"西顺藏的超近代从一开始就被欧洲近代的尺度所束缚",但沟口雄三还是相当准确地把握到西顺藏"试图把和欧洲'人格自由的原理'相对立的'人民总体',即通过'活学''总体人民的哲学'(毛泽东哲学)'每个人都获得了主体性'的'总体'的'我们中国人民',和欧洲作为自由'人格'的'个体'相对峙起来"。

《阿Q正传》:"文不对题"与"名实之辨"

张全之

  《阿Q正传》是一部"文不对题"的小说。从小说的大标题，到每一章的小标题，都与其对应的实际内容存在着强烈的悖反与对抗，显示了"名"与"实"之间的断裂。对于这一特殊的现象，过去的研究者从未提及，但我认为，《阿Q正传》表现出的"文不对题"现象，是鲁迅独具个性的探索尝试，既反映了鲁迅对小说文体创新的不懈追求，也反映了他对中国文化、历史的深刻反省，因此，立足中国传统，深刻剖析这一"文不对题"现象背后的内涵，对深化鲁迅作品的认识有重要意义。

一 所谓"正传"

  《阿Q正传》采用了传记体的形式，看上去似乎属于"传记文学"的范畴，但它其实是一部"拟传记"——人物虽有所依托①，但主要情节都是虚构的。从叙事过程来看，作者始终摆出一副认真、严肃的"史家"面孔，对传主的姓名、身世进行了貌似严肃的查访和考辨，事实上这都是小说家的"烟幕"，目的是给小说穿上"传记"的外衣。鲁迅的这一写作姿态，不仅成功地以小说戏仿了中国古代的正史，还以"史官"的身份嘲讽了为历代帝王将相写"家谱"的御用文人，充分表达了他对中国正史的不满和轻蔑。他曾经毫不客气地指出，一部二十四史，不过是"独夫的家谱"②，历代史官，不过是独夫们的奴才。《阿Q正传》对人物传记的戏仿，使这

---

  ① 周作人在《鲁迅小说里的人物》中，提到阿Q的原型，可能是一个名叫谢阿桂的人。周作人:《鲁迅小说里的人物》，《周作人自编文集》，河北教育出版社2002年版，第87页。

  ② 鲁迅:《忽然想到（一至四）》，《鲁迅全集》第3卷，人民文学出版社2005年版，第17页。

一崇高、威严的文体，现出其可笑的一面。

五四文学革命时，钱玄同等人痛斥"桐城谬种，选学妖孽"及"十八妖魔"，但"史传文学"并没有得到认真的反思和批判，从这个意义上也可以说，《阿Q正传》在五四文学革命落潮之后，还自觉地承继着这一批判旧文学的传统，以反讽和戏仿的方式，给予古代史传文学以辛辣的嘲弄。

对于这样一部"拟传记"，却名之曰"正传"，仔细读来，更像是一部"反传"。这一命名方式，使文本之"名"与"实"出现了分裂，这也是这部作品最为引人瞩目的地方。鲁迅自己似乎也意识到，名曰"正传"，难免突兀，于是他进行了一番煞有介事的解释：

> 然而要做这一篇速朽的文章，才下笔，便感到万分的困难了。第一是文章的名目。孔子曰，"名不正则言不顺"。这原是应该极注意的。传的名目很繁多：列传，自传，内传，外传，别传，家传，小传……，而可惜都不合。……总而言之，这一篇也便是"本传"，但从我的文章着想，因为文体卑下，是"引车卖浆者流"所用的话，所以不敢僭称，便从不入三教九流的小说家所谓"闲话休题言归正传"这一句套话里，取出"正传"两个字来，作为名目，即使与古人所撰《书法正传》的"正传"字面上很相混，也顾不得了。①

整段文字，看上去中规中矩：先引用圣人之言，说明"名"的重要；然后逐一否决了列传、自传、内传等多种常用的传记名称；最后从"不入三教九流的小说家"的套话里选出"正传"二字，"作为名目"。从"圣人"到"小说家"，这一番思维游历，其实反映了中国叙事文学在五四之后从"史传"向世俗小说、从庙堂向民间的位移，《阿Q正传》正是这一叙事转向的产物，它的出现，标志着现代小说对传统叙事文学的颠覆与超越。只要我们仔细审视这篇作品，就会发现它的种种怪异之处——主人公阿Q，一直与"传记"这一外在的文体形式发生着激烈冲撞——犹如毛驴进了瓷器店，处处传出碎裂声。首先，作为传主，阿Q的身份不符合传记文体的

---

① 鲁迅：《阿Q正传》，《鲁迅全集》第1卷，人民文学出版社2005年版，第512—513页。

基本要求。众所周知，传记是一种很势利的文体，它对传主的身份、业绩或影响有着一定的要求。从《史记》来看，司马迁根据人物的身份，将人物传记分为"本纪""世家""列传"。尽管"列传"中有一些身份并不显赫的小人物，如游侠、滑稽、货殖、刺客等，但这些"小人物"只是相对帝王将相而言的，就他们本身来说，均非等闲之辈。到五四时期，随着文学视点的下移，以小人物为传主的传记开始出现。胡适写了《差不多先生传》和《李超传》，前者写的是"群像"，姑且不论；后者写的是一位普通的女学生，显然存在着传主的身份和业绩问题。所以在《李超传》中，胡适很认真地解释说：李超"无关紧要的事实，若依古文家的义法看来，实在不值得一篇传"，但作者在读李超遗札的时候，"觉得这一个无名的短命女子之一生事迹很有作详传的价值，不但他个人的志气可使人发生怜惜敬仰的心，并且他所遭遇的种种困难都可以引起全国有心人之注意讨论。所以我觉得替这一个女子做传比替什么督军做墓志铭重要得多咧"①。鲁迅对传记与传主的关系也有着自己的认识。他一生应邀写了3份自传性文字，合计不到3000字。在1936年写给李霁野的信中，他又说："我是不写自传也不热心于别人给我作传的，因为一生太平凡，倘使这样的也可做传，那么，中国一下子可以有四万万部传记，真将塞破图书馆。"②鲁迅认为自己尚不够做传的资格，遑论阿Q了。正是这样一个无传主资格的人，却成为"正传"的主人公，鲁迅颠覆正史的用意，是显而易见的；其次，传记要求事实清楚、翔实，尤其涉及传主的基本信息，如姓名、籍贯、出身、出生年月、父母情况等。但在《阿Q正传》中，作者经过一番考证之后，一切都变得茫然起来：不仅不知道他是哪里人，就连他的姓、名都无从查考，只有一个"阿"字，变得确凿无疑。"阿"仅是一个语气词，在人们的日常称呼中频繁使用，不具有任何具体的指代性。鲁迅对这一单字进行强调，显示了他一贯的"油滑"风格。而"Q"，按照作者的解释，是由读音"Quei"而来。但按照中国人取名的习惯，"Quei"这个读音，无论写作"桂"、还是写作"贵"，

---

① 胡适：《李超传》，欧阳哲生编《胡适文集》第2卷，北京大学出版社1998年版，第583页。

② 鲁迅：《360508 致李霁野》，《鲁迅全集》第14卷，人民文学出版社2005年版，第95页。

甚至写作"柜",都比"Q"更靠谱一些,但鲁迅偏偏放弃了含义明确的"桂""贵"或"柜",选取了一个看上去没有任何意义指向的外文字母Q,这种恶作剧式的命名方式,其实表达了他对汉语一贯的厌恶态度①;最后,《阿Q正传》在《晨报副刊》连载时,鲁迅署名"巴人",他自己解释是取"下里巴人"之意。那么按照中国的传统,"下里巴人"是没有资格给他人做传的,而他不仅要给别人做传,而且还是"正传"!

由此不难看出,阿Q传主身份的可疑,个人关键信息的阙如,"巴人"反其道而行之的写作姿态,使这部人物传记走向了"传记"这一文体的反面,成为名副其实的"反传"。

以"正传"之名,行"反传"之实,是《阿Q正传》在艺术上最为独特的地方。

二 所谓"优胜"与"中兴"

尽管阿Q身份卑微,以打短工度日,看上去没有任何发达的迹象。但鲁迅在叙述过程中,还是使用了冠冕堂皇的标题,如"优胜纪略""续优胜纪略",直至后面的"恋爱的悲剧""生计问题""从中兴到末路"等,看上去像是一个英雄人物经历了人生辉煌之后走向了末路,有点类似项羽从"不可一世"到"乌江自刎"的悲剧历程,中间还夹杂着一个风月故事("恋爱的悲剧")。但当我们读完小说之后,发现所谓的"优胜",只是阿Q病态心理和可笑行为的记录。他依靠自己的想象,制造出"先前阔""儿子打老子""我的儿子比你阔得多了!"等种种幻觉,以抵抗现实中的卑微和穷困,使自己成为想象中的胜利者,让自己陶醉在战胜对手的喜悦之中。阿Q的这一病态心理达到了疯狂的程度,他甚至还凭借着自己"广博的见识",一方面嘲笑未庄的乡下人,另一方面嘲笑不了解未庄的城里人:

> 阿Q又很自尊,所有未庄的居民,全不在他眼睛里,甚而至于对于两位"文童"也有以为不值一笑的神情。……加以进

---

① 关于鲁迅对汉语的态度,可参见张全之论文《为什么要废除汉字?——兼对一种流行说法的辨证》(《粤海风》2005年第6期)和《鲁迅的硬译——一个现代思想事件》(《粤海风》2007年第4期)中的论述。

了几回城,阿Q自然更自负,然而他又很鄙薄城里人,譬如用三尺长三寸宽的木板做成的凳子,未庄叫"长凳",他也叫"长凳",城里人却叫"条凳",他想:这是错的,可笑!油煎大头鱼,未庄都加上半寸长的葱叶,城里却加上切细的葱丝,他想:这也是错的,可笑!然而未庄人真是不见世面的可笑的乡下人呵,他们没见过城里的煎鱼!①

在城乡之间游走的阿Q,获得了轻视乡下人和城里人的双重自信,使自己站在了足以藐视别人的"精神高地"上。然而,让人感到可笑的是,他依靠建立自信和自尊的"见识"竟然是"长凳"和"葱丝"这类并无实际意义的生活琐事,这就使他的自信和自尊显得十分滑稽,甚至可悲。阿Q正是在别人认为可笑可悲的事件中建立起了自己强大的精神王国,自己成为这个世界的主宰,成为优胜者,俨然是一个英雄,但实际上,他是一个微不足道、麻木愚陋的无知妄人,一个"反英雄"的英雄形象。周作人说鲁迅是"将小丑当作英雄去描写"②,确实抓住了问题的实质。

但阿Q的想象性满足是有限的,当遇到大的屈辱的时候,他的想象性满足无法化解内心的怨恨,这时,他就通过别的方法来疏导内心的郁积,以实现内心的平衡,使自己由失败者变为胜利者。从小说来看,他主要采取了两种方法:一是自虐;二是转嫁。当他在赌场上赢的钱被人抢了之后,他通过打自己的嘴巴来获得心理平衡——"仿佛打的是一个阿Q,被打的是另一个阿Q",俨然对抢钱者进行了惩罚,虽然自己的脸上还火辣辣的;当他被假洋鬼子打了之后,他转而去欺负毫无反抗之力的小尼姑,这一仗,他大获全胜:

> 他这一战,早忘却了王胡,也忘却了假洋鬼子,似乎对于今天的一切"晦气"都报了仇;而且奇怪,又仿佛全身比拍拍的响了之后更轻松,飘飘然的似乎要飞去了。③

---

① 鲁迅:《阿Q正传》,《鲁迅全集》第1卷,人民文学出版社2005年版,第515—516页。

② 周作人:《鲁迅小说里的人物》,《周作人自编文集》,河北教育出版社2002年版,第89页。

③ 鲁迅:《阿Q正传》,《鲁迅全集》第1卷,人民文学出版社2005年版,第523页。

这是一个胜利者尽情享受胜利时的幸福状态，是阿 Q 一生中不多见的胜利和幸福。但在叙事语言的背后，我们仿佛看到了叙述者冷漠的神情和厌恶的目光，他似乎正在以嘲讽的语调，揭露这胜利者可耻的嘴脸：这与其说是胜利，不如说是卑怯。在杂文中，鲁迅对这副阿 Q 相进行了更为尖刻的揭露：

> 我觉得中国人所蕴蓄的怨愤已经够多了，自然是受强者的践踏所致的。但他们却不很向强者反抗，而反在弱者身上发泄，兵和匪不相争，无枪的百姓却并受兵匪之苦，就是最近便的证据。再露骨地说，怕还可以证明这些人的卑怯。卑怯的人，即使有万丈的愤火，除弱草之外，又能烧掉甚么呢？①

与"优胜"相似，后文标题中出现的"中兴"更是作者送给阿 Q 的一顶"纸糊的假冠"，与实际内容几乎不搭界。当阿 Q 面临"生计问题"——明显是一个虚张声势的词——之后，流落到城里，大概参加了一个盗窃团伙。在一次作案时受到惊吓，阿 Q 抱着一包抢来的旧衣物回到了未庄，引起了一点小小的骚动，还受到了赵太爷的召见。但当带回的东西卖光以后，他就被视为未庄的危险分子，这为他后来被当作强盗，埋下了伏笔。

所以，"优胜"也好，"中兴"也好，既无"胜"，也无"兴"，"文""题"背离，"名""实"不符，显得怪异而又滑稽，形成了独特的审美风格。

三　所谓"恋爱的悲剧"与"大团圆"

在一部人物传记中出现这样的标题并不奇怪，但令人奇怪的是，在这些标题下出现的内容，与这两个标题几乎没有什么关系。

阿 Q"恋爱的悲剧"是一个既无"恋"也无"爱"的"闹剧"。阿 Q 在摸了小尼姑的脸之后，手上滑腻腻的，引得他心猿意马、春情荡漾；而小尼姑一句"断子绝孙的阿 Q"，使他认识到了问题的严重性：他需要一个女人给他生一个儿子，目的是死后有人"供一碗饭"——死后的"食"和死前的"色"让阿 Q 打起了女人的主意。第二天舂米的时候，他朝吴妈跪了下去，说出了自己的"求爱"语

---

① 鲁迅：《杂忆》，《鲁迅全集》第 1 卷，人民文学出版社 2005 年版，第 238 页。

言:"我和你困觉,我和你困觉!"阿Q的求爱具有鲜明的时代特色:下跪式的西方礼节和一句具有中国乡土特色的求爱语言结合在了一起,这就像他的名字一样,"中+西"的组合方式,显示出了那个时代的烙印。吴妈毫无心理准备,待她回过神来之后,就大叫着跑了出去。为了证明自己的清白,她必须要大哭大闹、投河上吊。在这里,我们看到了"非正常恋爱"式的闹剧和本能驱使下的愚昧与莽撞。毕竟,在这个男人和这个女人之间,是无论怎样也扯不上"恋爱"二字的。不仅吴妈毫无准备,就在阿Q这一边,也不是因为他爱上了吴妈,而是他需要一个女人,需要一个死后祭祀自己的儿子,这和"爱"是没有任何关系的。

在这一闹剧中,我们还能领略到鲁迅辛辣的文笔和穿皮透骨的讽刺能力。阿Q的求爱语言固然不够含蓄,却袒露出了所有男人在向女人求爱时隐藏在内心的隐秘冲动。在那些高雅而又浪漫的爱情故事中,无数的甜言蜜语、柔情倾诉,最终都会指向阿Q这句大实话。所以说,阿Q一语道破天机,让所有男人的恋爱絮语都显得苍白多余。套用阿多诺的一句话来说:阿Q说出那句话之后,你已无法再求爱了。阿Q莽撞地掀开了求爱者们试图掩藏的那张底牌。

这一场无"恋"无"爱"的求爱事件,在未庄引起了很大的骚动,阿Q从此失掉了谋生的机会,"生计问题"接踵而至,这也算是"爱的代价"吧,他只好离开未庄,到城里去。而关于吴妈,似乎也没有在他的记忆中留下任何痕迹,他只觉得吴妈和未庄的其他女人一样,都是"假正经"。

阿Q到城里以后,关于女人的故事也就结束了,但作者最后又抛出一个更吸引人眼球的标题——"大团圆"。在中国叙事文学中,"'大团圆'结局作为一种普遍现象,大致兴盛于元末明初之后。这一形式的固定化与模态化,从批评史与接受史的角度看,是随着《西厢记》和《琵琶记》的'经典化'过程而渐成定格的,遂演变为一种带有形式主义特征的主导性叙事模式"[①]。这一陈陈相因的叙事模式,最为典型的表现,是"才子佳人奉旨完婚入洞房",在一片喜庆、祥和的欢乐气氛中走向故事的结局。按照这一思路,我们仔细阅读《阿Q正传》,就不得不去思考:谁和谁团圆?在哪里团圆?

---

① 冯文楼:《"大团圆"结局的机制检讨与文化探源——兼论中国戏曲的文化精神》,《陕西师范大学学报》(哲学社会科学版)2008年第4期。

如何团圆？我们仔细阅读全文就会发现，"文不对题"的现象在这最后一章达到了极致，但另一方面，在这"文不对题"的背后，似乎有着作者更为深刻的寓意。

这最后一章，核心内容是阿Q被糊里糊涂地审判，被糊里糊涂地执行了死刑。而这一章的标题，使"刑场"与"洞房"，"死亡"与"新婚"，"性爱"与"枪杀"等毫无关联的词汇发生了联系，可以引起人们丰富的联想。标题作为阅读的引导，指示着我们去寻找相关的信息："大团圆"的男主角当然是阿Q，女主角只能是吴妈了。在这一章中，男女主角都登场了，这算是鲁迅有意安排的吧。在阿Q被押赴刑场的过程中，阿Q在人丛里发现了"一个吴妈"，小说详细描写了阿Q看见吴妈时的心理：

> 他惘惘的向左右看，全跟着马蚁似的人，而在无意中，却在路旁的人丛中发现了一个吴妈。很久违，伊原来在城里做工了。阿Q忽然很羞愧自己没志气：竟没有唱几句戏。他的思想仿佛旋风似的在脑里一回旋：《小孤孀上坟》欠堂皇，《龙虎斗》里的"悔不该……"也太乏，还是"手执钢鞭将你打"罢。他同时想将手一扬，才记得这两手原来都捆着，于是"手执钢鞭"也不唱了。①

在这段文字中，我们看到，这对"无情的情人"终于在人生末路相逢，一句"很久违，伊原来在城里做工了"，似乎包含着阿Q某种难以言表的温情，他内心的自尊再次被激活，他要唱戏，要给吴妈这个唯一和他有过瓜葛的女人留下一个英雄的背影。但捆绑的双手，使他无法展示自己的英雄气概，只好在"百忙"中无师自通地说了半句话："过了二十年又是一个……"对英雄的拙劣模仿，使阿Q成为一个堂吉诃德式的喜剧人物。而更为悲哀的是："车子不住的前行，阿Q在喝采声中，轮转眼睛去看吴妈，似乎伊一向并没有见他，却只是出神的看着兵们背上的洋炮。"② 在吴妈看来，"洋炮"比阿Q好看得多了。

一对曾经上演"恋爱的悲剧"的无情无爱的"恋人"，在男主

---

① 鲁迅：《阿Q正传》，《鲁迅全集》第1卷，人民文学出版社2005年版，第551页。
② 鲁迅：《阿Q正传》，《鲁迅全集》第1卷，人民文学出版社2005年版，第551页。

人走上刑场的途中相遇，目光从未对视，更没有感天动地的告别；阿Q"百忙"中的表演获得了看客们的喝彩，却没有博得吴妈的一瞥，他们就在这样一种冷漠的气氛中完成了人生的"大团圆"。如果我们了解鲁迅对中国传统文学"大团圆"结局的批判，就不难理解鲁迅这样写的用意：他用一对无爱男女的"死别"，去接续传统"大团圆"故事的叙事流程，就如在洞房花烛之夜突然响起了枪声，恐怖与血腥的事实，揭穿了欢乐、喜庆气氛的虚假性，这不只是反讽，更是对传统叙事文学虚假性进行的彻底颠覆和无情否定。

四 所谓"革命"与"不准革命"

"革命"是20世纪中国最为重大的主题，它以其自身的能量不断改变着中国的社会形态和世俗生活，因而，"革命"是中国20世纪最为重要的关键词之一。小说《阿Q正传》把流浪汉阿Q置于辛亥革命的风波之中，使一个重大的政治事件与一位处于社会边缘位置的小人物发生了喜剧性的关联，造成了富有喜剧色彩也含有悲剧内涵的时代闹剧。

小说第七章"革命"的第一句话，就颇耐人寻味：

> 宣统三年九月十四日——即阿Q将搭连卖给赵白眼的这一天——三更四点，有一只大乌篷船到了赵府上的河埠头①。

鲁迅将冠冕堂皇的"皇帝纪年"和"阿Q卖搭连"这两件完全不能对等的事件联系起来，颇有喜剧性。"阿Q卖搭连"作为重要事件的时间标识，使庄重、严肃的叙事语调与不伦不类的琐事形成了强烈反差。这其实是鲁迅一贯的行文风格，在有关阿Q革命的描写中，这种反差表现得更为明显。

阿Q作为一名无家无业的流浪汉，既无政治意识，也无改良社会的观念，他与革命是不相干的。但在一个革命风潮波诡云谲的时代，阿Q也受到了革命风潮的冲击，使他对革命问题有了自己的认识：

> 阿Q的耳朵里，本来早听到过革命党这一句话，今年又亲眼见过杀掉革命党。但他有一种不知从那里来的意见，以为革

---

① 鲁迅：《阿Q正传》，《鲁迅全集》第1卷，人民文学出版社2005年版，第537页。

命党便是造反，造反便是与他为难，所以一向是"深恶而痛绝之"的。殊不料这却使百里闻名的举人老爷有这样怕，于是他未免也有些"神往"了，况且未庄的一群鸟男女的慌张的神情，也使阿Q更快意。①

从痛恨革命到神往革命，不是基于对革命的了解，而是因为革命使举人老爷害怕，使未庄的"鸟男女慌张"。这是对革命的讽刺，也是对愚昧者的嘲弄。阿Q决定参加革命之后，在大街上威风凛凛地叫喊，"好……我要什么就是什么，我欢喜谁就是谁"。这就是阿Q对革命的理解，也是他参加革命的动力。而革命成功之后，他要做的只有三件事：一是劫掠财物，从元宝、洋钱、洋纱衫，到赵家的桌椅和秀才娘子的宁式床，一件不落地搬到土谷祠；二是杀人，从赵太爷、假洋鬼子，到王胡和小D，统统被列入死亡名单，甚至"一个都不留"，其残忍、血腥显然超过了赵太爷；三是占有女人。从老的到少的，从美的到丑的，他一一挑选。他不仅重视外表，还重视德行，所以像"假洋鬼子"的老婆就被排斥在"候选人"之外；而本可以从宽考虑的吴妈，因为"脚太大"也无法入阿Q的法眼。在这里我们看到，纯粹的个人私欲是阿Q对革命进行想象的前提。但当找到假洋鬼子试图参加革命党的时候，他被赶了出来。这时他又想："不准我造反，只准你造反？妈妈的假洋鬼子，——好，你造反！造反是杀头的罪名呵，我总要告一状，看你抓进县里去杀头，——满门抄斩，——嚓！嚓！"② 从痛恨革命到神往革命，再到痛恨革命，阿Q对革命的态度发生了两次变化，均根源于他对自身利益的考量，与革命没有任何关系，所以，第七章和第八章的标题，完全是虚张声势、与实不符。但在这一章中，除名实不符之外，作者还有着更为深广的忧思，看似不动声色，实则皮里阳秋。阿Q关于革命的想象，看上去跟实际的革命没有任何关系，但在很多革命者或造反者身上，似乎都有阿Q的影子。从早期的陈胜、吴广、刘邦、项羽，再到李自成、洪秀全，无不是阿Q式的革命者。在辛亥革命及其以后的革命中，似乎也晃动着阿Q的身影。所以，我们在一位与革命无关的流浪汉身上，竟然能够识别出众多革命者或造反

---

① 鲁迅：《阿Q正传》，《鲁迅全集》第1卷，人民文学出版社2005年版，第538页。
② 鲁迅：《阿Q正传》，《鲁迅全集》第1卷，人民文学出版社2005年版，第547页。

者的面影，这不能不说是一件让人震惊，又让人恐惧的事情。

总的来说，阿Q的"革命"是一句大街上的喊叫，是一场昏睡之后的梦魇；他的"不准革命"，是来自未庄"革命党"的一句呵斥。在这整个过程中，他没有与真正的革命正面相遇，更没有理解革命的真正含义，所以，所谓的"革命"和"不准革命"，跟其他章节的标题一样，是一次煞有介事的"标题秀"。

五 关于"名实之辨"

《阿Q正传》"文不对题"的现象是作者精心设计安排的，因而是一个值得关注的现象。从艺术表现形式来看，它与《堂吉诃德》一样，带有明显的反讽效果，对此已有很多学者进行了分析研究。但问题的关键在于，鲁迅不是一个"为艺术而艺术"的唯美主义者，而是一位思想家，他的任何艺术上的创新尝试，都有着深刻的思想动因和丰厚的思想底蕴。就《阿Q正传》来说，鲁迅有意布置的"文不对题"的叙事方式，有着多方面的用心。一方面，是为了颠覆中国传统陈陈相因的艺术俗套，如史传文学中人物传记的模式化、叙事类文学中毫无新意的风月故事以及"大团圆"的结局。鲁迅在其杂文中，将中国传统的"大团圆"斥之为"瞒和骗"的文艺，就充分表达了这一想法；另一方面，无论鲁迅是否有意，小说极为瞩目的"文不对题"现象，对中国传统哲学中的"名实之辨"也是一次极为深刻的反省。

"名"与"实"是中国古代哲学的两个重要范畴，先秦时期的儒、道、墨、名、法等诸家学说，均对"名"与"实"的关系进行过深入论述，而其中孔子的论述对后世影响至深且巨。鲁迅在《阿Q正传》中引述了孔子那句著名的话："名不正则言不顺"，就说明鲁迅在写这篇小说的时候，有意将小说中"名"与"实"的分裂和对抗，与儒家传统的"名实论"关联到一起，以引起人们更为深广的思考。

孔子特别强调"名"与"实"的关系，他认为"为政必先正名"，还强调："必也正名乎！……名不正，则言不顺；言不顺，则事不成；事不成，则礼乐不兴；礼乐不兴，则刑罚不中；刑罚不中，则民无所措手足。故君子名之必可言也，言之必可行也。君子于其言，无所苟而已矣。"[①] 孔子对"正名"的重视，反映了他匡扶社会

[①] 杨伯峻译注：《论语译注》，中华书局1980年版，第133—134页。

秩序的智慧和决心。孔子生活在礼崩乐坏的春秋时期，为恢复周礼，他强调名的重要性，力主"以名正实"，"就是要运用周礼之'名'，去纠正社会关系中那些不合于周礼的'实'"①，重建"君君、臣臣、父父、子子"的社会秩序。孔子的名实论尽管当时就受到墨家和道家人物的激烈批评，但它对维护当时社会秩序，延续社会文明，作出了重要贡献。胡适在《先秦名学史》中对此有深刻的论述，他指出，孔子的"正名"，其实就是"思想重建的任务"："它的目的，首先是让名代表它所要代表的，然后重建社会的和政治的关系与制度，使它们的名表示它们所应该表示的东西。可见正名在于使真正的关系、义务和制度尽可能符合它们的理想中的涵义。"② 但是，到五四时期，孔子及其代表的儒家文化受到强烈抨击，成为中国文化现代化过程中必须清算的负面遗产。在《阿Q正传》中，鲁迅处处以史家的姿态，对儒家的伦理道德体系进行嘲笑和挖苦。如写到阿Q被赵太爷打了以后，未庄的人对阿Q仿佛格外尊敬，对其中的原因，鲁迅援引了儒家的例子来加以论证："也如孔庙里的太牢一般，虽然与猪羊一样，同是畜生，但既经圣人下箸，先儒们便不敢妄动了。"③ 小说在其他地方有意引用"不孝有三无后为大""女人是祸水"等种种圣贤之道加以调侃和嘲笑，说明鲁迅在该小说中，始终将儒家的伦理体系作为讽刺和打击的对象，由此出发，我们也就不难想象到，小说有意为之的"文不对题"也是指向儒家文化的利刃。小说从正标题"阿Q正传"到正文中的9个标题，构成了一个貌似严密、神圣的话语系统，但它们所对应的内容，则毫无神圣可言——无论是捉虱子比赛，还是到静修庵去革满清的命，都带上了几分滑稽和戏谑的味道，其目的是"在庄严高尚的假面上拨它一拨"④，让那些道德、伦理、公理、正义等冠冕堂皇的名目，现出其丑陋、卑琐的本质。

孔子的"名实论"如果说在最初的时候，具有历史进步意义，但随着儒家文化至高无上地位的长期延续，这一"名实论"也必然

---

① 裴大洋主编：《中国哲学史便览》，青海人民出版社1988年版，第22—23页。
② 胡适：《先秦名学史》，欧阳哲生编《胡适文集》第6卷，北京大学出版社1998年版，第31页。
③ 鲁迅：《阿Q正传》，《鲁迅全集》第1卷，人民文学出版社2005年版，第520页。
④ 鲁迅：《华盖集续编小引》，《鲁迅全集》第3卷，人民文学出版社2005年版，第195页。

走向僵化、教条，甚至到了"重名轻实"或"重名弃实"的地步，使中国文化在种种名分、名称、名头等"名"字上下功夫，往往忽视了"实"的意义。这一僵化的思维方式，引领人们"唯名是从"，不敢直面现实，更不敢去改造现实。鲁迅对此深恶痛绝，在其杂文中多次进行过激烈批评。他笔下的"无物之阵""做戏的虚无党"、拒绝各种名目的"过客"等意象，都是基于他对传统名实论的深刻思考，所以说，"对于'名目'的欺骗性不断揭露与讽刺，对于与'名'对立的'实'称赞与颂扬，成为鲁迅对人类生存进行形而上思索的内容之一，也是贯穿他作品的一个重要主题"[1]。《阿Q正传》的主题可能有无数种解释，但其中关于"名实之辨"的思考，依然是其重要的意义指向。作品依靠文本自身结构上的矛盾对立，使文本以"自己撕裂自己"的醒目方式，来呈现儒家文化体系中"以名正实"的荒诞和悖谬之处。这种表现方式可以称之为"文本的行为艺术"——主要依靠结构而不是语言，寄寓对历史、文化的深刻思考，从这个角度来说，《阿Q正传》堪称借用文体形式成功进行"行为艺术表演"的典范。

（原载《中国现代文学研究丛刊》2013年第2期）

---

[1] 张爱军：《名与实：贯穿鲁迅作品的一个重要主题》，《名作欣赏》2007年第12期。

月夜里的鲁迅

王彬彬

内容提要 鲁迅喜爱月亮，喜欢月夜。《狂人日记》《秋夜》等作品中某些对月亮的描写，其实是写作之夜对月亮的写实。鲁迅北京前期的日记中，常常有对月亮的记述，不少作品中也在关键处出现月亮。鲁迅喜爱月亮，尤其喜爱雨雪阴霾之后出现的缺月、残月。在鲁迅的语境里，月亮往往意味着希望、温暖、爱，也象征着理性和光明。考察鲁迅对月亮的感情，可从一个独特的角度理解鲁迅的心理、性格。

关键词 鲁迅；狂人日记；秋夜；月亮

1936年10月19日晨5时25分，鲁迅辞世。当天晚上，与鲁迅并不相识的日本著名作家佐藤春夫写了悼念鲁迅的文章，文章题为《月光与少年——鲁迅的艺术》（文末注明写于"十月十九日闻鲁迅讣之夜"）。在文章中，佐藤春夫说："假若你读鲁迅作品时稍加注意，使你奇怪的是《阿Q正传》，《故乡》，《孤独者》等比较长的文章不消说，就是在像《村戏》（引按《社戏》）等的小品中，在什么地方也一定表现着月光的描写与少年的生活。我想月光是东洋文学在世界上传统的光，少年是鲁迅本国里的将来的惟一希望。我永远忘不掉从鲁迅文中读到的虽然中华民国的全部都几乎使自己绝望，然而这绝望并不能算是真的绝望，中国还有无数的孩子们的这种意味。假若说月光是鲁迅的传统的爱，那少年便是对于将来的希望与爱。这样看来，就可理解了鲁迅诸作中的月光与少年。"[1] 佐藤春夫指出鲁迅小说中经常写到月光与孩子，而这表明鲁迅的内心，并没

---

[1] ［日］佐藤春夫：《月光与少年——鲁迅的艺术》，《鲁迅先生纪念集》，上海书店1979年12月根据鲁迅先生们纪念委员会1937年初版复印。

有真的被绝望所充塞，因为月光和少年，在佐藤春夫看来，都意味着希望和爱。

鲁迅辞世十多年后，曾经师事鲁迅的日本学者增田涉出版了《鲁迅的印象》一书，书中，有一篇是《鲁迅跟月亮和小孩》，一开头就说："鲁迅先生好像喜欢月亮和小孩。在他的文学里，这两样东西常常出现。——这是佐藤春夫先生和我谈到鲁迅时说的话。"佐藤春夫不但在悼念鲁迅的文章里强调鲁迅喜欢月光与孩子，还在与他人谈到鲁迅时强调这一点。与鲁迅交往颇深的增田涉，认同佐藤春夫的感觉和判断。增田涉认为，作为诗人的佐藤春夫凭藉其敏锐的感受性抓住了鲁迅艺术精神的要点。增田涉并且这样描绘鲁迅的精神形象："在月亮一样明朗、但带着悲凉的光辉里，他注视着民族的将来。"增田涉还提供了鲁迅喜欢月夜的另一个证据，即鲁迅曾对为自己治病的日本医生须藤说过这样的话："我最讨厌的是假话和煤烟，最喜欢的是正直的人和月夜。"①

并未与鲁迅见过面的佐藤春夫，仅凭阅读鲁迅小说作品，就感觉到鲁迅喜欢月亮，的确是敏锐的。其实鲁迅在文学创作中，对月亮的描写并不特别多。老舍的中篇小说《月牙儿》，对月亮的描写非常多，甚至多得有时让人觉得有点多余。张爱玲中篇小说《金锁记》中开头和结尾出现的月亮，也给读者留下深刻印象。鲁迅小说中对月亮的描写并不显得很特别。坦率地说，读鲁迅文学创作，我没有感觉到鲁迅对月亮分外喜爱。我是在读鲁迅北京时期的日记时，感到鲁迅对月亮特别留意的。鲁迅的日记很简略，而月亮却频频出现在北京时期的日记中，尤其多见于1918年以前的日记中。1918年，是鲁迅创作《狂人日记》并登上文坛的年份。1918年以后，月亮在鲁迅日记渐渐消失。我以为，月亮在鲁迅日记中从频频出现到渐渐消失，为我们提供了一个观察、思考鲁迅心理状态变化的角度。

一

1918年4月2日，鲁迅开始写作《狂人日记》。在用文言写了几百字的序言后，进入正文的写作。而正文的第一句是：

---

① ［日］增田涉：《鲁迅的印象·鲁迅跟月亮和小孩》，《鲁迅回忆录·专著》（下册），北京出版社1999年版，第1384页。

今天晚上，很好的月光。

这是一个独立的自然段。鲁迅的新文学创作，以《狂人日记》开其端，而《狂人日记》又以对月光的描写开其端。在这个意义上，可以说，鲁迅的新文学生涯，是以对月光的言说开始的。《狂人日记》模仿狂人的思维写成。鲁迅在替一个想象中的狂人写日记。虽然鲁迅必须在必要的程度上让小说给人以"胡言乱语"的感觉，但不可能真的是胡言乱语。在"胡言乱语"的外表下，《狂人日记》其实有着严密的内在逻辑。鲁迅要通过"狂人"的自述，表达自身的情思。所以，并没有哪一句话完全是随意写下的。鲁迅替一个狂人写日记，第一句却写的是月亮，应该也不是没有来由的。其实，在此前六年的鲁迅日记中，月亮就经常出现。明白了鲁迅在自己的日记中经常写到月亮，或许就懂得了为何鲁迅提笔为一个虚构的狂人写日记时，首先写到的竟是月亮了。

鲁迅于1912年5月5日到达北京，第二天即到教育部上班。现在能读到的鲁迅日记，也是从1912年5月5日开始。月亮在鲁迅日记中第一次出现，是1912年7月27日，这天的日记，有这样的记述：

……晚与季市赴谷青寓，燮和亦在，少顷大雨，饭后归，道上积潦二寸许，而月已在天①。

这天晚上，鲁迅在友人处饭后归来，大雨过后，路上积水二寸深，但天已放晴，月亮出来了。查万年历，1912年7月27日是农历六月十四，月亮当然很好。明月照着积水，景色是很美的。鲁迅用寥寥十来个字，把雨后的月夜写得令人神往。大雨造成的积水还未开始消退，月亮却出现在天上。这样的日记，并非有意识的文学创作，但文学性是很强的。

1912年8月22日，鲁迅日记有这样的记述：

……晚钱稻孙来，同季市饮于广和居，每人均出资一元。归时见月色甚美，骤游于街。

---

① 《鲁迅全集》第13卷，人民文学出版社1981年版；本文所引鲁迅日记均见此卷。

这一晚，又是与友人聚餐后，归途中与月亮相遇。在 1912 年 5 月 6 日的日记中，有"坐骡车赴教育部"的记载。乘骡车的记载，数见于鲁迅北京时期的日记。所以，所谓"骡游于街"，应该是乘骡车逛街的意思。月色很美。在这样的月夜里，鲁迅不忍回屋，于是雇了辆骡车，在月夜里游荡着，在月光下留连着。查万年历，1912 年 8 月 22 日，是农历七月初十。初十的月亮，大体可算上弦月，只有半个大小，或者比半个略大些。可就是这半个大小的月亮，也令鲁迅爱而不思归。鲁迅的确是喜欢月夜的。

1912 年 9 月 25 日，是农历中秋节。这一天，鲁迅日记有这样的记载：

> 阴历中秋也。……晚铭伯、季市招饮，谈至十时返室，见圆月寒光皎然，如故乡焉，未知吾家仍以月饼祀之不。

这天晚上，是回到室内，从窗户看见圆月的。"举头望明月，低头思故乡。"北京的中秋月，令孤身寓居绍兴会馆的鲁迅，动了思乡之情。鲁迅日记中，是极难见到情语的。这种思乡之情的表达虽然并不强烈，但在鲁迅日记中，已是很特别的了。是寒光皎然的中秋月，让鲁迅动情；也是寒光皎然的中秋月，让鲁迅在日记中表达了流露了情感。

如果以 1918 年 4 月创作第一篇白话小说《狂人日记》为界，将鲁迅在北京生活的时期分为前期和后期，那前期日记中，关于月亮的记述还有多处。

1912 年 10 月 30 日："阴，午后雨。……夜风，见月。"下午本来下起了雨，晚上，风吹云散，月亮出来了，鲁迅觉得可记。

1913 年 1 月 24 日："雪而时见日光。……晚雪止，夜复降，已而月出。"白天是"太阳雪"的天气，晚上雪停了，但后来又下了一阵，终于雪过天晴，看见了月亮。顺便说明一下，在鲁迅北京前期的日记中，"夕""晚""夜"是分得很清楚的，"夕"指傍晚，"晚"指天虽黑而夜未深的那段时间，"夜"则指更晚至天亮的时光。

1913 年 5 月 13 日："晴。……夜微雨，旋即月见。"白天是好天，入夜下了点小雨，但很快微雨止、薄云散，天上有了月亮。查万年历，这天是农历四月初八，只有一弯上弦月。一弯新月，可能让鲁迅注目良久。

1913年10月14日："晴，风。……午后雨，夜见月。"这一天是上午晴，下午雨，而入夜又晴了，看见了月亮。

1914年3月12日："雨雪杂下。……午后雪止而风，夜见月。"这一天，上午是雨夹雪，下午雪停了，起风了，风吹散了云，于是月亮露出来了。

1914年5月8日："曇。……夜季市来。大风，朗月。"所谓"曇"，就是浓云密布。这一天，白天满天是云，但入夜后，大风吹散满天云，于是明月高照。

1915年2月25日："雨雪。……夜月见。"这一天，白天下着雪，到了夜里，雪停了，天晴了，月出了。

1915年2月27日："大风，霾。……夜风定月出。"这一天，白天是沙尘暴的天气，到了夜间，风停了，尘埃落定，月明如昼。

1915年4月27日："雨雪。……夜月出。"这一天，又是白天落雪，而夜间天晴月照。

1917年9月30日："晴。……旧中秋也……月色极佳。"这一天是中秋，又是晴天，月色当然极佳。

当我把鲁迅日记中记述了月亮的地方基本标出后，我发现，鲁迅喜欢在日记里记述月亮，尤其喜欢记述雨雪后、云霾后的月亮。雨停了，雪止了，云散了，月亮出来了。雨住雪霁，天分外蓝，月也分外洁净、明亮，鲁迅的心情应该也分外好，于是要在日记里记下这给他带来好心情的月亮。

既然鲁迅在自己的日记里屡屡记述月亮，当他以一个"狂人"的口吻写"日记"时，首先写到月亮，也就不难理解了。1918年4月2日，鲁迅开始《狂人日记》的写作。鲁迅是习惯于夜间写作的。1918年4月2日的日记，有"午后自至小市游"的记述。鲁迅一般起身很晚，不可能是上午开始写作的。下午独自逛了小市，看来没买到中意而又买得起的旧书、碑帖、古玩。所以，《狂人日记》一定是夜间动笔的。查万年历，1918年4月2日，是农历二月二十一。据鲁迅日记，这一天北京是晴天。这一天的月亮，大体可算下弦月，出来稍迟，有大半个。前面说过，1912年8月22日夜间，鲁迅在外饭后回寓途中，见"月色甚美"，于是"骤游于街"。这一天是农历七月初十。农历初十的上弦月与农历二十一的下弦月，在大小上差不多，只是一个出来较早而一个出来较晚，一个偏东而一个偏西而已。既然初十的上弦月,能让鲁迅觉得"甚美"而乐不思归,那二十一的下弦月,也会让鲁迅觉得"很好"。我们可以还原一下这天夜间鲁迅开始写作《狂人日记》的情景——时间从"晚"到"夜"了,大半个下弦月升起来了;鲁迅坐在绍兴会馆的窗前灯下,开始构思《狂人日记》;这是在模仿狂人的口吻写"日记";既然也是写"日记",当然自然会想到"今天"的事情;首先记天气,是日记的惯例,也是鲁迅一直的做法。"今天"的天气如何呢?鲁迅举眼看窗外,窗外月光皎洁,于是,鲁迅替一个想象中的"狂人"写下了第一句话:"今天晚上,很好的月光。"

鲁迅《狂人日记》的第一句话,其实是在"写实"。

二

写完了短短的第一节,便写第二节。第二节也以"月光"开头:

> 今天全没月光,我知道不妙。早上小心出门,赵贵翁的眼色便怪:似乎怕我,似乎想害我……

"今天全没月光"是顺着"今天晚上,很好的月光"说的。这当然不再是"写实",而是以"狂人"的口吻写下的"狂言"。这里说的是"早上"的事,是白天的事,是"今天"而不是"今天晚上"。"早上"、白天,"今天",当然"全没有月光"。按照"狂人"的想法,即便在白天,也可能有"月光",也应该有"月光"的。这固然可以理解为鲁迅是在以"狂人"的逻辑说胡话。但恐怕又不仅仅如此。如果说在这第二节里,"狂人"因未能在白天看见"月光"而感觉"不妙",那在第八节里,"狂人"的确在白天看见了"月光",并因此而"勇气百倍":

> 其实这种道理,到了现在,他们也该早已懂得,……
> 忽然来了一个人;年纪不过二十左右,相貌是不很看得清楚,满面笑容,对了我点头,他的笑也不像真笑。我便问他,"吃人的事,对么?"他仍然笑着说:"不是荒年,怎么会吃人。"我立刻就晓得,他也是一伙,喜欢吃人的;便自勇气百倍,偏要问他。
> "对么?"

"这等事问他什么。你真会……说笑话。……今天天气很好。"

天气是好，月色也很亮了。可是我要问你，"对么？"

他不以为然了。含含胡胡的答道，"不……"

"不对？他们何以竟吃？！"

"没有的事……"

"没有的事？狼子村现吃了；还有书上都写着，通红斩新！"

他便变了脸，铁一般青。睁着眼说，"也许有的，这是从来如此……"

"从来如此，便对么？"

"狂人"对这个来访者步步紧逼，大义凛然。从前后文看，这场对话发生在白天。按中国人的习惯，"今天天气很好"这样的话，是白天使用的寒暄语。陌生人的来访，一般也发生在白天。然而，在这白日里，"狂人"却看见"月色也很亮"了。白日见月，固然也可视作鲁迅特意在让"狂人"显示其"狂"，但看不见月光"狂人"便"知道不妙"，而月亮很亮，则令"狂人"大义凛然，"勇气百倍"，又能让我们感到，月光、月亮，在鲁迅的语境里，的确意味着温暖、希望、爱，的确象征着纯洁、正义、无畏。白日的天上，虽然并不会"月色也很亮了"，但"狂人"的精神天空上，有明月高悬。

在鲁迅北京前期的日记中，月亮出现得较频繁，后来，月亮在日记中就渐渐少起来，到了上海时期，日记中就几乎没有对于月亮的记载了。其原因，简要说来，就两种。一是心理状态的变化，二是生活环境的变化。

先说心态。在北京前期，在未登上文坛、成为著名作家之前，鲁迅的内心虽然苦闷、虽然悲观甚至绝望，但心境又是平静和悠闲的。那时的教育部，是清水衙门，也是清闲衙门，没有多少"公"要"办"。上班要求也并不严格，早到一点晚到一点，早走一点晚走一点，似乎都不碍事，生病、有事而旷工一天，好像也不要紧。鲁迅孤身寓居绍兴会馆，也谈不上有什么家务、家累。大部分日子里，都会去逛逛琉璃厂或小市，买几样不太破费的东西，也常常与友人聚饮。平静、悠闲、孤独、寂寞，人在这种心境中，特别留意自然景物，尤其会留意那些本就为自己喜爱的自然之物。鲁迅本就喜爱月亮，自然也就对月亮分外留意。而1918年以后，鲁迅的心态发生了很大变化。《狂人日记》石破天惊，鲁迅声名大振，从此进入文学界、思想界，以战士的姿态摧陷廓清、追亡逐北。要在教育部上班，要写这样那样的文章，要办刊物，要为别人看稿，又在几所学校兼课，终日忙忙碌碌。1919 年年底，鲁迅结束了孤身寓居绍兴会馆的生活，把母亲、妻子接到了北京，1923 年与周作人失和前，是三代同堂。先前的平静和悠闲没有了，也不像孤身一人时那般孤独和寂寞。在这样的心境中，就没有了留意、欣赏自然景物的闲情逸致，哪怕是本来很喜爱的月亮，也难得留意了，即便留意到了，也没有了在日记里记上一笔的闲心。

再说生活环境。鲁迅生活的北京，空旷、辽阔，没有什么高楼大厦也没有多少霓虹灯，空气中也没有多少污染，很容易见到月升月落。而鲁迅生活的上海，则高楼林立、霓虹闪耀，人们往往生活在狭窄的弄堂和弯曲的巷道里，要见到月亮并不容易。即便在今天，北京也远比上海更容易赏月。轻易见不到月亮，是上海时期日记里几乎不出现月亮的一种原因。

喜爱月亮，自然关心月食。鲁迅日记中，有多次月食记载。1912 年 9 月 26 日的月食，还引出鲁迅在日记中对北人与南人的比较："七时三十分观月食约十分之一，人家多击铜盆以救之，此为南方所无，似较北人稍慧，然实非是，南人爱情漓尽，即月真为天狗所食，亦更不欲救之，非妄信已涤尽也。"这样的借题发挥，在鲁迅日记中并不多见。这里，作为南人的鲁迅，毫不含糊地褒北人而贬南人。这是一个到北地未久的南人，在月食之夜发泄着对南方的不满。在南方，鲁迅饱受伤害，这些伤害他的人，自然都是南人。他是带着对南人的厌弃、愤怨到了北方的。但他毕竟到北京才几个月，不能说对北人有了真正的了解。仅凭北人在月食时击铜盆以救月而南人并不如此，就对南北之人做出褒贬，就断言南人"爱情漓尽"，显然过于情绪化了。二十多年后的 1934 年，在上海已生活多年的鲁迅，写了《北人与南人》一文，对南北之人进行了正式的比较。这回，观点有了明显变化，倒是同情南人的成分居多。当然，文章的重点，是强调南北之人各有长短："据我所见，北人的优点是厚重，南人的优点是机灵。但厚重之弊也愚，机灵之弊也狡，所以某先生曾经指出缺点道：北方人是'饱食终日，无所用心'；南方人是'群居终日，言不及义'。就有闲阶级而言，我以为是大体的确的。"①

---

① 《鲁迅全集》第 5 卷，人民文学出版社 1981 年版，第 435—436 页。

实际上，鲁迅后来的日记中，也有上海市民救月亮的记载。1928年6月3日："星期。昙。……夜月食，闻大放爆竹。"放爆竹，就是南方人在救月亮。中国人代代相传的对月食的解释是天狗在吃月，救月亮的方式是制造声响吓跑天狗。北京人以击铜盆的方式吓，上海人以放爆竹的方式吓而已。

说鲁迅上海时期的日记里几乎没有对于月亮的记载，当然不意味着绝对没有。月食之外，也有与北京前期类似的记载。1931年9月26日："晴。……传是旧历中秋也，月色甚佳，遂同广平访蕴如及三弟，谈至十一时而归。"这天是中秋，又是晴天，月亮大好。在这样的月夜里，鲁迅坐不住了，于是与许广平一起走出家门，踏月向三弟周建人家走去，在周建人家谈到深夜才回。

三

《野草》中的第一篇是《秋夜》，其中这样写后园的枣树：

> 枣树……简直落尽叶子，单剩干子，然而脱了当初满树是果实和叶子时候的弧形，欠伸得很舒服。但是，有几枝还低亚着，护定他从打枣的竿梢所得的皮伤，而最直最长的几枝，却已默默地铁似的直刺着奇怪而高的天空……直刺着天空中圆满的月亮，使月亮窘得发白。

篇末注明写于1924年9月15日。查万年历，这一天是农历八月十七。鲁迅日记这一天的记载是："昙。得赵鹤年夫人赴，赙一元。晚声树来。夜风。""赴"即"讣"。这一天，得到赵鹤年夫人去世的讣告，送赙金一块大洋。晚上有一个来访者。鲁迅应该是在来访者告辞后，开始写《秋夜》的。中国有俗语曰："十五的月亮十六圆"。月亮最圆，往往不在十五而在十六，有时则是十七夜里月亮最圆。总之，农历八月十七，中秋过后的两天，应该是有很圆很大的月亮的，只不过升起得稍晚一点。日记说这一天是阴天，又说"夜风"。既然特意记到风，说明风刮得并不小。也可能夜间大风吹散了阴云，于是朗月在天。如果是这样，枣树的树枝"直刺着天空中圆满的月亮"就是当夜的写实。在《秋夜》里，月亮成了被诘问被质疑被责难的对象，或者说，月亮因其过于明亮圆满则显得不太光彩。月亮似乎成了一个负面的形象。

但这与鲁迅一向对于月亮的喜爱并不矛盾。如果说月亮在鲁迅那里代表着希望，那鲁迅本就有着对希望的怀疑。希望着，同时又怀疑这希望；绝望着，同时也怀疑这绝望。这是鲁迅的基本心态。鲁迅用"圆满"来形容月亮，本来就颇奇特。"圆月""满月"，都是常见的说法，但圆满连在一起形容月亮，却很稀见。鲁迅用"圆满"形容月亮，目的是要让月亮受窘、让月亮因其"圆满"而难堪。这不是在否定月亮，而是在否定"圆满"。怀疑"圆满"，否定"至善"，是鲁迅固有的思想，也是鲁迅固有的性格。《野草》的第二篇是《影的告别》，写于1924年9月24日。《影的告别》，是《野草》中特别阴郁的篇章之一。如果说，《秋夜》中还有着明艳和美丽，那《影的告别》则是一片灰暗。来告别的"影"，首先说出的是这样的话：

> 有我所不乐意的在天堂里，我不愿去；有我所不乐意的在地狱里，我不愿去；有我所不乐意的在你们将来的黄金世界里，我不愿去。

憎恶地狱，但也并不向往天堂，这是鲁迅的精神特征。鲁迅执着于人间，鲁迅希望人间越来越美好，但又并不相信会有一个黄金世界的到来。对黄金世界的否定，与对"圆满的月亮"的质疑，在思想感情上是一致的。两年多后的1926年11月7日，鲁迅在厦门给友人写信，其中说："我本来不大喜欢下地狱，因为不但是满眼只有刀山剑树，看得太单调，苦痛也怕很难当。现在可有些怕上天堂了。四时皆春，一年到头请你看桃花，你想够多么乏味？即使那桃花有车轮般大，也只能在初上去的时候，暂时吃惊，决不会每天做一首'桃之夭夭'的。"① 拒绝地狱，也拒绝天堂，这与《影的告别》表达的意思一脉相承，也与《秋夜》中对"圆满"的否定若合符节。

鲁迅是在谈及厦门的花长开不败时说了这番话的。鲜花固然美丽，初开时也令人欣喜。但若日复一日、月复一月，总是那么鲜艳着，却也令人生厌。在北京生活了好多年，见惯了花虽好而易败，对厦门的花长开不败，反而不习惯了，甚至有些"怕敢看"了。再

---

① 《鲁迅全集》第3卷，人民文学出版社1981年版，第374页。

美好的东西，如果单调、僵滞、呆板，也令鲁迅"怕敢看"。鲁迅并非不爱花，而是不爱花的长开不败。对月亮的感情亦复如此。鲁迅喜欢月亮，但比起满月、圆月来，鲁迅更喜欢那种缺月、残月。前面说过，鲁迅特别喜爱雨雪之后出现的月亮，现在应该说，鲁迅特别喜爱雨雪之后出现的缺月、残月。这样的月亮，分外明净，但又带着几分冷寂、凄清。这样的月亮，让鲁迅感到更真实，也更能令鲁迅生出亲切之感，而那种过于圆满的月亮，带着些热闹、喜庆，反而可能让鲁迅感到虚假、感到幻灭。

"我早先岂不知我的青春已经逝去了，但以为身外的青春固在：星，月光，僵坠的胡蝶，暗中的花，猫头鹰的不祥之言，杜鹃的啼血，笑的渺茫，爱的翔舞……。虽然是悲凉漂渺的青春罢，但毕竟是青春。"这是《野草》中《希望》里的一段。在列举"身外的青春"时，鲁迅首先说到了星、月光。星、月，象征着希望，这在小说《故乡》中也表现得很明显。《故乡》中两次"深蓝的天空中挂着一轮金黄的圆月"，第一次是"我"回乡后因母亲提及闰土而想起闰土少年时在月光下看瓜捕猹的情形，第二次是结尾："我在朦胧中，眼前展开一片海边碧绿的沙地来，上面深蓝的天空中挂着一轮金黄的圆月。我想，希望是本无所谓有，无所谓无的。这正如地上的路；其实地上本没有路，走的人多了，也便成了路。"这象征着希望的月亮，虽然是"金黄的圆月"，但却不给人以热闹、喜庆之感，倒也几分冷寂、凄清。

说鲁迅对过于圆满的月亮反而有些拒斥，是在与缺月、残月相比较而言的。鲁迅喜欢月亮，缺残之月、圆满之月都喜欢，但比较起来，更喜欢前者，如此而已。月亮因过于圆满而受质疑，也仅仅在《秋夜》中有过。在《故乡》中，"圆月"是以正面的形象挂在天上的。在小说《白光》和《孤独者》中，出现的也是圆月。《白光》中的陈士成，参加十六回县考，都以失败告终，精神错乱了。他的邻居们，每到县考后发榜，看见陈士成呆滞、绝望的目光，都早早关了门、熄了灯，不敢惹他。第十六回落第后，邻居们又是如此。陈士成回到家中，四周一片寂静，而"独有月亮却缓缓的出现在寒夜的空中。"四邻躲避落第的陈士成，月亮却偏偏要出现在陈士成的头顶：

空中青碧到如一片海，略有些浮云，仿佛有谁将粉笔洗在笔洗里似的摇曳。月亮对着陈士成注下寒冷的光波来，当初也不过像是一面新磨的铁镜罢了，而这镜却诡秘的照亮了陈士成的全身，就在他身上映出铁的月亮的影。

这时的月亮，是以嘲讽者的姿态出现的。月亮像一个智者，看透了陈士成的内心，它以冷峻的眼光注视着陈士成。它无力阻止陈士成疯狂的升级，它带着冷峻，也带着哀怜，来与陈士成告别。这天晚上，精神错乱的陈士成，死于城外的湖中。在陈士成溺水前，小说又一次写到月亮："陈士成似乎记得白天在街上也曾听得有人说这种话，他不待再听完，已经恍然大悟了。他突然仰面向天，月亮已向西高峰这方面隐去，远想离城三十里的西高峰正在眼前，朝笏一般黑魆魆的挺立着，周围便放出浩大闪烁的白光来。"如果说，月亮是带着冷峻、带着哀怜来与陈士成告别，它却又不忍见到陈士成最后的时刻，于是在陈士成的疯狂达到顶点前"隐"去了。这是冷酷的月亮，但冷酷的外表下有着温暖；这是无情的月亮，但道是无情却有情。

小说《孤独者》中，当魏连殳的棺盖正在盖上时，也有月亮来告别：

敲钉的声音一响，哭声也同时迸发出来。这哭声使我不能听完，只好退到院子里；顺脚一走，不觉出了大门了。潮湿的路极其分明，仰看太空，浓云已经散去，挂着一轮圆月，散出冷静的光辉。

魏连殳的死，令"我"悲哀，但悲哀中却又有着释怀。魏连殳以精神自虐的方式表达着对世俗的愤嫉，活着，对于他早已是十分痛苦的事情，死，倒是一种解脱。魏连殳的活着，令"我"牵挂、令"我"担忧。现在魏连殳死了，"我"也可以把牵挂和担忧放下了。魏连殳的死，无论对于他本人还是对于作为友人的"我"，都不仅是坏事，同时也是好事。月亮"散出冷静的光辉"，说明月亮也不以魏连殳的死为单纯的不幸。这是"冷静"的月亮，更是"浓云"散去后的月亮。小说以这样的方式结束：

我的心地就轻松起来，坦然地在潮湿的石路上走，月光底下。

在"心地轻松"之前,"我"听见了一种声音,像是一匹受伤的狼在深夜的旷野中嗥叫,"惨伤里夹杂着愤怒和悲哀"。这是魏连殳活着时的哀鸣。现在,魏连殳终于从这样的"愤怒和悲哀"中解脱,"我"也便从对魏连殳的牵挂和担忧中解脱。在"冷静"的月光下,"我"轻松、坦然地走着。

四

1933年6月8日,鲁迅写了《夜颂》。《夜颂》作为杂文收入《准风月谈》,是集中的第一篇。这篇《夜颂》也可算是一篇奇文,作为散文诗出现在《野草》中也完全够格。《夜颂》以这样的话开头:"爱夜的人,也不但是孤独者,有闲者,不能战斗者,怕光明者。"鲁迅自己,无疑是一个"爱夜的人"。在鲁迅看来,夜间的世界是更真实的人间:

> 人的言行,在白天和在深夜,在日下和在灯前,常常显得两样。夜是造化所织的幽玄的天衣,普覆一切人,使他们温暖,安心,不知不觉的自己渐渐脱去人造的面具和衣裳,赤条条地裹在这无边际的黑絮似的大块里。

爱夜,是因为在夜间人们往往脱去了伪装,露出真面目。鲁迅强调:"爱夜的人要有听夜的耳朵和看夜的眼睛,自在暗中,看一切暗。"白日的"光明"并不是真正的光明,是"黑暗的装饰,是人肉酱缸上的金盖,是鬼脸上的雪花膏"。而在夜间,由于没有了"日光"这虚假的"光明",反而让善于"听夜"和"看夜"者,感到夜间的世界比白日的世界更为光明:"爱夜的人于是领受了夜所给与的光明。"白日的黑暗并不比夜间更少,夜间的光明或许比白日更多,这是爱夜者爱夜的理由。

黑暗和光明,是《夜颂》的两个关键词,也是鲁迅全部作品的两个关键词。鲁迅爱夜。鲁迅的作品,基本是在夜间完成的。在夜间,鲁迅凝视着人间的黑暗;在深夜里,鲁迅更清楚地看到了白日的黑暗。鲁迅爱夜,更爱月夜。日光,是黑暗的装饰,月光却并不具有这样的性质。月光不能掩饰人间的黑暗,所以,月光是比日光更真实的光明。

鲁迅1927年9月10日的日记是这样记述的:"旧历中秋。晴。

下午陈延进来，赠以照相一枚。夜纂《唐宋传奇集》略具，作序例讫。"这一天夜间，鲁迅将《唐宋传奇集》基本编纂好，并写了《〈唐宋传奇集〉序例》。这是中秋夜，日记中虽未记述月亮，在《〈唐宋传奇集〉序例》的末尾，却写下了这样的话："中华民国十有六年九月十日，鲁迅校毕题记。时大夜弥天，璧月澄照，饕蚊遥叹，余在广州。"①"大夜弥天"与"璧月澄照"，形成一种强烈的对照，这是黑暗与光明的对照。再明亮的月夜，也仍然是夜，月亮并不能改变夜的性质；但璧月澄照的夜，毕竟不同于黑絮一般的夜。澄照的璧月虽然不能改变夜的性质，但却让夜充满光明，一种比白日更真实的光明。"大夜弥天"而"璧月澄照"，让人有无穷的回味。

喜欢月夜的鲁迅，有时在与人通信时也谈到月亮。1926年9月22日，到厦门未久的鲁迅，给许广平信中说："昨天中秋，有月②。"几天后的9月25日，给许广平信中则说："今夜的月色还很好，在楼下徘徊了片时，因有风，遂回，已是十一点半了。"③ 21日是农历十五，25日这天已是农历十九了。十九的月亮，已是缺月了，升起得也较迟。夜间十一点左右，大半个月亮挂在天上，周遭十分安静，人们大抵进入了梦乡，间或有最早的秋虫开始有一声无一声地鸣叫。这样的月夜，鲁迅在屋中坐不住了，走到了月光下。可惜因近海而风大，不然，鲁迅会在这样的月光下徘徊许久吧。

1927年1月16日，鲁迅在厦门登上海轮，前往广州。当夜，在船上，鲁迅给友人李小峰写了一封长信，谈了些生活中的琐事。最后，鲁迅写了这样一段：

> 我的信要就此收场。海上的月色是这样皎洁；波面映出一大片银鳞，闪烁摇动；此外是碧玉一般的海水，看去仿佛很温柔。我不相信这样的东西会淹死人的。但是，请你放心，这是笑话，不要疑心我要跳海了，我还没有跳海的意思。④

查万年历，1927年1月16日，是农历腊月十三。十三的月亮，

---

① 《鲁迅全集》第10卷，人民文学出版社1981年版，第143页。
② 《鲁迅全集》第11卷，人民文学出版社1981年版，第123页。
③ 《鲁迅全集》第11卷，人民文学出版社1981年版，第128页。
④ 《鲁迅全集》第3卷，人民文学出版社1981年版，第401页。

也还是缺月。这种并不"圆满"的月亮本就是鲁迅分外喜欢的。在信的开头，鲁迅说海上"毫无风涛，就如坐在长江的船上一般"。皎洁的月光照在风平浪静的海面，使碧玉一般的海面银光闪闪。面对如此美景，鲁迅竟然想到了死。这让我们相信，这样的月光，触动了鲁迅心中最柔软的那一块。这样的月光，让鲁迅伤感，让鲁迅心中涌现出说不清道不明的情绪。

1927年9月24日。鲁迅离开广州前夕，写了《小杂感》，其中一段是：

> 要自杀的人，也会怕大海的汪洋，怕夏天死尸的易烂。但遇到澄静的清池，凉爽的秋夜，他往往也自杀了。[1]

我以为，这段话表达的意思，与鲁迅年初在海上的体验有关。"澄静的秋池，凉爽的秋夜"，容易让人产生死的念头。这段小杂感没有说到月亮，但我们分明感到，这是月色醉人的秋夜，这是在月光照耀下银鳞闪闪的清池。如果没有皎洁的月光，池塘如何显现其澄与清呢？所以，要诱人自杀，月光是必不可少的。

月夜里的鲁迅是伤感的。当我们想象着月夜里的鲁迅，当我们看到鲁迅举头凝视着那或大或小、或圆或缺的月亮，我们更多地感受到了鲁迅性格中温软的一面，更深地体味到了鲁迅精神上阴润的一面，更强烈地意识到了鲁迅心理上柔弱的一面。我们对鲁迅性格中坚硬的一面、对鲁迅精神上阳刚的一面、对鲁迅心理上强大的一面，已经说了很多。当然不能说已有的这种言说是在歪曲鲁迅。但如果仅仅只看到鲁迅的坚硬、阳刚、强大，却感受不到鲁迅的伤感，却体味不到鲁迅的温软、阴润、柔弱，那呈现在我们面前的，就不能说是很真实的鲁迅。

2013年7月3日夜

（原载《文艺研究》2013年第11期）

---

[1] 《鲁迅全集》第3卷，人民文学出版社1981年版，第532—533页。

莫言与鲁迅的家族性相似

王学谦

摘　要　莫言与鲁迅都是刚性生命叙事文学的家族成员，具有家族性相似。他们都喜欢用狂野的、异端的，甚至是邪恶的意象或令人震惊的修辞显示自己的文学身份或文化身份，从而将自我与社会常态的文学、文化区分开。他们都是激烈的个人主义者，都顽强地坚守自我，沉迷在自我的灵魂中。他们都有强烈的英雄情结，都推崇彻底反叛的恶魔性格的英雄，在荒凉里激情反叛。他们也都有一种深沉的生命悲剧体验，不仅反思社会、文化所造成的悲剧，同时，也都意识到这种悲剧内在于人的存在本身。

关键词　莫言；鲁迅；刚性生命叙事；家族性相似

近年来，学术界注意到莫言与鲁迅之间的精神联系，甚至有人将鲁迅、莫言看成一个文学谱系，但是，当人们分析这种精神联系的时候，要么停留在莫言的言论、叙事表层，要么拘泥于一些小的细节和局部，缺乏对两者叙事风格的深刻理解。叙事风格不是技术性的小东西，而是人生观和世界观的呈现。这种基于人生观、世界观的叙事风格才是把两者联系起来的重要区域，只有在这里才能看出他们之间最深切的共鸣和交汇。

如果我们把文学区分为理性与生命这两种叙事类型的话，鲁迅与莫言大体上都可以纳入生命叙事这种类型之中。借用维特根斯坦"家族性相似"的概念来说，他们都属于生命文学的大家族成员，都属于那种刚性生命叙事的一脉。在五四以来的新文学中，周作人是柔性生命叙事大家族的先驱，废名、沈从文、史铁生、汪曾祺、阿城、迟子建等大致都属于这一家族成员。和柔性生命叙事大家族相比，鲁迅所开创的刚性生命叙事家族也许并不算发达，但也并非毫无声色，莫言、张承志等应该是其中的佼佼者。

正如每一个大家族成员不可能完全相同一样，他们各有自己的风格，却又血脉相连，具有刚性生命叙事大家族的家族性相似。他们都是激烈的主观主义者和个人主义者，都强调自我内心体验，蕴含着火焰般的激情、力量，散发着浓厚的存在主义气息。他们的文学谱系是激进浪漫主义—现代主义—后现代主义。和鲁迅构成或远或近的亲缘关系的是尼采、叔本华、斯蒂纳、克尔凯戈尔，也包括日本的厨川白村，是拜伦、雪莱、普希金等被称为摩罗的最激进的浪漫主义诗人，还有中国的老庄、阮籍、嵇康等。尽管道家文化在其漫长的流变中不断被弱化以至于固化为静谧、安逸的田园心态，却仍然会露出犀利的目光和凶狠的牙齿。在五四新文化运动之后，鲁迅在道家文化精神中注入了刚性的河水。对莫言构成巨大影响的是 80 年代中期的先锋文学及其文化氛围。他在先锋文学的浪潮中站到了文坛的高处，成为引人瞩目的青年作家。当年的"拉美文学大爆炸"和马尔克斯的《百年孤独》对于莫言等一批中国小说家极具魅惑力。拉美的魔幻现实主义是西方现代主义文学的拉美化，它的西方根源是浪漫主义、现代主义的诸多潮流。这样看来，莫言与鲁迅算得上是同饮一条河，共用一江水，他们的文学精神也相互回应、共鸣。

一

鲁迅和莫言都喜欢用那些狂野的、异端的，甚至是邪恶的意象或令人震惊的修辞，来暗示自己的文学身份或文化身份。这是他们那种激烈的个人主义的思想的显现。在他们的价值天平上，把自己混同于他人，让自己消失在人群中是最不堪忍受的庸俗和耻辱。有价值的个人，是不断选择、创造自己的人，而不是生活在预先规划、布置好的世界之中。他们必须从这个清晰、透明的世界出走。他们相信如果不戴上凶狠的面具，就不能把自己从人群中分离出来，就不能让自己从严严实实的日常经验世界的枷锁中挣脱出来，就不能把自己从深厚而黏稠的传统中解放出来。他们都不是文学大军里的一员，满足于集群的潮流性的行动，而是游击队员，喜欢从浩浩荡荡的队伍中逃离出来，独往独来，单兵鏖战，开拓新的属于自己的战场。他们胸前徽号的图形和色彩非常相似乃至相同。

鲁迅说，"非有天马行空似的大精神即无大艺术的产生。"① 假如用天马比喻鲁迅的话，鲁迅应该是那种黑色天马，鬃毛迎风飞舞，在黑夜的"野草"、莽原上奔驰。鲁迅酷爱猫头鹰，喜欢以这种"不祥之鸟"暗示自己的文学身份。他宁可以猫头鹰的姿势在夜空里孤独地遨游，在森林里穿梭、怪叫，也不做笼中的画眉鸟。鲁迅把猫头鹰画成"爱情比翼鸟"，一个猫头鹰，里面是一对相视的恋人。② 他给自己第一部杂文集《坟》设计的封面就有一只猫头鹰，蹲在"坟"的上方，睁一只眼闭一只眼，藐视人间。鲁迅甚至还有猫头鹰的外号，"他在大庭广众中，有时会凝然冷坐，不言不笑，衣冠又一向不甚修饰，毛发蓬蓬然，有人给他起了个绰号，叫猫头鹰。"③ 鲁迅呼唤猫头鹰的文学，"只要一叫而人们大抵震悚的怪鸱的真的恶声在那里!?"④ 和这个猫头鹰同样引起恐怖感的是神话中的刑天。鲁迅不太喜欢悠然恬淡的陶渊明，却喜欢那个吟诵"刑天舞干戚，猛志固常在"的有些狞厉的陶渊明，喜欢那个迷狂而大胆地写下《闲情赋》的开怀放肆的陶渊明。鲁迅讨厌被驯化的家畜，喜欢野性的动物，"野牛变成了家牛，野猪变成了家猪，狼成为狗，野性是消失了，但只是使牧人喜欢，于本身并无好处"⑤。在《孤独者》中，魏连殳悲愤交加，发出了狼一般的嚎叫。瞿秋白说鲁迅是一头狼。鲁迅登上文坛的第一声"呐喊"是狂人的凄厉咆哮。他喜欢把自己的激情和思考变成傻子、疯子（《长明灯》）的荒唐梦呓，把一团和气的庸常人生撕成碎片。在《聪明人和傻子和奴才》中，那个傻子才敢于砸破墙壁开一扇窗户。他酷爱杂文，即使被看成是浪费自己的才华，也在所不惜。他嬉笑怒骂皆成文章，怒气冲天，顶盔戴甲，横眉冷对千夫指，却又诙谐、幽默，像个英勇的"战士"，也像胆大妄为的顽童。"也有人劝我不要做这样的短评。那好意我是很感激的，而且也并非不知道创作之可贵。然而要做这样的东西的时候，

---

① 鲁迅：《〈苦闷的象征〉引言》，《鲁迅全集》第10卷，人民文学出版社1981年版，第232页。

② 上海鲁迅纪念馆中国美术家协会上海分会编：《鲁迅与书籍装帧》，上海人民美术出版社1981年版，第88页。

③ 沈尹默：《鲁迅生活中的一节》，《鲁迅回忆录·散篇（上册）》，北京出版社1999年版，第248页。

④ 鲁迅：《音乐?!》，《鲁迅全集》第7卷，人民文学出版社1981年版，第54页。

⑤ 鲁迅《略论中国人的脸》，《鲁迅全集》第3卷，人民文学出版社1981年版，第414页。

恐怕也还要做这样的东西,我以为艺术之宫里有这么麻烦的禁令,倒不如不进去;还是站在沙漠上,看看飞沙走石,乐则大笑,悲则大叫,愤则大骂,即使被沙砾打得遍体粗糙,头破血流,而时时抚摩自己的凝血,觉得若有花纹,也未必不及跟着中国的文士们去陪莎士比亚吃黄油面包之有趣。"① 他心目中的知识分子理想是勇敢追求"真实"的精神,这种真实不是"正人君子"的"公理",而是个人的体验、见识。"要是发表意见,就要想到什么说什么。真的知识阶级是不顾利害的,如想到种种利害就是假的,冒充的知识阶级。"② 他讨厌那种和事老式的性格,强调知识分子应该爱憎分明,不仅有表达爱的勇气,更应该有表达憎的力量。这里有一种知识分子的自觉承担,同时,也是一种巨大的诱惑,他们仿佛被那种无限的东西所吸引,不得不向这种无边的海域奔去。直到生命的最后时刻,他依然拒绝回到岸边,依然强硬地扭过头去:一个都不宽恕。

莫言最初的那几篇创作,沐浴在"文革"之后文学解放的日神光辉之下,是80年代初期文学大合唱中小到听不见的声音。进入解放军艺术学院以后,伴随着文学动向的变化、调整,尤其是先锋文学、寻根文学浪潮的涌动,他忽然顿悟,终于找到了自己。从1985年到1986年,他连续抛出《白狗秋千架》《枯河》《透明的红萝卜》《红高粱家族》等作品,猛然转身挣脱日神的光辉扑向酒神的暗夜,在酒神的大地和天空东奔西突,狂歌曼舞,尽情翱翔。

在刚到军艺的时候,莫言雄心勃勃、激昂慷慨,指点江山。在一篇题为《天马行空》的作业短文中,他把文学看成"天马行空"的"天才"的创造,而冲破日常经验的罗网的"想象力"正是天才的重要标志之一。"创作要有天马行空的狂气和雄风,无论在创作思想上,还是在风格上,都必须有点邪劲儿。敲锣卖糖,咱们各干一行。你是仙音绕梁,三月绕梁不绝,那是你的福气。我是鬼哭狼嚎,牛鬼蛇神一齐出笼,你敢说这不是我的福气吗?"③ 有的时候,他也

---

① 鲁迅:《华盖集·题记》,《鲁迅全集》第3卷,人民文学出版社1981年版,第4页。

② 鲁迅:《关于知识阶级》,《鲁迅全集》第8卷,人民文学出版社1981年版,第190页。

③ 莫言:《旧"创作谈"批判与"新创作"谈》,《怀抱鲜花的女人》,中国社会科学出版社1993年版,第339页。

会羡慕那种人见人爱、霞光万道、祥云朵朵的天马,"有两缕袅袅上升的轻烟,有无数匹曲颈如天鹅的天马,整幅画传达出一种禅的味道:非常静谧,非常灵动,是静与动的和谐统一。是梦与现实的交融。这才是好天马呢"①。但是,上帝却只能让他变成一匹野性难驯的天马,在闪电雷鸣、狂风骤雨里咆哮、奔腾,在浩浩荡荡的高粱地里穿梭,"往上帝的金杯里撒尿","因为我知道我半是野兽半是人,所以我还能往前走,一切满口仁义道德的好作家们,其实都是不可救药的王八蛋。他们的'文学'也只能是那种东西"②。更有意思的是,莫言也曾以猫头鹰自许,他在给自己散文集作序的时候,说自己的散文是猫头鹰的叫声:一只鸟蹲在树上叫,是为了寻求知音,"一个写了文章发表的人,其实也是一只蹲在树上鸣叫的鸟。猫头鹰叫声凄凉,爱听的不多,但肯定还是有爱听的。画眉鸟声婉转优美,爱听的很多,但肯定还是有不愿听的。我的这本集子,基本上可以认定为是猫头鹰的叫声,喜欢我的就买,不喜欢我的,白送给你你也不会要"③。有一次,莫言又变成了一只更凶悍的九头鸟,"我以为各种文体均如铁笼,笼着一群群称为'作家'或者'诗人'的呆鸟。大家都在笼子里飞,比着看谁飞得花哨,偶有不慎冲撞了笼子的,还要遭到笑骂呢。有一天,一只九头鸟用力撞了一下笼子,把笼内的空间扩大了,大家就在扩大了的笼子里飞。又有一天,一群九头鸟把笼子冲破了,但它们依然无法飞入蓝天,不过飞进了一个更大的笼子而已"④。撞击铁笼的冒险和狂喜,一直是莫言心灵的巨大涡流。他迷恋那种来自生命深处的暴烈、彪悍的激情,有那种"狼"性,就是面对孩子和他们的父母,他也大胆地宣称,孩子应该"像狼一样的反叛","我崇拜反叛父母的孩子","我几乎绝对地怀疑父母的教育能使人变好或者变坏,《三字经》所谓'窦燕山,有义方,教五子,名俱扬。'其实含有不少胡说八道的成分。我崇拜反叛父母的孩子。我认为敢于最早地举起反叛义旗的孩子必定是乱世或

---

① 莫言:《旧"创作谈"批判与"新创作"谈》,《怀抱鲜花的女人》,中国社会科学出版社1993年版,第339页。

② 莫言:《旧"创作谈"批判与"新创作"谈》,《怀抱鲜花的女人》,中国社会科学出版社1993年版,第344页。

③ 莫言:《写给父亲的信·猫头鹰的叫声——〈莫言散文〉自序》,春风文艺出版社2003年版,第129页。

④ 莫言:《马蹄》,《会唱歌的墙》,作家出版社2005年版,第133页。

者治世英雄的雏鸟。一般来说，伟大人物的性格里一定有反叛的因素，在成为英雄之前，首先要成为叛逆。"① 前几年，莫言说自己更想成为歌德而不是贝多芬，这里有年龄的原因，也有他的中国式的智慧，在人前他更喜欢低调、柔和，否则就要吃尽苦头。可是，他的创作表明，他迄今为止还是贝多芬，正如他成不了那种像天鹅般的天马，他很难变成古典主义的晚年歌德。② "天才"是很难驯服的。尽管《蛙》内敛了很多，但是，那种强硬、尖利的锋芒还在。他敢于对计划生育这种敏感题材进行个人化的艺术处理。

二

作为激烈的个人主义者，他们都沉迷于自我的心灵之中，他们的心灵都既强硬、勇敢，又犀利、敏感，充满躁动、不安，像威力巨大的暗流、漩涡，不断掀起狂涛巨澜，汹涌着狂暴不羁、疾风暴雨般的激情、意志和力量。这种力量同时也是怀疑主义洪流，他们自信而强大，相信自己的心灵力量远远胜于相信外部世界，对于理性世界，他们永远投去轻蔑、怀疑的目光，就像尼采不断抨击苏格拉底一样，他们总是以否定、嘲讽理性世界的愚蠢为乐事。在他们看来，那些稳定、流行、传统、主流的长期不变的大大小小的规范、原则，都是形迹可疑的，往好处说，充其量也仅仅是一座温室，一个临时搭建起来的驿站，无论你怎样巧夺天工，也不过是人工的小技巧，是一个小世界；往坏处说，在大多数情况下，它们仅仅是束缚人的枷锁或虚妄的欺骗，是应该质疑、颠覆、摧毁的。他们的激情和力量就是对这种存在物的对抗、攻击。生命之树常绿，枝繁叶茂，目不暇接，概念永远是苍白而空空荡荡的。他们的生命世界是无限的多样的，是纷飞的碎片，燃烧着各种可能性，和无止息的冲突，是个体生命腾飞的天空，也是无可克服的悲剧性存在。如果不将那些条条框框爆破，就无法行动，就不能上路，不断突破、超越或永远奔走在路上的强劲冲动在激励、鼓舞着他们，就如同鲁迅的"过客"一样，仿佛被一种神秘的声音所召唤、诱惑。没有必须停靠的海岸线和陆地，这与其说是朝向某个目的地的航行，毋宁说是无

---

① 莫言：《像狼一样的反叛》，《家教博览》2001 年第 8 期。
② 莫言：《优秀的文学没有国界——在法兰克福"感知中国"论坛上的演讲》，《上海文学》2010 年第 3 期。

止境的自由漂泊。

因此，有两个区域是他们叙事的重点对象：一个是强悍而孤独的个人主义英雄，其性格往往带有恶魔性的因素；另一个是"吃人"的混沌无边的世界。这两个区域有时在一篇作品中同时出现，构成一个生命世界的全景图像，有时则仅仅出现一个区域。在更深层的意义上，这是他们对世界、人性和人生的理解，因此，两者粘连，相互衬托，相得益彰。

《狂人日记》呈现了鲁迅生命叙事的基本结构，也是鲁迅叙事的强劲动力。鲁迅的创作，就其主导性因素而言，都是《狂人日记》这一基本结构的不断重写或改写，并由此形成了鲁迅叙事的独特意味。《狂人日记》绘制了一幅生命世界的全息图像，包含着上述的两个重点叙事对象：一方面是强悍的狂者，强悍的个人英雄的隐喻，另一方面是无法克服的生命悲剧，是无边的生命世界的隐喻。强悍的个人英雄狂人掀翻"仁义道德""吃人"的盛宴，同时，也打开了潘多拉的匣子。《狂人日记》的灵感来自鲁迅的历史阅读，"……偶阅《通鉴》，乃悟中国人尚是食人民族，因此成篇。此种发见，关系亦甚大，而知者尚寥寥也。"[①] 鲁迅的理性目的显然带有五四时代普遍的启蒙自觉即对传统文化的反思和批判："意在暴露家族制度和礼教的弊害。[②]"然而，家族制度及其礼教"吃人"，这种所指显然并不牢靠，它仍然是一个能指。家族制度及其礼教与吃人之间的必然性因果关系，根本无法遮蔽生命存在的悲剧性。如果说专制理性是"吃人"的，那么，清除家族制度及其礼教，"吃人"的悲剧就会消失，和谐的永恒理性就会照亮人间？其实不然，"救救孩子"的犹豫而绝望的呼声似乎已经做出了否定性的回答。既然没有永恒理性的和谐，所有的人都是吃人者也是被吃者，"吃人"无法从人间彻底清除，那么，人的存在本身就是悲剧。因此，"吃人"在鲁迅那里，除了启蒙意义上的所指之外，还缠绕、纠结着另一种令人尴尬、绝望的所指，世界是不可言说的，人是难以规定的动物，人的存在包含着无可避免的悲剧，不同的个体生命之间和个体生命与社会之

---

① 鲁迅：《180820 致许寿裳》，《鲁迅全集》第 11 卷，人民文学出版社 1981 年版，第 353 页。

② 鲁迅：《〈中国新文学大系〉小说二集序》，《鲁迅全集》第 6 卷，人民文学出版社 1981 年版，第 239 页。

间的相互冲突、对抗，世界充满着苦难和不幸，并不存在一个"人的解放"的光明未来。由此，鲁迅让自己的叙事航船驶向了摇摆不定的生命世界，在这个世界之中，人和事或许和启蒙有所关联，但又绝对不是启蒙所能够解释的。鲁迅的这种基本结构——强悍的个人英雄与混乱无序的世界的对抗，在鲁迅的诸多篇章中都有所呈现。鲁迅的觉醒者叙述，呈现的是觉醒者与社会大众的对立，这种模式可以看做是《狂人日记》从内心向现实题材的扩散。英雄在合理化之后，被纳入社会总体性之后，也被弱化，丧失了英雄的心灵强度，变成了现实的有血有肉的文化精英。社会总体性变得异常强大，众人的内心、意志如同无边无际的大海，把精英全部淹没。这里涉及的不仅是理性的观念的问题，同时，也涉及人的恶性、人的孤独本性等复杂因素。在鲁迅的杂文中，隐藏着一个具有激情、狂放的英雄气概的书写者的形象，面对混乱芜杂的世态人心。在《野草》中这种结构获得了更充分的显现。一方面是混乱的世界，另一方面却是"过客"式的英雄。

鲁迅曾经说自己写小说的目的是"揭出病苦，引起疗救的注意"，然而，当你进入他的小说世界的时候，你立刻就会发现，这些作品指给人们看的疾病，大都是无法治愈的，是人生永远的伤口，是生命世界的本然性存在。他说，中国社会历来只是两个时代的循环：想作稳奴隶而不得的时代和暂时坐稳了奴隶的时代，要创造第三样的时代：人的时代。可是，人的时代在哪里？他自己并没有信心，他倒是更坚定地相信：没有黄金世界或大同世界，"将来"也不过是人们自欺欺人的方法而已。"倘使世上真有什么'止于至善'，这人间世便同时变了凝固的东西了。"① 在鲁迅那里，日神的光辉往往是星星点点的，像灰烬里的火星，忽明忽暗，总是给人以即将熄灭的微弱之感。"'将来'这回事，虽然不能知道情形怎样，但有是一定会有的，就是一定会到来的，所虑者到了那时，就成了那时的'现在'。然而人们不必这样悲观，只要'那时的现在'比'现在的现在'好一点，就很好了，这就是进步。"② 你看，他总是把调子压

---

① 鲁迅：《黄花节的杂感》，《鲁迅全集》第3卷，人民文学出版社1981年版，第410页。

② 鲁迅：《两地书·四》，《鲁迅全集》第11卷，人民文学出版社1981年版，第20页。

得非常低,只要那时比现在"好一点,就很好了"。面对这种苦难,鲁迅经常流露出叔本华式的忧郁、焦虑和同情心,他试图以启蒙的亮色来清除这种晦暗的体验,但是,更具有鲁迅风度的却是那种尼采式强悍:直面惨淡的人生,正视淋漓的鲜血。狂人的梦呓就是"反抗绝望"的高声呐喊,这种"反抗绝望"并非要重建历史秩序和回到"人的解放"的宏大叙事,而是酒神精神的,它仅仅是为了个体生命的强悍,为了那诱人的反叛。

莫言的《红高粱家族》则体现出莫言叙事的基本结构,此前和后来的其他作品,都可以看作这一基本结构的聚集、改写、扩展或重写。尽管《红高粱家族》和《狂人日记》在文体和外貌上差别很大,但是,其精神实质却非常相似,只是它的调子和色彩比《狂人日记》更明亮一点,是红色的底子,夹杂着黑色、灰色、紫色。而《狂人日记》则是深紫色,夹杂着星星点点的红、灰、蓝色。就像《狂人日记》的叙事存在一个狂者的激情呼喊和人的苦难、悲惨的生命悲剧的二元对立一样,《红高粱家族》也是这种二元对立结构:一方面是残酷的战争,死亡、苦难、残杀、荒凉,尸横遍野,野狗啃食人的尸体,另一方面则是强悍的酒神式草莽英雄。它首先颠覆了我们通常的历史理性——那些不证自明的历史记忆和历史认识,把历史推向一片迷茫混沌的地带,让生命世界裸露出它的胸膛。它是一种退化论历史观,祖孙三代,是一代不如一代的"种的退化",和卢梭"高尚的野蛮人"、尼采的浪漫主义历史观如出一辙,从而消解了"人的解放"的宏大叙事。余占鳌的队伍、冷支队和胶高大队这三种力量有合作,但更有刀枪相见的拼杀。他们各自按照自己的欲望、意志和利益行动,没有哪一个更能代表所谓历史的方向。偶然性变得格外重要,不是偶然之中存在着必然,偶然就是偶然,这暗示了历史的混乱无序。高粱酒之所以成为远近闻名的优质酒,不是来自技术的先进、高超,也不是由于获得了某种秘密配方,而是爷爷往酒篓里撒了一泡尿。任副官是英雄豪杰,却死于擦枪走火。在《战友重逢》中,钱英豪及其战友并不缺少英雄素质,却死得无声无息。英雄需要机缘。战斗场面极为血腥、残酷。硝烟弥漫、脑浆迸裂、肠子在地上流淌、肢体横飞、尸体的腐臭被极力渲染。为了减轻队员的痛苦,余占鳌开枪打死身负重伤的队员。敌我双方即使举手投降,也可能被对方劈死或刺死。家狗变成了成群的野狗到处游荡,吃人的尸体，引发人与狗的大战。人吃狗补充营养，把猎狗扒皮替代防寒的冬装。人的尸体——国民党人、共产党人、日本人、农民与狗的尸体一同被埋葬在"千人坟"。"我发现人的头骨与狗的头骨几乎没有区别，坟坑里只有一片短浅的模糊白光。像暗语一样，向我传达着某种惊心动魄的信息。光荣的人的历史里掺杂了那么多狗的传说和狗的记忆、狗的历史和人的历史交织在一起。"① 人的历史记忆是难以理喻的存在。然而，这种血腥、残酷的战争和充满纷争、冲突的世界，同时，也是英雄的用武之地。余占鳌、戴凤莲们没有主流社会通常的谨慎、聪明，没有传统的和世俗社会的道德禁锢。他们自由自在，放荡不羁，敢作敢为，敢爱敢恨，快意恩仇，生命的激情和冲动，就如同险峻的高山、奔腾咆哮的激流。"高密东北乡无疑是地球上最美丽、最超脱最世俗、最圣洁最龌龊、最英雄好汉最王八蛋、最能喝酒最能爱的地方。生存在这块土地上的我的父老乡亲们，喜食高粱，每年都大量种植。……他们杀人越货，精忠报国，他们演出过一幕幕英勇悲壮的舞剧，使我们这些活着的不肖子孙相形见绌，在进步的同时，我真切感到种的退化。"② 中国传统的江湖气的英雄好汉被打造成带有浓厚的浪漫主义、尼采式的"超人"气质的英雄，就像拜伦笔下的海盗一样。

三

　　莫言与鲁迅都有很强烈的英雄"情结"。在他们的生命叙事中，英雄是重要的一部分，如果没有英雄甚至英雄崇拜，刚性生命叙事几乎难以成立。他们拆除了历史理性的藩篱，融化了时间，让历史朝向无限的空间，把历史变成了生命的舞台。这舞台没有确定的边限，没有现成的光明大道，没有可以依靠的栏杆或扶手，也没有方向标，个人也无法预知自己要走向哪里，但是，人只能依靠自己的勇气和力量进行选择，在没有路的地方，开拓出路来，所以个人英雄成为他们叙事的重要对象。他们笔下那些个人英雄无论外形具有怎样的差异，必不可少的品质却是坚定的个人主义和主观主义，他们的行为是一种个人抉择，以自己的心灵作为最高原则，坚毅果敢，

---

① 莫言：《红高粱家族》，解放军文艺出版社1987年版，第240页。
② 莫言：《红高粱家族》，解放军文艺出版社1987年版，第240页。

我行我素，特立独行，越是遭遇压抑、阻挡的时候，他们的意志也就变得更加强大和坚定。他们未必在乎结局怎样，而是把选择本身看得最为重要。在许多时候，他们带有恶魔气质，是邪恶的英雄，超越主流和世俗道德的善与恶。

鲁迅式的英雄首先是狂人家族：这里有掀翻吃人宴席的"狂人"（《狂人日记》）、有要放火烧毁愚妄的吉光屯的疯子（《长明灯》）、有玄览世间的胡言乱语的陶老头（《自言自语》），陶老头是狂人的置换变形，他的胡言乱语的故事，如同"狂人日记"，揭破生命世界的残酷、荒凉，同时，也赞颂一个少年英雄（《自言自语》）。他肩住了行将被沙漠淹没的古城的闸门，让孩子们离开古城，自己和古城一同被沙涛掩埋。《补天》中的女娲，她开天辟地，创造了人类，这种力量来自她的生命冲动，但是，却遭到了侏儒卫道者的唾骂。在《野草》中的抒情主人公形象是鲁迅式的英雄化身，他的英雄气概在《野草》的一些篇章中以大同小异的姿态表现出来。"过客"（《过客》）尽管衣衫褴褛，困顿焦虑，但依然顽强坚守自己，不断前行，无论前边是什么，都阻挡不了他的脚步，他要朝向无限广阔的世界。为了义无反顾地行走，他断然拒绝少女的帮助。影子（《影的告别》）独自远行，宁可沉没于黑暗之中，傻子（《聪明人和傻子和奴才》）要在没有窗户的屋子上砸开一个窗户来，"这样的战士"（《这样的战士》）永远向着"无物之阵"投去他的投枪。"无物之阵"是社会理性的象征："那些头上有各种旗帜、绣出各样好名称：慈善家，学者，文士，长者，青年，雅人，君子……。头下有各样外套，绣出各式花样：学问，道德，国粹，民意，逻辑，公义，东方文明……"[①]"叛逆的猛士"（《淡淡的血痕中》）则向造物主发起激烈的挑战，"目前的造物主，还是一个怯弱者。他暗暗地使天变地异，却不敢毁灭一个这地球；暗暗地使生物衰亡，却不敢长存一切尸体；暗暗地使人类流血，却不敢使血色永远鲜浓；暗暗地使人类受苦，却不敢使人类永远记得"[②]。"叛逆的猛士出于人间；他屹立着，洞见一切已改和现有的废墟和荒坟，记得一切深广和久远的

---

① 鲁迅：《这样的战士》，《鲁迅全集》第 2 卷，人民文学出版社 1981 年版，第 214 页。

② 鲁迅：《这样的战士》，《鲁迅全集》第 2 卷，人民文学出版社 1981 年版，第 221 页。

痛苦，正视一切重叠淤积的凝血，深知一切已死，方生，将生和未生。他看透了造化的把戏；他将要起来使人类苏生，或者使人类灭尽，这些造物主的良民们。"① 鲁迅后期历史小说中的个人英雄大禹（《理水》）、后羿（《奔月》）、墨子（《非攻》），一定程度上削弱了个人性和魔鬼性，但是，他们仍然与社会、大众是隔膜和对立的。

《铸剑》把鲁迅的绝望推向极致，暴君的残暴和大众的普遍懦弱、愚昧使历史变成了一潭死水，同时，英雄的反抗也达到极致，只有凶狠的恶魔英雄才能激起反叛的狂波巨浪。恶魔英雄黑色人宴之敖者拒绝所谓人云亦云的普遍正义，"仗义，同情，那些东西，先前曾经干净过，现在都变成了鬼债的资本。我心里全没有你所谓的那些。我只不过要给你报仇！"② 黑色人让眉间尺献出头颅，并砍下自己的头颅，与暴君搏斗，与暴君同归于尽。莫言极为推崇鲁迅的《铸剑》，他认为，"铸剑是鲁迅最好的小说，也是中国最好的小说"③。他从这里体会到鲁迅的精神，"对一个永恒的头脑来说，个人一生中的痛苦和奋斗，成功和失败，都如过眼烟云，黑衣人是这样的英雄。鲁迅在某些时候也是这样的英雄"④。莫言认为，眉间尺也属于英雄，以一言之交就将自己的性命交给黑色人，这种气概也非凡人所有。

莫言的个人英雄在《秋水》《老枪》中开始登场，在《红高粱家族》中达到一个高峰，完成了莫言式英雄的基本造型。以爷爷余占鳌、奶奶戴凤莲为核心的草莽英雄和叛逆女性是莫言式英雄的原型，其性格基本特征是既英雄好汉又王八蛋，超越世俗善恶的底线。后来莫言创作中的英雄几乎都是这种英雄的置换变形。他们的性格都可以用奶奶戴凤莲临死前的那段内心独白加以概括："天哪！天……天赐我情人，天赐我儿子，天赐我财富，天赐我三十年红高粱般充实的生活。天，你既然给了我，就不要再收回，你宽恕了我吧，你放了我吧！天，你认为我有罪吗？你认为我跟一个麻风病人同枕交颈，生出一窝癞皮烂肉的魔鬼，使这个美丽的世界污秽

---

① 鲁迅：《淡淡的血痕中》，《鲁迅全集》第2卷，人民文学出版社1981年版，第221—222页。
② 鲁迅：《铸剑》，《鲁迅全集》第2卷，人民文学出版社1981年版，第425页。
③ 莫言：《〈铸剑〉读后感》，《写给父亲的信》，春风文艺出版社2003年版，第110页。
④ 莫言：《〈铸剑〉读后感》，《写给父亲的信》，春风文艺出版社2003年版，第110页。

不堪是对还是错？天，什么叫贞节？什么叫正道？什么是善良？什么是邪恶？你一直没有告诉过我，我只有按着我自己的想法去办，我爱幸福，我爱力量，我爱美，我的身体是我的，我为自己做主，我不怕罪，不怕罚，我不怕进你的十八层地狱。我该做的都做了，该干的都干了，我什么都不怕。"[1]

《丰乳肥臀》和《红高粱家族》基本结构完全一致——混乱无序的历史和英雄壮举。它们的区别仅仅是长度与宽度的区别。就像《红高粱家族》把抗战时期的历史的颠覆成没有统一而清晰的结构一样，《丰乳肥臀》也是对历史的颠覆、重写，打破了普通人心目中历史理性的通道，只是它比《红高粱家族》颠覆的程度更剧烈，跨越的时间更长，它也同样是家族史，只是变成了女性为中心的家族史。《红高粱家族》的奶奶戴凤莲，在《丰乳肥臀》中被放大、变形并被推到结构的中心，变成了母亲上官鲁氏。她们都是具有莫言式标志的女性形象。上官鲁氏有奶奶戴凤莲的叛逆，对乡土传统妇德的蔑视、反抗，不同的是，她更具有超越日常伦理、政治意识的母性之爱或生命之爱。上官鲁氏是母性化的英雄，她可以不管一切利害去爱自己的孩子。这正如鲁迅所感叹的那样："我以为母爱的伟大真可怕，差不多是盲目的。"[2] 司马库、鸟儿韩这类人物则完全可以看作爷爷余占鳌这种英雄形象的延续、变形。《檀香刑》（2001）仍然是《红高粱家族》式的结构，但是意味或基调进行了调整、变化，由对英雄的激情歌颂变成了对生命力的盲目性、恶性的反思和批判，和对人的生存境遇的悲剧性的悲悯。《檀香刑》中的孙丙及其女儿孙媚娘可以看作余占鳌、戴凤莲性格的平移，只是角色发生了变化，夫妻变成了母女，但是，莫言对他们的态度却发生了变化，那种英雄气概尽管依然存在，但是，却显得盲目、荒唐和愚昧，连孙丙自己也有一种人生如戏的虚无感。在《生死疲劳》中，《红高粱家族》中的魔幻性因素扩大成为结构框架，佛教的六度轮回变成了支持叙事的主导线索，历史变成一种巨大的无法躲避的压抑性的力量，人没有任何选择权力，人的死去活来都逃不过悲惨二字。但是，莫言式的英雄仍然闪现着最后的光芒。蓝脸性格仍然可以看做是爷爷余

---

[1] 莫言：《红高粱家族》，解放军文艺出版社 1987 年版，第 83 页。
[2] 冯雪峰：《鲁迅先生计划而未完成的著作》，《雪峰文集》第 4 卷，人民文学出版社 1985 年版，第 17 页。

占鳌气质的再现，虽然他缺少那种魔鬼性格因素，但是，其心灵的坚硬程度和余占鳌们相差无几。无论怎样宣传、动员，都无法改变他的素朴而顽强的观念。他就是不加入互助组、人民公社。他孤独而倔强地在自己的土地上劳动。这是莫言对中国农民性格的最深刻的发现，是为当代文学人物画册增添新的光彩的一个农民形象。《四十一炮》的结尾亦真亦幻，"炮孩子"罗小通和两位老人居然拿出迫击炮来，连发"四十一炮"，这仍然是爷爷、奶奶精神的发扬。

四

鲁迅与莫言都有深沉的生命悲剧感。我们已经说过，作为生命叙事，他们都把世界看成是混沌无序、无边无际的存在，这是个人英雄的用武之地，同时，也是"吃人"的世界，是苦难、残酷、痛苦、荒诞的存在。在他们看来，这种悲剧并非仅仅是外部世界造成的，而是内在于人的自身，是人的存在所无法克服的悲剧性。他们都极力向内挖掘，拷问人性深处的东西，都有一种浓厚的叔本华式的意志哲学的意味。意志是太阳，也是深渊。人是有意志、欲求的动物，也是独孤的，相互隔膜的。人在肯定自我意志的过程中，是盲目的，自私的，总会与其他人的意志矛盾、碰撞，甚至会摧残、剥夺他人的意志，这种矛盾、冲突是不可能止息的，从而导致生命的悲剧。因此，在他们的悲剧叙事中，总是格外关注人的内心风暴和动向，拷问人的灵魂，对人的存在投去焦虑、忧郁和悲悯的目光。他们写英雄的时候，更近似尼采，而写悲剧的时候，则较为接近叔本华，世界沉沦在意志的海洋之中。

在鲁迅看来，人生就是悲剧，一直昏昏沉沉地处在睡梦之中即处于愚昧状态，是被吃掉，梦醒了——人摆脱愚昧状态获得了自我意识也还是被吃掉。这种"吃人"的悲剧，和人自身的弱点、局限和邪恶性密切相关，是人的存在难以消除的悲剧。在鲁迅的人生经历中，少年时期家道中衰，从小康而坠入困顿，使他看清了世人的真面目。此后，他一直思考着人性、人心。留学日本期间，进化论、尼采、叔本华、斯蒂纳、拜伦等恶魔诗人的影响，也使鲁迅体会到人性的复杂性和恶性，使他怀疑、否定中国传统的人性本善。在《摩罗诗力说》中，"中国之诗，舜云言志；而后贤立说，乃云持人性情，三百之旨，无邪所蔽。夫既言志矣，何持之云？强以无邪，即非人志。"① "即一切人，若去其面具，诚心以思，有纯禀世所谓善性而无恶分者，果几何人？遍观众生，必几无有。"② 鲁迅不止一次说自己内心黑暗，也正是来自对生命悲剧的体认。

在《药》中，夏瑜变成了"散胙"，"凡有牺牲在祭坛前沥血之后，所谓留给大家的，实在只有'散胙'这一件事了"③。"暴君治下的臣民，大抵比暴君更暴；暴君的暴政，时常还不能餍足暴君治下的臣民的欲望。""暴君的臣民，只愿暴政暴在他人的头上，他却高兴，拿'残酷'做娱乐，拿'他人的苦'做赏玩，做慰安。""从幸免里又挑出牺牲，供给暴君治下的臣民的渴血的欲望，但谁也不明白。"④ 鲁迅将"看客"与"暴君的暴政"联系起来，在"看客"中注入了文化启蒙的因素，是"暴君的暴政"制造了"看客"，另一方面观赏"砍头""人血馒头"是人的"渴血的欲望"的暗示，显示了生命的残酷性。"人血馒头"不仅小栓吃着香，那个驼背五少爷一到茶馆就闻到香味。在砍头的现场，"老栓又吃一惊，睁眼看时，几个人从他面前过去了。一个还回头看他，样子不甚分明，但很像久饿的人见了食物一般，眼里闪出一种攫取的光。……（老栓）仰起头两面一望，只见许多古怪的人，三三两两，鬼似的在那里徘徊；定睛再看，却也看不出什么别的奇怪。"⑤ 阿Q在临刑前也遭遇这样的目光："四年之前，他曾经在山脚下遇见一只狼，永是不近不远的跟定他，要吃他的肉。……可是永远记得那狼眼睛，又凶又怯，闪闪的像两颗鬼火，似乎远远的来穿透了他的皮肉。这回他又看见从来没有见过的更可怕的眼睛了，又钝又锋利，不但已经咀嚼了他的话，并且还要咀嚼他皮肉以外的东西，永是不远不近的跟他走。这些眼睛似乎连成一气，已经在那里咬他的灵魂。"⑥ 1928年4月6日的《申报》上的《长沙通信》，记叙了湖南屠杀共产党人，其中有三名年轻女性，于是引起大批民众的围观："全城男女往观者，终日人山人海，拥挤不通。加以公魁郭亮之首级，又悬之司门口示众，

---

① 鲁迅：《摩罗诗力说》，《鲁迅全集》第1卷，人民文学出版社1981年版，第68页。
② 鲁迅：《摩罗诗力说》，《鲁迅全集》第1卷，人民文学出版社1981年版，第82页。
③ 鲁迅：《即小见大》，《鲁迅全集》第1卷，人民文学出版社1981年版，第407页。
④ 鲁迅：《六十五　暴君的臣民》，《鲁迅全集》第1卷，人民文学出版社1981年版，第366页。
⑤ 鲁迅：《药》，《鲁迅全集》第1卷，人民文学出版社1981年版，第441页。
⑥ 鲁迅：《阿Q正传》，《鲁迅全集》第1卷，人民文学出版社1981年版，第526页。

往观者更众。司门口八角亭一带,交通为之断绝。计南门一带民众,则看郭亮首级后,又赴教育会看女尸。北门一带民众,则在教育会看女尸后,又往司门口看郭首级。全城扰攘,铲共空气,为之骤涨;直至晚间,观者始不似日间之拥挤。"① 鲁迅说:"我一读,便仿佛看见司门口挂着一颗头,教育会前列着三具女尸。而且至少是赤膊的,——但这也许我猜得不对,是我自己太黑暗之故。而许多民众,一批是由北往南,一批是由南往北,挤着,嚷着……。再添一点蛇足,是脸上都表现着或者正在神往,或者已经满足的神情。"② "我临末还要揭出一点黑暗,是我们中国现在(现在!不是超时代的)民众,其实还不很管什么党,只要看头和女尸。只要有,无论谁的都有人看,拳匪之乱,清末党狱,民二,去年和今年,在短短的二十年中,我已经目睹或耳闻了好几次了。"③ 小说《示众》放逐文化理性,强化"看客""吃人"的无声的邪恶。这里没有任何文化冲突和社会冲突,只是一群人看一个人。"被看者"是一个被警察用绳子拴住牵着男人,他的文化属性和社会属性被悬置起来。"看客"是街头上的形形色色的人,男女老少,高的矮的胖的瘦的,他们同样没有任何文化属性和社会属性。这样在"看客"与"被看者"之间,我们无法进行进步与落后、觉醒与愚昧的文化价值判断,所能够感受到的就是"看客"那种贪婪的邪恶灵魂。鲁迅说:"社会太寂寞了,有了这样的人,才觉得有趣些。人类是喜欢看戏的,文学家自己来做戏给人家看,或者绑出去砍头,或是在最近墙脚下枪毙,都可以热闹一下子,且如上海巡捕用棒打人,大家围着去看,他们自己虽然不愿意挨打,但看见人家挨打,倒觉得颇有趣的。"④ 这种对"看客"的愤怒,就十分明确地将"看客"心态置于人的意志的海洋之中了。莫言说:"鲁迅对事物看得非常透彻,首先他明白人是一个动物,人的生命非常有限,他是学医出身,眼光不一样。"⑤ 在

---

① 鲁迅:《铲共大观》,《鲁迅全集》第 4 卷,人民文学出版社 1981 年版,第 105 页。
② 鲁迅:《铲共大观》,《鲁迅全集》第 4 卷,人民文学出版社 1981 年版,第 105—106 页。
③ 鲁迅:《铲共大观》,《鲁迅全集》第 4 卷,人民文学出版社 1981 年版,第 106 页。
④ 鲁迅:《文艺与政治的歧途》,《鲁迅全集》第 7 卷,人民文学出版社 1981 年版,第 119 页。
⑤ 蒋异新整理:《莫言孙郁对话录》,《鲁迅研究月刊》2012 年第 10 期。

《娜拉走后怎样》中,也仍然无法摆脱悲剧,其根源在于,人各不相同,各有自己的意志,尽管社会秩序将他们联合在一起,但是,他们在骨子里仍然是相互隔膜的,无法相通,"楼下一个男人病得要死,那间壁的一家唱着留声机;对面是弄孩子。楼上有两人狂笑;还有打牌声。河中的船上有女人哭着她死去的母亲。人类的悲欢并不相通,我只觉得他们吵闹"①。"现在的所谓教育,世界上无论哪一国,其实都不过是制造许多适应环境的机器的方法罢了。要适如其分,发展各各的个性,这时还未到来,也料不定将来究竟可有这样的时候。我疑心将来的黄金世界里,也会将叛徒处死刑,而大家尚以为是黄金世界的事,其大病根就在人们各各不同,不能像印版书似的每本一律。"②

在莫言那里,人是意志、欲望的动物,被一种来自生命本能的力量所支配,这里包含着很多的邪恶因素。他觉得中国作家似乎有意无意地遮掩着一些令人恐怖和绝望的东西,尤其是人的灵魂里的东西。在《透明的红萝卜》中,黑孩儿始终无法和他人对话,永远处在孤独之中,而且,其他人物,除了爱欲使他们结合之外,他们也是各个孤立,并相互伤害。小铁匠与他的师父老铁匠之间的关系近乎残酷,颠覆了人们一般经验中的师徒关系。小铁匠虐待黑孩儿,小石匠与小铁匠之间由于爱欲相互冲突,以至于激烈搏斗,酿成惨剧。就像祥林嫂的第二个丈夫贺老六死于疾病、孩子被狼吃掉一样的悲剧。《白狗秋千架》中暖从秋千上摔下来被蒺藜刺瞎眼睛,只能嫁给一个弱智的哑巴,生下孩子也是哑巴,然而,即使处在这种悲惨的境地,她仍然有一种强烈而盲目的欲求,要和自己倾心的人生一个健康的孩子。《枯河》中的那个小虎竟然被父母、哥哥暴打致死。这里尽管有"文革"的一点背景,但是,仅仅用"文革"背景来解释又很难通畅。小虎的父母、兄弟都把他当成招灾惹祸的累赘、绊脚石,把心中的近乎变态性的抑郁、焦虑刹那间全部倾泻在这个弱小的孩子身上。亲情和人伦全部荡然无存,剩下的仅仅是凶恶的暴力。"街上尘土很厚,一辆绿色的汽车驶过去,搅起一股冲突的灰土,好久才消散。灰尘散后,他看到一条被汽车轮子碾出了肠子的黄色小狗蹒跚在街上,

---

① 鲁迅:《小杂感》,《鲁迅全集》第3卷,人民文学出版社1981年版,第531页。
② 鲁迅:《两地书·四》,《鲁迅全集》第11卷,人民文学出版社1981年版,第19—20页。

狗肠子在尘土中拖着,像一条长长的绳索,小狗一声也不叫,心平气和地走着,狗毛上泛起的温暖渐渐远去,黄狗走成黄兔,走成黄鼠,终于走得不见踪影。"① 这是这个残酷的世界的象征。

鲁迅更多地关注日常生活中的人,他喜欢描绘那种顽固而执着的个人欲念,人侵害他人的时候,是《狂人日记》中所说的那样,"狮子似的凶心,兔子似的怯弱,狐狸似的狡猾"②。但是,在莫言小说中,往往是以高度的戏剧化和极端化的叙事,揭示吃人的残酷和邪恶。《红高粱家族》在张扬爷爷奶奶的酒神精神的同时,也展开了生命悲剧的荒野图景。杀红眼了人们会忘记一切,只管屠杀。《丰乳肥臀》与《红高粱家族》结构相同,英雄母亲上官鲁氏的背景是生命的荒野。

莫言早期的短篇小说《罪过》,在一个偶然的死亡事件里,逼问人心善恶,颠覆了脉脉温情的家庭伦理,以一种象征的方式介入人性凶暴的一面。"我"的弟弟小福子死了,"村里人嗅到了死孩子的味道,一疙瘩一疙瘩地跟在小福子的后边"③。村人们表面上同情,实则幸灾乐祸。这几乎是鲁迅描绘"看客"无意识心理的笔法。爹爹一脚把"我"踢飞,平时一贯温和的娘,也变得极为凶狠。"我恍惚觉得娘扑上来拉住我的胳膊,我回头一看,她的眼竟然也像鬼火般毒辣,她的脸上蒙着一层凄凉的画皮,透过画皮,我看到了她狰狞的骷髅。"④ "我"腿上的毒疮实则是人性的毒疮,那段对于毒疮的描绘惊心动魄,"我的腿又黑又瘦,我的腿上布满伤疤。左腿膝盖下三寸处有一个钢钱大的毒疮正在化脓,苍蝇在疮上爬,它从毒疮鲜红的底盘爬上毒疮雪白的顶尖,在顶尖上它停顿两秒钟,叮几口,我的毒疮发痒,毒疮很想迸裂,苍蝇从疮尖上又爬到底,它好像在一座顶端挂雪的标准的山峰爬上爬下。被大雨淋透了的麦秸垛散发着逼人的热气,霉变、霉气,还有一丝丝金色麦秸的香味儿。毒疮在这个又热又湿的中午成熟了,青白色的脓液在纸薄的皮肤里蠢蠢欲动。我发现在我的右腿外侧有一块生锈的铁片,我用右手捡起那块铁片,用它的尖锐的角,在疮尖上轻轻地划了一下——好像划在

---

① 莫言:《枯河》,《白狗秋千架》,上海文艺出版社2012年版,第177页。
② 鲁迅:《狂人日记》,《鲁迅全集》第1卷,人民文学出版社1981年版,第427页。
③ 莫言:《罪过》,《白狗秋千架》,上海文艺出版社2012年版,第289页。
④ 莫言:《罪过》,《白狗秋千架》,上海文艺出版社2012年版,第295页。

高级的丝绸上的轻微声响,使我的口腔里分泌出大量的津液。我当然感觉到了痛苦,但我还是咬牙切齿地在毒疮上狠命划了一下子,铁片锈蚀的边缘上沾着花花绿绿的烂肉,毒疮进裂,脓血咕嘟嘟涌出,你不要恶心,这就是生活,我认为很美好,你洗净了脸上的油彩也会认为很美好。其实,我长大了才知道,人们爱护自己身上的毒疮就像爱护自己的眼睛一样,我从坐在草垛边上那时候就朦朦胧胧地感觉到:世界上最可怕最残酷的东西是人的良心,这个形状如红薯,味道如臭虫,颜色如蜂蜜的玩意儿委实是破坏世界秩序的罪魁祸首。后来我在一个繁华的市场上行走,见人们都用铁钎子插着良心在旺盛的炭火上烤着,香气扑鼻,我于是明白了这里为什么会成为繁华的市场"①。

《酒国》则隐去了英雄叙事这一区域,专门聚焦于生命悲剧。"酒国"是一种象征,一方面对现实构成严峻的嘲讽、批判,另一方面又将这种现实批判和人性联系在一起,暴露、反思人的饕餮本性、残酷、邪恶,两者相辅相成,浑然一体。病态的社会催生了人的欲望和邪恶,而人的欲望和邪恶又使现实更加残酷、丑恶。鲁迅揭示的"吃人"悲剧在酒国市直接呈现出来。这是莫言一次最自觉地对鲁迅文学精神的回应和发扬。鲁迅呐喊"救救孩子",莫言说:孩子已经被吃掉。是否真的"吃婴儿"并不重要,重要的是一种象征,它最大限度地暗示了酒国的邪恶和残忍,它是一种无边无沿的、深不见底的、能够吞噬一切的黑暗欲望和力量,人们都沉浸在这种黑暗之中,任何异端要么像李一斗那样被同化,要么像丁钩儿那样被消灭。侦查员丁钩儿虽然尚有一丝良知,却根本无法对抗酒国的阴谋、诱惑,最后,竟然掉进粪坑里淹死。就连作家莫言也无法抗拒酒国的诱惑,不仅愿意为余一尺作传,而且欣然来到酒国,享受着酒国的无微不至的服务,参观驴街,在酒国市委书记的陪同下喝得酩酊大醉,与酒国打成一片。这是莫言对酒国对人的深深的绝望,也是他深刻的自我剖析,和鲁迅的狂人的剖白异曲同工:"四千年来时时吃人的地方,今天才明白,我也在其中混了多年;大哥正管着家务,妹子恰恰死了,他未必不和在饭菜里,暗暗给我们吃。我未必无意之中,不吃了我妹子的几片肉。"② 《四十一炮》是以"肉"

---

① 莫言:《罪过》,《白狗秋千架》,上海文艺出版社2012年版,第288—289页。
② 鲁迅:《狂人日记》,《鲁迅全集》第1卷,人民文学出版社1981年版,第432页。

为焦点进行现实批判。"肉"成为人的欲望的象征，人是喜欢吃肉的动物，为满足欲望可以采取一切手段。《檀香刑》在中西文化冲突和历史叙述中，揭示人性的凶恶、残暴，统治者、殖民者极为凶残，而反抗者似乎也具有凶残性，孙丙以同样残暴的方法对付德国殖民者。大段大段的酷刑叙述，凸显出人性的黑暗。檀香刑一方面是维持统治者统治的工具，另一方面也是人性恶的极致。不仅使统治者满足了残暴的私欲，也使众多的看客，也近乎鲁迅笔下的看客，津津乐道地欣赏酷刑。赵小甲的"通灵虎须"是作品的点睛之笔，在"通灵虎须"魔法中，所有的人都是动物：家畜与野兽。

（原载《吉林大学社会科学学报》2014年第3期）

晚清民初：鲁迅汉语实践的"四重奏"

文贵良

摘　要　晚清民初，鲁迅的汉语实践表现为"四重奏"。《月界旅行》和《地底旅行》的准白话译述，初步显示鲁迅把握白话的能力，同时也显示出白话与文言、汉语欧化的纠结。听章太炎讲解《说文解字》《域外小说集》中文言短篇的翻译，使得鲁迅形成"语言之伪"的观念。短篇小说《怀旧》的创作以及他的文言书写，表明鲁迅操控文言的自如状态，同时也表明白话在文言中的发芽。辑录校勘古籍，提升鲁迅精确地把握汉字韧性的能力，还影响着鲁迅后来文本形态的结构。这些语言实践，为鲁迅创作白话小说准备了必需的东西。

关键词　鲁迅；汉语实践；文言；准白话；语言之伪；辑录校勘

　　胡适、陈独秀倡导的白话文学一事，经钱玄同的反复叙说，拯救了处于绝望中的周树人，创造出反抗绝望的鲁迅；白话文学又因鲁迅独异绝伦的白话表达而得以发展和提升。这一事实让人不禁思考：该如何描述鲁迅写作《狂人日记》之前的汉语实践？如果按照时间顺序从小时候抄古文开始勾勒，虽能显出发展的脉络，但可能过于烦琐；如果按照文言习作、白话翻译、文言翻译的类别来描述，虽然注意到了汉语实践的语言构成，但可能淹没发展的脉络。因此笔者采取以时间为序、以关键事件为中心的方式，这样既可以显示发展脉络，又能关注汉语构成。具体说，以《月界旅行》（1903）、《地底旅行》（1906）为中心，描述他早期的准白话译述；以听章太炎讲解《说文解字》和翻译《域外小说集》（1909）为中心考察他文言翻译的体验；以文言小说《怀旧》（1913）为中心考察他文言写作的得失；以他整理辑录考订古籍、古碑为中心考察他对汉字韧性的敲打以及文本形态的结构。周树人在晚清民初汉语实践的这一

"四重奏",孕育了白话文学家鲁迅的诞生。

一 《月界旅行》与《地底旅行》：准白话译述

鲁迅在《月界旅行辨言》(1903)中写道：

> 初拟译以俗语，稍逸读者之思索，然纯用俗语，复嫌冗繁，因参用文言，以省篇页。其措辞无味，不适于我国人者，删易少许。体杂言庞之讥，知难幸免。①

鲁迅翻译《月界旅行》的策略属于晚清翻译界的"译述"，一方面采用长篇章回体的形式；另一方面采用"俗语"，参用文言。这样的译述策略既节省篇幅，又趋合读者的习惯，蕴含着鲁迅以"科学小说"开启中国民智的启蒙愿望。《月界旅行》中，第一回和第二回的叙事语言和人物语言基本为明清小说的书面白话，而从第三回开始，文言句式逐步增加，至第八回几乎全篇都是文言。《地底旅行》略有不同，全书的叙事语言采用浅显文言，人物语言采用书面白话。所以，这两书的译述语言笔者称之为"准白话"。

先看一段译语：

> 会堂里面，单是尽力社员，同着同志社员，簇齐的坐着，一排一排，如精兵布阵一般，井井有条，一丝不乱。其余不论是外国人，是做官的，一概不能进内，只好也混在百姓里边，伸着脖子，顺势乱涌罢了。惟有身材高大的，却讨便宜，看得见里面情景，说是诸般装饰，无不光采夺目，壮丽惊人。上边列着大炮，下面排着白炮，古今火器，不知有几千万样，罗列满屋。照着汽灯，越显得光芒万丈，闪闪逼人。正中设一张社长坐的椅子，是照三十四寸白炮台的样式做的，脚下有四个轮子，可以前后左右随意转动。前面是"恺尔乃德"炮式的铁镶六足儿，几上放着玻璃墨汁壶，壁上挂着新式最大自鸣钟。两边分坐着四名监事，静悄悄的只待社长的报告。②

---

① 鲁迅：《月界旅行辨言》，《鲁迅译文集》(1)，人民文学出版社1958年版，第4—5页。
② [美]培伦：《月界旅行》，鲁迅译，《鲁迅译文集》(1)，人民文学出版社1958年版，第11—12页。原作者有误，应为法国小说家儒勒·凡尔纳(Jules Verne, 1828—1905)

这样的白话大体与现代汉语相似,不过像"簇齐的坐着""静悄悄的只待社长……"中两个"的"在现代汉语中用"地"。①又如:

> 我最勇敢的同盟社员诸君!你看世上久已承平,我们遂变了无用的长物。②

这是社长演说的第一句话。"诸君"一词是晚清演说和白话报纸中常用的呼告语,从这个句子的结构看,"诸君"一词完全可以省去。"我""你""我们"白话人称代词的运用非常准确。

鲁迅的准白话准到什么程度?笔者采取一种统计的方法,比较"的""了""是"在不同文本中的出现频率。这三个词语在白话中属于出现频率很高的词语。《月界旅行》第二回约2500字,"的"98次,"了"21次,"是"41次,三字约占该回6.4%。李伯元《文明小史》第二回约5000字,"的"104次,"了"79次,"是"35次,三字约占4.4%。梁启超所译《十五小豪杰》第一回约2800字,"的"37次,"了"38次,"是"26次,三字约占3.6%。从使用这三个字的次数大致可以看出,鲁迅的准白话程度相对要高。《月界旅行》第二回中,"的"作为助词后接动词的用法有8次,如"满满的塞个铁紧"和"簇齐的坐着"。这是明清白话中"的""地"不分的表现。"的"作为名词之前的助词出现,如"自由的弊病"和"月界的重量"等,这一种用法最多,共57次,而"的"字后接双音节词的用法共36次。另外,"的"还出现在"是……的"的结构中;"的"作为语尾词出现,如"呼的,叫的,笑的,吼的"。

鲁迅所说"参用文言",适应于最初几回,后来就变为以文言为主、参用白话。《月界旅行》从第三回开始,文言味越来越浓。第五回"闻决议两州争地　逞反对一士悬金"叙述的人称有了变化,前四回中无论是说话还是叙述都用"我""我们",第五回则"我""我们""余"并用。第八回则"余"的次数占绝对优势,"我"和

---

① 助词"的"和"底"的区分,在民国时期一直没有彻底区分清楚,不过朝着彻底区分的方向发展。

② [美]培伦:《月界旅行》,鲁迅译,《鲁迅译文集》(1),人民文学出版社1958年版,第12页。

"我们"仅出现6次,而"余"高达32次,另"吾友""吾人""吾曹"也有9次。与第二回相比,第八回中"的""是""了"出现明显下降。这回约4000字,"的"56次,"是"9次,"了"5次,三字仅占1.8%。如亚电的演说这样开始:

> 诸君不厌炎天,辱临兹地,余实荣幸无量!余既非雄辩者流,又未尝以博物家名于世,何敢在博闻多识的诸彦之前,摇唇弄舌耶!

有时直接引用中国人的文言语句,比如写军人渴望战场,鲁迅引入陶渊明的诗句"精卫衔微木,将以填苍海;形天舞干戚,猛志固常在"①。《月界旅行》第二回"搜新地奇想惊天 登演坛雄谭震俗"中引用了严复的句子:"自由者以他人之自由为界"②。其余如"行人接踵,车马如云","视而不见,听而不闻,食而不知其味","工欲善其事,必先利其器","老骥伏枥,志在千里"③,这种对称、整齐的文言语句在增加语言的庄重典雅的同时,更多地会削减语言的灵活性和表现力。有时在一句话中,白话文言扭结在一起,如:"诸君,你想!偌大一个地球,为什么独有美国炮术,精妙一至于此呢?"④ "麦思敦更是忻喜欲狂,忽跃忽踊,仰视苍苍的昊天,俯瞰杳杳的地窟,一失脚,跌入炮孔中去了。"⑤

自然,文言运用最多的还是整段整段的叙事,如:

> 一日,亚萪士居前,进了一个洞穴。岩石磊落,艰险无伦。偶不措意,忽跌倒于地,所提电镫,正磕在一块尖角石上,哗啷一声,碎为微尘。亚萪士躺了半日,爬得起来,列曼已不知

---

① [美]培伦:《月界旅行》,鲁迅译,《鲁迅译文集》(1),人民文学出版社1958年版,第8页。
② [美]培伦:《月界旅行》,鲁迅译,《鲁迅译文集》(1),人民文学出版社1958年版,第11页。
③ [美]培伦:《月界旅行》,鲁迅译,《鲁迅译文集》(1),人民文学出版社1958年版,第6—7页。
④ [美]培伦:《月界旅行》,鲁迅译,《鲁迅译文集》(1),人民文学出版社1958年版,第7页。
⑤ [美]培伦:《月界旅行》,鲁迅译,《鲁迅译文集》(1),人民文学出版社1958年版,第44页。

所往。只得竭力大叫，摸索而行。不料这个洞穴，竟是一条死路。愈走愈狭，渐难容身。四壁阒然，不闻人语。想列曼等两人，已从他道走远了，亚萪士身上又痛，心里又愁，路径又暗，一步一跌的出了洞穴，仍然不见有一点镫光。暗想追着流泉，或能相见。然无奈电镫既熄，流水无声，不知往那里走才是。一时万虑攒簇心头，忽目眩耳鸣，伏地不能起。忽觉身上冷汗沾衣，用手一摸，嗅之微有血腥，知皮肤已受擦伤。然窘急之余，竟不觉十分疼痛，定神细想，悲不自胜。恨列曼，骂梗斯，忆洛因，大声道："汝以谓我尚旅行地底乎？吾死久矣！"说毕，泪如雨下。停一会儿，只得又站起来，大叫道："叔父！梗斯！"仿佛似有应者。然侧耳细听，则无非四壁反应的声音，如嘲如怒而已。亚萪士没法，按定了心神，匍匐而前，大呼不辍。耳畔忽有声道："亚萪士！……"子细听去，却又寂然！又忽见前途似有一点火光，荧荧如豆。自思道："莫不是我目中的幻觉么？"擦眼注视，果然还在。只听得又呼道："亚萪士！亚萪士！"亚萪士至此，真如赤子得乳一般，止了哭，拼命向镫光跑去。果然见列曼提镫迎来，大呼道："吾亚萪士，汝在此乎？"亚萪士忙抢上前，追着列曼，又啜泣不已。[①]

《月界旅行》和《地底旅行》虽然是白话文言合用，其中已经开始汉语的欧化，表现在新词语的运用、科学数据的表达和日语结构的吸取三个方面。

汉语欧化首先表现在汉语新词的采用。汉语新词是指晚清民初时期中国人、传教士或者日本人在翻译西方著作过程中创造的汉语新词或者灌注了新意的汉语词汇。鲁迅采用的新词语中有一部分是音译名词，主要包括地名、人名和事物的专名。

  地名如：亚美利加、拔尔祛摩、麦烈兰、爱洱噶尼沙、纽翁思开尔、薄斯东、亚尔白尼、纽约、飞拉特非亚、华盛顿、俄罗斯、法兰西、澳地利、瑞典瑙威、日耳曼、土耳其、白耳义、丁抹、意大利、葡萄牙、西班牙、莆罗理窭……

[①] ［英］威男：《地底旅行》，鲁迅译，《鲁迅译文集》(1)，人民文学出版社1958年版，第119—120页。"镫"应为"灯"（燈）。

人名如：汉佗、麦思敦、洛克、亚波、巴比堪、拿坡仑、枭科尔……

事物名称如：安脱仑格、排利造、波留、白兰地、爱斯勃力其、胚利其、爱薄其……

新名词中更多的是那种意译西方名词的汉语词汇，如：

爱力、半点钟、报告、抵抗力、第一速力、地理、地图、独立战争、电报、电线、电气、都市、感触点、工业、工资、合同、合众国、化学、会议、机器、机械、机械力、机械师、机械学、激发力、进化、论理学家、平均点、汽船、汽灯、穷理学家、热度、社长、社员、神学、实验、弹拨力、天文、天文家、天文学家、吸力、显微镜、心理学、新闻、新闻纸、形势、性质、血液元素、要点、义务、邮局、杂志、自由、照相、震动力、直径、自鸣钟、重力、总代理、宗旨、资本、组织、状态、望远镜、委员……

欧化的第二个方面是科学数据的表达：

此外还有一层紧要的，就是火药之机械力，凡火药一里得（量名），计重二十一磅，燃烧起来，便变成气质四百里得。这气质又受二千四百度热力的振动，质点忽然膨胀，变了四千里得。如此看来，火药的容量，可以骤然增至四千倍，所以把炮孔闭住的时候，这里边激发力之强大，就可不言而喻了。①

不满三日，已越四百八十英里，遥见弗罗理窦海岸，宛如一发，青出波涛间，旅客皆拍手称快。少顷泊岸，四人鱼贯而登。细察地形，颇见平坦，草木不繁，沿岸有一带细流，海老牡蛎，繁殖甚伙。②

---

① ［美］培伦：《月界旅行》，鲁迅译，《鲁迅译文集》（1），人民文学出版社1958年版，第29页。

② ［美］培伦：《月界旅行》，鲁迅译，《鲁迅译文集》（1），人民文学出版社1958年版，第37页。

《地底旅行》第二回中有这样的句子："这是我故乡刚勃迦府的驻扎领事丁抹国的芬烈谦然氏写的。"① 这句话中"我故乡刚勃迦府的驻扎领事丁抹国的芬烈谦然氏"是一个复杂的同位语,当为欧化形式。

二 《说文解字》课程与文言翻译：语言之伪的隐性存在

1908年至1909年,在日本东京小石川区新小川町民报社的房子里,章太炎讲解《说文解字》。据周作人的回忆,师生②之间非常融洽轻松③。鲁迅只是听了其中部分课程,他对这段听课的回忆不多。在章太炎死后,他更想念那个革命家的章太炎,而不是学问家的章太炎。④ 不过,鲁迅留下了两册听章太炎文字课的笔记,还有钱玄同和朱希祖也留下比鲁迅更多的笔记,从这些笔记⑤我们大致可以看出章太炎讲课的内容之丰富。章太炎据声韵、造字、字形演变,构建出一个语义不断滋生、转化的汉字场域：

> **天** 颠也。天、颠音近。《易》："其人天且劓"。天即颠之假借,训髡,髡则顶见,故以颠名之。汉人读天有二音：一他连切,一如馨。（刘熙《释名》："天,豫司兖冀以舌腹言之,天,顯也,在上高顯也。青徐以舌头言之,天,坦也。"是其

---

① ［英］威男：《地底旅行》,鲁迅译,《鲁迅译文集》（1）,人民文学出版社1958年版,第103页。此书原作者也是凡尔纳。
② 学生共八人,分别是鲁迅、周作人、许寿裳、龚未生、钱玄同、钱家治、朱希祖、朱宗莱,见周作人《知堂回想录》（上）,河北教育出版社2002年版,第252页。
③ 周作人的回忆：先生坐在一面,学生围着三面听,用的书是《说文解字》,一个字一个字地讲下去,有的沿用旧学,有的发挥新义,干燥的材料却运用说来,很有趣味。太炎对于阔人要发脾气,可是对青年学生却是很好,随便谈笑,同家人朋友一般,夏天盘膝坐在席上,光着膀子,只穿一件长背心,留着一点泥鳅胡须,笑嘻嘻地讲书,庄谐杂出,看上去好像是一尊庙里哈喇菩萨。周作人：《鲁迅的故家》,河北教育出版社2002年版,第283页。
④ 周作人对章太炎的看法："我以为章太炎先生对于中国的贡献,还是以文字音韵学的成绩为最大,超过一切之上的。"也可见周氏兄弟见解不同之趣味。见周作人《知堂回想录》（上）,河北教育出版社2002年版,第253页。
⑤ 见王宁主持整理的《章太炎说文解字授课笔记》,中华书局2010年版,内收朱希祖听课笔记三套,共485页；钱玄同听课笔记两套,共413页；周树人听课笔记两套,共43页。

证。）读如㬎者，祆教之祆是，祆即天字之变。又印度古称天竺，亦曰身毒，唐曰贤豆，音皆如㬎，盖音之转也。《说文》于人所习知之字，不训其谊，第说明其所以然，如"天，颠也"、"门、闻也"之类是。①

章太炎通过假借、声转等方式，构造了一个以"天"为中心的语义场域。在人们看来没有任何关联的汉字之间，竟然呈现一派春天森林般的蓬勃生机，这怎不让人心情激荡呢？章太炎的《说文解字》课程对鲁迅的影响，一个众所周知的共识是鲁迅在翻译《域外小说集》时喜欢写古文。在《域外小说集》中，鲁迅翻译的作品有安特来夫的《谩》《默》和迦尔洵的《四日》。这三篇译作中写古文的情况，粗略统计如下：

作野哢者曰——笑
雪华如鍼——针
谩亦犹彼脗也——吻
得其歔唫——接吻
怨吾譙责太甚——诮
伊革那支薄怒曰："啌！"——否
炎熇之气——热
昷煦宁靖——温
嬾散——懒
颢首骀背——皓
起于匈肊——胸臆
匂妇——丐②

鲁迅曾经用文言翻译过《察罗堵斯德罗绪言》的前三节，从用字看，很有可能译于翻译《域外小说集》时期。文中如"十年不勚"用"勚"而不用"倦"，"如彼莽蠭"用"蠭"而不用"蜂"，"黄耇面而立"用"耇"而不用"老"，"不藏欧噷"用"噷"而不

---

① 王宁主持整理：《章太炎说文解字授课笔记》，中华书局 2010 年版，第 2 页。此为鲁迅笔记。

② 例子出自《谩》《默》，《鲁迅译文集》（1），人民文学出版社 1958 年版。

用"吐","咲泣呻吟"用"咲"而不用"笑",① 对古文字的特别喜好当产生于鲁迅聆听章太炎课程之后。其实，鲁迅写古文的兴趣并没有因翻译域外小说的暂停而消失。1908 年回国后任教于杭州浙江两级师范学堂时，在他为人体生理学课程所编的讲义——《人生象斅》中，运用了一批学科新词，如生理学、动力学、力学、运动、消化、循环、呼吸等。但是他并没有忘记用古文代替科学译名，如：Cellula 日译为"细胞"，他译为"幺"；Textura 日译为"组织"，他译为"朕"；Fibra 日译为"纤维"，他译为"糸"。于是就有了"幺间质""朕学"这样的词语。② 另外，生殖器官的有些名称鲁迅用原文，不翻译；或者也采用古文来书写，比如用"也"字表示女阴，用"了"表示男阴，用"糸"表示精子。③

鲁迅改写古文，在某种意义上，这还是一种文字游戏。章太炎的《说文解字》课程对鲁迅更重要的影响是鲁迅采用文言翻译域外小说，这改变了他译述《月界旅行》和《地底旅行》的策略，放弃之前的准白话的译述，回归到相对纯粹的文言翻译。最深层的是影响了鲁迅对语言本身的看法，即对语言伦理的认识。所谓语言伦理指言说者使用言语的真伪。鲁迅在《说文解字》课程的笔记中，记载 100 个言部的汉字（言部 99 字，加誩恰好一百）。其中有 16 个字形容言语的虚伪和欺骗：

諼：诈	謾：瞒
詒：谝人	誣：假话
譸：说谎，说大话	謅：俗骗字
誂：以言引诱	譣：说假话
誕：大话	譌：伪
詥：梦言与说谎近	諆：欺
訏：诡讹	詭：诡诈

---

① ［德］尼采：《察罗堵斯德罗绪言》，鲁迅译，《鲁迅译文集》（10），人民文学出版社 1958 年版，第 773—778 页。
② 鲁迅：《人生象斅》（1909），《鲁迅佚文全集》（上），刘运峰编，群言出版社 2001 年版，第 101 页。
③ 夏丏尊：《鲁迅翁杂忆》，原载《文学》（月刊）第 7 卷第 5 期，1936 年 11 月，转引自《1913—1983 鲁迅研究学术论著资料汇编》（2），中国文联出版公司 1986 年版，第 125 页。

諔：諔诇，无耻也　　　　　　讕：抵赖①

　　汉语词汇用来形容语言之欺骗、诡诈、假伪、大话何等丰富，这一词语群体显示中国古人形容语言虚伪的词语非常丰富。这几乎可以说，语言之伪成为中国人言说的某种根本特征。鲁迅听讲、笔记的同时也许没有意识到中国语言之伪的集体性，这种集体性经过言语的反复强调与使用，也许如荣格所说的成为集体无意识。但是，《域外小说集》的翻译过程，无形中可能强化了这种潜在的集体无意识。安特来夫的《谩》和《默》几乎是语言的两极，谩即瞒，瞒即骗的方式之一。默即沉默，无言无声。

　　安特来夫的《谩》以深刻描摹人物心理见长，"吾"把女友的话视为"谩"，"谩"是女友的言说方式，日常的欺骗行为：

　　　　吾曰，"汝谩耳！吾知汝谩。"
　　　　曰，"汝何事狂呼，必使人闻之耶？"
　　　　此亦谩也。吾固未狂呼，特作低语，低极耳耳然，执其手，而此含毒之字曰谩者，乃尚鸣如短蛇。②

　　"谩"首先是一种言语行为，"汝谩"之"谩"，意味着在"吾"的意向中，"汝"的言说对某种在"吾"看来"真"的有意遮蔽或扭曲。"吾"之"低语"被"汝"责怪为"狂呼"，这种言语的扭曲刺激着"吾"对"谩"的想象。"吾"把作为有声的行为方式的"谩"，在抽象中幻化为"鸣如短蛇"之象。"鸣如短蛇"不同于"如短蛇"之"鸣"，前者重在"鸣"发声的动态过程，后者重在"鸣"作为声音的结果。"鸣如短蛇"那是一种怎样的有声行为？有人听过蛇的鸣叫吗？那不可能是蛇的嘶嘶声。蛇，在西方基督教文化中，是可看作背叛者的文化符号。蛇有说话，可以蛊惑夏娃，但蛇的没有言词的鸣叫，会使人悚惧而战栗。小说中反复叙写到"鸣如短蛇"的情形：

---

① 章太炎讲述，朱希祖、钱玄同、周树人记录，王宁主持整理：《章太炎说文解字授课笔记》，中华书局2010年版，第108—116页。

② ［俄］安特来夫：《谩》，鲁迅译，《鲁迅译文集》（1），人民文学出版社1958年版，第152页。

> 巨角之口，正当吾坐，自是中发滞声，而每二分时，辄有作野咲者曰，呵——呵——呵！
> 有冷云馥郁，忽来近我，接耳则闻咲作滞声曰，呵——呵——呵！
> 吾不知吾何忽破颜而咲，时雪镞方刺吾心，接耳则有咲作滞声者，曰，呵——呵——呵！①

这是一种什么样的声音呢？有"咲"作"滞声"，压抑而且阻碍，断断续续，诡异中有嘲讽。随着故事的发展，"谩"也随之变形，"谩"与"吾"之间的关系也在发生变化。当女友爽约不来时，"谩"更加活跃：

> 吾不知胡以时复大乐，破颜而咲，指则拳曲如鹰爪，中执一小者，毒者，鸣者，——厥状如蛇，——谩也。谩蜿蜒夺手出，进啮吾心，以此啮之毒，而吾首遂眩。嗟夫，一切谩耳！——②

因此，"谩"的咬啮让"吾"无法忍受，"吾"把所有的"谩"都归结于女子，于是采取杀女灭谩的策略。"吾"刚刚杀死女子时感到大欢喜，以为女死谩灭，自以为"福人"。但动物园里豹子来往于狭窄笼子的困境，反而让"谩"变得强大而且沉重：

> 吾行且思，……行两隅间，由此涉彼，思路至促，所思亦苦不能申，似大千世界，已仔吾肩，而世界又止成于一字，是字伟大惨苦，谩其音也。时则匐匍出四隅，蜿蜒绕我魂魄，顾鳞甲灿烂，已为巴蛇，巴蛇啮我，又纠结如铁环，吾大痛而呼，则出吾口者，乃复与蛇鸣酷肖，似我营卫中已满蛇血矣。曰"谩耳。"③

---

① ［俄］安特来夫：《谩》，鲁迅译，《鲁迅译文集》(1)，人民文学出版社1958年版，第152、153、155页。
② ［俄］安特来夫：《谩》，鲁迅译，《鲁迅译文集》(1)，人民文学出版社1958年版，第154—155页。
③ ［俄］安特来夫：《谩》，鲁迅译，《鲁迅译文集》(1)，人民文学出版社1958年版，第158—159页。

这"谩"是何等强大呢?"谩"覆盖着整个世界。更可怕的是,"谩"变得更加狠毒,由原来的"短蛇"变为"巴蛇",巴蛇如果类似中国古代《山海经》中能吞象的修蛇,其吞噬力足够惊人;如果指非洲黑曼巴蛇(从鳞甲灿烂看,似乎不像),那其攻击性与致命程度足够摧毁人的生命。更可怕的是,"吾"被巴蛇咬后,已经中毒,"吾"的痛苦呼唤酷肖蛇鸣,叙事虽然没有明白说出其可怕的后果,但是"谩"随蛇毒侵入"吾"的生命不是不可能。杀女灭谩的行为彻底失败,反而遭受"谩"更猛烈的攻击,"吾"的求诚意志也随之崩溃:

> 彼人之判分诚谩也,幽暗而怖人,然吾亦将从之,得诸天魔坐前,长跪哀之曰,"幸语吾诚也!"
> 嗟夫,惟是亦谩,其地独幽暗耳。劫波与无穷之空虚,欠申于斯,而诚不在此,诚无所在也。顾谩乃永存,谩实不死。大气阿屯,无不含谩。当吾一吸,则鸣而疾入,斯裂吾匈。嗟夫,特人耳,而欲求诚,抑何愚矣!伤哉![①]

"谩乃永存,谩实不死","谩"成为永恒的存在,永恒的力量,个人在"谩"面前,意志不堪一击。这使得他不仅震惊,而且陷入绝望之境。主人公的自我意识中有一种张力结构:灭谩—求诚。"语吾诚"成为主人公自我意志最强烈的呼告。虽然,《谩》只是鲁迅的译作,无法坐实其内容与意义就为鲁迅所有。可是,"诚—谩"二元对立的语言结构,不仅回应着《说文解字》课程中那个言语之伪的集体性沉淀,而且还推动着鲁迅早期言说中的"真—伪"的发展。"诚—谩"结构中力量的失衡,"谩"的强大击溃"诚"的弱小,这把鲁迅引向语言伦理的一个极端:鲁迅对语言的不信任。

三 短篇小说《怀旧》与文言书写

鲁迅的文言书写如果从课对算起,则从少年时代就开始了。他与周作人之间的书信来往、诗歌唱和(比如《祭书神文》),无疑也

[①] [俄]安特来夫:《谩》,鲁迅译,《鲁迅译文集》(1),人民文学出版社1958年版,第159页。

是文言书写。不过，这些还是在私人空间往来，鲁迅于留学日本初期撰写的《中国地质学略论》和编译的雨果的小说《哀尘》以及《斯巴达之魂》则可以视为鲁迅的文言书写在公共空间的第一次展示。他早期的文言书写如下：

> 地壳构造，在古非繁，惟历时绵长，动变恒起，则遂淆杂有如今日。治理首要，厥惟其材，为之材者曰石。凡石者，不必坚确磊砢之谓，散如沙砾，柔如土壤，咸入斯族选。枉言之，则虽方降之雪，初凝之冰，苟被地表，均得谓之焉。石之区分，因于成就，今约析为三：一曰火成石，二曰水成石，三曰变成石。①

> 疏林居中，与正室隔。一小庐，三面围峻篱。窗仅一，长方形。南向，垂青绡幔。光灼然，常透照庭面。内燃劲电，无间昼夜。故然。②

第一段文字出自《地质学残稿》（1903）。这段文字整散结合，散句多，但句子不长；夹杂以四字结构的对称形式；用字准确且思路清楚，整个段落简洁有神。第二段文字出自《造人术》（1905）。全段用短句，有寸刀杀人之力。可见青年鲁迅的文言书写已有六七分功力。

《中国地质学略论》中有如下段落：

> 觇国非难。入其境，搜其市，无一幅自制之精密地形图，非文明国。无一幅自制之精密地质图（并地文土性等图），非文明国。③

> 中国者，中国人之中国。可容外族之研究，不容外族之探捡；可容外族之赞叹，不容外族之觊觎者也。④

---

① 鲁迅：《地质学残稿》，刘云峰编《鲁迅佚文全集》（上），群言出版社2001年版，第5页。
② 米国路易斯托仑：《造人术》，索子译，《女子世界》第2卷第4、5期合刊，1907年5月15日。
③ 鲁迅：《中国地质略论》，《鲁迅全集》第8卷，人民文学出版社1981年版，第3页。
④ 鲁迅：《中国地质略论》，《鲁迅全集》第8卷，人民文学出版社1981年版，第4页。

这种整饬的句式，内面为简单的二分思维，是梁启超句式的基本造型。模仿梁启超句式，是晚清的文化景观之一，青年鲁迅也成为造风景的人。《哀尘》（1903）的人称有着晚清译述著作的特征，把原作者处理为叙事者，《哀尘》的叙事者即作者嚣俄。嚣俄对球歌特说"吾侪居今日""余惟歌'霍散那'而已"，对巡查说"设若知予名"，后又对巡查说"吾以吾目亲见之"；女子对巡查说"余未为害"；众女子对女子说"我侪可来访君"。由此可见，《哀尘》第一人称词语"吾""余""予""我"一齐出现。嚣俄称呼球歌特用"君"，巡查称呼嚣俄也是用"君"；嚣俄称呼那女子用"渠"，称呼那少年用"彼"，从人称来看，似乎很富有变化，但也可以看作鲁迅文言汉语的书面形态此时还没有对西语的表达采取积极的姿态。①

《人之历史》《科学史教篇》《文化偏至论》《摩罗诗力说》《破恶声论》诸篇足能显示青年鲁迅驾驭文言以说理抒情的娴熟本领。鲁迅用文言翻译安特来夫的《谩》《默》和迦尔洵的《四日》，其影响正如日本学者木山英雄指出的：

> 章炳麟有关把文学不作为传统的文饰技巧，而是以文字基本单位加以定义的独特想法及其实践，为周氏兄弟的翻译活动暗示了行之有效的方法：他们在阅读原文时，把自己前所未有的文学体验忠实不贰地转换为母语，创造了独特的翻译文体。进而，为了对应于细致描写事物和心理细部的西方写实主义，他们所果敢尝试的以古字古意相对译实验，哪怕因而失之于牵强，但恰恰因为如此，通过这样的摩擦，作为译者自身的内部语言的文体感觉才得以真正形成吧。②

这种语言内部的"摩擦"有多种多样的表现形态。虽说《怀旧》整体上看属于文言小说，但其文言并不纯粹。小说中出现的白话就像从头颅骨钻出的青草，胀裂了文言的整体性。秃先生作为私塾先生本应该满口之乎者也，子曰诗云，可秃先生说了小说中唯一

---

① 鲁迅（署名庚辰）：《哀尘》，《浙江潮》第5期，癸卯五月二十日。
② ［日］木山英雄：《"文学复古"与"文学革命"》，赵京华编译《文学复古与文学革命——木山英雄中国现代文学思想论集》，北京大学出版社2004年版，第231页。

的一句白话：

> 秃先生曰。孔夫子说。我到六十便耳顺。耳是耳朵。到七十便从心所欲。不逾这个矩了。……余都不之解。①

其余人物如邻居富翁金耀宗、邻居王翁、佣人李媪乃至九岁的叙事者，他们的所有对白都为文言。难道这是鲁迅有意对秃先生的讽刺吗？鲁迅常常用人物语言的对照彰显说话者的身份，比如《孔乙己》中孔乙己"不多，不多，多乎哉？不多也"的文言道说反衬出他在白话短衣帮中的迂腐。《怀旧》中秃先生的白话言语也具有如此的叙事力量吗？可以先看小说中写富翁金耀宗不懂词语意思而可笑的一段话：

> 如语及米。则竟曰米。不可别粳糯。语及鱼。则竟曰鱼。不可分鲂鲤。否则不解。须加注几百句。而注中又多不解语。须更用疏。疏又有难词。则终不解而止。因不好与谈。②

小说中这段话讽刺富翁金耀宗坐井观天，见识鄙陋。不过如果从中国文化传承来看，"注""疏"等构成了中国文化庞大而流动的语义阐释系统，这个系统的有效性在小说中九岁的叙事者身上遭遇了挫折。小说开头写秃先生的课对，叙事者不知平仄为何物。秃先生说："红平声，花平声，绿入声，草上声。去矣。"③ 这种文言阐释并没有在"余"身上奏效。也许秃先生用白话阐释《论语》中孔子的言论，目的是让九岁小孩更容易理解和接受，假设秃先生有这样善良的教学意愿，那这愿望无疑落空了，因为"余都之不解"。因此，《论语》中的文言叙说与秃先生的白话阐释实际也是一种反讽。

《怀旧》叙事语言中，"吾"出现 8 次，"予"19 次，"余"16 次，"我"6 次，很明显文言第一人称词汇（"吾""余""予"）出现频率高，占有绝对优势。作为白话第一人称主语代词的"我"好

---

① 周逴（鲁迅）：《怀旧》，《小说月报》第 4 卷第 1 号，1913 年 4 月 25 日。
② 周逴（鲁迅）：《怀旧》，《小说月报》第 4 卷第 1 号，1913 年 4 月 25 日。
③ 周逴（鲁迅）：《怀旧》，《小说月报》第 4 卷第 1 号，1913 年 4 月 25 日。

像只是偶尔出现。不过,人物语言中的情形却截然不同。人物对话中,第一人称词语共出现23次①。其中,"吾"3次,都是所属格的形式,即"吾母""吾村""吾脑";"余"1次,为主语;"我"19次,其中作主语10次,所属格7次,宾语2次。很明显,人物对话中,"我"的次数占绝对优势。四个第一人称代词同时进入叙事,这一现象非常特殊。如果认为这是鲁迅追求人称代词的灵活变异,未免太过牵强;如果认为这是鲁迅完全不懂叙事视角的统一性而导致的混乱,未免又太过简单。"我"是一个高频率的白话词语,就整篇小说来看,"我"共出现25次,在四个代词中出现次数最多。之前鲁迅译述《月界旅行》《地底旅行》的白话操练所用的白话,不知不觉在鲁迅的语言中沉淀并呈现出来。同时,"我"第一人称叙事的方式,不仅在鲁迅的第一篇白话小说《狂人日记》中再次使用并获得成功,而且还将延续到鲁迅《呐喊》《彷徨》乃至他的全部白话文写作。

巴人曾在《鲁迅的创作方法》中指出鲁迅语言艺术中"最值得注意的一点,是注意语气的自然",②"《怀旧》中的对话,虽用文言写出,但非常适合语气,这是古文的一大解放"。③巴人所说的"语气"当指口语的语气。鲁迅借助标点符号来展示语气的波动起伏。如《怀旧》的结尾:

"啊!雨矣。归休乎。"(不肯一笔平钝故借雨作结解得此法行文直游戏耳)李媪见雨。便生归心。

"否否。且住。"余殊弗愿。大类读小说者。见作惊人之笔后。继以欲知后事如何且听下回分解。则偏欲急看下回。非尽全卷不止。而李媪似不然。

"咦!归休耳。明日晏起。又要吃先生界尺矣。"

---

① 情形如下:"我到六十便耳顺","我已遣底下人……","我家厅事小","我且告……","我不留守……","大王食我","我底下人","我家乞食者","我盖二十余矣","我才十一","时吾母挈我奔平田","我则奔幌山","吾村","我适出走","我两族兄","我走及幌山","我村人","我村人","余曾得一明珠","吾脑","我下次用功","我之噩梦"。周逴(鲁迅):《怀旧》,《小说月报》第4卷第1号,1913年4月25日。
② 巴人:《鲁迅的创作方法》,转引自《1913—1983鲁迅研究学术论著资料汇编》(2),中国文联出版公司1986年版,第1186页。
③ 巴人:《鲁迅的创作方法》,转引自《1913—1983鲁迅研究学术论著资料汇编》(2),中国文联出版公司1986年版,第1187页。

> 雨益大。打窗前芭蕉巨叶。如蟹爬沙。（状物入细）余就枕上听之。渐不闻。（三字妙若云睡去便是钝汉）
> "啊！先生。！我下次用功矣。……"（余波照映前文不可少）
> "啊！甚事。？梦耶。？……我之噩梦。亦为汝吓破矣。……梦耶？何梦。？"李媪趋就余榻。拍余背者屡。
> "梦耳。……无之。……媪何梦。？"
> "梦长毛耳。……明日当为汝言。今夜将半。睡矣睡矣。"①

这段话中，括号里的内容为恽铁樵的评语，多赞扬之词。标点符号的引入改变了现代汉语的造型。王风曾经精彩地分析引号的使用，指出"这一书写形式的引入使得行文多变，场景组织空前灵活。"②

鲁迅的文言文写作也非常精彩。他的《"乐闻于斯"的回信》如下：

> 勉之先生足下。N 日不见，如隔 M 秋。——确数未详，洋文斯用。然鲜卑语尚不弃于颜公，罗马字岂遽违乎孔教。"英英髦彦"，幸毋嗤焉。慨自水兽洪猛，黄神啸吟，礼乐偕辫发以同豂，情性与缠足而俱放；ABCD，盛读于黉中，之乎者也，渐消于笔下。以致"人心败坏，道德沦亡"。诚当棘地之秋，宁窜"杞天之虑"？所幸存寓公于租界，传圣道于洋场，无待乘桴，居然为铎。从此老喉嘹亮，吟关关之雎鸠，吉士骈填，若浩浩乎河水。邪说立辟，浩劫潜销。三祖六宗，千秋万岁。独惜"艺"有"宣讲"，稍异孔门，会曰"青年"，略剽耶教，用夷变夏，尼父曾以失眠，援墨入儒，某公为之翻脸。然而那无须说，天何言哉，这也当然，圣之时也。何况"后生可畏"，将见眼里西施，"以友辅仁"，先出胸中刍豢。于是虽为和尚，亦甘心于涅槃，一做秀才，即驰神于考试，夫岂尚有见千门万户而反顾却走去之者哉，必拭目咽唾而直入矣。文运大昌，于兹可

---

① （ ）中评语为恽铁樵所加，括号原文有。标点符号为原文所有。其中有几处需要注意：如"梦耳。……无之。……媪何梦。？"中三个句读在原文中，因是竖排，都放在字的右侧。周逴（鲁迅）：《怀旧》，《小说月报》第4卷第1号，1913年4月25日。
② 王风：《周氏兄弟早期著译与汉语现代化书写语言》（上、下），《鲁迅研究月刊》2009年第12期、2010年第2期。

卜，拜观来柬，顿慰下怀。聊复数言，略申鄙抱。若夫"序跋兼之"，则吾岂敢也夫。专此布复，敬请"氅"安，不宣。

鲁迅谨白。
丁卯夏历十一月二十六日。①

鲁迅的《"乐闻于斯"的回信》戏仿《筹设孔教青年会宣言》和《上海孔教青年会文缘起》的四六文体，掺入洋文字母，时引来信中的语句，不忘俗语的加盟和文言长句的串演，以四六文体拆解四六文体，堪称文言文的高手。

四　辑录校勘古籍：汉字韧性的敲打与本文形态的结构

郑振铎曾经高度赞赏鲁迅的辑佚工作，把鲁迅的辑佚工作、创作及翻译称为"三绝"。郑振铎认为辑佚工作"需要周密小心的校勘和博大宏阔的披览"，而且"辑佚"的工作往往是"文艺复兴"的先驱。② 他关心的是鲁迅对文学史资料的辑佚，所以他认为《古小说钩沉》最为重要。然而遗憾的是，他并没有提及辑录校勘古籍对鲁迅的语言艺术产生的影响。

鲁迅辑录校勘古籍成为他锤炼文字原矿石的方式，其功能有三。

第一，敲打汉字的韧性，追求用字的绝对准确。

鲁迅校对汉《校官碑》中"群位既重"一句中的"重"，考订："洪作重。单作重。王作量，翁作重。当是重字。罗以为毕，非也。下有不不自毕。写法不同。何云置，非。孙作毕。"综观宋代洪适、元代单禧、清代王少军等六人的考订，然后才下一结论。这种考订不仅要仔细观察汉字字形，而且还要细心揣摩汉字字义。③ 又如在《〈吕超墓志铭〉跋》的考订：

志书"随"为"隋"，罗泌云，随文帝恶随从辵改之。王

---

① 鲁迅：《补救世道文件四种·"乐闻于斯"的回信》，《鲁迅全集》第8卷，人民文学出版社1981年版，第198—199页。

② 郑振铎：《鲁迅的辑佚工作》，原载《文艺阵地》第2卷第1号，1938年10月16日；转引自《1913—1983鲁迅研究学术论著资料汇编》（2），中国文联出版公司1986年版，第960页。

③ 李新宇、周海婴主编：《鲁迅大全集》（22），长江文艺出版社2011年版，第262页。

伯厚亦讥帝不学。后之学者，或以为初无定制，或以为音同可通用，至征委蛇委随作证。今此石远在前，已如此作，知非随文所改。《隶释》《张平子碑颂》，有"在珠咏隋，于璧称和"语。隋字收在刘球《隶韵》正无乀，则晋世已然。作随作隋作陏，止是省笔而已。①

鲁迅在《〈吕超墓志铭〉跋》中考朝代，考月日，然后对墓志中的"隋郡王"中的"隋"作一说明。既然这个墓志铭刻于隋朝之前的晋代，那么这个"隋"就不是因隋文帝改。鲁迅引宋代洪适所编《隶释》、晋代夏侯湛所撰《张平子碑颂》、宋代刘球所著《隶韵》诸书对"隋"的使用，下一论断："作随作隋作陏，止是省笔而已。"② 省笔只是为了方便实用。

李长之曾经梳理鲁迅校写《嵇康集》的过程，鲁迅从1913年10月1日开始校，至1924年6月10日写定《校正〈嵇康集〉序》止，前后十一年；之后还有三次补校。③ 1924年鲁迅在《〈嵇康集〉序》中叙及不同版本之间字词的修改，鲁迅总结了几种情形。第一种，刻本对集作已经做改动，如"寤"为"悟"。第二种，刻本较集作为长，如"遊"为"游"，"泰"为"太"，"慾"为"欲"，"樽"为"尊"，"殉"为"徇"，"飾"为"饰"，"閑"为"閒"，"蹔"为"暫"，"脩"为"修"，"壹"为"一"，"途"为"塗"，"返"为"反"，"捨"为"舍"，"弦"为"絃"。第三种，集作较刻本为长，如"饑"为"饥"，"陵"为"凌"，"熟"为"孰"，"玩"为"翫"，"災"为"灾"。第四种，虽为异文但两者都能说得通，如"廼"与"乃"，"郤""卻"，"强"与"彊"，"于"与"於"，"无""毋"与"無"，为数很多。④ 略举一些例子如下：

---

① 鲁迅：《〈吕超墓志铭〉跋》，《鲁迅全集》第8卷，人民文学出版社1981年版，第68页。
② 鲁迅：《〈吕超墓志铭〉跋》，《鲁迅全集》第8卷，人民文学出版社1981年版，第68页。
③ 李长之：《鲁迅和嵇康》，《李长之文集》第2卷，河北教育出版社2006年版，第270页。
④ 鲁迅：《〈嵇康集〉序》，《鲁迅辑录古籍丛编》第4卷，人民文学出版社1999年版，第4—5页。

邕邕和鸣。鲁迅校：《艺文类聚》九十二引作喈喈。

顾盼俦侣。鲁迅校：《类聚》作眄，黄本及《诗纪》并作眄。

陟彼高冈。鲁迅校：黄本误陂。

有怀遐人。鲁迅校：各本作佳，《诗纪》同。

以济不朽。鲁迅校：程本，汪本作躋。

风驰电逝。鲁迅校：五臣注《文选》作雷。

蹑景追飞。鲁迅校：五臣本《文选》作影。

顾盼生姿。鲁迅校：各本作眄。《文选》及《太平御览》三百二十八引作盼，五臣作眄。

槃遊于田。鲁迅校：各本作般于遊田，《诗纪》同。《文选》槃作盤，黄本田作畋。

宛彼幽縶。鲁迅校：各本作怨，《诗纪》同。

室邇路遐。鲁迅校：各本作邈爾，《诗纪》同。

咬咬黄鸟。鲁迅校：各本作交交，《诗纪》同。

顾嚋弄音。鲁迅校：各本作儔，《诗纪》同。

感寤驰怀。鲁迅校：《文选》作悟，《诗纪》同，注云集作寤。

驾言游之。鲁迅校：各本作出游，《文选》《诗纪》同。

谁可尽言？鲁迅校：张燮本作與，《文选》，《诗纪》及《初学记》卷十八引同。

当流则蟻。黄，程，二张本作義，《诗纪》同，惟汪本与此合。

嗟余薄祜。鲁迅校：五臣本文选作祐。

越在襁褓。鲁迅校：《晋书》及李善本《文选》作繦緥。

母兄鞠育。鲁迅校：张燮本作鞠，《诗纪》同。

讬好老庄。鲁迅校：晋书作庄老。[1]

鲁迅把不同的字置于同一句子的相同位置，从而考量两者产生的意义域，不仅有一种文字的意趣，由此也试验了汉字的硬度与韧性。

鲁迅民元后"沉默期"辑录古籍的经验与之后的文学创作有着千丝万缕的联系，比如《野草》的《墓碣文》至少在文本形态就与古碑、墓志有着密切的关联。又如他辑录校勘古籍的经验可能形成

---

[1] 鲁迅：《〈嵇康集〉序》，《鲁迅辑录古籍丛编》第4卷，人民文学出版社1999年版，第8—13页。

了《狂人日记》的文言小序。

鲁迅回忆自己的小说创作时，仿佛毫不在意与辑录校勘古籍的关系："以后是抄古碑。再做就是白话。"① 从"抄古碑"一下子跳到"做白话"，好像干干净净。而人们在探讨《狂人日记》的诞生时往往侧重外来因素，比如非常重视果戈理《狂人日记》的影响。有学人以《新青年》上翻译文的"序言＋正文"的文本形态说明《狂人日记》文言小序的由来②，其实翻译文的序言往往只是孤立的说明文字，不会参与正文的建构。鲁迅留日时期译述的《斯巴达之魂》也是"序＋正文"的结构（全用文言），其序就不参与正文的结构。《狂人日记》的文言小序之所以充满魅惑，因为它与作为正文的白话日记之间沟壑纵横，需要读者的想象去填满。为了论述的方便，引《狂人日记》文言小序如下：

> 某君昆仲，今隐其名，皆余昔日在中学时良友；分隔多年，消息渐阙。日前偶闻其一大病；适归故乡，迂道往访，则仅晤一人，言病者其弟也。劳君远道来视，然已早愈，赴某地候补矣。因大笑，出示日记二册，谓可见当日病状，不妨献诸旧友。持归阅一过，知所患盖"迫害狂"之类。语颇错杂无伦次，又多荒唐之言；亦不著月日，惟墨色字体不一，知非一时所书。间亦有略具联络者，今撮录一篇，以供医家研究。记中语误，一字不易；惟人名虽皆村人，不为世间所知，无关大体，亦悉易去。至于书名，则本人愈后所题，不复改也。七年四月二日识。③

文言小序中狂人痊愈后赴某地"候补"的情节，彻底改变了日记正文中那个改造吃人者的狂人形象，这一转型已经有许多阐释者阐发其意义。笔者所关注的是，上述引文的黑体字所显示的日记正文的文本构型是如何形成的。其中重要的是两条：第一条是"语颇错杂无伦次，又多荒唐之言"，涵盖了"记中语误"、村人名字无关

---

① 鲁迅：《序言》，《鲁迅全集》第7卷，人民文学出版社1981年版，第4页。
② 王桂妹：《"白话"＋"文言"的特别格式——〈新青年〉语境中的〈狂人日记〉》，《文艺争鸣》2006年第6期。
③ 鲁迅：《狂人日记》，《新青年》第4卷第5号，1918年5月15日。着重号为引者所加。

大体等内容；第二条是"间亦有略具联络者，今撮录一篇"。第一条讲语言造型，第二条讲文本结构，依次分析如下。

人们往往根据文言小序的"语颇错杂无伦次，又多荒唐之言"之语，在狂人的日记中寻找诸如易牙蒸子给桀纣吃、把"徐锡麟"写成"徐锡林"等表达，从而断定狂人即真正的狂人。那么鲁迅如此构造的原初动因是什么？

鲁迅的古籍辑录显示语言错讹成为一种文本记录的常态。鲁迅比勘、校对嵇康文集的多种刻本和抄本时，归纳出几种语言错讹现象：第一种被鲁迅称为"义得两通"的字词，即不同版本中用不同的字，但两种说法都可以说得通，鲁迅用"各本作某字"的方式表达。这类字在《嵇康集》中非常多，比如"奂"作"涣"、"陵"作"凌"、"烦"作"繁"、"襁褓"作"繈緥"。第二种是"譌夺/譌挩字"①。这里有两种情形，一种是"讹"，即错字，如"僵"讹"挹"、"擎"讹"繋"、"晋"讹"唇"、"止"讹"上"、"当"讹"常"、"夫"讹"天"、"通"讹"遇"。一种是"夺"，即夺去，该有某字而没有即谓之"夺"。第三种是两字颠倒，不影响字义，比如"老庄"与"庄老"、"加少"与"少加"、"不目"与"目不"、"斧斤"与"斤斧"。还有一种语言错讹现象值得特别注意，即一个人名有时有几种写法。鲁迅怀疑《谢承后汉书》中"陈长"和"李苌"②为同一个人，因为对两人的记载基本相同。《嵇康集》中"刘零"即"刘伶"③。在《会稽典录》的《周㬢》一文的校释中，鲁迅比较《吴志》《魏志》《汉书》关于周㬢、周昂、周昕三兄弟的故事记载，下一断语："盖㬢兄弟三人，皆与孙氏为敌，故诸书记录，往往不能辨析也。"④

"余"所认为的狂人日记中的"错杂"之语，主要有如下形式："徐锡麟"写成"徐锡林"，属于人名书写错误。"老子呀，我要咬

---

① 鲁迅：《古小说钩沉》，《鲁迅辑录古籍丛编》第 1 卷，人民文学出版社 1999 年版，第 31 页。
② 《陈长》和《李苌》的内容字句几乎相同，鲁迅疑为同一人。《谢承后汉书》，《鲁迅辑录古籍丛编》第 3 卷，人民文学出版社 1999 年版，第 170—171 页。
③ 鲁迅：《古小说钩沉》，《鲁迅辑录古籍丛编》第 1 卷，人民文学出版社 1999 年版，第 13 页。
④ 《会稽典录·周㬢》，《鲁迅辑录古籍丛编》第 3 卷，人民文学出版社 1999 年版，第 272 页。

你几口才出气!"这里的"老子"应该为"儿子",因为说这句话的女人正在打她儿子,可用"天啊""妈呀"等呼唤词语代替,用"老子"非常奇特。"我出了一惊。"应该为"我吃了一惊","出""吃"取向相反。"他们的祖师李时珍做的'本草什么'上的,明明写着人肉可以煎吃",而李时珍的《本草纲目》恰恰反对用人肉来治疗痨病,人肉的治疗功能被颠倒。"易牙蒸了他儿子,给桀纣吃",而易牙是春秋时期齐国人,他蒸儿子是给齐桓公吃,而不是给桀纣吃,人物与时代的关系错乱。

如果把鲁迅校勘古籍总结的语言错讹与狂人日记中的"错杂无伦次"之语相比,其形态几乎全部类似。至此大致可以断定,《狂人日记》的"错杂无伦次"之语的构造源自鲁迅校勘古籍时的语言体验。自然,我不能简单地以巧合敷衍了之,其中必有某种潜在的功能。另外,我也不打算把历史上不同版本之间的语言错讹作为一种合理性存在,从而勉强地论证狂人日记的"错杂无伦次"之语是如何正当。那么二者之间的不同在哪里?当古籍版本之间的语言错讹转化为小说《狂人日记》的"错杂无伦次"之语时,其功能发生了逆转。小说中狂人的"错杂无伦次"之语消除了古籍中语言的实有性:在古籍中刘伶只可能是刘伶,不能是刘零;但小说中说徐锡麟,说徐锡林,甚至说徐锡霖,三者均可。《狂人日记》中,"徐锡林""易牙""纣桀"等只是符码。重要的是符码的功能,而不是符码的实指。这些符码表达的是历史吃人的久远与连续。所以"记中语误,一字不易;惟人名虽皆村人,不为世间所知,无关大体,然亦悉易去"。何谓"无关大体"?"大体"可以理解为历史吃人和狂人发现自己也是吃人者这样的晴天霹雳之事。"无关大体"的村人人名因丧失功能而被删除。既然"徐锡林""易牙""纣桀"等是符码,为什么不直接写成"徐锡麟""易牙蒸子给齐桓公吃"呢?从符码的象征功能看,历史的真实姓名与人物更容易因坐实而限制符码的象征外延,相反一个虚构的符码更具有普遍性。另外,古籍版本之间的语言错讹内含一种对学者的吸引力,同理,《狂人日记》的"错杂无伦次"之语蕴藏着对读者的吸引力。

如果说"错杂无伦次"之语作为符码,那么"荒唐之言"就是话语。符码的功能只有在话语中才会绽放。话语把符码的功能提升为陈述,从而实践意义。作为话语形态的"荒唐之言",鲁迅辑录古籍时就见识过:

>朱朗字恭明，父为道士，淫祀不法，游在诸县，为乌伤长陈颡所杀。朗阴图报怨，而未有便。会颡以病亡，朗乃刺杀颡子。事发，奔魏。魏闻其孝勇，擢以为将。①

上文为《会稽典录》中的《朱朗》篇，鲁迅写了比原文长的按语：

>案《春秋》之义，当罪而诛，不言于报，匹夫之怨，止于其身。今朗父不法，诛当其辜，而朗之复仇，乃及胤嗣。汉季大乱，教法废坏，离经获誉，有惭德已。岂其犹有美行，足以称纪。传文零散，本末不具，无以考核。虞君之指，所未详也。②

原文叙述朱朗杀仇人儿子一事带着绝对赞赏的语气，而称赞其"孝勇"。鲁迅的校勘按语"传文零散，本末不具"无异于斥责其为"荒唐之言"。这表现在两个方面，一是事实不清楚，二是价值取向颠倒。"荒唐之言"一般逸出常理的篱笆，走向极端。《狂人日记》中的"荒唐之言"比比皆是，比如："谁晓得从盘古开辟天地以后，一直吃到易牙的儿子；从易牙的儿子，一直吃到徐锡林；从徐锡林，又一直吃到狼子村捉住的人。"③ 从易牙蒸子，到徐锡林被吃，狼之村的恶人被吃，只是几个虚虚实实的吃人例子，但是狂人用几个关联词语联结起来，从而推向极端，产生了一种整个历史吃人的感觉。鲁迅用"荒唐之言"做剑刺向"衣冠楚楚"的"历史"。

文言小序的"间亦有略具联络者，今撮录一篇"虚构了一个"原本"与"录本"的结构，读者看到的狂人日记正文是叙事者"余""撮录"狂人的日记原本而成。这个结构的最初起源可能来自鲁迅辑录古籍的经验。

虞预所撰《会稽典录》二十四卷，《隋书·经籍志》《旧唐书·经籍志》《新唐书·经籍志》均有记载，《宋史·艺文志》已无，只

---

① 《会稽典录·朱朗》，《鲁迅辑录古籍丛编》第3卷，人民文学出版社1999年版，第292页。

② 《会稽典录·朱朗》，《鲁迅辑录古籍丛编》第3卷，人民文学出版社1999年版，第292页。

③ 鲁迅：《狂人日记》，《新青年》第4卷第5号，1918年5月15日。

是宋人著作中时有称引。鲁迅推测"疑民间尚有其书,后遂湮昧"①。鲁迅确信《会稽典录》实有其书。于是他"今搜缉逸文,尚得七十二人。略依时代次第,析为二卷。有虑非本书者,别为存疑一篇,附于末"②。鲁迅"搜缉逸文"显然不能彻底恢复《会稽典录》原本形态。他所成的《会稽典录》不过是拼制的残本,远不能成为定本。但他搜缉逸文、编次二卷,又存疑一篇的过程中,肯定充满着对原本的想象。

鲁迅搜集会稽郡先贤遗著成《会稽郡故书杂集》一书,其方法是"刺取遗篇,絫为一袭"③,以"诸书众说""参证本文"④。比如《董昆》一文仅十余字⑤,鲁迅引《谢承后汉书》《会稽先贤像赞》《书钞》《御览》四种书中有关条文参证,最后下一结语"案此文讹夺甚多,无以审正,今第依录,尚得见其大略"⑥。

鲁迅曾经自述校正《嵇康集》的方法:以明代黄省曾刻本《嵇中散集》、汪士贤刻本《嵇中散集》、程荣刻本《嵇中散集》以及张溥、张燮刻本互相比堪,再取《〈三国志〉注》《〈晋书〉注》《〈世说新语〉注》《野客丛书》《乐府诗集》《古诗纪》、胡克家翻印宋代尤袤刻本《文选》、李善注尤袤所著《考异》、宋本《文选》、六臣注《〈文选〉集注》残本、陈禹谟刻本《北堂书钞》、胡缵宗刻本《艺文类聚》、鲍崇城刻本《太平御览》、安国刻本《初学记》等书进行校对,存其异同。⑦ 其唯一的目的在于"排摈旧校,力存原文"。⑧

---

① 鲁迅:《会稽典录·序》,《鲁迅辑录古籍丛编》第 3 卷,人民文学出版社 1999 年版,第 243 页。

② 鲁迅:《会稽典录·序》,《鲁迅辑录古籍丛编》第 3 卷,人民文学出版社 1999 年版,第 243 页。

③ 鲁迅:《会稽郡故书杂集·序》,《鲁迅辑录古籍丛编》第 3 卷,人民文学出版社 1999 年版,第 235 页。

④ 鲁迅:《会稽郡故书杂集·序》,《鲁迅辑录古籍丛编》第 3 卷,人民文学出版社 1999 年版,第 236 页。

⑤ 《董昆》全文:"董昆字文通,为大农帑丞。坐无完席。"《鲁迅辑录古籍丛编》第 3 卷,人民文学出版社 1999 年版,第 238 页。

⑥ 鲁迅:《鲁迅辑录古籍丛编》第 3 卷,人民文学出版社 1999 年版,第 239 页。

⑦ 参看鲁迅《嵇康集·序》,《鲁迅辑录古籍丛编》第 1 卷,人民文学出版社 1999 年版,第 4 页。

⑧ 参看鲁迅《嵇康集·序》,《鲁迅辑录古籍丛编》第 1 卷,人民文学出版社 1999 年版,第 4 页。

《会稽典录》的虞预原本与鲁迅辑成的残本之间，《董昆》的正文与抄文之间，《嵇康集》中的原文与抄文、校文之间，都留下遥远而宽阔的想象空间。鲁迅力争通过自己的辑录校勘恢复"原本"的形态，实际上那个"原本"只成为鲁迅校勘的想象，根本无法恢复。"原本"与鲁迅的"辑录校勘本"之间形成一种"互文性"。《狂人日记》的结构何其相似。"撮录"类似"辑录校勘"，狂人所写的日记类似"原本"，而狂人日记正文类似"辑录校勘本"。

（原载《文艺理论研究》2015年第1期）

（本次提交论文集时，略有增删，并修订。）

论鲁迅杂文文体的确立与
"文章学"视野的关系

刘春勇

内容提要 从《狂人日记》开始,经过《呐喊·自序》《希望》的写作并最终抵达《写在〈坟〉后面》,这样一个过程其实是鲁迅扬弃先前的虚无世界像,向着其正在体验的虚妄世界像渐次转变的过程。其间,鲁迅扬弃了早期的纯文学观而回归其师章太炎质朴的即物性文学观;其实质是一种文章的写作观念,即杂文写作。

关键词 鲁迅;杂文文体;文章学

现代意义上的"文学"这个概念是一个"现代性"装置,所谓"古代文学"其实是有了"文学"这种现代性装置之后的"风景之发现"。① 而"文章"是一种"前现代性"的概念,文章的写作并不包含现代性的"自我认同"与"自我确证"。在这个意义上文章写作具有一种"反现代性"的意味,因而跟所谓的"文学"是两种互不包含的两个概念,具有对立性。从"文章学"的视野研究鲁迅的杂文文体的确立,其实质是从"反思现代性"的角度来重新思考鲁迅在19世纪20年代中期的转变。"文章学"这一全新的视角为我们更好地理解和阐释鲁迅的文学创作及其转变提供了一种新的可能性。

一

1936年,在生命临近终点之时,鲁迅接连写了两篇怀念其师章太炎的文章。这两篇文章的成因,除了因太炎先生的去世所做的祭奠外,我想其中恐怕还有更令人深味的什么吧?这个"什么"

---

① 参见柄谷行人《日本现代文学的起源》第一章"风景之发现"。柄谷行人《日本现代文学的起源》,赵京华译,生活·读书·新知三联书店2003年版,第1—34页。

正是我所感兴趣的地方。他说，"我爱看这《民报》，但并非为了先生的文笔古奥，索解为难，……是为了他和主张保皇的梁启超斗争，……前去听讲也在这时候，但又并非因为他是学者，却为了他是有学问的革命家"①。他又说，"战斗的文章，乃是先生一生中最大，最久的业绩"②。"有学问的革命家"和"战斗的文章"，这两样标志性的评说应该就是鲁迅所认可的章师风范，不过这个评价反过来对鲁迅也是适合的。"他（指章太炎，笔者按）在《民报》时期独特的思想斗争最全面的继承者，则非鲁迅莫属了。"③

不过，如果说"说文解字"是章太炎的天才领域，则"想象"是鲁迅的天才领域。然而，"说文解字"的章太炎被鲁迅给扬弃了，那么，是不是"想象"的鲁迅也会被章太炎扬弃呢？其实曾经的"说文解字"也同样是"战斗的文章"，章太炎怎样"文学的复古"与"小学的救国"，我想鲁迅终其一生是不会忘掉。然而，鲁迅却要藉此评说章太炎晚年"书斋"的非即物性。同样，章太炎"对于想象的领域持冷淡态度"也因其非即物性④，"但由我们看去，自然本种的文辞，方为优美。可惜小学日衰，文辞也不成个样子，若是提倡小学，能够达到文学复古的时候，这爱国保种的力量，不由你不伟大的"⑤。"在这一立场之上，章将实用性的公文和考据学的疏证文体置于宋以后近世才子们富于感觉表象的文风之上，以逻辑性和即物性之一致为理由视'魏晋文章'为楷模，而批判从六朝的《文心雕龙》和《文选·序》直到清朝的阮元的奢华的文学观念。"⑥ 很显然，以"即物性"为标准，章太炎将文学的传统分为"质朴"与"奢华"两大谱系。站在这样的区分上面，我们不难看出，"想象"

---

① 鲁迅：《且介亭文集末编·关于太炎先生二三事》，《鲁迅全集》第六卷，人民文学出版社 2005 年版，第 566、567 页。
② 鲁迅：《且介亭文集末编·关于太炎先生二三事》，《鲁迅全集》第六卷，第 566、567 页。
③ 木山英雄：《"文学复古"与"文学革命"》，《文学复古与文学革命——木山英雄中国现代文学思想论集》，第 237 页。
④ 木山英雄：《"文学复古"与"文学革命"》，《文学复古与文学革命——木山英雄中国现代文学思想论集》，第 230 页。
⑤ 章炳麟：《东京留学生欢迎会演说辞》，《民报》第 6 号，1906 年。转引自《文学复古与文学革命——木山英雄中国现代文学思想论集》，第 211 页。
⑥ 木山英雄：《"文学复古"与"文学革命"》，赵京华编译《文学复古与文学革命——木山英雄中国现代文学思想论集》，第 221 页。

的鲁迅是属于"奢华"那一类的。但,"想象"的鲁迅同《民报》时期"说文解字"的章太炎一样是"战斗"的,不过,在即物性这一点上,恐怕章太炎的质疑是有道理的,而鲁迅晚年站在生命的终点上回溯其事业开端之师的教诲时是不是有自我的扬弃呢?抑或,他是否最终扬弃了以"想象"为根基的"奢华的文学观念"而朝向其师的质朴的即物性文学观回归呢?

在《"文学复古"与"文学革命"》一文中,木山英雄先生下面的一段讨论耐人寻味:

> ……讲习会上,有这样的小插曲:根据当时与鲁迅和周作人一道前去参加的许寿裳回忆说,在讲习会席间,鲁迅回答章先生的文学定义问题时回答说,"文学和学说不同,学说所以启人思,文学所以增人感",受到先生的反驳,鲁迅并不心服,过后对许说:先生诠释文学过于宽泛。①

那时鲁迅在文学观念上是偏向"近代"的,因此才质疑其师的"过于宽泛"的质朴文学观。而且鲁迅当时主要的作品都发表在《河南》②杂志上,其代表作就是《摩罗诗力说》,而这一篇明显偏向和推崇近代的"纯文学"观。但,这并不说明鲁迅没有受到章太炎的影响。鲁迅虽然接受了近代的纯文学观,且对其师过于宽泛的质朴文学观有微词,但,毕竟章太炎的影响是深刻的,并且在未来生发着经久的效应,"周氏兄弟经由了章氏'文学复古'的熏陶,几乎同时又体验了对西方式'主观内面之精神'和'个人尊严'的渴望"③。"这种种关系以鲁迅为例简略言之,则可说这是面对东方文明古国衰微的敏感高傲的灵魂,把欧化主义的时弊归结为十九世纪式的'无知至上'与'多数万能'两点,从而与基督教欧洲内部的基尔凯郭尔和尼采,特别是后者对于资产阶级'末人'的轻蔑批判发生共鸣,这已堪称一大奇观。而与此同时,他又与中国内部的章

---

① 《国粹学报祝辞》,1908年,《国粹学报》第4年第1号。转引自《文学复古与文学革命——木山英雄中国现代文学思想论集》,第223页。
② 木山英雄:《"文学复古"与"文学革命"》,赵京华编译,《文学复古与文学革命——木山英雄中国现代文学思想论集》,北京大学出版社2004年版,第224页。
③ 木山英雄:《"文学复古"与"文学革命"》,赵京华编译,《文学复古与文学革命——木山英雄中国现代文学思想论集》,北京大学出版社2004年版,第236页。

炳麟所主张的，立足于岂止是前资本主义社会，而且是前制度性原理的自存自主发生共鸣，这堪称又一个奇观。鲁迅所标示的'外之既不后于世界之思潮，内之仍弗失固有之血脉，取今复古，别立新宗'，正是这两大奇观的自觉形态。"①

然而，究竟是怎样的一种"自觉形态"呢？是二者各取一半的相互并列，还是相互融合呢？抑或视语境的不同而偏执一方呢？私以为，在这个看似简单而完美的谋划里，却深藏着鲁迅一生的挣扎。

二

在《〈野草〉主体建构的逻辑及其方法》一文中，木山先生对鲁迅文字生涯的分期有这样的论述：

> ……生平传记的时代划分，当然到底只具有补助性的意义，而针对以1918年（《狂人日记》）和1927年（所谓"从进化论到阶级论的转变"）为界限的三个阶段划分法，作为补助案，我们也可能提出包括了东京留学时代的1924、1925年之前和之后的两个阶段划分法。而在说明这两个时期的特征时，可以称前期为"寂寞"引发叫喊的时代，后期为现在的运动立刻成为下一个运动之根据的时代。②

显然，木山这样的分期法跟竹内好存在着分歧。众所周知，竹内好以《狂人日记》为起点阐释鲁迅文学诞生的契机，并称这个契机为"回心"。在竹内好看来，鲁迅在这个回心之轴前后是全然不同的，之前是回心的准备③，而之后鲁迅的文学则进入到了"自觉"的阶段。

从两位学者分别的两个界点——1918年和1924年、1925年——来看，对于1918年之前的留日时期作为鲁迅的第一个阶段，二人并无

---

① 木山英雄：《"文学复古"与"文学革命"》，《文学复古与文学革命——木山英雄中国现代文学思想论集》，第236页。
② 木山英雄：《〈野草〉主体构建的逻辑及其方法》，《文学复古与文学革命——木山英雄中国现代文学思想论集》，第55页。
③ "竹内好氏将鲁迅的留学时代称之为他的'前史时代'，把鲁迅在那个时期写的评论、翻译等视为'习作'，而没有收入竹内最后编定的《鲁迅文集》。"伊藤虎丸：《鲁迅、创造社与日本文学》，孙猛等译，北京大学出版社1995年版，第47—48页。

异议,这同样也适用于 1924 年、1925 年之后。分歧的是 1918 年到 1924 年、1925 年之间的阶段。竹内好将之归为第二阶段,相反,木山将之归为第一阶段。对此,我们暂且存而不论,我们先来看看两位学者藉以划分时段的界点本身:回心以及"为'寂寞'引发"的"叫喊"和"为现在的运动立刻成为下一个运动之根据"。其实,深知竹内和木山者大概都能领会到这些说法中的一个根本性的问题:"主体。"竹内所谓的"回心"的那一刻,鲁迅获得了罪的自觉,其实质讲的就是鲁迅主体沉没的问题。① 或者可以说,以《狂人日记》为起点的鲁迅文学是以主体沉没的方式抵达的。并且,鲁迅成为文学家的方式是以非文学的方式成为文学家本身的。也正是在这个意义上,作为非文学家的文学家鲁迅本身构成了对西方主体形而上学文学式的"抵抗"与"超克"。那么,木山的界点又意味着对"主体"怎样的一种态度呢?在分析《希望》时,木山这样说道:

> 总之,这篇诗中仍然表现了"寂寞",不过这回终于极为明确地与"青春"结合在一起了。这里的所谓青春即反抗或希望,亦是歌与力量,同时对"我"来说又是"忽而这些都空虚化了"的东西。……但是,"血腥的歌声"也好,"空虚"的"忽然"袭来也好,首要的是在《希望》中现在所要求的过去这一点。这里被回忆的青春之诗意昂扬的剧烈程度便缘于此,特别是,尽管实际上的"空虚"是多次向鲁迅袭来而逐渐形成的,但把过去的一切总括于"空虚"的"忽然"袭来上面,而且,在这一瞬间里似乎有什么倒塌了而某种状态即将开始,在这样的构成方式中,我们可以看到《野草》系列课题的最初形态。这可以说是以青春的终结为出发点,把自身的此刻现在作为一个明确的现实来实现的这样一种状态。正因为如此,《希望》的结句"绝望之为虚妄……",后来才会又与 1918 年的回忆直接相重合着的(《自选集·自序》)。要之,鲁迅乃是追溯到运动的起点来构筑并确认正在运动状态中的自我存在的根据。②

---

① 竹内好:《鲁迅》,李心峰译,浙江文艺出版社 1986 年版,第 46 页。
② 木山英雄:《〈野草〉主体构建的逻辑及其方法》,《文学复古与文学革命——木山英雄中国现代文学思想论集》,第 34 页。

木山所谓的"寂寞"其实是与"青春即反抗或希望"联系在一起的，有着极强烈的主体自我认同意识，而 1924 年、1925 年之后"现在的运动立刻成为下一个运动之根据的时代"的出现则必须在这主体的隐没之后。如此看来，木山据以划分鲁迅文字生涯阶段的界点同样是主体的沉没与否。在谈到竹内的回心时，木山曾经有过这样一段话，"围绕《狂人日记》的出发点问题，竹内好曾有极具个性的深刻理解，他认为在'我也吃过人'这个狂人的觉醒背后，可以窥见作者决定性的价值转换的自觉。但是，狂人那种觉醒也可以说不过是作者绝望的对象终至及于自身的一种表现而已。具有本质意味的毋宁说是，尽管如此作家终于介入了作品创作的行为，而在那里'寂寞'是一直存在着的。这个问题不仅仅涉及到对《狂人日记》一篇的解释，事实上是与竹内好的整个鲁迅论体系直接相关联着的"①。这段话内容颇为丰富，其中点明了划分鲁迅文字生涯阶段的界点并非事关一两篇文章的解读，而是关系到对鲁迅整体的理解。那么，在《狂人日记》及其后的《呐喊》创作中，"'寂寞'是一直存在着的"这样一个问题应该如何理解呢？

对竹内而言，所谓主体的沉没，即鲁迅在"回心"的那一刻，获得"罪"的自觉的时期，也就是 1918 年《狂人日记》文本诞生的那一刻。这之后鲁迅就处于"回心"与"自觉"之中。所以作为文学家的鲁迅其诞生正是在这个"回心"之后。那么，界点之前的鲁迅是一个什么状态呢？对此，竹内似乎含糊其词。不过汪晖对此做过较为详细的论述，"竹内好对'回心'的执著产生于'回心'与'转向'的对立。在竹内好的解释中，'转向'与'启蒙'之间也存在着密切的关系，即许多'启蒙者'不过是'转向者'"②。这个阐释有力地说明了在竹内的解读框架中，留日时期的鲁迅实际上是一个"转向者"，即一个笛卡尔"我思"意义上的主体的人。这一点与木山的阐释是不谋而合。如前所述，在木山看来，所谓鲁迅的"寂寞"其实是与"青春即反抗或希望"联系在一起的，是有着极强烈的主体自我认同意识的。而此后鲁迅乃是抛掉了这种有着极

---

① 木山英雄：《〈野草〉主体构建的逻辑及其方法》，《文学复古与文学革命——木山英雄中国现代文学思想论集》，第 22 页。

② 汪晖：《声之善恶——鲁迅〈破恶声论〉〈呐喊·自序〉讲稿》，生活·读书·新知三联书店 2013 年版，第 153 页。

强烈的主体自我认同意识的"寂寞"而向着"为现在的运动立刻成为下一个运动之根据"的阶段奋进的。"简单说来,这个过程大体是从个人的到社会的,从观念幻想的到现实的转换过程。"①尽管木山对这个转变过程的考察是通过分析文学作品得来的,似乎给我们的印象仅是鲁迅写作的转变而已,但木山强调这其实不仅仅是文字转变那样简单的问题,他说,"人们说《两地书》不期然地具有文学作品的特色,这是因为他恋爱本身就像一部作品。否则,便没有理由在文本最后特意如小说似的搬出作者恋爱问题了。这里所谓恋爱像一部作品,意思是说恢复到本来的鲁迅的生,一定会时刻注视着完结而自觉地创造出来更高层次的一大作品。而《野草》之建构的最大特征就在于将此导向与历史具有内面一致性的方向这一点上。另外,如果说规定作为整体之鲁迅文学的,首先是通过文笔来实践艺术,学问,政治……这种颇为非限定的行为,其次是对于笔这一工具的极具限定性的功能与宿命的自觉来从事艺术、学问、政治等,其结果留下了在此世中敢于挣扎奋斗的精神之鲜烈象征,那么,《野草》还意味着,正是这样的文学家鲁迅所完成的重要过程,其本身升华为作品了"②。这一长段的结语,尽管由于木山先生本身的晦涩以及翻译的缠绕,但在我的理解上,可以简单地转换为这样的说法,即《野草》通过文字所显示的转变的痕迹其实可以理解为一种审美的转变同时也即是一场伦理(学问、政治)的转变。

那么,这样的转变到底经历了怎样的一个"过程"或者"痕迹"呢?

三

实际上,无论是竹内的1918年或者木山的1924年、1925年都是在讲鲁迅文字中(亦即其生命中)的"消失点"有无问题,只不过竹内把鲁迅"消失点"放在了《狂人日记》这一个点上,而木山则将之描画成"在一个平面上疾走而过所留下的痕迹"③。从木山的

---

① 木山英雄:《〈野草〉主体构建的逻辑及其方法》,《文学复古与文学革命——木山英雄中国现代文学思想论集》,第66页。
② 木山英雄:《〈野草〉主体构建的逻辑及其方法》,《文学复古与文学革命——木山英雄中国现代文学思想论集》,第69页。
③ 木山英雄:《〈野草〉主体构建的逻辑及其方法》,《文学复古与文学革命——木山英雄中国现代文学思想论集》,第3页。

论述来看，这个"痕迹"主要是指从《呐喊·自序》到《写在〈坟〉后面》经由《野草》为主的写作过程。① 从时间上看，应该是从1923年到1926年。就这个时间而言，和他的划分阶段的界点：1924年、1925年是有出入的。然而，吊诡的是木山对于1918年至1923年《呐喊》时期的处理。如前所述，木山所谓的"痕迹"是不包括这一时段的，但是，其《野草》论的起点却自《呐喊》始。这不能不让人嘀咕，既然"在一个平面上疾走而过所留下的痕迹"不包括《呐喊》，缘何在其论述中《呐喊》却又占如此的比重呢？这不得不让人怀疑木山在实操层面上其实已经将《呐喊》（包括"随感录"）纳入其考察的"痕迹"当中了。然而，木山关于《呐喊》的一系列论述又让人打消了这种想法。他说，"而在那里'寂寞'是一直存在着的"②。"这一时期的文章是比后来逊色的。倘若把逊色的原因归于写作的初始恐怕偏于一端，还是现在所说的与启蒙论调相妥协中有其主要原因，当是无疑的。"③ "所谓《野草》中某种连续性的过程，就鲁迅的自我形成而言"④，"是在把自己局限于过去与黑暗一侧，对假定的未来肩负所有责任，这种特殊的姿态崩溃以后，欲唤醒自己的此刻现在，更具体地说，就是要消除叫喊着的自己与其对自己的意识即自我意识之间的不一致之努力过程"⑤。很显然，他是把《呐喊》和"随感录"时期归结到"寂寞"未消除的主体沉没以前的阶段去了。这也正是他和竹内分歧所在。不过如前所述，木山给出的理由是，尽管《狂人日记》及其之后的《呐喊》有着"决定性的价值转换的自觉"，但是，他依然选择了基于"消失点"（主体）的文学（小说）创作这个行动本身说明了，"在那里'寂寞'是一直存在着的"，就是说即便在《狂人日记》中，狂人有"我也吃过人"的觉醒，但介入文学创作这样一个本身具有"消失

---

① "其实，在写作《呐喊·自序》时……"参见木山英雄《〈野草〉主体构建的逻辑及其方法》，《文学复古与文学革命——木山英雄中国现代文学思想论集》，第25页。

② 木山英雄：《〈野草〉主体构建的逻辑及其方法》，《文学复古与文学革命——木山英雄中国现代文学思想论集》，第22页。

③ 木山英雄：《〈野草〉主体构建的逻辑及其方法》，《文学复古与文学革命——木山英雄中国现代文学思想论集》，第7页。

④ 木山英雄：《〈野草〉主体构建的逻辑及其方法》，《文学复古与文学革命——木山英雄中国现代文学思想论集》，第67页。

⑤ 木山英雄：《〈野草〉主体构建的逻辑及其方法》，《文学复古与文学革命——木山英雄中国现代文学思想论集》，第67页。

点"意味的行为自身就已经说明鲁迅的主体性的"寂寞"是存在着的。因此,他依旧把鲁迅《呐喊》和"随感录"时期的由外在原因而引发的观念性的叫喊和留日时期因青春的诗意盎然而引发的叫喊归为同一类。

行文至此,前面缠绕我们的那个难题又回来了,即我们到底该如何评议1918年到1924年、1925年的鲁迅世界呢?这确实是一个难以评议的时期,而毋宁说,它是一个大的"之间",或者是一个扩大了的木山英雄意义上的"在一个平面上疾走而过所留下的痕迹"。在这个"之间",鲁迅世界中有着一种奇妙并且令人感到某种别扭的组合。就"消失点"而言,外部的消失点是依然存在着的,《希望》当中所谓的"身外的青春固在"① 正是这个意思,因此,鲁迅这才以文学创作这样一种本身具有消失点意味的文字形式介入身外具有消失点意味的启蒙运动当中,并且为之呐喊。然而,内在的消失点却不在了,也即"我的青春已经逝去了"②,在竹内看来,这就是狂人在"回心"的一刹那获得"罪"的自觉的觉醒,但木山在其论述中对这一点加以否定。木山的论述尽管让人感到思辨的乐趣,但是,在抹杀狂人这一形象的复杂性与丰富性方面恐怕是不能让人满意的。这种将自我归类于黑暗与虚无的绝境中的想法,除了一方面有将所谓绝望的对象及于自身的表现外,恐怕其对自我作为启蒙主体的消解也是同样的吧?若后面这种说法有成立的可能的话,那么,我们就无权否认竹内所认可的回心之轴了吧?

基于以上的理解,我们现在或许可以大致描画这一时期的基本状况:

其一,消失点的"在"与"不在"不在同一个坐标上。内在消失点处于消失的状况,而外在消失点依然在活跃,并且二者相互牵制,甚至互侵领地。具体表现就是,尽管内在消失点消失了,但由于外在消失点的存在,鲁迅在这一时期的精神结构表现出极度摇摆的状况,时而紧张、时而轻松。表现在创作方面就是即便有轻松自如的小说如《孔乙己》,但大多数还是处在《狂人日记》那样一种紧张的结构中,甚至在一篇小说,如《阿Q正传》中,大多数情节

---

① 鲁迅:《野草·希望》,《鲁迅全集》第二卷,第181页。
② 鲁迅:《野草·希望》,《鲁迅全集》第二卷,第181页。

与结构都还轻松，可是由于外在消失点的存在，这篇小说的结尾还是出现了类似于《狂人日记》那样的"主题性"结构紧张。① 其次，由于内在消失点的消失，鲁迅这一时期的创作，就小说而言，在内容上是没有同一时期乡土小说或者其他小说的那种启蒙的视角的。② 并且在小说的语言与形式方面，我们多少能够感觉到鲁迅小说创作当中的"文章"因素的存在，尤其是在议论或者陈述当中人物对白的不期而至，使人感到某种古典的轻松，也多少映衬出经典小说中对白的造作和不自如的"突兀"。最后，由于外在消失点的存在，有时候要假装内在消失点依旧，并且不惜以曲笔方式为外在呐喊，这也就是王晓明所谓"戴着面具的呐喊"③ 吧！

其二，这一时期的总的趋势是从主体的暧昧与消失点的时有时无向主体的沉没与消失点的消失逐步地演进，具体表现就是从虚无世界像向虚妄世界像的迈进。④ 这一时段的"惟'黑暗与虚无'乃是'实有'"⑤ 的思想其实是留日时期所谓理想主义的反面，但仍然属于同一种虚无世界像，都是对世界"执著"的产物。但是，于日本建立起来的这一信仰在《狂人日记》诞生的前后开始崩毁。所谓"我也吃过人"的觉醒一方面是绝望的对象及于自身的表现，但同时亦是对绝对精神之自信或者对世界终极的那个消失点僭越之结果的反思之始，而虚妄就此闪现。其后，在1923年的《呐喊·自序》中，鲁迅第一次明确表达了"对于虚妄的感到"，"凡有一人的主张，得了赞和，是促其前进的，得了反对，是促其奋斗的，独有叫喊于生人中，而生人并无反应，既非赞同，也无反对，如置身毫无边际的荒原，无可措手的了"⑥。宣告虚妄世界像的全面到来是1925年的《希望》，所谓"'绝望之为虚妄，正如希望相同'，在最终定型的这句话中，既没有站在绝望一边，也没有站在希望一边，而是站到

---

① 木山英雄：《实力与文章的关系》，《文学复古与文学革命——木山英雄中国现代文学思想论集》，第76页。
② 参见《多疑鲁迅》第二章第五节"作为'风景'的《呐喊》"的相关论述。刘春勇：《多疑鲁迅——鲁迅世界中主体生成困境之研究》，中国传媒大学出版社2009年版，第108—117页。
③ 王晓明：《无法直面的人生——鲁迅传》，上海文艺出版社1993年版，第49页。
④ 参见刘春勇《鲁迅的世界像：虚妄》，《华夏文化论坛》（第十辑），吉林文史出版社2013年版，第60—67页。
⑤ 鲁迅：《两地书·四》，《鲁迅全集》第十一卷，第21页。
⑥ 鲁迅：《呐喊·自序》，《鲁迅全集》第一卷，第439页。

'虚妄'之上"①。对此，木山说道，"不过，欲以语言捕捉其迷惘的'虚妄'一词，比起观念化的'黑暗'及'虚无'来，则更带有探索性和流动性的总括力"②。虚无世界像带给人们的是完美的"希望"与完美的"绝望"，并最终引领人们走向虚无主义的深渊。"然而，当一切确定性价值破灭以致看到虚无深渊后，鲁迅为什么仍能不歇于行动呢？抑或"这位本来看到'无所有'的人何以有矫健的生命"③ 呢？我想，这奥秘就隐藏于鲁迅从虚无世界像向虚妄世界像的转变中。虚妄世界像乃是对世界终极的那个消失点之悬置的结果。在虚妄世界像中，"以'空空'之如面对世界，才能避免在'意义/目的''总体性''真实世界'破灭后，遁入虚无主义或厌世主义。佛教积极的澄明的面世态度，正是由此而来。而鲁迅，当一切确定性价值破灭以致看到虚无深渊后，仍能不歇于行动，就是这个道理。"④ 鲁迅虚妄的世界像最终在《写在〈坟〉后面》中得以定型，即：中间物。"以为一切事物，在转变中，是总有多少中间物的。动植之间，无脊椎和脊椎动物之间，都有中间物；或者简直可以说，在进化的链子上，一切都是中间物。"⑤ 如果没有虚妄世界像的建立，中间物概念的提出难以想象。如前所述，虚妄世界像是建基在对世界终极的消失点悬置之上的，也正是在这个意义上，中间物意识才可能成立。从某种层面上讲，德里达提出的"补充"（supplementation）⑥ 的概念与鲁迅的"中间物"多少有些类似。"德里达写道：'通过这一系列补充，一个规律出现了：一个无止境的、相互联系的链条会不可避免地使盘旋于其间的补充物不断增加，这些补充物激起的正是它们所延宕的事物的存在感：事物本身给人的感觉，近在咫尺的感觉，或者叫原物的感觉。直接感便从中产生了。一切事物都是从这种中间状态开始的。'"⑦ 事实

---

① 汪卫东：《鲁迅杂文与20世纪中国的"文学性"》，《反思与突破——在经典与现实中走向纵深的鲁迅研究》，寿永明、王晓初主编，安徽文艺出版社2013年版，第329页。
② 木山英雄：《〈野草〉主体构建的逻辑及其方法》，《文学复古与文学革命——木山英雄中国现代文学思想论集》，第35页。
③ 王乾坤2013年5月5日致刘春勇信。
④ 王乾坤2013年5月5日致刘春勇信。
⑤ 鲁迅：《坟·写在〈坟〉后面》，《鲁迅全集》第一卷，第301—302页。
⑥ 参见德里达的《"……危险的增补……"》，《文学行动》，雅克·德里达著，赵兴国等译，中国社会科学出版社1998年版，第42—71页。
⑦ 乔纳森·卡勒：《文学理论》，李平译，凤凰出版传媒集团、译林出版社（转下页）

上，在"世界终极的那个消失点悬置（隐匿）"这个问题上，鲁迅和德里达有几近相同的表达："见过辛亥革命，见过二次革命，见过袁世凯称帝，张勋复辟的，看来看去，就看得怀疑起来，于是失望，颓唐得很了。……不过我却又怀疑于自己的失望，因为我所见过的人们，事件，是有限得很的，这想头，就给了我提笔的力量。"①

人们也看不见这个非物（thing）之物（Thing）的血肉，当它在显灵的时刻出现的时候，仍然是不可见的。这个非物之物却在注视着我们，而我们看不见它。一种幽灵的不对称性阻断了所有的镜像，它消解了共时化，它使我们错位。②

这两段话可以看做是对鲁迅虚无世界像的最好诠释。

四

"中间物"的提出是对前面这样一个大的"之间"的告别辞，并开启了杂文时代。过去，我们一直以为"杂文"是鲁迅的全新创造，然而，鲁迅其实讲得很明白，杂文，古已有之，即古代的文章写作。③ 在大的"之间"的时期，通过对自我生命的体验与触摸，鲁迅大概隐约明了"文学"的一些根本性问题及局限，于是在"杂文时代"的一开始，他便有意识地扬弃了"文学"及其相关的主体形而上学世界像，扬弃建基于此二者之上的所谓纯粹文学的创作以及虚无主义。因此，鲁迅杂文的写作（不是创作④）一定是主体彻底沉没的结果。

此时，鲁迅不经意间所触碰到的"有余裕的""留白"美学观为他告别"文学时代"洞开了大门。在1925年的《华盖集·忽然想到》中，他大谈这种"有余裕的"美学观，他说，……近来中国的排印的新书则大抵没有副页，天地头又都很短，想要写上一点意见

（接上页）2008年版，第13页。
① 鲁迅：《南腔北调集·〈自选集〉自序》，《鲁迅全集》第四卷，第468页。
② 雅克·德里达：《马克思主义的幽灵》，转引自汪晖《声之善恶》，生活·读书·新知三联书店2013年版，第175页。汪晖这里的汉译与何一的汉译稍微有些用词的不同，参见雅克·德里达《马克思主义的幽灵》，何一译，中国人民大学出版社1999年版，第12页。
③ 鲁迅：《且介亭杂文·序言》，《鲁迅全集》第六卷，第3页。
④ 在日本，称纯文学写作为"创作"，但不包括杂文。参见王向远《鲁迅杂文概念的形成演进与日本文学》，《鲁迅研究月刊》1996年第2期。

或别的什么,也无地可容,翻开书来,满本是密密层层的黑字;加以油臭扑鼻,使人发生一种压迫和窘促之感,不特很少"读书之乐",且觉得仿佛人生已没有"余裕","不留余地"了。……在这样"不留余地"空气的围绕里,人们的精神大抵要被挤小的。……人们到了失去余裕心,或不自觉地满抱了不留余地心时,这民族的将来恐怕就可虑。①

这段话中的"余裕的""余地"等其实都是"留白"的不同表达方式。这种美学观其实是鲁迅杂文成立的前提,同时也是他告别"文学时代"的动因。其直接的资源是来自日本的夏目漱石和厨川白村。关于这一点,陈方竞在其《鲁迅杂文及其文体考辨》② 一文中有深刻的论述。在《鲁迅杂文及其文体考辨》中,陈方对此做了详细的考证,梳理了从夏目漱石到厨川白村的"有余裕"的文学观对鲁迅的影响和启发,并阐述了"有余裕"的文学观在鲁迅杂文成立上所起的决定性作用。他说,"……鲁迅的'杂文'与'杂感'的差异:如前所述,后者更为敛抑、集中、紧张,有十分具体的针对,……前者如《说胡须》、《看镜有感》、《春末闲谈》、《灯下漫笔》、《杂忆》……题目就可见,并没有具体的针对,……将一切'摆脱','给自己轻松一下',而颇显'余裕'的写法,……"③ "'杂文'较之'杂感'更近于'魏晋文章'。"④ 留白或者"有余裕"的文章的美学其实并不仅仅是在文字中显示出轻松的调子那样简单,而毋宁说是鲁迅自留日时期为开端的人生挣扎之历程的最终落脚处。正是在这样一种美学趣味当中,鲁迅开始体悟到了人生的通透感,开启了与世界和解的旅程,并且在他思想深处沉睡多年的章师的训导开始浮出水面,从而最终促使他扬弃了其早年"奢华的"纯文学观,而朝向其师的质朴的即物性文学观回归。于是他说,我们试去查一通美国的"文学概论"或中国什么大学的讲义,的确,总不能发见一种叫作 Tsa-wen 的东西。……中国的这几年的杂文作者,他的作文,却没有一个想到"文学概论"的规定,或者希图文学史上的位置的,他以为非这样写不可,他就这样写,因为他只知道这样的

---

① 鲁迅:《华盖集·忽然想到》,《鲁迅全集》第三卷,第15—16页。
② 陈方竞:《鲁迅杂文及其文体考辨》,《鲁迅与中国现代文学批评》,北京大学出版社2011年版。
③ 陈方竞:《鲁迅杂文及其文体考辨》,《鲁迅与中国现代文学批评》,第415页。
④ 陈方竞:《鲁迅杂文及其文体考辨》,《鲁迅与中国现代文学批评》,第415页。

写起来，于大家有益。①

在鲁迅看来，杂文是"以为非这样写不可，他就这样写"的结果，而不是要遵循"文学概论"规则与形制的。鲁迅的这种"以为非这样写不可，他就这样写"的杂文写作观，其实质是一种反消失点的、反现代性体制的写作，也是返回其师章太炎的质朴的即物性文学观的写作。而"有余裕的""留白"的美学观是其成立的前提。

而更为重要的是，这种"留白"的、"有余裕的"美学观还成为鲁迅晚期生活美学的根本。1936年的文章《"这也是生活"》将这种"有余裕的"生活美学展露无遗：

> 有了转机之后四五天的夜里，我醒来了，喊醒了广平。
> "给我喝一点水。并且去开开电灯，给我看来看去的看一下。""为什么？……"她的声音有些惊慌，大约是以为我在讲昏话。
> "因为我要过活。你懂得么？这也是生活呀。我要看来看去的看一下。"
> "哦……"她走起来，给我喝了几口茶，徘徊了一下，又轻轻的躺下了，不去开电灯。
> 我知道她没有懂得我的话。②

这段对话当中，广平先生是有一个"主题性"的，即"为什么"以及"为何之故"的回答。这样一种主题性的聚焦就必然带有某种非"余裕的"紧张与不轻松，它必然是非和解性的。而鲁迅的"看来看去的看一下"其实是没有所谓的通常意义上的目的，就是想看一下，但是具体看什么是没有的。这是同世界和解的一种态度，而这种和解性实际上贯穿于他的整个杂文时代的写作。

（原载《中国现代文学研究丛刊》2015年第12期）

---

① 鲁迅：《且介亭杂文二集·徐懋庸作〈打杂集〉序》，《鲁迅全集》第六卷，第300—301页。
② 鲁迅：《且介亭杂文末编·"这也是生活"》，《鲁迅全集》第六卷，第623—624页。

"忘却"的辩证法
——鲁迅的启蒙之"梦"与中国新文学的兴起

符杰祥

1922年年末,在为自己的第一部小说集《呐喊》作序时,作为小说家的鲁迅早已因一部《狂人日记》而名满天下。不过奇怪的是,鲁迅似乎并没有因此获得真正的安慰。即便是一篇回溯小说缘起的创作谈,鲁迅的笔端仍缠绕着一种"偏苦于不能全忘却"的感伤与寂寞,开首便陷入回忆与怀旧中:

> 我在年青时候也曾经做过许多梦,后来大半忘却了,但自己也并不以为可惜。所谓回忆者,虽说可以使人欢欣,有时也不免使人寂寞,使精神的丝缕还牵着已逝的寂寞的时光,又有什么意味呢,而我偏苦于不能全忘却,这不能全忘的一部分,到现在便成了《呐喊》的来由。①

作为第一篇创作谈,《呐喊·自序》几乎包含着鲁迅所有创作的精神密码,也可以理解为规划着鲁迅所有创作的诗学纲领。鲁迅后来的许多创作谈如《我怎么做起小说来》等,都是由此延伸与发挥。著名的"幻灯片"事件、"铁屋子"寓言也是第一次出现在《自序》中,其意义更是被反复挖掘,乃至过度阐释。也许正因为如此,鲁迅在文章开篇经由"回忆"与"忘却"所构建的辩证法及其重塑鲁迅文学的启蒙意义反而不大为人注意。青年时期的"许多梦"需要通过忘却来排解,而"偏苦于不能全忘却",却以忘却的形式显现出

---

① 鲁迅:《呐喊·自序》,《鲁迅全集》第1卷,人民文学出版社2005年版,第437页。

一种伦理上的不该忘却和事实上的不能忘却。"偏苦于"所显示的记忆之战越是强烈,"不能全忘却"的那一部分也显得越是重要。如果说,"大半忘却""也并不以为可惜"的"梦"是可以抛弃的,"偏苦于不能全忘却"的"梦"则如同梦魇,是无论如何都无法摆脱掉的。这无法忘却的"梦","便成了《呐喊》的来由",也便成了鲁迅文学的来由。在这个意义上,纠葛于"回忆"与"忘却"之间的"梦"确立了鲁迅诗学的根基,也确立了鲁迅文学的根基。那么,这"偏苦于不能全忘却"的"梦"是什么?因为"偏苦于不能全忘却",这"梦"对鲁迅文学观念的形成,乃至中国新文学的发生与兴起,"又有什么意味呢"?

一 "偏苦于不能全忘却":"一个青年的梦"与"《呐喊》的来由"

广义的记忆是多义或歧义的,比如回忆在记忆中的包含与区别关系,荣格(Carl Gustav Jung)、伽达默尔(Hans-Georg Gadamer)、阿斯曼(Jan Assmann)夫妇等学者都曾先后讨论过。回忆(recall)并不等于记忆(memory),也并不与遗忘对立。借用阿莱达·阿斯曼(Aleida Assmann)的术语来说,回忆属于一种"记忆力",记忆属于一种"记忆术"。所谓"术"和"力",所区分的记忆的两种功能或范式。"记忆术"注重的是一种知识存储与复制能力;"记忆力"注重的是一种文化创造与身份认同。前者如背诵、强记,后者如回忆、纪念。记忆与回忆的最大区别就在于:技术性或机器性的记忆存储可以对抗时间和遗忘,回忆却是发生在时间之内,与"和遗忘是密不可分的,一个使另外一个成为可能"[1]。在回忆与遗忘相互作用的"同谋"中,回忆有一种"人类学的力量",是机器所不可能具备的。机器可以存储知识,无所谓遗忘,只有人类可以回忆,也可以遗忘[2]。在第一篇文言小说《怀旧》中,鲁迅借由童子的语气嘲讽一位古板而伪善的秃先生,缘由之一就在于旧式私塾死记硬背、沉闷无趣的非人的教学方法。在另一篇文章《五猖会》中,鲁迅对父亲何以逼迫当时只有7岁的自己在看赛会前背诵古书,有着一段

---

[1] 参见阿莱达·阿斯曼《回忆空间:文化记忆的形式和变迁》,潘璐译,北京大学出版社2016年版,第21—25页。

[2] 阿莱达·阿斯曼:《回忆空间:文化记忆的形式和变迁》,第22页。

非常不快而诧异的回忆,所表达的同样是对古老而机械的记忆术压抑人性的不满。事实上,欧洲的启蒙运动对记忆术的批判,凭借的也正是"理性、自然、生命、原创性、个性、创新、进步,以及其他现代性诸神的名义"①。与记忆术相对,回忆包含着人自身所特有的一种情感态度、一种思想光芒、一种精神力量、一种主体创造。人为什么回忆?"多数情况下,只是为了回答他人的问题,或者回答我们设想他们可能提出的问题,我们才会诉诸回忆。"② 对鲁迅来说,《呐喊》的序言是写给读者的,也是写给自己的。"偏苦于不能全忘却"的回忆,是创作起源的追溯,也是诗学纲领的总结。

"偏苦于不能全忘却",造就了鲁迅的文学和文学者鲁迅。然而,"偏苦于不能全忘却"的缘起,并不是鲁迅文学中所回忆或经由回忆所叙述的那些往事,而是"我在年青时候也曾经做过许多梦"。借用鲁迅在《呐喊》时期翻译的一部武者小路剧本的名字,也可以称为"一个青年的梦"③。换言之,是因为年青时候的"梦"无法忘却,才决定了鲁迅要在回忆中重构往事以及如何重构往事,并在往事回忆中赋予其疗治病苦的启蒙意义。青年鲁迅"曾经做过许多梦",其中特别提到的便是留日时期的学医:"我的梦很美满,预备卒业回来,救治像我父亲似的被误的病人的疾苦,战争时候便去当军医,一面又促进了国人对于维新的信仰。"学医的梦虽然"很美满",但因为幻灯事件的刺激,鲁迅决意弃医从文,可以想见,这梦是在"并不以为可惜"之列的。所以,"偏苦于不能全忘却"的梦,必然发生在弃医从文之后:"我们的第一要著,是在改变他们的精神,而善于改变精神的是,我那时以为当然要推文艺,于是想提倡文艺运动了。"这样的梦,是一种为"改变他们的精神"而"提倡文艺运动"的文艺梦或启蒙梦。

以文艺启蒙为旨、理想高远的"好梦"何以变成了一种"偏苦于不能全忘却"的"苦梦"?表面上看,是因为创办《新生》杂志的失败,其实更深层的问题是由失败而来的失望。这失望是双重的,一重是对启蒙环境的失望,"如置身毫无边际的荒原,无可措手的

---

① 阿莱达·阿斯曼:《回忆空间:文化记忆的形式和变迁》,第3页。
② 莫里斯哈·布瓦赫:《论集体记忆》,毕然、郭金华译,上海人民出版社2002年版,第69页。
③ 武者小路:《一个青年的梦》,鲁迅译,商务印书馆1922年版。

了",二重是对启蒙者的失望,"我决不是一个振臂一呼应者云集的英雄"。虽然因失败而失望,因失望而寂寞,鲁迅也用了种种麻醉的法子逃避悲哀与痛苦,文艺启蒙的梦想终于还是"苦于不能全忘却"。如尼采所说:"只有不停地疼痛的东西,才能保留在记忆里。"① 当梦化为一种生命体验的痛,也可见这梦对鲁迅是如何重要,影响是如何深刻了。是故,鲁迅尽管质疑环境,反省自己,文艺启蒙的梦想却似乎未从根本上动摇。或者说,无论是留日时期,还是回国之后,鲁迅从来没有觉得文艺启蒙的梦想本身存在问题。否则,如何理解他在钱玄同尚未邀请其为《新青年》撰稿之前,就有过主动向报刊投稿的经历?如何理解他归国后在《小说月报》发表第一篇小说《怀旧》,并在《越铎日报》连续发表《军界痛言》等系列文章?被竹内好等日本学者所深度挖掘的所谓"十年沉默",不过是相对于他在发表《狂人日记》成为著名作家之前一段寂寞的"未名"时期。所谓"十年沉默",不如说是"十年未名"或"十年寂寞"。鲁迅后来帮助几位文学青年创办未名社,出版未名刊物与丛书的时候,想必和创作《呐喊》的诸篇小说一样,同样有一种"未能忘怀于当日自己的寂寞的悲哀"吧?

鲁迅"未能忘怀于当日自己的寂寞的悲哀",是苦于文艺启蒙梦想在当时的难以实现;也因为苦于梦想的难以实现,这梦想就"苦于不能全忘却"。所以,当钱玄同来S会馆为《新青年》约稿,得到的首先不是一个"可以做点文章……"的回答,而是一段是否"对得起他们(被呼醒者)"的疑问。表面上看,鲁迅是听从钱玄同的劝请,才开始"做点文章"的,人们似乎也多这么认为。事实上,以鲁迅"偏不怎样"的个性,如果不是青年时期的启蒙之梦"苦于不能全忘却",他如何会"听将令"?对钱玄同的邀请,鲁迅一开始似乎是被动和拒绝的,但他随即主动抛出"铁屋子"的启蒙故事,说明这个问题折磨他由来已久,而且已经深思熟虑。对于是否应该唤醒铁屋子里沉睡的人,鲁迅其实不需要钱玄同来回答,因为在十年寂寞中这个问题困扰已久,他也已有了自己的思考,所以才会自言"自有我的确信"。带着"确信"的答案来提问,其实是没有必要提问,只不过在寂寞的思考中需要他人来和自己对话。这对话,目的也不在于"折服"对方,而是为了检验"我的确信"。鲁迅在答应

---

① 阿莱达·阿斯曼:《回忆空间:文化记忆的形式和变迁》,第279页。

钱玄同后的第一篇创作《狂人日记》，其中狂人的被囚禁与绝望的呐喊，就有"铁屋子"的原型象征在里面。此后的文章中，"铁屋子"的种种隐喻与变形更是随处可见。鲁迅把"铁屋子"这个象征自己启蒙之梦的问题不断抛放出来，不断检验自己，也检验读者。在启蒙之梦的反复质询过程中，有意邀请鲁迅写稿的钱玄同无意之间就成了一位跨进鲁迅问题场域的闯入者，"苦于不能全忘却"的忘川之水由此在长期的潜伏中涌动而出。

作为《新青年》的约稿者与编辑者，钱玄同可能是《狂人日记》的第一位读者，但无疑也是鲁迅检验启蒙之梦的其中一位读者。在这个意义上，与其说是钱玄同在邀请鲁迅为启蒙刊物写文章，不如说鲁迅一直在"偏苦于不能全忘却"的寂寞中，等待一个像钱玄同这样的老朋友的邀请。鲁迅同情"新青年"的寂寞，其实也"未能忘怀于当日自己的寂寞的悲哀罢"。所以，看似矛盾却也真实的是，尽管声称"在我自己，本以为现在是已经并非一个切迫而不能已于言的人了"，但鲁迅"从此以后，便一发而不可收"，这种创作的热情、积极与主动，已经不是初期的"写点文章"或"敷衍朋友们的嘱托"所能说明的了。在1935年为《中国新文学大系·小说二集》作序时，鲁迅对五四时期的创作有一段自我总结："从一九一八年五月起，《狂人日记》，《孔乙己》，《药》等，陆续的出现了，算是显示了'文学革命'的实绩，又因那时的认为'表现的深切和格式的特别'，颇激动了一部分青年读者的心。"① 论成绩，论声望，鲁迅不是"那时的主将"，却胜似"那时的主将"。"偏苦于不能全忘却"的文艺梦在复苏之后产生这样的力量与结果，鲁迅当初未必想得到，邀请鲁迅写稿的钱玄同恐怕更是想不到吧。

二 "忘却"的意义：回忆的发明与启蒙的赋予

对于鲁迅"偏苦于不能全忘却"的"忘却"，汪晖在近年重读《呐喊·自序》时突破以往消极否定的偏见，发现了其中所蕴含的尼采意义上的创造性、能动性的积极力量。不过，将"忘却"与"回忆"理解为"主动"与"被动"的关系②，还只是颠倒了既往一种

---

① 鲁迅：《且介亭杂文二集·〈中国新文学大系〉小说二集序》，《鲁迅全集》第6卷，第246页。

② 汪晖：《声之善恶》，生活·读书·新知三联书店2013年版，第120页。

刻板的认知图式,并未真正打破二元对立的矛盾模式。如果还是将"忘却"简单视为一种与"回忆"相对立的否定性、消极性的力量,就无法辩证理解或理解其中的辩证意义。"偏苦于不能全忘却",属于一种文化记忆学所说的"没有得到满足的遗忘"[①],因而也是一种无法忘却的遗忘。因为没有满足或未曾实现,鲁迅青年时期的"梦"事实上无法做到"全忘却"。和记忆的知识存储与文化创造两个层面相对应的是,忘却也可以从两个层面来理解。其一是存储记忆的"失忆"。比如鲁迅在回忆童年时期几乎每日出入于当铺和药店里的屈辱经历时,"年纪可是忘却了",这种数据式的"忘却"是一种个人的失记。数字或知识性的忘却作为一种受损的记忆,或许仍可以借助年谱、日记、文件等档案文献来修复,对记忆诗学来说并不具有太大的意义,可谓是一种无意义的忘却。其二是文化记忆的"忘却"。文化记忆要"忘却"的对象是包含着精神、情感、思想在内的一种属于人的主体性的东西,是意义性的,而非数字性的。"忘却"更深层的意义还在于,"忘却"的"意义"其实无法真正忘却,只可能强迫性的暂时"压抑",而在压抑之后的回忆中,也必然会产生新的意义。鲁迅想要"忘却"却"偏苦于不能全忘却"的,就属于一种有意义的忘却。鲁迅在未尝经验的无聊中试图"忘却"早年的文艺梦,其中的理想和情怀可以暂时被压抑,被压抑的痛苦与悲哀也可以在抄古碑中暂时被排解,但最终却不会被否定,也无法被抛弃。

回忆"从来不是一种反省或回顾的平静的行为。它是一种痛苦的再记忆,一种拼凑起支离破碎的过去,来了解当下所受的心灵或精神创伤的意义"[②]。压抑的忘却不会将回忆排除在意识之外,而过去的时光也会在某种时刻随时迸发出来。在《呐喊》出版之际,鲁迅压抑已久的青春之梦随他的创作得以释放。铭刻于心的过去在回忆的残片断章中重新结构,重新闪现。鲁迅由"苦于不能全忘却"的梦所追忆的往事,是个人早年的两段经历。一个是少儿时期的"父亲的病",一个是留日时期的"幻灯事件"。这两段往事在鲁迅此后的文章中都曾反复出现过。如《俄文译本〈阿Q正传〉序及著者自叙传略》,《朝花夕拾》中的《藤野先生》与《父亲的病》,鲁

---

① 阿莱达·阿斯曼:《回忆空间:文化记忆的形式和变迁》,第194页。
② Homi Bhabha, *The Location of Culture*, London: Routledge, 1994, p. 63.

迅留下的两篇手稿《鲁迅自传》与《自传》等。《鲁迅自传》甚至出现了两件往事一并再度出场的景象，这说明，两件往事刻骨铭心，并不是随机或偶然地串联在鲁迅的回忆中的，有决定性或象征性的重要意义。

对两个回忆片段尤其是幻灯事件的真实性，很多学者尤其是日本学者曾提出过质疑。的确，比如做"俄探"的中国人是被枪毙还是被斩首，放幻灯片的时间是在课间还是课余等，鲁迅回忆文字中的表述细节前后都有不太一致的地方。而且，根据史料查证和其他当事人如铃木逸太等人的回忆，所找到的日俄战争的原始幻灯片中并没有中国人"俄探"被处死的画面，课堂上也很肃静，并没有欢呼"万岁"和拍掌喝彩之声。围绕这些细节的辨析与考证，中日学者甚至掀起了《藤野先生》是小说还是散文的文体之争①。关于"父亲的病"一节，鲁迅在1918年发表的一组《自言自语》也有写到，不过，让其在父亲临终前大声叫喊的不是衍太太而是"我的老乳母"，周建人后来的回忆也证实是长妈妈②。细节考证很有必要，但以细节的出入来否定回忆的真实，实际上是对回忆哲学缺乏认知。或者说，这是将作为存储记忆的真实和作为文化回忆的真实混为一谈了。回忆不是靠记忆的简单储存保留下来的，而总是在现在基础上的一种重新建构。如阿莱达·阿斯曼所说："它总是从当下出发，这也就不可避免地导致了被回忆起的东西在它被召回的那一刻发生移位、变形、扭曲、重新评价和更新。"③ 人之所以回忆，是为了寻求一种意义与认同。由现在出发来重构过去，不可能是完整的复原，而只能是片段的完善。"父亲的病"与"幻灯事件"在记忆细节上有搞错或颠倒的地方，但不能就此认为，鲁迅在回忆中所建构的对国民的病苦、不幸、麻木、愚昧的感知是错误或失真的，也不能就此否认鲁迅在回忆中所建构的启蒙者身份与启蒙文学的意义。事实上，关于细节失记的考证不是颠覆而是证明了鲁迅回忆的真实性。比如，据日本学者吉田富夫考证，日俄战争期间杀人的幻灯片虽然没有找到，但当时日本的《河北新报》等报刊载有《四名俄探被斩

---

① 渡边襄：《鲁迅与仙台》，《"鲁迅的起点：仙台的记忆"国际研讨会论文集》，2005年；曹禧修：《从〈藤野先生〉的学术场域看日本鲁迅研究的特质》，《文学评论》2015年第6期。

② 周建人口述，周晔编写：《鲁迅故家的败落》，湖南人民出版社1984年版，第118页。

③ 阿莱达·阿斯曼：《回忆空间：文化记忆的形式和变迁》，第22页。

首》的新闻报道。课堂上或许没有高呼万岁的场景,但仙台举办过数次市民祝捷大会,其中就有"锣鼓喧天,高喊万岁"的场景①。可见,鲁迅是把课堂经验、市民活动、报纸新闻等多重见闻融合为一体,再度创造,高度凝缩,为回忆片断赋予了强烈的象征意义。"父亲的病"与"幻灯事件"本身并不具有意义,是鲁迅通过回忆进行了提升,在多年之后"补充发明了这样一个意义",并赋予其"象征性的力量"②。事实上,这也正是回忆与忘却的一种辩证法:当记忆细节"丧失了真实性,却会得到建构性的补偿"③。

进一步讲,文学记忆作为一种集体记忆,只有纳入与其所处时代的主导思想相一致的集体框架中,才可能进入想象的共同体,被群体认同。"尽管我们相信自己的记忆是精确无误的,但社会却不时要求人们不能只是在思想中再现他们生活中以前的事件,而且还要润饰它们,或者完善它们,乃至我们赋予了它们一种现实都不曾拥有的魅力。"④ 在鲁迅为《新青年》写稿的五四时期,启蒙主义是时代的最大主题,也是鲁迅文学的最大主题。没有启蒙主义的时代框架,没有新文化阵营的邀约,"父亲的病"与"幻灯事件"这两个片段的回忆恐怕就无从发生,更不会被鲁迅赋予一种五四式的启蒙意义。这两个早年的片段鲁迅为什么当时不说,事后也不说,而是要等到《呐喊》出版之际才说?就是因为鲁迅当时还没有获得启蒙者的主体性自觉,还无法以启蒙者的思想光芒照亮过去的片段,将其放置在启蒙"意义位型的框架中"重新定位与阐释。对鲁迅的回忆片段来说,真正的问题不是计较记忆的细节差异,而是在细节的剪裁处理中,回忆如何、为何"补充发明了这样一个意义"。在文学回忆的延长线上,诸如有无"两个藤野先生"的问题,鲁迅的回忆文章对"藤野先生的一般性关怀"何以赋予"神圣的意义"⑤,都可以获得更完整的理解。

回忆的重构并不能等同于文学虚构。其实鲁迅在《小引》中说得很明白:《朝花夕拾》的十篇文章"就是从记忆中抄出来的,与实

---

① 吉田富夫:《周树人的选择:"幻灯事件"前后》,李冬木译,《鲁迅研究月刊》2006年第2期。
② 阿莱达·阿斯曼:《回忆空间:文化记忆的形式和变迁》,第294、295页。
③ 阿莱达·阿斯曼:《回忆空间:文化记忆的形式和变迁》,第109页。
④ 莫里斯哈·布瓦赫:《论集体记忆》,第91页。
⑤ 董炳月:《"仙台神话"的背面》,《鲁迅研究月刊》2002年第10期。

际容或有些不同,然而我现在只记得是这样"①。一个需要关注而不为文体之争的学者们所注意的现象是:鲁迅在自传手稿中数次提到《朝花夕拾》时,从来没有称其为"散文"或"小说",而一律定名为"回忆记"。在1930年5月16日的《鲁迅自传》手稿中,鲁迅介绍自己的创作时这样说:"现在汇印成书的有两本短篇小说集:《呐喊》,《彷徨》。一本论文,一本回忆记,一本散文诗,四本短评。"1934年的《自传》手稿延续了这样的说法,只是将"短评"更新为八本②。值得注意的是,鲁迅对《呐喊》《彷徨》《野草》等文集皆明确用小说、散文诗等文体方式来定义,独有《朝花夕拾》是"回忆记"这一种非文体的方式。而且,鲁迅在《小引》中也明言"文体大概很杂乱",并没有用小说或散文的固化概念来限定自己回忆文章的类属。可见,鲁迅是将"回忆"作为一种特殊的文学形式来处理的,仅仅用散文来辩护真实,或用小说来强调虚构,各执一端,对"回忆记"来说都是不恰当的。

回忆与忘却犹如潮汐,潮涨潮落,在一个人的时间之流内相互激荡,不可分割。一部分的回忆以另一部分的忘却为代价,一部分的忘却也成就了另一部分的回忆。与个人或集体的不同载体相联系的回忆,从根本上说都是"片面的":"从某一当下出发,过去的某一片段被以某种方式照亮,使其打开一片未来视域。被选择出来进行回忆的东西,总是被遗忘勾勒出边缘轮廓。聚焦的、集中的回忆必然包含着遗忘。"③ 过去不可能全部呈现,回忆什么,如何回忆,都是由现在的志趣、意图、愿景所塑造的。在完成《呐喊》的小说创作之后,鲁迅所聚焦的何以是这两个片段,而非其他?从记忆的细节差异来看,鲁迅不仅仅是"怀旧""伤逝"或复述过去,而是要在回忆的再造中追溯"《呐喊》的来由",追溯自己的文学起源。也因此,这两个隐匿于过去黑暗时光中的片段在回忆的召唤中被委以重任,承载着解释鲁迅文学起源的重要使命。

有意味的是,回忆虽然承载着解释鲁迅创作起源的使命,却是在鲁迅完成创作之后进行的,因而在追忆的回溯性中又有了解释的

---

① 鲁迅:《朝花夕拾·小引》,《鲁迅全集》第2卷,第236页。
② 鲁迅:《集外集拾遗补编·鲁迅自传》《集外集拾遗补编·自传》,《鲁迅全集》第8卷,第343、402页。
③ 阿莱达·阿斯曼:《回忆空间:文化记忆的形式和变迁》,第474页。

终端性。无论是由"父亲的病"看见"世人的真面目",还是由"幻灯事件"发现"愚弱的国民";无论是前者象征的"病苦",还是后者象征的"愚弱";无论是前者代表的一种创伤回忆,还是后者所代表的一种震惊体验,两个原点性的片段都具有典型的启蒙色彩,都指向了文学启蒙的必要性与紧迫性。一方面,这两个片段的象征意义进入到鲁迅文学中,成为一种启蒙的原型。另一方面,这两个片段的象征意义又是从鲁迅文学中提炼出来的,成为一种诗学的总结。在这个意义上,鲁迅借由回忆塑造的两个事件,既是决定鲁迅从事文学启蒙的起点,也是解释鲁迅为何从事文学启蒙的终点。可以说,两个回忆的断片激发与创造了鲁迅"苦于不能全忘却"的文学启蒙之梦,而"苦于不能全忘却"的文学启蒙之梦,则发掘与发明了两个回忆的断片。

三 "梦"的重塑:"铁屋子"寓言与"启蒙主义"

两个原点性的回忆片断的发明,与此后经典的"铁屋子"寓言的对话,都源自文学启蒙之梦的"苦于不能全忘却",它们构成了鲁迅文学的基本格局,也构成了支撑鲁迅诗学的基本三角。因为《新青年》的出现,也因为钱玄同的邀请,被压抑的文艺启蒙之梦在一个能看见"一点一点青天"的夏夜,在S会馆"缢死过一个女人"的槐树下,如同鬼魅般重新复活。"铁屋子"的寓言情景,就是在这样一个据传闹鬼而很少有人来往的"鬼屋子"里发生的。对鲁迅来说,这梦自然还是青年时期的梦,但经过"偏苦于不能全忘却"的十年寂寞,这梦的回归就不仅仅是一种昨日重现或旧梦重临,而是一种浸透着十年痛苦经验的再造与重构。竹内好曾把鲁迅蛰伏北京S会馆的经历称为"回心",认为凭借一种近乎宗教忏悔体验的"回心",鲁迅找到了"成为其根干的鲁迅本身,一种生命的、原理的鲁迅"[1]。如果"回心"的意义是伊藤虎丸所理解的"类似于宗教信仰者宗教性自觉的文学性自觉"[2],那么,这文学创作的回心,其实是

---

[1] 竹内好:《近代的超克》,李冬木等译,生活·读书·新知三联书店2005年版,第45页。

[2] 伊藤虎丸:《鲁迅、创造社与日本文学》,李冬木等译,北京大学出版社2005年版,第138页。

在一种被压抑的回忆中完成的。

鲁迅青年时期所构筑的文艺启蒙之梦,在1907年所作的《摩罗诗力说》中有最为典型的表达。青年鲁迅召唤中国的"精神界之战士",称赞"立意在反抗,旨归在动作"的恶魔诗人,文末更是大声疾呼:"今索诸中国,为精神界之战士者安在?有作至诚之声,致吾人于善美刚健者乎?有作温煦之声,援吾人出于荒寒者乎?"① 这样"一个青年的梦",浪漫而又热情,不无精神乌托邦的气息。不料在十五年后,当鲁迅再次回忆起当年所提倡的"文艺运动"时,意气风发的梦想却变成了一则"铁屋子"的梦魇:

> 假如一间铁屋子,是绝无窗户而万难破毁的,里面有许多熟睡的人们,不久都要闷死了,然而是从昏睡入死灭,并不感到就死的悲哀。现在你大嚷起来,惊起了较为清醒的几个人,使这不幸的少数者来受无可挽救的临终的苦楚,你倒以为对得起他们么?

比较两个时期的文字,虽然讨论的都是唤醒国民的问题,但语气与态度已发生了极大的变化。鲁迅的启蒙之梦仍在延续,但也已经变形。鲁迅重新激发创作的热情,开始发表《狂人日记》等系列小说,是为了原来的梦,但这梦又似乎不再是原来的。《摩罗诗力说》召唤"精神界之战士",勾画启蒙之后的愿景,慷慨激昂,血气张扬,救世热情犹如"出埃及记",可谓是毫不迟疑的真正"呐喊"。《呐喊》的序言,反倒毫无"呐喊"的气息。"铁屋子"的假说虽也提出启蒙之后的景象,但阴郁灰暗,悲哀消沉,完全是另一幅景象。铁屋子是"是绝无窗户而万难破毁的",即使有人惊醒,不仅未获拯救,反而要"受无可挽救的临终的苦楚"。短短一则寓言,就三次提到死亡。《摩罗诗力说》的长篇论文也多次提到诗人之死,如拜伦的"为独立自由人道",裴多菲的"为国而死",雪莱的欣悦超脱,与"铁屋子"寓言不无佛教色彩的"死灭"无论在用词还是境界都天差地别。发生这样的变化,比较方便或普遍的解释是时过境迁,是时间对人的改变。比如,用鲁迅的"五四"与"新青年"的"五四"做比较,鲁迅超乎时代的深度就很容易被视为一种"过

---

① 鲁迅:《坟·摩罗诗力说》,《鲁迅全集》第1卷,第102页。

来人"的经验之差。鲁迅参与"五四"的过程，也就被理解为"在跌宕起伏的人生中逐渐磨损青春，忘却梦幻的过程。"① 这样的理解，其实也是对"忘却"的误解。如前所论，鲁迅对启蒙之梦的"忘却"不是抛弃与否定，而是一种压抑与反思。这种"忘却"的梦如弗洛伊德所说："在压抑的行为之后就会产生一个不可避免的后果，那就是被压抑的东西的回归。"② 铁屋子寓言及其文学创作，就是一种启蒙之梦在压抑之后的释放与回归。尽管象征中国现实的铁屋子寓言无比阴冷黑暗，但并未不意味着鲁迅的启蒙之梦就此幻灭。鲁迅当然意识到铁屋子的"万难破毁"与启蒙的异常艰难，不过这并未影响他提出"惊起了较为清醒的几个人"亦即启蒙之后怎样的问题。尽管质疑将来的"黄金世界"与希望的有无，但相信中国现在仍然需要启蒙的信仰并未动摇。鲁迅在同时期发表的另一段说得更为明白："假使寻不出路，我们所要的就是梦；但不要将来的梦，只要目前的梦。"③ 否则，鲁迅不会关注铁屋子的破毁，更不会关注破毁之后如何拯救的问题。在提出铁屋子寓言十多年之后，鲁迅谈到自己的小说创作经验时仍这样说：

> 自然，做起小说来，总不免自己有些主见的。例如，说到"为什么"做小说罢，我仍抱着十多年前的"启蒙主义"，以为必须是"为人生"，而且要改良这人生。我深恶先前的称小说为"闲书"，而且将"为艺术的艺术"，看作不过是"消闲"的新式的别号。所以我的取材，多采自病态社会的不幸的人们中，意思是在揭出病苦，引起疗救的注意。④

鲁迅写这段文字的时候，已是1930年代的"左联"时期了。鲁迅这一阶段已加入新的文艺组织，成为左联的一面旗帜；同时也因为革命文艺论战，和冯雪峰等人译介了大量苏俄文艺政策与马列主义文艺理论的书籍。时事迁移，鲁迅的文艺观也必然有所调整与丰富，但仍明确坚持"启蒙主义"与"为人生"的"主见"。显然，

---

① 李怡：《鲁迅的"五四"与"新青年"的"五四"》，《社会科学辑刊》2007年第1期。
② 阿莱达·阿斯曼：《回忆空间：文化记忆的形式和变迁》，第194—195页。
③ 鲁迅：《坟·娜拉走后怎样》，《鲁迅全集》第1卷，第167页。
④ 鲁迅：《南腔北调集·我怎么做起小说来》，《鲁迅全集》第4卷，第526页。

文艺启蒙是鲁迅创作的核心理念与基本原则，他不会因为革命文艺成为新的潮流而放弃文艺启蒙的初衷与底线。毋宁说，鲁迅加入革命文艺阵营，也是带着"苦于不能全忘却"的文艺启蒙之梦而来的。这使他能够在融合进步的革命思想潮流中始终持守并发展自己文艺启蒙的基本理念。鲁迅没有像同时代人如瞿秋白那样，将五四视为一件"必须脱去"的"衣襟"①；没有像郭沫若那样，完全否定五四文艺而"突变"为"无产阶级文艺"②，更没有像创造社的革命青年那样"翻着筋斗"鼓吹革命文学③。从小说创作来看，鲁迅晚年的《故事新编》仍然延续了《呐喊》与《彷徨》时期的创作风格。诸如庸众与个人的对立、先驱者命运的寂寞，尖锐的讽刺与俏皮的幽默，这些鲁迅式的元素都可以在新的小说中找到。鲁迅没有像茅盾写作"革命三部曲"那样直接反映北伐前后的时代风云，也没有像胡也频等左翼青年作家那样急剧左转，风格大变；相反，他对革命文学散布"教人死"的恐怖主义一再批评与警告。值得注意的是，鲁迅在编《故事新编》时，把曾收入《呐喊》初版的一篇《补天》（原题《不周山》）也重新收进来。五四和左翼时期的创作放在一起而无违和感，鲁迅也有意这样编集，可见在他那里，自己的创作是一个具有一贯性和一致性的整体，没有必要区分④。

对于自己创作的思想线索与诗学立场，鲁迅明确将其追溯到"十多年前的'启蒙主义'"。这"十多年前"，是鲁迅开始创作《狂人日记》诸篇小说的时期，也是在《呐喊·自序》中首次提出自己"偏苦于不能全忘却"的文艺启蒙之梦的时期。这"启蒙主义"，不是写作《摩罗诗力说》的时期，而是写作《呐喊·自序》的时期。换言之，鲁迅自己所确立的文学创作的原点，不是留日时期"一个青年的梦"，而是 S 会馆时期"偏苦于不能全忘却"的梦。鲁迅的梦依然是"启蒙主义"，但经过十多年间"偏苦于不能全忘却"的压抑，这梦虽没有变质，却有所变形。如果说，"一个青年的梦"是由"摩罗诗力说"构建的，那么也可以说，"偏苦于不能全忘却"的梦

---

① 瞿秋白：《请脱弃"五四"的衣衫》，《文艺新闻》1932 年 1 月 18 日。
② 麦克昂（郭沫若）：《英雄树》，《创造月刊》第 1 卷第 8 号，1928 年 1 月。
③ 鲁迅：《二心集·上海文艺之一瞥》，《鲁迅全集》第 4 卷，第 306 页。
④ 对于以没有托尔斯泰式的长篇小说为由来认定鲁迅"著作缺乏整体性"的说法，郜元宝并不认同，将鲁迅的所有著作视为"一部别致的长篇"，是有道理的。郜元宝：《论鲁迅著作的整体性》，《学术月刊》2008 年第 2 期。

是由连接着"父亲的病""幻灯事件"两个原点性回忆的"铁屋子"寓言搭建的。不是时间改变了做梦的人,而是忘却的辩证法在时间之流中重塑了人的梦。

四 "忘却"的辩证法:"苦闷的象征"与启蒙的超克

由"偏苦于不能全忘却"而重塑的启蒙之梦,也重塑了鲁迅的文学与文学观。《狂人日记》作为压抑之后的第一次释放,以"错杂无伦次"、满纸荒唐的语言狂欢,解构了"吃人"的历史。无论就内容上"表现的深切"还是就形式上"格式的特别",鲁迅在《新青年》的第一次创作,都可谓重写了白话文学,也重写了现代文学史。这正是回忆与忘却之间的辩证效应,也是"偏苦于不能全忘却"所迸发出的一种创造性的积极力量。虽然"偏苦于不能全忘却"的压抑以创伤与痛苦为代价,但在思想的反复咀嚼与深化过程中,也让鲁迅的文学迅速进入一种异常成熟的境界,其影响是多方面的。

从文艺观来说,"偏苦于不能全忘却"的辩证效应促进了鲁迅美学思想的转型。"偏苦于不能全忘却"的痛苦煎熬,让鲁迅对文艺的认知,从"摩罗诗力说"所追求的"雄杰伟美"之声转变为一种"苦闷的象征"。"苦闷的象征"是日本学者厨川白村的文艺论,鲁迅概括其主旨为:"生命力受压抑而生的苦闷懊恼乃是文艺的根柢,而其表现法乃是广义的象征主义。"[①] 对厨川最早的介绍,是朱希祖翻译的《文艺的进化》,发表在 1919 年 11 月 1 日出版的《新青年》第 6 卷第 6 号上,该期同时登载有鲁迅的《我们现在怎样做父亲》与《随感录》六篇。鲁迅也许读过这篇文章,不过真正打动他的还是《苦闷的象征》。该著于 1924 年 2 月由日本改造社出版,鲁迅于同年 4 月购得后,便认为"这于我有翻译的必要",并将译稿作为在北京大学等校的授课讲义。在"人间苦与文艺"一节中,厨川这样谈到文艺与人生的关系:

> 我们的生活愈不肤浅,愈深,便比照着这深,生命力愈盛,便比照着这盛,这苦恼也不得不愈加其烈。在伏在心的深处的

[①] 鲁迅:《译〈苦闷的象征〉后三日序》,《鲁迅著译编年全集》,人民出版社 2009 年版,第 286 页。

内底生活，即无意识心理的底里，是蓄积着极痛烈而且深刻的许多伤害的。一面体验着这样的苦闷，一面参与着悲惨的战斗，向人生的道路进行的时候，我们就或呻，或叫，或怨嗟，或号泣，而同时也常有自己陶醉在奏凯的欢乐和赞美里的事。这发出来的声音，就是文艺。对于人生，有着极强的爱慕和执著，至于虽然负了重伤，流着血，苦闷着，悲哀着，然而放不下，忘不掉的时候，在这时候，人类所发出来的诅咒、愤激、赞叹、企慕、欢呼的声音，不就是文艺么？①

鲁迅所译的文字，虽是厨川的文艺观念，却带有强烈的鲁迅气息。其中所说的"放不下，忘不掉"的苦闷与悲哀，可谓是鲁迅"偏苦于不能全忘却"的一种文艺学的表达。难怪鲁迅见到此书，如遇知音，反复介绍与引用，表现出"非同一般的重视"②。鲁迅的《呐喊·自序》是对自己创作缘起的回顾与诗学精神的总结，出版也早于《苦闷的象征》。因此，鲁迅与厨川的相遇不能理解为一种影响关系，而应该说是一种契合与共鸣。首先是精神的契合，其次才是观念的契合。在杂文之外的创作中，鲁迅小说的"孤独者"系列，《野草》诸篇中黑暗的梦呓，是这一美学思想最为显著的表现。

从启蒙观来说，"偏苦于不能全忘却"的辩证效应扭转了鲁迅对启蒙问题的认知。如果说早年《摩罗诗力说》所召唤的是一种"致吾人于善美刚健"的启蒙热情，勾勒的是一幅"援吾人出于荒寒"的神话图景，那么在此后的"铁屋子"寓言中，鲁迅则考虑的是如果"惊起了较为清醒的几个人"，亦即启蒙之后怎样的现实问题。与早期热情而浪漫的乌托邦想象相比，"偏苦于不能全忘却"的痛苦经验让鲁迅的思考更为深刻与理性。鲁迅关于铁屋子的辩难，不是要说服钱玄同，甚至也不是要说服自己，而是对早年启蒙之梦的反思与检验。事实上，这样的辩难场景在鲁迅以后的文学中仍反复出现，比如《在酒楼上》"我"与吕纬甫的对话，《孤独者》中"我"与魏连殳的对话，《伤逝》中涓生与子君的对话，都是在"较为清醒的几个人"之间发生的。鲁迅在《呐喊·自序》一年后的演讲中再度提

---

① 厨川白村：《苦闷的象征》，《鲁迅著译编年全集》，第308页。
② 陈方竞：《〈苦闷的象征〉与中国新文学关系考辨》，《中山大学学报》2008年第5期；温儒敏：《鲁迅前期美学思想与厨川白村》，《北京大学学报》1981年第5期。

出著名的"娜拉走后怎样"的问题,也是"惊起了较为清醒的几个人"之后怎样的思想延续。"走后怎样"关乎是否"对得起他们"的启蒙伦理与责任问题的反思,是问题的深入,不是颠覆。解构的是启蒙神话,也并非启蒙本身。鲁迅在五四时期与许寿裳的通信中,尽管情绪和铁屋子寓言一样苦闷和焦虑,对诊治"同胞病"表示"药方则无以下笔"①,但讨论的仍然是如何疗救的问题。鲁迅"苦于不能全忘却"的苦闷,是启蒙与启蒙者的苦闷。这反而说明,对于未完成的启蒙,鲁迅仍然是念兹在兹,抱有信仰的。唯一的区别在于,"苦于不能全忘却"的压抑,造就了一种新的"反抗绝望"的态度。

"惊起了较为清醒的几个人"亦即"启蒙之后",是反思启蒙第一个层面的问题,第二个层面的问题便是"怎样"或"怎么办"?鲁迅仍然相信启蒙可以唤醒昏睡的人,但也认识到"人生最苦痛的是梦醒了无路可以走",仅有精神的觉醒是不行的。对于启蒙的结果,鲁迅所忧虑的是"较为清醒的几个人",成为"不幸的少数者"。"较为清醒的几个人"是谁?表面上看,他们是被启蒙者,但谁是启蒙者?而那些启蒙他们的人,又是谁启蒙了他们?换言之,是谁"惊起了较为清醒的几个人",而"较为清醒的几个人"在"惊起"后,是否又要"惊起"更多像"较为清醒的几个人"这样的其他人?启蒙的运转链条其实也是一种再循环,一种再生产。启蒙者,同时也是被启蒙者,反之亦然。在鲁迅的小说中,狂人、吕纬甫、魏连殳、涓生等新知识者谱系,所扮演的都是在启蒙与被启蒙之间的双重角色,所以小说中也才会有不断的对话与反复的辩难场景。从对话的内容和知识背景来看,扮演启蒙角色的这些人都是读过洋书或留过洋的人,是被西方现代学说启蒙过的人。以《狂人日记》为例,狂人劝大哥不要再吃人,最娴熟的一套便是虫子变人的进化论学说。否则,单凭在深夜翻古书,是翻不出"吃人"的惊天发现的。所以,鲁迅小说中的启蒙者,其实也是启蒙链条中的被启蒙者,属于"惊起了较为清醒的几个人",也要承受启蒙的后果。

正像铁屋子的寓言所担心的,启蒙带来的不是幸福,而是痛苦。鲁迅小说中真正的启蒙者都是活得艰辛而痛苦,要么疯狂,要么颓废,要么死亡。而小说所讽刺的那些虚伪的旧文人如四铭、高尔础

---

① 鲁迅:《180104 致许寿裳》,《鲁迅全集》第 11 卷,第 357 页。

之流，反倒是幸福而平庸。"体验痛苦最多的不是最坏的人，而是最好的人。"① 真的知识阶级"对于社会永不会满意的，所感受的永远是痛苦，所看到的永远是缺点"②，鲁迅也这样讲过。如果说精神的痛苦是永恒的，铁屋子的寓言仅是指这样的痛苦，启蒙恐怕也就失去了意义。鲁迅的许多小说创作，其实也是铁屋子的寓言。结合小说文本来理解其中"不幸的少数者"，就可以发现，狂人谱系中的吕纬甫、魏连殳们的痛苦，在精神层面之外，还有无法融入日常生活的"孤独"。对此，日本学者伊藤虎丸有别致的解读："获得某些思想和精神，从以往自己身在其中不曾疑惑的精神世界中独立出来，可以说是容易的。比较困难的是，从独自觉醒的骄傲、优越感中被拯救出来，回到这个世界的日常生活中（即成为对世界负有真正自由责任的主体），以不倦的继续战斗的物力论精神，坚持下去，直到生命终了之日为止。"③ 所谓"回到这个世界的日常生活"，意指思想者只有从独立的精神世界重新进入大众的现实世界，才会实现从"被'普遍真理'所占有"到拥有自我思想的主体性自觉。由此来重新解读狂人的"然已早愈，赴某地候补"，就有了一种"告别青春，获得自我"的可以理解的正面力量与积极意义④。不过，这种主体性的反思与解读，仍旧没有脱离从精神层面讨论问题的模式，仍旧具有一种精神层面的"骄傲、优越感"，并未真正进入包含物质生活在内的现实世界中。思想者在与现实碰撞中体味人间苦，不只是精神意义，还有生存意义。是故，鲁迅小说中所描写的魏连殳、吕纬甫、涓生们，所遭遇的打击中首先而直接的，无一不是《孤独者》中所写的"活下去"或"活不下去"的"生计问题"。

　　回到鲁迅在"苦于不能全忘却"的追忆中所重塑的幻灯事件，鲁迅"那时"所赋予的意义便是精神启蒙的极端重要性："我们的第一要著，是在改变他们的精神。"通过一种围观砍头的视觉暴力，鲁

---

① 尼古拉·别尔嘉耶夫：《论人的使命　神与人的生存辩证法》，张百春译，上海人民出版社2007年版，第353页。
② 鲁迅：《关于知识阶级》，《鲁迅全集》第8卷，第227页。
③ 伊藤虎丸：《鲁迅、创造社与日本文学》，第116—117页。
④ 伊藤虎丸：《鲁迅与日本人》，李冬木译，河北教育出版社2001年版，第120页。中国学者的相关论述亦可参阅张新颖《20世纪上半期中国文学的现代意识》，生活·读书·新知三联书店2001年版，第79—82页；金理《重读〈伤逝〉，兼及五四新文化运动的意义》，《南方文坛》2015年第5期。

迅的回忆在精神的愚弱与体格的健全之间营造出一种强烈的反差效应。"病死多少也不以为不幸",也确立了高高在上的精神优越感。就像康德对启蒙的经典定义一样,"第一要著"的话语此后被反复引用,成为鲁迅定义启蒙的经典话语。"回忆"本质上就是一种"反思"①,不过几乎没人注意到,鲁迅重构性的回忆也是反思性的。在《呐喊》序言中,"幻灯事件"出现在"父亲的病"之后,两个回忆片段在追溯性的叙事中构成了一种前因后果的互文关系。鲁迅关于改变精神为第一要著的那段话与其说是在给启蒙下定义,不如说是在给弃医从文一个理由。所谓启蒙之语是发生在幻灯事件的"从那一回以后",是"我那时以为"的。"那一回"的刺激对鲁迅思想的改变极为重要,并不意味着"那一回"的鲁迅思想就此确立而不再改变。当时因"逃走了资本"而导致启蒙刊物出版失败,已是"未尝经验的无聊"。回国后由衣食无忧的官费生转而为生活奔波忙碌,则是鲁迅重返人间现实的开始,也是精神优越论逐渐破毁的开始。在1911年给许寿裳的信中,鲁迅提到劝周作人回国的"思想转变"之事:"起孟来书,谓尚欲略习法文,仆拟即速之返,缘法文不能变米肉也,使二年前而作此语,当自击,然今兹思想转变实已如是,颇自闵叹也。"②《新青年》时期的另一封信则主张入世作官:"若问鄙意,则以为不如先作官,至整顿一层,不如待天气清明以后,或官已做稳,行有余力时耳。"③ 进入日常生活,或作为一种谋生策略,并不意味着必然要以精神妥协为代价。鲁迅自己在教育部任职多年,先后接受过北京大学、厦门大学、中山大学、中央研究院等机构的聘书,其间时评、创作与学术也从未放弃。从这个角度讲,狂人"赴某地候补"并不意味着启蒙理想的放弃,也无可指责。相反,鲁迅在后期小说《故事新编》中对伯夷叔齐的不辨菽麦、不食周粟倒是多有讽刺。在五四以来的创作或演讲中,鲁迅反复提到的是:"梦是好的;否则,钱是要紧的。"④ "第一,便是生活。人必生活着,爱才有所附丽。"⑤ "我们目下当务之急,是:一要生存,二要温饱,

---

① 列夫·舍斯托夫:《雅典与耶路撒冷》,张冰译,上海人民出版社2004年版,第341页。
② 鲁迅:《110307致许寿裳》,《鲁迅全集》第11卷,第344页。
③ 鲁迅:《180104致许寿裳》,《鲁迅全集》第11卷,第357页。
④ 鲁迅:《坟·娜拉走后怎样》,《鲁迅全集》第1卷,第167页。
⑤ 鲁迅:《彷徨·伤逝》,《鲁迅全集》第2卷,第124页。

三要发展。"① "第一要著"这一时期由"精神"调适为"生活",也再次说明,鲁迅已扬弃了"那一回"在刺激之下发表的灵肉对立的极端说法,最终让精神与生活重新回到一种辩证关系之中。这不是肯定经济权的重要性,也不是否定精神的重要性,而是在启蒙的反思中实现了对文学如何"为人生"的完整认知。一如在《苦闷的象征》中鲁迅的译文所写:"一面体验着这样的苦闷,一面参与着悲惨的战斗,向人生的道路进行。"

如果说思想者在精神世界占有真理是第一重觉醒,告别浪漫想象以回归现实人间是第二重觉醒,那么在日常生活的苦恼与困乏中克服一种精神的优越感和道德的清高感,则是第三重觉醒。在这个意义上,精神优越性的超克,我以为是鲁迅反思启蒙的最大成果。反映到文学创作中,我们可以看到一种根本性的变化。在幻灯事件的刺激下,鲁迅以为愚弱的国民"病死多少是不必以为不幸的",彼时能进入鲁迅视野的"不幸",只有像狂人系列的"不幸的少数者"。至于像《明天》中单四嫂子的宝儿,《祝福》中的祥林嫂,《药》中的华小栓,正是属于"病死多少是不必以为不幸的"那一类,按理都不在"不幸的少数者"之列,但鲁迅并没有将其排除在写作之外。这说明,经过十年寂寞而"苦于不能全忘却"的漫长思索,鲁迅已开始抛弃"精神胜利法"而回归现实人间。所谓"病态社会的不幸人们",已由"不幸的少数者",沉潜为"外面的进行着的夜,无穷的远方,无数的人们,都和我有关"②。鲁迅的文学范式,也已由《摩罗诗力说》所开启的对精神英雄的召唤,转为《呐喊》所奠定的"几乎无事的悲哀"。

结语 "偏苦于不能全忘却"与中国新文学的兴起

"思想的限度由记忆设定,正如感官的限度由物体设定。"③ 思想的深化与发展是在从现在出发的反复回忆中得以实现与完成的。"偏苦于不能全忘却"在忘却与回忆之间所建构的一种复杂而矛盾的辩证关系与思想空间,重塑了鲁迅的启蒙之梦,也重塑了鲁迅的文学观与启蒙观。在这样的基础上,鲁迅确立了自己的文学品格与创

---

① 鲁迅:《华盖集·忽然想到》,《鲁迅全集》第3卷,第47页。
② 鲁迅:《且介亭杂文末编·"这也是生活"……》,《鲁迅全集》第6卷,第624页。
③ 奥古斯丁:《论三位一体》,周伟驰译,上海人民出版社2005年版,第301页。

作风格：其文其字，萦绕在回忆与忘却、忏悔与反思、怀旧与抒情、黑暗与病态、绝望与反抗之间，闪烁着一种非同一般的迷人气质和思想魅力。在文学史的意义上，"忘却"的辩证法催生了两个"第一"：鲁迅的第一篇小说《怀旧》，新文学的第一篇小说《狂人日记》。中国新文学由此兴起，也由此成熟。所谓"中国现代小说在鲁迅手中开始，又在鲁迅手中成熟"[①]的经典史论，就此可以获得更充分的理解。

（原载《学术月刊》2016 年第 12 期）

---

① 严家炎：《〈呐喊〉〈彷徨〉的历史地位》，《世纪的定音》，作家出版社 1996 年版，第 64 页。

论鲁迅对《狂人日记》的阐释

——兼谈《呐喊》的互文性

董炳月

鲁迅的短篇小说《狂人日记》是中国现代小说史上屈指可数的杰作。这里要强调的是，鲁迅不仅是这篇小说的作者，而且是这篇小说的阐释者。罗兰·巴特所谓"作者已经死去"，是强调作品作为文本的独立性，将作者与其作品的关系相对化，为读者、批评家解释作品提供更大的空间与自由度。但是，鲁迅在《狂人日记》诞生之后却作为作者顽强地"活着"，多次行使作者对自己作品的解释权，于是"作者"与"作品"纠缠在一起，继续保持并深化"共生"关系。1918年5月《狂人日记》在《新青年》第4卷第5号上发表，三个月之后的8月20日，鲁迅在写给许寿裳的信中就谈论《狂人日记》。而且，这次谈论仅仅是个起点。从本月至1935年3月，十七年间鲁迅对《狂人日记》或相关问题的谈论主要有六次——1918年8月在给许寿裳的信中，1922年12月在《呐喊·自序》中，1925年4月在杂文《灯下漫笔》中，1927年9月在通信《答有恒先生》中，1933年3月在自述《我怎么做起小说来》中，1935年3月在《〈中国新文学大系〉小说二集序》中。① 这些谈论有直接的也有间接的，谈论的内容有主题层面的也有创作过程、创作方法层面的，为了便于论述，本文通称为"阐释"。不同时期的阐释形成了一个连续性的"《狂人日记》阐释"系列，呈现了鲁迅以"吃人/救人"为主干的思想史。鲁迅在撰写《〈中国新文学大系〉

---

① 鲁迅在1919年4月16日写给《新潮》杂志编辑孟真（傅斯年）的信《对于〈新潮〉一部分的意见》中，说"《狂人日记》很幼稚，而且太逼促，照艺术上说，是不应该的"。信载同年5月《新潮》第1卷第5期。从通信的动因、鲁迅与孟真的关系看，此语为自谦之辞，并未构成对《狂人日记》的阐释，故本文略而不论。

小说二集序》的翌年即1936年去世，因此可以说，《狂人日记》诞生之后，成为鲁迅无法忘却的记忆，伴随了鲁迅近三分之一的人生，直到鲁迅离开人世。如果鲁迅的作家生涯从创作《狂人日记》算起，则可以说《狂人日记》伴随了鲁迅的整个创作生涯。在鲁迅小说中，这样被鲁迅本人反复、持续阐释的作品并不多。多年之前，已经有鲁迅研究者论述过鲁迅对《狂人日记》的"自评"，可惜只是孤立地论述《〈中国新文学大系〉小说二集序》，① 对于"自评"的历史性、整体性没有给予足够重视，因此与"自评"包含的多种复杂性擦肩而过。本文试图历史性、整体性地考察鲁迅的"《狂人日记》阐释"，以深入理解《狂人日记》这个文本，进而理解鲁迅的思想脉络。

一　"吃人"的二重性与普遍性

迅在1918年8月20日写给许寿裳的信中谈及《狂人日记》，说：

> 《狂人日记》实为拙作，又有白话诗署"唐俟"者，亦仆所为。前曾言中国根柢全在道教，此说近颇广行。以此读史，有多种问题可以迎刃而解。后以偶阅《通鉴》，乃悟中国人尚是食人民族，因成此篇。此种发现，关系亦甚大，而知者尚寥寥也。②

鲁迅发此言是在创作《狂人日记》仅三个月之后，又是在写给挚友的私信中，因此对于《狂人日记》创作动因与主题的表述最真实。这段话是理解《狂人日记》的基础，由此可知，《狂人日记》的首要问题是吃人，而不是后来研究者们纠缠不清的"狂人"——狂还是不狂？真狂还是假狂？几分清醒几分狂？等。

那么，何谓"吃人"？无论是从鲁迅的创作动因来看，还是从小说的具体描写来看，"吃人"首先都是事实上的吃人。鲁迅是因为从《资治通鉴》中看到历史上的吃人记载而创作《狂人日记》，③ 所以

---

① 顾农：《读鲁迅对〈狂人日记〉的自评》，《天津师院学报》1981年第2期。
② 《鲁迅全集》第11卷，人民文学出版社2005年版，第365页。本文使用的《鲁迅全集》皆为该版本。
③ 关于《资治通鉴》中的吃人记载，参阅古大勇在《多维视阈中的鲁迅》第4章第3节"'吃人'命题的世纪苦旅：从《狂人日记》到《酒国》"中的归纳。广西师范大学出版社2012年版，第159页。

小说中有历史上的吃人——易牙蒸儿子献给桀纣（实为齐桓公）吃，有医书"本草什么"（实为李时珍《本草纲目》）上记载的吃人——煎食人肉，更有现实生活中的吃人——徐锡林（徐锡麟）被吃，城里杀犯人的时候痨病患者用馒头蘸人血舔。狂人（"我"）是因为恐惧于被吃而精神失常，成为迫害狂，沉溺于恐惧性的幻想。在这个层面上，"狂人"确实是狂人。关于《狂人日记》的主题，汤晨光敏锐地指出："原初的核心动机是表现人吃人，是揭露存在于中国的食人蛮性，它通过被吃的恐惧感传达出鲁迅对民族摆脱野蛮状态的热望以及对肌体和生命的强烈关注。"① 这种解释与人们习以为常的"礼教吃人"说形成了鲜明对比。只有这种解释，才符合鲁迅致许寿裳信中的那段话包含的逻辑。那段话谈到"中国根柢全在道教"与"中国人尚是食人民族"两个问题，从上下文来看两个问题具有同一性，是因果关系（从"以此读史"到"偶阅《通鉴》"）。关于道教与中国的本质性关联，1927 年 9 月鲁迅在杂文《小杂感》（收入《而已集》）中再次强调，说："人往往憎和尚，憎尼姑，憎回教徒，憎耶教徒，而不憎道士。懂得此理者，懂得中国大半。"② 彭定安指出："作为'中国根柢'和足以'懂得中国大半'的道教文化的精髓是什么？用鲁迅的概括来表述，就是'吃人'。道教作为宗教，它的理想不在天上而在人间。它的总目标和最高理想是'长生久视'。它在现世希图长生不老，它讲求享受、纵欲、自利、夺取、占有、养生，连男女之事，也讲求'采占之术'、'采补'、'夺舍'。"③ 就《狂人日记》而言，道教与吃人行为的同一性，就是吃人者的吃人动机与道教养生思想、迷信思想的一致性。如果仅仅在比喻、象征的意义上理解"吃人"，小说中潜存的道教问题就被排除了。道教与"仁义道德"并无直接关系。值得注意的是，写《小杂感》两年前的 1925 年，鲁迅在杂文《灯下漫笔》中同样阐述了中国的"吃人"问题（下文会论及）。可见，在鲁迅这里，道教（道士）与"吃人"

---

① 引自汤晨光论文《是人吃人还是礼教吃人？——论鲁迅〈狂人日记〉的主题》的"提要"，《湖南师范大学社会科学学报》2004 年第 1 期。

② 《鲁迅全集》第 3 卷，第 556 页。

③ 彭定安：《鲁迅的艺术思维与艺术世界里的中西文化》。《鲁迅杂文学概论》，辽宁教育出版社 1988 年版，第 275 页。关于道家与道教的区别，鲁迅的道教认识与道教批判，还可参阅朱晓进《历史转换期文化启示录》第 7 章"鲁迅的宗教文化观"第 7 节的论述，辽宁教育出版社 1992 年版。

一直是认识中国历史与文化的两个具有共通性的关键问题。

《狂人日记》发表一年半之后，吴虞在评论文章《吃人与礼教》中谈吃人与礼教的关系，说："我们中国人，最妙是一面会吃人，一面又能够讲礼教。"① 这是在比喻、象征的意义上理解"吃人"。不言而喻，这种理解能够在《狂人日记》中找到根据——易牙蒸子献齐桓公是"忠"，"割股疗亲"是孝，"吃人"二字是隐藏在"仁义道德"的字缝里。但是，这种"吃人"在《狂人日记》中是引申义，而且首先是作为事实上的吃人被叙述出来的。事实意义上的吃人可以转化为比喻意义（象征意义）上的"吃人"，但其自身并不会因为这种转化而消失。

综合起来看，鲁迅在《狂人日记》中对"吃人"的叙述经过了一个从史实到历史再到文化的转换、升级过程。这个过程呈现为致许寿裳信中的那段话与《狂人日记》之间的距离。《狂人日记》的"吃人"主题因此具有二重性，这种二重性起源于"吃人"的写实意义与比喻意义并存。"仁义道德"与"吃人"的关系也因此变得复杂。在《狂人日记》中，并非所有的吃人行为都是"仁义道德"导致的，"仁义道德"与"吃人"二者的关系首先是对比性的，其次才是因果性的。

鲁迅读《资治通鉴》、发现中国人是"食人民族"，小说中的狂人则是从历史书的字缝里看出满纸写着"吃人"二字。这种同构关系表明：《狂人日记》中的"我"一方面是医学意义上的迫害狂，另一方面在起源上就包含着鲁迅自况的意味，是先觉者。"吃人"这种前提性认识的存在，表明《狂人日记》是一篇"观念小说"。这里的"观念小说"是指为了表现既定的思想观念而创作的小说。鲁迅在《狂人日记》中揭露"历史的吃人"、呈现"吃人的历史"是为了"救人"，所以在小说最后追问"没有吃过人的孩子，或者还有？"并且发出"救救孩子……"的呼喊，建立起一个"吃人/救人"的框架（也是主题）。在这个框架中，"吃人"是显性的、现实性的，"救人"则是隐性的、理想性的。狂人期待"真的人"出现，而所谓"真的人"，正是以是否吃过人为标准来界定的。在小说第十节，狂人对大哥说："大哥，大约当初野蛮的人，都吃过一点人。后来因为心思不同，有的不吃人了，一味要好，便变了人，变了真的

---

① 《新青年》第6卷第6号，1919年11月1日。

人"。在这个逻辑中,第十二节的那句话才能成立——"有了四千年吃人履历的我,当初虽然不知道,现在明白,难见真的人!"(着重号皆为引用者所加)同样是在这个逻辑中,"救救孩子"不仅意味着不要让孩子被吃掉,更主要的是意味着不要让孩子"吃人"。从鲁迅思想发展的历史脉络来看,《狂人日记》对"真的人"的追求是其留日时期形成的"立人"思想的延续。

1922年《狂人日记》被鲁迅编入小说集《呐喊》,成为《呐喊》中的第一篇小说。通读《呐喊》能够看到,《狂人日记》的"吃人/救人"这一主体结构(框架与主题),也是《呐喊》中多篇作品共有的模式。《呐喊》初版本收录作品15篇,除去最后一篇后来被鲁迅改题为"补天"收入《故事新编》的《不周山》,14篇作品大致可以分为三类。第一类是取材于故乡生活的。《狂人日记》《孔乙己》《药》《明天》《头发的故事》《风波》《故乡》《阿Q正传》《白光》《社戏》十篇属于此类。第二类是写家庭生活的,有《兔和猫》《鸭的喜剧》两篇(前人已经指出这两篇实为散文而非小说)。第三类是写知识分子心理状态与生活状态的,《一件小事》与《端午节》属于此类(前者亦难称小说)。第一类数量最多,除了充满乡愁与温情的《社戏》,大都包含着"吃人"的主题。其中有事实上的吃人,如《药》,但更多的是抽象的、比喻意义上的"吃人",即文化、制度、统治者、社会黑暗势力对人的压迫、戕害,如《孔乙己》《明天》《头发的故事》《风波》《故乡》《阿Q正传》《白光》。可见,在《呐喊》中,《狂人日记》与其他多篇作品之间存在着互文性,互文关系的焦点就是"吃人"。[①] 这种互文关系的形成,取决于鲁迅"记忆的整体性"。鲁迅在《呐喊·自序》的开头对此进行了说明,曰:

> 我在年轻时候也曾经做过许多梦,后来大半忘却了,但自

[①] 这里借用的"互文性"概念,"不仅指明显借用前人辞句和典故,而且指构成本文的每一个语言符号都与本文之外的其他符号相关联,在形成差异时显出自己的价值。"张隆溪:《二十世纪西方文论述评》,生活·读书·新知三联书店1986年版,第159页。按照秦海鹰在《人与文,话语与文本》一文中的解释,克里斯特瓦赋予"互文性"概念以三项内容:文本的异质性,社会性,互动性,"欧美文学译丛"第三辑《欧美文论研究》,人民文学出版社2003年版。若给该概念下个本土性的定义,即为"不同文本之间的相互关系性"。

己也并不以为可惜。所谓回忆者,虽说可以使人欢欣,有时也不免使人寂寞,使精神的丝缕还牵着已逝的寂寞的时光,又有什么意味呢,而我偏苦于不能全忘却,这不能全忘的一部分,到现在便成了《呐喊》的来由。

笔者所谓"记忆的整体性"即这里的"不能全忘的一部分"。《狂人日记》是展现这"不能全忘的一部分"的第一篇作品。鲁迅在《呐喊·自序》中讲述《新青年》编者"金心异"(钱玄同)登门约稿的经过,说:"于是我终于答应他也做文章了,这便是最初的一篇《狂人日记》。从此以后,便一发而不可收,每写些小说模样的文章,以敷衍朋友们的嘱托,积久就有了十余篇。"请注意这段话中的"一发而不可收"。"发"是自《狂人日记》而"发","发"的结果是"一发而不可收"——《孔乙己》《药》《故乡》《阿Q正传》等十余篇作品被创作出来。换言之,这些作品是在《狂人日记》的延长线上被创作出来的,同样植根于鲁迅"不能全忘的一部分",因此必然与《狂人日记》具有深层的互文关系。《狂人日记》是鲁迅创作的第一篇白话小说,在小说集《呐喊》中也是占据第一篇的位置。这种序列关系并不仅仅是时间性的,也体现在作品的主题、内容方面。在《狂人日记》第十节,狂人说:"从易牙的儿子,一直吃到徐锡林;从徐锡林,又一直吃到狼子村捉住的人。去年城里杀了犯人,还有一个生痨病的人,用馒头蘸血舐。"这里已经为鲁迅创作《药》(以及散文《范爱农》)埋下了伏笔。实际上,在《呐喊》中,《狂人日记》与其他多篇小说的互文关系并不限于"吃人",而是多方面的。《狂人日记》中的月光、目光、"赵贵翁"等,在其他多篇小说中都能找到重现或变形。

对于鲁迅来说,"吃人/救人"具有历史观、世界观的意义,因此其普遍性并不限于《呐喊》,而是"普遍"到鲁迅的许多作品。限于小说而言,《彷徨》中的作品依然写到现实性的、比喻性的"吃人"。关于这个问题,研究者早已指出。即所谓"《狂人日记》是鲁迅小说创作的反封建主题的纲领性的艺术概括","《狂人日记》的封建社会关系的轮廓画,在《呐喊》《彷徨》的不少短篇里,丰富多彩地具现了现实生活的深刻的典型和形象"[①]。

---

① 李希凡:《〈呐喊〉〈彷徨〉的思想与艺术》,上海文艺出版社1981年版,第10页。

二 第五次觉醒于"吃人"

创作《狂人日记》整整七年之后,1925 年 4 月,鲁迅在杂文《灯下漫笔》中直接讨论"吃人"问题。《灯下漫笔》由"一""二"两节构成,相关讨论是在第二节,主要是如下两段:

> 所谓中国的文明者,其实不过是安排给阔人享用的人肉的筵宴。所谓中国者,其实不过是安排这人肉的筵宴的厨房。
> 因为古代传来而至今还在的许多差别,使人们各各分离,遂不能再感到别人的痛苦;并且因为自己各有奴使别人,吃掉别人的希望,便也就忘却自己同有被奴使被吃掉的将来。于是大小无数的人肉的筵宴,即从有文明以来一直排到现在,人们就在这会场中吃人,被吃,以凶人的愚妄的欢呼,将悲惨的弱者的呼号遮掩,更不消说女人和小儿。①

与《狂人日记》中的"吃人"相比,这里的"吃人"论采取了文明论的视角,而且使用了横向的空间性比喻——《狂人日记》呈现的主要是线性的、历史性的"吃人",这里则将中国比喻为"安排这人肉的筵宴的厨房"。由于文体的差异(杂文不同于小说),《灯下漫笔》中"救人"的"呐喊"也更直接、更具体——文章最后呼吁:"扫荡这些食人者,掀掉这筵席,毁坏这厨房,则是现在的青年的使命!"《灯下漫笔》第二节本质上是《狂人日记》的杂文版,鲁迅在创作《狂人日记》七年之后又创作了"杂文版《狂人日记》"。此时他不再以"狂人"为代言人,此时他本人已经"狂人化"。

不过,此时鲁迅的"吃人/救人"观念即将发生改变。撰写《灯下漫笔》一年多之后,即 1926 年夏天,鲁迅决定开始"沉默",并且给自己设定了两年的沉默期。——他在《答有恒先生》(写于 1927 年 9 月 4 日)中说:"但我的不发议论,是很久了,还是去年夏天决定的,我豫定的沉默期间是两年。"何以决定沉默?鲁迅说:"单就近时而言,则大原因之一,是:我恐怖了。而且这恐怖,我觉得从来没有经验过。"何以"恐怖"?鲁迅自云"还没有将这'恐怖'仔细分析",但阐明了"已经诊察明白的"两条。第一条是

---

① 《鲁迅全集》第 1 卷,第 228、229 页。

"一种妄想破灭了"。鲁迅说:"我至今为止,时时有一种乐观,以为压迫、杀戮青年的,大概是老人。这种老人渐渐死去,中国总可比较地有生气。现在我知道不然了,杀戮青年的,似乎倒大概是青年,而且对于别个的不能再造的生命和青春,更无顾惜。"这种思想变化过程,通俗地说就是进化论观念的破灭。这与鲁迅在《三闲集·序言》(1932年4月24日作)中的相关表述正相一致。《三闲集·序言》云:"我一向是相信进化论的,总以为将来必胜于过去,青年必胜于老人,对于青年,我敬重之不暇,往往给我十刀,我只还他一箭。然而后来我明白我倒是错了。这并非唯物史观的理论或革命文艺的作品蛊惑我的,我在广东,就目睹了同是青年,而分成两大阵营,或则投书告密,或则助官捕人的事实!我的思路因此轰毁,后来便时常用了怀疑的眼光去看青年,不再无条件的敬畏了。"① "在广东"正是1927年上半年,即《答有恒先生》所谓的"近时"。鲁迅进化论观念的破灭,若用《狂人日记》中的话来说,就是"难见真的人!"这种破灭有个过程,限于小说创作而言,《药》已经表达了对青年人的失望——"二十多岁的人"和"花白胡子"一样愚昧(视革命者为"疯")。鲁迅感到"恐怖"的第二条原因即与"吃人"有关——他发现自己是做"醉虾"的帮手。且引鲁迅原文:

> 我发现了我自己是一个……。是什么呢?我一时定不出名目来。我曾经说过:中国历来是排着吃人的筵宴,有吃的,有被吃的。被吃的也曾吃人,正吃的也会被吃。但我现在发现了,我自己也帮助着排筵宴。[中略]中国的筵席上有一种"醉虾",虾越鲜活,吃的人便越高兴,越畅快。我就是做这醉虾的帮手,弄清了老实而不幸的青年的脑子和弄敏了他的感觉,使他万一遭灾时来尝加倍的苦痛,同时给憎恶他的人们赏玩这较灵的苦痛,得到格外的享乐。②

在这里,问题回到了《狂人日记》,回到了《呐喊·自序》,并且回到了《灯下漫笔》。从1912年5月初随民国教育部进京到1918年5月开始"大嚷"的六年间,即绍兴会馆时期,是鲁迅自我麻醉

---

① 《鲁迅全集》第4卷,第5页。
② 以上引自《答有恒先生》,《鲁迅全集》第3卷,第473—474页。

的沉默期。关于自我麻醉、沉默的原因，鲁迅在《呐喊·自序》中用"铁屋子"的比喻做说明，曰："假如一间铁屋子，是绝无窗户而万难破毁的，里面有许多熟睡的人们，不久都要闷死了，然而是从昏睡入死灭，并不感到就死的悲哀。现在你大嚷起来，惊起了较为清醒的几个人，使这不幸的少数者来受无可挽救的临终的苦楚，你倒以为对得起他们么？"前来约稿的"金心异"鼓励他说"然而几个人既然起来，你不能说决没有毁坏这铁屋的希望"，他才开始"大嚷"（呐喊）、创作了《狂人日记》，并且"一发而不可收"。但是，"大嚷"之后，鲁迅对于这种"惊起熟睡者"行为仍持怀疑态度。1923年他在讲演《娜拉走后怎样》中说："人生最苦痛的是梦醒了无路可以走。做梦的人是幸福的；倘没有看出可走的路，最要紧的是不要去惊醒他。"① 到了写《答有恒先生》这个时间点——1927年9月4日，鲁迅的观念开始向九年前的绍兴会馆时期倒退。因为青年人杀戮青年人这种残酷现实打破了他长期怀有的进化论观念。这种现实若用《呐喊·自序》的言辞来表述，即为"铁屋子无法破毁"。进而，他看到被"惊起"的人们在清醒状态下品尝着加倍的痛苦。从逻辑上说，既然打破沉默导致"呐喊"、喊出"吃人"的惊天之语，那么向沉默的回归则导致对"呐喊"行为的怀疑乃至否定。事实正是如此。此时，作为第一声"呐喊"的《狂人日记》被鲁迅相对化了。鲁迅在这篇《答有恒先生》中说："总而言之，现在倘再发那些四平八稳的'救救孩子'似的议论，连我自己听去，也觉得空空洞洞了。"② 不言而喻，这种包含否定意味的相对化，同样适用于他在杂文《灯下漫笔》第二节所发的议论。

　　许多研究者在分析《狂人日记》"吃人"主题的时候，都注意到了狂人对"吃人"认识的递进、深化过程，并由此分析作品的深刻之处。具体说来，《狂人日记》中"我"对"吃人"的发现有四次，即四个阶段。第一次在小说第一至三节，"我"看到了历史上、社会上的"吃人"。第二次在第四至十节，"我"发现哥哥吃人、自己原来是"吃人的人的兄弟！"第三次在第十一节，"我"发现"妹子是被大哥吃了"——家庭内部的"吃人"。第四次在第十二节，"我"发现自己也曾"吃人"，"未必无意之中，不吃了我妹子的几

---

① 《鲁迅全集》第1卷，第166页。
② 《鲁迅全集》第3卷，第476—477页。

片肉"。小说就是通过这种递进关系，揭示了"吃人"的普遍性，揭示了历史与人生的残酷性、悲剧性。第四次发现尤其惊心动魄。这次发现使小说的主题包含了忏悔、赎罪的内容，变得复杂。

《狂人日记》的创作动因、第一人称的叙述方式、作品中"吃人"的普遍性，表明作为"狂人"的"我"在很大程度上可以理解为小说作者鲁迅。不仅如此，"有了四千年吃人履历的我"是历史性、符号化的"吃人者"，是包括鲁迅与"我们"在内的所有人。那么，在《狂人日记》对于"吃人"的发现这种行为的延长线上，鲁迅在《答有恒先生》中对于自己"吃人帮凶"（"做这醉虾的帮手"）身份的发现，则成为关于"吃人"的第五次发现。在此意义上，《答有恒先生》是小说《狂人日记》的续写，也是杂文《灯下漫笔》的续写。这次发现的特殊性，在于它对前四次发现构成了颠覆。鲁迅在《答有恒先生》中说的是：唤醒必然被吃的人，只能让他们品味更大的痛苦，只能让"吃人者"享受更大的快乐。这次发现是基于残酷的事实，并将导致巨大的绝望，使鲁迅本人怀疑自己的启蒙者身份。"叫醒"与任其"熟睡"哪一个正确？做启蒙者，还是"麻醉自己的灵魂"以"沉入于国民中"或者"回到古代去"（《呐喊·自序》）？此时的鲁迅是倾向于后者的，所以决定沉默。

1927年9月撰写《答有恒先生》的时候，鲁迅的观念在向"绍兴会馆时期"倒退。但是，与绍兴会馆时期相比，此时时代已经剧变，鲁迅亦非当年的鲁迅。鲁迅最终未能沉默，在"革命文学""左翼文学"的新时代发出了新的声音。而且，他还要重新处理《狂人日记》这篇小说，即处理"四平八稳的'救救孩子'似的议论""空空洞洞"等问题。

三　《狂人日记》的域外资源与尼采问题

1933年至1935年，鲁迅对《狂人日记》的阐释进入了新阶段。这个阶段的阐释涉及作品的域外资源，更具体地呈现了鲁迅的小说观念与思想状态。

1933年3月5日，鲁迅撰写了自述文章《我怎么做起小说来》。谈论"怎么做起小说来"自然要"从头说起"，即从自己的第一篇白话小说《狂人日记》和第一本小说集《呐喊》说起。此文正是接着十年前的《呐喊·自序》写的，开头即云："我怎么做起小说来？——这来由，已经在《呐喊》的序文上，约略说过了。"鲁迅在此文中谈到留日时期翻译、介绍外国文学作品，说："因为所求的作品是叫喊和反抗，势必至于倾向了东欧，因此所看的俄国，波兰以及巴尔干诸小国作家的东西就特别多。"这段话中的"叫喊"二字是鲁迅思想、鲁迅文学的关键词之一，即鲁迅绍兴会馆时期与"金心异"（钱玄同）对话中的"大嚷"，即鲁迅1922年为小说集《呐喊》取的书名，即1927年《无声的中国》（收入《三闲集》）一文主张的"大胆地说话"，等等。对于鲁迅来说，"叫喊"（或"大嚷""呐喊""大胆地说话"）是一种青年时代即怀有的持续性的冲动。

关于《狂人日记》，《我怎么做起小说来》一文这样说：

> 但我的来做小说，也并非自以为有做小说的才能，只因为那时是住在北京的会馆里的，要做论文罢，没有参考书，要翻译罢，没有底本，就只好做一点小说模样的东西塞责。这就是《狂人日记》。大约所仰仗的全在先前看过的百来篇外国作品和一点医学上的知识，此外的准备，一点也没有。①

这里对《狂人日记》的外国文学渊源、医学要素的说明，与1918年写给许寿裳的信中对于《狂人日记》与《资治通鉴》之关系的说明形成互补。至此，鲁迅对《狂人日记》成因的说明已经比较完整。此文中还有两个问题，虽然并非仅就《狂人日记》而言，但与《狂人日记》直接相关。一个是启蒙主义立场问题。鲁迅说："说到'为什么'做小说罢，我仍抱着十多年前的'启蒙主义'，以为必须是'为人生'，而且要改良这人生。我深恶先前的称小说为'闲书'，而且将'为艺术的艺术'，看作不过是'消闲'的新式的别号。所以我的取材，多采自病态社会的不幸的人们中，意思是在揭出病苦，引起疗救的注意。"②《狂人日记》就是"十多年前"创作的，而且是"启蒙主义"之作，"狂人"是"病态社会的不幸的人们中"的一位，"救救孩子"的"救"则是这里的"疗救"。另一个是"画眼睛"问题。鲁迅说："忘记是谁说的了，总之是，要极省俭的画出一个人的特点，最好是画他的眼睛。我以为这话是极对的，

---

① 《鲁迅全集》第4卷，第526页。
② 《鲁迅全集》第4卷，第526页。

倘若画了全副的头发，即使细得逼真，也毫无意思。"①《狂人日记》也大量写及眼睛，各种眼睛——人的眼睛，狗的眼睛，"海乙那"的眼睛，死鱼的眼睛，等等。不过，《狂人日记》写眼睛并非为了画出眼睛所有者的"特点"，而是为了表现狂人的"迫害狂"心理，将狂人多疑、惊恐的心理状态对象化。结合《我怎么做起小说来》一文来看，可以说《狂人日记》不仅是鲁迅小说观念的实践之作，而且是重新理解鲁迅小说观念的资料。

撰写《我怎么做起小说来》两年之后，1935年年初，鲁迅在《〈中国新文学大系〉小说二集序》（1935年3月2日完稿）中谈到《新青年》杂志和《狂人日记》等作品，又说：

> 在这里发表了创作的短篇小说的，是鲁迅。从一九一八年五月起，《狂人日记》，《孔乙己》，《药》等，陆续的出现了，算是显示了"文学革命"的实绩，又因那时的认为"表现的深切和格式的特别"，颇激动了一部分青年读者的心。然而这激动，却是向来怠慢了绍介欧洲大陆文学的缘故。一八三四年顷，俄国的果戈理（N. Gogol）就已经写了《狂人日记》；一八八三年顷，尼采（Fr. Nietzsche）也早借了苏鲁支（Zarathustra）的嘴，说过"你们已经走了从虫豸到人的路，在你们里面还有许多份是虫豸。你们做过猴子，到了现在，人还尤其猴子，无论比那一个猴子"的。而且《药》的收束，也分明的留着安特莱夫（L. Andreev）式的阴冷。但后起的《狂人日记》意在暴露家族制度和礼教的弊害，却比果戈理的忧愤深广，也不如尼采的超人的渺茫。此后虽然脱离了外国作家的影响，技巧稍微圆熟，刻划也稍加深切，如《肥皂》，《离婚》等，但一面也减少了热情，不为读者们所注意了。②

这段话并非仅就《狂人日记》而言，但包含着有关《狂人日记》的多种信息，需要仔细解读。

这里，鲁迅再一次点明了《狂人日记》的主题——"意在暴露家族制度和礼教的弊害"。这种表述可以理解为致许寿裳信中"吃

---

① 《鲁迅全集》第4卷，第527页。
② 《鲁迅全集》第6卷，第246—247页。

人"一词的具体化，但与作为事实的吃人有很大距离。如前所述，《狂人日记》首先是在展现中国历史上的吃人蛮性。比较而言，"暴露家族制度和礼教的弊害"的主题相对薄弱。"大哥"对"我"的约束及其吃"妹子"的行为可以看作家族制度的弊害，但小说具体涉及礼教的地方仅有前述忠、孝、仁义道德几处。更重要的是，如果限于这种解释，《狂人日记》中下层人（"给知县打枷过的"等人）与"孩子"的吃人则难以解释，吃人行为与尼采借苏鲁支的口说的那句话之间的关系也难以解释。显然，鲁迅的这种表述是"吴虞式的"。吴虞的论述体现了五四时期新文化阵营批判旧制度、旧道德的历史要求，符合读者大众的心理期待，因此成为对于《狂人日记》的基本解释，甚至鲁迅本人也认同并重复了这种解释。比较而言，在鲁迅小说中，典型地"暴露家族制度和礼教的弊害"的，是继《狂人日记》之后创作的《阿Q正传》《白光》《明天》《彷徨》《祝福》《离婚》等作品。因此，鲁迅的"暴露家族制度和礼教的弊害"一语，与其说是对《狂人日记》主题的表述，不如说是对其小说"吃人"母题的表述。鲁迅这样表述的时候，潜意识中存在的大概是自己的多篇小说，因此混淆了《狂人日记》的"吃人"主题与多篇小说的"吃人"母题。鲁迅将《离婚》选入《中国新文学大系·小说二集》，表明他在1935年年初这个时间点上依然注重"暴露家族制度和礼教的弊害"。

这段话中对《狂人日记》与果戈理同名小说，与尼采《苏鲁支语录》（即《札拉图斯特拉如是说》）之关系的说明，是《我怎么做起小说来》一文中所谓"先前看过的百来篇外国作品"的具体化。鲁迅认为自己的《狂人日记》尽管受到果戈理同名小说的影响，但"意在暴露家族制度和礼教的弊害，却比果戈理的忧愤深广"。这种自我评价仅就与果戈理同名小说的比较而言符合事实。果戈理的《狂人日记》是写个人的悲欢———一位九等文官因单相思而发狂、呼唤母亲来救自己，而鲁迅的《狂人日记》是写国家、民族的历史，呼唤将"孩子"从"吃人"的历史循环悲剧中拯救出来。与有关果戈理的部分相比，这段话中有关尼采的部分更为重要——不仅涉及《狂人日记》的主题，并且涉及鲁迅的思想转变及其对尼采的评价。

在这里，鲁迅指明了尼采与《狂人日记》的关系。尼采借苏鲁支的口说："你们已经走了从虫豸到人的路，在你们里面还有许多份是虫豸。你们做过猴子，到了现在，人还尤其猴子，无论比那一个猴子的。"狂人劝哥哥不要吃人时则说："有的不要好，至今还是虫子。这吃人的人比不吃人的人，何等惭愧。怕比虫子的惭愧猴子，还差得很远很远。"(《狂人日记》第10节) 这意味着狂人说这些话的时候，就是尼采。但并非"超人"意义上的尼采，而是进化论者意义上的尼采。因为这里说的是吃人行为导致进化的停滞。在此意义上，《狂人日记》是一篇表现进化论观念的小说（当然是鲁迅理解的进化论），①确实包含着"鲁迅对民族摆脱野蛮状态的热望以及对肌体和生命的强烈关注"(前引汤晨光论文)。众所周知，鲁迅留日时期即受到尼采学说的影响，尼采的"超人"说成为其早期个人主义思想的重要资源。他在《文化偏至论》中论及尼采，说："若夫尼佉，斯个人主义之至雄桀者矣，希望所寄，惟在大士天才；而以愚民为本位，则恶之不殊蛇蝎。意盖谓治任多数，则社会元气，一旦可隳，不若用庸众为牺牲，以冀一二天才之出世，递天才出而社会之活动亦萌，即所谓超人之说，尝震惊欧洲之思想界者也。"② 必须注意的是，对于留日时期的鲁迅来说，尼采具有二重含义——既是"超人"（个人主义者），又是进化论者。鲁迅在《破恶声论》中明言："至尼佉氏，则刺取达尔文进化之说，掊击景教，别说超人。"③ 这里将尼采、达尔文并论，"超人"说为进化论学说的次生品。换言之，鲁迅的进化论有多源性，不仅来自达尔文，同时也来自尼采。《文化偏至论》写于1907年，《破恶声论》写于1908年。十年之后，尼采学说又对《狂人日记》发生了影响，不仅赋予狂人以"超人"的气概和思维方式（重估一切价值），并且让狂人宣讲进化论。关于前者，研究者早已指出："《狂人日记》的主题隐喻，实际就是以尼采打倒偶像的'超人'哲学为其思想框架基础的。④"实际上，创作《狂人日记》前后，是鲁迅接受尼采影响的又一高峰期。不仅《狂人日记》打着尼采印记，创作《狂人日记》半年之后，1919年年初，鲁迅在《随感录·四十一》中谈到尼采，说："尼采式的超人，虽然太觉渺茫，但就世界现有人种的事实看来，却

---

① 关于鲁迅对进化论的接受与扬弃，请参阅钱理群的论文《鲁迅与进化论》，《中国现代文学研究丛刊》1980年第2期。
② 《鲁迅全集》第1卷，第53页。这里的"尼佉"即尼采。
③ 《鲁迅全集》第8卷，第31页。
④ 姜玉琴：《两种文化的隐喻——鲁迅的"狂人"与尼采的"超人"》，《中国现代文学研究丛刊》2001年第2期。

可以确信将来总有尤为高尚尤近圆满的人类出现。①"这里所谓"尤为高尚尤近圆满的人类",可以理解为《狂人日记》中的"真的人"。而且,这样谈论尼采之后,他翻译《札拉图斯特拉如是说》序言的前十节并撰写《译者附记》,一并发表在 1920 年 9 月《新潮》月刊第 2 卷第 5 期。上引"虫豸"一句即出自序言的第三节。②

此外,上引"虫豸"一句,还揭示了《狂人日记》与《阿Q正传》的另一种互文关系。在《阿Q正传》第二章《优胜纪略》中,阿Q被人揪住辫子殴打,不得已捏住辫根求饶,说:"打虫豸,好不好?我是虫豸——还不放么?"这里的"虫豸"并非普通的骂语,而是对于人类进化低级阶段的表述,来自小说作者鲁迅潜意识中的进化论观念。

如鲁迅本人所言,1927 年其进化论观念已经"轰毁"。用瞿秋白的话说,鲁迅思想已经"从进化论进到阶级论"(《鲁迅杂感选集·序言》)。确实,鲁迅在 1932 年 4 月 30 日撰写的《二心集·序言》中明确宣布"惟新兴的无产者才有将来"。所以,1935 年鲁迅在《〈中国新文学大系〉小说二集序》中,指明了《狂人日记》中的尼采印记之后否定了尼采——将"超人"相对化。他说"后起的《狂人日记》意在暴露家族制度和礼教的弊害,却比果戈理的忧愤深广,也不如尼采的超人的渺茫",从上下文来看,"渺茫"是作为"忧愤深广"的反义性评价来使用的,意味着虚无缥缈、远不可及。如上面的引文所示,鲁迅 1919 年在《随感录·四十一》中已经谈及"超人"的"渺茫",但那时候他说:"就世界现有人种的事实看来,却可以确信将来总有尤为高尚尤近圆满的人类出现。"而 1935 年在《〈中国新文学大系〉小说二集序》中重提"渺茫",结论却相反:"尼采教人们准备着'超人'的出现,倘不出现,那准备便是空虚。但尼采却自有其下场之法的:发狂和死。否则,就不免安于空虚,或者反抗这空虚,即使在孤独中毫无'末人'的希求温暖之心,也不过蔑视一切权威,收缩而为虚无主义者(Nihilist)。"③ 这里对于尼采的否定,也是对《狂人日记》中作为尼采代言人的狂人的否定(狂人和尼采一样发狂),这种否定与 1927 年 9 月《答有恒先生》所

---

① 《鲁迅全集》第 1 卷,第 341 页。
② 见《鲁迅译文全集》第 8 卷,福建教育出版社 2008 年版,第 78 页。
③ 《鲁迅全集》第 6 卷,第 262 页。

言"四平八稳的'救救孩子'似的议论""空空洞洞"一脉相承。

四 "吃人/救人"话语的重组

八年前在《答有恒先生》中说过"四平八稳的'救救孩子'似的议论""空空洞洞",进化论观念也已"轰毁",但1935年鲁迅依然将《狂人日记》选入了《中国新文学大系·小说二集》。鲁迅编"小说二集"的时候选了自己的四篇小说,按照在"小说二集"中的排列顺序,依次是《狂人日记》《药》《肥皂》《离婚》。前两篇选自《呐喊》,后两篇选自《彷徨》。和在《呐喊》中一样,《狂人日记》依然是排在第一篇。《中国新文学大系》的编选本是为了对新文学运动的第一个十年做总结,作品的选择须注意其历史位置,从这个角度说,《狂人日记》"独占鳌头"理所当然。因为它对于鲁迅、对于中国新文学史来说,在许多方面都是"第一"。但是,鲁迅显然没有忘记"空空洞洞"的问题以及进化论问题,他在《〈中国新文学大系〉小说二集序》中指出《狂人日记》与尼采的关联进而否定尼采,显然具有自我反省、自我批评的性质。意识到这个问题之后再看《中国新文学大系·小说二集》的选目与编排,就会发现,鲁迅从《呐喊》中选取《狂人日记》与《药》两篇并非偶然。事实上,这两篇小说的组合重构了"吃人"与"狂人"故事,将"吃人/救人"模式与现实社会中的启蒙与革命问题组合在一起,解决了《狂人日记》"空空洞洞"的问题,并淡化了《狂人日记》的进化论色彩。

如前所述,《狂人日记》写到"去年城里杀了犯人,还有一个生痨病的人,用馒头蘸血舔",已经包含了《药》的元素。整整一年之后(1919年4月)创作的《药》,作为一篇完整的作品,与《狂人日记》之间存在着深刻的互文关系。这种互文关系有两个焦点。一是"吃人",二是"狂"。前者具体表现为吃人血馒头,一目了然,无须赘述,后者则有比较复杂的表现。

在《药》中,夏瑜母子均与"狂"有关。夏瑜是"疯",夏母则是"伤心到快要发狂了"。关于夏瑜的"疯",小说第三节有这样的叙述:华老栓家的茶馆里,康大叔讲夏瑜因鼓动造反被关入监牢之后,还劝牢头红眼阿义造反,对阿义说"这大清的天下是我们大家的"。阿义本想榨取死囚犯夏瑜的财物,一无所获反被动员造反,便打了夏瑜两个嘴巴。夏瑜被打之后说阿义"可怜"。接着是这样一段描写：

> "阿义可怜——疯话，简直是发了疯了。"花白胡子恍然大悟似的说。
> "发了疯了。"二十多岁的人也恍然大悟的说。
> 店里的坐客，便又现出活气，谈笑起来。小栓也趁着热闹，拼命咳嗽；康大叔走上前，拍他肩膀说：
> "包好！小栓——你不要这么咳。包好！"
> "疯了。"驼背五少爷点着头说。

这段描写中有四个"疯"字，于是夏瑜成了民众眼中的"狂人"。就是说，《狂人日记》中那种"狂人/民众"隔膜、疏离、对立的结构同样存在于《药》之中。不仅如此，此时的夏瑜化作人血馒头刚刚被小栓吃下去。肺病患者小栓是吃人者，不仅吃了夏瑜，而且身处视夏瑜为"疯"的民众之中。"吃人"与"疯"就是这样缠绕在一起，残酷至极，惊心动魄。大概只有鲁迅，才能用简洁的语言描绘出这样残酷、深刻的场面。众所周知，鲁迅在《药》中用了多种象征符号，符号之一是华老栓、夏瑜两家姓氏的组合构成的"华夏"（中国）。当沾了夏瑜鲜血的馒头被华小栓吃下去的时候，"中国"真的成了"安排这人肉的筵宴的厨房"（《灯下漫笔》）。事实上《药》确实写到华老栓夫妇在"灶下"（厨房中）烤人血馒头。这样看来，1925 年鲁迅写杂文《灯下漫笔》的时候，大概是带着《药》中"灶下"的记忆，因此在文中无意识地说出了《药》的构思。确实，在讲述华、夏两家"吃人/救人"故事的《药》中，"灶下"与"茶馆"均成为吃人的场所，而且是吃启蒙者、革命者。在《药》最后一节（第四节），"发狂"再次出现并且是另一种含义——清明节给夏瑜上坟的夏妈妈"伤心到快要发狂了"。

当《狂人日记》与《药》并置的时候，"狂人"与"吃人"均被重构，启蒙与革命的主题凸显出来，"救救孩子"的呐喊获得了实践性，"空洞"的"仁义道德"问题、进化问题，转换为具体的启蒙者、革命者与民众的关系问题。单就主题而言，可以说，当《狂人日记》与《药》被组合起来的时候，一部新的作品诞生了。

除"吃人"与"狂人"这两个焦点之外，从《药》中人物的命名，还能看到《药》与《狂人日记》甚至与《呐喊·自序》的关联。《药》中红眼阿义的"义",即《狂人日记》第三节中"仁义道德"的"义"——历史上写满"仁义道德"几个字,而狂人透过字缝看到的是"吃人"二字。康大叔的"康",则与《呐喊·自序》中的"健全""茁壮"同义。这位康大叔虽然体格"健全""茁壮",却是"愚弱的国民"。这种国民正是鲁迅在《呐喊·自序》中否定并试图进行启蒙的。

1924年,成仿吾曾在《〈呐喊〉的评论》一文中批评《呐喊》,并对其中的小说进行分类、评判,六年之后的1930年1月,鲁迅在《呐喊》第13次印刷的时候偏偏抽去了成仿吾赞扬的《不周山》一篇。由此可见鲁迅有自觉的作品类型意识。作品的选编是一种理解、评价、阐释作品的行为,尤其是在作家选编自己作品的时候。1935年年初鲁迅从《呐喊》中选出《狂人日记》与《药》两篇编入《中国新文学大系·小说二集》,是基于他对这两篇小说的理解与评价。

结语 "此种发现,关系亦甚大"

如前所引,鲁迅在1918年8月20日写给许寿裳的信中谈到"中国人尚是食人民族"的时候,说"此种发现,关系亦甚大"。不过,"关系亦甚大"究竟会大到什么程度?大概鲁迅本人当时也难以充分意识到。"此种发现"促使他创作了短篇小说《狂人日记》,而《狂人日记》的创作成为他思考"吃人/救人"问题的焦点。因此他才会在创作《狂人日记》之后的十七年间,多次阐释这篇小说。"吃人/救人"成为他认识历史、社会、文化的焦点,并且成为他认识自我的焦点。在这种持续的阐释过程中,"狂"获得了正与反、事实与象征等多种意义,"吃人"这种行为也获得了更多符号性、象征性的意义。由于《狂人日记》与鲁迅登上文坛之后长达十七年的人生(几乎占了他五十六年人生的三分之一)密切相关,因此,《狂人日记》与鲁迅本人对《狂人日记》的阐释,成为鲁迅思想意识、文学观念的重要组成部分。"狂人""吃人""救救孩子"等作为具有超强"能指"功能的符号,参与了中国现代思想文化的建设,并将继续参与下去。

2018年4月7—9日草就,30日改定

(原载《文学评论》2018年第5期)

《科学史教篇》蓝本考略

宋声泉

内容提要 《科学史教篇》是鲁迅对木村骏吉1890年出版的《科学之原理》绪言"科学历史之大观"的编译；其五分之四以上是据蓝本译出，但鲁迅改译为作的努力十分显豁。《科学史教篇》的布局谋篇也由日文蓝本而来，但鲁迅以文章之法对原作的讲义体例做了新的统合。蓝本的发现可以纠正现有对《科学史教篇》词句的诸多误解。鲁迅从仙台医专物理教员六波罗杢太郎处接受了木村著述的影响。鲁迅编译《科学史教篇》的用意是探求由科学到文学的内在关联。

关键词 《科学史教篇》；鲁迅；蓝本

《科学史教篇》全文不到七千字，却提纲挈领地论述了希腊罗马以至18世纪后期的欧洲科学发展史，旁征博引，提及六十余人，关涉宗教、哲学、逻辑、文艺、伦理等多个领域，各类知识信手拈来，文中所述科学观与历史观远超时人。然而当时仅为仙台医专中等成绩肄业生的鲁迅何以写下如此雄文？

实际上，鲁迅清末时期的作品多有所本，《人之历史》《摩罗诗力说》《人生象敩》等无不如此[①]。《科学史教篇》蓝本的考订便是打开这部佳构迷宫最为基础也颇为重要的工作。20世纪90年代以来，学界对它的阐释兴趣逐渐由鲁迅与自然科学的解释域转向鲁迅

---

① 参见［日］中島長文《蓝本〈人間の歴史〉》，《滋賀大國文》第16、17卷，1978、1979年；［日］北岡正子《鲁迅文學の淵源を探る：「摩羅詩力説」材源考》，汲古書院2015年版；［日］丸尾勝《〈人生象敩〉について》《〈人生象敩〉について》（补遗），《中國言語文化研究》第13、16卷，2013、2016年；宋声泉《鲁迅〈人生象敩〉材源考》，《鲁迅研究月刊》2014年第5期；宋声泉《〈人生象敩〉补证》，《绍兴鲁迅研究》，2016年。

的"立人"思想与"现代"意识，但因《科学史教篇》学科跨度大且行文汪洋恣肆、用字古奥艰深，导致研究者们各言其理，争议难平。此皆有待新材料的发掘，以深化相关讨论。

一

关于《科学史教篇》的材料来源，伊东昭雄与蒋晖各有考述，但所论均只就文中征引的文献入手，故结论不过是鲁迅参照了赫胥黎、华惠尔、丁达尔诸人的撰著而已。① 而《科学史教篇》实有固定蓝本依照，非多方材源的拼合。

《科学史教篇》事实上出自鲁迅对日本明治时期知名物理学者木村骏吉1890年所出版讲义《科学之原理》绪言"科学历史之大观"② 的编译。《科学史教篇》内的九段文字③与此29页绪言的对应关系大致如下：

第一段为对第1—2页内容的简译与增补。起首的"观于今之世，不瞿然者"即脱胎于日文"方今宇内の状況を觀、吾人の最も驚嘆して已ざる"。而后从"交通贸迁"至"改革遂及于社会"，则主要取自"病疫飢饉も其害を逞する能はず高山大河も吾人の交通を遮断する能はず寒村僻陬にも教育普く"及"僅々百年前の形況に比すれば此社會の中に一大革命わりしかと疑はしむるなり然り實に一大革命わりしなり此革命に先ち此革命に伴ひ此革命の一大源因となれるもの一目判然たらざれ共則ち科學の進歩に外ならざるなり科學ハ其方法を以て自然の現象を究極し從て生ずる所の決果に依て此革命に一大源因となれり"。"知科学盛大"到"流益曼衍"数句本自"然れ共科學の此勢に達する决して一朝一夕のとに非ず遠く其源を希臘に發し中途一千年止て陂溜となり今より前殆んど二百五十年决して大河となり其流益濶く其勢益急なり"。全段约三分之二为译述。

第二段是对第2—4页的拆译与发挥。"希腊罗马科学之盛"至

---

① [日]伊東昭雄訳注：《科学史教篇》，《鲁迅全集》1，学习研究社1984年版；蒋晖：《维多利亚时代与中国现代性问题的诞生：重考鲁迅〈科学史教篇〉的资料来源、结构和历史哲学的命题》，《西北大学学报》（哲学社会科学版）2012年第1期。

② [日]木村駿吉：《科学の原理》，金港堂1890年版，第1—29页。

③ 本文所引《科学史教篇》出自人民文学出版社2005年版《鲁迅全集》第1卷。与《河南》原刊相比，只有字句的差别，分段相同。

"无不然矣"的前半段,译的成分占五分之四以上,不过稍微复杂的是,鲁迅对原段落进行了拆分重组。日文内华惠尔的论述颇长,鲁迅将"直解宇宙之元质"的部分提前,然后在引述华惠尔时以"(中略)"标出。后半段则皆鲁迅据前文有感而自作,计三百余字,是《科学史教篇》中鲁迅独出己见最长的言辞。设若希求鲁迅是时之思想,则当多在此处用力。

第三段基本上是对第 4—6 页相关内容的逐句意译,只有段末"此其言表,与震旦谋新之士,大号兴学者若同,特中之所指,乃理论科学居其三,非此之重有形应用科学而又其方术者,所可取以自涂泽其说者也"一句是鲁迅的阐发。

第四、五段两段取译颇为缠绕,大体源自第 6—12 页,但鲁迅将原作文脉破开,生成新的论述结构。蓝本讲述景教诸国"科学之光,遂以黯淡"之后,所接本是《科学史教篇》的第五段开头"求明星于尔时"的部分,但鲁迅编译时突出的是讨论黯淡的原因。另,蓝本中有关华惠尔"热中之性"的介绍与丁达尔对此的辨析间隔 5 页,而鲁迅将相关的两点接在一起。第四、五两段段尾"盖无间教宗学术美艺文章"与"故科学者"各至段末的数句均为鲁迅的论断。

第六至八段的三段除一二过渡性语句外,大体译自第 12—20 页。其中,第八段偏后的部分"而社会之耳目"到段尾的译出,鲁迅做了较多删减,其余几乎为逐句意译而成,少有自家的申说。若干学人据此三段,或纵论鲁迅的逻辑思想,或放谈鲁迅的哲学观念,难免失之于臆断。

第九段主要取材于第 21—27 页,蓝本概说 19 世纪后半期的第 28、29 页两页则全为鲁迅所删落。颇有意味的是,鲁迅对蓝本的改造所折射的近代东亚经验的相似性与时间差。原文讲的是日本明治维新二十年间的"新舊交代",特别是"工業を皷舞"与"武事を獎勵";鲁迅移用反思洋务运动以降"兴业振兵之说,日腾于口者"的中国近代化历程,亦颇恰切。今人多将《科学史教篇》中对文明进步的"本根"与"枝叶"关系之论视为鲁迅思想深刻、成熟并超越于时代的重要例证,殊不知其渊源有自,此亦日文蓝本反复强调之要义。即便文末对人文与科学并举的强调以及"致人性于全,不使之偏倚"的所谓"立人"诉求,亦全出于蓝本,鲁迅所举奈端至嘉来勒诸例亦在其中。由此可见,1890 年日本学者对明治前期发展的省察同样适用于清末的中国。这也正是鲁迅为何要将日人近乎二十年前之旧著翻新的原因之一。

至此，两个文本的对应关系一目了然，但考述蓝本并非要解构鲁迅，而是剥落既有研究对《科学史教篇》所作的过度夸饰，从而更加逼近其本源性的存在。

二

鲁迅早期文言论文《人之历史》《科学史教篇》《文化偏至论》《摩罗诗力说》均作于1907年、刊于《河南》且都收在《坟》中，因此常被作为整体来论述。鲁迅自称这些"寄给《河南》的稿子"是"受了当时的《民报》的影响"，"喜欢做怪句子和写古字"①，确实于文体方面有着某种内在的一致性。然而，细致考察，皆是据蓝本所编译的《人之历史》与《科学史教篇》在篇章架构上就有很大的不同。前者较为严格地介绍学术，少有发挥；后者则旁逸斜出，夹叙夹议。这主要是蓝本之间的差异造成的。《人之历史》参考的《宇宙之谜》《进化论讲话》等更偏于客观的说明，而《科学史教篇》所本之"绪言"便常宕开一笔，融入己见。

尽管《科学史教篇》五分之四以上是据蓝本译出，但鲁迅改译为作的努力十分显豁。首先是将日本明治经验直接替换为中国本土意识，这从鲁迅所增论的"震旦死抱国粹之士""震旦谋新之士"等话语标记可以明显地体察到。其次是调整文章脉络结构，在原文"科学历史之大观"的基础上格外凸显"教训"的意涵，以符"教篇"之名。最后以归化译法将源语的日式表达改作古奥的遣词造句，与他民初所译《艺术玩赏之教育》《儿童之好奇心》诸文多沿用原作的语气与日语汉字词的方法截然不同。

即便如此，《科学史教篇》的布局谋篇却由日文蓝本而来。《科学之原理》"绪言"的页眉上列有阅读提示，依次为"科學は社會革命の源因なり""希臘羅馬の科學""偶感""亞剌比亞の科學""基教國の科學""中世科學衰微の源因""偶感""十七世紀の科學""フランシス、ベーコル［ン］郷""ルネー、デーカルト""眞正科學の方法は漸次自ら實益を生す""科學は實益を目的としたるにわらず實業は科學より自ら生ぜざるのみ""實業家と科學

---

① 鲁迅：《题记》，《鲁迅全集》第1卷，人民文学出版社2005年版，第3页。

者""偶感"……除去"偶感"的部分，前八项正是《科学史教篇》前八段的分段依据；后三项内容相近，皆在论科学与实业之关系，故而鲁迅将三段并做一段。这便能理解《科学史教篇》看似相当随意的行文结构及其九段话何以长则约 1500 字、短则为 300 余字。

《科学之原理》是木村骏吉任教于日本第一高等中学校（以下简称一高）时的讲义，其著述体例为正文顶格叙说，同时夹杂诸多作为延伸参考的注文，整段低一格标示，并在末尾注明所引出处，《科学史教篇》中旁征博引的名人名言大多出于此。作为讲义，因有格式的区分，故不成问题；但鲁迅将其转写为论说文章时却要设法弥合正文与注文之间的裂隙，使两者浑然一体。更为棘手的是，原作内屡屡出现的"偶感"少则占两页，多则占四页，时而脱离主线过远，也需加以截断处理。不过，《科学史教篇》第二段长达三百字的"据此立言"的自撰部分或许是受了"偶感"的启发，才横生枝节般议论开来。但总的来看，在《科学史教篇》中，鲁迅是以文章之法对讲义体例做了新的统合。

需要补充说明的是，《科学之原理》本就连缀 Whewell、Painter、Huxley、Tyndall、Ueberweg 诸人的多部著作，大多直接标明了出处，但也有改译为作不出注的时候，譬如开篇一段实际是化自赫胥黎的《十九世纪后叶科学进步志》[①]。鲁迅虽不以注释的方式却也在《科学史教篇》中大体说清了材料的来源，不能粗暴地以抄袭论之。更值得关注的是，英国维多利亚时代的知识、观念与思想如何经由日本生成了中国自身的现代性问题。这也与章太炎对斯宾塞尔的接受相映成趣，恰如彭春凌所言："近代中日间的思想文化关系可以具体化地、真正在全球知识流动、连锁、生产的版图中得以还原和呈现。"[②]

在理解篇章之外，蓝本的发现还可以纠正对《科学史教篇》"怪句"与"古字"的诸多误解。目前可作释读《科学史教篇》之参照的主要是王士菁的注译[③]和 2005 年版《鲁迅全集》的注释[④]，它们

[①] 伊东昭雄訳注：《科学史教篇》，《鲁迅全集》1，学习研究社 1984 年版，第 63 页。
[②] 彭春凌：《关于"变化"的观念碰撞和知识生产——全球史视域下的汉译〈斯宾塞尔文集〉》，《中国现代文学研究丛刊》2018 年第 8 期。
[③] 王士菁：《鲁迅早期五篇论文注译》，天津人民出版社 1978 年版，第 56—95 页。
[④] 鲁迅：《科学史教篇》，《鲁迅全集》第 1 卷，人民文学出版社 2005 年版，第 25—44 页。

尽管已精益求精，但还有不少错误。

例一："必赖夫玄念"的"玄念"，王注为"想象"，全集注为"概念"，均不够准确；日文源语为"抽象的概念"，故当解作抽象概念。

例二："眩其新异"的"其"字，王译为"他们（基督教和犹太人）教义"，日文源语指的是希腊罗马之学术。

例三："以治文理数理爱智质学"的"文理"，王注与全集皆释为"修辞学"，而日文源语为"文典"，以蓝本为线索可知语出Painter的 History of Education 的第114页，即"grammar"，语法学之意，或亦含古典语文的含义。

例四："虽奉为灵粮之圣文，亦以供科学之判决"，王译为"虽然被奉为精神食粮的圣经，也应放在科学面前，加以判决"，但据蓝本当为以圣经判决科学之意，意思完全相反。

例五："不假之性"，王译为"不能根据事实作出假设"，全集注为"神秘主义"，但日文源语为"假さゞるの性"（Intolerant Dispositon），Intolerant意为心胸狭窄的、不容异议的，而"假"在古汉语中恰有"宽容、宽饶"之意。

例六："发见本于圣觉"的"圣觉"，王注与全集均解作"灵感"，但蓝本为"神聖なる覺悟"，是一个词组，字面上即神圣的觉悟，鲁迅是否能将之理解为"灵感"，颇可怀疑。

例七："生整理者如加尔诺"的"整理者"，王译为"产生出治理国家的人如卡诺"。日文源语亦写作"整理者"。鲁迅在《科学史教篇》中沿用日语汉字词的情况本就不多，这里竟不惜破坏文字色泽而借用了三音节的外来词。不妨推测，鲁迅或许是对其含义难以拿捏，故径直移来。查蓝本的英文出处可知"整理者"本为"organizers"，译为组织者更为妥帖。

以上数例，可见一斑，倘能将《科学史教篇》与日文蓝本及蓝本所据英文材源一一对照译出，则关于《科学史教篇》的释读无疑会更上层楼。

三

还需要解答的是鲁迅为何会注意到这部1890年出版的旧著？这首先需要推定鲁迅与之相遇的时间。《科学史教篇》完成于1907年，《科学之原理》又是日本一高的讲义。很容易推断是鲁迅1906年离开仙台、重返东京时偶然在旧书店见到了这部教材而后编译发表，但笔者认为鲁迅是在仙台时接触的此书。

木村骏吉1888年毕业于东京大学理学部物理学科后到一高任教，因受同事内村鉴三"不敬事件"的牵连，被迫离职，赴美留学。1896年博士毕业回国时仍受限于内村事件，不得不屈就于在仙台的第二高等学校（以下简称二高）。留美博士木村深受二高学生的欢迎，他的电气学研究在整个日本都算是最前沿的，在明治中后期仙台的物理教育界有着独一无二的影响力。①

1901年，二高医学部由二高独立出来，也就是三年后鲁迅求学于此的仙台医专。尽管实现了分离，但二高与仙台医专的关系仍相当密切。鲁迅入学时的那届入试委员即是由这两所学校各出五名教员共同组成。其中就有仙台医专当时唯一的一位物理教员六波罗杢太郎。② 六波罗早在1893年便就职于二高，明治末年又重回二高任教，不过一直是助教授的身份，曾在木村领导下从事物理教学。③ 故可推断鲁迅应是从六波罗那里接受了木村著述的影响。且巧合的是，木村1899—1900年翻译了伦敦大学《医学生用物理学教科书》的上、中编，或因调离，下编未完；他自言之所以将其译出，是因此类面向医学生的物理学教材十分稀见。④ 木村这部译书显然会用作二高医学部的教本，故而可说也当是鲁迅在仙台医专所用之教科书。

综上，鲁迅对木村骏吉是有一定了解的。何况1905年5月27日的日俄海战，得益于供职海军的木村领衔的对无线电信机的开发利用，日本舰队取得了前所未有的大胜利。⑤ 三日后，仙台医专举行了规模盛大的"海战祝捷会"，列队游行，最后三呼万岁始散。据载，此次活动为全员参加，鲁迅或许也在人群之中。⑥ 高远东曾论鲁

---

① 关于木村骏吉的生平，主要可参考东京工业大学益田すみ子2012年的修士论文《明治期の科学者・技術者の歴史研究——異端の物理学者・技術者：木村骏吉の生涯と業績》及2012年冈本拓司在《数理科学》第50卷第8、9、11、12期上连载的文章《木村骏吉の経験》。
② 《仙台における鲁迅の記録》，平凡社1978年版，第59—60、65—66页。
③ 《第二高等学校史》，第二高等学校尚志同窓会1979年版，第260、467页。
④ 木村骏吉：《譯者の序》，《医学生用物理学教科書》上编，アルフレッド・ダニエル著，木村骏吉訳，南江堂1899年版，第1页。
⑤ 佐藤源貞：《日本海海戦"敵戦艦見ユ"の元第二高等学校：～木村骏吉教授とその教室》，《通信ソサイエティマガジン》第6卷第2号，2012年。
⑥ 《仙台における鲁迅の記録》，平凡社1978年版，第136页。

迅"仙台经验"的完整表述除了负面的"找茬事件"和"幻灯事件",还应包括"'随喜'日本之心"。① 祝捷会是在屈辱经验之前,鲁迅游行中"随喜"式的"拍手和喝采"也是难免之事。木村是由仙台加入海军的立了首功的科学专家,这自然会是当时仙台师生间的一段佳话。

鲁迅会将《科学之原理》挑出来编译,还有一层倒错的机缘。木村入职一高后要为文科生新开一门课,即物理学。他在《科学之原理》自序中说:"要跟学生们讲讲物理学将来会给学文学的人们带来何种好处。"② 因此我们看到木村在绪言里讲授科学史的过程中喜谈人文的话题,也常有"偶感"抒发。然而,鲁迅与木村的授课对象正相反,他"向学科学"③,1907年的他正转向人文领域。二者看似背反,实则统一,即"致人性于全,不使之偏倚",人文与科学皆不可或缺。倘若认可鲁迅早在仙台时便已读到《科学之原理》,那么是否可以说向文科生讲科学意义的这部书也是刺激学科学的鲁迅走向人文的一环呢?这是在鲁迅"仙台叙述"里隐去的一段经验。

鲁迅编译《科学史教篇》的用意或许并不是要放弃科学,而是试图探求由科学到文学的内在关联。伊藤虎丸提出过非常有见地的说法"作为精神和伦理问题的科学",在这个视野下,他认为《摩罗诗力说》等文中介绍的"诗人"和"精神界战士"的形象就是《科学史教篇》里"科学者"形象的延伸。④ 这是"从科学者鲁迅到文学者鲁迅"的演变中不可忽视的心灵纽带。

(原载《中国现代文学研究丛刊》2019年第1期)

---

① 高远东:《"仙台经验"与"弃医从文"——对竹内好曲解鲁迅文学发生原因的一点分析》,《鲁迅研究月刊》2007年第4期。
② 木村骏吉:《科学の原理》,金港堂1890年版,自序第1页。
③ 《鲁迅全集》第13卷,人民文学出版社2005年版,第99页。
④ 伊藤虎丸:《鲁迅与日本人:亚洲的近代与"个"的思想》,李冬木译,河北教育出版社2000年版,第68—85页。

《阿金》与鲁迅晚期思想的限度

孟庆澍

内容摘要 阿金是鲁迅晚期创作中一个独特的存在,是鲁迅在现实的驱动之下,观察并再现的一种前所未有的"城市劳动妇女"类型。她更具行动的自主性与独立性,是鲁迅创造但不能完全掌控、把握和理解的人物。事实上,我们可以将鲁迅与阿金理解为一种颠倒的镜像关系,鲁迅从中既可看到部分的自我,同时又可以察觉到自己的弱点。鲁迅之"讨厌",固然指向阿金,但也指向阿金这一镜像所反射的自我,而隐藏在层层修辞圈套之下的自我指涉,或许才是《阿金》文本复杂性的真正根源。

关键词 阿金;都市性;"讨厌";镜像;自我指涉

引 言

鲁迅笔下的女性大致可分为两类,一类是长发女子(持守传统道德的旧女性),其结局是成为家庭和宗族势力的牺牲品,或辛苦地度日,或被吞吃;另一类是剪发女子(也就是受了启蒙,懂得平等自由的新女性),其结局是走投无路,即使嫁人,也不免"苦痛一生世"[1]。从子君、祥林嫂、单四嫂子到爱姑,鲁迅作品中的女性大多数都可以归入这两类。鲁迅的态度,大体上对旧女子是怒其不争,对新女性是哀其不幸。然而,后期的阿金却恰恰是无法归入这两类的、相当特殊的一个女性人物。鲁迅对之既无"不幸"之可哀,亦无"不争"之可怒,在一篇短短的《阿金》中,他反复申说:

---

[1] 鲁迅:《头发的故事》,《鲁迅全集》第1卷,人民文学出版社2005年版,第487—488页。以下使用的全集版本同此,不再另行注明。

近几时我最讨厌阿金。①

让鲁迅如此纠结不已的阿金，究竟何许人也？她不过是鲁迅邻居家的一个女佣。鲁迅一生，多得女佣之助，② 而他也没有忘本，笔下屡屡写到女佣，从吴妈、祥林嫂、阿长直到阿金，无不给人留下深刻印象。虽然在生活及写作中，鲁迅都接触、表现了不少知识女性，但要论观察之深刻、叙写之隽永，未必及得上女佣群体。而阿金在这些女佣中的特殊之处，首先在于鲁迅格外明白、确凿地表明了自己的态度，那便是"想到'阿金'这两个字就讨厌"。于是乎，解读者便纷纷围绕"讨厌"做文章，或曰阿金"是半殖民地中国洋场中的西崽像"③，或曰"这个昏聩、颠顸、自私的上海娘姨、外国人的女仆，恰恰是一个反面典型"④，或曰"她的风格已完全小市民化、庸俗化了，甚至沾上了一些城市流氓无产者的气息"⑤，以证明阿金确实讨厌。然而，鲁迅表达之婉而多讽、隐晦曲折是有名的，若是直截照字面理解，难免要落入老先生挖好的坑里。⑥ 细读文本，不难发现鲁迅所谓"讨厌"，乃是一个多义的概念，其实隐含着更复杂的情绪与况味。《阿金》篇幅极短，其实就写了三件事：阿金的恋爱、街头的争吵以及鲁迅对阿金的观察，以下便围绕这三件事来分析鲁迅对阿金的态度究竟如何，以及阿金所折射出的鲁迅晚期思想的几个问题。

一　恋爱的喜剧

"我是我自己的，他们谁也没有干涉我的权利！"⑦（子君）

---

① 鲁迅：《阿金》，《鲁迅全集》第6卷，第205页。
② 鲁迅在北京时，曾雇有女佣两人，据俞芳回忆为王妈和潘妈，王妈为鲁迅家的女工，潘妈为鲁迅母亲鲁瑞的女工，见俞芳《我记忆中的鲁迅先生》，浙江人民出版社1981年版，第34页；在上海，有了周海婴之后，鲁迅家中也雇用了两个年老娘姨，一位负责做饭，一位为南通籍许妈，负责照顾周海婴。见萧红《回忆鲁迅先生》，俞芳等《我记忆中的鲁迅先生：女性笔下的鲁迅》，河北教育出版社2000年版，第44—45页。
③ 孟超：《谈"阿金"像——鲁迅作品研外篇》，《野草》第三卷，1941年第2期。
④ 张梦阳：《鲁迅的科学思维——张梦阳论鲁迅》，漓江出版社2014年版，第199页。
⑤ 蒋於缉：《鲁迅眼中的都市女性》，上海鲁迅纪念馆编《纪念鲁迅定居上海80周年学术研讨会论文集》，上海社会科学院出版社2009年版，第347页。
⑥ 竹内实、黄楣、陈迪强、张克、张娟等研究者先后提出，阿金是一个复杂的人物，不应简单加以否定。
⑦ 鲁迅：《伤逝》，《鲁迅全集》第2卷，第115页。

"弗轧姘头，到上海来做啥呢？……"①（阿金）

同样是恋爱，子君的宣言当然是铿锵有力、掷地有声的，相形之下，阿金的"轧姘头"就显得粗鄙无文。但下层劳动妇女缺少文化，表述自然庸俗一些。既然是轧姘头，那么阿金大约是已婚。② 已婚女性而轧姘头，而且"好像颇有几个姘头"，显然很不道德，不少批评家也据此认为阿金恬不知耻、作风败坏。但考虑到当时的历史背景，倘若阿金在乡下也是祥林嫂或爱姑式的婚姻，那么她跑到上海来寻找自己的爱情，是不是也有部分的合理性呢？她的看起来不知廉耻的主张，是不是也体现了一些反对旧式包办婚姻的女性自觉呢？只不过这种女性自觉意识，是用鄙俗的市井语言表达出来的，听起来就有些刺耳。但其反对宗族势力对女性的束缚，追求个人恋爱的自由，其合理性与正当性与子君真有高下贵贱之分吗？

不仅如此，和子君在恋爱中的被左右、被支配地位相反，阿金在"轧姘头"的关系中处于支配者的强势地位，这或许是令鲁迅感到不习惯与不舒服的原因之一。例如，鲁迅半夜推窗看到，一个男人正望着阿金的绣阁，此时阿金出现了：

> 并且立刻看见了我，向那男人说了一句不知道什么话，用手向我一指，又一挥，那男人便开大步跑掉了。

一场预谋的幽会，被鲁迅的突然出现而打扰，而阿金不仅毫不慌张，反而指挥若定，那"一指""又一挥"，分明显示出她的当机立断、处变不惊。更让人讶异的是，夜会情郎被人撞破，阿金非但不感到羞愧，而且"似乎毫不受什么影响，因为她仍然嘻嘻哈哈"，这实在是出乎鲁迅的意料。其后，情郎被人追赶，逃往阿金寓所，阿金不仅不收留，反而"赶紧把后门关上了"，这更违反了应该庇护爱人于肘腋之下的"彼尔·干德"模式③，使鲁迅不得不重新认识阿金——在两性关系上，阿金实在是一个鲁迅笔下此前未出现过的

---

① 鲁迅：《阿金》，《鲁迅全集》第6卷，第205页。
② 上海方言中将婚外恋称为"轧姘头"，马学新等主编《上海文化源流辞典》，上海社会科学院出版社1992年版，第531页。
③ 彼尔·干德，今译为培尔·金特，是易卜生诗剧《培尔·金特》的主人公。他放浪一生，终于在初恋情人索尔维格那里得到了接纳和救赎。

女性主导者和胜利者。她的恋爱完全以自身利益为出发点，既不受旧道德的束缚，也不在乎新道德的规训。祥林嫂、吴妈对名誉、贞洁的看重，在阿金这里简直是笑谈；新知识分子提倡的爱情至上、为爱牺牲，也不在阿金考虑的范围之内。正像鲁迅所说的，阿金"无情，也没有魄力""独有感觉是灵的"，阿金的恋爱哲学是以我为主、保全自己、生存第一，女性既不必以男性为依靠，更不必为爱情背上任何道德包袱，爱情可享受时则享受之，若危及自身，尽可弃之如敝屣。较之知识女性，阿金虽然身处社会底层，但她的爱情观反而是最利己最强悍的，男性不要指望靠着花言巧语在她这里占到任何便宜，让她做出任何牺牲。自由恋爱对子君而言是一场悲剧，但到了阿金这里则是不折不扣的喜剧。

二 优胜记略

鲁迅笔下的女佣，多少都经历过一些风波，成为众人的焦点。祥林嫂是因为被劫、改嫁，宁死不从；吴妈是因为被阿Q求欢，闹着要上吊。只有阿金是唯恐天下不乱，以闹取胜。原因在于，阿金和祥林嫂、吴妈们的价值观完全不同。阿金与烟纸店的老女人吵架，末了老女人祭出撒手锏，指责阿金"偷汉"。这样的道德谴责在祥林嫂和吴妈那里，是足以让她们痛不欲生、寻死觅活的，然而阿金回答道：

你这老×没有人要！我可有人要呀！[①]

于是老女人应声而败。

这实在是惊世骇俗的反转。在阿金看来，能不能获得异性的青睐，能不能获得现世的快乐，才是衡量女性价值的标志。"有人要"恰恰是自己有魅力的证明，至于是否属于"偷汉"，在阿金（包括围观的看客）看来根本不重要。阿金以快乐至上的实用主义逻辑颠覆了老女人名声至上的道德主义逻辑，从而令老女人的致命攻击化为自取其辱。以往能够将一个女人逼上绝路的传统伦理，扼杀了子君、李超这样新女性的道德压力，在阿金这里变得"根本不是事儿"。阿金的言辞固然带有几分泼皮气，但其效果是显著的：新文化运动以来包括鲁迅在内的启蒙主义者苦苦不能解决的伦理难题，被阿金轻

---

① 鲁迅：《阿金》，《鲁迅全集》第6卷，第207页。

而易举地化解于无形。正因为如此,竹内实才称赞阿金的这些粗俗言辞,如果从"反道德"的意义说,"确实是毫无顾忌的,让人觉得很是痛快"①。

不仅如此,鲁迅继续关注着阿金的后续行动:当洋巡捕到来,把围观的看客赶开:

> 阿金赶紧迎上去,对他讲了一连串的洋话。洋巡捕注意的听完之后,微笑的说道:
> "我看你也不弱呀!"
> 他并不去捉老×,又反背着手,慢慢的踱过去了。这一场巷战就算这样的结束。

在这里,文章又产生了一层递进。晚清以来,与洋人打交道就是件难事。从国家大事到个人交际,凡涉及洋务,无不感到棘手难缠,更不要说现在洋人是"官",阿金是民。按照正常的设想,对于这样可怕的洋巡捕,一般没有文化的劳动妇女,必然畏之如虎,唯恐避之不及。然而阿金不仅不怕,反而主动迎上去,用洋话交流,以争取对自己有利的结果——不仅内战内行,而且精通"外交",这不仅是祥林嫂吴妈之流万不能及,而且也高出被七大爷一句"来——兮"吓破胆的爱姑多矣!目睹此情此景,鲁迅一定会想起自己在香港被海关华洋官员刁难的窘迫体验,②而更感到阿金之异于寻常女子。

三 "看"与"不看"

众所周知,《阿金》有两个主角,一个是阿金,另一个便是叙述者"我"。"我"看阿金是整篇文章的叙事基线。因此,文章既写阿金,也写了在关系当中、在对比中的"我"。作为写作者,鲁迅采取了惯用的观察/被观察的模式。阿金所有的行动,都是鲁迅从大陆新村二层寓所窗户所看到。这种居高临下的空间关系,与观察者/被观察者的视觉关系,与主人/女佣、掌握书写权的知识分子/被书写的

---

① 竹内实:《阿金考》,《中国现代文学评说》,中国文联出版社2002年版,第133页。
② 鲁迅接受香港海关边检,一开始拒绝行贿,不仅行李被翻得一塌糊涂,最终也不得不付出十元钱的贿赂,可谓完全失败。鲁迅:《再谈香港》,《鲁迅全集》第3卷,第559—564页。

底层劳动者的身份关系，是正相对应的。这种关系显然是倾斜和不平等的，从鲁迅的笔调中，我们不难读出反讽和调侃：

> 她曾在后门口宣布她的<u>主张</u>
> 望着阿金的<u>绣阁</u>的窗
> 这时我很感激阿金的<u>大度</u>，但同时又讨厌了她的大声会议，嘻嘻哈哈
> 阿金和马路对面一家烟饭店里的老女人开始<u>奋斗</u>了
> <u>论战</u>的将近结束的时候当然要提到"偷汉"之类
> 但也可见阿金的<u>伟力</u>，和我的满不行①

就像鲁迅自己所说，《阿金》不过写"娘姨吵架"，② 一个没有多少文化的女佣，明明是住在亭子间，哪有什么"绣阁"？又会有什么"主张"、开始什么"奋斗"呢？包括随后对接替阿金工作的新娘姨的观察，鲁迅并不掩饰隐含其中的轻视和嘲讽：

> 补了她的缺的是一个胖胖的，脸上很有些福相和雅气的娘姨，已经二十多天，还很安静，只叫了卖唱的两个穷人唱过一回"奇葛隆冬强"的《十八摸》之类，那是她用"自食其力"的余闲，享点清福，谁也没有话说的。只可惜那时又招集了一群男男女女，连阿金的爱人也在内，保不定什么时候又会发生巷战。但我却也叨光听到了男嗓子的上低音（barytone）的歌声，觉得很自然，比绞死猫儿似的《毛毛雨》要好得天差地远。

在鲁迅看来，这位阿金的接班人虽然"很安静"，但品位欠佳，而且同样的招蜂引蝶。显然，此时鲁迅是居于观察者的主动位置，并且掌握着评鉴对象的权力。但是，鲁迅作为写作者的绝对观察权马上就遇到了反击。前面提到，在观察阿金半夜幽会时，他被阿金发现："并且立刻看见了我，向那男人说了一句不知道什么话，用手向我一指，又一挥，那男人便开大步跑掉了。"对于阿金的"反观察"，鲁迅的反应耐人寻味：

---

① 下划线为引者所加。
② 鲁迅：《350129 致杨霁云》，《鲁迅全集》第 13 卷，第 362—363 页。

> 我很不舒服，好像是自己做了甚么错事似的，书译不下去了，心里想：以后总要少管闲事，要炼到泰山崩于前而色不变，炸弹落于侧而身不移！……

这一处文字很值得分析。细致观察并记录他人的生活，是作家的职业习惯，也可以说是一种视觉特权。但当鲁迅被阿金"反观"并折返房间时，他的观察过程就被观察对象所中止；他作为写作者的权力，实际上就被观察对象所取消。鲁迅感到"很不舒服"，表明上是因为撞破了好事、侵犯了别人的隐私，其实是因为阿金打断了他的观看，并颠倒了原有的权力关系，将他当成了观察/审视的对象。长期以来，鲁迅作为著名的新文学作家、启蒙知识分子，一直居于审视地位，可以自由地采取批判视角来观看/塑造普通民众。从阿Q、孔乙己、华老栓到闰土、爱姑等，在鲁迅的作品中，绝大多数的非第一人称人物都是顺从地被观察、被描写和叙述，而没有也不必做出反应，这似乎已经成为一个叙事成规。[①] 然而，此时阿金竟然从被观察者的位置用手一指，断然制止作者的观察，并将固有的视觉关系反转了过来，从被观察的位置一变而为观察者，主动地反观、指向鲁迅。这突如其来的、自下而上的冒犯，或许才是鲁迅感到"很不舒服"的深层原因。

不仅如此，令他更不舒服的是，阿金不仅敢于"反视"鲁迅，更敢于"不看"鲁迅：

> 自有阿金以来，四围的空气也变得扰动了，她就有这么大的力量。这种扰动，我的警告是毫无效验的，她们<u>连看也不对我看一看</u>。

在鲁迅想要隐藏起来时，阿金偏偏发现了他；而当鲁迅需要阿金注意到他，给他的警告以重视的时候，阿金们竟然对他视而不见，这无疑是对鲁迅的又一重心理冲击/打击。更重要的是，无论是看或

---

① 在《祝福》中，祥林嫂对叙述者"我"的关于灵魂有无的发问，可能是一个被观察者突然反观观察者的例外，而在这里，叙述者同样感到极不寻常的心理体验："我很悚然，一见她的眼钉着我的，背上也就遭了芒刺一般。"见鲁迅《祝福》，《鲁迅全集》第2卷，第7页。感谢哈佛大学应磊博士的提醒。

不看，可见或不可见，这里的视觉关系都是以阿金的意志而不是以鲁迅的意志为转移，鲁迅失去了以往的视觉主动权和决定权。视觉关系的反转，意味着阿金与鲁迅以往笔下的女性皆有所不同，更具行动的自主性与独立性。诚然，她还是可以被鲁迅视线所观察/描绘，但她的行动已经不在鲁迅可预测和控制范围之内，是鲁迅不能完全掌控、把握和理解的人物。对于一个随时准备哀怜、分析、批判和启蒙笔下人物的作家来说，这不能不说是相当尴尬和不安的。

四　阿金姐的冷笑

大约阿金给鲁迅留下的印象实在深刻，在写完《阿金》一年之后，鲁迅又写了《采薇》，其中出现了小丙君府上的鸦头阿金姐。她的伟业是跑到首阳山上，对伯夷叔齐说："你们在吃的薇菜，也是周王的"，从而令二人羞愧绝食而死。初看起来，阿金姐当然要为她的多嘴负责。但仔细分析，杀死伯夷兄弟的并非是阿金姐，而是"不食周粟"的道德理念。阿金姐只是使用了苏格拉底的反诘法，将一个事实判断——"薇菜也是周王的"——陈述给伯夷叔齐，令其自己做出选择：如果他们不认可这个判断，自然不会绝食，也就不会死；如果认可这个判断，因为"不食周粟"，绝食就是一种必然的道德选择。因此，真正令他们死去的乃是"不食周粟"的道德信念，阿金姐只不过讲清楚了"此亦周之草木也"这样一个事实，让伯夷叔齐的道德律令完全丧失了现实的依据，并且让他们自相矛盾、言行不一的面目公开暴露，从而打破了伯夷叔齐此前自欺欺人、浑水摸鱼的局面，使他们保持名节的美梦做不下去而已。① 因此，鲁迅批判的矛头显然是"不食周粟"这样迂腐可笑、于敌无损于己有害、不能解决任何实际问题的道德高调。阿金姐固然有刻薄寡恩、坏人清梦的一面，但并非一个特别反面的角色。相反，她在这里代表了某种现实逻辑，这种现实逻辑本身并不特别冷酷，也并不特别有力，其实质是某种实用主义的生存哲学（承认现实而谋生存），但一旦和

---

① 事实上，在小说中，至少叔齐是明白他们兄弟是言行不一的，只是不愿被别人揭穿。当阿金姐步步追问伯夷"怎么吃着这样的玩意儿呀"，叔齐已经知道她的目的，在于以逻辑的三段论，令他们自证其谬，所以在伯夷刚刚说出口"因为我们是不食周粟"，叔齐便"赶紧使了一个眼色"，试图阻止伯夷掉入阿金姐的逻辑陷阱，然而为时已晚。因此，真正将伯夷叔齐推入绝境的不是他们言行不一、吃了周粟这件事本身，而是这件事被阿金姐所揭穿，他们不能再装作不知道自己吃的是周王的薇菜，义士形象无法再维持。

她对峙的人自身为某种道德空想所束缚，就会变得内在的虚弱，而阿金姐则会格外显得犀利而刻薄起来，表现出冷酷而有力的面相。

显然，《采薇》中的阿金姐是阿金有意味的延续，精彩的补充。阿金的现实主义生存哲学和反道德倾向在阿金姐这里得到了进一步的强调：她们皆以生存为第一要旨，注重实际而拒绝迷信任何道德偶像；她们既聪明又无情，自己既不做梦，也不惮于打破别人的好梦。比较起来，她们既不是做戏的虚无党，也不是世故油滑的乡愿，而是更接近《立论》中直言招怨的发恶声者。她们虽然只是身份低微的女佣，但却拥有不可忽视的力量，"开了几句玩笑"，便击倒了"庄重威严的'义士'"，并"葬送"了"支撑着作为中国封建社会支柱的全部封建意识形态"。① 这样冷笑着戳破了纸糊偶像的阿金姐，不正有几分鲁迅自己的影子么？

五　从阿花到阿金

这样一个精明强悍、非圣无法、难以捉摸的娘姨阿金，是从哪里冒出来的？要回答这个问题，我们先来看鲁迅生活里出现过的女佣王阿花。

1929年，因为有了海婴，鲁迅又雇用了一个女佣王阿花。她是在乡下被丈夫虐待，逃到上海，做了一段时间帮工，就被夫家发现。② 据许广平回忆，阿花的丈夫从乡下来到上海，想劫回阿花，被鲁迅阻止，提出"有事大家商量，不要动手动脚的"。经过劝说，阿花夫家也觉得上海不比乡下，遂知难而退。后经魏福绵调解，阿花不愿回乡下，情愿离婚，鲁迅便替她出150元赔偿费，商定以后陆续用工资扣还。后过不两月，阿花便辞去，此后曾托人返还鲁迅80元，遂再无音讯。③

从王阿花，我们很自然会想到《祝福》里的祥林嫂，同样是被

---

① 竹内实：《阿金考》，《中国现代文学评说》，第145—146页。

② 鲁迅在给章廷谦的信中说："月前雇一上虞女佣，乃被男人虐待，将被出售者，不料后来果有许多流氓，前来生擒，而俱为不佞所御退，于是女佣在内而不敢出，流氓在外而不敢入者四五天，上虞同乡会本为无赖所把持，出面索人，又为不佞所御退"，见《291108致章廷谦》，《鲁迅全集》第12卷，第211页；日记里也有如下记载：1929年10月31日："夜律师冯步青来，为女佣王阿花事"；1930年1月9日："夜代女工王阿花付赎身钱百五十元，由魏福绵经手。"见《鲁迅全集》第16卷，第157、178页。

③ 许广平：《鲁迅回忆录》，长江文艺出版社2010年版，第109—110页。

夫家绑架，现实中的王阿花为何能避免祥林嫂的悲惨命运？当然，我们可以说她运气不错，遇到了鲁迅这样的主顾。但同时也不能不看到，现代大都市的出现为女性改变命运提供了外在的客观条件，就像许广平所说，毕竟这是在上海——环境不同，传统宗族势力受到种种限制，如租界当局的管理体制、更讲法治的社区关系、具有现代意识的雇主、大众媒介的存在，都使乡土宗族势力不能为所欲为。因此，同样是被夫家绑架，鲁迅可以替自己家的女工请律师调解，而《祝福》里的四叔只好爱莫能助。另一方面，多元化的大都会带来更为复杂的社会结构与人生经验，也促使生活于其中的女性的思想观念发生着变化。20世纪二三十年代，上海一度产生了短暂的繁荣，商品经济的发达，中产阶级的涌现，逐渐成熟的消费市场，都对雇佣劳动力有巨大的需求，也为妇女从土地和乡村宗法制关系中解放出来提供了可能。由于服务行业门槛低，社会需求旺盛，缺少技能的农村妇女纷纷投身佣役行业，使女佣成为上海人数众多的女性职业人群。她们既受到严重的压迫和剥削，同时也获得了一定的经济收入，通过自己的劳动实现经济自立。[1] 随着城市生存经验的积累，这些女性的生存空间不断扩展，她们从雇主、同行、大众传媒等各种社会渠道逐渐获得新的思想观念，进而获得部分的女性自觉，并开始谋求自身的解放。可以作为例证的是，在1932年到1934年的上海离婚案中，女方主动提出分别为男方主动的2.6倍、7.3倍和3.3倍。[2] 如同王阿花一样，在进入都市、获得独立经济来源之后，越来越多的劳动妇女不满于原有婚姻，开始借助法律等手段，

---

[1] 上海女佣在民国初期已是发展较成熟的职业，有不同的种类。上海负责介绍佣人的荐头店有两千家左右，巨大的需求使女佣也进一步市场化，从乡村的人身依附式的女佣，转换为职业化的服务，待遇比在乡村有明显改善——"他们这班人，工钱虽然不多，可是很容易积蓄。因为得了人家工钱以外，总多少有点外混，供他的零用。他们终日在家里，又没有赌钱和销耗的机会，手边有了钱，不是寄回家乡，就是上会，或是借给东家"，见李次山《上海劳动状况》，《新青年》第7卷第6号，1920年5月1日。据记载，在银元时代，普通娘姨月工资约为4元至6元，见马陆基《旧上海的荐头店》，施福康主编《上海社会大观》，上海书店出版社2000年版，第172页。在外国人家里当女佣，如果会一点外语，可以拿到15元一个月，见茜《千重万重压迫下的女佣群——女佣座谈会记录》，《妇女生活》第1卷第3期，1935年9月16日。所以，程乃珊认为民国时期的上海娘姨除了养活自己，还可以赡养家人，"月收入完全有可能高过自家老公"，应是可信的。见程乃珊《上海保姆》，《上海文学》2002年10月号。

[2] 上海市政府秘书处：《上海市政报告（1932—1934）》（第二章社会），汉文正楷印书局1936年版，第82页。

争取自身的自由与解放。在写作于20世纪40年代的《桂花蒸　阿小悲秋》中，我们可以进一步看到女佣阶层的自我意识的苏醒。在这样的历史背景下，出现阿金这样的人是毫不奇怪的。同样是女佣，阿花、阿金、阿小这一代的思想观念与行为方式带有鲜明的"都市性"特征，其情感与命运与祥林嫂、吴妈等人已有本质的不同。大都市的环境使底层女性的权利意识与自我意识得到苏醒，并保障了它们在一定程度上可以得到实现。阿金的那句"弗轧姘头，到上海来做啥呢"固然听起来不那么雅驯，但正是上海提供了阿金重新选择爱人的条件和可能。因此，说阿金是现代都市文化孕育的产儿，并不为过。

王阿花和阿金同样是女佣，如果说有差别，无非是王阿花的主顾是中国人，而阿金的雇主是外国人。替外国人做女佣，也并不比替中国人做女佣更卑贱。那么，为什么鲁迅对王阿花可以解囊相助，使之摆脱丈夫的纠缠获得自由，对已经自由的阿金却总是讨厌，并将其漫画为一个"轧姘头"的荡妇？这里诚然有个人品质和性格的因素，比如王阿花既勤快又安静，适合鲁迅的生活习惯，而阿金则吵闹喧嚷，不安于室。但另一方面，王阿花最终是需要鲁迅解救的（祥林嫂是向知识分子寻求精神解救而不成），因此仍然是处于鲁迅作品中被支配、被启蒙的女性序列之中；而阿金虽然还是一个女佣，但已经不是阿花那样必须依赖外部力量、不能完全掌握自身命运的半独立者，而是一个完全自食其力、能够独善其身的现代劳动妇女。阿金根本不需要男性/启蒙者/主顾的解救，也不准备解救任何人包括她的爱人，她与爱人、主顾、邻里社会的关系，都是合则留、不合则去，干脆利落，不涉及任何人情恩怨，因此也根本不在男性可以支配掌控的女性序列之中。鲁迅潜意识中对阿金难以接受，这或许也是原因之一。

六　熟悉的陌生人

鲁迅对女佣是熟悉的，但阿金不同于鲁迅此前所描写的任何一个劳动妇女。或者说，在鲁迅的人物谱系中，她具有"新人"的性质。

"人必生活着，爱才有所附丽"，[1] 这是《伤逝》指出的人生要义。阿金最大的优势是，她拥有自己的生活能力。鲁迅笔下无论是

---

[1] 鲁迅：《伤逝》，《鲁迅全集》第2卷，第124页。

劳动妇女或知识女性，大多都需要依附于男性，接受经济或精神上男主女从的体制，离开了家庭都会发生衣食之忧，都会令人担心她们的生存。唯有阿金，虽然文章中写到她被主人解雇，但我们并不会担心她有生计之忧。阿金显然是一个成熟的掌握了都市生存经验的女性劳动者，和厌恶上海的鲁迅相比，她更熟悉现代资本主义日常生活的逻辑，积累了丰富的城市生活经验，更善于利用城市谋生和保护自己。她不再是受人摆布、被人左右的传统女性，而是在大都市中如鱼得水、无往不利的新女性。因此，祥林嫂被夫家绑架出卖，如同货物一样被捆绑带走，连自己的工钱和衣服都是交给了婆婆带走，这在阿金是绝不可能发生的事情。更重要的是，阿金的行动呈现出善恶新旧之间的灰色状态——她跳出了传统宗法伦理的陷阱，却也不被知识阶级的新道德所束缚；她既不接受启蒙，也不参与革命，其种种言行背后隐含的是一种个人主义、利益最优的现代经济理性。这种经济理性一方面将个人利益的考量放在首位，难免孳生出功利、市侩、投机的心态；另一方面又有助于唤醒个人的自我意识和权利意识，冲破等级观念与陈腐道德的束缚，推动社会的平等。这样的阿金，既是新的商业社会的受益者，又是固有伦理秩序的破坏者。她并不慑服于任何权威之下，不仅早已经脱离了族权（跳出了家族），而且通过"轧姘头"打碎了夫权，对洋人巡捕也能想办法利用之，对代表知识精英的"我"也并不恭敬和服从。她通过劳动实现了经济独立，摆脱封建人身依附，获得了一定程度上的自由和解放，这种自由和解放诚然有很多缺陷，也受到诸多局限，但又是实实在在的，切实改善了阿金的命运，使其摆脱了祥林嫂、爱姑的悲剧结局。

但是，面对这样一个更有力量、更有破坏性的阿金，鲁迅却陷入一种奇怪的、有些恼怒的情绪中：

> 阿金的相貌是极其平凡的。所谓平凡，就是很普通，很难记住，不到一个月，我就说不出她究竟是怎么一副模样来了。但是我还是讨厌她，想到"阿金"这两个字就讨厌；在邻近闹嚷一下当然不会成什么深仇重怨，我的讨厌她是因为不消几日，她就动摇了我三十年来的信念和主张。①

---

① 鲁迅：《阿金》，《鲁迅全集》第6卷，第208页。

他的被动摇的信念就是,在男权社会中,女性大抵柔弱,"兴亡的责任,都应该男的负",而没想到阿金却有这么大的能量,"假如她是一个女王,或者是皇后,皇太后",就"足够闹出大大的乱子来"。可见,对于这样一个强有力的、可以搅动乃至颠覆现存秩序的阿金,鲁迅是颇感讶异和不安的,甚至说鲁迅感到了被冒犯也不为过。其原因在于,阿金的出现从根本动摇了鲁迅的两性关系论述。首先,新文化运动形成的启蒙论述在阿金这里失去了效力。在启蒙论述中,女性可以通过知识获得解放,男性知识分子则通过建构与传授知识来掌控、促使女性解放;现在,无知识的下层劳动女性也可以获得更为实际的自由与解放——处于社会下层的女佣阶级,应该是最缺乏保障的群体,竟然不需要启蒙便具有了强烈的自我意识,可以选择爱人,掌握经济权。其次,左翼文学运动带来的阶级论述对阿金也并无效用。阿金虽然是劳动妇女,但并无阶级意识,也从未参与劳工运动,但这并不妨碍她"叫嚣乎东西,隳突乎南北",成为市井生活的赢家。在鲁迅固有的观念中,中国女性命运相当悲惨,对于"娜拉"型女性而言,"不是堕落,就是回来",否则便要饿死;到了20世纪30年代,又说:"穷乡僻壤或都会中,孤儿寡妇,贫女劳人之顺命而死,或虽然抗命,而终于不得不死者何限。"[①] 然而阿金这个从农村走出的"娜拉",虽然失去了温顺、多情、牺牲等男性赞赏的传统品质,但却通过自己的努力实现自食其力,既不堕落,也不"回来"。这不能不使鲁迅感到茫然无措,并产生了困惑、失重和晕眩之感。已经有学者指出:"鲁迅直到1934年都强烈认为女性形象在旧社会是弱者、被损害者。这可能使他无法看到女性形象的另一部分:迎合当时的时代和社会,有时是以强者出现的底层社会的女性形象。"[②] 事实上,鲁迅写下《阿金》这篇文章,已经表明他感受到了阿金这一类女性带来的冲击,他意识到了阿金们"无情""感觉是灵的"等新特点,但他没有对特定社会历史进程中资本主义都市对女性带来的变化予以足够的关注,这使其难以认识到,在启蒙论述和革命论述之外,还有一种新生产方式变化带来的女性解放的可能性(哪怕是极有限的)。换言之,阿金并非阿Q式愚昧

[①] 鲁迅:《论秦理斋夫人事》,《鲁迅全集》第5卷,第509页。
[②] 中井政喜:《关于鲁迅〈阿金〉的札记——鲁迅的民众形象、知识分子形象备忘录之四》,《中山大学学报》2015年第3期。

不堪的"国民",也非可以政治动员的"群众",她已经超出了鲁迅原有的经验结构,是鲁迅的人物辞典中所没有而又不得不面对的坚硬的存在。正因为如此,鲁迅既屡屡抱怨阿金之"讨厌",又不得不承认"我却为了区区一个阿金,连对人事也从新疑惑起来了",并在文末犹疑而纠结地说道:"愿阿金也不能算是中国女性的标本"——文辞的缠绕,正说明解释的困难。面对阿金,鲁迅感觉到了自己思想的限度,但已经无力突破。衰老病弱而又为名声所累的鲁迅已不大可能改造自己的经验结构,去真正理解阿金。面对这样一个令他备感困惑和难以解释的存在,他丧失了以往剖析新旧女性人物的深刻与犀利,不得不代之以笑骂和调侃,并将这一复杂的情绪命名为"讨厌"。

七 "讨厌"之外

但是,如果仅仅将《阿金》视为鲁迅挫折感的某种宣泄,又未免有些可惜。

鲁迅晚年写作大致可分两类,一类是应某种要求而做的"命题作文",也就是"有范围,有定期的文章",但这类文章"做起来真令人叫苦,兴味也没有,做也做不好"①。《阿金》显然属于另一类文章,是在非常放松的状态下随意写成,属于"自选动作"。鲁迅说《阿金》"并无深意",那显然是指《阿金》不是命题作文,没有特别的政治含义,而不是说《阿金》本身不值得深究。在我看来,《阿金》虽非长篇大论,却由于"超我"的缺位,流露了晚期鲁迅的某些潜意识或无意识。换言之,鲁迅反复诉说阿金"讨厌",与其说是对阿金的否定,不如说更像是一种心理防卫机制,由此入手,应能在这一词语背后,触摸到鲁迅后期思想中颇具症候性的问题结构。

回到文本,我们会看到鲁迅之讨厌阿金,与他的听觉体验有极大关系。与阿金有关的声音,几乎成为鲁迅的梦魇:

> 她有许多女朋友,天一晚,就陆续到她窗下来,"阿金,阿金!"的大声的叫,这样的一直到半夜。②

---

① 鲁迅:《350428 致萧军》,《鲁迅全集》第 13 卷,第 448—449 页。
② 鲁迅:《阿金》,《鲁迅全集》第 6 卷,第 205 页。

这叫声使鲁迅很受影响，以至于"有时竟会在稿子上写一个'金'字"。不仅阿金的朋友们嗓门洪亮，阿金本人的音量更是了得。她和老女人吵架，可谓声震四方：

> 她的声音原是响亮的，这回就更加响亮，我觉得一定可以使二十间门面以外的人们听见。①

鲁迅喜静，对生活噪声非常敏感，曾因家里的女佣吵架而生病。② 因此厌恶阿金的喧哗，似乎并不值得奇怪。但在这里，鲁迅的"安静"与阿金的"吵闹"更像是能量的对比，后者显然是更有力量，更有行动力的一方。事实上，对于阿金的噪声和扰动，鲁迅是无可奈何的。他曾经尝试阻止阿金的街头会议，但"她们连看也不对我看一看"，因此只能在书斋中生闷气，感叹阿金"摇动了我三十年来的信念和主张"。因此，"喜静/书斋里/乏力"的鲁迅就与"吵闹/街头上/强力"的阿金构成了鲜明的对照。不仅如此，我们还可以把这个对照继续扩充：

> 鲁迅——知识分子——男主人——室内——喜静——制止吵闹、失败——只在书斋里发议论——我的满不行
>
> 阿金——劳工阶级——女佣人——街头——吵闹——继续吵闹、胜利——搅乱了四份之一里——女性的伟力

很明显，鲁迅和阿金几乎在每一个方面都是两两对立的，几乎构成了一组针锋相对的矛盾矩阵。这也启发我们，从表面上看，鲁迅与笔下的阿金是不堪其扰的写作者与邻居女佣的关系，但实际上，我们可以将之理解为一种颠倒的镜像关系。阿金就像一面镜子，鲁迅从中既可以看到部分的自我，同时又可以看到自己的弱点。一方面，我们可以并不费力地发现阿金与鲁迅的相似：刻薄、冷酷的言辞，毫不在意世俗的规则，嘲笑陈腐的道德，生存先于理念的生活哲学，注重实际和韧性的斗争，甚至有几分泼皮气；另一方面，阿金的存在又映衬了鲁迅的某些局限。阿金在街头兴致勃勃地吵闹，

---

① 鲁迅：《阿金》，《鲁迅全集》第6卷，第206页。
② 俞芳等：《我记忆中的鲁迅先生》，第41—42页。

与鲁迅在书斋中的无可奈何，构成了颇有反讽意味的对比意象。阿金虽然出身底层，但精力充沛，善于组织，斗争泼辣，能言善辩，在现实社会中具有极强的行动性和实践性。反之，书斋中的写作者鲁迅，虽然生活在装备新式卫生间、煤气灶和浴缸的高级寓所，掌握着知识和写作特权，但对现实世界和日常生活的改造和影响是极为有限的。"弄堂英雌"阿金越是能扰动社会，便越是显得"室内写作"的知识分子的失败——后者除了将这一困境以杂感的形式记录下来，似乎已经无能为力。

结　语

对于阿金，本文无意做简单的翻案文章。与其说我们意图褒扬这个人物，不如说我们想指出，阿金是一个多义的复数形象，而这一人物所折射的鲁迅心态，同样是复杂而隐微的。在《阿金》最后，作者说"愿阿金也不能算是中国女性的标本"。如何理解这句话，有很多答案。但在我看来，鲁迅显然认为阿金有可能成为中国女性的某种标本。这个强有力的，能扰动社会的女性，是具有了某种改变现实的可能性的，只不过这种可能性是如此野蛮、强悍、陌生而独立不羁，几乎不受现存秩序的控制，而鲁迅也不知该如何加以限制。作为知识者的鲁迅在这里暴露出双重的局限——既不能像阿金那样去"扰动"社会（行动的局限），也不能理解、阐释阿金及自己的处境（知识的局限）。不仅如此，如果说阿金是秩序的破坏者，鲁迅对她的不满、排斥、抵触、嘲笑，是否暗示了这位居住于高级公寓中的知识精英已与秩序合谋，而自身已化为秩序的一部分？而如果说阿金是鲁迅的自我投射，那么当客体（镜像）超越主体，谁才是真正的主体？由是思之，鲁迅之"讨厌"，固然指向阿金，但或许也指向阿金这一镜像所反射的自我，而隐藏在层层修辞圈套之下的自我指涉，或许才是《阿金》文本复杂性的真正根源。

（原载《文学评论》2019 年第 4 期）

从体制人到革命人：鲁迅与"弃教从文"

张洁宇

内容提要 鲁迅1909年至1927年连续在教育界任职，1926年离职教育部，1927年从中山大学辞职后再未涉足教界，"弃教从文"可谓其道路上的一次重大转折。本文结合鲁迅1920年代后期思想和经历，重审"弃教从文"的原因及意义，关注其与"左转"的联系，分析鲁迅对"文"的观念和对"从文"方式的新认识。应该说，正是认识到了现代知识分子阵营的分化，反思了知识分子与体制及权力间的依附关系，并对1927年前后政治环境做出新的观察和判断，鲁迅才做出了"弃教从文"的选择，远离学院、脱离体制，在上海的半租界与商业出版的新环境中坚持做一个独立批判的"革命人"。鲁迅的选择也指向了对于革命与体制之间张力的思考。

关键词 鲁迅；弃教从文；闽粤经验；且介亭杂文

引言 从"弃医从文"到"弃教从文"

鲁迅一生"走异路，逃异地"，在"本没有路"的地方孤独求索，其路必多阻难和曲折。但正如毛泽东所说，"鲁迅的方向，就是中华民族新文化的方向"[①]。鲁迅的道路——无论是通途、弯路还是转折——也是现代中国知识分子道路的代表，即便在不同的历史阶段、不同的现实环境中，始终具有反思和借鉴的意义。

关于鲁迅一生中的转折与选择，无论是他本人还是研究者都非常看重1906年的"弃医从文"事件。在《呐喊·自序》中，他将之描述为人生道路的一个重大转折，"想提倡文艺运动"的念头从此

---

① 毛泽东：《新民主主义论》，《毛泽东选集》（合订一卷本），中国人民解放军战士出版社1964年版，第658页。

中断了他的医学梦想，开启了一条漫长的文学道路。但是，前些年就有研究者指出："在鲁迅一生中，还有一个重大的转折，那就是在文学与教育之间的徘徊与抉择。"① 姜彩燕在《从"弃文从教"到"弃教从文"——试析鲁迅对教育与文学的思考和抉择》一文中提出："从1909年鲁迅迫于生计'弃文从教'，到新文化运动开始文教两栖，再到1927年的'弃教从文'，鲁迅终于彻底回归了青年时期立下的志向：文学。"这个回归，既体现了他对中国教育历史与现状的失望和批判，同时也说明了他"始终把写作看作'志业'，而教书只是'职业'"。该文对鲁迅"人的文学"与"人的教育"观念的相互渗透分析得甚为深入，呈现出鲁迅文学启蒙思想与现代教育理念之间的关系。遗憾的是，该文发表后至今，对于鲁迅"弃教从文"的关注和进一步研究仍不多见。本文重拾这一话题，意在结合鲁迅1920年代中后期的经历与思想，重审"弃教从文"的原因和意义，尤其关注其与鲁迅"左转"之间的关联。在我看来，"弃教从文"与"左转"确需放在一起讨论，前者是生活和斗争方式的选择，后者是思想立场的变化，两者之间是一种相伴相辅、互不可分的关系。换句话说，生活与斗争方式上的"弃教从文"为思想上"左转"的完成提供了准备，而思想上的逐步"左转"又为"弃教从文"的过程提供了动因与推力。

鲁迅并不讳言自己思想的转变，他对生活道路的每次选择也都深思熟虑。他后来坦言："我一向是相信进化论的，……然而后来我明白我倒是错了。这并非唯物史观的理论或革命文艺的作品蛊惑我的，我在广东，就目睹了同是青年，而分成两大阵营，或则投书告密，或则助官捕人的事实！我的思路因此轰毁，后来便时常用了怀疑的眼光去看青年，不再无条件的敬畏了。"此外，他还表示："我有一件事要感谢创造社的，是他们'挤'我看了几种科学底文艺论，明白了先前的文学史家们说了一大堆，还是纠缠不清的疑问。并且因此译了一本蒲力汗诺夫的《艺术论》，以救正我——还因我而及于别人——的只信进化论的偏颇。"② 正如有研究者提出的："鲁迅的

---

① 姜彩燕：《从"弃文从教"到"弃教从文"——试析鲁迅对教育与文学的思考和抉择》，《西北大学学报》2012年第1期。
② 鲁迅：《〈三闲集〉序言》，《鲁迅全集》第4卷，人民文学出版社2005年版，第6页。

话实际是在说明自己的转变,早在1927年广州清党时就已经开始,正是对这场轰轰烈烈的国民革命的幻灭,促使他寻找新的道路,而革命文学论争只是一个促动而已。"① 可以说,1927年的离开广州"弃教从文",是鲁迅人生中的又一极为重要的转向,其意义甚至不亚于20年前的"弃医从文"。因为,弃医从文是鲁迅的自我启蒙,是他从科技现代化道路转入现代思想启蒙阵营的标志;而弃教从文既是从思想启蒙和个性解放的立场转向政治革命,同时也包含了对于现代社会与知识分子本身的深刻反省,是在整体化的现代性道路上开辟出一条更明确、更现实的文化革命之路。两次转向相比,前者仍内在于启蒙时代现代知识分子道路选择的洪流之中,带有明显的时代共性;而后者则不仅更体现出现代中国的历史复杂性和现实的具体性,同时也更体现出鲁迅本人的思想与性格的独特性。

从"弃医从文"到"弃教从文",看似同归,其实殊途。因为当我们提出两次"从文"的说法时,就意味着它们之间存在差异。正如"人不能两次踏入同一条河流"一样,两次"从文"其实意味着在从事了18年的教育和20余年的文艺之后,鲁迅对于"文"的观念和理解、对于"从文"的方式和道路,以及对于"文"与现实历史的关系、与其理想抱负之间的关系等,都生出了不一样的认识。换句话说,"弃教从文"并不是对于"弃医从文"的重复或回归,恰恰相反,与第一次相比,这更是一次调整和转变。这一次重新出发,也蕴含着对于"从文"之路本身的新的理解和探索。

一 从"文教结合"到离职教育部

鲁迅1906年"从文"之后,于1909年归国即开始任教,曾先后在浙江两级师范学堂、绍兴府学堂、绍兴山会初级师范学堂担任教师、监学及校长;1912年应蔡元培之邀任职教育部,曾为社会教育司科长、佥事;随部从南京迁至北京后,又在北京大学、师范大学、女子师范大学任兼职国文系讲师。其间,尤其自1918年起,他的小说、杂文、散文诗以及各种翻译和学术文章大量问世,其作为文学家和翻译家的影响也得到了广泛的接受和承认。1926年离京后,鲁迅先后在厦门大学和中山大学任文科教授、文学系主任及教务长等职,最终于1927年10月辞职离去,从此未再涉足教界。从1909

---

① 邱焕星:《国民革命时期的鲁迅》,博士学位论文,南京大学,2011年。

年到 1927 年，鲁迅不间断地在教育界任职长达 18 年之久，此间他几乎始终是身兼文教，两种身份角色互补互进，共同构成了他在新文化运动中的文化形象。这种文教结合的状态至 1927 年结束，离开中大之后，鲁迅定居上海，成为"且介亭"中的独立思想家与自由文化人，直到走完他人生的最后十年。可以说，从弃医从文到身兼文教，再到弃教从文，鲁迅的道路不仅体现了他本人的思想转变，同时也折射出从辛亥革命到五四运动直至后五四时代中国知识分子的现实处境，构成了现代中国知识分子精神史上的重要话题之一。

"幻灯片事件"与弃医从文的故事已无须重复，值得关注的是，鲁迅在那时对文学道路的选择和对文学的理解体现了从辛亥到"五四"的代表性观点。虽然他的"从文"早在辛亥革命之前，但他对于此事的追叙却是在"五四"之后，其中表达出来的思想观念必然带有言说时的时代特征。因此，在"五四"时期的启蒙语境中，鲁迅的"从文"思想体现着典型的启蒙姿态。他说："我们的第一要著，是在改变他们的精神，而善于改变精神的是，我那时以为当然要推文艺，于是想提倡文艺运动了。"① 由此可见，"那时"鲁迅"想提倡"的"文艺运动"是一种含义比较广泛，以改变人的精神为"第一要著"的启蒙主义文艺运动。在这个思想基础上，他开始了最初的论文编译、文学翻译、办刊和写作。严格地说，写作——尤其是文学创作——在这一文艺运动之中是位列较后的。1906 年他编写《中国矿产志》，翻译凡尔纳的科幻小说《地底旅行》；1907 年筹备文艺杂志《新生》未成之后，写作数篇文言论文，翌年发表于《河南》杂志；1909 年偕周作人一起翻译出版《域外小说集》；直至 1913 年，他的第一篇小说《怀旧》方才刊于《小说月报》。可见，从弃医到回国，鲁迅的从文之路的确是从提倡和从事文艺运动开始的，相比于个人的文学创作，他在那个时候更加看重的是翻译、编书和办刊，其目的则直接指向现代思想的启蒙。而在那个时候，他那支文学家的如椽巨笔还未真正发动，他的思想与情绪都是围绕着这个广义的"文"而展开的。

这就很容易理解为什么鲁迅自归国开始就一直在教育界任职，除了留学生归国的义务和经济的因素之外，更重要的是在他"提倡

---

① 鲁迅：《呐喊·自序》，《鲁迅全集》第 1 卷，第 439 页。

文艺运动"的观念中,现代教育正是内在于这个宏大的"启蒙"与"文艺"的系统之中的,甚而就是"文艺运动"的一个组成部分。鲁迅的师友章太炎和蔡元培在1902年发起中国教育会时,就曾明确提出"教育救国"的主张,对此,鲁迅必然是了解和认同的。事实上,在新文化运动的提倡与实践者看来,文艺运动与社会教育都是思想启蒙的题中应有之义,正像陈独秀曾有名言:"戏园者,实普天下人之大学堂也;优伶者,实普天下人之大学教师也。"① 文艺的社会教育功能甚至并非新文学所特有。因此,文教并重,让现代文艺与现代教育相辅相成,这本就是新文化运动的理想和策略之一。弃医从文的鲁迅秉持这一思想认识,投身文艺运动,以编书、办刊、翻译、写作的方式开启民智、实现社会教育和思想启蒙的理念,是非常自然和必然的。因而他此时所理解的文艺,也就自然而必然地包含了现代意义上的文学、艺术、教育,甚至学术研究等多个方面。

　　1909年到1927年,鲁迅在职业身份和具体实践上都很好地结合了文艺与教育两个方面,尤其是在1918年开始白话小说和以"随感录"为代表的杂文写作之后,其文艺道路的重心也明确为新文学的写作实践。他的写作既是他枯燥的教育部工作与兼职授课之余的一种调剂与补充,也是受到《新青年》及新文化运动的激发后的一种自觉与新文化界呼应互动的方式与结果,就连作为大学课堂副产品的《中国小说史略》,也成为现代学术的重要成果之一。可以说,文教之间的和谐相成,不仅切实体现出鲁迅本人统一宏观的文艺和文教思想,同时,从鲁迅的个案也可看出五四新文化运动大背景下的文艺运动的整体性和关联性。五四时期,在教育部、现代高校和以《新青年》为核心的现代知识界和文坛之间,曾经有过较为和谐默契的良性互动关系,鲁迅等人正是在这样的关系中将文艺开展为一种运动,在一定程度上实现了现代中国的新文化革命。

　　但是,这种关系在"女师大风潮"和"三一八事件"前后发生了剧变,鲁迅的道路也由此出现转折。"女师大风潮"爆发于1924年,起因是学生反对校长杨荫榆的专制统治。杨荫榆之所以引起学生的不满,一是她对女学生的管理非常粗暴专制,被鲁迅称之为"寡妇主义";二是她配合当时"尊孔复古"的逆流,推行文言,反

---

① 陈独秀:《论戏曲》,《安徽俗话报》1904年第11期。

对新文学，与章士钊和《甲寅》一流相符，也受到鲁迅的强烈反对。在"驱羊运动"中，鲁迅站在学生一边，曾退回女师大聘书、宣布辞职；代学生拟定《呈教育部文》，要求撤换杨荫榆；邀集其他教员联名在《京报》发表《关于北京女子师范大学风潮的宣言》，并曾写下《忽然想到·七》《"碰壁"之后》《流言和谎话》《女校长的男女的梦》等文章，一面鼓励学生，一面揭露事情的真相。1924年8月，在军警入校伤人之后，学生得到外界声援，北洋政府被迫撤走军警、宣布允许杨荫榆"辞职"，继而颁布"女师大停办令"，教育部决定将女师大改组为"国立北京女子大学"，由教育总长章士钊亲任女大筹备处长。8月12日，章士钊呈请段祺瑞免除鲁迅教育部佥事职务，并于第二天明令批准，8月24日，许寿裳等人发表了《反对章士钊宣言》，抗议非法免去鲁迅职务，教育部中有多人发出声援，鲁迅最终被重新恢复职务。在这次斗争中，身兼教育部与女师大两职的鲁迅与北洋政府、教育部，以及支持政府的部分教授名流之间发生了尖锐的冲突，在《碎话》《"公理"的把戏》《这回是"多数"的把戏》等文中都有直接的体现。正如许广平后来在回忆中说的："女师大事件，就是当时北京的革命知识分子、青年学生，和卖国的军阀政府之间斗争的一个环节。""本来，女师大风潮不是单纯的一个学校的事情。……这个斗争，是中国知识分子在五四运动之后，走向分化的具体反映。"① 这次斗争之所以反映了知识分子的分化，正是因为在原有的启蒙共识中出现了观念的变化和立场的差异，而这种变化和差异导致了双方的激烈矛盾。

这次斗争对鲁迅的冲击极大，在他事后几年内的文章中都仍能看到相关的情绪和思考。同时，这次斗争也是导致鲁迅1926年8月离京南下的原因之一，他"豫定的沉默期间是两年"②，打算"好好地给社会服务两年，一方面为事业，另一方面也为自己生活积蓄一点必需的钱"③。那时的鲁迅大概认为，与教育部脱离关系，在一所华侨兴办的高校里专职任教，是一条相对安静自由的学术之路。因为，与在高校任教相比，教育部佥事毕竟仍属官员身份，而且"佥

---

① 许广平：《女师大风潮与"三一八"惨案》，《许广平文集》第2卷，江苏文艺出版社1998年版，第215页。
② 鲁迅：《答有恒先生》，《鲁迅全集》第3卷，第473页。
③ 许广平：《关于鲁迅的生活·因校对〈三十年集〉而引起的话旧》，《许广平文集》第2卷，第187页。

事这一个官儿倒也并不算怎样'区区'"①,所以在这个意义上说,教育部与政界之间必然存在密切的关系,而教育部官员也就必然带有一定的政界官员色彩。虽然,在段祺瑞执政时期,政策还算相对宽松自由,林语堂甚至都说过"段祺瑞政府算得是很放任的,亦极尊重出版和开会的自由"②的话。这也是为什么鲁迅能在教育部任职长达14年之久,并在这样相对宽松自由的政界,保持着文教两栖,在体制中保持着相对独立自由的立场,同时也依凭文教两界的良性关系从事了很多社会文化的实践。但是,随着政局的变化,教育部职位上的体制压力逐渐增大。在免职与复职的风波中,鲁迅一面自嘲"太不像官,本该早被免职的了"③,一面也在真正的反思中开始了自我道路的调整。可以说,离京南下、辞去教育部职务,正是他调整的第一步,至少在当时,他是试图以这样的方式远离甚至摆脱政界与教界的权力体制的。

二 闽粤经验与"学院"的反动

但是,仅仅离开教育部并未解决问题,他本来"少则一年,多则两年"④的计划在现实中被迫改变了。从1926年8月离京赴闽,到1927年10月离粤赴沪,经历了厦门大学、中山大学的两次辞职,下定决心到上海不再涉足政、教两界⑤,鲁迅这才算彻底告别了教育行业,不仅是告别了教育部,也摆脱了学院知识分子的身份,更远离了与之相关的体制。这当然并不意味着他从此不再关心启蒙和教育,而是说从此之后,他通过脱离体制而改变了生活和斗争的方式,完成了真正的"弃教从文"。

从离职教育部,到彻底告别教育界,这中间的变化与闽粤经验密切相关。因此,必须了解鲁迅在厦门大学和中山大学的经历与思考,才有可能真正理解他"弃教从文"的原因与意义。

---

① 鲁迅:《"碰壁"之余》,《语丝》1925年第45期。
② 林语堂:《林语堂自传》,陕西师范大学出版社2005年版,第39—41页。
③ 鲁迅:《致台静农》,王世家、止庵编《鲁迅著译编年全集》第6卷,人民出版社2009年版,第336页。
④ 鲁迅:《致李秉中》,《鲁迅著译编年全集》第7卷,第167页。
⑤ 鲁迅:《致翟永坤》,《鲁迅著译编年全集》第8卷,第449页。原话是:"我先到上海,无非想寻一点饭,但政、教两界,我不想涉足,因为实在外行,莫名其妙。也许翻译一点东西卖卖罢。"

1926年8月至1927年10月，鲁迅先后在厦门大学和中山大学执教。闽粤时期是他的"低产"期，但也是重要的转折期。这段时间，鲁迅更深入地观察和反思了"学院政治"，并对"教育界"感到幻灭和绝望。怀着对北洋政府治下的教育部和在京高校中的"正人君子"的不满，鲁迅选择了千里之外的厦门大学，这无疑是怀有期待与乐观态度去的。但是，到达的第三天，他即在与友人的通信中直言："今稍观察，知与我辈所推测者甚为悬殊。"① 他的失望一面来自校长的尊孔复古，另一面则因"谁有钱谁就有发言权"的校董制，加之学院内部保守僵化且对"现代评论派"名流多有追随奉承，鲁迅在厦大的处境和感受可想而知。难怪他感慨地说："学校是一个秘密世界，外面谁也不明白内情。据我所觉得的，中枢是'钱'，绕着这东西的是争夺，骗取，斗宠，献媚，叩头。没有希望的。"②

再次选择离开，鲁迅对"革命策源地"广州又再次抱有期待，但实际上，在中山大学的苦闷较之厦大有过之而无不及，尤其是在"四一五"之后，目睹了革命内部的背叛和青年的牺牲，他不仅"被血吓得目瞪口呆"，更在愤怒和沉痛中产生了深深的无力感。就在被他自己称为"大夜弥天""虽生之日，犹死之年"的状态中，他深刻地反思了大革命时代中知识分子道路选择的问题。他深深地认识到："中国现在是一个进向大时代的时代。但这所谓大，并不一定指可以由此得生，而也可以由此得死。……不是死，就是生，这才是大时代。"③ 因此，在反思和发言的同时，他最终决定辞职而去，以实际的行动为这个问题做出了回答。

在广州期间，鲁迅回顾自己"从文"以来的道路时说："我曾经叹息中国没有敢'抚哭叛徒的吊客'。而今何如？你也看见，在这半年中，我何尝说过一句话？虽然我曾在讲堂上公表过我的意思，虽然我的文章那时也无处发表，虽然我是早已不说话，但这都不足以作我的辩解。总而言之，现在倘再发那些四平八稳的'救救孩子'似的议论，连我自己听去，也觉得空空洞洞了。""还有，我先前的攻击社会，其实也是无聊的……近来我悟到凡带一点改革性的主张，

---

① 鲁迅：《致许寿裳》，《鲁迅著译编年全集》第7卷，第261页。
② 鲁迅：《致翟永坤》，《鲁迅著译编年全集》第8卷，第25页。
③ 鲁迅：《〈尘影〉题辞》，《鲁迅全集》第3卷，第571页。

倘于社会无涉,才可以作为'废话'而存留,万一见效,提倡者即大概不免吃苦或杀身之祸。"① 这不仅是严厉的自省,其实更是对环境变化及方向调整的思考。他的意思是:在新的历史条件下,思想和写作如何与革命和时代相呼应?在"大时代"的面前,"写什么""怎么写",乃至"怎么活"都变成需要重新思考和选择的问题。这不仅是鲁迅与空洞无聊、不敢或无力介入现实的"正人君子"之间的决裂,同时也是他对于自己曾经的——但是可能已经失效的——写作和斗争方式的反思和调整。

1927年5—6月,鲁迅连续密集地翻译了鹤见佑辅的《读的文章和听的文字》《书斋生活与其危险》《专门以外的工作》等七篇论文,从内容看,他对篇章的选择正应和了他自己的思考,或者说他也是借助翻译来清理自己的想法,并以译文的方式发出自己的声音。比如,在《书斋生活与其危险》中有这样的表述:

> 专制主义使人们变成冷嘲……专制治下的人民,没有行动的自由,也没有言论的自由。于是以为世界都是虚伪,但倘想矫正它,便被人指为过激等等,生命先就危险。强的人们,毅然反抗,得了悲惨的末路了。然而中人以下的人们,便以这世间为"浮世",吸着烟卷,讲点小笑话,敷衍过去。但是,当深夜中,涌上心来的痛愤之情,是抑制不住的。独居时则愤慨,在人们之前则欢笑,于是他便成为极其冷嘲的人而老去了。……
>
> 书斋生活者要有和实生活,实世间相接触的努力。我的这种意见,是不为书斋生活者所欢迎的。然而尊敬着盎格鲁撒逊人的文化的我,却很钦仰他们的在书斋生活和街头生活之间,常保着圆满的调和。新近物故的穆来卿,一面是那么样的思想家,而同时又是实际政治家……读了穆来卿的文籍,我所感到是他总凭那实生活的教训,来矫正了独善底态度。②

这显然也是鲁迅自己的思考。对于空谈和实践的取舍、对于书

---

① 鲁迅:《答有恒先生》,《鲁迅全集》第3卷,第476—477页。
② 鹤见佑辅:《书斋生活与其危险》,《鲁迅译文全集》第3卷,福建教育出版社2008年版,第179—180页。

斋与街头的选择，这是鲁迅一直极为关注的问题。1925 年借"青年必读书"之题加以发挥的就正是这个问题，而在 1927 年广州更为严峻的现实状况下，他对此无疑更有深切体会。让鲁迅忧虑和警惕的是，在日益高压的专制统治下，会有更多的知识分子遁入独善其身的书斋，他们的冷嘲也必然早晚沦为空洞的"废话"。因而，身处广州"大夜弥天"之际，鲁迅更意识到重提介入"实生活""实世间"的必要性。为了防止各种因恐惧或绝望而导致的消极逃避，必须重提实践斗争的重要性并重振投入革命的勇气，愈是在残酷的革命低潮期，这样的提醒和鼓舞才愈是重要的。

究竟是"闭户读书"还是"出了象牙之塔"？这不是鲁迅一个人的问题，甚至也不仅是鲁迅那一代知识分子的问题。鲁迅的思考看似是个人性的，但实际上具有代表性和启发性。鲁迅自己也是身体力行做出选择的。他不做学院派，最终选择以自由写作的方式与"实世间"短兵相接；不在校园里与青年们师生相称，而是以自由平等的身份与青年们一同"寻路"，甚至是一同彷徨。

事实上，从"女师大风潮"和"三一八"事件中，鲁迅已经开始对教育界与北洋政权之间关系进行反思，并在具体问题的背后寄托了更大的思考，即知识分子与政权之间的关系问题。这个思考在闽粤经历的激发中又有了进一步的深化，因而在离穗抵沪 20 余天后，鲁迅在题为《关于知识阶级》的讲演中，更明确地提出了"知识阶级"要"为平民说话""注重实行"等原则，尤其强调真正的知识阶级与统治者之间的关系问题。他说："知识阶级将什么样呢？还是在指挥刀下听令行动，还是发表倾向民众的思想呢？要是发表意见，就要想到什么就说什么。真的知识阶级是不顾利害的，如想到种种利害，就是假的，冒充的知识阶级……"① 这里充分体现了鲁迅对于知识分子问题的核心认识。也就是说，如何处理与专制者之间的关系，是鲁迅判断是否是"真的知识阶级"的最重要的标准。事实上，自"女师大风潮"之后，鲁迅就在批判专制统治者的同时，更加严厉地批判那些与专制统治者同流合作的教授们，尤其是新文化阵营中的自以为公正的"正人君子"们。鲁迅警惕的是这些新文化知识分子与保守势力合流的危险。同时，他也犀利地指出了"进研究室""进艺术之宫"或"住在'象牙之塔'"这些堂皇借口背后

---

① 鲁迅：《关于知识阶级》，《鲁迅全集》第 8 卷，第 226 页。

的怯懦与退避,指出这些人成为专制统治者的帮凶的可能。

从参与女师大的斗争到亲历"四一五"的这段时间里,鲁迅对原有的文艺运动之路不断做出反思,在他的认识中逐渐形成了一个知识分子生存形态的认识层次,大致可归纳为:书斋—学院—体制—政治的四重结构。这个结构不仅包含了从传统文人到现代知识分子存在方式的不同层面,也指示出某种发展变化的道路和方向。事实上,这也就是鲁迅自己走过的道路。从绍兴会馆的书斋式生活到投身于新文化运动并在以现代高校为中心的教育界中从文从教,这是1912年到1927年间鲁迅的道路,这里包含了传统书斋的独善到现代学院的启蒙两种形态。但是,这两种形态在1927年这个"大时代"来临之际,被鲁迅彻底舍弃了,其原因就在于他曾认同的现代学院式生活也随着党国体制的建立与强化而失去了其应有的独立性与革命性。鲁迅由此转向批判教育界之外的更大的体制,他说:"我以北京为污浊,乃至厦门,现在想来,可谓妄想,大沟不干净,小沟就干净么?""世事大概差不多,地的繁华和荒僻,人的多少,都没有多大关系。"① 这意味着,鲁迅的失望已不仅是对学院中的某类人或某类现象的失望,更是对其背后体制的势力与本质有了更清醒也更绝望的认识。因而,他从此以后"对于一切学校的聘请,全都推却"②。并且预言:"北京教育界将来的局面,恐怕是不大会好的。"③

从女师大到中大,从北京到广州,从"三一八"到"四一五",现实环境和局势的变化推动了鲁迅的反思和批判的一步步加深,直至升级为一个关乎生死去留的大是大非问题。鲁迅曾称"三一八"为"民国以来最黑暗的一天",虽然他说"四十多个青年的血,洋溢在我的周围,使我艰于呼吸视听,那里还能有什么言语?"④ 但他还是接连写下《无花的蔷薇之二》《"死地"》《可惨与可笑》《记念刘和珍君》《空谈》《淡淡的血痕中》等文。而在"四一五"之后,他几乎只字不写,只在《〈朝花夕拾〉小引》中以一句"虽生之日,犹死之年",写出些许"心目中的离奇和芜杂"⑤。由愤怒到沉痛,

---

① 鲁迅:《致许广平》,《鲁迅著译编年全集》第7卷,第327页。
② 鲁迅:《致翟永坤》,《鲁迅著译编年全集》第8卷,第500页。
③ 鲁迅:《致章廷谦》,《鲁迅著译编年全集》第9卷,第226页。
④ 鲁迅:《记念刘和珍君》,《鲁迅全集》第3卷,第289页。
⑤ 鲁迅:《〈朝花夕拾〉小引》,《鲁迅全集》第2卷,第235页。

鲁迅显然陷入了更深的绝望，或许正是因为在这个过程中他更清醒地看到了"五四"思想运动与大革命时代的政治斗争之间的差异，并由此反省到自己的使命与斗争方式。是留在体制内继续通过启蒙式的写作，成为一个"做醉虾的帮手"，"弄清了老实而不幸的青年的脑子和弄敏了他的感觉"，却令他们在"万一遭灾时来尝加倍的苦痛，同时给憎恶他的人们赏玩这较灵的苦痛，得到格外的享乐"①。还是寻找一种新的方式与青年们一起寻找未来的革命道路，"即使前面是深渊，荆棘，狭谷，火坑"，都由自己负责②。事实上，在"四一五"的血雨腥风中，鲁迅做出的是一个必然的选择。

总而言之，鲁迅的"弃教从文"看似出于一些具体的人事因素，但其深层却蕴含了一个大革命时代知识分子道路选择的大问题。对部分知识分子及学院政治的不满固然是一方面，但鲁迅的决定并不是离开厦大和中大再去另寻一所大学，而是决心彻底脱离教界和政界。这意味着他与整个体制的决裂，也表明了他对于知识者与权力及体制之间关系的明确态度，即对体制内知识分子与体制之间的依附关系的批判性反省。鲁迅当然也知道，北洋政府与广州革命政府之间是存在差异的，但与此同时，他也深刻地看到了二者之间的某种相似。他曾说："逃掉了五色旗下的'铁窗斧钺风味'，而在青天白日之下又有'缧绁之忧'了"③，"在五色旗下，在青天白日旗下，一样是华盖罩命，晦气临头"。④也就是说，表面上的差别并不能掩盖其内在相同的反动本质，二者的差别至多不过就是：北方的"专制使人们变成冷嘲"，南方的"共和使人们变成沉默"。而这也就对知识分子提出了更大的考验，因为，"世间大抵只知道指挥刀所以指挥武士，而不想到也可以指挥文人"⑤。知识分子如何在体制中保持独立，成为重大的原则问题。

自"三一八"到"四一五"的过程中，鲁迅从血泊中得来教训，对于北京和广州两种体制的真相有了深刻的洞察。于是，在对知识分子独立精神的进一步自觉和强调中，他选择了上海，这当然也并不说明上海是体制之外的净土，但至少存在着某种新的可

---

① 鲁迅：《答有恒先生》，《鲁迅全集》第3卷，第474页。
② 鲁迅：《北京通信》，《鲁迅全集》第3卷，第54页。
③ 鲁迅：《通信》，《语丝》1927年第151期。
④ 鲁迅：《革"首领"》，《语丝》1927年第153期。
⑤ 鲁迅：《小杂感》，《语丝》1927年第4卷第1期。

能——摆脱旧体制,甚而参与建设某种新的革命体制的可能。对鲁迅本人而言,从书斋到学院,再到脱离学院和体制,走向一种新的政治空间,他生活与斗争的方式和依托都必将发生重大的变化。

三 "且介亭杂文"与"革命人"

1925年10月,在女师大斗争的高潮期,鲁迅完成了短篇小说《孤独者》,1926年11月,已任教厦门大学的他又在钟楼里写下了回忆性散文《范爱农》,两篇作品虽然体裁相异,但人物、事件和情绪都有明显的关联,其主题也都共同指向了知识分子"怎么活"的问题。

魏连殳是个"新党","所学的是动物学,却到中学堂去做历史教员",他信仰进化、热爱青年,相信"孩子总是好的,他们全是天真……"坚信"中国的可以希望,只在这一点"。然而"渐渐地,小报上有匿名人来攻击他,学界上也常有关于他的流言",在最终"被校长辞退了"之后,一贫如洗、生活无着。在鲁迅的笔下,魏连殳的遭遇并非个别现象,因为几个可托的朋友境遇也都和他差不多:生计不堪、窘相时露,渐渐在精神上也颓败了。开始还希望"有所为","愿意为此求乞,为此冻馁,为此寂寞,为此辛苦。但灭亡是不愿意的"。但是,困境中的挣扎渐渐剥夺了他的信仰,曾经"自己也还想活几天的时候,活不下去",最终走投无路、绝望地选择了一条自暴自弃的死路,加速走完了自己的余生。他说:"我已经躬行我先前所憎恶,所反对的一切,拒斥我先前所崇仰,所主张的一切了。我已经真的失败,——然而我胜利了。"魏连殳并非真的自甘堕落,事实上,一直到死他都没有真正妥协,他在棺材里仍是"很不妥帖地躺着","在不妥帖的衣冠中,安静地躺着,合了眼,闭着嘴,口角间仿佛含着冰冷的微笑,冷笑着这可笑的死尸"。至死都保持清醒的魏连殳其实是在无可选择中选择了这样的结局。同样地,鲁迅的挚友、可被视作魏连殳原型的范爱农也曾任职师范学校,身为监学的他一腔热诚,"不大喝酒了,也很少有工夫谈闲天。他办事,兼教书,实在勤快得可以"。然而,他的教职终究还是"被孔教会会长的校长设法去掉了。他又成了革命前的爱农。……景况愈困穷,言辞也愈凄苦。""什么事也没得做",终于也没有人"愿意多听他的牢骚",只能在孤独绝望中郁郁而终。范爱农的尸体"是在菱荡里找到的,直立着"。作为深知他的挚友,鲁迅"疑心他是自杀",并且相信"这是极其可靠的,虽然并无证据"①。范爱农最终的"直立"姿态,让人很容易联想到魏连殳"很不妥帖"地躺在棺中的样子,前者的宁折不弯,后者的格格不入,似乎都是其生前性格与精神的最好象征。

《孤独者》与《范爱农》都是直面知识分子困境与出路问题的重要文本,尤其涉及与教育界乃至政界的关系。两人最初同鲁迅一样,是"想提倡文艺运动"并投身教育的现代知识分子,而他们令人痛心的遭遇也成为鲁迅寄托深思和借以反省的重要依托。如何在现实中生存?如何在体制中"有所为"?如何在保证生计的同时避免精神的"沦亡"?这是鲁迅深切关注和严肃思考的问题。事实上,在《伤逝》《高老夫子》《幸福的生活》等同期作品中,这个思考时时会闪现出来。涓生所谓"人必生活着,爱才有所附丽"的感悟里,其实也包含了这一层意思。可以说,这个思考与鲁迅"弃教从文"的决定密切相关,当他萌生脱离学院和体制的想法之际,他必然要考虑如何寻找新的生活和斗争的现实依托,这是他在"大时代"中思考"怎么活"的题中必有之义。

当然,1927年的现实环境已不同于魏连殳和范爱农的时期:一方面,政治斗争、党派政治以及帝国主义势力的介入和强化,使得思想领域的斗争形式也有所升级,进入更为严酷的阶段;而另一方面,对于知识分子来说,虽然斗争更严酷,但或许可选择的道路却也相对更多。在鲁迅本人的面前,事实上就存在着新的可能性,让他有可能从中山大学辞职,前往上海,走向一种新的政治空间。

鲁迅对于"弃教"的决心是干脆的,但对于去哪里、做什么,还是经过了一段时间的观察和思考,逐渐明确了方向,并确定了相对长期稳定的生活和行动方式。上海之所以能为"弃教从文"的鲁迅提供可能,首先就是因为其作为租界半租界的特殊环境。曾有人说过:"鲁迅到上海的种种考虑和真实原因,却是因为上海有租界,而且特意选择日本人聚居的虹口区。""他明白上海,尤其是上海的租界,是当时中国各地的最佳选择,在上海待下来,他可以有一个进退回旋的余地。"② 这是实际的话,但却只说对了一半。鲁迅考虑

---

① 鲁迅:《范爱农》,《鲁迅全集》第1卷,第327页。
② 陈丹青:《笑谈大先生》,广西师范大学出版社2011年版,第90页。

定居上海，确实有对于自身和家庭的安全的考虑，但同时更有其对于斗争之便的考虑。上海的租界不仅提供相对的安全和回旋的余地，同时也因其文化市场的商业化程度，提供了报刊出版的便利。鲁迅在上海期间，程度不同地参与了《语丝》《莽原》《奔流》《萌芽》《新地》《朝花周刊》《朝花旬刊》《前哨》《北斗》《十字街头》《申报·自由谈》等报刊的编撰，他的大量杂文分别发表在不同刊物上，造成了极大影响。此外，他翻译的《小约翰》《思想·山水·人物》《近代美术史潮论》《壁下译丛》《现代新兴文学的诸问题》《艺术论》《文艺与批评》《毁灭》《表》《死魂灵》等，也都获得了出版的机会，既为他提供了"饭碗"，也继续了"五四"以来的思想传播。因而可以说，鲁迅之定居上海绝非出于胆怯或退避，而是一种"壕堑战"，是他对于生存与斗争方式的新的选择。诚然，包含租界和现代出版等因素在内的上海文化环境也是一种"体制"，但与鲁迅企图脱离的党国体制相比，起码在那个阶段确实提供了一种新的可能性。上海不是世外桃源，事实恰恰相反，上海是斗争的前沿，鲁迅自己就曾说："沪上实危地，杀机甚多，商业之种类又甚多，人头亦系货色之一。"① 但鲁迅选择了新的斗争方式，这个方式既是直接的，也是策略的；既是智慧的，也是勇敢的；既是有所依托的，也是极为独立的。正像他自己所说："但我却非住在上海不可，而且还要写东西骂他们，并且写了还要出版，试验一下看到底谁要灭亡。"②

如果把"弃医从文"之后的"文"归纳为"文艺运动"的话，那么，"弃教从文"之后的"文"则不妨直接称之为"且介亭杂文"。因为，鲁迅新的生活与斗争方式正是依托于上海的租界与商业出版之便而进行的以杂文写作为中心的革命实践。对此，鲁迅是相当清醒和自觉的，1935年年底，他以"且介亭杂文"命名了两部杂文集，并在《且介亭杂文》的序言中再次严肃讨论了杂文的意义与价值。他说：

> 现在是多么切迫的时候，作者的任务，是对于有害的事物，立刻给以反响或抗争，是感应的神经，是攻守的手足。潜心于

---

① 鲁迅：《致台静农》，《鲁迅著译编年全集》第14卷，第113页。
② 鲁迅：《致山本初枝》，《鲁迅著译编年全集》第15卷，第232页。

他的鸿篇巨制，为未来文化设想，固然是很好的，但为现在抗争，却也正是为现在和未来的战斗的作者，因为失掉了现在，也就没有了未来。

……当然不敢说是诗史，其中有着时代的眉目，也绝不是英雄们的八宝箱，一朝打开，便见光辉灿烂。我只在深夜的街头摆着一个地摊，所有的无非几个小钉，几个瓦碟，但也希望，并且相信有些人会从中寻出合于他的用处的东西。

正如后来的研究者所言："随同'杂文的自觉'一同来到的也是对自己人生境遇的自觉；对自己同这个时代的对抗关系的自觉；……正是通过这个过程，通过持续不断的对抗和冲突，鲁迅的写作同它的时代真正融合在一起，杂文作为一种时代的文体方才确立下来。"从 1919 年的"随感录"系列到 1934 年的"且介亭杂文"，鲁迅逐渐在摸索和反省中建立了一种新的"从文"的自觉。1927 年前后，"辛亥革命以来民国一次又一次的失败，此刻使鲁迅从隐痛状态变为公开的激烈对抗，从此鲁迅的文化批判和社会批判，同共产党领导的阶级对抗一直是一种平行关系，没有直接的交点，但确实彼此呼应，有着共同的未来指向"。"杂文变成了语言中的行动和实践意义上的形式。"①

鲁迅对于"且介亭"的生存方式和"且介亭杂文"的生产方式都确乎是自觉的，他自己其实也多次在文章②的末尾署以"记于上海且介亭"之类来强调这一点。对于这种依托于半租界环境进行的壕堑战式的斗争方式，他高度自觉，也高度自信。1935 年 12 月 31 日，当他照例在"一年的尽头的深夜中"为自己的杂文编集并撰写后记的时候，他突然做了一个有趣的统计。他说："我自己查勘了一下：我从在《新青年》上写《随感录》起，到写这集子里的最末一篇止，共历十八年，但是杂感，约有八十万字。后九年中的所写，比前九年多两倍；而这后九年中，近三年所写的字数，等于前六年。③"这几个数字所反映出的加速加量的特征，本

---

① 张旭东：《杂文的"自觉"——鲁迅"过渡期"写作的现代性与语言政治》（上），《文艺理论与批评》2009 年第 1 期。

② 参见《孔另境编〈当代文人尺牍抄〉序》《白莽作〈孩儿塔〉序》《曹靖华译〈苏联作家七人集〉序》等。

③ 鲁迅：《〈且介亭杂文二集〉后记》，《鲁迅全集》第 6 卷，第 466 页。

身就很好地说明了鲁迅对于杂文写作的高度重视和高度自觉。可以说,"且介亭杂文"式的斗争,是鲁迅上海十年最重要的行动方式。杂文的主观性、思想性、批判性使得它成为一种更真实、更直接、更具行动力和战斗性的现代文体,正如瞿秋白所总结的:"鲁迅的杂感其实是一种'社会论文'——战斗的'阜利通'(feuilleton)。谁要是想一想这将近二十年的情形,他就可以懂得这种文体发生的原因。……作家的幽默才能,就帮助他用艺术的形式来表现他的政治立场,他的深刻的对于社会的观察,他的热烈的对于民众斗争的同情。不但这样,这里反映着五四以来中国的思想斗争的历史。杂感这种文体,将要因为鲁迅而变成文艺性的论文(阜利通——feuilleton)的代名词。自然,这不能够代替创作,然而它的特点是更直接的更迅速的反应社会上的日常事变。"①

的确,正是通过杂文,鲁迅将文学写作变成了一种更真实、更直接、更具行动力的战斗方式。通过杂文,他保持了知识分子的批判性和独立性。杂文的写作和发表,为他提供了生存的依托和行动的方式。杂文以其高度的现实关联性和巨大的艺术涵容性,令鲁迅在那个"大时代"中,从一个体制人变为一个自觉的独立的批判的思想家。

就在"四一五"前夕,鲁迅在黄埔军校发表的题为《革命时代的文学》的演讲中说:"好的文艺作品,想来多是不受别人命令,不顾利害,自然而然地从心中流露的东西。""为革命起见,要有'革命人','革命文学'倒无须急急,革命人做出东西来,才是革命文学。"② 在我看来,那时的鲁迅已经在努力成为一个自觉的"不受别人命令,不顾利害"的"革命人"了。随后不久,现实与命运就逼迫并成全他,完成了"弃教从文"这一重大的人生抉择,成为一个更符合其自身要求的"革命人"。

余论 "革命"与"体制"的张力

上海十年的写作与行动,是"革命人"鲁迅在新的革命体制形成过程中对于自身和体制的双重探索,其间也必然存在痛苦、矛盾

---

① 何凝:《序言》,《鲁迅杂感选集》,贵州教育出版社2001年版,第100页。
② 鲁迅:《革命时代的文学》,《鲁迅全集》第3卷,第437页。

与困惑。比如，他对商业书店的投机逐利、国民党政府的文化高压，以及左翼阵营内部的分歧冲突，都有过观察与批评，甚至产生过失望、苦恼和愤怒的情绪。他曾多次感叹"上海的出版界糟极了"①，"此地书店，旋生旋灭，大抵是投机的居多"②。在文化高压下，"虽然还出版着一大堆的所谓文艺杂志，其实却等于空虚。……革命者的文艺固然被压迫了，而压迫者所办的文艺杂志上也没有什么文艺可见"③。这些情况自他1927年定居上海直至1936年病逝，都未能发生真正改变。因此，他一面呼吁"需要肯切实出书，不欺读者的书店"④，一面亲自全力从事翻译、编译、著述等"切实"的工作。他的态度是："我若存在一日，终当为文艺尽力，试看新的文艺和在压制者保护之下的狗屁文艺，谁先成为烟埃。……无论如何，将来总归是我们的。"⑤ 这正是鲁迅作为"革命人"的信念与斗志。在他看来，只有全力的、切实的行动才是反抗压制者的唯一有效方式。

上海十年，斗争的形势日趋复杂。"左联五烈士"的牺牲让鲁迅更加认识到："统治者也知道走狗的文人不能抵挡无产阶级革命文学，于是一面禁止书报，封闭书店，颁布恶出版法，通缉著作家，一面用最末的手段，将左翼作家逮捕，拘禁，秘密处以死刑，至今并未宣布。这一面固然在证明他们是在灭亡中的黑暗的动物，一面也在证实中国无产阶级革命文学阵营的力量。"⑥ 多年的斗争经验让鲁迅一面坚持着孤独的、韧性的战斗，一面也在反思个人力量的有限。因而，他对"组织化的力量"——尤其是"以革命人群体为行动主体"的力量——抱有一定的希望。正如有研究者所指出的："鲁迅后来的'左转'和走向革命阵营在很大程度上就是用一种'双管齐下'的方式……：一方面继续强调改造国民性，另一方面试图寻求一种组织化的力量以革新令人失望的制度安排。""他的'左转'本身已经暗示了他思想中对于以革命阵营为先锋来改造社会（旧社会在他那里呈现为充满既得利益者的糟糕制度安排）的重视。自然，

---

① 鲁迅：《致李霁野》，《鲁迅著译编年全集》第10卷，第226页。
② 鲁迅：《致李霁野》，《鲁迅著译编年全集》第11卷，第45页。
③ 鲁迅：《上海文艺之一瞥》，《鲁迅全集》第4卷，第310页。
④ 鲁迅：《致李霁野》，《鲁迅著译编年全集》第11卷，第45页。
⑤ 鲁迅：《致韦素园》，《鲁迅著译编年全集》第13卷，第18页。
⑥ 鲁迅：《中国无产阶级革命文学和前驱的血》，《鲁迅全集》第4卷，第2984页。

他的这种重视伴随着担忧。"① 他同样注意到革命阵营内部的新问题，比如有人"摆着一种极左倾的凶恶的面貌"，② 也有人"抓到一面旗帜，就自以为出人头地，摆出奴隶总管的架子，以鸣鞭为唯一的业绩"③，等等。所以，如何防止革命体制内部的权力扩张或失衡，也成为他高度警惕的问题。不能不说，1936 年离世的鲁迅并没能看到革命体制的进一步形成与演变，因而也无法以其现实经验来应对更多的新问题与新矛盾，但他有生之年的思考与行动仍具有重要的启示作用，他不仅指出了可能、看到了问题，而且，他所坚持的态度本身——即在革命的进程中探索革命的方向、在"本没有路"的地方寻求可能的道路——也同样值得继承和发扬。

事实上，革命与体制之间的张力是必然存在的，革命也正意味着一种对既有体制的反抗。鲁迅在自身的斗争生涯中——正如他所认同的孙中山一样——秉持着"永远革命"的信念，以行动性的写作作为革命的方式，并进而探索以革命人群体为行动主体的新体制的建构，在革命与体制之间，尝试创造一种新的历史可能性。他的选择或许并不能真正解决革命人与体制之间的矛盾，但是，作为中国知识分子的代表，鲁迅的道路始终具有发人深省的力量。

（原载《中国现代文学研究丛刊》2020 年第 4 期）

---

① 钟诚：《鲁迅文学经验与中国的国家转型》《文艺理论与批评》2019 年第 5 期。
② 鲁迅：《上海文艺之一瞥》，《鲁迅全集》第 4 卷，第 304 页。
③ 鲁迅：《答徐懋庸并关于抗日统一战线问题》，《鲁迅全集》第 6 卷，第 558 页。

从"革命鲁迅"到"政治鲁迅"

——评李玮《鲁迅与 20 世纪中国政治文化》

邱焕星

摘　要　李玮在《鲁迅与 20 世纪中国政治文化》一书中，针对既往研究范式相互割裂和"去政治化"的问题，通过借鉴当代西方的前沿理论，将"政治"的内涵从政党国家扩展到了文化领域和文本层面，从而引发了鲁迅研究的"政治文化转向"。此书不但呈现了鲁迅在 20 世纪中国政治文化博弈中的全面参与和主动被动，也反映出当代鲁迅研究正在出现从"革命鲁迅"到"政治鲁迅"的范式转型。不过，"政治鲁迅"的发展应该超越文化关注和后现代立场，回到鲁迅自身历史经验和当代中国发展诉求，重视"文学政治"和"介入知识分子"的探究。

关键词　革命鲁迅；政治鲁迅；政治；文化

2018 年，有两本关于"政治鲁迅"的著作同时问世，一本是钟诚的《进化、革命与复仇："政治鲁迅"的诞生》（北京大学出版社），一本是李玮的《鲁迅与 20 世纪中国政治文化》（百花洲文艺出版社）。这两本书的出版，标志着新一代学者试图走出鲁迅研究最近三十年的"去政治化"状态，努力开启了鲁迅研究的"再政治化"转向。

比较而言，钟诚一书似乎更受学界热议[①]，而李玮获得的关注较

[①]　参看国家玮的《鲁迅研究的范式变革与概念重估——评钟诚〈进化、革命与复仇："政治鲁迅"的诞生〉》（《文艺研究》2019 年第 12 期）、谢俊的《从"抵抗"的政治到介入的"政治"——谈谈钟诚的"政治鲁迅"的意义和问题》（2019 年 12 月山东大学"政治鲁迅与文学中国"学术研究工作坊论文汇编）。

少。究其根源,应该与钟诚带来的政治哲学新视野有关,他比较了鲁迅和休谟的社会改造路径,指出鲁迅的"改造国民性"在遭遇现实制度问题时,流于空洞的道德主义激情,只有解构不能建构,因而需要通过好的制度设计,来激发人性善抑制人性恶。正是从这种改良主义和制度主义出发,钟诚放弃了"革命鲁迅"的传统定位,第一个明确提出了"政治鲁迅"的命题,无疑更加契合了改革开放以来的当代中国新形势。不过,钟诚的"政治鲁迅"带有强烈的古典政治倾向,他对"政治"的理解偏于国家制度,这是一种狭义的政府政治观,大多数人实际上被认为是"外在于"政治[①],由此一生从事"在野革命"的鲁迅,其批判性和革命性就成了缺点,他只有参与"在朝政治"建设,才能真正有益于社会改造。

钟诚的这种看法虽然启发很大,但明显和鲁迅本人的自我认知,乃至鲁研界的主流认识出入较大,也正因此,他的观点受到了不少评论者的批评。而作为第一本系统探究鲁迅与政治文化的著作,《鲁迅与20世纪中国政治文化》(下文引用该书仅标注页码)恰恰很好地解决了这些问题,李玮不但引入了后现代主义的政治观,扩大了"政治"的内涵外延,而且从"政治文化"的角度,凸显了鲁迅革命精神的正面意义,由此既坚持了"政治鲁迅"的新转向,也兼容了"革命鲁迅"的旧传统。所以,本文试图在鲁迅学术史的脉络变迁中,来具体分析一下李玮的这些新思维,考察她的新突破也呈现她的新困境,进而探索一条更加契合当代中国社会发展的新的鲁迅研究道路。

一 "政治"的扩张:复数政治与话语实践

和钟诚的全面否定鲁迅既往研究、截断众流直接从休谟出论不同,李玮的突破是一种直面既往鲁迅研究碎片割裂难题的兼容创新,所以需要放在从"革命鲁迅"到"政治鲁迅"的学术史脉络变迁中才能看清楚。

在将近一百年的鲁迅形象史中,"革命鲁迅"长期占据着主导地位,它的建构起于1930年代的瞿秋白,完成于1940年代的毛泽东,鲁迅被视为代表着"中华民族新文化方向"的"伟大的革命家",

---

[①] 安德鲁·海伍德:《政治的密码》,吴勇译,中国人民大学出版社2016年版,第30页。

而随着新中国成立,"从五十年代开始,在我国逐渐形成了一个以毛泽东同志对中国社会各阶级政治态度的分析为纲,以对《呐喊》《彷徨》客观政治意义的阐释为主体的粗具脉络的研究系统"①。由于"革命鲁迅"以阶级斗争为纲,"反映在文学思想上,首先便是要求文学自觉地服从于政治、服从于中国的革命斗争"②,所以鲁迅研究的重点,就是探究被压迫阶级的状况和无产阶级的解放道路,而知识分子和资产阶级革命则处于被批判的地位,但如此一来,鲁迅也就丧失了自身的主体性,甚至成了"党的一名小兵"③。

也正因此,"文革"结束之后,"革命鲁迅"随着当代中国的现代化改革和"告别革命"转向,逐渐从独尊变成了多元之一,进而被王富仁提出的"启蒙鲁迅"和汪晖提出的"反现代性鲁迅"挤到了边缘位置。这两种新的鲁迅形象虽然侧重点不同,但都反对"革命鲁迅"的阶级革命和政治化扭曲,主张回到鲁迅那里,探究其自身的主体性,认为鲁迅是"站在'孤立的个人'的思想立场上抨击整个社会的思想、批判'群众''多数'的愚昧和落后"④。但是这么做的后果,实际是"将鲁迅放置在一个孤独的知识分子的位置上"⑤,逐渐"去政治化"了,不但鲁迅的革命倾向处于被遮蔽的状态,鲁迅研究也退化为一种远离现实的学院化生产,最终丧失了对于当代中国最近三十年社会变迁的回应能力。

为此钟诚的解决办法,是将既往的鲁迅形象全部归入非实践、非公共性的"主体性的'文学鲁迅'",转而提倡英国式的自由主义政治之路,塑造了一个"秉持'责任伦理'""关注公共性的'政治鲁迅'"⑥。这种转向虽然契合了当代中国改革开放、政治稳定的时代需要,但完全放弃革命批判的做法,实际是让鲁迅去做胡适、走政治参与的道路,他因而就成了张宁批评的那种"习惯于仅仅从国体、政体等制度建设上看的人,是不大能够发现鲁迅这种致力于把

---

① 王富仁:《〈呐喊〉〈彷徨〉综论》,《文学评论》1985 年第 3、4 期。
② 陈涌:《论鲁迅小说的现实主义——〈呐喊〉与〈彷徨〉研究之一》,《人民文学》1954 年第 11 期。
③ 许广平:《鲁迅回忆录(手稿本)》,长江文艺出版社 2010 年版,第 155 页。
④ 王富仁:《〈呐喊〉〈彷徨〉综论》,《文学评论》1985 年第 3、4 期。
⑤ 汪晖:《"重构我们的世界图景"》,《别求新声——汪晖访谈录》,北京大学出版社 2009 年版,第 464 页。
⑥ 钟诚:《进化、革命与复仇:"政治鲁迅"的诞生》,北京大学出版社 2018 年版,第 13 页。

民众'从政治的客体变成政治的主体'的艰难努力的;习惯于'从上面'看的人,也不大可能体会鲁迅那始终秉有的'从下面'看的眼光"①。显然,钟诚将文学与政治、主体性与公共性二元对立的结果,实际缩小了"政治"的内涵,将其后退到古希腊时代的古典政治理念,"文学"被踢出了"理想国","政治"成了政府官员和少数精英的事情了。

但是李玮却提供了不同的解决路径,虽然她也认识到"重启鲁迅研究的政治性,成为鲁迅研究发展的重要方向"(第1页),但她在面对着学术史上这些不同的研究范式和鲁迅形象时,采用了"扩大所谓'政治'的内涵"的办法,主张"'政治'不再被局限于政治斗争,它的所指在语言层面、文化层面得到扩大"(第2页),为此李玮借鉴了当代西方几个重要方面的思想理论:

首先是借鉴阿尔蒙德的"政治文化"理论,将"政治"从制度扩展到"文化",即"由政治心理、政治态度、政治价值观等层面所组成的观念形态体系"(第7页)。由此看起来是"去政治化"的启蒙鲁迅和反现代性鲁迅,也都有着很强的"政治性","构成了1980年代改革话语的意识形态"(第245页),也就是说既往的三种主要鲁迅形象,实际分别代表着革命政治、启蒙政治和反现代性政治。

其次是借鉴了汉娜·阿伦特的政治哲学,将"政治"从"国家"层面扩展到了社会"公共空间"领域。李玮批评既往鲁迅研究各范式陷入了"'本质真理'的幻觉",它们都将自己的立场视为唯一真理,排斥对话沟通,因而需要走向"关系真理"和"复数政治"(第4页),"由对'可交流性'的'真'的重建实现'主体间性'的'政治'"(第9页)。

最后是借鉴了后现代主义的"话语实践"理论,将"政治"的认识泛化为"权力"关系,由此将其扩展到私人领域和语言层面。不仅国家、社会、文化、家庭、个人、语言领域都存在政治冲突和"微观权力",而且绝对性的"价值真理"变成了意识形态性的"权力话语",它们建构于特定的历史语境,其作用是功能性的,意在政

---

① 张宁:《无数人们与无穷远方:鲁迅与左翼》,复旦大学出版社2006年版,第10页。有意思的是,钟诚在自己书的第7页引用了张宁这段话,但归入了"偏重'心性'和价值层面的探讨"。

治权力的实践再生产，最终成了"漂浮的能指"，而其"所指"则处于"不确定性"的状态。（第3页）

正是在引入这些新理论的基础上，李玮实现了"政治的扩张"，并针对既往鲁迅研究的问题，主要做了三个方面的调整和推进：

一是从宏观政治到"无处不在的政治"。李玮不但解决了鲁迅既往形象对立割裂的难题，将它们兼容到"复数政治"的政治文化多元场域之中，而且还进一步创新，将鲁迅的政治性从革命、启蒙、现代性等宏大叙事，扩展到了人生道路、文化立场、代际想象、文学机制、文学选择、鲁迅阐释、"鲁迅"重建等话题上来。这里面的很多主题譬如大学观、学术观、代际想象等，在过去的研究中基本都是在"非政治"的视野中讨论的，如今它们都在权力话语实践的"泛政治"主张中，找到了自己的言说合法性，统摄在"鲁迅与20世纪中国政治文化"的大话题下，分别成为此书七个章节的主题，由此鲁迅的所有言说、文本和行动，都具有"话语实践"的积极的政治意义。

二是"权力话语"和"意识形态"定位。李玮从其后现代思维出发，反对既往研究的绝对真理观和本质主义倾向，视不同的思想观念为不同的"权力话语"，也就是基于特定政治想象而建构出来的特定意识形态，其作用是功能性而非价值性的。因而，李玮书里很少见到"真实""真理""虚假"这类词语，她多使用中性的学术词汇，譬如用"保守""主流性""体制性"取代了过去惯用的"反动派"，来指称学衡派、研究系、现代评论派、国民党等，更多用"批判性""否定性"而非"革命性"来指称鲁迅，至于双方的关系，则频频使用"分化""分歧""张力""冲突"替代了"敌我斗争"。不仅如此，李玮甚至还视鲁迅的思想观念为"一个象征性'能指'，一个'想象'"（第122页），至于鲁迅死后的形象塑造，无论是周作人、毛泽东还是王富仁、钱理群、汪晖，她都视为政治斗争需要的产物和意识形态化的符号建构。

三是"场域"博弈和"历史"语境化。当政治文化被视为"话语"，其交流实践即以言表意和以言行事的重要性就凸显了出来，因而李玮重视"公共空间"分析，将其视为"不同党派争夺话语权、塑造意识形态的'文化阵地'"（第163页），其书的讨论焦点也从既往研究侧重鲁迅新思想的生成，转向了学界、文坛、政局等场域的多元话语博弈冲突。李玮尤其重视鲁迅在各个场域中"以文化介入政治"的实践性,既讨论了他与革命阵营的内部分化,也讨论了他和保守阵营的矛盾分歧,主要涉及文学与政治、救国与学术、传统与西方、个人与集体、革命与保守、文化革命与政治革命等冲突。总的来看,李玮是将"历史"视为"事件"(第223页),认为意义来源于语境,因而更侧重于权力的"再生产"而非"生产"。

二 "文化的转向":政治文化与文化政治

李玮不但扩大了"政治"的内涵,还更新了"文化"的认识,打破了经济基础决定上层建筑的"经济决定论",重视"文化的相对独立性"和"政治功能性"(第9页),带来了"文化的转向"。

之所以李玮会从"政治文化"的角度研究鲁迅与20世纪中国,是因为她受到了自己的导师朱晓进的影响。"1990年代朱晓进首先引入该概念研究20世纪30年代文学"(第8页),他批评"政治就是指'阶级斗争'"的既往认识,"基本上是一种客观的外部的'活动',人们的政治行为及其背后的心理动机等主观取向却无法得到强调",由此就形成了经济基础决定上层建筑、政治直接干预文学的"机械唯物论"倾向,因而他引入了阿尔蒙德的"政治文化"理论,强调"'政治文化'不同于明确的政治理念和现实的政治决策,它更关注的是政治上的心理方面的集体表现形式以及政治体系中成员对政治的个人态度与价值取向模式",所以"'政治文化'是我们所试图找寻的政治和文学之间关系方式的桥梁"。[①] 显然,朱晓进引入的"政治文化"概念具有两个重要意义:一是实现了从"经济"中心到"政治"中心、从"阶级斗争"到"政治文化"的转向;二是扩大了"政治"的内涵,将其从狭义的外部的政党阶级和国家制度,扩展到了更为广义的主观的"文化"领域。

但是,阿尔蒙德对"文化"内涵的政治扩张有其限度,他的目的是探究"维持一个民主制度需要公民积极地参与公共事务"[②] 的"民主人",他理解的"文化"也就偏于公共性和精英性的"公民文

[①] 朱晓进:《政治文化与中国二十世纪三十年代文学》,人民出版社2006年版,第8、9页。

[②] 加布里埃尔·A.阿尔蒙德、西德尼·维巴:《公民文化——五个国家的政治态度和民主制度》,张明澍译,商务印书馆、人民出版社2014年版,第9页。

化"理念，并未真正进入社会生活和私人领域。从阿尔蒙德给出的"政治文化是一个民族在特定时期流行的一套政治态度、信仰和感情"① 这一定义看，他的"政治文化"仍旧带有很强的集体控制和主流价值观倾向，"文化"还是更多服从于"政治"建构的需要，缺乏自身的独立性和能动性。不仅如此，由于受困于国家政治的宏大叙事之争，主流文化和亚文化、权利主体和权力客体之间的冲突，仍旧难以摆脱"革命与反革命的斗争"，所以朱晓进的论述还带有强烈的价值倾向，称国民党的"统治者主体文化"是"文化专制主义"，"无疑属于一种严重扭曲与偏离的政治文化"，而与其趋同的作家"堕入为政客一流"，"反权力"作家则"在政治高压下无言论自由而产生了极度无奈的愤懑"。②

正是由于"政治文化"概念仍旧局限于宏大叙事，以致无法摆脱决定论的困境，李玮引入了西方马克思主义的"文化政治"概念，以解决"文化"的社会化和独立能动性问题。

"文化政治"是葛兰西最先使用的概念③，他将马克思所说的上层建筑区分为"政治社会"和"市民社会"两个层面，指出正是资本主义对市民社会的"文化霸权"（或译"文化领导权"）控制导致了无产阶级革命的失败，因而"葛兰西使得市民社会之中的意识形态抗争和冲突，变成了文化政治的核心领域"④。自此马克思主义出现了"葛兰西转向"，"文化"从被经济基础决定的上层建筑，变成了政治文化斗争的重要场所，资产阶级文化批判和无产阶级意识觉醒的重要性，也就压倒了经济斗争和政治军事斗争，而要夺取文化领导权，则需更多依赖"有机知识分子"而非无产阶级。葛兰西引发的"文化的转向"之后被西方马克思主义者进一步发挥，法兰克福学派创建了资本主义文化工业批判理论，英国的新左派开始重视大众文化的积极能动性，拉克劳和墨菲的"后马克思主义"则提出了多元主义和非阶级政治。至此，"文化"已经不再仅仅视为上层

---

① 加布里埃尔·A. 阿尔蒙德、小 G. 宾厄姆·鲍威尔：《比较政治学：体系、过程、政策》，曹沛霖等译，上海译文出版社 1987 年版，第 29 页。

② 朱晓进：《政治文化与中国二十世纪三十年代文学》，人民出版社 2006 年版，第 34、15、27、42 页。

③ 葛兰西：《论文学》，吕同六译，人民文学出版社 1983 年版，第 14 页。

④ 克利斯·巴克：《文化研究：理论与实践》，罗世宏等译，台北：五南图书出版公司 2004 年版，第 76 页。

建筑和经济派生物,而是变成了社会发展的"基础"和生产性力量,英国的威廉斯甚至提出了"文化唯物主义"的概念,在此理解中,"文化既是一种'整体的生活方式',同时也是一种'社会斗争方式',更重要的还在于文化是一种可以连接各种社会力量的总体化过程"①。

从李玮所言的"西方马克思主义从意识形态的角度将文化作为政治上层建筑的一部分,突出文化的实践功能,由是实现对旧的生产关系和压迫的反抗"(第9页)来看,她所汲取的"西方马克思主义"主要是葛兰西的文化领导权之争和法兰克福学派的意识形态批判,对英马和后马的日常生活和微观政治涉及不多。由此,我们就在《鲁迅与20世纪中国政治文化》一书的每一章中,看到了鲁迅"文化政治"的个体能动和革命批判与主流"政治文化"的决定控制之间的博弈冲突。

第一章重点讨论了鲁迅的"从文"和"政治人"选择与当时主流的"实业人"和"保守文化"的冲突;第二章分别讨论了鲁迅的立人文化革命与民族主义政治革命、革命引导学潮与政治控制学风、学术政治与民族政治的冲突;第三章讨论了鲁迅的青年新主体和解放儿童观与旧的老人政治的矛盾;第四章讨论了鲁迅的新文坛观对文学体制化、知识权力化的批判;第五章讨论了鲁迅的文学政治观和杂文诗化与主流的纯文学观和文学本体论的冲突。在这关于鲁迅生前活动的前五章中,主流政治文化涉及统治集团、革命阵营、学术界、文学界等多个领域,李玮向我们全面展示了鲁迅"荷戟独战""反抗绝望"的文化政治实践过程。而在最后关于鲁迅死后形象塑造的两章中,李玮又重点探究了时代集团和主流政治如何阐释建构"鲁迅"的过程,强调无论是人化鲁迅、革命鲁迅还是启蒙鲁迅、中间物鲁迅、反现代性鲁迅,其实都是不同政治文化和意识形态的能指符号,所以她非常认同袁良骏的判断:"新旧两个'研究系统'并没有什么本质的不同,它们只存在互相补充的关系,并不存在什么势不两立的关系。"(第251页)

但是如果我们仔细考察此书,会发现李玮对"政治"和"文化"的内涵理解存在着不匹配,她对"政治"的理解更加后现代化,

---

① 欧阳谦:《文化与政治:西方马克思主义研究》,中国人民大学出版社2012年版,第251、1页。

明显接受了"话语实践"和"微观权力"理论，本来可以将"文化"的内涵外延全面推进到私人领域和语言文本，但是李玮对"文化"的理解则不够后现代，没有摆脱导师的影响，偏于现代主义思维，实际仍旧受困于阿尔蒙德的"公民文化"理念，这就产生了三个直接后果：

首先，李玮对西马的"文化政治"接受，基本停留在葛兰西和法兰克福学派这里，探究的还是精英知识分子在公共空间和市民社会中的文化政治博弈，甚至连法兰克福学派的"文化工业"控制都未触及，更不用说接受英马和后马对大众文化和新社会运动的讨论了，所以她的书中既看不到鲁迅的私人生活史，也看不到国民党的"鲁迅"建构，更看不到大众文化中的"鲁迅"。究其根源是李玮对"文化"的理解不够彻底，仍旧困在上层建筑领域，没有达致"文化唯物主义"和文化是"整体的生活方式"的程度。

其次，"政治文化"的决定论和主流性，使这个概念不如"文化政治"更适合探究鲁迅的革命批判性和主体能动性。在这方面，汪晖的理解更为准确前瞻，虽然李玮在"绪论"里提到了汪晖的《文化与政治的变奏——战争、革命与1910年代的"思想战"》一文，称赞其"文化政治"的新思路，但她没能迈出这一步，并未启用《鲁迅与20世纪中国文化政治》这个书名。

最后，由于李玮对"文化"的理解不够后现代，导致她对"政治文化"和"文化政治"的价值判断出了悖论，我们可以明显感觉到李玮大致相信鲁迅自己的思想是"真"的，但死后的"鲁迅"都是"假"的。而按照后现代的"话语"理论，鲁迅自己的思想也好，鲁迅死后的建构也好，都应该视为符号能指和意识形态，也不存在真假之分，即便为真也是都真，假也是都假。

三　"政治文化转向"的困境：话语权与保守性

从上面两章的分析可以看出，《鲁迅与20世纪中国政治文化》一书的主要贡献，是广泛借鉴了当代西方的前沿理论，引发了鲁迅研究的"政治文化转向"（第6页）。总体来看，李玮做到了自己设定的总体构想中提到的三个目的：一是"借鉴政治文化等研究思路，重新思考政治和文化、文学之间的关系"，拓展了"政治"和"文化"的内涵；二是探究了"鲁迅及其身后符号化的'鲁迅'与各时期社会政治实践之间的关系"，"揭示鲁迅特定的文化立场和文化态度背后的政治性考量和政治功能";三是通过"鲁迅研究的'历史性'","使'去政治化'鲁迅研究所'遮蔽'和'忽略'的'历史'浮出地表。"(第9页)

但是李玮强烈的后现代思维,尤其是关于"政治文化"是"话语实践"的核心定位,虽然为鲁迅研究带来了新的转向,但也产生了不小的问题,主要表现在以下三个方面:

(一)重视实践再生产,缺乏生产讨论

基于既往鲁迅研究特定范式陷入了"本质真理"的幻觉,以致相互否定遮蔽的问题,李玮将政治文化的探究转向了"关系真理"和"话语实践",主要呈现多元政治文化在场域中的实践博弈。但是,"政治实践只不过是权力的实施","权力政治理论将政治描述为不同利益主体之间进行斗争或竞争的舞台"①,由此政治文化的研究重心,实际就从经济基础决定上层建筑的"生产"环节,转向了文化的消费实践与意识形态再生产环节。因而李玮此书的重点就是"话语权之争",探究鲁迅与主流政治文化在公共空间中的"抵抗"和"收编"的角力,分析他们如何经由这种互动博弈来"再生产"各自的政治乃至阶级关系。

但是如此一来,我们就很难搞清楚这些不同的政治文化是如何"生产"出来的了,这在李玮的书中甚至变成了一个不可解的问题。在马克思主义从"经济"到"政治"再到"文化"的转向中②,李玮实际既反对"经济决定论""政治决定论",也没有接受威廉斯的"文化唯物主义",如此一来,在鲁迅与20世纪中国政治文化的探讨中,我们就只看到了"文化"在公共场域中的实践再生产,但"文化"本身却成了无源之水、无本之木,我们既不知特定政治文化自何而来,也不知各种政治文化为何会交替出现。这样做的后果,很容易变成葛兰西所言的"均势妥协",即"'权力政治'强调被相互竞争的国家利益撕裂开来的世界所固有的不稳定性,并将和平的希望寄托于'均势'的建立"③,这种后果实则是保守性的了。

---

① 安德鲁·海伍德:《政治的密码》,吴勇译,中国人民大学出版社2016年版,第33页。
② 佩里·安德森:《西方马克思主义探讨》,高铦等译,人民出版社1981年版,第96页。
③ 安德鲁·海伍德:《政治的密码》,吴勇译,中国人民大学出版社2016年版,第33页。

（二）重视互动流变，缺乏结构机制探究

李玮此书不但缺乏"生产"即原动力探究，即便是关于"再生产"的研究，也过多着眼于互动博弈，对其"关系真理"背后的结构机制缺乏深究，我们更多看到了"场域"空间中鲁迅与各种政治文化"在相互关系中呈现各自的功能和边界"（第 4 页），但并不清楚它们在共时性上何以会多元共生但又有主有次，在历时性上何以又沿革流变、有生有亡，尤其是鲁迅的文化政治涉及人生道路、文化立场、代际想象、文学机制、文学选择这么多向度，它们之间的异同之辨和根源谱系都缺乏相应的讨论。显然，这都不是简单地呈现一下多元"实践"就行的，必须探究"关系"背后的"机制"，找出"场域"生成、运行、流变的"结构"。

然而，李玮反对"本质真理"和决定论，试图"在对'真'的权力化批判中获得另一种'可交流'的'真'"，所以她更执着于"创造众多'鲁迅''话语事件'的'集合之境'，即摆脱各个'真实鲁迅'本身话语机制的排斥性和制度化，在反抗中呈现各个'真实鲁迅'在相互排斥中隐没的'一致性'"。[1] 也正因此，李玮才会用"话语"来定位政治文化，既强调"政治文化"的交流实践性，也将其视为"漂浮的能指"，它甩脱了"所指"的客观性束缚，"具有暧昧不明的'不确定性'"，由此可以"通过对'历史'的'再历史化'，重新恢复了历史叙述和现实政治的张力"（第 3 页）。只是如此一来，"能指"就成了断线的风筝，失去了"所指"的结构性控制，意义完全取决于历史语境了，所以"一旦用话语取代意识形态概念，政治分析的注意力就将远离真理与谬误的问题"[2]。

（三）"话语"的保守性，缺乏政治经济学思考

在李玮看来，既往鲁迅研究实际存在三个问题：一是形象众多以致形成了"悖论鲁迅"论争，二是各种鲁迅形象普遍持有"本质真理"观，三是有些鲁迅形象陷入"去政治化"状态。[3] 正是因此，李玮通过"泛政治化"和"话语实践"的定位，用扩大政治文化内

---

[1] 李玮：《论新世纪中国"悖论鲁迅"现象的发生及其解决路径》，《西南民族大学学报》（人文社会科学版）2019 年第 6 期。

[2] 安德鲁·海伍德：《政治的密码》，吴勇译，中国人民大学出版社 2016 年版，第 83 页。

[3] 李玮：《论新世纪中国"悖论鲁迅"现象的发生及其解决路径》，《西南民族大学学报》（人文社会科学版）2019 年第 6 期。

涵和去真理化去道德化的办法,既凸显了其他鲁迅形象的政治性,也将它们放入公共空间,试图建构多元交流的"主体间性"。不过,此举看起来是解决了鲁迅研究的"去政治化",实则将政治革命问题转化成了学术兼容问题,反而掩盖了真正的现实难题。

"启蒙鲁迅""反现代性鲁迅"的"去政治化",其实只是一个表象,它们并非不谈政治,而是对旧的阶级革命道路的不满和反拨,以疏离对抗的方式展示了其他类型的政治理念,其中"启蒙鲁迅"反映了1980年代反思"文革"和现代化改革的政治文化,"反现代性鲁迅"则是对1990年代新自由主义的批判和对社会主义现代性的肯定。正是因为这些不同的鲁迅形象,分别应对着现代中国不同历史阶段的现实难题,因而李玮用"泛政治化"和"主体间性"来兼容它们的做法,更多是一种学者思维,即便用学术的方式消弭了矛盾,真正的现实政治难题也并不会因此而消失。

事实上,李玮所依托的各种理论资源带有一定的保守性:首先是学界对阿尔蒙德和阿伦特的批评:"所谓的政治文化仅仅是资本主义的意识形态而已","找到一种能够维持西方式的政治民主制的文化条件或社会心理条件。这就是阿尔蒙德等人当时的研究出发点和主旨所在"[①];其次是西马的理论与实践脱节问题,"整个西方马克思主义的隐蔽标志只是一个失败的产物而已","大学中的理论家和他们本国无产阶级的生活远远隔离,而且理论从经济学、政治学退回来而投进哲学。……谈方法是因为软弱无能,讲艺术是聊以自慰,悲观主义是因为沉寂无为"[②];最后是后现代话语理论的问题,"话语分析过分侧重并强调语言、言谈和文本,这是一种'装饰社会学',把社会关系隐藏在文化的背后,掩盖了真正重要的话题,即对权力的微妙均衡关系的社会学分析","对社会生活而言,比起话语体系,真实的社会关系和物质文化更为重要"[③]。

这些批评让我们看到,"政治文化转向"虽然凸显了"文化"和"主体"的重要性,但仅仅是凸显"去政治化"遮蔽的文化政治

---

① 景跃进、张小劲主编:《政治学原理》,中国人民大学出版社2015年版,第201、198页。
② 佩里·安德森:《西方马克思主义探讨》,高铦等译,人民出版社1981年版,第96、118页。
③ 安东尼·吉登斯、菲利普·萨顿:《社会学基本概念》,王修晓译,北京大学出版社2019年版,第7页。

性和主体能动性是不够的，一旦"主体"变成"主体立场"再变成"话语立场"，不但经济压迫和阶级解放消失不见了，甚至国家和法制等政治问题也会缺乏讨论，所以鲁迅研究的"再政治化"，绕不过历史唯物主义的"政治经济学"问题，无法回避现实政治制度和经济结构变革。从这个角度看，钟诚的研究虽然缩小了"政治"内涵，但他看到了"软文化"的无力，因而要求鲁迅研究者去直面"硬政治"的变革改良问题，不过他又陷入了"政治本体论"，既轻视文化的重要性，也回避了经济结构变革。所以未来的"政治鲁迅"建构，应该兼容革命批判与理性改良，兼顾文化/政治/经济多个向度。

结语 "文学政治"与"介入知识分子"

从"革命鲁迅"到"政治鲁迅"的建构，总体看经历了"革命化—去政治化—再政治化"三个阶段的变化，在这个过程中，革命批判性逐渐让位于政治建设性，"在野革命"的鲁迅逐渐变成了"在朝政治"的鲁迅。无论是钟诚还是李玮，都试图在责任伦理和公共理性中重新定位鲁迅，以使其能更多参与到当代中国的建设中来，但是二人都过多借助西方思想来拉动研究的突破，带有强烈的观念先行和理论预设的味道，普遍缺乏从鲁迅自身历史经验出发来建构新论的努力。如果我们回到鲁迅自身的道路历程，会发现他明显不是钟诚说的那种"政治制度"参与，而李玮的说法看起来符合鲁迅"尊个性而张精神""人立而后凡事举"[①] 的理念，但这种"泛文化"路径实则消解了鲁迅的最本质特性，即"鲁迅是文学者。而且是第一义的文学者"[②]，"鲁迅作为一位个体在面对整个革命时期的方式是精神式的、文学性的"[③]。

实际上，鲁迅是"以文学介入政治"，采用的是"文学政治"的独创方式，具体来说，"首先是文学的政治化，它强调了文学的政治参与性、革命批判性和文学本体性，而其本质就是彻底否定的'永远革命'的精神；其次是政治的文学化，由于专制集团'独占了

---

① 迅行（鲁迅）：《文化偏至论》，《鲁迅全集》第一卷，人民文学出版社2005年版，第58页。

② 竹内好：《近代的超克》，李冬木、赵京华、孙歌译，生活·读书·新知三联书店2005年版，第146页。

③ 丸山升：《辛亥革命与其挫折》，《鲁迅·革命·历史——丸山升现代中国文学论集》，王俊文译，北京大学出版社2005年版，第37页。

全部的行政权力,从而剥夺了民众历练政治艺术的机会',而文学在这个现实社会之上,逐渐建造起一个虚构的社会",也就是用理想国的应然来对抗现实政治的实然"①。在"文学政治"中,不是政治决定文学、文学从属于政治,而是"文学"是现代政治的"生成之场",承担着批评旧政治和建构新政治、改造现实政治和培育新主体的双重任务,因为现代政治的特点之一就是托克维尔发现的:"政治生活被强烈地推入文学之中,文人控制了舆论的导向,一时间占据了在自由国家中由政党领袖占有的位置","作家们不仅向进行这场革命的人民提供思想,还把自己的情绪气质赋予人民……以致当国民终于行动起来时,全部文学习惯都被搬到政治中去。"②

显然,鲁迅以自己的方式创造性地回答了托克维尔在法国大革命中发现的"作家一无地位、荣誉、财富,二无职务、权力,怎么一变而为当时事实上的首要政治家"③ 这个现代政治命题,由此让"鲁迅经验"变成了一种世界经验,进而可以挑战当今流行的知识分子传统。目前来看,无论是"启蒙鲁迅""反现代性鲁迅"为代表的"批判知识分子"论,还是"革命鲁迅"为代表的"有机知识分子"论,都存在与时代发展脱节的问题,前者强调知识分子的"边缘人"和"业余者"身份,以及由此而来的公共批评和普遍超越性④,后者则强调知识分子作为"专家+政治家",而为无产阶级服务的集体性和阶级性⑤,虽然二者立足点不同,但都各执一端,割裂了批判和建构、公共性和参与性。所以,鲁迅的"文学政治"才应是"政治鲁迅"发展的方向,这是一条更加契合鲁迅经验和现代中国历史的"介入知识分子"⑥ 道路,可以对现实政治既保持参与又保持批判,从而实现制度性和公共性的有机结合。

(原载《中国现代文学研究丛刊》2020 年第 8 期)

---

① 邱焕星:《当思想革命遭遇国民革命——中期鲁迅与"文学政治"的创造》,《中国现代文学研究丛刊》2018 年第 11 期。
② 托克维尔:《旧制度与大革命》,冯棠译,商务印书馆1992年版,第182、187页。
③ 托克维尔:《旧制度与大革命》,冯棠译,商务印书馆1992年版,第180页。
④ 参看爱德华·W.萨义德《知识分子论》,单德兴译,生活·读书·新知三联书店2002年版,第2、31页。
⑤ 安东尼奥·葛兰西:《狱中札记》,葆煦译,人民出版社1983年版,第423、425页。
⑥ 谢俊在书评中也敏锐意识到了钟诚从"抵抗"的政治转向了"介入"的政治,不过他借鉴的是阿多诺的"艺术介入"思想。

"狂人"的越境之旅
——从周树人与"狂人"相遇到他的《狂人日记》

李冬木

内容提要 本论所述"狂人的越境之旅",是指从周树人在留学时期与"狂人"相遇到他创作《狂人日记》从而成为"鲁迅"的精神历程的某一侧面,是在前论所完成的"狂人精神史"背景的基础上,对从《摩罗诗力说》到《狂人日记》之间叙述空白的一个补述。笔者认为,在这两者之间还缺乏有机关联的说明,而由文艺作品翻译、创作和批评所搭建的与周树人相伴并且互动的"狂人越境之旅"则刚好构成了二者之间的精神衔接。本论呈现了周树人在这一历程当中遭遇"果戈理"和三种《狂人日记》的现场,"尼采"话语下的"高尔基"和"安特莱夫",起始于"契诃夫"的"精神诱拐结构","狂人美学"的确立过程,乃至"明治俄罗斯文学"的精神和创作实践意义。周树人通过翻译,实现了超越跨语际意义的"狂人"之"境"的移植。《狂人日记》是"狂人越境"的精神抵达,也是 37 岁的周树人偕同既往的新的一页的开始。

关键词 狂人日记;周树人;果戈理;高尔基;安特莱夫

一 "果戈理"与鲁迅的《狂人日记》

本论所述"狂人的越境之旅",是指周树人在留学时期与"狂人"相遇到他创作《狂人日记》从而成为"鲁迅"的精神历程的某一侧面。由既刊拙文可知,在这一过程中,始终有一条由"狂人"言说所构成的"狂人精神史"相伴随[1]。本论试在此前提下,就业

---

[1] 请参阅李冬木《狂人之诞生——明治时代的"狂人"言说与鲁迅的〈狂人日记〉》,《文学评论》2018 年第 5 期。

已提出并有过初步探讨的"文艺创作和评论中的'狂人'"①问题做进一步的发掘和展开，以揭示文艺中的"狂人"对周树人文艺观、审美取向和文艺实践活动的影响，从而呈现一条文艺机制上的通往《狂人日记》的精神轨迹。

对于鲁迅《狂人日记》的探讨来说，"果戈理"仿佛是一个悖论式的存在：既明示着两篇同名作品的关联，又不足以用来说明鲁迅的《狂人日记》。鲁迅说他的《狂人日记》因"'表现的深切和格式的特别'，颇激动了一部分青年读者的心"，但"这激动"，是由于人们对外国文学不了解——"是向来怠慢了绍介欧洲大陆文学的缘故"，因此他在"欧洲大陆文学"这一线索下，提到了自己的创作与1834年果戈理的《狂人日记》和1883年尼采的《查拉图斯特拉如是说》的关联②。但他也同时提示了与果戈理和尼采的区别，即"后起的《狂人日记》意在暴露家族制度和礼教的弊害，却比果戈理的忧愤深广，也不如尼采的超人的渺茫"③。强调"区别"是其中的重点所在。

周作人作为身边重要关系人，也早就指出果戈理"发花呆"的主人公与鲁迅的迫害狂的"狂人"形象乃至主题的不同④；竹内实曾认真比较过二叶亭四迷日译《狂人日记》与鲁迅文本，发现了两者极大的不同，甚至在"形似"或"构成上一致"之处，也有微妙的不同⑤；而捷克学者马里安·高利克（Marián Gálik, 1933—）在30年前甚至断言"鲁迅的说法和一些学者的努力都未能成功地让我们相信，除了那个标题，果戈理还给了鲁迅更多的东西；因为他们的主人公以及作品的内容和形式都是非常不同的"⑥——这种说法虽未免有些极端，但也和两者对照阅读之后的实际感受相符。尽管如

---

① 请参阅李冬木《狂人之诞生——明治时代的"狂人"言说与鲁迅的〈狂人日记〉》，《文学评论》2018年第5期。
② 鲁迅：《〈中国新文学大系〉小说二集序》，《鲁迅全集》第六卷，人民文学出版社2005年版，第246—247页。以下如不做特殊说明，引用鲁迅均出自该版本。
③ 鲁迅：《〈中国新文学大系〉小说二集序》，《鲁迅全集》第六卷，第246—247页。
④ 周作人：《呐喊衍义·七 礼教吃人》，《鲁迅小说里的人物》（周作人自编文集），止庵校订，河北教育出版社2002年版，第18页。
⑤ 竹内实：「魯迅とゴーゴリ二つの〈狂人日記〉」，初刊『世界文学』，1966年3月，收『魯迅周辺』，东京：畑田书店1981年版，第219—237页。
⑥ ［捷克］马里安·高利克：《鲁迅的〈呐喊〉与迦尔洵、安特莱夫和尼采的创造性对抗》，伍晓明译，《鲁迅研究动态》1989年第1期、第2期。

此，如果借用某篇文章里的说法，那么就是，虽然"不能把鲁迅的创作发生限定在与果戈理或中俄之间的某一条线索"，但"比较、对照性分析"这两篇"同题小说"，仍是现在大多数论文"无法回避的思路"①。不过，对于探索鲁迅《狂人日记》的成因而言，这一思路的有效性却早已引起怀疑，于是，寻找与鲁迅的"狂人"精神相通的人物也就成了自然选项，而继果戈理、尼采之后，又有了对安特莱夫、迦尔洵乃至更多作家作品与《狂人日记》关系的探讨②。这些探讨对于走出已经定型化了的"无法回避的思路"，无疑具有开放性意义。但同时又由于它们大多是"平行比较"作业的产物，故而与彼时的周树人无论在事实关系上还是在文本层面，都有很大的距离。即，都没能回答周树人在他当时所处的现场目睹并面对的是怎样的"狂人"。

1966年9月，北京鲁迅博物馆意外获得了"鲁迅留日时期的两个日式装订的剪报册"③，后来命名为《小说译丛》④。《小说译丛》剪贴有三篇果戈理作品，包括《狂人日记》⑤。可以说，这是彼时的周树人与"果戈理"以及"狂人"相遇的确凿证据，也是他与果戈理终生结缘的开始——晚年译《死魂灵》并自费出版《死魂灵百图》⑥，当然是后话，却是他早年与果戈理相遇的一个决算。整个明治时代，果戈理被日译的作品并不多。自明治二十六（1893）年到四十四（1911）年，18年间只有17篇⑦。周树人在1906年5月到1907年5月一年内，集中收藏了三篇，不能不说对果戈理倾注了很

---

① 宋炳辉：《从中俄文学交往看鲁迅〈狂人日记〉的现代意义——兼与果戈理同名小说比较》，《中国比较文学》2014年第4期。

② 在这方面，马里安·高利克开了个好头。他通过阅读原著，提供了迦尔洵《四日》《红花》和安特莱夫《谎》《沉默》《墙》《我的记录》等足资与鲁迅《狂人日记》相比较并且暗示后者成因的资料，带动了后来者的比较研究。

③ 参见陈漱渝《寻求反抗和叫喊的呼声——鲁迅最早接触过哪些域外小说?》，《鲁迅研究月刊》2006年第10期。

④ 参见姚锡佩《鲁迅初读〈狂人日记〉的信物——介绍鲁迅编定的"小说译丛"》，《鲁迅藏书研究》，鲁迅博物馆鲁迅研究室编，中国文联出版公司1991年版，第299—300页。

⑤ 除了姚锡佩和陈漱渝的文章外，关于《小说译丛》的内容和剪裁杂志来源，参见［日］竹内良雄《鲁迅的〈小说译丛〉及其他》，王惠敏译，《鲁迅研究月刊》1995年第7期。

⑥ 参见鲁迅《〈死魂灵百图〉小引》注释，《鲁迅全集》第六卷，第462页。

⑦ 该统计根据以下文献：「明治翻訳文学年表ゴーゴリ編」，川戸道昭、榊原貴教编集：『明治翻訳文学全集37ゴーゴリ集』，大空社2000年版。

大的关注。那么，他关于果戈理的知识来自哪里？或者说究竟是什么使他注意到果戈理？

二 关于"果戈理"的介绍与评论

除了作品之外，首先可以想到的是关于果戈理的评论。果戈理在日本的最早翻译，是上田敏译自英文，发表在明治二十六（1893）年一月《第一高等中学校校友会杂志》上的《乌克兰五月之夜》①。同年有人在评论"非凡非常之俄罗斯文学"时，重点在评普希金，却借了"诗伯果戈理"的话："普希金乃非凡非常之显象也。"② 明治二十九（1896）年十一月，西海枝静首次详细介绍了"俄国文豪果戈理的杰作《检阅官》（笔者按，即《钦差大臣》）"以及他拜谒果戈理墓地的情形③。一年以后他又详细介绍了果戈理的《死人》（笔者按，即《死魂灵》）及其文学特征，即"暴露不惮直言"，"嘲笑手腕高超"，"令读者在捧腹失笑之余"，产生对篇中人物的思考④。除此之外，关于果戈理的评论并不多见。例如，在上田敏翻译果戈理的同时，桑原谦藏也发表题为《俄罗斯最近文学之评论》的长文，旨在介绍"近五十年俄罗斯出现的小说和文学者"，在《早稻田文学》上连载五期，却并没提到果戈理的名字⑤。

直到升曙梦登场情形才为之一变。升曙梦被史家评为日本"明治三十八九年以后，在俄罗斯文学勃兴期登场的"翻译家⑥。不过，如果从评论介绍的角度看，他的登场或许要更早一些。这是因为他在明治三十七（1904）年六月就已经出版了《俄国文豪果戈理》一

---

① 蓜島亘：『ロシア文学翻訳者列伝』，东京东洋书店2012年版，第162页。该书把《第一高等中学校校友会杂志》的出版时间标记为"明治二十六年三月"，但这里以前出「明治翻訳文学年表ゴーゴリ編」为准，即"明治二十六年一月"。日译篇名「ウクライン五月の夜」，今汉译篇名《五月的夜——或女溺水鬼》，参见《果戈理全集》第一卷，沈念驹主编，河北教育出版社2001年版，第62~96页。
② 未署名：「非凡非常なる露国文学の顕象」，『裏錦』第一卷第三号，明治二十六（1893）年一月。
③ 西海枝静：「露国文豪ゴゴリの傑作レウィゾルを読む」，『江湖文学』，明治二十九（1896）年十一月。
④ 西海枝静：「露国文学と農民」，『帝国文学』第三卷第十一号，明治三十（1897）年十一月十日。
⑤ 桑原谦藏：「露西亜最近文学の評論」，『早稲田文学』第三十一、三十三、三十四、三十六、四十一号，明治二十六（1893）年一月、二月（33、34号）、三月、六月。
⑥ 蓜島亘：『ロシア文学翻訳者列伝』，东京东洋书店2012年版，第223页。

书。这是日本第一本关于果戈理的专著，也是一部划时代的作品。全书对果戈理的生平、创作和思想以及社会环境都做了全面介绍。尤其是第四、五、六、七、十一章专门介绍果戈理的创作及其社会影响，涉及了果戈理的主要作品，也提供了许多后来被经常引述的与果戈理的创作相关的素材，如《检察官》上演引起了公众不满，而皇帝下令予以庇护等。顺附一句，很多年以后，鲁迅在做《暴君的臣民》时，还记得果戈理的例子："在外国举一个例：小事件则如Gogol的剧本《按察使》，众人都禁止他，俄皇却准开演……"① 升曙梦的果戈理评传，已经远远超出了同时期的只言片语和个别篇目的介绍，而有着压倒性的充实内容。尤其在果戈理的作品只有6篇被译成日文的时代②，这一点就更加难能可贵。

在与本论相关的意义上，升曙梦的这本《俄国文豪果戈理》有三点不能不注意。第一，作者之立言，旨在匡正介绍俄罗斯文学时舍本逐末的偏颇，因此对果戈理有明确的文学定位，即他和普希金一样，代表着俄罗斯文学的"黄金时代"，"是最近俄罗斯文学的源泉、前提、基础和光明之所在"；在19世纪以来俄罗斯文学发展史的背景下，"他处在前代文学和最近文学的过渡期当中"③，代表的方向是"国民性的表现者"和"写实主义"④。

第二，是关于"果戈理"的形象塑造。"吾人在此书中的用意，专在果戈理文学之根底和他的内心生活。因为吾人期待在叙述果戈理的创作生活及其峥嵘的天才之主观历史的同时，也能对现代思潮的神髓有所触及。"这里所说的"天才""内心生活""现代思潮的神髓"，代表了升曙梦的果戈理观，即强调这个"天才"不为世间所容，遭受迫害的一面，从而呈现"近世俄罗斯文学在其发展过程中怎样以牺牲天才为代价"⑤。

第三，是关于《外套》和《狂人日记》的介绍。升曙梦说这两

---

① 鲁迅：《热风·随感录六十五暴君的臣民》，《鲁迅全集》第一卷，第384页。
② 据「明治翻訳文学年表ゴーゴリ編」可知，到升曙梦出版『露国文豪ゴーゴリ』为止，上田敏、德富芦花、二叶亭四迷、今野愚公各译一篇，残月庵主人译二篇。
③ 升曙梦：『露国文豪ゴーゴリ』，东京：春阳堂，明治三十七（1904）年六月，第1—3页。
④ 升曙梦：『露国文豪ゴーゴリ』，东京：春阳堂，明治三十七（1904）年六月，第195—206页。
⑤ 升曙梦：『露国文豪ゴーゴリ』，东京：春阳堂，明治三十七（1904）年六月，第4页。

篇作品，两个主人公相似，"描写了彼得堡中流社会生活的一个侧面"。他尤其详细介绍了《狂人日记》，并评价："吾人读此作，不能不对作者描写狂人之感性以及病态的深刻痛快感到震惊"；"果戈理重在指出人生的黑暗面……力图以嘲笑促成社会的自觉"①。

以上三点都与周树人有关。周树人关于《狂人日记》和果戈理的知识，不一定完全来自这本书，但无法和这本书或者说升曙梦在当时的介绍脱离干系。一年以后的明治三十八（1905）年八月，升曙梦在著名的《太阳》杂志上再发长文《俄文学的过去》，介绍从公元十世纪以后到果戈理的俄国文学的"过去"，实际是他果戈理评传的文学前史。在这篇长文的最后，他仍以前著《俄国文豪果戈理》当中的关于果戈理的结论来完整对接。即强调果戈理开创的"写实道路"："到了晚近虽有托尔斯泰那样的大家和高尔基、契诃夫那样的天才辈出，但终不能出这种写实主义的道路之外。"② 无独有偶，就在发表升曙梦这篇长文的同一期《太阳》杂志上的"评论之评论"栏里，还刊载了《俄国文学的写实主义》一文，介绍"克鲁泡特金在他的近著《俄罗斯文学》当中有趣的议论"，说"把社会要素纳入文学当中分析，剖析俄国内部的状态，加以批评的社会观，以果戈理为嚆矢"③。由北冈正子的调查可知，克鲁泡特金的《俄罗斯文学的理想与现实》，也是《摩罗诗力说》的材源之一④，关于这一点，后面还要涉及。

升曙梦在明治四十（1907）年十二月出版了他的长达312页的第二部专著《俄罗斯文学研究》⑤之后，明治四十一年四月又发表《俄国的自然主义》⑥一文，把此前介绍过的果戈理纳入当时正在讨论的"自然主义文学"话语中予以再确认。明治四十二（1909）年

---

① 升曙梦：『露国文豪ゴーゴリ』，东京：春阳堂，明治三十七（1904）年六月，第52—54页。
② 升曙梦：「露文学の過去」，东京：『太阳』第十一卷第十一号，明治三十八（1905）年八月。
③ 未署名：「露国文学の写実主義」，东京：『太阳』第十一卷第十一号，明治三十八（1905）年八月。
④ 北冈正子：『鲁迅文学の淵源を探る「摩罗诗力说」材源考』，汲古书院，2015年。请参阅该书「序」和第三章。
⑤ 升曙梦：『露西亜文学研究』，东京：隆文馆，明治四十（1907）年十二月。
⑥ 升曙梦：「露国の自然主義」，『早稻田文学（第二次）』第二十九号，明治四十一（1908）年四月一日。

的四五月间，在纪念果戈理诞辰百年之际，他除了在《东京每日新闻》上连载六次《近代俄国文学之晓星》之外，还在《太阳》杂志上发表专文，以《俄国写实主义的创始者》为题定位果戈理，同时还以《钦差大臣》和《死魂灵》这两部作品为例，提醒日本的自然主义文学家们：果戈理的"写实主义"在实体观察的基础上，发挥了"想象力的作用"来构筑他的作品，与"我邦自然派所标榜的客观描写，照葫芦画瓢的照录主义"完全不同①。除此之外，升曙梦介绍俄罗斯文学的文章还有很多，如果再加上其他人的就更多，但是关于"果戈理"的评论大抵不出以上范围。可以说，升曙梦是"果戈理"知识的主要提供者。正是在这样的背景下，周树人开始关注果戈理并收集其作品。剪贴在《小说译丛》中的三篇，都集中在同一时期收集绝非偶然。周树人并没收藏（或者说没有收集到）早前译成日文的果戈理中篇《肖像画》②，也是一个佐证。

三　二叶亭四迷以前的两种《狂人日记》

事实上，二叶亭四迷名下的日译《狂人日记》，并非果戈理同名作品在日本的首译，而是第二次翻译。第一次翻译是明治三十二（1899）年，译者署名"今野愚公"，登载在《天地人》杂志同年三月号上，《狂人日记》的标题前有"讽刺小说"四字，标题下有原作者名："露人ゴゴル作"（笔者按，即"俄人果戈理作"）。从三月号到六月号，共连载四期。后来有研究者对照了前后相差八年的两种日译，认为和今野愚公的翻译相比，二叶亭四迷的翻译更加传神③，不仅订正了前者的误译，而且在文体上也下了番仔细的功夫，与前者翻案色彩浓厚的"汉文调"不同，做到了彻底的俗语化④。今野愚公的日译《狂人日记》不一定和周树人直接相关，但对那个时代创作风气的影响不容忽视，可以作为"狂人"形象出现的背

---

① 升曙梦：「露国写実主義の創始者（ゴーゴリの誕辰百回紀に際して）」，『太陽』第十五卷第六号，1909年。
② ェン・ウェ・ゴーゴリ作，二叶亭四迷訳：「肖像画（一・二・三）」，『太陽』第三卷第二、三、四号，明治三十（1897）年一月二十日，二月五日，二月二十日。
③ 秦野一宏：「日本におけるゴーゴリ：ナウカ版全集（昭9）の出るまで」，『ロシア語ロシア文学研究』15号，1983年9月15日。
④ 秦野一宏：「ゴーゴリの二叶亭訳をめぐって」，『ロシア語ロシア文学研究』26号，1994年10月1日。

景来考虑。此可谓"狂人越境"之第一站：果戈理的"狂人"登陆日本。

在此之前，笔者一直对松原二十三阶堂的《狂人日记》在1902年出现感到不可思议，推测他写这篇小说是和他视为兄长的二叶亭四迷有关。不过目前看来，松原二十三阶堂的同名创作在文体上与今野愚公的译本更加接近，两者都具有戏作的风格。松原二十三阶堂，本名松原岩五郎，别号乾坤一布衣，是一位明治时代关注底层的小说家、新闻记者，明治二十三（1890）年步入文坛，其《长者鉴》① 因揭露"社会之罪"而博得好评。同一时期结识二叶亭四迷，让他"眼前一亮，产生别有洞天"② 之感，在后者的影响下，开始关注社会问题，并一同深入底层社会展开调查。明治二十六（1893）年他加入《国民新闻》当记者，在该报上连载各种发自贫民窟的调查报告，翌年一月，由民友社出版单行本《最暗黑之东京》。该作是明治时代报告文学的代表作，揭露明治二十年代产业社会的阴暗面，影响很大，再版5次。作为"记录文学"，它"生动记录了所谓创作文学丝毫没有传递的这一时期的日本社会的底层"，"准备了明治三十年代文学的新倾向"，而署名作者"乾坤一布衣"也成为引领那个时代关注社会问题的先驱者③。

松原二十三阶堂对"明治三十年代文学新倾向的影响"，首先体现在他自己的创作上。这就是他明治三十五（1902）年三月发表的短篇小说《狂人日记》④。这篇小说是继《最暗黑之东京》之后在同一主题意象下的文学创作，不论曝光"暗黑"的广度还是揭露的深度，都可谓前者的升级版。

主人公名字叫"在原"，是在一家贸易株式会社上班的小职员，

---

① 松原二十三阶堂：「长者鑑」，吉冈书店，明治二十四（1891）年六月。
② 松原岩五郎：「二叶先生追想录」，坪内逍遥・内田鲁庵编辑：『二叶亭四迷』，易风社，1909年，上ノ一二四。
③ 关于松原二十三阶堂的生平以及与二叶亭四迷的关系，参照文献如下：「松原二十三阶堂」「国民新闻」「国民之友」「记录文学」，『日本近代文学大事典』Ⅲ、Ⅳ、Ⅴ所收，东京：讲谈社，1978年；中村光夫：『二叶亭四迷传 ある先驱者の生涯』，东京：讲谈社，1993年；山田博光：「二叶亭と松原岩五郎・横山源之助」，〈特集 二叶亭四迷のすべて〉『国文学 解释と鑑赏』，1963年五月号；山田博光：「明治における贫民ルポルタージュの系谱」，『日本文学』，1963年一月。
④ 松原二十三阶堂：「狂人日记」，『文艺俱乐部』第八卷第四号，明治三十五（1902）年三月一日，第129—147页。

却是个"夸大妄想狂"。这个人物的社会地位和性格的设定,和果戈理《狂人日记》里的九等文官"波普里希钦"① 非常相似。小说以"拔萃"主人公自3月3日至7月10日之间的10篇日记的形式构成。开篇就抱怨周围挤满了"小人和俗物",有眼无珠,对"予""有经纶天下之大手腕和弈理阴阳的大伎俩"一无所知。"予"提出拯救经济界的贸易计划,却遭到冷嘲热讽……就这样,主人公的"绝大无比的天才"意识和"独步天下的人杰"意识,便与他所处的现实发生尖锐的冲突。他住在漏雨却又得不到修缮的出租屋里,欠着房费和裁缝的钱,到处躲债,却想象着自己到"新开地"北海道或台湾以大贸易攫取巨利,或成为置田万顷的大地主,而就在这想入非非之间,一向令他害怕和敬畏得不得了的社长、主管等都被他等而下之地看待,同时他也一改平时的小气吝啬,给会社小当差的一下子买了十份鳗鱼饭,吓得对方目瞪口呆。他想到某局长会安排他去做官,最差也得是个"书记官","呜呼,书记官实乃一县之内总理县政的重大官职";而别人尤其不知道的是,他才是"将来的总理大臣"!小说通过这样的"狂人"之眼,描写了种种世相:他前后多次进入、潜入、跟入总理大臣的官邸、富人的豪宅和矿山大亨的别墅,目睹了那里的骄奢淫逸、纸醉金迷乃至大臣、议员和社长的肮脏交易。而另一方面却是将要倒塌的贫民危房和巡警抓住的乞丐以及围观的人们。最有趣的是他在赶往神户的火车的一等车厢里见到一位老绅士带着两个包养女郎和价值千元的鸟笼和鸟,一位年轻的绅士力劝他加入"道德会"并对该会有所赞助。小说最后在矿山大富豪小妾的后花园结束:三名医学士飞车赶来,原因不是小妾生了病,而是一只猫仔"奄奄一息地横卧在缎褥上,看上去颇为滑稽"。这是日本进入明治三十年代中期社会膨胀的缩影和时代精神,通过一个自我膨胀的"狂人"呈现出来。

松原二十三阶堂明治二十五(1892)年就在报纸上撰文呼吁"翻译陀思妥耶夫斯基的《罪与罚》"②,由此可知,他很早就开始关注俄罗斯文学。虽然他和二叶亭四迷有着非常亲密的师弟关系,但后者翻译《狂人日记》是在五年之后,而且当时二叶亭四迷已经搁

---

① 如不作特殊说明,本文中作品人物皆取现今通行译名。
② 松原二十三阶堂:「ドストエフスキイの罪书」,『国会新闻』,明治二十五(1892)年五月二十七日。

笔多年，正处在"讨厌文学达到顶点的时期"①，加上不在现场——同年五月动身去了中国哈尔滨②，因此就关系而言，和二叶亭四迷相比，松原二十三阶堂的《狂人日记》与三年前出现的今野愚公的《狂人日记》应该有着更近的距离。主人公的社会地位和性格设定，谐谑滑稽的笔法，今野和松原文本所呈现的"类似性"都可以佐证这一点。因此，如果说今野的翻译意味着俄罗斯"狂人"在日本的登陆，那么松原的创作，则是借助《狂人日记》这一作品形式讲述日本故事并使"狂人"主人公获得了本土化处理。后者虽属于社会问题小说，却开启了"狂人"作为本土主人公在明治文学中正式登场的先河。此可谓"狂人越境"的第二站，即日本的本土化。

就在松原发表这篇作品一个月后，周树人从上海乘坐"神户丸"到达横滨。他当时是否关注到这篇作品不得而知。从上文可知，他关注果戈理并且能够找到材料，是1906年他离开仙台医学专门学校回到东京从事他所说的"文艺运动"以后的事。但这并不意味着他在后来查阅的过程中没有与这篇作品相遇的可能。因为发表该作品的《文艺俱乐部杂志》也是他文学上关注的对象和重要材源。前面介绍的《小说译丛》10篇小说当中，有两篇就剪裁自《文艺俱乐部》③。但是更重要的，或许还是松原加在这篇作品前面的小序。

> 一日在郊外散步时，在原上树荫下得此日记。封面施以布皮，装订纸数百余页。文章纵横无羁，逸气奔腾，慷慨淋漓，可知非常识家之笔。故从中拔萃数章，权名之为狂人日记。④

这种"偶然"得到日记并且将其展现给读者的方式，与后来鲁迅的《狂人日记》是不是很像？难道这是偶然的吗？

---

① 中村光夫：『二叶亭四迷伝 あゐ先駆者の生涯』，东京：讲谈社1993年版，第240页。
② 参见中村光夫『二叶亭四迷伝 あゐ先駆者の生涯』中「ハルビンから北京へ」一章。
③ 嵯峨のや主人译：「东方物语」，『文艺俱楽部』第十一卷第十三号，1905年十月；西本翠荫译：「外套」，『文艺俱楽部』第十五卷第八号，1909年六月。
④ 松原二十三阶堂：「狂人日记」，『文艺俱楽部』第八卷第四号，明治三十五（1902）年三月一日，第129页。

四 从"果戈理"到"高尔基"

那么,上面谈到的明治三十年代的"果戈理"和三种《狂人日记》,对周树人来说意味着什么呢?

首先是篇名和"狂人"也可以写"日记"的这种文学形式的示范性不言而喻,更何况正准备投身文艺运动的周树人,还是一个悟性很高的人。其次,他虽然在这个阶段具备了相当程度的关于欧洲和俄罗斯乃至日本文学的知识,也开始关注包括果戈理在内的众多作家和诗人,但就他当时的文学偏好和自身建构的精神素材而言,"果戈理的写实主义"和类似《狂人日记》的讽刺作品还不是他的兴趣点。他关注的是那些张扬个性的浪漫主义诗人。例如,在他当时最为用力,也最能体现他的文学观的《摩罗诗力说》中,他构建了一个由八位诗人构成的"恶魔派"诗人谱系,该谱系从英国拜伦开始,延及俄国、波兰、匈牙利,雪莱、普希金、莱蒙托夫、密茨凯维支、斯洛伐茨基、克拉旬斯奇、裴多菲相继登场:"今则举一切诗人中,凡立意在反抗,指归在动作,而为世所不甚愉悦者悉人之。"[1] 但是和普希金、莱蒙托夫同一时代的果戈理却没能成为其中的选项。

> 若夫斯拉夫民族,思想殊异于西欧,而裴伦之诗,亦疾进无所沮核。俄罗斯当十九世纪初叶,文事始新,渐乃独立,日益昭明,今则已有齐驱先觉诸邦之概,令西欧人士,无不惊其美伟矣。顾夷考权舆,实本三士:曰普式庚,曰来尔孟多夫,曰鄂戈理。前二者以诗名世,均受影响于裴伦;惟鄂戈理以描绘社会人生之黑暗著名,与二人异趣,不属于此焉。[2]

"普式庚"即今译普希金,"来尔孟多夫"即今译莱蒙托夫,"鄂戈理"即今译果戈理。由上文可知,果戈理因"异趣"不仅没有成为"选项",反倒是有意处理的"舍项"。据北冈正子考证,《摩罗诗力说》里的"普式庚",材源主要来自八杉贞利的《诗宗普希金》[3],

---

[1] 鲁迅:《摩罗诗力说》,《鲁迅全集》第一卷,第68页。
[2] 鲁迅:《摩罗诗力说》,《鲁迅全集》第一卷,第89页。
[3] 八杉贞利:『詩宗プーシキン』,东京:时代思潮社,明治三十九(1906)年。参见北冈正子『魯迅文学の淵源を探る「摩羅詩力説」材源考』,「序」和第三章。

"来尔孟多夫"主要依据克鲁泡特金的《俄罗斯文学（理想与现实）》① 而以升曙梦的《莱蒙托夫遗墨》② 和《俄罗斯文学研究》③ 加以补充④。前面已经提到，《太阳》杂志上曾发表《俄国文学的写实主义》，主要介绍"克鲁泡特金在他的近著《俄罗斯文学》"中的观点，重点是果戈理。但周树人在拿到这本书后，只是选了其中的莱蒙托夫作为自己的素材。又，升曙梦的《俄国文豪果戈理》应该是周树人关于果戈理的主要知识来源，但是他在《摩罗诗力说》里，除了那句"惟鄂戈理以描绘社会人生之黑暗著名"以外，几乎没有动用这方面的知识。把"果戈理"作为"舍项"，在周树人看来固然是其与八位摩罗诗人"异趣"使然，但更主要的还是和他彼时的文学偏好"异趣"使然。换句话说，像果戈理那样的"描绘社会人生之黑暗"的文学，对于崇尚拜伦式的反抗的他来说，还是此后的课题。不过反过来也可以说，也许正是从那时起，"果戈理"成了他此后文学的契机。

那么，除了上述《狂人日记》以外，同时期是否有与后来鲁迅的《狂人日记》文体相近，神气暗合的创作呢？回答是肯定的。那就是在《趣味》杂志推出《狂人日记》的同时，《新小说》杂志推出的二叶亭四迷的另一篇译作《二狂人》。这篇作品一直被掩埋在历史的尘埃之下，直到鲁迅的《狂人日记》发表百年之际，才被重新发现⑤。

《二狂人》原作系高尔基的《错误》（ОШИБКА，1895年），由"二叶亭主人"直接由俄语译出。与出自同一译者之手而"青史留名"的《狂人日记》相比，《二狂人》后来几乎默默无闻，不受重视，不仅在以网罗日本近代文学全般事项为能事的巨型"事典"⑥

---

① P. Kropotkin, *Russian Literature (Ideals and Realities)*, London：Duckworth & Co.,1905. 参见北冈正子『鲁迅文学の渊源を探る「摩罗诗力说」材源考』，「序」和第三章。

② 升曙梦：「レルモントフの遗墨」，『太阳』第十二卷第十二号，明治三十九（1906）年六月一日。收入『露西亜文学研究』，隆文馆，明治四十（1907）年。

③ 参见升曙梦『露西亜文学研究』中的「露园诗人と其诗 六 レルモントフ」部分。

④ 参见北冈正子「鲁迅文学の渊源を探る——「摩罗诗力说」材源考」第3章。

⑤ 参见李冬木《"狂人"之诞生——明治时代的"狂人"言说与鲁迅的〈狂人日记〉》，《文学评论》2018年第5期；汪卫东《〈狂人日记〉影响材源新考》，《文学评论》2018年第5期。

⑥ 例如日本近代文学馆・小田切进编『日本近代文学大事典』，东京：讲谈社，昭和五十三（1978）年。

中找不到其踪迹，就连岩波书店出版的《二叶亭四迷全集》"解说"都把该作品出自哪篇原作弄错，指为"《旧式地主》的部分翻译"①，令人误以为同样是果戈理的作品。但是与后来的落寞形成鲜明对照，《二狂人》在推出的当时，却是一次轰轰烈烈的闪亮登场。明治四十（1907）年三月一日，《新小说》在刊登该作的"第十二年第三卷三月号"上不仅特意配了"二狂人"卷首插图②，还特以《高尔基的人生观真髓》为题，附升曙梦译86条高尔基语录③。同月，《狂人日记》在《趣味》杂志上连载。翌年，二叶亭的翻译作品集出版，收录了四篇作品，包括《二狂人》④，却没收《狂人日记》。这些都说明当时人们更看重前者。

《二狂人》的梗概大致如下：在统计局当统计员的基里尔·伊凡诺维奇·亚罗斯拉夫采夫，是个与思想为伴的人。他捕捉不到思想的形态，也摆脱不了思想的束缚，起初还顽强地同思想进行斗争，后来就任凭思想摆布自己。这一切因他受同事之托，去看护另一个患了精神病的同事而发生改变。发疯的同事叫克拉夫措夫，症状是胡言乱语，滔滔不绝，时而鬼话连篇，时而至理名言。小说前一半写亚罗斯拉夫采夫自己的思想斗争，后一半写他陪护发疯的同事克拉夫措夫的一夜当中两个人的"思想交流"。最后陪护者终于认同了被陪护者的主张，认为他不是一个疯子，而是一个正常人。当第二天早晨精神病院的医生带人来接患者时，陪护者予以阻拦，结果陪护者也被当作疯子一起带走了。作品尾声是两个人都在医院，为师的快好了，弟子却没救，放风时见面，弟子还是跑过去，脱帽致敬，请求老师："先生，请再讲讲吧。"很显然，这篇作品里的狂人比果戈理的狂人更加震撼人心，更何况还是两个。所以《帝国文学》很快就这两篇作品发表署名"无极"的评论，题目叫作《狂人论》。评论者"无极"介绍了《二狂人》主人公的精神特征、思想变迁及其原因，并将其与《狂人日记》

---

① 「解说」，河野与一、中村光夫编集：『二叶亭四迷全集』第四卷，岩波书店，昭和三十九（1964）年十二月，第439页。参见李冬木《"狂人"之诞生》一文。
② 冈田三郎助：「二狂人（口絵）」，ゴーリキイ作、二叶一亭主人译：「二狂人」，『新小说』第十二年第三卷，明治四十（1907）年三月一日。
③ 升曙梦译：「ゴーリキイの人生観真髄」，『新小说』第十二年第三卷，第45—50页。
④ 二叶亭主人译：『カルコ集』，东京：春阳堂，明治四十一（1908）年一月一日。收入4篇作品：「ふさぎの虫」「二狂人」「四日间」「露助の妻」。

进行对比。

> 顷者，我文坛由二叶亭主人灵妙之译笔，而新得俄罗斯种三狂人。他们是高尔基《二狂人》及果戈理《狂人日记》的主人公。《二狂人》的心理解剖令人惊讶。仔细看过题头插图之后，捻细灯火，眺望黑风劲吹的窗外，仿佛有什么东西在院子里的树丛间发出蠕动的声响，并且窃窃私语。克拉夫措夫仰头指天，亚罗斯拉夫采夫则蹲在他的脚下。当两个人站起身来，碧眼散射着可怕的光芒，慢腾腾地向这边走来，好像要扒着窗户往屋子里看时，我甚至担心自己是否会成为第三个狂人。幸而有那个"走起路来就像披着口袋的乌龟"的九等官先生出来充当了这角色，我才放下心来。
>
> ……
>
> 《狂人日记》并不像《二狂人》那么厉害和深刻。盖《二狂人》的厉害之处在于其经历描写发疯的全过程。读者一开始，是把其中的主人公当作与自己同等的真人来看待，也把他的烦恼多少拿来与自己作比较，对其同情并认可。然而这个同类当中的一个，却眼看着渐渐发疯，最后终于丧失全部理性，悟性大乱，很快丧失人类的资格，混化为动物，便不能不被一种凄怆感所打动……想到这比死还恐怖的结局，谁都不能不战栗。然而《狂人日记》的主人公，因为从一开始就是地地道道的狂人，所以读者完全可以采取客观的态度来看待，可以作为诗的假象界的人物来鉴赏。倘若作为诗的对象来看，那么狂人则有一种妙趣。①

"战栗"和"妙趣"是这两篇作品留给当时的不同阅读感受。就狂者"意识流"的形态和不断发展演变而言，很显然是《二狂人》与后来鲁迅的《狂人日记》更为接近。加上那些看似疯话，实则精密的精神披露和鞭辟入里的文明批评的话语方式，就使研究者更有理由把两种文本拿来做对比研究。这就产生了"高尔基"的问题。具体地说，就是留学时期的周树人与他身边的"高尔基"到底

---

① 无极：「狂人论」，『帝国文学』第十二卷第十七号，明治四十（1907）年七月十日，第140—141页。

有怎样的关系?

五　周树人身边的"高尔基"及其"尼采度"

自从周作人说了当年"高尔基虽已有名,《母亲》也有各种译本了,但豫才不甚注意"① 之后,"高尔基"便长期消失在留学生周树人的周边,直到有学者指出鲁迅早年藏书当中有 6 本高尔基小说集,才纠正了周作人所带来的认识偏差,使人们意识到"豫才"当年其实是"翻阅"高尔基的作品"并有较深的印象"的②。不过这位学者同时提出的高尔基没有"引起鲁迅思想上巨大的共鸣","主要是在于高尔基对人物思想和精神的解剖,以至表现方法,都和当时鲁迅对人生探索的轨迹有着较大的距离"③ 的看法却未免武断。

这里姑且不展开讨论前面已经指出的《二狂人》与鲁迅《狂人日记》在"人物思想和精神的解剖,以至表现方法"上的极大近似性,而只就"高尔基"当年如何登场,因何登场而论,也会发现他"和当时鲁迅对人生探索的轨迹"不是"有着较大的距离",而是有着很近的距离。

和果戈理相比,高尔基在日本的登场要晚得多,整整迟到 9 年,但作品翻译数量和推出的力度都远远超过前者。自明治三十五(1902)年三月到明治四十五(1912)年十月,也就是在明治时期的最后 10 年间(刚好和周树人的留日时期相重合),可以说是日本出现"高尔基热"的时期,共有译作 84 篇,包括一本收入 6 篇作品的短篇集④。这和前面提到的 18 年间仅有 20 次登场的果戈理形成鲜明的对照。那么高尔基何以被如此热读,拥有如此之高的登场率?按照当时重要介绍者之一升曙梦的说法,这和同时期发生的"尼采热"直接相关,人们追逐尼采追逐到了文学界,把高尔基作为文学

---

① 周作人:《关于鲁迅之二》(周作人自编文集),止庵校订,河北教育出版社 2001 年版,第 129 页。又,目前尚未发现在整个明治时期存在着周作人所说的高尔基的"《母亲》也有各种译本了"的情况。
② 姚锡佩:《鲁迅眼中的高尔基》,《鲁迅藏书研究》,第 150—151 页。
③ 姚锡佩:《鲁迅眼中的高尔基》,《鲁迅藏书研究》,第 152 页。
④ 该统计根据以下文献:「明治翻訳文学年表ゴーリキー編(Максим Горький, 1868—1935)」,川戸道昭、榊原貴教編集:『明治翻訳文学全集〈新聞雑誌編〉44 ゴーリキー集』,東京:大空社,2000 年 10 月。

世界里的"尼采"来读。

> 高尔基的名字被介绍到我国文坛来，是明治三十四、五年。从那时起，他的作品已经陆陆续续被翻译进来。明治三十四、五年相当于西历1901、1902年，正是高尔基的文坛名声在俄罗斯本国达到顶点，进而轰动国外的时期。
> 当时我国文坛正值浪漫主义思潮全盛期。从此前的一两年前开始，尼采的个人主义思想被高山樗牛和登张竹风等人大肆宣传，思想界正出现狂飙时代。在尼采主义的影响下，发扬个性，扩充自我，憧憬理想的情绪，不断向文学注入新的生命，催生个性的觉醒。在这样的时代迎来高尔基，是再正常不过的事。我国读书界从一开始就是把他作为尼采流的超人主义作家来接受的。①

因此，当时文学青年"怀着怎样的惊异和热情"来读高尔基，"是今天所难以想象的"。那么，这个"尼采流"的高尔基，给当时的文学青年带来了什么呢？

> 在当时的浪漫青年和高尔基之间，在理想上，在气氛上，在欲求当中有着某种相通的东西。他们在高尔基那里首先看到了一个在神思中展现伟力、勇猛和人生之美的浪漫主义者，在他的作品中感受到了对新世界的思想热情所掀起的巨大波涛。他从一开始就以梦想、神思和改造的呐喊在无聊而散漫的生活中展现雄姿。这为当时的青年所郑重接受。也就是说，他们想在高尔基那里学到作为人而应进化到的真实的人生和社会。所以他的影响从那时起就格外显著。②

以上是升曙梦在三十多年后对当时"高尔基热"的回忆。而他自己也是高尔基的热烈的介绍者之一。从明治三十九（1906）年到

---

① 升曙梦：「ロシア文学の伝来と影響」，ソヴェト研究者協会文学部会著『ロシア文学研究』第2集，东京：新星社1947年版，第243页。
② 升曙梦：「ロシア文学の伝来と影響」，ソヴェト研究者協会文学部会著『ロシア文学研究』第2集，东京：新星社1947年版，第245页。

四十五（1912）年，他翻译高尔基的作品3篇（部），撰写评论高尔基的长文5篇。其首篇高尔基论就长达20页，题目叫《高尔基的创作及其世界观》①。这篇文章主要介绍高尔基的作品《底层》，并借助作品的内容来探讨"高尔基人生观的转变"。他那时即认为高尔基从浪漫主义变成了"个人主义和尼采教的代表"，《底层》的核心在于"尼采教与基督教的战斗"②。把高尔基看作"尼采教"的代表，显然是由于他戴上了上面引文所提到的高山樗牛和登张竹风等人所提供的"尼采"滤镜使然③，其中所谓"在神思中展现伟力、勇猛和人生之美"等表达方式，显然就是"高山式"的句子④。已知周树人是明治三十年代"尼采言说"的精神参与者，也是高山樗牛和登张竹风的热心读者和汲取者，而如果说这个在文学领域内作为"个人主义和尼采教之代表"的"高尔基"，处在他关注的视野范围之外，显然不符合逻辑。是否可以说，在"尼采"的延长线上与"高尔基"相遇，显然更符合"当时鲁迅对人生探索的轨迹"？更何况《二狂人》还是一部"尼采度"很高的作品，通篇都可以读到那些荒诞而睿智的尼采式的句子。

"不论走到哪里，你们都无处不在……你们是苍蝇，是蟑螂，是寄生虫，是跳蚤，是尘埃，是壁石！你们一旦接受命令，就会变换各种姿态，做出各种样子，去调查各种事……人在思考什么？怎样思考？出于什么目的？都要一一调查。"⑤（着重号为笔者所加，下同）

"我要走向旷野，召集大家。我俩在精神上是乞丐……的确。我俩是把信仰的甲胄丢弃在战场，手持残破的希望之盾，

---

① 升曙梦：「ゴーリキイの傑作と其の世界観」，『早稲田文学』（第二次）第十号，1906年十月一日。

② 升曙梦：「ゴーリキイの傑作と其の世界観」，『早稲田文学』（第二次）第十号，1906年十月一日。

③ 关于该问题，请参阅李冬木《留学生周树人周边的"尼采"及其周边》，《尼采与华文文学论集》，张钊贻主编，新加坡八方文华创作室2013年版，第87—126页。亦刊于《东岳论丛》2014年第3期。

④ 升曙梦曾撰长文悼念高山樗牛，从中可见他与樗牛的精神联系。升曙梦：「樗牛高山博士を悼む」，『使命』，明治三十六（1903）年二月号。

⑤ 二叶亭主人译：「二狂人」，『カルコ集』，东京：春阳堂，明治四十一（1908）年一月一日，第197页。

退出这个世间,所以也不能说不是败北。不过你看现在,我侪有着多么惊人的创造力,又裹着自信的坚甲。我侪在神思中畅想幸福,要把那神思中的清新美丽之花缠在身上,所以你也不要碍我的事,让我完成这建功立业的壮举!"①

"哎,诸君!诸君!你们要把克拉夫措夫怎么样?难道那些热望他人获得幸福者,伸手去救人者……对那些被生活所迫,同类相噬的可怜的人充满深厚的怜悯之心去热爱者,在你们眼中,就都是狂人吗?"②

这些"疯话"完全可以置换为斋藤信策(野之人)笔下的"狂者之教"③,也可以置换为《摩罗诗力说》"恶魔者,说真理者也"④这句话当中的"恶魔"之言,当然,更可以置换为后来的鲁迅《狂人日记》里的被"疯子的名目罩上"的"我"的那些"疯话"。就从这一脉相通的精神气质来看,明治时代的"高尔基",应该是一个足以"引起鲁迅思想上巨大的共鸣"的存在,而不是相反。当把观察"狂人"的重心由形似调整到神似,由"果戈理"调整到"高尔基",就会发现对于当时正在进行自我精神建构的周树人来说,后者和他有着更近的距离。而《二狂人》显然是被前者的《狂人日记》所遮盖了的周树人与"狂人"相遇并产生关联的重要契机。如果说果戈理的"狂人"是"表狂人",那么高尔基的"狂人"就是"里狂人",他们共同构成了一种立体的"狂人"示范。而后者的"尼采度",又显然是当时的周树人把握小说创作势态并作出自己的审美选择的一种尺度。他追寻和崇尚的是那种"具有绝大意力之士"⑤,关注的是那些"每以骄蹇不逊者为全局之主人"⑥ 的作品。而由此线索不仅能看到他当时所盛赞的易卜生,也可以看到与他后来的文艺活动有着密切关联的安特莱夫等人。

---

① 二叶亭主人译:「二狂人」,『カルコ集』,东京:春阳堂,明治四十一(1908)年一月一日,第200—201页。
② 二叶亭主人译:「二狂人」,『カルコ集』,东京:春阳堂,明治四十一(1908)年一月一日,第228页。
③ 斋藤信策:「狂者の教」,『帝国文学』第九卷第七号,明治三十六(1903)年七月十日,第118页。
④ 鲁迅:《摩罗诗力说》,《鲁迅全集》第一卷,第65页。
⑤ 鲁迅:《文化偏至论》,《鲁迅全集》第一卷,第56页。
⑥ 鲁迅:《文化偏至论》,《鲁迅全集》第一卷,第51页。

六 《六号室》与《血笑记》及其他

在周树人与"狂人"接点的意义上，《六号室》与《血笑记》也是无法回避的存在。《六号室》中文通译《第六病室》，《血笑记》通译《红笑》。这就涉及了契诃夫和安特莱夫。拿这两个作家来和鲁迅做比较研究的论文很多，尤其是很多论文都谈到了《第六病室》和《红笑》与鲁迅《狂人日记》的关系。但这里我们还是要先回到历史现场，回到原点。据升曙梦回忆：

> 契诃夫的到来比高尔基晚一两年。介绍契诃夫的第一人，当非濑沼夏叶女史莫属。女史翻译的《影集》《迷路》都发表在明治三十六（1903）年的《文艺俱乐部》上。这是契诃夫的最早翻译……契诃夫的犹如珍珠般的短篇形式和出色的幽默，在当时一部分作家当中很受追捧。①

契诃夫被译介到日本，要晚于高尔基，但被翻译的作品数量比高尔基还多，而且是明治时期被介绍最多的一位俄国作家，作品登场总数达 104 件，约占整个明治时期俄罗斯文学翻译总数的 15.6%，而且，全都集中在 1903 年至 1912 年。翻开《鲁迅全集》，提到契诃夫的地方不下几十次，而且他还有大量的与契诃夫相关的藏书，应该说这都与他在这个时期与契诃夫相遇有着决定性的关联。《第六病室》日译本译作《六号室》，有两种译本，一种是马场孤蝶译《六号室》，明治三十九（1906）年发表在《艺苑》一月号，另一种是夏叶女史译《六号室》，发表在同年《文艺界》四月号上。明治四十一（1908）年十月还出版了契诃夫作品单行本，即濑沼夏叶翻译的《俄国文豪契诃夫杰作集》，其中也收了《六号室》②。濑沼夏叶是升曙梦的老师濑沼恪三郎的太太，被升曙梦称为"介绍契诃夫的第一人"。而马场孤蝶、小山内薰、升曙梦等也都是契诃夫的著名译者。

---

① 升曙梦：「ロシア文学の伝来と影响」，ソヴェト研究者協会文学部会著『ロシア文学研究』第 2 集，东京：新星社 1947 年版，第 245—247 页。

② 濑沼夏叶訳：『露国文豪 チェホフ傑作集』，狮子吼书房，明治四十一（1908）年十月。

《第六病室》几乎在同一时间出现了两种译本，使"契诃夫"和"病室狂人"成为不可无视的存在。就在这两种译本出现后的第二年，有了二叶亭四迷日译《狂人日记》和《二狂人》似乎并非偶然，其中的机缘也很值得探讨。前述1907年7月《帝国文学》上发表的《狂人论》说"顷者，我文坛由二叶亭主人灵妙之译笔而新得俄罗斯种三狂人"，也就是针对这种狂人在文学作品中接连登场的现象而言的。在这个前提下，把《第六病室》作为周树人与"狂人"的一个接点来考虑，是否也就顺理成章？最近看到有人做"日译《六号室》对《狂人日记》影响"的研究[①]，虽然是刚刚提出问题，但寻找契诃夫与鲁迅接点的思路是对的。

还有一点，过去似乎不大被提及，那就是契诃夫的"狂人"故事与高尔基"狂人"故事的同构性。这是笔者阅读了高尔基的《二狂人》之后才意识到的。正如前面所介绍过的那样，《二狂人》讲述的是一个人在狂人精神的诱拐下被带疯的故事。这个故事和发生在"六号室"的故事非常相似。"六号室"关着五个精神病人，但医院的院长却被其中的一个贵族出身的病人精神诱拐了，认为这个病人滔滔不绝的演说很有道理。于是，这个院长也被当作精神病患者关进了"六号室"并且死在那里。两者的"精神诱拐"结构完全相同。契诃夫的《第六病室》发表于1892年，高尔基的《错误》（也就是《二狂人》）发表于1895年，就两者之间亲密的师弟之谊和两篇作品的相似度来看，前者是否对后者有影响？这也是令人很感兴趣的问题。

无独有偶，与高尔基有着师弟之交的安特莱夫，也写了同样的故事，那就是《红笑》。参加日俄战争的"我"，在战场上看到了死亡血色的笑容，失去双腿，精神失常，回家以后不久便在癫狂中死去，但他从战场上带回来的狂气仍然萦绕在书房里，以致没上战场的弟弟也受到狂气的感染而发疯。该作品呈现着与两位先人同样的精神诱拐结构。三篇作品都以狂人的心理变化为描写对象，可谓表现人如何发疯的范本。

安特莱夫在日本登场的时间要更晚，在日俄战争结束后才开始

[①] 王晶晶：《西方思想与中国现实的相遇——论〈六号室〉对〈狂人日记〉的影响》，《纪念中国鲁迅研究会成立四十周年学术讨论会论文集》，中国鲁迅研究会、苏州大学文学院编，2019年11月。

有作品翻译。但就时间集中和推出的强度而言，安特莱夫在明治时期译介的外国作家当中首屈一指。从明治三十九年一月到明治四十五年十一月，在短短六年多的时间里，安特莱夫作品的日译本共有45篇①。这与周树人在留学快要结束时开始关注并翻译安特莱夫，在时间上显然是一致的。正是这一背景为他创造了接触安特莱夫的环境和契机。关于安特莱夫在日本的"受容"及其与同时期"鲁迅"的关系，已经有了很好的先行研究②，而且笔者也非常认同下面这一观点："与其说鲁迅处在日本安特莱夫热的漩涡之中，倒莫如说他和日本文学者竞相开展翻译活动。"③ 这里避繁就简，仅就与本文论旨相关，而其他研究又未涉及的内容来谈。安特莱夫在日俄战争结束后的日本被热读，一个重要原因是他被看成继高尔基之后出现在文学领域内的"通俗化了的尼采主义的先驱者"代表，"在我国的某一时期，其受欢迎的程度在高尔基以上"④。就"尼采度"而言，安特莱夫的作品比高尔基更为浓重。这恐怕也是周树人迅速接近安特莱夫的一个重要原因。

在当时译介过来的作品中，给日本文坛震撼最大的还是要首推《红笑》。二叶亭四迷把这篇作品翻译为《血笑记》，明治四十一(1908)年1月1日《趣味》杂志第三卷第一号刊载了节译，即"前编，断片第一"的开头部分。同年7月7日，易风社出版了全译单行本《新译血笑记》。同年8月8日该单行本再版。

就呈现战争制造"狂人"而言，《血笑记》产生了强烈震撼，以至于当时有人认为"恐怕自有文学以来，当以这篇小说为嚆矢"⑤。这篇作品，把战争的狂气吹进了日本文坛，引起竞相模仿。4年后，当内田鲁庵着手写作"通过小说脚本来观察现代社会"的长文时，他通过"调查应募《太阳》杂志的征奖小说"发现，"狂人小说已经到了令人感到比例过多"的程度，而且描写的内容"也比

---

① 该统计根据以下文献：塚原孝编「アンドレーェフ翻訳作品目録」，川戸道昭〔他〕编集：『明治翻訳文学全集〈翻訳家編〉17 上田敏集』，东京：大空社，2003年7月。
② 例如大谷深（1963）、清水茂（1972）、川崎浹（1978）、藤井省三（1985）、和田芳英（2001）、塚原孝（2003、2004）、安本隆子（2008）、梁艳（2013）等。
③ 藤井省三：『ロシアの影 夏目漱石と魯迅』，东京：平凡社1985年版，第144页。
④ 川崎浹：「日本近代文学とアンドレーェフ」，日本近代文学馆・小田切进编：『日本近代文学大事典』第四卷，东京：讲谈社，昭和五十三（1978）年，第322页。
⑤ 「『血笑記』の反响」，『二叶亭四迷全集』第4卷，岩波书店1964年版，第436页。

安特莱夫的《血笑记》更加令人感到颤栗"①。

> "你害怕了吗?"我轻声问他。
>
> 志愿兵蠕动着嘴,正要说什么,不可思议的,奇怪的,完全莫名其妙的事情发生了。有一股温热的风拍在我的右脸上,我一下钝住了——虽然仅仅如此,但眼前这张苍白的脸却抽搐了一下,裂开了一道鲜红。就像拔了塞儿的瓶口,鲜血从那里咕嘟咕嘟地往外冒,仿佛拙劣的招牌上常见的那种画。咕嘟咕嘟,就在那唰地一下裂开的鲜红处,鲜血在流,没了牙齿的脸上留着蔫笑,留着红笑。②

这是安特莱夫描写的"我"眼前发生的一个士兵中弹后冒出"红笑"的情形。

安特莱夫的到来的确很突然,作品一下子就翻译过来几十篇,让当时的文坛应接不暇,在震惊的同时,又有些不知所措。例如,在升曙梦当时所撰写的一系列评论中,可以明显感受到这个一向以介绍俄罗斯文学著称的大家面对安特莱夫时的踌躇和摇摆③。又如,当上田敏把安特莱夫的中篇《思想》(Мысль,1902)从法文翻译成《心》(1909)时,还引发了一场围绕篇名、安特莱夫翻译、俄罗斯文学乃至整个外国文学翻译、误译、重译、日语表达等一系列问题的激烈论争④。即将结束留学生活的周树人,刚好和这场安特莱夫"漩涡"搭边,既受"漩涡"的波及和影响,也做出同步的判断和选择。其中有很多问题值得探讨和研究。

例如,最近有学者精查《狂人日记》发表前后鲁迅与周边互动的情况,发现了《小说月报》上 1910 年发表的署名"冷"的翻译小说《心》,并拿来和鲁迅的《狂人日记》"对读",从而提供了继

---

① 内田鲁庵:「小説脚本を通じて観たる現代社会」,初刊『太陽』第十七卷第三号,明治四十四(1911)年二月。转引自稻垣达郎编『明治文学全集 24 内田鲁庵集』,东京:筑摩书房,昭和五十三(1978)年三月,第 257 页。
② アンドレーエフ作、二叶亭译:『新訳血笑記』,东京:易风社,明治四十一(1908)年,第 27 页。
③ 例如「露国新進作家に通じたる新傾向」(1909.6)、「露国新作家白叙伝」(1909.8)、「露国文壇消息」(1909.8)。
④ 参见菰岛亘『ロシア文学翻訳者列伝』,塚原孝「上田敏とアンドレーエフ」,收入『明治翻訳文学全集〈翻訳家編〉17 上田敏集』。

范伯群先生在中国近代文学的"狂人史"当中找到陈景韩《催醒术》之后的第二个例证①。笔者读后获益匪浅。《思想》是安特莱夫的代表作，也是狂人心理的精湛的解剖之作。至此为止，这部作品的"狂人越境之旅"的路线已经清晰地呈现出来：俄文 Мысль→法文 L'epouvante→日文"心（こころ）"→冷译"心"→今译"思想"。如果把安特莱夫的《思想》，作为《狂人日记》的比较项，作为周树人在成长为鲁迅的过程中所相遇的一个"狂人"，那么在这个链条上很显然和他最为接近的应该是上田敏的日译本。笔者仔细对照了以上田敏日译本为底本的"冷"的同名汉译本，发现通篇存在着误译、漏译和只能视为译者创作的"创译"（？）现象。升曙梦曾以俄文原书对照上田敏的日译本，对其中的许多小节（其实有不少还是作为底本的法文译本的问题）吹毛求疵，大加挞伐②，如果按照这个标准，那么"冷"的译本则可谓惨不忍睹。类似把"相当の手当（を貰つて）"③（笔者按，得到了很多好处之意）译成"相当之手段"④的译法，显然是中了"和文汉读法"的毒。这种程度的日文能力，遇到大段大段复杂的心理描写也就只能"漏"而不译了，当然也就更不能指望文体的创造和作为作品的"文气"。周树人能否以这样的译本作为自己的参照，很值得怀疑。不过，《思想》这篇作品，在"狂人越境"中的位置和意义是非常值得探讨的问题。"冷"译《心》的发现，其意义在于再次提醒作为《思想》实际承载体的上田敏的日译本的存在。

相比之下，在与"狂人"形象相遇的意义上，《血笑记》具有更强的证据性。该作可视为周树人行进过程当中的一座路标。他在结束留学之前，计划翻译这篇作品，甚至还做了预告，只是没有完成⑤。不过他与安特莱夫的缘分已经深深地结下了。收在《域外小说集》的出自周树人之手的三篇译作，有两篇是安特莱夫的，即《谩》

---

① 张丽华：《文类的越界旅行——以鲁迅〈狂人日记〉与安特莱夫〈心〉的对读为中心》，《中国学术》第31辑，2019年9月。在此谨向张丽华教授赠文致以衷心的感谢。
② 参见靤岛亘『ロシア文学翻訳者列伝』，塚原孝「上田敏とアンドレーエフ」，收入『明治翻訳文学全集〈翻訳家編〉17 上田敏集』。
③ アンドレイェフ作、上田敏訳：『心』，东京：春阳堂，明治四十二（1909）年六月，第159页。
④ 痕苔：《心》，冷译，《小说时报》第一卷第六期，第37页。
⑤ 鲁迅：《关于〈关于红笑〉》，《鲁迅全集》第七卷，第125页。

和《默》，另外一篇虽然不是安特莱夫的，但也和安特莱夫的《血笑记》很相似，即迦尔洵的《四日》。如果说《谩》和《默》从德文转译，体现了周树人在尚无日译参照下的自主选择，那么《四日》显然是参照了二叶亭四迷的日译①。这里要补充的一点是，二叶亭四迷译本题名为《四日间》，有两个版本，第一个版本发表在明治三十七（1904）年七月的《新小说》上，署名"苅心"（日语读音 garusin，即"迦尔洵"）②，第二个版本收在明治四十（1907）年十二月出版的《カルコ集》里。前面已经介绍过，《二狂人》也收在这个集子。

周作人在谈到升曙梦和二叶亭的翻译时曾说："升曙梦的还算老实，二叶亭因为自己是文人，译文的艺术性更高，这就是说也更是日本化了，因此其诚实性更差，我们寻求材料的人看来，只能用作参考的资料，不好当作译述的依据了。"③ 如果要找一个实际的例子，那么恐怕非《四日间》第一个版本莫属。因为在这个"译本"里，场面设置从俄土战场切换到甲午战争的朝鲜半岛，主人公也变成了日本兵，他眼中出现的当然是"支那兵"。直到第二个版本这种情况才改变过来。周树人参照的应该是后一个版本。不过从中也不难看出，周氏兄弟关于安特莱夫和二叶亭译本的看法，多少也是受了升曙梦的影响。升曙梦关于"安特莱夫的文学，具有写实主义、象征主义和神秘主义三种倾向"④的论断自不在话下，他对二叶亭翻译的评价，也和周作人后来说的几乎一模一样：

> 这并不是在抱怨二叶亭的翻译，而我也没有去批评的资格，只是觉得二叶亭的翻译，是不是太过于艺术化了。他是文章的高手，用笔之巧妙，甚至原作者都有所不及，这样的翻译自然便成了二叶亭自己的文章，几多味道和格调，在这当中被去掉了。⑤

---

① 参见谷行博『漫・黙・四日——鲁迅初期翻訳の諸相——』（上）（下），『大阪経大論集』第132、135号，昭和五十四（1979）年十一月、五十五（1980）年五月。
② 该版本是佛教大学博士生张宇飞君在调查中找到并提示给我的。
③ 周作人：《知堂回想录》第二卷，河北教育出版社2001年版，第249—250页。
④ 升曙梦：『露西亜文学研究』，隆文館，明治四十（1907）年，第300页。
⑤ 升曙梦：『露西亜文学に学ぶべき点』，『新潮』第九巻第四号，明治四十一（1908）年十月。

那么，在安特莱夫和迦尔洵这条线上向后看，还可以看到更多，例如《现代小说译丛》（1921）里的前者的《黯澹的烟霭里》《书籍》，鲁迅叮嘱身在东京的周作人"勿忘为要"一定要买回的《七死刑囚物语》①，以及兄弟二人后来不断提到后者的《红花》等，不过，这已经是后话。总之，契诃夫、高尔基、安特莱夫、迦尔洵等人笔下的"狂人"，就这样通过各种文本越境到岛国来，汇集到正从事"文艺运动"的周氏兄弟身边，并且尤其成为周树人的审美选项。这些人物与以往人物的最大不同，就是全部都以内心剖白的形式呈现在读者面前，而且都执念于某一"思想"，想竭力摆脱而不可得，结果越绕越绕不出去，反倒陷入更大的"思想"深渊。另外一点也很重要，那就是这些主人公们都是很卑微的人物。他们属于《摩罗诗力说》里那些"精神界之战士"的"狂人"转化形态，并且出现在《呐喊·自序》里"我决不是一个振臂一呼应者云集的英雄"②这种认识到达点的途中。

七 "狂人美"的发现

上面提到的这些小说，当然不是周树人当年阅读的全部。他的阅读量要远远超过这个数目。最近有学者对他所说的"百来篇外国作品"进行调查，一一对上号③。"狂人"的存在需要提示，"狂人"的意义需要发现。这就是关于狂人的"评论"所发挥的作用。无极的《狂人论》，通过《狂人日记》和《二狂人》发现了"狂人美"，即首次把狂人提升到审美层面来看待。面对"狂人"的大量登场和来自"世间的道德家、宗教家或教育家"的非难，评论家长谷川天溪明治四十二（1909）年三月一日以《文学的狂人》为题发表长篇评论，作出正面回应。他认为文学就是写狂人的，无狂不文学："倘若除去精神错乱的性质取向，则叫做文学史的仓库里，便几乎空空荡荡。"④他在列举了欧洲和"我国文学（日本）"当中的"狂的分子"现象后指出："文学是社会的反应。因此在文

---

① 鲁迅：《190419 致周作人》，《鲁迅全集》第十一卷，第 373 页。
② 鲁迅：《呐喊·自序》，《鲁迅全集》第一卷，第 439—440 页。
③ 姜异新：《百来篇外国作品寻绎——留日生周树人文学阅读视域下的"文之觉"》（上、下），《鲁迅研究月刊》2020 年第 1 期、第 2 期。
④ 长谷川天溪：「文学の狂の分子」，『太阳』第十五卷第四号，明治四十二（1909）年三月一日，第 153 页。

学当中多见狂者,也就不能不承认在实际社会当中,具有狂者倾向的人正在逐渐增多。"① 最后,他对表现在"狂人身上"的人生意义予以肯定:

> 世人动辄言,在狂人当中不会找到人生的意义。因为人们都是以平凡生活为标准。吾人在狂人身上会看到几多严肃的人生意义。
>
> 人身上裹着虚饰、伪善、浮夸等几多衣冠。然而狂却可以将这些遮蔽物去除,揭示出赤裸裸的人生……不论是怎样的狂人,都不会脱离现实的人生而存在。②

仿佛是和长谷川天溪相呼应,升曙梦马上就在《二六新闻》上发表《俄罗斯文学当中的狂人》一文,而且连载三期。该文从"俄罗斯文学向来狂人丰富"③ 起笔,介绍了陀斯妥耶夫斯基、托尔斯泰、果戈理、高尔基、迦尔洵等人对狂人心理的描写,最后把重点落在了安特莱夫的《我的日记》,称其为"非常耐人寻味的心理小说"④,"被陀斯妥耶夫斯基的大恐怖所打动的读者,也一定会在安特莱夫那里感受到新的颤栗"⑤。

升曙梦所述俄罗斯文学多产"狂人",可视为回顾整个明治时期译介俄罗斯文学过程中的一项理论归纳和发现,具有关于俄罗斯某种文学特征再确认的意义。事实上,明治时期陀思妥耶夫斯基的最早介绍者之一内田鲁庵,早在明治二十七(1894)年,在开始连载他翻译的《被侮辱与被损害的》时就已经注意到了陀思妥耶夫斯基作品中的"狂气":"陀思妥耶夫斯基描写狂人,捕捉到了科学家未能观察到的地方,描写精微之极。其《罪与罚》不仅影响着文学界,

---

① 长谷川天溪:「文学の狂的分子」,『太陽』第十五卷第四号,明治四十二(1909)年三月一日,第155页。
② 长谷川天溪:「文学の狂的分子」,『太陽』第十五卷第四号,明治四十二(1909)年三月一日,第180页。
③ 升曙梦:「露国文学に于ける狂的分子」(上、中、下),『二六新聞』,明治四十二(1909)年八月五日、八月六日、八月七日。
④ 升曙梦:「露国文学に于ける狂的分子」(上、中、下),『二六新聞』,明治四十二(1909)年八月五日、八月六日、八月七日。
⑤ 升曙梦:「露国文学に于ける狂的分子」(上、中、下),『二六新聞』,明治四十二(1909)年八月五日、八月六日、八月七日。

也波及到科学界,其势力非同寻常。"① 鲁迅后来说,他"年青时候"就读到了陀思妥耶夫斯基的《穷人》,并对"他那暮年似的孤寂"感到吃惊,他还注意到了"医学者往往用病态来解释陀思妥夫斯基的作品"的"伦勃罗梭式"的说明,同时也再次确认了陀氏作为"神经病者"的意义:"即使他是神经病者,也是俄国专制时代的神经病者,倘若谁身受了和他相类的重压,那么,愈身受,也就会愈懂得他那夹着夸张的真实,热到发冷的热情,快要破裂的忍从,于是爱他起来的罢。"②《穷人》最早也是明治时期唯一的日译本是发表在《文艺俱乐部》明治三十七(1904)年四月号上的"夏叶女史"所译的《贫穷少女》③。该译本非全译,而是节译,是作品中的女主人公瓦莲卡交给男主人公的她的日记部分。"年青时候"的周树人读到的很有可能是这个译本。不过《穷人》里人物虽然有些神经质,却并非带有"狂气"之作,那么,陀氏带给周树人的"神经病"方面的启示,恐怕还有必要在其他作品中去寻找。

总之,内田鲁庵、无极、长谷川和升曙梦等人的评论,代表着当时"狂人"认识论的到达点。他们首先发现了"狂人"并在此基础上阐释"狂人"的特征和意义,对于唤醒关于"狂人"审美意识的自觉,意义十分重大。周树人从这个起跑线开始继续向前。但他所做的工作,却不是像过去写《摩罗诗力说》那样,去写关于"狂人"的作品评论,而是在自己读过的作品中,把目光投向那些带有"狂气"的篇目,从中筛选出若干尝试翻译。《谩》《默》《四日》《红笑》,不仅标志着周树人"狂人"审美意识的确立,也意味着他开始进入"狂人"形象塑造的文笔实践过程,从日语、德语乃至其他语种的解读开始,吃透原作的话语形象,形意于心,再从自己的母语当中选择最贴切的词语和表达方式,将其形其意重新构建出来,使其成为完全独立于原语世界的另一个世界。这已经远远超越了"把外国话变成中国话"的言语层面,是在重新创造另一种文体和另一种境界。当年由西土取经入华,世人都以为佛就那么说,其实不

---

① 不知庵主人译:「ドストエーヌキイの『损辱』」前言,原载『国民之友』第十四卷,第二百二十七号,收入川道昭、榊原贵教编集『明治翻訳文学全集〈新闻雑志编〉45ドストエフスキー集』,东京:大空社1998年版。
② 鲁迅:《陀思妥夫斯基的事》,《鲁迅全集》第六卷,第425—426页。
③ ドストエーヌキイ作、夏叶女史译:「贫しき少女」,『文艺俱楽部』明治三十七年四月号,收入『明治翻訳文学全集〈新闻雑志编〉45ドストエフスキー集』。

然，佛说的并不是现在所见"经"里的那种话，"经"中所言皆为汉译也。译者，非言也，境也，以言造境也。周树人通过译本所完成的便是这种"境"的移植。这本身就是一种创造。胡适说《域外小说集》是"用最好的古文翻译"的小说，"是古文翻小说中最了不得的好"①。他对周氏兄弟在日本的精神历程不一定有详细的了解，但他基于作品的这个评价是非常中肯的。通过翻译和文体再生，周树人不仅进一步熟悉了安特莱夫和迦尔洵等人对于狂人心理的描写，也掌握了描写狂人的语言并知道如何去描写。

八 "狂人"越境之抵达

周树人结束自己在日本的留学生活，回到中国9年后，以"鲁迅"的笔名发表了《狂人日记》，这既标志着中国"狂人"的诞生，也标志着作家"鲁迅"的诞生。人们对这篇作品异样的形式，异样的人物，异样的话语和文体样式感到震惊自不待言，《狂人日记》成为中国文学翻开新的一页的标志性事件。然而，对于作者本人来说，这不过是他一路与之相伴的"狂人越境"旅程的最终抵达。

首先，就本文所述范围而言，如果说1899年今野愚公翻译果戈理的《狂人日记》，是"狂人"跨到日本来的越境第一站的话，那么1902年松原二十三阶堂创作《狂人日记》，则是这个越境的"狂人"本土化变身的第二站，到了1906年契诃夫的《六号室》同时出现两个译本，翌年二叶亭四迷重译果戈理的《狂人日记》并同时推出高尔基的《二狂人》，文艺界开始凝聚对"狂人"的关注，不仅《帝国文学》上出现无极《狂人论》那样的重磅评论，也跟出了一大堆诸如"狂人雕塑""狂人音乐""狂人之家""狂人与文学"之类的"狂人"喧嚣②，这可以说是"狂人"越境的第三站。如果再细分的话，那么此后的安特莱夫热——由于是紧接着高尔基热而出现，所以其中的间隔并不非常明显——和日本文艺青年在创作上对前者《血笑记》的"令人战栗"的模仿，以及著名文艺评论家们对文学中"狂的分子"的美学阐释，则意味着在明治日本，世间已经

---

① 胡适：《中国文艺复兴运动》（1958年5月4日讲演），《胡适时论集》第八卷，台北："中研院"近史所胡适纪念馆2018年版，第30页。

② 请参阅李冬木《狂人之诞生——明治时代的"狂人"言说与鲁迅的〈狂人日记〉》，《文学评论》2018年第5期。

普遍具备了接纳和繁殖"狂人"的土壤条件，这可以看作是"狂人"越境的第四站。当然本论之所谓"越境"，并非单指语言上的跨越国界，而在更大的意义上是指"狂人"所处的精神境界以及穿越演变。就文艺创作的准备而言，周树人完全与这个"狂人"越境的过程相伴，他不仅深深浸染其中，经历了作品阅读体验和批评的训练，更以翻译的操作实现了"狂人"之"境"的移植。周树人留在《域外小说集》里的三篇翻译，是对"狂人"的认识达到自觉高度的产物，是将"狂人"化于内心并再造"狂人之境"之作业留下的记录。这可以说是"狂人"越境抵达的第五站，"狂人"形象通过翻译，矗立在周树人的精神境界里。这是"狂人"向中国越境的开始。周树人是"他"的引路人，不，"他"就像《影的告别》里的"影子"①，紧贴其后，摆脱不掉。和"狂人"打交道打到这种程度的人，在当时和现在的中国都找不到第二个。因此，鲁迅在谈到人们对他的《狂人日记》感到惊奇时，也就最有资格说本文开篇所引的那句话：这"是向来怠慢了绍介欧洲大陆文学的缘故"。

其次，这里所说的"欧洲大陆文学"，当然包括西欧、中欧乃至东欧，但就"狂人"作品而言，其主要承载还是俄罗斯文学。俄罗斯文学——或者准确地说是传递到明治日本的俄罗斯文学为周树人创造了接触"狂人"的契机。俄罗斯文学的翻译介绍，主要集中在明治时期的后20年，共有650多篇俄罗斯作品被翻译成日文。译者之多，语种之多（来自俄英法德等），来源之多，数量之多。规模之大，都远远出乎今人之意料，正如同周树人的阅读面之广远远超出人们的意料一样。顺附一句，去年关于周树人的阅读史，又有两项重要发现。一项是找到了《科学史教篇》的完整材源②，另一项是《摩罗诗力说》最后出现的柯罗连科③。这意味着周树人到底读过哪些东西，还将是一个持续的课题。不过，周作人留下的"那时日本翻译俄国文学尚不甚发达"④的印象似乎可以修正了。他与乃兄对

---

① 参见鲁迅《野草·影的告别》，《鲁迅全集》第二卷，第169—170页。
② 宋声泉：《〈科学史教篇〉蓝本考略》，《中国现代文学研究丛刊》2019年第1期。
③ 张宇飞：《一个新材源的发现——关于鲁迅〈摩罗诗力说〉中的"凯罗连珂"》，《鲁迅研究月刊》2020年第1期。
④ 周作人：《关于鲁迅之二》（周作人自编集），止庵校订，河北教育出版社2001年版，第128页。

于俄罗斯文学的接触和印象并不同步。周树人与俄罗斯文学发生的文字之缘，几乎都肇始于他留学的当时，而不是之后。他后来与苏联文艺的关系，也是在这延长线上自不待言。俄罗斯文学的被大量译介，当然离不开日俄战争的背景，但俄罗斯知识分子反抗专制，大胆剖析人性的丑恶与善良，以各种方式展开精神抗争，无疑引起了日本知识界的共鸣。后者在周树人留学的时期，正以"尼采"为旗帜，以确保国家主义高压下的"自我"空间。因此当"个人""个性""精神""心灵""超人""天才""诗人""哲人""意力之人""精神界之战士""真的人"成为他们抗争武器的时候，作为敌国的俄罗斯的文学便成了他们的最大援军。在"国家"与"诗人"的对峙当中，他们选择了"诗人"，哪怕是敌国的"诗人"：

有人叫喊曰："当今之世，可有讴歌国家之大理想，赞美国家之膨胀的诗人乎？"吾等敢曰，所谓国家者，岂有理想哉！那里只有土地、人和秩序，岂会有理想！倘若国家有理想，亦不外乎出生于国家的、伟大的天才之创造。

吾等未必祈愿国家的膨胀与繁荣，其将破坏与灭亡亦非吾等之所恐惧。希腊虽亡，但《荷马》存活于今；但丁之国，今虽不存，《神曲》尚活。吾等唯望宣告伟大理想的天才永存于世。国家因有天才才存活，其最大的光荣与威严，实不外乎天才也……天才之大理想何也？教给我等以心灵之力，强化人格，传递上征之个性活动的意义，引导吾等走向光明者，即天才是也。

伟大国家常有鞭策自己，告诫自己之声。专制而非自由的俄国如此出现倡导自由和个人主义的诗人、天才，便愈发显示出俄罗斯的伟大。夫诗人天才之声，乃人生之最高之心灵活动也，有心灵活动之处，其地其民，必伟大，必强盛。俄国真乃伟大也……（笔者按：着重号系原文所带）

国家乃方便也，"人"乃理想也。"人"之不存，则国家无意义。故无灵之国，无人声之国，吾等一日都不以其存在为德。自称世界之势力，陶醉于虚荣赞美之人，世间多矣，然而可怜的国民遂能听到人生之福音乎？呜呼，若夫吾等不能长久以我国语知晓"人"之意义，则吾等毋宁只会成为亡国之民，只会成为身蹈东海的漂泊之人。①

　　这对正在"立人"②的周树人来说，不啻是"握拨一弹，心弦立应"的"撄人心"③之声。"尼采"滤镜下纷至沓来的俄罗斯文学成了他的志同道合者。如果说他借助《摩罗诗力说》的写作，完成了关于"诗人""个人""天才""哲人""精神界之战士""真的人"的自我精神塑造，为他后来的"狂人"塑造准备了充分的精神内质的话，那么他在俄罗斯文学那里首先学到的则是精神解剖和话语建构的实验，也就是说，通过阅读和翻译，他体验并学习到了"狂人"观察现实的视角和这种视角的表现方法。换一个角度说，仅仅通过《摩罗诗力说》连同其他几篇同时期写作的论文，还不足以说明《狂人日记》，因为这中间还缺少作为参照和方法实践的环节，本论所呈现的与周树人紧密相伴的"狂人越境"历程，恰恰是这样一个环节的补述。

　　那么，在"狂人"越境之旅的第五站之后，在到达《狂人日记》之前，与周树人相伴的"狂人"是否还留下了可以叫做"站"的足迹？就周树人在此期间留下的文字而言，似乎唯有1913年4月25日发表在《小说月报》四卷一号上的《怀旧》值得注意。这是一个由在私塾读书的"九龄"儿童"予"的视角所呈现的故事。"予"贪玩不爱读书，憎恶教他《论语》的"秃先生"。"四十余年"前的"长毛"给他身边的大人们留下了恐怖的记忆，以至于一听说又有"长毛"要来，便都人心惶惶，准备逃难，到头来才发现消息是误传，大家虚惊一场，而"予"则饱览了"秃先生"等人的狼狈。笔者认为，与其说《怀旧》与《狂人日记》构成某种关联，倒莫如说它和此后创作的作品关联性更大，其中的很多要素，如私塾、乡绅、长毛、保姆、惊慌等后来都化解到了以下作品中：《阿长与〈山海经〉》《五猖会》《从百草园到三味书屋》《二十四孝图》《阿Q正传》。除了最后一篇（"革命党"风闻所带来的惊恐和狼狈，完全复制了《怀旧》里的人心惶惶）外，而其余各篇均纳入《朝花夕拾》，

---

　　① 斋藤野の人：「国家と诗人」，『帝国文学』第九卷第六号，明治三十六（1903）年六月。关于野之人与鲁迅的关联，参见中岛长文『ふくろうの声　鲁迅の近代』，平凡社2001年版。
　　② 鲁迅：《文化偏至论》，《鲁迅全集》第一卷，第58页。
　　③ 鲁迅：《摩罗诗力说》，《鲁迅全集》第一卷，第70页。

由此也可以知道《怀旧》是属于"旧事重提"（即《朝花夕拾》的前身）的"怀旧"系列，而不是"狂人"系列。这篇作品是周树人翻译安特莱夫和迦尔洵之后的首次创作尝试。就内容而言他开始通过回忆面向本土，并且想尝试写出类似于果戈理、屠格涅夫或契诃夫那样的小说，但对当时的他来讲，这似乎更是一个潜在的课题，因此稍稍一试就收手了，并且不再拿出示人——这篇作品鲁迅生前未收集——因为彼时的他还浸泡在昨日"摩罗诗人"带给他的"血和铁，火焰和毒，恢复和报仇"的"血腥的歌声"[①]里，还包裹在无法摆脱的"安特莱夫式的阴冷"[②]当中，当他被"寂寞"和"铁屋子"[③]窒息得无法再呼吸的时候，其积蓄已久的生命意志的迸发点，便只能是"狂人"的呐喊。从"狂人越境"的抵达点回望，1918年的周树人，要么不写，若写，便只能写《狂人日记》。

［附记］本论文是在2020年1月7日应邀在中国社会科学院文学研究所所作同题报告的基础上完成的，也是佛教大学2019年度海外研修项目的成果之一。在此谨向文学所的各位同仁致以衷心的感谢。

2020年3月27日于巢立斋
（原载《文学评论》2020年第5期）

---

① 鲁迅：《希望》，《鲁迅全集》第二卷，第181页。
② 鲁迅：《〈中国新文学大系〉小说二集序》，《鲁迅全集》第六卷，第246—247页。
③ 鲁迅：《呐喊·自序》，《鲁迅全集》第一卷，第439—440页。

日本战后思想史语境中的鲁迅论

赵京华

内容提要 本文以战后日本 30 年间思想论坛上的鲁迅论为考察对象，主要通过逢十纪念活动中的种种论述，思考以下问题。第一，日本人如何在浴火重生的战后国家与社会重建过程中持续关注到鲁迅文学内在的精神特质，并将其作为本民族的思想资源；第二，日本人面临的思想课题与 20 世纪世界史息息相关又具有东亚独特性，在此之下，鲁迅的思想文学怎样得到了创造性的阐发；第三，日本知识者以怎样的方式将鲁迅推到本国思想论坛的中心，使其成为价值判断的重要标尺。文中，重点讨论了竹内好、中野重治、竹内芳郎、花田清辉等作家、思想家的鲁迅论，以期全面地理解日本学院内外的鲁迅研究成就，进而尝试提出"鲁迅的世界意义首先体现在东亚"，这一命题。

关键词 日本鲁迅论；思想论坛；价值标尺；亚洲视角

一 如何认识战后日本的鲁迅论

鲁迅与日本渊源深厚，这不仅是指他有七年之久的留日经历且深刻影响到其思想定型和文学理念的生成，还意味着日本人对这位特异的中国文人有长期持续的关注，并在特定的时期里使其成为本国思想论坛的一个焦点，从而激发了几代知识者的想象力。就是说，"鲁迅与日本"这一议题是个双向流动的关系结构，包含着鲁迅生前与日本的种种关联和死后日本人对他的诚挚接受。这本身构成了一个不同民族间跨文化交流与互鉴的典型案例。而在我看来，这同时也映现出一段中日思想文化间特殊的东亚同时代史，对于我们从新认识鲁迅及中国革命的 20 世纪史，以及战后日本的思想历程，同样重要。

这里，所谓"特定的时期"指 1946 年至 1976 年的 30 年间，即日本社会激烈动荡的"战后民主主义"时期。1945 年的战败造成了深刻的历史断裂，日本人从帝国土崩瓦解的一片废墟上猛醒过来，在反思自身走向殖民侵略战争的现代史同时，开始谋求民族、国家的复兴和社会的重建。这是一个凤凰涅槃式的"第三次开国"时刻，几代日本知识者带着自身的切肤之痛重新思考明治维新以来的现代化进程。在此，他们注意到长期被忽视甚至蔑视的一个思想资源，即经过反抗殖民压迫和社会革命而实现了民族解放及另类现代化的中国，发现了其精神代表——鲁迅。

鲁迅在战前就曾受到一部分日本文人学者的关注，不仅在其死后出版了《大鲁迅全集》（1937），而且还有相关的生平传记（小田岳夫）、思想传记（竹内好）乃至小说创作（太宰治）等问世。1980 年以后，鲁迅作为外国文学家在学院中也得到相当出色的研究且形成了独自的学术传统。但是，与这前后两个时期不同，在上述"特定"的 30 年时间里，日本知识界将鲁迅推到由思想、文学、历史等问题构成的思考场域中心。例如，思想观念上的个人与国家、主体与他者、知识分子与社会改造；文学上的政治与文学关系、写实主义与现代主义；近代史上的传统与现代、殖民主义与民族主义、战争与革命……就是说，近代以来知识者所遇到的种种思想课题，透过对鲁迅的阅读和阐发而得到深度思考，鲁迅及其革命中国成为战后日本思想界价值判断的一个重要标尺，有力地改变了明治维新以来一切"以西洋文明为标准"（福泽谕吉）的思考惯性。鲁迅被深深嵌入日本的内部，成为内在化于战后思想史的"他者"。

日本殖民扩张的失败与中国革命的成功建国，这一发生在 20 世纪中叶的结构性历史逆转，无疑是战后日本知识者密切关注鲁迅的重要社会语境；同为东亚地区的成员在历史文化传统上相通而于各自社会条件下谋求现代化发展，日本形成的是人道主义文学或"优等生"文化而中国却能够孕育出在抵抗中获得主体的民族文学，这无疑也是日本知识者敬重鲁迅的文化要素。而我要进一步追问的是：第一，日本人在怎样前后关联的思想课题讨论中持续关注到鲁迅文学的精神特质，这些思想课题如何激活了在中国被忽视了的鲁迅精神某些内核；第二，这些前后关联的思想课题构成一个与 20 世纪世界史息息相关又具有亚洲独特性的问题系列，在此问题系列中鲁迅的思想文学是怎样得到创造性阐发的；第三，日本知识者以怎样的方式将鲁迅推到战后思想论坛的中心。

"二战"后日本知识界形成了一个鲁迅逝世逢十纪念的传统。1946年，思想家竹内好发出第一声纪念《关于鲁迅的死》，又通过后续的文章将民族独立和主体建构的问题推向思想界；历史学家石母田正则进一步把被压迫民族的问题引入研究，由此提出重构日本史的亚洲视角。1956年，文学家中野重治以《某一侧面》及其前后的纪念文章，对如何在"政治与文学"关系论争的语境中讨论鲁迅文学的人性基调和政治性特征，提出自己的看法；文化评论家竹内芳郎又将"政治与文学"关系转换成"革命与文学"问题而使讨论得以深化。1966年，全球反战运动达到高潮而"68年革命"即学生造反运动山雨欲来之际，由新日本文学会所办"鲁迅与当代"系列讲演，将思考带入个人与社会、传统与现代等重大问题中来；戏剧家花田清辉则围绕现代与"超现代"问题展开思考，用荒诞派手法成功改编《故事新编》而对鲁迅文学提出独特阐释。1976年，随着"政治的季节"结束，思想论坛上内涵丰富的鲁迅论也迎来落幕时刻，青土社的杂志《Eureka 诗与批评》推出"鲁迅：东洋思维的复权"大型特辑，在"革命与文学"和中日文学同时代的总题下展开讨论，成为"落幕"前一个意味深长的纪念。

对于一位同时代的外国作家逢十纪念，的确是一个罕见的事态。这或许就是日本知识者在战后将鲁迅推向思想论坛中心的方式之一。在此，我将通过整理纪念活动中各领域知识者的相关论述，尽力挖掘其问题意识背后的思想史脉络，以复原活跃于论坛中的那个鲁迅。这些纪念活动，大致呈现了社会变迁导致的思想主题和问题意识的演进路线。例如，1950年代的思想议题主要集中在民族独立和国家再造方面；而反对日美安保条约的斗争和大规模社会抗议运动的兴起，则导致国家民族问题开始转向社会建构上来，与市民社会紧密关联的个人与集团、知识者与大众等问题成为1960年代的思考焦点；到了社会跨入大众消费时代的1970年代，传统与现代、中日文学同时代性开始受到关注。至于那个挥之不去的"政治与文学"关系论争，则是贯穿战后日本文艺界的基本母题，从思想的深层连接起上述彼此交错的种种思考链条。而在这个日本战后思想主题的演进中，有中国作家鲁迅的深深介入。

二 绝望反抗的民族文学

1946 年,鲁迅逝世十周年。对日本而言,这是一个怎样的时刻呢?

1945 年日本的惨败导致其有史以来不曾有过的国土被占领和主权的丧失,而占领者美国则将日本视为新殖民主义的"试验场"。所谓"新殖民主义",即面对"二战"后"反帝""解殖"的世界大潮,美国开始采取以"结盟"形式在对方国家建立军事基地、以"平等伙伴"名义与其缔结外交关系并通过经济援助实现干预和控制的世界战略———一种"不拥有殖民地的帝国"主义。从 1945 年的联合国盟军占领到 1952 年旧金山和约签署生效,中间经过了东京审判和冷战骤起导致美国对日政策的转变,日本人经历了天翻地覆的精神历练,强烈意识到民族独立的危机和新殖民主义的压迫。

而在亚洲地区,则出现了反帝反殖运动的高涨。随着 1945 年日军从广大亚洲撤退,暂时填补这个制度空白的是旧殖民地宗主国重返该地区,这激起了人民大众的激烈反抗。1947 年印度宣布独立及 1954 年签署印度支那休战协定,东南亚的民族解放初战告捷。包括东亚的朝鲜半岛解放及中国革命成功,建立新中国,到了 1955 年"万隆会议"的召开,亚洲民族主义已然成为新典范。上述世界大势,受到日本知识界的瞩目。近代主义与民族问题、亚洲民族主义、国民文学论争等成为 1950 年代的思想焦点。例如,1950 年太平洋国际关系学会在印度举行第 11 次年会,亚洲民族主义问题成为主题。这也在日本国内引起很大反响,岩波书店出版了《亚洲的民族主义——勒克瑙会议的成果与课题》(1951),《中央公论》两次刊发"亚洲的民族主义"特辑,集中反映了当时日本知识者的两种倾向:一个是从美国冷战战略角度观察日本,另一个是持中立的亚洲立场来看日本的民族主义。其中,丸山真男和远山茂树对中国民族主义的肯定,成为竹内好讨论日本"民族问题"的参照[①]。

竹内好是将鲁迅和中国"作为方法"引入战后日本思想论坛的重要人物。有关他的鲁迅研究需要另做系统化分析,这里仅就战后 30 年间他如何把鲁迅主题化并推向思想论坛中心的,略作阐述。我

[①] 参见佐藤泉《1950 年代——批评的政治学》,东京中央公论新社 2018 年版,第 55、70—77 页。

们已知，早在战火纷飞的1944年他就出版了《鲁迅》一书，1948年再版后始成为日本鲁迅研究的第一块基石。而竹内好在鲁迅十周年忌日当月发表《关于鲁迅的死》①，可谓战后鲁迅纪念的第一声。1956年又作《鲁迅的问题性》②等，持续积极地推动纪念活动的展开。如果把这十年间的其他重要文章如《何谓近代》等作为一个系列，则可以清晰地看到竹内好从文学家的"诚实性"问题逐渐向中日文学乃至两国现代化比较方向推进的思考路径。

《关于鲁迅的死》在分析鲁迅逝世前对中日关系抱有绝望与希望两种态度之后，竹内好强调："不幸的黑暗日子结束了"，今天的我们要排除干扰去实现鲁迅对中日两国"相互理解"的期待，"才是最正确的纪念方法"。这是他为战后鲁迅纪念确立的一个高远目标。文中还阐发了鲁迅政治立场的明快、坚持从实践出发的行动力以及其思想文学上的"诚实性"特征。参照此前的《鲁迅》一书，不难发现这里所强调的文学家之"诚实性"，乃是对"启蒙者鲁迅"之"纯真"性这一观点的深化③，至于对战斗精神的阐扬和中日两国"相互理解"的期待，则是跨越历史巨变后竹内好的新思考。

而从理论思辨的层面将鲁迅推向思想论坛的，是稍后所作《何谓近代》④。该文基于西洋的扩张导致东洋"近代"的出现这一基本命题，从中日两国现代化的差异入手进行类型比较，目的在于反观日本的失败教训，而思考的参照就是鲁迅。在此，竹内好通过对《聪明人和傻子和奴才》的独特解读，构建起一个对比的二元关系。一方是以觉醒的奴隶为历史主体的从被压迫走向抵抗、在抵抗中构筑自我主体性、最终实现了自身之现代变革的中国；另一方是以虚幻的主人为主体的从被压迫走向顺从、在顺从中丧失自我主体性、最终成为"什么也不是"的西方附庸之日本。竹内好认为，那个觉醒的奴隶（傻子）与作者鲁迅有重叠。这"奴隶拒绝自己为奴隶，同时拒绝解放的幻想……。他拒绝自己成为自己，同时也拒绝成为自己以外的任何东西。这就是鲁迅所具有的而且使鲁迅得以成立

---

① 竹内好：《关于鲁迅的死》，东京《朝日评论》1946年10月号。
② 竹内好：《鲁迅的问题性》，《西日本新闻》1956年10月19日。
③ 参见竹内好《鲁迅》"序章——关于生与死"，东京日本评论社1948年版。
④ 载东京大学东洋文化研究所编《东洋文化讲座》第3卷，东京白日书院1948年版。原题为"中国的近代与日本的近代——以鲁迅为线索"，收入文集时改题为"何谓近代"。

的'绝望'的意味。绝望,在行进于无路之路的抵抗中产生,抵抗,作为绝望的行动化而显现"①。至此,一个绝望而抵抗的鲁迅,进而在抵抗中实现了民族现代性变革的"中国"得以建立起来。在此,竹内好开拓出借鲁迅"落后的中国"其现代化经验来质疑日本现代性的批判方式。如果考虑到"二战"后美国亚洲研究中的"冲击—反应"论还未出现,更不要说后殖民理论了,则竹内好的观点可谓相当独创且具有批判的深度。该文在产生广泛思想影响的同时,也将鲁迅成功带入了日本现代性的讨论。

竹内好于中日现代化比较框架下进而提出"民族"问题,是在上述太平洋学会年会召开的1951年,即《民族主义与社会革命》和《近代主义与民族问题》两文中。面对亚洲民族主义的兴起和如何对待日本"国民文学"中的民族主义问题,竹内好表达了与"近代文学派"和左翼论坛主流不同的观点。《民族主义与社会革命》在肯定丸山真男中日现代化模式的比较和日本民族主义已失去"处女性"的观点同时,依据历史学家远山茂树有"进步与反动"两种民族主义②的观点而展开思考,认为与中国现代文学传统中始终贯穿着"良性的民族主义心情"相比,日本近代文学虽然总体上表现出一种恶性的民族主义,但明治维新初期也曾存在同样的作为"心情"的朴素民族主义传统,这可以作为重建当下日本与亚洲相连的民族独立意识的资源。文章最后提道:"中国的人民文学表现出来的革命能量之丰富性确实为人震惊,它并非一朝一夕所形成,而是在反革命中把握到革命的契机,即在清末以来改革者们努力之上完成的,其中的典型就是鲁迅。因此,鲁迅的抵抗才是我们今天应当学的。"③

从绝望反抗的鲁迅看到中国被压迫民族文学中的良性民族主义,竹内好的思考从中日现代化比较的原点上向前推进了一大步。这里提道的"中国的人民文学……"是针对当时左翼的"人民文学派"只关注新中国成立前后的"人民文学"而不了解其背后长期积累下来的民族反抗精神而言的,明显带有论辩性。《近代主义与民族问题》一文也是一样,主要针对"近代文学派"回避"民族"问题的

---

① 竹内好:《近代的超克》,李冬木、赵京华、孙歌译,生活・读书・新知三联书店2005年版,第206页。
② 远山茂树:《两种民族主义的对抗》,东京《中央公论》1951年6月号。
③ 竹内好:《民族问题与社会革命》,东京目黑书店《人间》1951年7月号。

倾向。竹内好的基本观点是，自白桦派以来日本现代文学基本上是在抛弃了"民族意识"的情况下发展而来的，结果"民族意识"必然伺机反抗而为法西斯主义所"唤醒"。中国的民族主义与社会革命紧密相连，"但在日本，由于社会革命疏离了民族主义，受到摈弃的民族主义者只好选择与帝国主义相勾结的道路而走向极端化"。中国现代文学的发展明证：革命与文学必须植根于民族传统[①]。在此，竹内好坚持要"从反革命中提取出革命"的良性民族主义，至少要在走上帝国主义道路之前的明治初期挖掘为今日所用的思想资源。我认为，现代民族国家的形成必须依赖于国民意识的发生，国民意识的培养离不开民族主义推动。战后日本的国家重建同样需要新的民族主义，竹内好借中国革命的经验而提出日本的"民族问题"，其思考可谓深刻独到。

　　竹内好是活跃于1950年代日本思想论坛的重要人物，善于在流动的状态中发现议题并通过论争将其主题化。他一方面对日共即新日本文学派多有批评，同时对"战后派文学"的"近代主义"立场进行批判，这常常使他成为论坛的焦点。[②] 总之在战后初期，由于竹内好等的努力，鲁迅与中国革命在思想论坛上获得了广泛认知，讨论远远超出中国研究领域。例如，战后新史学的开拓者石母田正运用唯物史观重建历史学，其特色在于通过朝鲜抵抗的近代史而发现"民族意识"的重要性，补充了马克思主义史学的薄弱部分，而最早将"亚洲视角"引入日本史研究。

　　对日本殖民统治下朝鲜"三一运动"的持续关注，使石母田正形成了一个由俄国革命为先导的东方革命世界史架构，其中民族解放乃是历史的发展动力。列宁曾指出，1905年始于俄国的革命最终在中国完成了东方革命的历史波动。而在石母田正看来："这一历史波动从1917年的'十月革命'开始，之后波及1918年的日本'米骚动'、1919年的朝鲜'三一运动'和同年中国的'五四运动'，这三次巨大的民众运动从北方画出了一条弯曲的弧线。"[③] 这个历史学的亚洲视角，其想象力的灵感来自朝鲜和中国。在《关于母亲的

---

① 竹内好：《近代主义与民族问题》，岩波书店《文学》1951年9月号。
② 例如，《鲁迅的问题性》一文对"战后派文学"作家荒正人的批判。见《竹内好全集》第2卷，东京筑摩书房1981年版，第337—339页。
③ 石母田正：《击碎坚冰》，《历史评论》1948年5月号。

信——寄语鲁迅和徐南麟》一文中，石母田正提到自己读了竹内好所译鲁迅《为了忘却的记念》而受感动，又由此对德国版画家珂勒惠支发生兴趣的过程。他认为，鲁迅作为教师其对学生柔石的心情与母亲失去儿子的心情相近。他用珂勒惠支的《牺牲》表达悼念，既是为了柔石的母亲，同时也为了自己。青年的死让鲁迅振作起来，成为他参与革命的动力。而《牺牲》所表达的为战争奉献儿子的母亲之痛，让石母田正联想到朝鲜独立运动的诗人徐南麟，由此意识到民族的存在意义和殖民地解放的主题。面对旧金山和约签署在即，日本反动势力欲出卖民族与美国单方面媾和的行径，他提出要像中国和朝鲜那样，日本的母亲们也起来维护和平而反抗卖国行径和民族压迫①。

三　战斗的人道主义者

1956年，鲁迅逝世二十周年纪念。

比起战后一片废墟而百业待兴的1946年，1956年的纪念活动可谓丰富多彩，讨论的议题也在随形势的变化而流动着。在进步势力重镇的岩波书店和日共指导的战后最大文学团体"新日本文学会"策划下，纪念活动俨然形成了规模。岩波《文学》杂志的鲁迅特辑，刊发了包括竹内好、荒正人、杉浦平明、中野重治等阵容强大的系列文章，同时有《鲁迅选集》（10卷本）及其导读性质的别卷《鲁迅案内》出版。杂志《新日本文学》10月号则刊发"特辑：鲁迅死后二十年"。也是在这一年，《故乡》第一次被选入教育出版社的中学国语教科书，其后数十年间又有光村图书、三省堂、筑摩书房、学校图书和东京图书陆续跟进。考虑到日本中学国语课本一直由这六大出版机构垄断，那么"可以说30年来几乎所有日本人在中学都读到了《故乡》。这样的作家不论国内国外都在少数，鲁迅虽为外国人却成了近乎国民作家的存在"②。

这里要关注的是，另一位在战后倾注全身心宣传鲁迅，逢十纪念必有文章或讲演的中野重治。如果说竹内好是以思想评论家和中国文学专业研究者的身份致力于鲁迅的阐发，那么中野重治则是以

---

① 石母田正：《历史与民族的发现——历史学的课题与方法》，东京大学出版会1952年版，第346页。

② 藤井省三：《鲁迅事典》，东京三省堂2002年版，第291页。

无产阶级文学代表性作家的立场展开纪念的。由于他和鲁迅的特殊因缘关系，也因为其在日本文学史上"政治与文学"关系论争中的特殊位置，其鲁迅论更具有文学方面的洞穿力和对政治性的深湛理解。同时，作为积极参与国际共产主义运动的日共党员，他能够在世界社会主义革命与帝国主义战争之矛盾抗争的关系结构中阐发鲁迅文学的价值。比起竹内好对民族主义和中日现代化类型比较的思考，中野重治更注重在"政治与文学"关系结构中深化对鲁迅的认识。而战后世界政治的风云变幻和日共内部的思想斗争等，则成为他思考的现实背景。

1950年代的国际政治环境，可谓波诡云谲。特别是苏共二十大上赫鲁晓夫发表《关于个人崇拜及其后果》的报告，其"斯大林批判"在震惊世界的同时，也引起了社会主义各国的波动。在此形势下，日共指导思想也发生了前后变化，民主主义文学界有关"政治与文学"关系的论争亦不断发酵。我们已知，始于1920年代无产阶级文学运动高潮之际的"政治与文学"论争，到了"二战"后则在新形势下持续燃烧，直至1980年代才偃旗息鼓。我认为，政治与文学在"极端的20世纪"成为一个彼此无法分离的对立统一结构。战争与革命作为政治的最激进形态对包括文学在内的整个文化构成全景式渗透，这已非一国一地域而是具有世界普遍性的文化政治问题。日本和中国自然都包括其中。而作为新日本文学会领导者的中野重治始终处于"论争"旋涡中，他那带有特殊经验的解读有力激活了同样存在于鲁迅思想文学深层的"政治与文学"要素。

中野重治的一生可谓波澜壮阔[1]，作品也卷帙浩繁。谈鲁迅只是他文学写作和思想评论的一小部分[2]，但却具有典型性。例如1937年发表的《两个中国及其他》，他注意到当时的中国存在两个政权——国民党政府和共产党苏维埃政权，而以鲁迅为核心的上海左翼文化阵营代表共产主义进步势力，且与日本无产阶级文学运动息

---

[1] 中野重治1902年生，日本福井县人。1926年加入日本无产阶级艺术联盟，被选为中央委员。1928年发表《艺术并非政治性价值》，参与"艺术之价值"论争。1931年加入日共后次年遭捕，1934年"转向"出狱。战后重新入党并成为新日本文学会主要领导。1964年，因在中苏论战等国际共运和停止核试验条约问题上与日共指导部意见对立，被开除出党。1979年病逝。

[2] 共14篇，集中收录于筑摩书房1976—1980年新版28卷本《中野重治全集》第20卷。

息相关。中日普罗文学联手实现飞跃性发展正是在这个时期，鲁迅作品被翻译到日本也在此时。基于这样的认识，他对夏目漱石、佐藤春夫以来轻视中国的叙述表示不满，提出要从中国近代史本身特别是中日普罗文学共同发展的视角认识鲁迅的价值、理解当代中国。1939 年所作《鲁迅传》则强调鲁迅是文学家也是政论家，其政论方面更为深刻阔大。①

战后，中野重治重新入党并成为左翼文学阵营的一面旗帜。其鲁迅纪念的第一声是 1949 年 10 月 19 日在中国留日学生同学总会等联合举办的纪念活动上所作《鲁迅先生祭日》②。讲演表示：鲁迅是伟大的中国革命所孕育的作家，迫使青年鲁迅走向革命和文学的直接推手却是对中国实行帝国主义侵略的日本。因此，日本人只要是从事文学工作的，都有对鲁迅先生做出自己的价值判断的义务。而在中日同样处于时代"大转折"并试图建立两国人民之全新友好关系的今天，日本必须集合以往分散的鲁迅研究学术力量，并将研究成果惠及广大民众。鲁迅的所有作品均有一种将读者引向故乡和祖国的力量，从悲愤于故乡和祖国的惨淡暗黑中生出改革的心愿，这是其文学的一大特征。1956 年 10 月所作《某一侧面》，更代表了中野重治战后鲁迅论的基本立场——对其文学的高度政治性的认同。文章谈到自己阅读鲁迅的感受："无论遇到什么也要做正直的人。进而自己要为日本民众尽力……。就是说，让人产生政治战斗的感奋。""这种透过人性将读者引向政治上的感动，乃是鲁迅的基本性格。"③ 鲁迅"人性化、文学性的言辞多数场合并不伴随着政治性的言辞，但却能成为痛烈的政治批判。……这是鲁迅文学特别给人以铭感的地方。"④

竹内好曾将中野重治视为自战前以来日本文学家论述鲁迅的两种代表之一："一种是东洋式的虚无主义者，另一种是战斗的人道主义者。"太宰治的《惜别》代表前者，中野重治的杂感文章则属于后者⑤。的确，"战斗的人道主义"是中野重治一以贯之的立场。而在

---

① 《两个中国及其他》《鲁迅传》，《中野重治全集》第 20 卷，东京筑摩书房 1976—1980 年版。
② 载《新日本文学》1949 年 12 月号。
③ 《中野重治全集》第 20 卷，东京筑摩书房 1976—1980 年版，第 644 页。
④ 《中野重治全集》第 20 卷，东京筑摩书房 1976—1980 年版，第 645 页。
⑤ 《鲁迅的祭日》，《竹内好全集》第 3 卷，东京筑摩书房 1980 年版。

我看来,他始终从"人道"出发观察鲁迅的文学性与政治性,其文学视角是基于深厚的人性和社会历史而非单纯的阶级文学,其政治视角是高度综合的唯物史观而非简单的党派性。就是说,在中野重治那里"政治与文学"不是从观念和教条演绎出来的二元对立,而是基于艺术经验和政治感知高度统一的辩证法。也因此,他能够从鲁迅那不免暗淡悲哀的文学世界感受到催人改革奋进的力量。从战前开始,中野重治就确立起了从中日无产阶级文学连带的视角认识"战斗的人道主义者"鲁迅的立场。战后则进而意识到,日本人需要从帝国主义侵略战争导致中国民族解放与社会革命的历史逻辑关系出发深入理解和研究鲁迅①。战后的中野重治始终在两条战线上作战:一方面抨击只有信奉而不加怀疑的近代主义文学话语,另一方面对源自日共党组织和纲领的非人性化言辞的讽刺批评。他对鲁迅的文学性、人性与政治性高度统一的把握,无疑源自个人的斗争经验。他期待向鲁迅学习,以改变理论信仰和教条主义导致文学与政治割裂的日本文学现状。1964年被日共开除后,他对教条主义和党派政治的批判更加激越,这在1967年纪念讲演《鲁迅研究杂感》中有突出表现,我们将在后面介绍。

另一位值得注意的非中国文学专业的鲁迅论者,是马克思主义理论家竹内芳郎②。我们已知,竹内好曾在"政治与文学"关系结构中强调鲁迅首先是文学家,这种观点给后世以深远影响,但也受到研究界内部的不断挑战。1965年丸山升出版《鲁迅——其文学与革命》,针对竹内好的"文学主义"倾向而提出鲁迅首先是革命人的主张。竹内芳郎则从"政治与文学"关系阐释架构的有效性方面,同时对上述两位提出批评而引起论争③。他在《鲁迅的文学与革命》(1967)一文中主要阐发了自己的思考理路和基本观点,强调从理论上理解"革命与文学"之内在结构关系比使用一般的"政治与文

---

① 参见中野重治《鲁迅先生祭日》(1949)、《某一侧面》(1956)、《鲁迅研究杂感》(1967)等。
② 竹内芳郎(1924—?),日本岐阜县人,马克思主义哲学理论家、文化批评家。1952年毕业于东京大学文学部。长期从事法国哲学研究,在建立日本马克思主义存在哲学方面多有贡献。著有《萨特与马克思主义》(1965)、《文化与革命》(1969)、《国家与文明》(1975)等。
③ 竹内芳郎的论争文章有两篇,均后收入《文化与革命》一书,东京盛田书店1969年版。

学"概念更为重要，因为文学史上长期的论争使讨论变得异常缠绕且思维固化，掩盖了更为原本的"革命"问题。鲁迅的独特之处就在于他一生不断地回溯到"原点"——屈辱的体验，由此反思"革命的原本性和文学的原本性"。鲁迅对"革命与文学"关系的认识有一个发展变化过程，并非竹内好所说有什么"不变的核心"或丸山升所谓是"永远的革命人"，我们需要阐明这种变化的结构性规律。他认为，鲁迅从1927年到1930年的转变非常重要，对我们尤有参考价值。

这里提到的"原点"——屈辱的体验，当然是指"幻灯事件"。在竹内芳郎看来，此乃鲁迅文学成立的基点，它有两重的作用。一个是屈辱感的普遍化，即将文学引向"民族的普遍性"。个人的屈辱感扩大到民族全体，个性化的文学表达转变成普遍性的语言表现，这决定了鲁迅文学作为"民族文学"的性质。另一个是内在化，即在"事件"中自己"被看见"，由此那种不甚分明的感受内在化为"屈辱感"。在此，与"革命者"鲁迅达成一体化的"文学者"鲁迅得以形成。其文学的本质性格呈现为：一方面是革命的不可能而产生唯有文学是可能的，另一方面甚至文学亦无力，两者构成辩证统一关系，成为鲁迅前期文学观的基本结构。然而，由于中国革命的不断发展，鲁迅文学的"原本性"结构也发生了变化，即由革命的不可能性向"并非不可能"的认识转化。在此，竹内芳郎不同意冯雪峰的后期马克思主义者鲁迅对前期文学观做出了"清算"的观点，认为其思想文学"原点"上的认识被带到后期，使鲁迅的文艺观与一般来自观念理论的马克思主义者不同，他那自我否定式的对于"原点"的忠诚，既是鲁迅的特点同时也反映了中国革命不断前进的内在逻辑。1930年代以后，鲁迅强调的并非文学要服务于政治，而是文学本身的革命化，这是他最宝贵的理论贡献。

竹内芳郎的鲁迅论追求从理论上理解革命与文学的关系，其目的在于反思日本"政治与文学"关系讨论的逻辑偏颇[①]。而现实政治的大背景是1956年"斯大林批判"以来日本马克思主义内部发生种种分歧，特别是一贯听从共产国际旨意而走向僵化保守的日共受到"新左翼"的冲击，包括"政治与文学"在内的各种理论问题需要从原理上重新思考。中国革命及鲁迅文学有哪些历史经验可以参

---

① 竹内芳郎：《文化与革命》，东京盛田书店1969年版，第137—140页。

照，也就成为思想论坛上的话题。这使追求变革的理论家竹内芳郎将目光投向鲁迅。从专业角度讲，他的论述可能有史料和技术上的一些问题，但其努力不仅引起专业领域内的论争，而且起到了在思想论坛上将鲁迅主题化的作用。在这一点上，他与中野重治的作用有异曲同工之妙。

四　创造东洋的故事新编

讲到1960年代的日本，我们首先会在脑海里浮现1960年年初夏上百万市民集结于国会前抗议政府强行通过日美安保条约的震撼画面，或者1968年学生造反运动中东京大学安田讲堂的攻防战。这是一个社会运动高涨的"政治的季节"，战后民主主义时代走过要求民族独立和市民社会重建的前期阶段，社会结构及其思想文化观念迎来重大转型。经济上，通过朝鲜战争"特需"的启动，开始走上再工业化和高速发展的轨道。政治上，在日美同盟的制约和保护之下，保守与革新的自民党与社会党斗而不破的"五五年体制"稳步运行。这给战后日本社会秩序的建构提供了保障，同时经济发展和政治固化——文化教育和道德秩序建设滞后也引起广泛的社会反弹。由新左翼主导的政治运动在1968年达到高潮后迅速衰退，而大众消费社会不期而至。

仅就思想、文学领域的变化而言，以下"事件"具有特别的象征意义：1960年安保斗争旋涡中战后民主主义重要旗手丸山真男遭到新左翼理论家吉本隆明的批判①、1964年中野重治被开除出党而日共在文化界威信遭到重创、"讲座派"马克思主义者花田清辉在与吉本隆明的论争败北后退出文学批评界②、《近代文学》杂志停刊与"战后派文学"的消失……这一切意味着战后思想界争取民族独立和民主斗争的第一阶段落幕，新左翼成为论坛的领跑者。民族与国家、政治与文学等基本议题逐渐让位于知识分子与大众、个人与社会、传统与现代等新问题。此外，新左翼在建构激进革命的理论基础之际将目光投向毛泽东思想，中国"文革"的爆发更吸引了"全共斗"时代的各激进派别。另一方面，学术文化领域受到西方解构主义新潮刺激，对阶级解放、革命主体、客观理性的关注渐次让位于

---

① 参见吉本隆明《丸山真男论》，东京一桥新闻部1963年版。
② 参见绘秀实《吉本隆明的时代》，东京作品社2008年版，第98—108页。

对共同体、文化边缘、原始思维、主观感觉等,所谓从"存在到结构"的焦点转移悄然出现。

这些变化直接影响到1970年代前后的日本鲁迅论,特别是中国的"文革"不仅冲击到战后已然形成的论述传统,纪念活动也在1966年几乎陷于停顿。唯有每到逢十都要举行纪念的新日本文学会所办"鲁迅逝世三十周年特别系列讲座"略成规模,但也是延迟到1967年才举行。从稍后出版的讲演集《鲁迅与当代》①可以了解到,系列讲座一定程度上反映了那个时代鲁迅论的焦点及其前后变化,足以作为我们考察的依据。其中包括尾崎秀树、尾上兼英、竹内芳郎、桧山久雄、竹内实、中野重治、佐佐木基一、花田清辉8人的讲演,他们大都为新日本文学会成员或理论批评家。从内容上归纳,大致有鲁迅与日本、革命与文学、传统与现代三类议题。

第一类议题中,中野重治的《鲁迅研究杂感》其主题基本上是此前观点的延展。值得关注的是,他对眼下中日两国鲁迅研究停滞不前的现状、对日共和日中文化交流协会当初追随周扬而今却跟风"文革"多有不满。明显地,国际国内现实政治的风云变幻促成了他对鲁迅的重新思考。他强调:比起苏联等来日本有更适合研究鲁迅的优势,也有义务拿出更好的成果。九一八事变以来日本的侵略过程深刻左右了中国现代史,也促成了鲁迅后期大量杂文的写作。殖民侵略与反殖民反侵略的历史,从反面证明了中日两国及鲁迅与日本关系的密不可分。他认为,自己对劳动阶级和苏联革命的认识在总体上与鲁迅接近,但在认识路径上不尽相同。鲁迅根据自身追求革命的经验而承认俄国社会主义和中国革命的意义,因此其文字有千钧之重,对于今天高度资本主义化的日本人来说依然有被刺痛之感。

这篇讲演曲折反映了中野重治对日共教条主义的批判及拥护苏联和国际共产主义运动的心情②,其世界无产阶级革命——战斗的人道主义和在民族压迫与阶级解放的关系结构中观察鲁迅的视角,以"人性"为媒介构筑文学与政治的辩证关系等,都极具启发意义。他一贯以文学家的直观感受言说鲁迅,通过与对象的深层对话来叩问

---

① 佐佐木基一、竹内实编:《鲁迅与当代》,东京劲草书房1968年版。
② 竹内荣美子:《中野重治——其人与文学》,东京勉诚出版2004年版,第134—142页。

自己的灵魂，因而形成了独特的风格和强烈的感染力。他对鲁迅这份深情，当然源自两人的特殊关系。正如他逝世前的 1977 年所回顾："我知道，鲁迅谈到了我的'转向'、珂勒惠支版画选集中文版出版后也曾惠赠我一册……鲁迅下葬时鹿地亘是抬棺人之一，那张小小的照片大概还在我手上希望能够找到。我应该是第一个在北京鲁迅博物馆发现《为横死之小林遗族募捐启》的日本人……在与鲁迅有关的青木正儿教授、佐藤春夫、竹内好、增田涉等人都已离开人世的现在，我对鲁迅的追思越发复杂而深沉。"①

这个系列讲座中最具时代性和前卫色彩的，是在第三类"传统与现代"关系中讨论鲁迅思想艺术特性的佐佐木基一和花田清辉。佐佐木基一是"近代文学派"的青年理论家，他认为，资产阶级及其文学在中国的不发达反而造就了其现代文学的"超现代性"。《眉间尺》那种自我与对象同归于尽的斗争方式正仿佛描画出了 20 世纪我们的命运一般。这个"超现代性"的观点，无疑是一个理论思考上的突破。在此，现代性本身成为怀疑和反思的对象。我想，这与 1960 年代的日本社会转型和西欧解构主义运动的兴起或有关联。而从思想理论和艺术实践两方面对此做出深入思考的是作家花田清辉。

花田清辉②在文艺批评上具有辛辣讽刺的格调、戏剧创作上追求喜剧性幽默的现代主义（先锋派）、政治上则是坚持战前"讲座派"理论的马克思主义者，且古今东西视野开阔而有国际主义倾向。他的讲座《关于〈故事新编〉》，首先回顾自己战争期间阅读《故事新编》而对《铸剑》《出关》《非攻》尤有感动的经验，认为《铸剑》中有强烈的革命欲望，鲁迅要表达的是个人的败北可能导致阶级或集团的胜利，其文学中同时有喜剧和悲剧的要素，但悲剧性似乎更

---

① 《中野重治全集》第 20 卷，东京筑摩书房 1976—1980 年版，第 698 页。以下，对第 698 页这段文字中提到的事项略做解释：（1）鲁迅谈到中野重治的"转向"是在 1934 年 11 月 17 日《致萧军、萧红》信中。（2）鲁迅赠中野重治的《凯绥·珂勒惠支版画选集》为所印 103 部的第 36 部，大概是托鹿地亘代送的。（3）1936 年 10 月 22 日鲁迅安葬日，抬棺人 12 位青年中鹿地亘是唯一一位外国人。（4）1957 年 10 月应中国作家协会等邀请，中野重治作为团长率日本作家代表团访华，期间参观北京鲁迅博物馆之际，发现这则由鲁迅等 9 人署名的为小林多喜二募捐启事，《募捐启》刊于 1933 年 6 月 1 日北平左联机关刊物《文艺月报》创刊号。

② 花田清辉：1909 年生于福冈市。早年就读于京都帝国大学，战后加入日共，1950 年代曾担任《新日本文学》杂志主编。在文艺批评和戏剧创作上成就卓著，被视为战后派文学代表性作家。1974 年逝世。

为浓烈。这可以称为"东洋式"的色调，与包括日本在内的东方古典悲情世界密切关联。鲁迅身上有血肉化了的传统存在，有时对其加以激烈的抵抗，有时从改变现实出发又积极地利用传统的要素，这也正是《故事新编》不易把握的地方。鲁迅希望半殖民的中国实现现代化、资本主义化，同时又试图走向与西方不同的现代化道路——社会主义。花田清辉坚信，1960年代的世界正处在资本主义向社会主义的转换时期，鲁迅对社会革命的认识和艺术上的创新尝试，对我们都有重要的参考价值。

战后最初一段时间里，日本知识者主要着眼于在东西方现代性的关系结构内部透过鲁迅及其中国革命来进行现代化的类型比较。后来的"传统与现代"理论模型也没有跳出这个逻辑结构的边界。花田清辉于1967年所做《故事新编》论，在"传统与现代"之上提出"超现代"或反现代的可能性问题，的确有思考方式上的创新。虽然他是从自己先锋戏剧创作的实践经验直觉地感受到而未能做进一步的理论抽象。他预示了稍后，特别是1990年代以后日本学术界以反思现代性为中心的鲁迅研究时代的到来。1976年冈庭升的《亚洲的近代》[①] 一文已经对现代性提出了方法论上的质疑，1990年代丸尾常喜对传统与现代理论模式所遮蔽的中国民间习俗"鬼"世界的关注[②]、代田智明对后期鲁迅围绕上海"殖民地现代性"所做批判的重视[③]，乃至伊藤虎丸晚年意识到的鲁迅"向下超越"的思想特征[④]等，其思考的源头大致都可以追溯到花田清辉。

更可贵的是花田清辉还将上述对鲁迅的认识付诸戏剧实践，与小泽信男、佐佐木基一、长谷川四郎共同创作了《戏曲：故事新编》脚本。由《寄身洪水的叙事诗——大禹》《亦守亦攻——墨子》《头颅飞溅在所不惜——眉间尺》《永恒的乌托邦——老子》四幕组成的这个脚本，最终于1974年11月在东京六本木俳优座剧场、1975年1月在京都府立文化艺术会馆成功上演，这无疑是对1974年不幸病逝的花田清辉最好的告慰，也是对其"鲁迅以前现代为否定性媒介实现对现代的超越"这一认识的实践。长谷川四郎认为，辩证法是

---

① 冈庭升：《亚洲的近代》，《Eureka 诗与批评》1976年4月号，东京青土社。
② 参见丸尾常喜《鲁迅——人与鬼的纠葛》，岩波书店1993年版。
③ 参见代田智明《解读鲁迅》，东京大学出版会2006年版。
④ 参见木山英雄《也算经验》，《鲁迅研究月刊》2006年第7期。

一种实践即认识事物内在过程的"伟大的方法",花田清辉的艺术实践正是这一方法的实际应用。"我们的工作并非要追赶和超越西方,而是尝试创造包括日本在内的东洋的故事新编、我们的国际主义文化。"①

创造"东洋的故事新编",这的确是一个超越古今历史和东西方时空的宏大愿景。它源自中国的鲁迅而在战后日本生成并付诸实践,显示人们一旦摆脱西方中心论式现代性思维的牢笼则必将释放出灵动的想象力,而亚洲悠久的思想传统和新时代日本文人的国际主义视野自然是这种想象力的根基。我读日本知识者的鲁迅论,就时常会感到这种独有的"亚洲"感觉和视野,它能够有力地激活鲁迅文学中中国人不易察觉到的亚洲底色。它是传统中国的也是东方的,但在中国文化视域内部不易显像,而在东亚边缘的日本则会明显感知到。它提示我们,鲁迅文学的区域特征还有待开掘。

五　东洋思维的复权与中日文学同时代

1976年,鲁迅逝世四十周年。

这一年,岩波书店《文学》杂志刊出特辑:"鲁迅与三十年代中国文学。"同年10月岩波文化讲演会在京都会馆举办,竹内好发表《日本的鲁迅翻译》。另一个大型出版机构筑摩书房,则于本年陆续刊行《鲁迅文集》全6卷。综合其他一些信息可以看出,鲁迅逝世逢十纪念的传统得到恢复,但时代气息和论述焦点已大不同于此前。结合国内国际的现实课题展开思想交锋的紧迫感和论战性格已然减弱,与战后"政治的季节"终结相照应,日本思想论坛上的鲁迅论也仿佛迎来了落幕时刻。其中,杂志《Eureka② 诗与批评》推出的特辑"鲁迅:东洋思维的复权",从作者阵容到主题的设定都颇有特色。以竹内好、桥川文三的对话《革命与文学》为中心,邀集不同领域的新老作者28名,可谓壮观。"东洋思维的复权"仿佛是在强调鲁迅精神与亚洲传统的关联,足以获得超越西方现代性思维的灵感。对话《革命与文学》表面上沿袭了"政治与文学"的架构,但讨论的重点是从1930年代中日文学同时代的角度来观察后期鲁迅,成为亮点。

---

① 长谷川四郎:《戏曲:故事新编》"前言",东京河出书房新社1975年版。
② Eureka源自古希腊语,意为"我发现了"。

从亚洲的现代和中日文学同时代两条主线观之，特辑中桧山久雄的《奴隶史观与〈故事新编〉》，值得关注。作者比较鲁迅的奴隶史观与日本文人思想家的差异，由此进入对《故事新编》主题的阐释，可以说延续了此前花田清辉等的"超现代"论，但紧贴着"东洋思维的复权"主线而对亚洲的中国与日本存在差异和复杂性的分析，则多有新意。桧山久雄认为，《故事新编》的主题在于从中国固有文明的内部抗争来寻找东洋独自的现代性之创生。鲁迅的《灯下漫笔》对中国历史的反思与福泽谕吉对日本历史的批判神似，但前者没有像后者那样强调"以西洋文明为目的"。福泽谕吉坚持以西方为旨归的文明进步史观，鲁迅则是以未曾有过的"第三样时代"为指向的"创造史观"。①

"东洋独自的现代性之创生"，其反题是西洋现代的称霸世界。就是说，在西洋现代性向世界扩张过程中，受其压抑而催生了创造"东洋独自的现代性"这种对抗意识。现实的悲惨状况和历史的发展结构，造就了这样一种悖论式逻辑关系。既然这本身包括含着对西方现代性的超越，那么从原理上对其加以批判就成为必然的前提。这个特辑中，冈庭升的《亚洲的近代》一文就具有原理性的思考。文章认为，鲁迅的存在意义与亚洲的现代直接相关。当摆脱了视亚洲现代为落后的常套观念时，鲁迅将作为杰出的积极性契机出现在我们面前。如果不是把西欧现代视为必然的规范而是作为必须超越的压抑模式，那么鲁迅就是唯一能在亚洲把握到逆转东西方非对称的现代性价值判断契机的思想家。冈庭升的理论依据是："近代"这个神圣规范与神圣的中世纪一样，仍然是一个压抑和规训我们身体的体系。它以"人类"为规范标准而取代了"神"，但结果依然是一个对人进行控制的新权威。这个悖论导致欧洲现代根源上的黑暗——为证成自己的人类性而创造出"非人类"存在的殖民地，世界由此分裂成西欧和非西欧世界的二元。

鲁迅临终所作《写于深夜里》讲到近代以来"秘密的杀人"，表示但丁《神曲》地狱篇亦没能描写出"现在已极平常的惨苦到谁也看不见的地狱来"②。这在冈庭升看来，鲁迅是能够改变但丁视线

---

① 桧山久雄：《奴隶史观与〈故事新编〉》，《Eureka 诗与批评》1976 年 4 月号，东京青土社。

② 《鲁迅全集》第 6 卷，人民文学出版社 1981 年版，第 502 页。

（从欧洲看世界）的少见的思想家，他的"思想代表了亚洲现代的本质"，这体现在三个方面：一是通过学习欧洲现代而达到反抗其不合理性的境地。二是从根本上否定"脱亚"路线，而"脱亚"乃是近代日本的原理性错误。三是对"青春"的否定，38岁始作《狂人日记》而走向文学的鲁迅拒绝一切青春期的轻信盲从，从而避免了所有规范的束缚，成为亚洲现代思想的体现者①。

这个特辑的另一个重要议题是1930年代中日文学同时代性，主要体现在竹内好与桥川文三的对谈中。竹内好强调：中国的文学革命始于1910年代，到了1920年代新的文坛已然形成。因此，"三十年代"作为中国文学发展的一个重要阶段具备了形态上的整体性，可以作为一个独立单元来考察。桥川文三回应，日本人有一种孤立地看鲁迅的倾向，因此需要回到1930年代的历史场景。竹内好则提出"1930年代文学的世界同时代性"概念："所谓30年代是在1920年代全面现代化了的中国文学基础上，以无产阶级文学为媒介而获得了世界同时代性的时期，在这一点上又与日本有着非常密切的关系。"桥川文三则强调：如果日本人能够了解到邻国的同时代人，他们有着相同的生存方式用同样的方法和武器挑战同样的问题，那么才能加深对鲁迅的理解。鲁迅是1930年代大转变时期的伟大文学家，必将载入文学史册。竹内好则回应：鲁迅是历史存在中的一种形态，同时某种意义上也是超历史的。

1930年代的中国文学已然具备世界同时代性，日本人可以感同身受的方式深化对鲁迅的理解。这既与中野重治早年提出的从中日无产阶级文学共同发展角度认识鲁迅的观点相连通，又反映了跨越战争鸿沟而中日邦交得以恢复的1970年代的新视角，可以说意义深远。当然，日本的战争和中国的革命导致这种中日同时代性的断裂，其所造成的相互理解之巨大悬隔该如何克服，则还有待深入讨论。

结语　鲁迅的世界意义体现于东亚

1976年，在日本也是一个象征的年份。仅就本文涉及的战后知识分子，就有花田清辉（1974年）、竹内好（1977年）和中野重治（1979年）相继辞世。这预示着一个时代，也即鲁迅论最为辉煌时

---

① 冈庭升：《亚洲的近代》，《Eureka 诗与批评》1976年4月号，东京青土社。

期的终结。这一代人以各种方式，将被压迫民族的伟大作家鲁迅推向思想论坛的中心，发挥了远远超过西方思想家的影响力。比如与萨特相比，鲁迅的影响力更是整体的全方位的。殖民体制与反殖民斗争的历史、亚洲民族解放的必然性与日本民族主义走向国家法西斯、西方现代性与亚洲独自的现代，还有战争与革命造成中日文学的同时代性等，日本知识者对这些问题的思考都曾受到鲁迅的启发。

战后30年，也是丸山真男所谓日本历史上第三次"开国"时代①，知识者以对侵略战争的自责和未来憧憬——"悔恨共同体"为依托，利用手中知识在推进舆论形成和社会重建过程中发挥了启蒙作用。明治维新以来的日本社会改革主要依靠"国家"强力推动，这种体制未能给知识者预留更多发挥作用的空间。而1945年的战败使"国家"一时出现真空状态，知识者得以释放思想的力量，由此开创了"战后民主主义"辉煌时代。他们面对本民族生死攸关的现实问题，将鲁迅视为思想资源而有力地激活了其文学中宝贵的实践性要素。如果再结合"二战"后韩国等区域传播的历史，则可以说鲁迅文学的世界意义首先是在东亚来得到体现的，因为在此地鲁迅直接参与了人们改造社会和思想斗争的实践，而非仅仅是学院里的研究对象。

我想，这也将促使今天中国学界的自我反思，现代中国创造了具有世界意义的鲁迅，但为什么后来的研究者未能强有力地将其推向世界的中心。正如美国学者寇志明所追问的：这难道不是今日中国鲁迅研究者的普遍焦虑吗？日本人致力于把鲁迅提升到"一个更广阔的背景下，展示他的生活世界，理解他为什么用这种混合着讽刺和幽默的方式来回答"时代问题②。这个曾经"失败"的日本民族，其知识精英在艰苦卓绝的民族重生实践中创造出自己的"鲁迅像"。他们有时也难免"圣化"鲁迅而多少偏离了中国现代史的实际。这是可以理解的，因为他们面对着自身特殊的时代课题、有自己的问题意识。我们不能因此指责他们有所"偏至"，而应该从战后日本思想史语境出发，以"了解之同情"的态度理解其"鲁迅像"。这样，中国学者才能与日本知识者共享这份珍贵的鲁

---

① 参见《丸山真男集》第8卷，岩波书店1996年版，第46—47页。
② 寇志明：《竹内好的鲁迅·中国的竹内好》，《鲁迅研究月刊》2019年第11期。

迅论遗产，才能重新认识诞生于中国的伟大作家鲁迅，其民族身份和世界意义。

2020年9月完稿于北京

（原载《文学评论》2021年第1期）

"革命时代"的词与物
——重读鲁迅《魏晋风度及文章与药及酒之关系》

鲍国华

摘　要　鲁迅的学术演讲《魏晋风度及文章与药及酒之关系》以其独特的文学史观和对清党事件的指涉引发持久的关注和推崇。该文立意及价值实不限于此。鲁迅有意将现实体验及相关思考融入公开的学术演讲和文学史的言说方式之中，通过建立文学史中的词与物之间的逻辑链条，构成在专制和暴力之下知识人如何生存以及如何言说的隐喻，从而探寻一种新的言说方式，借此缓解遭遇"革命时代"以来内心的焦虑和紧张。通过"字里行间的写作方式"，鲁迅准确地把握了学术文体和杂文之间的微妙关系，开启了创作的"杂文时代"。这使该文成为鲁迅思想与行动历程中的一个关键性文本，在作家的全部创作中具有不可替代的结构性位置。

在鲁迅存世的诸多演讲[①]中，《魏晋风度及文章与药及酒之关系》（以下简称《魏晋风度》）以其篇幅长、学术性强、完成度高等特点[②]，引发学术界的广泛关注。现有的研究成果或从学术史角度立论，将其作为一篇纯粹的学术论文加以探讨[③]，借此总结鲁迅在文

[①] 据朱金顺统计，鲁迅的演讲在其日记中可查的，有五十多次，但《鲁迅全集》中仅收录16篇。参见朱金顺辑录《鲁迅演讲资料钩沉》，湖南人民出版社1980年版，"辑录说明"第1页。其中未收录者，或由于记录稿不存，或由于鲁迅对记录稿不认可。个别记录稿曾作为佚文收入《集外集拾遗补编》。

[②] 黄子平《鲁迅的文化研究》一文指出《魏晋风度及文章与药及酒之关系》极为完整，可能是有稿子写下来，再去讲的。黄子平：《鲁迅的文化研究》，《文本及其不满》，译林出版社2020年版，第196—197页。

[③] "魏晋风度及文章与药及酒之关系"既是鲁迅在广州市立夏令学术演讲会上的讲题，又用作正式发表的文本标题。绝大多数研究者关注其作为学术论文的特征　（转下页）

学史研究领域的成败得失；或表微其现实指涉，每借助鲁迅致陈濬信中"盖实有慨而言"一语，将该文之意旨归结于"四一五"清党事件之一端。事实上，以上两种研究倾向虽有所发现，却也不无遮蔽。一方面，鲁迅采用公开的学术演讲和文学史的言说方式，其立意却不限于单一的知识生产，而有意将现实体验及相关思考融入其中；另一方面，该文通过讲述专制统治者杀人，指涉清党，而又能在思想与言说上有明显的延展，使之成为清党事件触发的、对鲁迅南下以来一系列现实遭际与心灵历程的深入思考与独特言说。因此，本文试图将前者稍加悬置，后者适当放宽，视《魏晋风度》为鲁迅思想与行动历程中的一个关键文本，呈现其在作家全部创作中不可替代的结构性位置，从而揭示该文更为复杂、深广的内涵。

一 遭遇"革命时代"

1928年12月，鲁迅在致友人陈濬信中论及自家著述云：

> 其实在今笔墨生涯，亦殊非生活之道，以此得活者，岂诚学术才力有以致之欤？种种事故，综错滋多，虽曰著作，实处荆棘。弟在广州之谈魏晋事，盖实有慨而言。"志大才疏"，哀北海之终不免也。迩来南朔奔波，所阅颇众，聚感积虑，发为狂言。[①]

这封信常被研究者作为阐释《魏晋风度》的写作背景和意图的重要依据，但被引用者多为"弟在广州之谈魏晋事……哀北海之终不免也"一句，其前后文字则常被忽略。纵观全信，鲁迅的感慨并非从一时一地一事中得来。以孔融自况，突出的不是因言获罪的结局，而是强调自家与孔融同样才疏意广，面对理想和现实之间的巨大冲突和落差，力有不逮，以及在政治与文化空前激荡的时局中，知识人言说与行动之艰难。同时，还隐含着对学术研究，尤其是学

（接上页）和意义，对演讲的"文类意识"和"文体感"的考察，仅有陈平原《分裂的趣味与抵抗的立场——鲁迅的述学文体及其接受》，《文学评论》2005年第5期。

① 鲁迅：《书信·281230致陈濬》，《鲁迅全集》第12卷，人民文学出版社2005年版，第143页。

院派学术研究之价值的怀疑。此时的鲁迅已定居上海，成为自由撰稿人，告别了政府部门和高校，由"体制人"转向"革命人"①。可见，《魏晋风度》之立意，并不限于对清党事件的指涉，而是涵盖了鲁迅从北京南下近一年来的现实遭际与心路历程。

1926年8月至1927年9月间，鲁迅辗转北京、厦门、广州，最终与许广平定居上海，在这一年多的时间里，经历了一生中最为奔忙动荡的时期②。鲁迅南下闽粤，本意是远离奉系进入北京后军阀势力日益猖獗的恶劣环境，同时躲避流言③，避免继续和现代评论派发生冲突，是在政治压迫和新文化落潮、知识人分化背景下的无奈选择。在厦门大学，原拟"专门讲书，少问别事""弄几文钱，以助家用""期间是少则一年，多则两年"④，努力"编成一本较好的文学史"⑤。然事与愿违，对厦门生活的种种不适应，无人可谈的寂寞感，特别是随着顾颉刚等人的先后到来，使鲁迅再次感受到现代评论派的包围，仅仅135天后即选择离开。到达广州之初，受到北伐胜利的高涨革命情绪的感召，加上许广平的影响，思想渐趋"左倾"的鲁迅对革命采取了较为积极的态度⑥。此时的鲁迅，不可避免地成为左、中、右各派极力争夺的对象，一时间来访、宴请和约稿不断，还多次应邀在公开场合发表演讲⑦。一方面，作为中山大学教授、文学系主任和教务主任，鲁迅须恪尽职守，在开学典礼和各类纪念、庆祝活动上发表演讲均属于分内之事。同时，鲁迅对孙中山领导革

---

① 参见张洁宇《走出学院：一种反省与自觉——论广州时期鲁迅的思想轨迹及其意义》，《文艺研究》2017年第11期；《从体制人到革命人：鲁迅与"弃教从文"》，《中国现代文学研究丛刊》2020年第4期。

② 鲁迅1926年8月26日由北京启程，途经天津、浦口、上海，9月4日抵达厦门；1927年1月16日离开厦门，途经香港，1月18日到广州；同年9月27日离开广州，再次途经香港，10月3日抵达上海。

③ 鲁迅在《华盖集·并非闲话（三）》中说："我一生中，给我大的损害的并非书贾，并非兵匪，更不是旗帜鲜明的小人；乃是所谓'流言'。"（《鲁迅全集》第3卷，第161页）

④ 鲁迅：《书信·260617致李秉中》，《鲁迅全集》第11卷，第528页。

⑤ 鲁迅：《两地书原信（四十八）》，《两地书全编》，浙江文艺出版社1998年版，第473页。

⑥ 程凯：《革命的张力——"大革命"前后新文学知识分子的历史处境与思想探求（1924—1930）》，北京大学出版社2014年版，第181页。

⑦ 鲁迅在广州期间的经历，参见薛绥之主编《鲁迅生平史料汇编》第四辑，天津人民出版社1983年版；李伟江《鲁迅粤港时期史实考述》，岳麓书社2007年版；朱崇科《鲁迅的广州转换》，上海三联书店2019年版。

命、推翻帝制、建立民国一直怀有敬意。杂文《战士和苍蝇》即为纪念孙中山而作。任教厦门大学期间，鲁迅也曾在致许广平信中提到："今天是双十节，却使我欢喜非常，本校先行升旗礼，三呼万岁，于是有演说，运动，放鞭炮。北京的人，似乎厌恶双十似的，沉沉如死，此地这才像双十节。……听说厦门市上今天也很热闹，商民都自动的地挂旗结彩庆贺，不像北京那样，听警察吩咐之后，才挂出一张污秽的五色旗来。此地人民的思想，我看其实是'国民党的'，并不老旧。"① 鲁迅心中认可的民国，是孙中山及其领导的广大革命者缔造的民国，对北洋政府则素无好感，在张勋复辟之后尤甚。而国民党"一大"确定"再造新国"的议题，吸引了鲁迅等新文化人物选择南下②。另一方面，鲁迅在致许广平信中说："其实我也还有一点野心，也想到广州后，对于研究系加以打击，至多无非我不能到北京去，并不在意；第二是同创造社连［联］络，造一条战线，更向旧社会进攻，我再勉力做一点文章，也不在意。"③ 希望延续北京时期的新文化思想和行动，这使鲁迅能够以较为主动的姿态面对广州的革命潮流，尽可能使演讲的标题及要旨与革命的主张相一致。如在中大开学典礼上发表题为"读书与革命"的演讲，强调"青年们要读书不忘革命"，"放责任在自己身上，向前走，把革命的伟力扩大！"④ 即便如此，鲁迅仍不能令一众激进的革命青年满意。他对革命的实际态度并不像各方期待的那般积极，甚至陷入沉默。以致宋云彬撰写《鲁迅先生往那里躲》一文，要求鲁迅发表作品，由革命的"旁观者"转变为"参与者"⑤。鲁迅并未亲自撰文答复，仅授意许广平撰写《鲁迅先生往那些地方躲》一文回应。同时，在厦门、广州时期的各类演讲和文章中，鲁迅对"革命"与"革命文学"的言说也没有一味迎合广州革命之主潮，仍保留着强烈的个人色彩。例如，鲁迅在黄埔军校的演讲《革命时代的文学》中

---

① 鲁迅：《两地书原信（六十一）》，《两地书全编》，第496页。
② 张武军：《作家南下与国家革命》，《文学评论》2019年第4期。
③ 鲁迅：《两地书原信（八十）》，《两地书全编》，第530页。
④ 这次演讲由林霖记录，分别以《本校教务主任周树人（鲁迅）演说辞》和《读书与革命》为题，前者刊载于1927年3月出版的《国立中山大学开学纪念册》，后者发表于1927年4月1日出版的《广东青年》第三辑。二者内容基本相同。见《鲁迅演讲资料钩沉》，第50、53页。
⑤ 宋云彬：《鲁迅先生往那里躲》，《鲁迅生平史料汇编》第四辑，第221—224页。

指出:"广东报纸所讲的文学,都是旧的,新的很少,也可以证明广东社会没有受革命影响;没有对新的讴歌,也没有对旧的挽歌,广东仍然是十年前底广东。不但如此,并且也没有叫苦,没有鸣不平;止看见工会参加游行,但这是政府允许的,不是因压迫而反抗的,也不过是奉旨革命。"① 他在另一次演讲中则指出"广州的人民并无力量,所以这里可以做'革命的策源地',也可以做反革命的策源地"②。可见,鲁迅在广州期间对革命的认识仍以新文化运动以来的思想经验为依据,这使他能够保持相对的超然与冷静,对革命与文学之关联进行了较为深入的思考和阐释,但也造成一定的隔膜和误解,特别是对国民党专政的"在朝革命"③,缺乏更为充分的了解。这使鲁迅对革命和革命文学的阐述,存在着内在的矛盾与紧张,对自家在革命氛围中的真实处境也不无疑虑,在致章廷谦信中说:"我在这里,被抬得太高,苦极。"④ 面对广州的革命,鲁迅多少有些准备不足,表面上希望主动拥抱革命,实质上却难以避免遭遇革命的被动姿态。

可见,鲁迅对广州的革命潮流,有期待也有困惑;有认可也有怀疑;因此既参与,又旁观;既投入,又疏离,其立场和姿态在激进的革命青年看来,难免暧昧复杂⑤。他对一些革命青年也有所不满,曾对日本记者山上正义说:"广州的学生和青年都把革命游戏化了,正受着过分的娇宠,使人感觉不到真挚和严肃。无〔毋〕宁说倒是从经常处在摧残和压迫之中的北方学生和青年那里,反而可以看到严肃认真的态度。"⑥ 鲁迅对广州革命的复杂态度,在面对清党事件时表现得尤为突出。

清党事件发生后,由于中大学生被捕,已搬离大钟楼、暂居白云楼的鲁迅立即返校参加紧急会议,商讨营救被捕学生。据出席了此次会议的何思源回忆,鲁迅与朱家骅对营救学生产生了分歧和争

---

① 鲁迅:《而已集·革命时代的文学》,《鲁迅全集》第 3 卷,第 440 页。
② 鲁迅:《三闲集·在钟楼上》,《鲁迅全集》第 4 卷,第 33 页。
③ 邱焕星:《广州鲁迅与"在朝革命"》,《文学评论》2019 年第 2 期。
④ 鲁迅:《书信·270225 致章廷谦》,《鲁迅全集》第 12 卷,第 21 页。
⑤ 尸一(梁式)在《可记的旧事》一文中说:"然而鲁迅在此时此地,对政治绝无一点表示,好象超然物外,不蓝不赤,便被人称为灰色,这又难怪宋云彬问他那里躲了,我想鲁迅先生,精神上的痛苦,以在广州几个月中为最甚。"《鲁迅生平史料汇编》第四辑,第 287 页。
⑥ 山上正义:《谈鲁迅》,李芒译,《鲁迅生平史料汇编》第四辑,第 295 页。

论，鲁迅主张由学校出面担保学生，而朱家骅认为要服从党纪，不能与政府对立，鲁迅表示：

> 五四运动时，学生被抓走，我们营救学生，甚至不惜发动全国工商界都罢工罢市。当时朱家骅、傅斯年、何思源都参加过，我们都是五四运动时候的人，为什么现在成百成千个学生被抓走，我们又不营救了呢？①

另据当时与鲁迅同住白云楼的许寿裳回忆："清党事起，学生被捕者不少，鲁迅出席各主任紧急会议，归来一语不发，我料想他快要辞职了，一问，知道营救无效。不久，他果然辞职，我也跟着辞职。"② 显然，鲁迅仍以"五四运动"时学生被捕为参照，希望校方出面与政府交涉。但国民党推行的党化教育，使中山大学在广州的地位完全不同于北洋政府治下的北京各高校，一些教授也不站在处于弱势的学生一边，反而服从甚至支持政府。这使一直坚守新文化立场、秉承五四经验的鲁迅对此感到陌生、不解。在许广平的回忆中，鲁迅因此辞去在中大的一切职务③。然而，在鲁迅与友人的通信中，对辞职原因却另有解释：

> 不过事太凑巧，当红鼻到粤之时，正清党发生之际，所以也许有人疑我之滚，和政治有关，实则我之"鼻来我走"与鼻不两立，大似梅毒菌，真是倒楣之至之宣言，远在四月初上也。④

对广州的时局，鲁迅描述为："广东也没有什么事，先前戒严，常听到捕人等事。现在似乎戒［解］严了，我不大出门，所以不知其详。"⑤ 对

---

① 何思源：《回忆鲁迅在中山大学情况》，《鲁迅生平史料汇编》第四辑，第366页。这是何思源1975年接受广州鲁迅纪念馆访问的记录。时隔近半个世纪，记忆难免模糊，且鲁迅、朱家骅的争论均使用直接引语，恐不免在特殊的历史背景下为追求政治正确而添加想象成分，但鲁迅营救学生的基本立场当大体不错，可资参考。
② 许寿裳：《亡友鲁迅印象记》，鲁迅博物馆鲁迅研究室《鲁迅研究月刊》选编：《鲁迅回忆录》上册，北京出版社1999年版，第271页。
③ 许广平：《鲁迅回忆录》，《许广平文集》第2卷，江苏文艺出版社1998年版，第265页。
④ 鲁迅：《书信·270530致章廷谦》，《鲁迅全集》第12卷，第34页。
⑤ 鲁迅：《书信·270515致章廷谦》，《鲁迅全集》第12卷，第33页。

清党事件的态度似乎较为漠然。前引许寿裳和许广平回忆的撰述时间，均距离清党事件较远，且作为公开发表的文字，难免政治及舆论方面的考虑。鲁迅致章廷谦信，则作于清党之后不到两个月，且作为私人文本，似乎更能呈现鲁迅本人的内心境况。较为稳妥的结论大约是，鲁迅的辞职与清党、顾颉刚来粤都有关。总之，除参加紧急会议和辞职外，鲁迅再无其他公开言行涉及清党事件。这一相对消极的态度和立场曾引起非议①。

综上可知，鲁迅在广州期间既深深地卷入革命，又努力保持自己在新文化运动以来相对超然的立场。可谓既"听将令"②，又"独彷徨"③。他的一系列演讲和文章，可能因某时某地某事而触发，却不为彼时彼地彼事所局限。特别是《魏晋风度》，实体现出知识人在遭遇革命时的思与行，成为在"革命时代"如何生存与言说的隐曲表达。

二　文学史中的词与物

《魏晋风度》是鲁迅在国民党政府广州市教育局主办的市立夏令学术讲演会④上所作演讲的记录稿。市立夏令学术讲演会由国民党政府广州市教育局局长刘懋初发起，在暑假期间举办，旨在"供给一般市民以比较高深的学术研究机会。其中科目，有哲学、教育、社会、经济、政治、艺术、医学等科。每科均聘请名人及专门学者拟题讲演"⑤。"所有讲师业经延聘学术界有名人物担任。查文学方面，已请定周树人、江绍原、胡春霖、杨伟业诸先生担任。教育由许崇清、黄希声、萧梅尘、王仁康、李应南、汪敬熙、陈衡、谭祖荫诸

---

① 参见程凯《革命的张力——"大革命"前后新文学知识分子的历史处境与思想探求（1924—1930）》，第251页。
② 鲁迅：《呐喊·自序》，《鲁迅全集》第1卷，第441页。
③ 鲁迅：《集外集·〈彷徨〉》，《鲁迅全集》第7卷，第156页。
④ 《广州民国日报》1927年7月6日有《市教育局举办夏期学术演讲会》的报道，标题作"夏期"，正文则作"夏令"。在该报此后的相关消息中，均作"夏令"。而"演讲会"或"讲演会"之称谓，则一直混用。鲁迅《魏晋风度及文章及药及酒之关系》演讲记录稿最初发表于《广州民国日报》时，未设副标题；刊载于《北新》半月刊时，增加副标题"鲁迅在广州夏期学术演讲会讲"；辑入《而已集》时，副标题改为"九月间在广州夏期学术演讲会讲"；此后各版本《鲁迅全集》据《而已集》收录，副标题中均作"夏期"。
⑤ 《市教育局举办夏期学术演讲会》，《广州民国日报》1927年7月6日。原刊一律用逗号断句，本文在引录过程中改为现今通行的标点。下同。

先生担任。医学由司徒朝、陈彦、伍伯良、李奉藻诸先生担任。政治由谢瀛洲、邓长虹、高廷梓、刘懋初诸先生担任。经济由孔宪铿、黄典元、郭心崧（当作郭心崧——引者注）诸先生担任。市政由周学棠先生担任。社会学由区声白、崔载杨先生担任。自然科学由陈宗南、费鸣年（当作费鸿年——引者注）、柳金田先生担任。美术由胡振天、梁銮先生担任。"① 可见，讲演会采取分科形式举办。鲁迅作为中山大学文学系教授讲授中国文学史专题，自是题中应有之义。鲁迅于1927年7月10日接到邀请②，7月14日在《广州民国日报》刊登题为"周树人讲魏晋风度及文章与药及酒之关系"的消息③。演讲题目当由鲁迅本人提供。鲁迅讲授中国文学史课程，自任教于厦门大学始。同时编写讲义，成《汉文学史纲要》④，凡十篇，起于上古，讫于西汉。离开厦门前夕鲁迅在致许广平信中说："但编讲义，拟至汉末为止，作一结束。"⑤ 转至中大仍开设该课程，但由于1927年4月鲁迅辞职，仅讲授一月有余，尚不及在厦门大学的时长。为此，傅斯年在《文史科为缺课问题重要布告》中说明："本科教授周树人先生辞职，委员会正在挽留，在周先生未回校以前，所担功课，不能解决，但文艺论及小说史两科，有书可研究，如周先生本学期不能上课，将来仍可考试，给予单位。中国文学史，因已讲甚少，为单位计，须改选他课。"⑥ 因课程中断，鲁迅对东汉以后文学史的言说未能编为讲义。据许寿裳回忆：

> 鲁迅想要做《中国文学史》分章是（一）从文字到文章，

---

① 《市立夏令学术讲演会进行情形》，《广州民国日报》1927年7月13日。
② 《鲁迅日记》1927年7月10日记载："蒋径三，陈次二来约讲演。"《鲁迅全集》第16卷，第29页。
③ 《本市夏令学术讲演会讲题录》，《广州民国日报》1927年7月14日第六版《教育消息》栏。
④ 讲义共十篇，前后题名不一，第一篇作"中国文学史略"，第二、三篇作"文学史"，第四至十篇均改题"汉文学史纲要"。讲义题名的修改及其意义，参见宋声泉《鲁迅〈汉文学史纲要〉命名新解》，《首都师范大学学报》（社会科学版）2018年第3期。
⑤ 鲁迅：《两地书原信（一〇八）》，《两地书全编》，第582页。可能是由于编写计划未能完成，仅及西汉，在正式出版的《两地书》中，鲁迅将这一句改为"专编讲义，作一结束"［鲁迅：《两地书（九五）》，《鲁迅全集》第11卷，第250页］。
⑥ 《文史科为缺课问题重要布告》，《鲁迅生平史料汇编》第四辑，第207页。"有书可研究"，指鲁迅正式出版的译作《苦闷的象征》和著作《中国小说史略》，分别作为文艺论和小说史两科的课程教材。《汉文学史纲要》未编完，也未正式出版，因此不被计入。

(二)诗无邪(《诗经》),(三)诸子,(四)从《离骚》到《反离骚》,(五)酒,药,女,佛(六朝),(六)廊庙和山林。……关于酒和药者,他常常和我讨论,说魏晋人的吃药和嗜酒,大抵别有作用的,他们表面上是破坏礼教,其实是拥护礼教的迂夫子。他那篇《魏晋风度及文章与药及酒之关系》(《而已集》),便是这部文学史的一部分。至于全集所载的《汉文学史纲要》乃是用作讲义,很简单的。①

这段回忆常常被研究者引用,成为判定《魏晋风度》属于鲁迅拟想中的中国文学史之一章的可靠依据。这一文学史设计,在增田涉的回忆中得到了印证:

他也有写文学史的意思。他说过,在他活着的时期内,无论如何也写不出全部,因此想写到唐代为止。宋以下还有许多必须阅读的书,到底不可能了;到唐代比较少,还可以办到。为准备写作文学史,他买了那时候商务印书馆预约出版的百衲本《二十四史》。他死前三个月(昭和11年),我问过躺在病床上的他,文学史怎样了?它的构想是怎样的呢?结果,只笔记下那粗略的骨架便回国了:
第一章　从文字到文章
第二章　"思无邪"(《诗经》)
第三章　诸子
第四章　从《离骚》到《反离骚》(汉)
第五章　酒,药,女人,佛(六朝)
第七[六]章　廊庙与山林(唐)②

与许寿裳的回忆相对照,内容基本一致。许寿裳于1927年2月抵达广州,与鲁迅同住同游,并一同任教于中山大学,后一起辞职,6月离粤③。鲁迅和许寿裳谈文学史写作,当在此期间。此时鲁迅正在中

---

① 许寿裳:《亡友鲁迅印象记》,《鲁迅回忆录》上册,第252—253页。
② 增田涉:《鲁迅的印象》,钟敬文译,《鲁迅回忆录》下册,第1402—1403页。其中"第七章"当为"第六章"之误。
③ 鲁迅博物馆鲁迅研究室编:《鲁迅年谱》第2卷,人民文学出版社2000年版,第375、397页。

大授课，在《汉文学史纲要》的基础上，进一步向汉以后的文学史延展，顺理成章。而且增田涉的回忆可证，这一文学史思路一直延续至鲁迅临终前，只是未及完成，殊为可惜。可见，鲁迅以"药"和"酒"作为考察魏晋文学的关键因素（"女""佛"则针对六朝文学），并非一时心血来潮，而是基于深入且严密的思考。鲁迅从文人生活与心态出发考察文学史，为后世开辟了新路，因而备受推崇。王瑶《中古文学史论》、宗白华《〈世说新语〉与晋人的美》、李泽厚《美的历程》（第五章"魏晋风度"）等名作均借鉴了鲁迅的思路，并各有充分的拓展和精彩的发挥，形成了一个生气淋漓的学术脉络和精神谱系。

不过，纵观许寿裳和增田涉回忆中的文学史设计，不难发现第五章与此前各章相比，思路有明显的调整，甚至有些跳跃。第一至四章大抵采用常规的文学史模式，重在讨论观念、文体等基本问题，与《汉文学史纲要》中内容一致。从第五章起，则引入了"物"的因素，为前四章所无。事实上，鲁迅的中国文学史研究近百年来得到学界推崇，《魏晋风度》实在《汉文学史纲要》之上。然而，魏晋之前，即先秦至汉代的文学史，未必不能采用同样的研究思路。从中挖掘出"药""酒"之类关键词，对鲁迅而言并非难事。显然，这一思路的形成发生在鲁迅抵达广州之后。鲁迅在粤期间一直被各方势力包围和争夺，从3月1日中山大学开学到4月21日辞职，真正涉及教学和研究的时间不足两个月，这期间还要参加各类会议、发表演讲、接受访问和宴请，较之厦门时期更为忙碌，环境也更为复杂。因此，如果单纯从学术史视角出发，将《魏晋风度》仅仅视作一个学术文本，或者视为《汉文学史纲要》的延展，是无法有效地阐释鲁迅这一思路因何生成，以及如何生成的。也就是说，鲁迅以"物"为关键词观察文学史，这一思路从魏晋时段开始出现，具有明显的突发性，并非从之前的思路中渐次生成。个中缘由，很可能基于居留广州期间的某些非学术因素。如果仅仅从学术层面加以审视，难免把问题简单化，陷入由一种文学史观生成另一种文学史观的循环论证。

如前文所述，鲁迅到广州之前，对革命本有所期待。到广州后，以言说的方式（口头、书面）参与革命，虽然较之一般的书生议政远为深刻，但立场和态度与职业革命家到底不同。对革命欲迎还拒，不肯放弃独立精神，使鲁迅面对革命形势，既勉力跟上，又不可避免地呈现出内在的紧张。在鲁迅看来,革命意味着对现有体制的反抗,而革命胜利后,建立新的体制,则与革命的反抗体制的需求相悖。革命何去何从,因此成为问题①。鲁迅对此有清醒的认识。清党事件发生后,他一方面对国民党当局大肆屠杀进步青年感到愤慨,另一方面对革命的翻云覆雨和青年人的随波逐流甚至互相杀戮感到"恐怖"和深深的绝望②。在他看来,"四一五"较之"三一八"更为残酷,不仅暴露出政治的黑暗,还映照出人性深处的恶。对知识人而言,革命究竟意味着什么,如何面对革命,如何面对革命的暴力对人性的拷问,成为这段时间内鲁迅极力思考的内容。这些思考,或承载于私人通信中,或蕴含于在广州以外的刊物上公开发表的杂文里,也承载于在广州面向一般市民的演讲,即《魏晋风度》中。

《魏晋风度》前半部分讲述中国文学史,列举各类参考书,大力推介刘师培的研究,将汉末魏初的文章风格概括为"清峻,通脱,华丽,壮大"③,完全符合文学史写作之常规。然而,从论述孔融的言行及其被杀开始,则另辟蹊径,渐渐与常规的文学史相分离。在讲述曹操杀人、借此指涉刚刚发生的清党事件后,该文渐入佳境。后半部分论述何晏等人吃药,阮籍等人喝酒,将物作为生成文人心态与文章风格的重要因素。与作为人类主观的精神产品的诗、文相比,药和酒是客观物,也是人造物,但又不是一般意义上的人造物,而是能够影响人的生理和心理状态的、具有强烈精神性的人造物。药和酒的材料均源于自然(矿物质、粮食和水),但经过人工化、进而精神化的过程,可以和人类的精神生产直接相关。这一有形(物)中的无形(精神)内涵,促成独特的精神生产和言说方式(词)。同时,药和酒又都是消损性的物,于人之身心皆有害。魏晋时人耽于其中不能自拔,是在专制和暴力的重压下,以药和酒造成身心的麻醉与消损,借此排遣精神的痛苦,疗救心灵的创伤。身处广州、遭遇"革命时代"的鲁迅,面对专制和暴力,同样感受到知识人的言说之难,陷入精神的焦虑和危机。难以用词,便诉诸物,挖掘物

---

① 鲁迅:《而已集·革命时代的文学》,《鲁迅全集》第3卷,第436—442页。
② 鲁迅:《而已集·答有恒先生》,《鲁迅全集》第3卷,第473—474页。
③ 鲁迅:《而已集·魏晋风度及文章与药及酒之关系》,《鲁迅全集》第3卷,第526页。

的精神性，使之成为词的载体和精神的触发点。物化成词，从而生成一种与众不同的言说方式，促进词之内涵的增殖。《魏晋风度》前半部分延续常规的文学史，甚至不避陈词套语，后半部分则打破常规，借物言词，将鲁迅对革命的焦虑物化，这一处理方式可谓别具幽怀。鲁迅的巧妙之处在于借文学史之躯壳使药和酒这些形而下的物起到形而上的精神生产的作用。言说既不可行，便借助物。在鲁迅笔下，物即是词，词即是物，实现了词与物的二元共生。

可见，《魏晋风度》绝非一般意义上的文学史。在夏令学术讲演会的语境中，驾轻就熟地延续《汉文学史纲要》确立的文学史书写模式，本可起到事半功倍的效果。但在彼时彼地，作为学院派研究体式的文学史已经无法承担鲁迅的精神生存与言说，于是，文学史中一种独特的词与物的建构方式便悄然生成。鲁迅不执着于史实的准确详尽和知识的系统严密，而是借助魏晋人物精神生存的危机，言说自家精神生存的危机。文学史中的词与物，构成了在专制和暴力下知识人如何生存以及如何言说的隐喻。鲁迅在知识人生存与言说的困境中，通过建构词与物之间的同一性，打破既有的文学史秩序，探寻一种新的言说方式，力求缓解遭遇"革命"以来内心的焦虑和紧张。

三 "字里行间的写作方式"

《魏晋风度及文章与药及酒之关系》受到关注和推崇，除鲁迅独特的文学史写作方式外，还有对清党事件的指涉。讲述曹操杀孔融、司马昭（鲁迅误作司马懿）杀嵇康，有明显的现实关切。不过，清党事件刚刚过去三个月，在广州市政府主办的面向广大市民的公开演讲中讲述魏晋时期专制统治者杀人，显然会给人以借古讽今的印象，如此授人以柄的言说方式，风险极大。鲁迅面临的难点是，既不愿掩盖或歪曲事实，又要避免因言获罪。这不仅需要胆识，也需要智慧。鲁迅的策略是，借助具有高度隐喻性的修辞，在对"古典"（魏晋时统治者杀人）与"今典"（清党事件）的言说中寻找微妙的平衡，一方面表达出对清党事件的真实感受，并防止可能带来的政治侵害；另一方面又能使这种感受不流于一般意义上借古讽今的感慨，而是通过对事件的言说，体察其背后的政治与文化因素，从而使思考不限于某一历史或现实事件。这恰如列奥·施特劳斯所言，是在"采取字里行间的写作方式"，"因为只要一个有独立思想的人虑事周全，他就可以不受伤害地公开表达自己的观点"①。《魏晋风度》对统治者杀人行为的言说，就体现出上述特色。鲁迅首先颠覆了《三国演义》中对曹操形象的脸谱化处理，转而对其予以高度评价："曹操是一个很有本事的人，至少是一个英雄，我虽不是曹操一党，但无论如何，总是非常佩服他。"② 通过讲述曹操在政治与文学方面的主张和成就及孔融的种种言行，置后者于较为尴尬的境地——似乎孔融是在故意捣乱，为反对而反对，曹操杀孔融因此有了正当且充足的理由。③ 不过，在讲述孔融被杀后，鲁迅话锋一转，指出曹操以"不孝"的罪名杀害孔融，其立场存在明显的悖论：

  他杀孔融的罪状大概是不孝。因为孔融有下列的两个主张：第一，孔融主张母亲和儿子的关系是如瓶之盛物一样，只要在瓶内把东西倒了出来，母亲和儿子的关系便算完了。第二，假使有天下饥荒的一个时候，有点食物，给父亲不给呢？孔融的答案是：倘若父亲是不好的，宁可给别人。——曹操想杀他，便不惜以这种主张为他不忠不孝的根据，把他杀了。倘若曹操在世，我们可以问他，当初求才时就说不忠不孝也不要紧，为何又以不孝之名杀人呢？然而事实上纵使曹操再生，也没人敢问他，我们倘若去问他，恐怕他把我们也杀了！④

显然，鲁迅对曹操采取了先扬后抑的言说方式，将质疑与批判隐含

---

① 列奥·施特劳斯：《迫害与写作艺术》，刘锋译，华夏出版社2012年版，第18页。该书还指出："迫害产生出一种独特的写作技巧，从而产生出一种独特的著述类型：只要涉及至关重要的问题，真理就毫无例外地透过字里行间呈现出来。"（列奥·施特劳斯：《迫害与写作艺术》，第19页）这一总结对鲁迅杂文也颇为适用。
② 鲁迅：《而已集·魏晋风度及文章与药及酒之关系》，《鲁迅全集》第3卷，第524页。
③ 鲁迅在广州夏令学术讲演会上发表演讲后不久，在致友人信中说："江浙是不能容人才的，三国时孙氏即如此，我们只要将吴魏人才一比，即可知曹操也杀人，但那是因为和他开玩笑。孙氏却不这样的也杀，全由嫉妒。我之不主张绍原在浙，即根据《三国志演义》也。广东还有点蛮气，较好。"（鲁迅：《书信·270808致章廷谦》，《鲁迅全集》第12卷，第62页）这段文字意在对比江浙和广东对人才的不同态度，虽然也讲述曹操杀人，但立场和态度与《魏晋风度》明显不同。其中固然有言说对象、目的和语境之差别，但也从一个侧面呈现出鲁迅在清党事件后对广东的看法。
④ 鲁迅：《而已集·魏晋风度及文章与药及酒之关系》，《鲁迅全集》第3卷，第527—528页。

在轻松幽默的自问自答之中。后文讲述司马昭杀嵇康，思路与此相近，首先介绍嵇康和阮籍的种种违反礼义的言行，然后将嵇康被杀、阮籍得终其天年归结为吃药和吃酒之分的缘故："吃药可以成仙，仙是可以骄视俗人的；饮酒不会成仙，所以敷衍了事。"① 似乎将嵇康被杀的原因归结于其自身，与孔融无异。而在介绍阮籍、嵇康的诗文创作后，则荡开一笔，指出：

> 嵇康的见杀，是因为他的朋友吕安不孝，连及嵇康，罪案和曹操的杀孔融差不多。魏晋，是以孝治天下的，不孝，故不能不杀。为什么要以孝治天下呢？因为天位从禅让，即巧取豪夺而来，若主张以忠治天下，他们的立脚点便不稳，办事便棘手，立论也难了，所以一定要以孝治天下。但倘只是实行不孝，其实那时倒不很要紧的，嵇康的害处是在发议论；阮籍不同，不大说关于伦理上的话，所以结局也不同。②

这是鲁迅对司马氏杀嵇康的深层原因的分析，同时也揭露了曹操杀孔融的深层原因。可见，鲁迅有意在两次杀人事件之间建构互文性的关联，对司马氏的批判就是对曹操的质疑，从而将言说的重心由对曹操的揄扬转向否定其杀人行为。同样，鲁迅还有意在魏晋时统治者杀人和清党事件之间建构互文性的关联，避免直陈其事，而是通过字里行间的隐微式写作指涉国民党屠杀共产党员和进步青年的残酷现实。鲁迅采用这一言说方式，确实有借古讽今、避免因言获罪的意图。然而，《魏晋风度》采用"字里行间的写作方式"，其目的不限于此。鲁迅言说的重点不在于杀人行为本身，而是深度解析统治者杀人的理由，因此有意冲淡对杀人事件的讲述，转而揭示其背后的思想和文化悖论，以及杀人者与被杀者微妙的心态和立场：

> 例如嵇阮的罪名，一向说他们毁坏礼教。但据我个人的意见，这判断是错的。魏晋时代，崇奉礼教的看来似乎很不错，

---

① 鲁迅：《而已集·魏晋风度及文章与药及酒之关系》，《鲁迅全集》第3卷，第532—533页。
② 鲁迅：《而已集·魏晋风度及文章与药及酒之关系》，《鲁迅全集》第3卷，第534页。

而实在是毁坏礼教，不信礼教的。表面上毁坏礼教者，实则倒是承认礼教，太相信礼教。因为魏晋时所谓崇奉礼教，是用以自利，那崇奉也不过偶然崇奉，如曹操杀孔融，司马懿杀嵇康，都是因为他们和不孝有关，但实在曹操司马懿何尝是著名的孝子，不过将这个名义，加罪于反对自己的人罢了。于是老实人以为如此利用，亵渎了礼教，不平之极，无计可施，激而变成不谈礼教，不信礼教，甚至于反对礼教。——但其实不过是态度，至于他们的本心，恐怕倒是相信礼教，当作宝贝，比曹操司马懿们要迂执得多。①

这段精彩的分析既体现出鲁迅一贯的洞悉本质的深刻，也源于南下以来，特别是在广州遭遇革命以来的种种所见所闻。在作于清党事件前五天的《庆祝沪宁克复的那一边》中，鲁迅指出：

庆祝和革命没有什么相干，至多不过是一种点缀。庆祝，讴歌，陶醉着革命的人们多，好自然是好的，但有时也会使革命精神转成浮滑。革命的势力一扩大，革命的人们一定会多起来。统一以后，我恐怕研究系也要讲革命。去年年底，《现代评论》，不就变了论调了么？和"三一八惨案"时候的议论一比照，我真疑心他们都得了一种仙丹，忽然脱胎换骨。我对于佛教先有一种偏见，以为坚苦的小乘教倒是佛教，待到饮酒食肉的阔人富翁，只要吃一餐素，便可以称为居士，算作信徒，虽然美其名曰大乘，流播也更广远，然而这教却因为容易信奉，因而变为浮滑，或者竟等于零了。革命也如此的，坚苦的进击者向前进行，遗下广大的已经革命的地方，使我们可以放心歌呼，也显出革命者的色彩，其实是和革命毫不相干。这样的人们一多，革命的精神反而会从浮滑，稀薄，以至于消亡，再下去是复旧。②

---

① 鲁迅：《而已集·魏晋风度及文章与药及酒之关系》，《鲁迅全集》第3卷，第535页。
② 鲁迅：《集外集拾遗补编·庆祝沪宁克复的那一边》，《鲁迅全集》第8卷，第197—198页。《庆祝沪宁克复的那一边》初刊于1927年5月5日广州《国民新闻》副刊《新出路》第十一号，鲁迅生前未见到该文发表，1975年初被研究者发现，编入《集外集拾遗补编》。在鲁迅定居上海后所作回忆南下经历的《在钟楼上》一文中，凭记忆简述了《庆祝沪宁克复的那一边》中有关革命和大乘佛教的内容（鲁迅：《三闲集·在钟楼上》，《鲁迅全集》第4卷，第33—34页）。

在鲁迅看来，投机者对革命的态度，恰如大乘佛教，容易流于浮滑和虚伪。随着北伐的节节胜利，鲁迅长期的论战对象——现代评论派也开始转向，更为他所不齿。清党事件进一步强化了鲁迅的这一认识。据山上正义回忆："鲁迅望着走过的工会纠察队说：'真是无耻之徒！直到昨天还高喊共产主义万岁，今天就到处去搜索共产主义系统的工人了。'"① 鲁迅对嵇康、阮籍反礼教言行的独到阐释，也源于这一现实刺激。因此，《魏晋风度》对统治者杀人以及杀人者、被杀者心态和立场的解析，其锋芒所向，不限于清党事件之一端，而是在此之前已有较长时间的积累和酝酿，言说嵇康、阮籍对礼教表面反对而实际信奉的态度，其中也不无自况的成分。也就是说，鲁迅将自家在广州数月来的种种遭遇，呈现为魏晋时知识人在专制之下的种种遭遇。

可见，鲁迅在《魏晋风度》中，由介绍文学史常识入手，逐渐转向若干"反常识"的言说，通过"字里行间的写作方式"呈现自家在文学史以外的观察与思考，打破了文学史写作之常规。事实上，以上特征最为突出地体现在鲁迅的杂文里。鲁迅的杂文常常从某一具体事件、现象或常识出发，但绝不仅止于此，而是通过对其隐含的重大思想和文化问题的深入挖掘与阐释，促成事件和现象的陌生化，以及常识的再问题化。《论雷峰塔的倒掉》《说胡须》《看镜有感》《灯下漫笔》等名篇皆如此，《魏晋风度》亦如是。该文表面上讲述统治者杀人，用以指涉使鲁迅感到"恐怖"的清党事件。鲁迅的"恐怖"绝非畏惧死亡，而是对所谓革命时代暴露出的人性之恶的恐怖与绝望，感受到在暴力面前人性底线的不断下移，乃至丧失。他的"恐怖"还包含着强烈的自省。《答有恒先生》强调"我自己也帮助着排筵宴"②，《在钟楼上》揭示"奉旨革命"的现象③，是对抵达广州后反复言说革命、终为"革命时代"所裹挟的经历的反思。可见，《魏晋风度及文章与药及酒之关系》以清党为触发，进行延展性思考，将对单一政治事件的揭露上升为对一种文化现象及其根源的深入阐发，既避免了因言获罪，又实现了有深度的思考和阐释，体现出具有高度智慧的杂文的运思与言说方式。

---

① 山上正义：《谈鲁迅》，李芒译，《鲁迅生平史料汇编》第四辑，第 296 页。
② 鲁迅：《而已集·答有恒先生》，《鲁迅全集》第 3 卷，第 474 页。
③ 鲁迅：《三闲集·在钟楼上》，《鲁迅全集》第 4 卷，第 37 页。

《魏晋风度》前半部分面向公众，平铺直叙；后半部分则面向现实，也面向鲁迅自己，寄意遥深。鲁迅通过"字里行间的写作方式"，使该文成为一篇在文学史外衣包裹下的具有高度杂文性的文本，文学史叙述亦因此获得了强烈的在场性与现实感，其杂文品格至为突出，也至关重要。公开的学术演讲和文学史的言说方式，于鲁迅来说首先是思想、而不仅仅是作为知识生产的学术研究的载体。这使该文与《汉文学史纲要》呈现出不尽相同的思想指向、文本功能和文体归属，其杂文属性远甚于文学史属性。

《魏晋风度》的杂文属性，使其价值不限于突破文学史写作之常规，在鲁迅全部的写作生涯、特别是文体选择方面，也具有不可替代的重要位置。1926—1927年是鲁迅人生与创作的转型期。人生经历方面，鲁迅远离学院，告别体制；创作方面，数量虽不多，但将此前的各类文章依体裁分别编辑出版，总结意味至为突出。详情如下：

> 1926年10月作《华盖集续编·小引》《校讫记》，次年5月出版；
>
> 1926年10月作《坟·题记》，11月作《写在〈坟〉后面》，次年3月出版；
>
> 1927年4月26日编定《野草》并作《题辞》，本年7月出版；
>
> 1927年5月1日编定《朝花夕拾》并作《小引》，次年9月出版。

不难发现，仅仅数月间鲁迅先后出版或编定了杂文集《华盖集续编》《坟》、散文诗集《野草》和散文集《朝花夕拾》，几部文集的文体归属均十分明确。而此后鲁迅编辑和出版的文集，除《故事新编》外，均为杂文集。即使是作为小说集的《故事新编》，在对神话、传说和历史的叙述中，也杂入了一些现实因素，从而引发了是"历史小说"还是"杂文化小说"的论争。① 《故事新编》于历史题材中杂入现实因素的独特创作形式，与《魏晋风度》的写作策略极为相近。后者在常规的文学史叙述中融入对现实事件的指涉，并思考其背后

---

① 李桑牧：《〈故事新编〉的论辩和研究》，上海文艺出版社1984年版。

的文化因素，建构出一种反常规的文学史。这并不是鲁迅在演讲中的随意发挥，而体现出"杂之为文"的追求。杂文化的言说策略，对原有的文体（文学史）既构成挑战，又形成补充甚至激活。

可见，在鲁迅创作进入"杂文的自觉"① 阶段的1927年，作为"字里行间的写作方式"之范本的《魏晋风度》起到了结构性作用，成为鲁迅创作尤其是文体转型的关键文本。

余论　怎么写

1927年9月下旬，即将离开广州的鲁迅撰《怎么写》一文，回顾南下以来的种种经历，解答内心关于"怎么写"的困惑，并思考未来的精神路径。在鲁迅即将离开学院、告别体制的人生关节点，怎样选择一种新的写作方式（生存方式），成为他不得不面对的难题。事实上，鲁迅的困惑，从进入体制开始已悄然萌发②。而南下期间的经历，特别是在广州与"革命"遭遇，使"怎么写"的困惑以及摆脱这一困惑的努力变得更为迫切。经过较长时间的思考与实践，鲁迅的选择是杂文。此时的杂文，已不同于《热风》时期的杂感，不仅是一种文体，还是一种思想与行动方式。杂文之"杂"，既是文备众体之"杂"，又能够穿越文学教科书划定的文体界限，或融入小说（如《故事新编》），或融入散文（如《女吊》），甚至可以融入属于学术文体的文学史书写之中，《魏晋风度》即如此。鲁迅通过整合学术资源和现实经验，并有意植入自家的知识感觉与行动姿态，建立词与物之间的逻辑链条，对魏晋文学进行了"反常识"的言说，一方面实现了对文学史的颠覆与重构，另一方面也回应了"革命时代"知识人内心的困惑和焦虑。该文的意义，在于鲁迅准确地把握了学术文体和杂文之间的微妙关系，使二者不以截然对立、而以有效融合的方式呈现于《魏晋风度》中。鲁迅的心境与言说方式，也由此形成互为因果的关系。可见，《魏晋风度》对鲁迅而言，是一个终结（之于体制和学院派文化），也是一个开端（之于作为思想与行动的杂文）。鲁迅晚年仍有撰写学术著作的想法，但最终未能实现。

---

① 参见张旭东《杂文的"自觉"——鲁迅"过渡期"写作的现代性与语言政治》，《文艺理论与批评》2009年第1、2期。

② 张枣对此有深入分析，参见张枣《现代性的追寻：论1919年以来的中国新诗》，亚思明译，四川文艺出版社2020年版，第40—46页。

个中缘由，除过早去世以及远离学院失去写作动力等因素外，也和鲁迅后期写作观念的转型密切相关。上海时期的鲁迅"孑然于学林之外"[①]，不再将思想承载于相对静态的学术书写中，转而诉诸更具行动力的杂文。[②]《门外文谈》《帮闲文学与帮忙文学》这类兼及述学与论世的文章，更能体现鲁迅对于"有学问的杂文家"[③]的追求和自我定位。而这一追求和定位，始于《魏晋风度》。

（原载《文艺研究》2021 年第 7 期）

---

① 鲁迅：《书信·320815 致台静农》，《鲁迅全集》第 12 卷，第 322 页。
② 杂文作为一种"行动的文学"，参见周展安《行动的文学——以鲁迅杂文为坐标重思中国现当代文学》(《文艺理论与批评》2020 年第 5 期) 中的论述。
③ 套用鲁迅对章太炎"有学问的革命家"之断语（鲁迅：《且介亭杂文末编·关于太炎先生二三事》，《鲁迅全集》第 6 卷，第 566 页）。

箭正离弦
——对《野草》诗性的一种理解

阎晶明

对于鲁迅的散文诗集《野草》的阐释，从字数上来说早就超出《野草》本身不知多少倍。的确，《野草》对所有的阅读和研究形成巨大的挑战。在理解《野草》的过程中，我试图用一个自己"生造"的词来表达，这就是：箭正离弦。"箭正离弦"，是试图对《野草》营造的环境、氛围，情感流动的起伏、张力，以及鲁迅思想的玄妙、精微所做的某种概括。"箭正离弦"是想表达一种状态，它比箭在弦上更有动感，比离弦之箭更加紧张，它已开弓，无法收回，但它的速度、方向、目标并未完全显现。《野草》里的情境，一个接一个的相遇、对峙、告别，各色人物的内心涌动，仿佛就是正在离弦的箭，令人期待，让人紧张，也有许多不解和迷惑。鲁迅的文字，《野草》的语言，那种张力有如弓、弦、箭的配合，力量、精细、速度、茫远，读之总被深深地吸引，放下又很难认定已经清晰掌握。这就是它的魅力，也是它引来无数阐释的原因。就我自己而言，阅读中感受到的，远远大于、多于、深于写在纸面上的，尽管我自己也知道，话已说得实在很多了。阅读《野草》和阐释《野草》之间，有时也会产生这样一种莫名的感觉：当我沉默着的时候，我觉得充实；我将开口，同时感到空虚。

一 临界状态的书写

鲁迅在《野草》里设置下的哲学"坐标"，是以"黑夜"为基点的时间轴，以"空虚"为"实有"的空间轴。在这时间与空间的纵横中游动着的，是精神的丝缕在梦境中的奔走，是死亡降临前的氛围张力，以及死亡过后的超现实描写，更多的是黄昏时分和黎明时刻的临界状态。

"空虚""虚空""虚无"以及"虚妄",是理解《野草》思想的核心概念。《野草》里使用这些概念,这些概念自身以及相互之间的纠缠,让人理解起来很难。我根据自己的阅读体会强行分析,以为鲁迅在"虚"字上加不同的前后缀,在含义上确也有些区别。

"空虚"可以说是本来有而后变成无的状态。《题辞》上来就先是"充实",然后"感到空虚",接着是"借此知道它还非空虚"。《希望》里连续使用"空虚"也有一个总的前提:"这以前,我的心也曾充满过血腥的歌声:血和铁,火焰和毒,恢复和报仇。"但是,"而忽然这些都空虚了"。《淡淡的血痕中》也是"不肯吐弃""渺茫的悲苦",因为这样会"以为究竟胜于空虚"。也就是说,"空虚"的同时或之前,总有"充实"和自以为的"有"存在着或存在过,是"充实"的幻灭以及坚守。

"虚空",只是"空虚"二字的颠倒,但它更表示一种本来就没有,从来即是无的空空如也。《影的告别》用它强化"我能献你甚么呢?无已,则仍是黑暗和虚空而已"。也强化一种了无牵挂的落脱,"我愿意只是虚空,决不占你的心地"。这些还都是与心境有关,《复仇(其二)》里的"十字架竖起来了;他悬在虚空中。"更直观地说出了"虚空"的景象。

"虚无",则是一种本以为有而事实上却是无的状态书写,这就是《求乞者》里的"我至少将得到虚无"。"虚无"的可以"得到",使其区别于"空虚"与"虚空"。

"虚妄"则是另一范畴的概念。它更强调个人内心世界之获得感的有无,这种获得感更准确地说是一种自我对事物发展、走向、趋势的把控力的拥有。李何林解释"虚妄"为"佛家语,无实曰虚,反真曰妄。就是既不真,也不实,不真实,不存在"。这里有两个问题,一是"绝望之为虚妄,正与希望相同",是引自匈牙利诗人裴多菲之语,那原文应当不会是一个"佛家语"。裴多菲此信多被翻译成"绝望也是骗人的""绝望也会蒙人"。鲁迅本来就是综合了诗人一封信中的普通表白而加以提炼,使之变成一个富有哲理的警句,用北冈正子的说法,这句话事实上已离开裴多菲而独属鲁迅了。就此意义上讲,"佛家语"一说也可以行得通。但"虚妄"的含义如果是"不真实,不存在",那它同虚无、虚空、空虚还区别何在呢?事实上,鲁迅在《希望》里对"虚妄"有过"释义":"倘使我还得偷生在不明不暗的这'虚妄'中……"那么,"虚妄"就应该是一种悬置的精神状态，一种处在临界点上的心灵感受。正是在这个意义上，我认可这种观点，即"绝望之为虚妄，正与希望相同"是全部《野草》的核心。

"虚妄"是一种动态，一种情感的动态，思想的动态。"虚妄"是一种幻灭，不是幻灭的结果，而是正处于幻灭的过程当中。它有如箭正离弦，以极有力的姿态出发，但要击中的目标却并不清晰。《野草》几乎就是对这种悬置状态，这种幻灭过程，这种箭正离弦的临界点的尖锐、深刻而极具穿透力的描写。"在不明不暗的这'虚妄'中"的意味深长，是《野草》在艺术上的极致表达。这种悬置，有时候是两种相反事物、情态的冲撞，也有时是二者的并存，它们冲突、交融、交叉，有的在这一过程中形成错位，甚至互相吞并。一幅幅错综复杂的精神图谱，最难将息。《影的告别》里，无论是天堂、地狱、黄金世界，"我"都不愿去，甚至连必须随行的"形"也"不想跟随"了。全篇连续用5个"然而"将影的诉说反转不停，令人目眩。从空间上讲，从"我不如彷徨于无地"，到"我不愿彷徨于明暗之间"，再到"我终于彷徨于明暗之间"，无所归依。从时间上看，除了黑暗和光明，还有黄昏和黎明，所以就有"倘是黄昏，黑夜自然会来沉没我，否则我要被白天消失，如果现是黎明"。句式上的假设、倒装，时序上的明暗不定，一个单调的影被置于无限诡异、游离的状态。在这种悬置、游离、出走的状态下，影做出了最终的决断，那就是要离形而去，然而并不是走向光明，而是沉没于黑暗，那是一个未知的世界，只有一条是肯定的，"我独自远行"，"那世界全属于我自己"。是求生还是赴死？一切未知。

再看《死火》里的死火，它的"活着"还是"死去"式的难题，正是一种命运的悖论。因为"我"的温热，唤醒了死火，然而那将使它"烧完"，并非如"我"所想会"使我欢喜"。如果让它留在冰谷里呢？"那么，我将冻灭了！"这就如同唤醒"铁屋"里的人，或许带给他们生路，也或者让他们在"铁屋"里更切实地感受到痛苦。的确，如同《影的告别》里的影一样，死火也作出了抉择："那我就不如烧完。""剧情"的进一步延伸是，当"我"携死火冲出冰谷的一刹那，却有大石车急驰而至，将"我"碾死。可是它同时跌入"冰谷"，而且再也见不着死火了。这突然的情节又将故事置于更复杂的纠缠、悬置、裂变当中。

不同的研究者在《野草》里找到不同的"总纲"，即哪一篇最能代表《野草》。《秋夜》《希望》《墓碣文》《过客》《死火》《影的告别》都是"候选"。各有其理。我不另选，但想强调一下《失掉的好地狱》之于《野草》的全局性意义。鲁迅在《〈野草〉英文译本序》里讲述了写作《野草》的背景，并列举了数篇文章的写作意图。紧接说："所以，这也可以说，大半是废弛的地狱边沿的惨白色小花，当然不会美丽。"这里所说"大半"，其"整体"就是全部《野草》。他紧接着又说："但这地狱也必须失掉。这是由几个有雄辩和辣手，而那时还未得志的英雄们的脸色和语气所告诉我的。我于是作《失掉的好地狱》。"自然可以认为，因为已经早已有了《失掉的好地狱》，所以鲁迅把《野草》想象成就是其中的"惨白色小花"。但也无妨这样认为：鲁迅在写作《失掉的好地狱》时，实在也是有一种"宏大叙事"抱负的，那就是，这个地狱是他正身处其中的人间的隐喻。他看惯了种种"把戏"，种种名号，知道"好地狱"终将会失掉，因为没有人真正为鬼魂的生存考虑，最重要的是地狱的统治权。这非常符合鲁迅已经经历并仍然正在经历的军阀割据、混战，民不聊生的社会现实。

　　虚妄是一种心灵体验，更是一种精神感受。但鲁迅不是在写哲学寓言，他要表达的寓言绝非纯粹的抽象，每每具有现实的关切。因为这种关切，他在虚妄与悖论的展示中，又有一种发自灵魂根底的态度。这种态度甚至是一种刻意的拔高。如同小说《药》里"平添的花环"，《一觉》里"默默的"文学青年。这是《野草》同克尔凯郭尔的哲学寓言的最大区别，也是鲁迅思想、鲁迅精神与存在主义之间的差异。

　　但无论如何，虚妄以及由此产生的悖论，是解开《野草》主题里的一把钥匙。《立论》里的"我"陷入两难，说谎的得好报，说必然的遭打，然而，哪里有既不"谎人"，也不遭打的万全之策呢？除非你不置可否，将"哈哈！hehehe……"坚持到底。另一篇《聪明人和傻子和奴才》一样是将窘境写到极致。其中最大的看点，是奴才的本性与生存的困境，既并存，又冲突，而奴才的选择最终站到恪守奴才本性的一边。故事中看似三个人，但必须注意到"一群奴才都出来了，将傻子赶走"。聪明人之聪明不在别的，只在他不置可否，没有态度，即使是奴才的事也不表态。最多的是奴才，他们永远无法解决生存绝境与奴才本性之间的矛盾。他们"反狱"，但他们不想失去一个做稳了奴隶的"好地狱"。最后，他们只能在这样的困境中"寻人诉苦"。他们"只要这样,也只能这样"。反抗是一种虚妄,虽然"做稳了奴隶"的安然也不过是一种虚妄而已。

《这样的战士》留有较强的杂文影子。"战士"的执着、韧性,战士的智慧、判断,战士的勇猛、果敢,一如在《战士与苍蝇》里边所描述的。但这样的战士能做到一切,却最终解决不了一个问题:他面对的是无物之阵,这种"无物",既有"杀人不见血"的意指,又有不过一副空皮囊的轻蔑,二者相加,就是一种厌恶,且必须予以致命一击。比这更难以解决的是一种精神上的困境。他为此付出一切,然而得到了什么?如此纠缠不已,果真就是一种胜利,或果真能得到一种胜利的喜悦么?这里仍然有两层含义:对付无物之阵也许并不值得付出一生的精力,以及:无物之阵永无完结,无法完全取胜。所以,"他终于在无物之阵中老衰,寿终。他终于不是战士,但无物之物则是胜者"。这让人不禁想起《希望》里表达的:"希望,希望,用这希望的盾,抗拒那空虚中的暗夜的袭来,虽然盾后面也依然是空虚中的暗夜。然而就是如此,陆续地耗尽了我的青春。""空虚中的暗夜"与"无物之阵"应属同构。它们可以抗拒,但盾后面还是空虚,还有无物之阵,所以,战士未必是哲学意义上的胜利者,他唯一能总结的是在这一过程中"陆续耗尽了我的青春",以及在这样的战斗中"老衰,寿终"。要问过程,无疑树立的是战士形象,要问结果,则难免看到"无物之物则是胜者"。胜利是一种虚妄。但他不能放弃,所以绝望也是一种虚妄。而这种虚妄则同时是一种力量,因为即使已经看透了这背后的一切实质,战士不会停下战斗的脚步,哪怕"我"已老衰,哪怕敌手喊出骗人的"太平",他依然我行我素,坚持战斗。"但他举起了投枪!"这是战士的品格,也是他的宿命。这样一种情态和哲学观,是必须要由《野草》来承担的。即使知晓所抵抗的不过是一种虚无,但战士仍然要举起投枪,哪怕在这一循环往复的大战风车中老衰、寿终,他也心甘情愿而坚持到底。"这样的战士"比起面对实实在在敌手的战士要艰难得多,因为他必须要先解决好自己灵魂深处的"虚无"感和"虚妄"观。这样,就不难理解鲁迅为什么要这样开始他的叙述了:"要有这样的一种战士——""要有",就是可能在现实里还没有、但理想中必须有的战士;"一种",就是这里的战士是已经化解和释然了灵魂问题的战士,而不是通常意义上的战士中的一员。否则,为什么不是更加简明的"有这样的战士——"?

困境、悖论，是事物的意义的纠缠，就其态势而言，经常表现出处于临界状态。如《淡淡的血痕中》"日日斟出一杯微甘的苦酒，不太少，不太多，以能微醉为度，递给人间，使饮者可以哭，可以歌，也如醒，也如醉，若有知，若无知，也欲死，也欲生"。这里的临界，不是一种静态的悬置，而是箭正离弦的紧张和爆发，有如《死火》里的"死火"所处的状态，也一样是"已死，方生，将生和未生"（《淡淡的血痕中》）；有如《过客》里的"过客"，欲走欲留，欲进欲退；有如《影的告别》里的"影"，欲随欲去，欲显欲隐；有如《腊叶》里的"病叶"，终将干枯，但要"暂得保存"；有如《求乞者》里的"我"用甘愿用"沉默"求乞，让虚无也成为实有；有如《死后》里的"我"，既不满足仇敌的诅咒，也不满足朋友的祝福，"我却总是既不安乐，也不灭亡地不上不下地生活下来，都不能副任何一面的期望"。这种临界状态的精微描写，正是为箭要离弦做冲刺前的预热、准备和步步逼近，充满了无限的力量。

二 "虚妄"中的力量与理想

1925年1月1日，新年第一天，鲁迅写下了《希望》，这太有"新年寄语"的标题下，却是另外一番风景。"虚妄"就是《希望》要表达的核心。"不明不暗"是虚妄的基本状态，它是正文对标题的悬置，是魂灵的冲击处于临界点的紧张，是两种对立情绪、多种交错意念的对冲。鲁迅说，"因为惊异于青年之消沉，作《希望》"。但很明显，这也不过是强调《希望》的写作缘起和出发点，并不能认为就是全部的主题。

《希望》里充满了"正""反"碰撞、对冲，有如湍急而下的河流，不知道在何时就会形成旋涡。河流的水势，空中的风势，河床的地势，都会造成这样的结果。《希望》里到处都是转折，8处"然而"和5处"但"的使用就是佐证。这是明显的转折，还不说语义逻辑上的隐性转折。"我的心分外地寂寞"，"然而我的心很平安"，以这样的方式开篇。接下来的多是这样的对撞、旋转的表达法。比如这一段落："这以前，我的心也曾充满过血腥的歌声……"，"而忽而这些都空虚了，但有时……"，"然而就是如此，陆续耗尽了我的青春。"就是在不断的转折，在相互的否定中推进的。再看接下来的一段："我早先岂不知……但以为……虽然是……然而究竟是……"。作为一篇彻底推出和阐释"虚妄"的散文诗，《希望》全篇无论从语法句式上还是语义逻辑上,都与"不明不暗的这'虚妄'"相呼应,相协调。"明"与"暗"的对比、较量,黄昏时的"蜂蜜色"(《失掉的好地狱》)为这样的表达找到了最恰切的底色。不明不暗的黄昏也是《野草》里最常见的时间节点。如《影的告别》《过客》等。

《希望》里引用的裴多菲的诗也是一种对冲式的情感纠缠。

> 希望是什么?是娼妓:
> 她对谁都蛊惑,将一切都献给;
> 待你牺牲了极多的宝贝——
> 你的青春——她就抛弃你。

由此,才能推出本篇的"诗眼",甚至被认为是全部《野草》的主旋律:"绝望之为虚妄,正与希望相同。"当这一切都交融在一起时,无论你是否读懂,无论我们理解是否一致,但我们都可以感受到《希望》所拥有的从情感到观念,从语言到节奏的完美统一。"青年的消沉"是文章的缘起,但《希望》的逻辑线索是:青春并不是单色的。虽然"我"的青春已经逝去,但现时的青年还在,青春的"血和铁"就理应还在,然而眼见的现时的青年也已"衰老",让人怀疑是不是只剩下了"空虚"。然而"我"还要去追寻,哪怕这青春属于别人,而且最好属于别人,也即更多的青年。"我"没有把握说这青春一定会追寻到,但也同样不能确定它就肯定没有。希望和绝望都不确定,就如同"身外的青春"和眼前的"暗夜"同样都未见到一样。当绝望成为虚妄时,希望就不会是完全的虚妄。这是鲁迅的哲学,是他身处不明不暗的世界里的深沉思索。这思索既有失望的沉痛,也有火一般的热望。在这个意义上,虚妄不是虚无,不是消极,而是一种力量,一种呐喊,虚妄本身就是一种希望不会灭尽的执着意志。

再来看看被称为"野草里的野草"的《墓碣文》。墓碣上的斑驳文字似不知所云,却处处回转往复。阴森恐怖中未必都是黑暗与虚无,其中"于无所希望中得救"令人想起"绝望之为虚妄"。背面的描述里,"抉心自食"的"创痛"使其无法得到"本味","痛定之后"则又因"心已陈旧"而同样难获"本味"。可以说,欲知心之"本味"也一样是一种虚妄。《墓碣文》和《死后》一样,都是对死亡已经发生后的叙述，结尾也都一样的吓人，都是死尸的突然坐起。《墓碣文》的死尸坐起还"口唇不动"地说："待我成尘时，你将见我的微笑。"理解这句话比理解《墓碣文》还要难，但它又不应该是为了强化惊悚的闲笔。它让人联想到《题辞》里的那句话："死亡的生命已经朽腐。我对于这朽腐有大欢喜，因为我借此知道它还非空虚。"也让人想到鲁迅说过的心境："惟黑暗与虚无乃是实有。"死亡的意义至少还证明了它曾经存活，即使有一天因朽腐而化作尘埃，也同样证明它并非空虚。也就是说，连死亡都成了一种虚妄。不是么！因为虚妄，空虚，虚空、虚无，都并非没有意义。这就如同是绝望和希望的关系一样。因为连虚无都是实有，绝望都是一种虚妄，所以它们就不可能成为充实和希望的完全的灭绝者。这使得所有这些无论光明、黑暗，积极、消极的概念一概都成为不能祛除的火种、力量、存在，同时，也变成永远挥之不去的纠缠、痛苦、宿命。

《颓败线的颤动》是一篇关乎道德的文章，一位母亲为了自己的女儿活下来，不得不屈辱地去出卖身体，然而待女儿也做了母亲，垂老的女人却被亲人羞辱，于是愤而出走。这是悲剧，也是批判。但很奇怪，在关于《颓败线的颤动》的阐释里，这种道德批判的解读显然被当作浅显之论而不被强调。反观文本，我以为作品本身的构造格局就注定了这一点。这篇作品分上下两节，时间跨越应达二十年以上。由三条线索构成，且都达到各自的极致，又时有交叉。一是逼真的写实。上半段母女间关于饥饿的对话极其细微。下半段面对女儿一家的言辞责备一样极符合生活逻辑。二是梦的描写也绝非"借壳"而已。开头是"我梦见自己在做梦"，结尾是在梦中将压在胸脯上的手"移开"，也很符合民间关于做梦起因的说法。中间衔接跨度二十年以上的两个片段的过渡法仍然是做梦。前梦醒来，后梦来续。可以说，梦在这一篇里达到最完整的叙事"封套"效果。三是诗意化的泼墨似的挥洒。无论是开头的卖身场景，还是最后的出走景象，都用激奋的、诗意的、夸张的表达来处理。正是由于这种饱满、多重的艺术手法，让这篇"小说模样"的作品，在散文诗形式上可与《秋夜》媲美。也因此，忘恩负义的道德批判主题似乎的确不能概括作品内涵。

但不能涵盖并不等于不存在。我以为，道义上的憎恶仍然是《颓败线的颤动》主题的底色。在写作此篇的3个月前，同样是在

《语丝》上，鲁迅发表了杂文《牺牲谟》。假借的叙述者口口声声说"我最佩服的就是什么都牺牲，为同胞，为国家。我向来一心要做的也就是这件事"。事实上却对牺牲者的付出意义作了完全的消解，牺牲者在零回报的同时还被要求连最后一条裤子都贡献出来。《颓败线的颤动》把这种讽喻改变成一种愤懑之情，但牺牲的回报是被怨恨、被责骂却是同样的结局。我以为这两篇作品在诉求上具有一致性，但鲁迅的视角转换非常彻底，让人难以辨认出其中的共同点。

这种彻骨的寒冷几乎是鲁迅对牺牲者命运的一向思考，也是他在现实世界里的遭遇所得出的不无悲哀、更多愤怒的结论。他甚至不主张人牺牲，对蛊惑别人为自己牺牲者更是给予怒斥。1927年年初在厦门，他致信许广平，谈到狂飙社青年翻云覆雨、榨取别人的做法，他在失望中透着愤慨。

他比喻一个人被别人轻视后的情形，有如：

> 变了"药渣"了，虽然也曾煎熬了请人喝过汁。一变药渣，便什么人都来践踏，连先前喝过汁的人也来践踏，不但践踏，还要冷笑。
> 牺牲论究竟是谁的"不通"而该打手心，还是一个疑问。

紧接着：

> 我先前何尝不出于自愿，在生活的路上，将血一滴一滴地滴过去，以饲别人，虽自觉渐渐瘦弱，也以为快活。而现在呢，人们笑我瘦弱了，连饮过我的血的人，也来嘲笑我的瘦弱了。我听得甚至有人说："他一世过着这样无聊的生活，本早可以死了的，但还要活着，可见他没出息。"于是也乘我困苦的时候，竭力给我一下闷棍，然而，这是他们在替社会除去无用的废物呵！这实在使我愤怒，怨恨了，有时简直想报复。我并没有略存求得称誉，报答之心，不过以为喝过血的人们，看见没有血喝了就该走散，不要记着我是血的债主，临走时还要打杀我，并且为消灭债券计，放火烧掉我的一间可怜的灰棚。[①]

---

① 《鲁迅全集》第十一卷，人民文学出版社2005年版，第254页。

这不是近乎对《颓败线的颤动》的释义么?! 当然，不要忘了这是散文诗，妇人年轻时卖身的描写，是鲁迅小说里都未曾见过的，而且"饥饿、苦痛、惊异、羞辱、欢欣"的描写也引来研究者的讨论。为什么要加上"欢欣"一词，日本学者片山智行也疑惑这里的"欢欣"是"因性的快乐还是指性行为之后得到金钱报酬"。的确，紧接着的"丰腴""轻红"也确有"身体叙事"的感觉。也许可以比较的是后半段的描写，无论如何，母亲已经衰败成一个"垂老的女人"，欢欣、丰腴、轻红已经荡然无存。骨肉亲情给予的回报却是责骂和羞辱。于是，她愤然却也是冷静地出走，在深夜，"一直走到无边的荒野"，她再一次颤动，但这一次已非卖身时的颤动，而是一切对立的情感同时在灵魂深处撞击后的结果："眷念与决绝，爱抚与复仇，养育与歼除，祝福与诅咒"在"一刹那间""并合"。就像空中的波涛互相撞击形成旋涡，冲动着一种令人难耐的冰一般冷、火一样热的气流。在这里，还有一个描写，即这个站立于荒原上的垂老的女人，是"石像似的""赤身露体"地站着。然而这是没有铺垫的突兀的一笔。它合理地融入全篇，是因为所有的氛围营造做得十分到位，仿佛就应该这样似的。而这又很容易让人联想到鲁迅一直追踪、收藏的木刻。应该说是在艺术上做了这样的打通。就像他在《复仇》里让一对男女裸身站立于荒原一样。而荒原上的颤动，是人生颓败后，回顾过往的一切产生的从精神到生理的极度反应，是"发抖""痉挛"而又"平静"的糅合。连口唇间"无词的言语"也会合到一起，使"颓败的身躯的全面都颤动了"。

一看见"虚妄"二字就以为代表着完全的悲哀、绝望、消极，是简单的望文生义式的误读。增田涉说："鲁迅的文章尽管不断出现虚无主义的气味，但有时却说出完全轻蔑虚无主义的话。"(《鲁迅的印象·一四》) 道理应就在鲁迅"于无所希望中得救"的"辩证"哲学观。虚妄，在精神上不无悲哀的色彩，但同时也是一种理想不灭的力量。在艺术上，它让《野草》充满了语言的张力，让《野草》的字句有如离弦之箭，在悬置、临界的紧张中发出闪电般的、彗星似的光芒。

正是《野草》给了我这样的启示，不必为终点的不能抵达而感到绝望，就像裴多菲的病马一样带给他惊喜一样，蹒跚的步履一样可以并且已经获得收获，但要记住：前行的道路却依然茫远无边。这种感觉就如同《野草》的主旋律：

绝望之为虚妄，正与希望相同！

三 "梦七篇"的延展及技巧

对《野草》诸篇所做的分类有很多种，各种交叉，各种理由。但有一种类别划分是有道理的，这就是所谓的"梦七篇"。这七篇文章有一个固定的开篇模式："我梦见自己……"

它们依次是：

《死火》："我梦见自己在冰山间奔驰。"
《狗的驳诘》："我梦见自己在隘巷中行走，衣履破碎，像乞食者。"
《失掉的好地狱》："我梦见自己躺在床上，在荒寒的野外，地狱的旁边。"
《墓碣文》："我梦见自己正和墓碣对立，读着上面的刻辞。"
《颓败线的颤动》："我梦见自己在做梦。"
《立论》："我梦见自己正在小学校的讲堂上预备作文，向老师请教立论的方法。"
《死后》："我梦见自己死在道路上。"

我们先要看这种开篇方式与各自下文之间的关联，尤其是四篇与"死"相关的作品。《死火》营造的冰谷氛围，需要有一个梦境的设置；《失掉的好地狱》也是如此，在梦境中展开可以省却许多外围性表述；《墓碣文》的逼人的阴冷场面需要以梦境作为底布；《死后》因为"梦见"说而使荒诞控制在合理区间。其余三篇，《狗的驳诘》《立论》都是说理性短文，《颓败线的颤动》是一个有较大时间跨度的故事叙述。这三篇里，梦在其中起着修饰性作用。

有一个问题也许更加关键，即为什么鲁迅在这七篇的写作中连续使用了"我梦见自己……"的格式开头。事实上，与《狗的驳诘》相比，此前的《求乞者》也一样可以加上梦的外套。《好的故事》本身就是梦里的故事，但并未纳入这一系列。而7月12日完成《死后》的写作后，一直到年底的12月14日完成《这样的战士》，鲁迅长达5个月时间并未继续《野草》的创作。也就是，集中写完

"梦七篇"后,《野草》的创作进入一个中断期。而且其后的4篇《这样的战士》更接近杂文,《淡淡的血痕中》是因时事引发,《一觉》已引入了文场中的人与事。唯《腊叶》最具"野草"格局,在精短的四百多字里,"曲笔"反而更甚。"梦七篇"因此显得格外特殊。

可以注意到,鲁迅与许广平开始通信是在1925年3月11日。7月29日,鲁迅发出给许广平的第16封信,这也是他们在共同在北京时的最后一封信,此后的通信则接续为"厦门—广州"了。那时无疑也是二人确定关系的开始。从3月11日到7月29日,正好是"梦七篇"的创作时间,此前最近的一篇是3月2日完成的诗剧《过客》。也就是说,"梦七篇"与鲁迅许广平北京通信时间完全重合,而且此间再无其他《野草》篇章的创作。应该说,采用"梦"的方式开篇,与二人关系所处的阶段或许有些关系。鲁迅自知自己心境处于苦痛当中,但他不愿意将这样的情绪传染给别人尤其是青年。他在3月18日的第二封信里,说坦白道:"你好像常在看我的作品,但我的作品,太黑暗了,因为我常觉得惟'黑暗与虚无'乃是'实有',却偏要向这些作绝望的抗战,所以很多着偏激的声音。其实这或许是年龄和经历的关系,也许未必一定的确的,因为我终于不能证实:惟黑暗与虚无乃是实有。"

以"梦七篇"所表达的感情、折射的心境、思索的哲学命题,鲁迅应该是考虑到了同时与许广平交换参与社会战斗的意见,尽可能抹平年龄鸿沟,平等交流人生经验与内心感受。"我梦见"采取的"曲笔",依然是因为"不能直说",而这一点可能与许广平有关,以托梦的方式叙说,似应可以弱化"非虚构"的关联。尤其是与"死"有关的四篇文章,在"黑暗与虚无"上可谓达到了极致。

"梦七篇"的另一看点,是都以同样的方式"入梦",那它们出梦的方式又如何呢?《狗的驳诘》:"我一径逃走,尽力地走,直到逃出梦境,躺在自己的床上。"想象奇特,却有"写实"之感。《颓败线的颤动》:"我梦魇了,自己却知道是因为将手搁在胸脯上了的缘故;我梦中还用尽平生之力,要将这十分沉重的手移开。"描写独特,却也符合人间常理。熟睡时手压胸部易做梦似是民间常识。《死后》:"然而终于也没有眼泪流下;只看见眼前仿佛有火花一闪,我于是坐了起来。"超现实的描写,为"死后"的感知"自述"添上最重的一笔。其他各篇则呈开放状,并没有"出梦"的描写。《墓碣文》最接近："我疾走，不敢反顾，生怕看见他的追随。"《死火》《失掉的好地狱》也都是以"行动"为终结，但并不关涉梦的去留。《立论》则直接在对话中结束。

四 《野草》在语言表达上的"格式"

有必要从文学语言上寻找进入《野草》的途径。24篇总共也不过2万字里，句式的构成明显有一些共性的特征。从这种简单的寻找出发，或许可以成为打开《野草》复杂世界的一扇窗户。

（1）《野草》的句式里，最多见的是对立。把两种对立的情绪、状态，矛盾的人物、事物组合在一起，集束式地呈现出来，是《野草》里最多的表达法。从《题辞》开始往下，这种"组合"形式随处可见。"沉默""开口"，"充实""空虚"，"明与暗，生与死，过去与未来"，"友与仇，人与兽，爱者与不爱者"；"天堂""地狱"，"黑暗""光明"，"黄昏""黎明"，"黑夜""白天"，"希望""绝望"，"冰谷""死火"，"爱憎"，"哀乐"，"眷念与决绝，爱抚与复仇，养育与歼除，祝福与诅咒"。

（2）《野草》的句式里，叠加也是常用到的。这里的叠加其实就是重复，一个词，一句话，一个完整表述，都有可能在同一篇文章重复出现，产生叠加的效果。是的，不是语词的简单重复，而是意义的强化与叠加。《题辞》："但我坦然，欣然。我将大笑，我将歌唱。"出现两次。"友与仇，人与兽，爱者与不爱者"也是，但前后缀有所不同。《秋夜》：对天空的描写反复用"奇怪而高"来强化。《影的告别》：通过重复"我不……"强化态度的决绝，"我不乐意""我不愿去""我不愿意""我不过""我不愿""我不如""我不知道"。《求乞者》："微风起来，四面都是灰土"出现三次。《复仇》："捏着利刃"出现三次。《复仇（其二）》："四面都是敌意，可悲悯的，可诅咒的。"出现两次；"而且较永久地悲悯他们的前途，然而仇恨他们的现在。"也是两次。《希望》："绝望之为虚妄，正与希望相同"出现两次；"然而现在没有星，没有月光，没有僵坠的蝴蝶以至笑的渺茫，爱的翔舞。"以及"青年们很平安"也各是两次，当然修饰略有不同。《颓败线的颤动》：对梦中的场景描写是重复的："眼前却有一间在深夜中禁闭的小屋的内部"，通过重复，使场景一致的情形下上演截然不同的故事。《这样的战士》："但他举起了投枪"出现五次之多。

（3）《野草》里还有急促感很强的递进。这种递进有时呈并列关系，有轰轰烈烈之感，有时有尖锐的钻入感，坚韧而不可逆。这样的句式占比很大。这里仅能举几个典型的例证，《题辞》："过去的生命已经死亡。我对于这死亡有大欢喜——死亡的生命已经朽腐。我对于这朽腐有大欢喜——"《秋夜》："梦见春的到来，梦见秋的到来，梦见瘦的诗人将眼泪擦在她最末的花瓣上。"《影的告别》："有我所不乐意的在天堂里，我不愿去；有我所不乐意的在地狱里，我不愿去；有我所不乐意的在你们将来的黄金世界里，我不愿去。"《狗的驳诘》："我惭愧：我终于还不知道分别铜和银；还不知道分别布和绸；还不知道分别官和民；还不知道分别主和奴；还不知道……"《聪明人和傻子和奴才》："先生！——我所过的简直不是人的生活。吃的是一天未必有一餐，这一餐又不过是高粱皮，连猪狗都不要吃的，尚且只有一小碗……"这个表达看似平常，事实上非常特别。因为它完全可以改变为一句话，即"我一天最多只能吃到一小碗猪狗都不吃的高粱皮"，鲁迅却把它拆分成三个递进式表达，这可能就是散文诗和散文在语言上的不同。《淡淡的血痕中》："他暗暗地使天地变异，却不敢毁灭一个这地球；暗暗地使生物衰亡，却不敢长存一切尸体；暗暗地使人类流血，却不敢使血色永远鲜秾；暗暗地使人类受苦，却不敢使人类永远记得。"这一句非常典型，从句式上是相当整齐的并列关系，但在意义逻辑上却是递进感非常强烈的。

（4）在《野草》里，回转也是一种表达方式。朝着一个目标说开去，却接着又回到自身，反向传递中有回转的感觉，压迫感和紧张度陡升。《希望》："我的心分外地寂寞。""然而我的心很平安——"《雪》："博识的人们觉得他单调，他自己也以为不幸否耶？""是的，那是孤独的雪，是死掉的雨，是雨的精魂。"《过客》："——我的血不够了；我要喝些血。但血在哪里呢？可是我也不愿意喝无论谁的血。"《失掉的好地狱》："'这是人类的成功，是鬼魂的不幸……。'朋友，你在猜疑我了。是的，你是人！我且去寻野兽和恶鬼……'"《墓碣文》："创痛酷烈，本味何能知？——然其心已陈旧，本味以何由知？"《这样的战士》："他终于举起了投枪。"但"他终于在无物之阵中老衰，寿终。他终于不是战士，但无物之物则是胜者。"《腊叶》："将坠的病叶的斑斓，似乎也只能在极短时中相对，更何况是葱郁的呢。""葱郁"的这句是不是有些突兀？前面的确提到过"当他青葱的时候是从没有这么注意的"，但这里的语义却格外复杂了。

以鲁迅对植物的深度了解，"青葱"的颜色比"病叶"的"斑斓"更易消逝应该是其基本含义，从隐喻上讲，联想到"病叶"是"自况"，含义就更多重了。"病叶"固然会变得"黄蜡"，但变数毕竟慢而有限，"青葱"的、"葱郁的"的叶子可能会以更快速度变异。既然是"为爱我者要保存我"而写，这样的"辩证"诉说，也应该能给"爱我者"以一丝信心，也给自己一点安慰。不知这样的理解有没有道理。《一觉》："宛然目睹了'死'的袭来，但同时也深切的感着'生'的存在。""——而且悚息着静待新的悲苦的到来。新的，这就使他们恐惧，而又渴欲相遇。"以矛盾的方式排列，使矛盾双方形成往复循环而不可扼制。

《野草》是鲁迅文学语言的极致表达，种种"技术"的超拔，让人有类似进入"山阴道上"的感觉："目不暇接。"所用到的手法实在太多，上述所列几种，一是颇具代表性，二是借用普通概念略加概括，以便更好地理解《野草》在文学语言上的基本风貌。《野草》的语言艺术本身是一个无尽的话题，绝不能以这些简单排列概括之。我想用一个不恰当的比喻，回味一下《野草》在语言上呈现出的这些基本风貌。假如把《野草》的文学语言比喻成一条宽阔的大河甚至大海，"对立"就是"快舰激起的浪花"；"叠加"就是弄潮儿的身姿；"递进"就是流水的湍急向前，似有摧枯拉朽之势，急促而又逼仄；"回转"就是湍急跃进中形成的旋涡，惊险而有"颤动"感，就如同《颓败线的颤动》里描写的："惟有颤动，辐射若太阳光，是空中的波涛立刻回旋，如遭飓风，汹涌奔腾于无边的荒野。"与此相关，阅读《野草》，鉴赏《野草》的语言，就是一次海上的冲浪，或河中险滩的漂流，惊险、刺激而又能获得难得的享受。

在一定意义上讲，《野草》是一个清醒的思想者写下的超凡的哲学之书，也是一个清醒的思想者和文学家以梦为马所作的精神记录。而所有这一切，又裹挟在纷繁的人间世相当中，需要人们去寻找、认知、识别，同时也深切地感受到土地的声息和人间世事的涌动。

（原载《箭正离弦：〈野草〉全景观》，人民文学出版社 2020 年版）

兄弟关系书写与鲁迅文学的变貌

张业松

摘 要 鲁迅笔下的"大哥"作为问题始于《狂人日记》，在其中"大哥"作为"狂人"的对立面存在。从现实主义艺术成规来看，"大哥"在作品中的表现并非顽固守旧、不近人情，然而他却永远作为"旧"的一面的典型人物而存在了。这一艺术效果正来自《狂人日记》首开其端的一种新文学的意义装置的作用：通过"颠倒的书写"制造内部之敌，以服务于新文学的意识形态目的。从《狂人日记》到《风筝》，鲁迅笔下的兄弟关系书写的变化表现为从"作为权威的大哥"向"作为问题的大哥"的转换，其根源在于文化紧张的内部化，其解决之道则在于寻求新的意义装置。《风筝》所体现的"大哥"的自我的觉醒和痛苦，使鲁迅文学得以拓出探查和表达深度内心的新路，为中国新文学的后续发展开出了新的可能性。

关键词 《狂人日记》颠倒的书写；编撰现代性；《风筝》深度内心

鲁迅笔下的"大哥"作为问题始于《狂人日记》，在其中"大哥"作为"狂人"的对立面存在，"狂人"形象的立足点和价值，至少其中一部分是建立在这种对位关系之上的。从现实主义艺术成规来看，"大哥"在作品中的表现并非顽固守旧、不近人情，然而他却永远作为"旧"的一面的典型人物而存在了。这一艺术效果正来自《狂人日记》首开其端的一种新文学的意义装置的作用：通过"颠倒的书写"制造内部之敌，以服务于新文学的意识形态目的。而由此体现的"编撰现代性"所带来的"现代性困境"，也成为这位现实中的"大哥"需要不断处理的议题。本文基于这一思路，通过重读《狂人日记》《风筝》等作品中的兄弟关系书写，尝试对鲁迅文学的意义构造机制及其所代表的中国新文学的价值立场有所讨论。

一 新文学的意义装置：制造内部之敌

《狂人日记》里面除了讲到狂人，还有一个重要角色，就是大哥。过去我们对他着墨不多，许多对《狂人日记》的讨论基本无视了他的存在。照过去的讲法，《狂人日记》讲的是狂人发了一通狂，又回到旧的秩序当中去，病愈赴某地候补了。作品的意义、价值和问题，就包含在这样的"走出—返回"的结构模式里，像蜜蜂或苍蝇，"飞了一个小圈子，便又回来停在原地点"①。过去我们一直这样讲，有很多高明豪迈或曲折深沉的论述。但我发现这里面有一个问题，就是所谓病愈候补并不是狂人自己说的，而是大哥说的。而且按小序结尾所署日期，大哥说这个话的时候是民国七年，也就是《狂人日记》实际写作的1918年。到了1918年这个时候，中华民国建立已经七年，还在用"候补"这样的前清时期的词语说话、思考、认识和管理自己的周边世界，说明大哥的头脑没有从旧的时代中走出来，"落伍"了。所以他说狂人病愈候补去了，这个信息其实是不准确的，被他的一厢情愿的意图、观念和想象"污染"了，并不能不加思考地直接当作确定无疑的事实来接受。那么对狂人来说所谓"赴某地候补"到底是什么意思呢？我研究下来觉得其实是"离家出走"。在此之前他被大哥关在家里，完全屈服于大哥"长兄为父"的家长权威之下，而"赴某地候补"实际上就是脱离这种权威的直接控制，像作者鲁迅自己那样，"走异路，逃异地"，到广大陌生的世界里"去寻求别样的人们"和别样的可能了。②从这里，我们可以得到看待作品与作者的"视界融合"③。

但有趣的是，在这样一种"视界融合"中有个微妙之处：《狂人日记》里"离家出走"的是身为弟弟的狂人，而传记材料中"走异路，逃异地"的作者自己却是大哥身份。这样的作品和现实中的角色身份转换或混淆，会有什么特别的意义，或对理解作家作品有所帮助吗？我想是的。因为这种角色身份转换或混淆，在文学创作活动中通常意味着一种自我审视和对象化的努力，作者将自身具有的

---

① 鲁迅：《在酒楼上》，《鲁迅全集》第2卷，人民文学出版社1991年版，第27页。
② 张业松：《〈狂人日记〉百年祭》，《现代中文学刊》2019年第2期。
③ 借用伽达默尔的术语，fusion of horizons，洪汉鼎译为"视域融合"，见［德］汉斯-格奥尔格·加达默尔《真理与方法——哲学诠释学的基本特征》上卷，上海译文出版社1999年版，第393—394页。

特征和条件分配给作品中的不同人物，使他们相互敌对和冲突、补充和协助、竞争或共荣，由此达到更好地处理自身的矛盾性和可能性的目的。我们知道，在他的小说创作中，鲁迅正是一位擅长使用此种创作方法来增强其作品的结构张力、丰富其作品的思想内涵，使之呈现"复调"效果的作家。因而，当我们从鲁迅作品中得到看待作品与作者的"视界融合"的同时，也要充分意识到，在这种"视界融合"中揭示了一种书写的颠倒，即作品中作为审视对象的他者往往是作者自身全体或某一部分的外化，是作为一种自我审视装置中的镜像而存在的。正如作者在《野草·影的告别》中所书写的，这种镜像化的自我并非本我的傀儡，而是具有充分的主体性："然而我终于彷徨于明暗之间，我不知道是黄昏还是黎明。我姑且举灰黑的手装作喝干一杯酒，我将在不知道时候的时候独自远行。"① 由此，作品所拓开的空间成为思想与情感的剧场，本我与镜像成为舞台上相斗相争的主角，互为对象，也相互羁绊，演出的是现代中国文学中迄今为止最为复杂纠缠的思想与情感的戏剧。作者通过这些戏剧编织意义，自我清理，尝试从中找出可行之路，"在刺丛里姑且走走"②，毕竟"其实地上本没有路，走的人多了，也便成了路"③。

《狂人日记》为狂人留下或狂人为自己开拓的未来想象空间很大，但这样一来，大哥在《狂人日记》的文本世界和作品所开拓的想象空间里就被局限乃至锁死了。因为狂人代表新的倾向，一个面向未来的倾向，大哥就被推到沉落于过去的、落伍的、完全陈腐的世界，这对大哥公平吗？这样的疑问提醒我们，在《狂人日记》里大哥的存在其实也是一个需要处理的大问题，里面所包含的隐微和复杂性，一点都不比狂人少。甚至说，二者是密切关联的，意义和价值的消长起伏、转换生成与对方的存在和作用密不可分。《狂人日记》实际上是一个家族框架，这个家族没有父亲，但有母亲、弟弟、妹妹、哥哥，对大哥来说，长兄为父，母亲妹妹需要看护，弟弟是发狂的，需要管理，他的一举一动，关系着整个家族的安危荣辱，其职责和表现实在非同小可。所以对他来说，这里就有一个怎样做

---

① 鲁迅：《影的告别》，《鲁迅全集》第 2 卷，人民文学出版社 1991 年版，第 165 页。
② 鲁迅：《两地书》，《鲁迅全集》第 11 卷，人民文学出版社 1991 年版，第 15 页。
③ 鲁迅：《故乡》，《鲁迅全集》第 1 卷，人民文学出版社 1991 年版，第 485 页。

大哥的问题。鲁迅写过《我们现在怎样做父亲》，没有直接写过以"怎样做大哥"为题的文章，但关于这个题材，他实在写得不少。除了《狂人日记》，还有《我的兄弟》《风筝》《弟兄》等，而且既然涉及"长兄为父"，那么"怎样做父亲"的议题里，实际上也包含了"怎样做大哥"的思考。本文拟于处理的，正是鲁迅笔下这个可以称为题材史或类型学的"怎样做大哥"的问题。以为从这个问题切入，可以触摸到鲁迅文学的运思方式和意义空间之一般。

对于中国和世界的文学来说，"做大哥"并不是什么新鲜的议题，而是有着长久的历史和深远的传统。我们最为熟知的模式可以说是"Big Brother Is Watching You"，"大哥罩着你"。这里的"罩"或"watching"，包含保护和管教的双重含义。这是"做大哥"的经典模式，根本上也是一种古典模式。无论《三国演义》还是《水浒传》乃至《西游记》，刘关张也好、宋江李逵也好、孙悟空猪八戒也好，都不出这种模式。《狂人日记》里的大哥所做的，也正是刘备、宋江、孙悟空一类的事。他约束着小弟的身体，也管教着小弟的思想。这种约束和管教通常是有力和有效的，即使有反复，也只是同一模式（即喜剧模式）的重复，不会出现颠覆性的例外。但在《狂人日记》这里，我们看到，事情已经开始起变化。不是大哥做得不够好，而是小弟开始起变化了。在大哥的约束和管教之下，小弟不再驯顺的。他的身体可以被束缚，精神反而肆意扩张，难于压制的自我和自主意识生长起来，越战越勇，愈挫愈强，想要使之发生改变，都是且仅是在"自己想通"的情况下。这意味着古典的"做大哥"模式难以为继，新的状况需要处理。某种程度上，现代文学的兴起，似乎正是"小弟"的势力兴起、"大哥"日渐衰弱下去，只留下日益模糊的身影的过程。除了《狂人日记》在中国新文学的开篇为"大哥"留下深长的背影之外，巴金的《激流三部曲》、路翎的《财主底儿女们》等，也都是这方面突出的例子。《狂人日记》所留下的兄弟关系的悬念，或甚至是由此塑成的新的模式，此后会长久地回响在现代文学的展开里。

在往下推展之前，还是让我们先看一看，在《狂人日记》里，长兄为父的大哥到底做得怎么样。紧扣原文梳理下来，我们可能确实有必要为大哥鸣不平，无论从哪个方面看，他都并不必然应该遭受被唾弃的命运。首先，小序的开头的跟大哥相关的那几句其实一上来就透露一个信息，这个信息是中学："某君昆仲，今隐其名，皆余昔日在中学校时良友"①，这里的"中学校"是指新式中学，所以如果说狂人是新青年的话，大哥一样是新青年。那他怎么会在思想观念上落伍于时代，在民国七年仍会用"候补"这样的过时观念来看问题？所以首先是大哥的身份问题需要重新考虑。其次，我们顺着作品的叙述脉络，逐一考察其中出现的关于大哥信息。作品正文的日记部分是狂人的视角，狂人自己讲故事，或者说以狂人的口吻来讲故事，大哥也是从狂人的眼里、口中呈现出来的形象。小序当中，大哥的表现是从小序作者"余"的眼中呈现的，具体来说是一方面对他的弟弟的病愈感到非常满意，"大笑"，然后就是声言"赴某地候补"，很随意地出示日记二册，让来访的"余"来看当日病状，而且日记可以随便拿走，"余"拿去看后摘编成"狂人日记"。也就是说，从"余"讲述中大哥的一系列言行态度体现出来的，是他作为"家长"的不容置疑的权威。在他眼里，弟弟生病，写日记，并且把日记题写为"狂人日记"，因为有"病愈候补"的"大团圆"结局，完全可以视为笑话；在这里，大哥管理下的小弟没有个人隐私可言，弟弟的日记他可以随便看，随便拿出来，随便给别人拿走，完全不当一回事。所以无论是从小序中的"余"的视角还是日记部分的"我"的视角看过去，这个兄弟关系是权力不对等的管理者与被管理者的关系，潜含（小序）并且实质上体现了（正文）压迫与抗争的主题。在整个白话日记部分大哥对弟弟行使的首先也是没有商量余地的家长的权威。这是一个没有父亲的家庭，父亲哪里去了没有做交代，没有父亲的家庭里面按照传统家族制度，长兄为父，扮演父亲角色，来管理家里其他人。这在传统的伦理秩序中是理所当然的，没有人会怀疑其正当性。作品中的"我"对此有怀疑吗？细按文本，可以看到事实上并没有直接从长兄权威入手挑战伦理秩序的举动，"我"的关注焦点和全部焦虑，来自对更宏大的社会文化和结构体系的"吃人"本质的洞察，及对其危害性的惊惧警觉。而在具体的家族环境和兄弟关系上，"我"毋宁是认可并顺从于这种伦理秩序的。从其合理的一面看过去，或设身处地从身为长兄的大哥的视角看过去，作品透露出来的信息是长兄承担了对于弟弟的全部责任。从小时候的教育开始，教他怎么做论，从科举的角度教他把文章做得巧妙；然后是对他的日常照管，弟弟生病后把他关在家里，

---

① 鲁迅：《狂人日记》，《鲁迅全集》第 1 卷，人民文学出版社 1991 年版，第 422 页。

也不是完全不通情理,关起来以后弟弟说我闷得慌,想去走走,大哥也开门;而且大哥有他的威严,不说很多的话,但是对兄弟非常关心,发现他出了状况,马上去给他找医生,而且非常小心地对待他,没有用非常粗暴的态度,而是用商量的口气来跟他说事情。到这里为止,应该说大哥自身视角和"余"与"我"的视角下的长兄形象,是仍然能在"传统伦理秩序"的层次上获得统一感的。小序中体现的忽视兄弟的人格隐私的威权感,和正文中在家庭生活中也体现出的家长的温和负责的一面是相辅相成的。但接下去涉及思想意识层面的差异和分裂,情况开始起变化。大哥在给"我"讲书时涉及易子而食、食肉寝皮,吃心肝等,所体现出的对传统及传统下的现实的认同,没有经历过像"我"那样的思想觉悟和意识翻转,更遑论情绪上的强烈反感,所以从"我"的角度看过去,他不免仍沦为"吃人"群体中的一个。正文第十节,"狂人"在疯狂阶段的最后一个行动是要去劝转大哥。在此过程中,"我"努力保持理智冷静的态度,跟大哥温和地说话,大哥的反应也很积极友善,赶紧回过脸来点点头,表示关心,并在"我"接下来的长篇大论中耐心倾听。作品写道:"当初,他还只是冷笑,随后眼光便凶狠起来,一到说破他们的隐情,那就满脸都变成青色了。大门外立着一伙人,赵贵翁和他的狗,也在里面,都探头探脑的挨进来。"[1] 从最初的冷笑到眼光凶狠起来,满脸变青色,这都是从"我"的角度看过去的大哥的外在表情的变化。变化出自什么样的心理过程,作品没有直接写出来,但无疑是和"我"的心理过程不一样的。"我"的心理过程作品展现得非常充分,完全就是一种内在想象,把外在的东西都按自己的想法重新整理,得出他的世界观。这在大哥听来,很可能认为是疯话,越说越离谱,他心里肯定也越来越担心。但真正让大哥失态发火的是被外面的一群人围观嘲笑,家丑外扬。被围观和嘲笑的过程从狂人的眼光看出去是另外一种理解,我们来理解的话大哥最后突然现出凶相,大声喝道:"疯子有什么好看!"这明显是觉得丢脸,愤怒于家庭内部情况被外界窥知并失控。这里牵涉到所谓"面子观"与伦理秩序的内在关联,是另外的问题,不做展开。仅就作品对大哥形象的不充分的塑造而言,应该说《狂人日记》所呈现的大哥形象,在长兄为父的状况下的整个情态,表现得还是非常充

---

[1] 鲁迅:《狂人日记》,《鲁迅全集》第1卷,人民文学出版社1991年版,第430页。

分的,他确确实实在按照传统家庭伦理来做,尽到了他的本分。具体到对待狂人,他是在管理出了状况的家庭成员,要约束起来,对他施以"诊治"。这个过程是跟狂人交互的过程,交互过程中不仅没有弥合相互的分歧和差异,反而加大了对立,最后完全被狂人推到对立面,因而才有我们今天看到的《狂人日记》所讲述的基于兄弟关系的新的故事。

所以总的来看,在《狂人日记》中大哥做得很辛苦,尽了他的本分,表现出了对兄弟的爱和关心,也尽到了他的责任,结果却是完全不被理解,被狂人所代表的新的文化和知识话语推到了对立面去。如果说我们今天把《狂人日记》中的大哥视为落伍者、一个需要抛弃的旧时代的人,那他是一个在观念对立的状态下被新的话语制造出来的落伍者。实际上他做的事情是承担了缺失了父亲的家庭中父亲的职责,却相当地吃力不讨好,反而被钉死在反派的结构位置上,永留于"新青年"叛出的"旧家庭"中,做了旧时代的牺牲品。由此我们可以看到,一种新文学的意义装置于焉诞生,通过它,内部之敌被生产出来。《狂人日记》的文言小序告诉我们,"狂人"昆仲二人,"皆余昔日在中学时良友",则三人同受新式教育,相互之间是血亲同胞和/或精神同袍关系,并无必然分途之理,除作为弟弟"发疯"的后果的可能损害家庭声誉的因素外,作品也没有提供兄弟对立的其他理由。这意味着,作为文本事实的兄弟对立,其实仅仅来自文本编撰,"狂人"的书写提供了基础,"余"的编撰使其作为"事实"呈现。这就是"大哥"问题的由来。这样一位被制造出来的大哥,其恶不来自他本身的言行作为,而来自相对于"狂人"的思想和社会位置,是思想和社会的分型定义了他的恶,并经来自狂人的对位观点的强化,而使其被指认的恶进一步内在化、象征化和标签化,以至于最后,我们对狂人的同情有多深,对大哥的痛恨就有多强,于是他就永远站在作为"新"的一面的杰出代表的"狂人"的对立面,永远作为"旧"的一面的典型人物而存在了。

二 颠倒的书写与"蒙冤的大哥"

如上所述,"大哥"作为问题始于《狂人日记》,在其中"大哥"作为"狂人"的对立面存在,"狂人"形象的立足点和价值,至少其中一部分是建立在这种对位关系之上的。在价值立场上,"大哥"守旧,维护家庭和家族拟制的社会秩序,具有长兄为父的家长权威，"狂人"则作为权威和秩序的挑战者体现其革命性。这一意识形态装置，来自作品的"第一作者"即"日记"的书写者"狂人"的隐秘书写，同时也来自"第二作者"（假托作者）即"日记"的编辑者"余"的公开编纂，是他们的"共谋"，构造了作品文本层面所显示的一切，也构造了作为文学形象的"狂人"和"大哥"。归根结底，是作品的真实作者鲁迅隐身于"狂人"和"余"背后编撰了这样一出"狂人悲喜剧"，借以推广其意识形态。《狂人日记》诞生的时刻，是内部文化危机日益深重的时刻，也是新的时代契机萌生的时刻。一方面是晚清以来日益急迫的文化落后的危机并未解决，另一方面是"欧战"带来的"先进"社会想象的顿挫，社会变革之路到底要怎么走，是继续往前，不断革命，还是尝试反顾，寻求"传统的创化"，成为这一时期新的思想斗争的焦点。新旧对抗的意识形态带来了新文化的狂飙突进，在型构文化总体的新旧分际的同时，也开启了不断制造"内部的敌人"的进程，从而形成二十世纪中国文化革命史上的激进主义路径，为步步进逼的外/内、硬/软暴力革命推波助澜。这样一出大历史的悲喜剧，与"文学革命"的小历史之息息相关，实与《狂人日记》的意义装置不无关系。"大哥"在《狂人日记》中的表现并非"顽固守旧"派，相反，其言行高度合理，体现的是"常态社会"的理性和稳健，只是在"狂态之眼"的观察下才一切可疑，居心叵测。"大哥"对病弟的看护和处置都合情合理无可厚非，"狂人"和"余"合伙对"大哥"的书写和编纂却大有隐微。而这样的"文化编排"，在其后的社会进展中屡见不鲜。

由此可见，大哥形象的出现，是文化危机内部化，由社会矛盾表现为家庭冲突的体现。一体同胞，共同经历，共同教养，共同成长的兄弟，因为社会分工不同，呈现差异化的社会身份，并进而固化为不同的文化身份和价值立场，最终成为急剧变化中的社会的"内部的敌人"。《狂人日记》的叙述人是一位非常老练的作家，娴熟穿梭于数种不同的视角中，将几乎没有情节的故事讲得悬念迭出，引人入胜。小序中"余"的视角、正文中"我"的视角、全知视角、立足于大哥的第三人称限制视角四面出击，各有境界，在其复杂的叙述视角转换中，形象和意义层次相互交织迭现，内涵的复杂性一言难尽，任何试图寻求简洁明快的结论的努力都会面临风险。上文讨论涉及对伽达默尔意义上的"视界融合"的体认，实际上不限于《狂人日记》，在所有鲁迅作品的解读中，追求"作者视界"和"作品视界"的融合恐怕都是最基本的要求，而"作品视界"进一步拆分为"叙述人视界"，带来意涵复杂性势必更加突出。在《狂人日记》的"作者视界"里，我们看到了"大哥"与作者自身身份的"颠倒"，通过这种颠倒，作品塑造了一个兄弟眼中的"顽固守旧"的大哥，将其置于新旧价值观对立的敌对位置之上，成为万劫不复的旧世界的牺牲品；而在以"余"和"我"为代表的"作品视界"里，被"颠倒"的却是"狂人"自身，即书写者作为价值挑战者，将自己书写为被区分出来的敌人。这个内部的敌人被其从中区分的社会视为疯子，而在其自我意识中则是高度自觉、有意为之的"狂人"。由此，《狂人日记》成为先觉"狂人"英勇挑战落后社会的光辉记录，狂童之狂也且，其光辉形象矗立起来，不仅越百年而不倒，百年之下，反而愈加光辉起来；而作为其主要和直接挑战对象的"大哥"则由此沉沦，被封印在历史和文化的暗区，迄无翻身之期，这是自《狂人日记》发表以来大家都熟知的事实。两重视界，两种颠倒，强化的是同一效果，可见这一以结构性价值对立为基础的新文学的意义装置确实强大。但"从来如此，便对么？"[①] 这个出自"狂人"的著名的发问，在这里也大有一问的必要。

于是，我们看到了解志熙先生为"蒙冤的大哥"鸣冤叫屈之论：

> 急于以其新人学观念推动中国社会改造的鲁迅，顾不得周全和公正，甚至为了取得轰动效应而不惜过甚其辞、矫枉过正，《狂人日记》发表后果然获得了惊人的效果。可是作者的意图如此高调出之，也就注定了《狂人日记》书写的分裂——所谓"吃人历史"的全然判断和"救救孩子"的热情呐喊，根本不可能在写实主义的书写里得到自然而然的表达，而不得不硬行借助象征来寄托其微言大义。[②]

解先生的讨论却有值得再讨论的地方，即《狂人日记》对大哥

[①] 鲁迅：《狂人日记》，《鲁迅全集》第1卷，人民文学出版社1991年版，第428页。
[②] 解志熙：《蒙冤的"大哥"及其他：狂人日记的偏颇与新文化的问题》，《探索与争鸣》2019年第5期。

的表现是否有人为刻意丑化？恐怕不是。鲁迅的处理来自他的方法，这种方法被称为摹仿论。摹仿论本质上就是颠倒的书写。摹仿不是通过对外部世界的逼真模拟去尝试逼近/揭显世界的真相，相反，摹仿是通过对赖以支撑世界的观念和精神图示的摹仿，尝试对世界的真相加以捕捉/展示。作家按照他所认识的世界图式去谋划经营他的作品，其精粗成败，不只是取决于细节的模刻和建材的逼真，而主要取决于其所展现的世界图式的质量、容量和表现力、冲击力等。过去我们倾向于从"现实主义"的角度去理解和阐释作品，是有道理的，如果把对现实主义的理解落实在这个层面上，那么，确可说《狂人日记》是现实主义作品。从这个角度看，《狂人日记》对大哥的塑造并不能说有什么丑化或劣化的处理，相反倒是基本"客观真实"的。在大哥被结构性的丑化历史性地钉上耻辱柱之后，我们回过头来读作品，反而要对鲁迅以"现实主义"的手法对他的塑造深怀敬意了，在这种"现实主义"中，怀有对"客观真实"的高度尊重，也怀有对"历史中的人"的深厚同情，而这两者，正是我们所认为的"伟大的现实主义作品"所具有的基本特质之一。

　　这种或可称为奇幻的艺术效果上的翻转，过去我们或许乐意称之为现实主义的胜利的，实则乃是现实主义的颠倒，是一种编撰现代性的体现。编撰现代性即通过现代意识作用下的编撰行为追求可预期的效果而体现出的现代性。在表现形态上，落实为一套与印刷现代性相辅相成的现代性生产机制，呈现为可重复、可再生的规则或模式，效用上是试图通过现代意识主导下的技术手段，追求基于效益原则的利益最大化（maximize the benefits）。它通常与本雅明所思考的"机械复制时代的艺术"概念是相通的。

　　这种编撰现代性从此成为中国新文学的基本属性，其所赋有的方式方法，在此后的新文学书写中屡见不鲜。比如说，接下去我们看到了巴金对大哥的再造，《激流三部曲》中高觉新被给予了更多同情，在其中得到更正面（而不再局限于侧面）的描写，其处境和人格被更充分地情境化，因而显得更为真实，甚至可以说是专门用来弥补《狂人日记》对大哥的表现之不足的。巴金笔下的这位大哥可称为新文学史上最成功的大哥。但这种总体上在内外交迫的压力下逐渐委顿下去的生命，本身缺乏向上的空间，即使仍具备顽强的生机，也不可避免地要向畸形发展的路途上伸展，那样我们就得到了路翎《财主底儿女们》中的蒋蔚祖。往后再到柳青《创业史》中翻身成为革命事业的带头人,再经路遥(《平凡的世界》)笔下的改革事业的锻炼,复活在新文学史的当下阶段,完全变成了另外的故事。

　　这一脉络下的问题与可能,是需要另外处理的课题。而"蒙冤的大哥"所蒙受的却也并非不白之冤,而是某种现代性计划及其开展之下的不得不然。时代不同了,观念要改变,否则饶是再好的人,也难免为时代所淘汰。事实上,鲁迅本人随后也将在这个问题上吃尽苦头,而更进一步以内心的纠缠和苦痛为代价,为中国新文学拓展出另外的路途。我以为,由"大哥"在鲁迅文学中的生成和展开,及所得到的处置入手,是可以就鲁迅文学的这一进路及两重境界做出新的探讨的。篇幅关系,接下来试以对《风筝》的解读为例,稍作引申。

三　"大哥"的自我与深度内心

　　《野草》中的《风筝》也是鲁迅作品中处理兄弟关系的著名文本。关于《风筝》我曾做过专题解读[1],相关意见并无改作亦无须重复,这里要做的是在此基础上的进一步讨论。我认为,从《狂人日记》到《风筝》,鲁迅笔下的兄弟关系书写的变化表现为从"作为权威的大哥"向"作为问题的大哥"的转换,其根源在于文化紧张的内部化,其解决之道则在于寻求新的意义装置。简言之,这是一个由"我在哪儿失去了你"催逼出来的"我们怎样做大哥"的问题及其处置。

　　《风筝》讲述的"大哥"与"小兄弟"都具有从童年到成年的双重面影,很大程度上是一个成长故事。而《风筝》由它的早期版本《自言自语·七　我的兄弟》改写而来,也正应和成长主题。就"大哥"而言,在两个文本和不同时代中得到成长的究竟是哪方面的内容呢?我认为是由作者经历中"兄弟失和"的创痛带来的对作品中摧残小兄弟的爱好(玩风筝)这一事件(鉴于作者传记材料中并无相似事件的实证,故或应视为创作中的拟态)的意味及所映照的自身责任的重新思考。我在上举拙文中说:

---

[1]　张业松:《增删之际的隐微——试论〈风筝〉的改写》,《现代中文学刊》2021年第4期。

兄弟失和放大了父亲的死,因父亲的死而在痛苦中被迫承担起来的长兄为父的职责,对于兄弟和自己的真正意义被突出出来。这意义是:父亲的死塑造了"我"的人生观和处事方式,也改变了"小兄弟"爱好和兴趣,乃至影响到他后来的人生走向;而"我"对"小兄弟"的改变和受到的影响是负有责任的。所以最终《风筝》要问的是:"我"很好地承担了这份责任吗?还是有什么需要自作自受的地方?①

这样的一份责任,当时并没有自觉,之后在辛苦辗转的生活中也来不及考虑,只有当由这份职责维系起来的生活链接突然断裂的时候,才被迫在新的痛苦中重新面对。《我的兄弟》和《风筝》作为这个过程中对同一事件的两次书写,其关注侧重和细节详略的不同,可谓非常隐晦地透露了个中消息。大哥作为问题,在《风筝》的写作中被突出出来。这个问题就是对"怎样做大哥"的正面叩问。此前不是没有问题,而是不成问题。轮到了,做而已,怎么做是有一套由"陈年流水簿子"传承下来的陈规的,不需要个人动脑筋,也容不得个人置疑。或者如我们在《狂人日记》中看到的,那样的大哥,根本就没有自己,他只是一个结构位置上的尸祝、贡品、牌位或替身而已。只有当他经由某种契机,在一定程度上从这个位置上剥脱,自我才得以复甦,作为个人所需要面对和承担的一切,也才得以呈现出来。

这种导致"大哥的自我"复甦的契机,也可能不是一次性、高度戏剧性的,而是一个渐变的过程。从《我的兄弟》到《风筝》,可以看成发生在大哥鲁迅身上的这种渐变的体现,只不过在《风筝》阶段,导致复甦的冲击可能来得更强烈一些,让他感觉到了真切的痛。

"大哥的自我"的复甦,除了有一个对外的责任、义务和负罪的自觉,即"人我关系"上的觉悟和反省外,还有一个可能更重要、也实际上更首要的层面,是"自我"的觉醒和重审。相对于前者,后者显然是更内在的。这个更内在的层面,在《风筝》中缺乏事件性的展开,或者说,《风筝》中的事件性书写全部或主要聚焦于小兄

---

① 张业松:《增删之际的隐微——试论〈风筝〉的改写》,《现代中文学刊》2021年第4期。

弟的一面,"我"作为事件的施动者,从事件中受到的影响是相对缺乏外在的表征性的,或干脆就是不可见、仅仅存在于"内面"的。这样的东西要如何去发现和把握呢?还是老办法,从文本中寻找蛛丝马迹。

朝这方面思考,马上会发现相关细节至少有两处。一是对摧毁小兄弟的风筝后的情景的描写,强化了"我"的作恶之烈,从而为"我"的悔恨的深刻程度做了更好的铺垫。此即"论长幼,论力气,他是都敌不过我的,我当然得到完全的胜利,于是傲然走出,留他绝望地站在小屋里。后来他怎样,我不知道,也没有留心"①。这样的描写鲜明地突出了"我"作恶的暴烈程度,明显区别于《我的兄弟》中的"近乎无事":"我的兄弟哭着出去了,悄然的在廊下坐着,以后怎样,我那时没有理会,都不知道了。"

这究竟是一种什么性质的恶呢?既不是出自本性凶残,也不是出自偶然无因,作品中给出了解释:一方面是主观上不喜欢——"我是向来不爱放风筝的,不但不爱,并且嫌恶他,因为我以为这是没出息孩子所做的玩艺";一方面是权威受挑战——"我在破获秘密的满足中,又很愤怒他的瞒了我的眼睛,这样苦心孤诣地来偷做没出息孩子的玩艺",双重原因叠加,当初暴怒和作恶的理由似乎很充分了。但众所周知,《风筝》所要处理的议题,并不仅仅停留在"当年的恶"本身,而是更进一步落实到对"精神的虐杀"的思考,而且是"二十年来毫不忆及的幼小时候对于精神的虐杀"。即是说,是一种多年之后的觉悟带来的痛苦的思考,而这种痛苦中还有一个不能忽视或省略的关键词:"幼小时候"。

基督教中有一个概念叫 Sins of Ignorance,"无知之罪"。佛教视"无知"(梵语:ajñāna)为"智"(jñāna)的反义,与"无明"(avidyā)的用法类似②,经常被用来解释"无明",而"无明"泛指无智慧、愚痴(moha)。《实用佛学辞典》云:"愚痴(术语)三毒之一。梵曰慕何,译曰痴。心性闇昧,无通达事理之智明也。与无明同。"③《瑜伽师地论》卷86:"痴异名者:亦名无智,亦名无见,亦名非现

---

① 鲁迅:《风筝》,《鲁迅全集》第2卷,人民文学出版社1991年版,第183页。
② 参见刘宇光《所知障(jñeyāvarana)是无明(avidyā)或无知(ajñāna)?——以印—藏中观学为例》,《佛教文化研究》2016年第1期。
③ 蓝吉富主编:《实用佛学辞典》(下),台北县新店市:弥勒出版社1984年版,第1538页。

观，亦名惛昧，亦名愚痴，亦名无明，亦名黑闇。"① 撇开鲁迅和鲁迅文学是否具有"宗教意识"这一复杂的问题不去讨论，仅从意义的关联上看，"二十年来毫不忆及的幼小时候对于精神的虐杀"正可称为一种"无知之罪"。因为年少无知，当年从来没有设想过"游戏是儿童最正当的行为，玩具是儿童的天使"，才会有"少年时代的胡涂"② 下的愚蠢的勇悍，才会毫不顾及小兄弟的喜好和需要，残酷地虐杀了其天性和精神成长的空间。所以无知会导致罪恶，是罪恶的根源。《论语·季氏》中说："孔子曰：君子有三畏：畏天命，畏大人，畏圣人之言。小人不知天命而不畏也，狎大人，侮圣人之言。"③ 无知者无畏，并不是什么值得赞美的事，而是不知敬畏，肆行恶德的渊薮。苏格拉底说无知即罪恶，意思是无知不仅导致和助长罪恶，更进一步，无知本身即是罪恶。因为无知、无明、无畏、愚痴窒碍了精神的成长和智慧的发育，使人闭锁在无知无觉的囚牢里，无从自我启发、自我成就。由此，无论是自身安于无知或使人至于无知，都是罪上加罪、恶中之恶。东西方哲学、宗教源头上的这些思考，都对无知导致的罪恶有着充分的估计和警惕，这与世俗生活中"不知者不为罪"的常识性"恕道"差异很大。《风筝》对"我"在"无知"条件下的作恶情形的反思和藻饰（相对于《我的兄弟》的朴素叙述而言），意识层次上显然接近了这个哲学、宗教的层次，而不再只是一般日常行为上的是非得失的计较了。

　　从这个意义上看，《风筝》所处理的"二十年来毫不忆及的幼小时候对于精神的虐杀"，其核心意涵乃在于"可能性的丧失"。丧失的可能性如何可能在现实的物质层面得到补偿？这好像是一个玄学问题。《风筝》指出了"无怨的恕"的虚妄，但真正的恕又如何可能？作品中说："全然忘却，毫无怨恨，又有什么宽恕之可言呢？"换言之，真正的宽恕似乎只能存在于忘却和无怨恨的反面，即记得和怨恨。而记得和怨恨恰恰是不宽恕的表现。如此一来，"我还能希求什么呢？我的心只得沉重着"。所以这篇作品在故事层面上所讲的，根本上是一个因幼小时候犯下的无知之恶却自求解脱而不得的

---

① ［印］弥勒论师：《瑜伽师地论》7，玄奘法师译，宗教文化出版社 2008 年版，第 2160—2161 页。
② 鲁迅：《风筝》，《鲁迅全集》第 2 卷，人民文学出版社 1991 年版，第 184 页。
③ （清）刘宝楠撰：《论语正义》，中华书局 1990 年版，第 661 页。

故事。唯其无知而犯，才尤其令人痛心；唯其无从补救，才尤其无法释怀。"我还能希求什么呢？我的心只得沉重着。"痛哉斯言！这真是"灵魂的苦痛"。

但这种意义上的触及灵魂还只是问题的一个方面。无知的罪恶除了当下的伤害，还有更为深远却不易显现的后果。这种后果表象可以是"全然忘却，毫无怨恨"，其真实内涵却是对丧失的可能性的无知。"未开垦的头脑不像未开垦的土地那样开满鲜花，那里面长满罪恶之莠草，还住满丑陋不堪的癞蛤蟆。"①《牛津格言集》中的这句话，可谓对无知即罪恶的最形象化的阐释。从苏格拉底到《牛津格言集》，在关于这一问题表述上实际上包含了一个悠久的西方知识论传统，从"认识你自己"开始，到"勇敢运用你的理智"②，焦点就是开发智慧，摆脱无知。只有勇敢求知，才是一切可能性的源泉。

然而无知之恶窒碍的无穷的可能性失落在时间的荒野里，觉悟过来的当事人站立在遗忘之海的涯岸的这一边，遥望无形无状、无从把握的失去的可能性，除了充满无可把握的悲哀，还能怎样呢？

> 我也知道补过的方法的：送他风筝，赞成他放，劝他放，我和他一同放。我们嚷着，跑着，笑着。——然而他其时已经和我一样，早已有了胡子了。

重读这一段，仔细体会字里行间"我"的心情，所述的种种行为除了体现"补过"的诚意之外，是不是也包含了自身同样无可挽回的失落？答案是显然的。由此，《风筝》中所体现的"大哥的自我"的复甦，既包含了"罪的自觉"，也包含了"失落的自觉"；而罪与失落均根源于无知，无知之幕阻隔了可能性的展开，不仅覆盖了二十年的过去，而且在"我"因觉悟寻求"补过"的当下，"小兄弟"的心灵仍然是一片"全然忘却，毫无怨恨"的未开垦的土地……"大哥的自我"的复甦，带给读者的是"现代中国最苦痛的灵魂"③ 之

---

① 洛根·史密斯语，见格罗斯编《牛津格言集》，王怡宁译，汉语大词典出版社1991年版，第339页。

② 康德："Sapere aude［要敢于认识］！要有勇气使用你自己的理智！这就是启蒙的格言。"李秋零主编：《康德著作全集》第8卷，中国人民大学出版社2010年版，第40页。

③ 参见王晓明《鲁迅：现代中国最苦痛的灵魂》，《潜流与漩涡——论二十世纪中国小说家的创作心理障碍》，中国社会科学出版社1991年版。

颤栗的景观。

而另一方面，不独形上的忧伤，实在界的严寒（也有物理的与心理的双重来源）又正在给予无穷的严威，我将如何将息，实在是巨大的考验。关于这一方面，拙作《增删之际的隐微——试论〈风筝〉的改写》论之甚详，在此不赘。不过拙作讨论《风筝》对《自言自语·我的兄弟》的改写，没有讨论到"我"觉悟之后向小兄弟寻求原谅的细节的异同，在此略作补充。《我的兄弟》中说：

> 我后来悟到我的错处。我的兄弟却将我这错处全忘了，他总是很要好的叫我"哥哥"。
> 我很抱歉，将这事说给他听，他却连影子都记不起了。他仍是很要好的叫我"哥哥"。
> 阿！我的兄弟。你没有记得我的错处，我能请你原谅么？
> 然而还是请你原谅罢！①

相比之下，《风筝》中值得注意的不仅是一笔带过的小兄弟的反应："'有过这样的事么？'他惊异地笑着说，就像旁听着别人的故事一样。他什么也不记得了。"更有"我"百般诚恳地寻求"补过"的情节，"送他风筝"和"去讨他的宽恕"。孙绍振先生认为，二者区别的关键所在是亲情与隔膜②，这是非常敏锐的观察。《我的兄弟》中的叙说是亲昵的协商，相互之间在感情上没有任何隔阂感，心意的交流不存在任何障碍，因此无须多想，不用多说；《风筝》中却是思前想后，百般忖度，大有《求乞者》中"我想着我将用什么方法求乞：发声，用怎样声调？装哑，用怎样手势？……"③的犹豫彷徨、凄恻惨怛之感。为何会有这种区别，不能仅仅从写作手法上去看，而应注意到明显有创作情境的差异在起作用。《我的兄弟》写于1919年，在作者的实际生活中正是兄弟怡怡、你侬我侬的并肩开创新生活的时刻；而《风筝》作于1925年春节，正是兄弟关系由失和到破裂再到彻底陷入冰冻的时刻。也就是说，《风筝》是写于鲁迅

---

① 鲁迅：《自言自语》，《鲁迅全集》第8卷，人民文学出版社1991年版，第96页。
② 孙绍振：《〈风筝〉：亲情的隔膜与爱的错位》，《孙绍振解读经典散文》，中华书局2015年版，第205页。
③ 鲁迅：《求乞者》，《鲁迅全集》第2卷，人民文学出版社1991年版，第167—168页。

与周作人兄弟之间关系经历了由出现裂痕（1923年7月19日鲁迅日记："上午启孟自持信来，后邀欲问之，不至。"① 此即通常所说的"兄弟失和"的时刻）到公开破裂（1924年6月11日鲁迅日记："下午往八道湾宅取书及什器，比进西厢，启孟及其妻突出骂詈殴打，又以电话招重久及张凤举、徐耀辰来，其妻向之述我罪状，多秽语，凡捏造未圆处，则启孟救正之，然终取书、器而出。"②）到完全不可挽回（1925年春节的体认）的完整过程之后。两篇作品各自对不同处境中的兄弟间互动关系的想象和书写，呈现出的面貌之不同，在这个细节的处理上可以说得到了淋漓尽致的体现。而《风筝》中所包含的主人公和作者的内心的苦痛，由此也得到了更充分的体现。

总结来说，《风筝》所述，实在是双重失落之下的深重而无可告语的悲哀和苦痛，姑借演绎出之，然而愈演愈悲，以至作品不得不结束在无尽的寒栗之中：

> 现在，故乡的春天又在这异地的空中了，既给我久经逝去的儿时的回忆，而一并也带着无可把握的悲哀。我倒不如躲到肃杀的严冬中去罢，——但是，四面又明明是严冬，正给我非常的寒威和冷气。

由此，《风筝》所讲述的，是一个因曾努力做大哥犯下无知的罪恶，在悔恨和痛苦中觉悟到无知之幕造成人生成长的不可挽回的可能性的丧失，从而更加痛苦悲哀的故事。这种痛苦悲哀在《风筝》中几乎是没有出口、不可解决的，唯有承担，自食其心，在时间的无涯的荒野里"只得走"③，至于无尽的尽头，"待我成尘时，你将见我的微笑！"④ 整部《野草》都充满了悲哀的基调，《风筝》之后的系列噩梦记录更是惨苦，不是没有道理的。当然《野草》全书的促成因素是多方面的，内外交迫下的个人情绪和心境造成了一个方向上的心理和精神压抑，难于自我摆脱、提振之下，外来的积极性

---

① 鲁迅：《日记》，《鲁迅全集》第14卷，人民文学出版社1991年版，第460页。
② 鲁迅：《日记》，《鲁迅全集》第14卷，人民文学出版社1991年版，第500—501页。
③ 鲁迅：《过客》，《鲁迅全集》第2卷，人民文学出版社1991年版，第194页。
④ 鲁迅：《墓碣文》，《鲁迅全集》第2卷，人民文学出版社1991年版，第203页。

因素会成为解放的力量。《过客》讨论了这种情况，文本中的答案是拒绝一切好意和布施，因为好意和布施是纯粹外在的，难以走进内心，成为患难与共的心灵事件。幸运的是，在作者生活的实在界，许广平成为一条光，扮演了照亮《野草》的黑暗世界的积极力量。《野草》从"七个梦"的深重压迫中挣脱出来，爱的召唤和温暖是明显的作用因素。这是就《野草》的内部结构和内部思想感情的自足性而言。回到做大哥的议题，由于《野草》中仅有《风筝》一篇处理这个议题，《风筝》所留下的没有出口的做大哥的挫败感在《野草》中是没有获得解决的，这个出口需要向《野草》之外去寻找，那就是《彷徨》尾部的小说《弟兄》。[①]《弟兄》为怎样做大哥，或更进一步，怎样做兄弟，提供了一个虽不能说多么理想，却要可行得多的替代方案，那就是：首先做自己。换言之，做人先于或高于做兄弟，成就/承担自己先于兄弟恰恰。到这一步，在做大哥这个议题上，鲁迅就彻底解构了传统伦理秩序，并通过自己的作品，奠定和示范了新伦理的基础。就此来说，最终这位大哥做得还是相当地道的。而《风筝》所体现的鲁迅文学对深度内心的探查和表达，也在"编撰现代性"之外，为中国新文学的后续发展开出了新的可能性。

2021 年 11 月 4 日[②]

（原载《文艺争鸣》2021 年第 11 期）

[①] 有论者认为《伤逝》也是处理兄弟关系的作品，其说虽自周作人首倡以来代有附和，恕难苟同。近议可参商昌宝《为何说〈伤逝〉是哀悼兄弟恩情的小说》，《广州大学学报》（社会科学版）2021 年第 2 期。

[②] 本题曾得益于 2019 年 6 月 25 日在温州大学人文学院、2019 年 11 月 29 日在中山大学中文系、2020 年 4 月 30 日在河南大学文学院、2020 年 6 月 10 日在中南大学文学与新闻传播学院等的历次演讲，谨此致谢。

"这一个讲堂中"的"电影"
——观看之道与鲁迅的"弃医从文"

姜异新

引言 何以"幻灯片"

首先,让我们综合现有史料与文本,归纳一下,鲁迅在仙台都看到了什么?他看见陌生的先生,研究室的人骨及单独头骨标本①、解剖室的尸体、对其不敢下刀的年青女尸和婴幼孩尸体②,也看到了活生生的俄国战俘;他看见有3名同班同学应征报名到日俄战争的前线——中国东北,也看到了临床教学医院里不断增加的伤病员;他看见人山人海的祝捷大会,自己的房东作为领队,率领仙台居民喊出"万岁"的呼声,也看到了1905届仙台医专超半数的毕业生选择去做军医;③ 他看见学生会干事借用医学笔记时伪装的笑脸,也看到了以"你改悔罢!"开头的莫名其妙的长信④;他看见德国制造的最先进的幻灯机⑤里映出放大后清晰的细菌形状,也看到了画片上的日本将士如何"英勇作战"⑥;他看见中国俄探被日军残忍处决,也

---

① 鲁迅:《朝花夕拾·藤野先生》,《鲁迅全集》第2卷,人民文学出版社2005年版,第314—315页。
② 许寿裳:《亡友鲁迅印象记》,马会芹编《挚友的怀念——许寿裳忆鲁迅》,河北教育出版社2001年版,第10—11页。
③ [日]渡边襄:《鲁迅与仙台》,鲁迅·日本东北大学留学百周年史编辑委员会编《鲁迅与仙台》,解泽春译,中国大百科全书出版社2005年版,第56页。
④ 鲁迅:《朝花夕拾·藤野先生》,《鲁迅全集》第2卷,第316页。
⑤ 现代汉语外来词大部分来自日语。与本题相关的来自日语的新语汇有:幻灯、版画、演说、讲义、艺术、杂志、医学、警察、舞台、剧场、展览会、博览会、欢送、斗争、观念、图案、导师、解剖、旗手、奸细、侦探、处刑、执行、偶然、干事、资本、意识形态、爱国,等等。
⑥ 以上参见[日]渡边襄《鲁迅与仙台》。

看到了围观的中国人麻木的神情……①

然而，出现在《呐喊·自序》《藤野先生》及相关鲁迅自传里的却只有"电影"②，尽管那张中国俄探被日军处死的幻灯片至今并没有找到③。为什么鲁迅选择的"弃医从文"的导火索，是"电影"，而不是别的？观看"电影"与浏览新闻图片展，目睹仙台浓厚的庆祝战争胜利的场面，瞥见被关押的俄国战俘，注目同班日本同学报名参战，这一切观看所带来的个体体验有何不同？它们之间又有什么必然的内在关联？或者说，在"弃医从文"的背面，没有被直接呈现的历史以及鲁迅的精神图景是怎样的？

让我们再回顾一下鲁迅在国内的成长岁月，他看到的是什么？《山海经》里印的虽然粗拙却还耐看的"刑天舞干戚"的绘图④；床前贴着的"八戒招赘""老鼠成亲"的花纸⑤；百草园里肥胖的黄

---

① 鲁迅在《呐喊·自序》《藤野先生》《俄文译本〈阿Q正传〉序及著者自叙传略》《鲁迅自传》四个文本中均有叙述。
② 鲁迅所言"电影"有幻灯片和纪录影片两种可能。
③ 1965年东北大学医学部细菌学教室的石田名香雄博士在整理房间时发现的鲁迅就读时期所使用的幻灯机和15枚反映日俄战争的时事幻灯片，内容是从1904年5月到7月间拍摄的战争题材。原来是20张一套，现在缺少第2、4、5、12、16张。是东京市浅草区并木町的鹤渊幻灯铺制造、出售的。有这家公司的广告报上刊登有，"出售俄国电影第2部15张，第4部20张，第7部30张，第8部30张"等。这里的"电影"指的是幻灯片。可以看出日俄战争时局的幻灯胶片有好几种。（《河北新报》1905年1月6日）。见〔日〕渡边襄《鲁迅与仙台》。1980年第3期《社会科学战线》发表隗芾的《关于鲁迅弃医学文时所见之画片》，介绍了一张"刊载于日本大正元年（公元1912年）11月2日印制的《满山辽水画册》"的照片；王保林在《介绍一张与"幻灯事件"有密切关系的照片》（《鲁迅研究动态》1987年第9期）一文中推测鲁迅看过的幻灯是根据这张照片绘制的。1983年第4期《西北大学学报》发表了日本同志社大学教授太田进的文章《关于鲁迅的所谓"幻灯事件"——介绍一张照片》，同时公布了他收藏的一张照片。王锡荣在《关于"幻灯事件"的"诗"与真实问题——兼谈我遗失的一份文献》（《上海鲁迅研究》2007夏）一文中提到他在一本韩国文书籍里看到过同样的幻灯片系列里有俄探奸细之斩首的照片，但是具体出处记不清了。廖久明意欲重新树立中国大陆学者对"幻灯片事件"真实性的信心，认为俄探奸细之斩首的新闻图片完全可以在一年的时间内被制作成幻灯片（《幻灯片事件之我见》，《鲁迅研究月刊》2014年第11期）。日本学者铃木正夫在《促使鲁迅弃医从文的照片为三船敏郎之父所摄——对鲁迅文学转向的再探讨》（赵陕君译，《中国现代文学研究丛刊》2020年第1期）一文中认为俄探奸细之斩首图片说明为1905年3月20日，并非发表时间，也不一定制作成幻灯，并推测出该照片可靠的摄影师。
④ 鲁迅：《朝花夕拾·阿长与山海经》，《鲁迅全集》第2卷，第255页。
⑤ 鲁迅：《朝花夕拾·狗·猫·鼠》，《鲁迅全集》第2卷，第243页。

蜂、轻捷的叫天子①；社戏舞台上踱来踱去唱不完的老旦②；当铺老板侮蔑的眼神③；亲戚们面对"乞食者"④的脸色；父亲的喘气至咽气⑤，最需要一点忍耐力的恐怕还有就读江南陆师学堂附设矿务铁路学堂时，到青龙山走下去的黑漆漆的矿洞，面对"鬼一般工作着"的矿工。⑥

与现代战争比起来，国内所看到的一切，即便是"世人的真面目"，也是和平主调下的世态炎凉、生老病死。换言之，对于鲁迅的成长历程来讲，伴随着科学知识的获取同步而来的是科学毁灭性的面向。正像电影既可以传授科学真理，也可以传播意识形态。传统观看方式并没有使鲁迅做出决绝的人生道路选择。不对，应该这样说，鲁迅的叙事经纬里没有选择传统观看方式来铺垫他的"弃医从文"，而"幻灯片"——最先进的科学教学方法，以进入中国现代文学不可阻挡之势，深深震撼了叙事者与读者的双重心灵。

因而，何以"幻灯片"？是一个仙台鲁迅之问，也是中国现代文学之问。对此问题，先行研究已经持续了近60年，大致可并分为实证⑦、虚构⑧、无论幻灯片有无的开放性文本⑨三大类，并由此产生

---

① 鲁迅：《朝花夕拾·从百草园到三味书屋》，《鲁迅全集》第2卷，第287页。
② 鲁迅：《呐喊·社戏》，《鲁迅全集》第1卷，第594页。
③ 鲁迅：《呐喊·自序》，《鲁迅全集》第1卷，第437页。
④ 鲁迅：《集外集·俄文译本〈阿Q正传〉序及著者自叙传略》，《鲁迅全集》第7卷，第85页；《集外集拾遗补编·鲁迅自传》，《鲁迅全集》第8卷，第342页。
⑤ 鲁迅：《朝花夕拾·父亲的病》，《鲁迅全集》第2卷，第297—299页。
⑥ 鲁迅：《朝花夕拾·琐记》，《鲁迅全集》第2卷，第307页。
⑦ 山上正义采访鲁迅时，曾问起其是否真实，鲁迅回答："大体上就那么回事吧"。实证派学者参照前注中寻找幻灯片的中日学者。
⑧ 通过实证研究中找不到鲁迅看到幻灯片的直接证据，让一部分学者推导出鲁迅的书写是虚构的结论。王德威认为这是一桩"无头公案"，幻灯经验很可能是杜撰（王德威：《想象中国的方法——历史小说叙事》，生活·读书·新知三联书店1998年版，第136页）。李欧梵甚至认为《呐喊·自序》也是小说［李欧梵、罗岗：《视觉文化·历史记忆·中国经验（代序）》，罗岗、顾铮：《视觉文化读本》，广西师范大学出版社2003年版，第12页］；最具有代表性的论文是日本"东北大学鲁迅研究课题组"负责人大村泉教授的《鲁迅的〈藤野先生〉是"回忆性散文"还是小说》，该文在纪念鲁迅逝世七十周年国际学术讨论会上引起了强烈反响（绍兴文理学院等编：《鲁迅：跨文化对话：纪念鲁迅逝世七十周年国际学术讨论会论文集》，大象出版社2006年版）。日本佛教大学文学部教授吉田富夫认为《藤野先生》"叫作'创作'也并非言过其实"（［日］吉田富夫：《周树人的选择——"幻灯事件"前后》，李冬木译，《鲁迅研究月刊》2006年第2期）。
⑨ 竹内好最早质疑"幻灯片事件"与"弃医从文"的因果关系，但没有穷究事实真相，而是将研究重心放在对鲁迅文学自觉的探索上。参见［日］竹内好《鲁迅》，（转下页）

了"幻灯片事件"("幻灯事件")这一称谓①。我更倾向于将其放在鲁迅回忆天平上的事实与诗之间衡量，思考的延伸是对此该基于什么样的角度发问，而不是非此即彼的选择性疑问句②。具体说来，我将由"所是：无意外的历史本事""所观：文本内景中的经典意外""所述：内在注视与文学话语的错位"三个方面展开论述与辨析。

一　所是：无意外的历史本事

因看到日俄战争中中国俄探被处死而受到心灵震撼，从而由仙台弃医回到东京从事文艺运动，这是基于历史本事与鲁迅的个人真实经历而来的问题缘起。

幻灯教学是20世纪初年日本最新式的教学法，1903年文部大臣到仙台视察教育时，仙台医专首先被视察的工作便是幻灯教学。讲授细菌学的中川爱咲教授曾经留学德国，当他回国后建议学校从德国购买幻灯机时，因价格昂贵而引起财务人员的不满，而中川教授宁肯以扣除自己部分工资的方式补充经费也坚持购买。鲁迅自1906

（接上页）李心峰译，浙江文艺出版社1986年版。另有［日］新岛淳良《〈藤野先生〉——其诗与事实》，左自鸣译，广西师范学院外语系编：《文学评论译文集》，广西师范学院印刷厂印1985年版，第34页；唐弢《鲁迅传——一个伟大的悲剧的灵魂》，《鲁迅研究月刊》1992年第8期；阿部兼也在《关于藤野教授对鲁迅解剖学笔记的批改》一文中认为当时的仙台乃至日本全国，有关战况的报道家喻户晓，枪杀、斩首的画面随处可见。即使是弄清了事实的真伪，也无关大局。鲁迅的记述，还是真实地反映了当时日俄战争气氛下的社会状况。抛开幻灯片是否存在转而深入探究鲁迅精神世界的研究，不纠结于真实与虚构，同时也体现出对于"虚构"的理解不一。对此，潘世圣即注意到中日研究者除了事实认定以外的分歧，背后还潜藏着两国在文学文化观念以及思维逻辑上的差异（《事实·虚构·叙述——〈藤野先生〉阅读与日本的文化观念》，《华东师范大学学报》2011年第1期）。关于这一学术链条的成果在后续论证中会有针对性的征引，兹不一一列举。

①　［美］张历君在《时间的政治——论鲁迅杂文中的"技术化观视"及其"教导姿态"》一文中认为鲁迅当时正被大量与"日俄战争"相关的摄影形象所包围是不可否认的事实，因之将鲁迅对"幻灯片事件"的"记述"视作对这一状况的"文学描述"。本文仍从这一意义上采纳"幻灯片事件"这一称谓，作为分析鲁迅写作中的摄影形象领域的起点。参见罗岗、顾铮《视觉文化读本》，第284页。

②　60年来，围绕"幻灯片事件"的发问主要有以下六个问题：（1）鲁迅看的究竟是"电影"还是"画片"？（2）当时课堂上教的究竟是"微生物"还是"霉菌学"？（3）鲁迅究竟看到了什么——他所说的画面究竟是否存在？（4）画面中杀人的手段究竟是"砍头"（被斩）还是"枪毙"？（5）整个事件究竟是虚构的故事或"诗"还是真实的历史？（6）鲁迅"弃医从文"的真实原因究竟是什么？前五个问题的预设都是非此即彼，而且这些问题对于进入鲁迅文学的原点均无关紧要。

年1月仙台医专第二学年第二学期开始修细菌课,中川教授的确在课堂上播放了"电影"画片。然而,俄探斩首的那一张至今并未找到,据合逻辑的推演,应该也不会包含在当时遗留下来的20张彩色画作的幻灯片当中。幻灯片对于鲁迅的冲击力远远大于对其他观者。据鲁迅当时的同学铃木逸太回忆:幻灯的解说由中川教授亲自进行,也许有中国人被日军杀死的场面。在上映的幻灯中,好像有喊万岁的场面。学生大体是静静地看着。后来才听说这件事成了周树人退学的理由,当时周树人却没有说过这件事。① 作为回忆,上述说法也只能是一种不可靠的佐证。

需要强调的是,日俄战争的时局本身并不是仙台医专细菌学课堂上的一个意外。这一点无论是从战前、战中还是战后,作为个体鲁迅的真实体验和反应来讲,都可以充分证明。早在1902年4月,鲁迅初抵东京时期,中国已病,列强环伺,留日学界舆情愤懑,革命思潮汹涌激荡。由留日学生组成的拒俄义勇队致函袁世凯,要求奔赴中国东北前线,抵御外侮,义愤之情溢于言表。《浙江潮》"留学界记事"栏全文刊载了此函。在而后以日本陆军士官学校学生为首改组的学生军队伍名单中,可见许寿裳分在乙区二分队、黄兴分在乙区三分队②。一时间,留日学生制服竟似成了革命军制服。以秋瑾为代表的激进女学生更深感无面目在日本留学。鲁迅并没有同好友许寿裳一起签字报名参加拒俄义勇队,而是在革命思潮一日千里的情势下,远离废学忘食、唱言革命的东京中国留学生群体,独自到偏远的仙台医专就读,可见其属于既已负笈东渡,更当沉心研学的少数派。据统计,1901—1911年在日本23所医校留学的中国医学生中,1905年在籍的仅有3人③,周树人当为其中之一。1903年7月,日俄开战前夕的气氛已相当浓郁,开战论如同雪崩一般,鲁迅必看的《东京朝日新闻》成为主战论的阵地。与此同时,他站在被压迫民族的立场上尽量客观地观察日本及日本人,也尽最大努力通过阅读日译俄国文学作品去深入了解俄罗斯。④

---

① [日]渡边襄:《鲁迅与仙台》,第71—72页。
② 黄福庆:《清末留日学生》,"中研院"近代史研究所2010年版,第184页。
③ [日]实藤惠秀:《中国人留学日本史》,谭汝谦、林启彦译,生活·读书·新知三联书店1983年版,第113页。
④ 姜异新:《"百来篇外国作品"寻绎——留日生周树人文学阅读视域下的"文之觉"(上)》,《鲁迅研究月刊》2020年第1期。

日俄于 1904 年 2 月开战，鲁迅向仙台医专提出入学申请则在三个月之后，而告别了文艺之都东京来到的恰是日本的军都——距离俄国最近，同时日俄战争氛围也最浓厚的仙台。弘文学院毕业选择专业学校时，鲁迅对此是有所了解和心理准备的，乃至抱持着对很可能成为"列强"日本的高度警惕。① 宫城县首府仙台拥有 2 万户、10 万人口，承担了 1 万名士兵应征入伍的任务。这里以仙台市兵事义会为中心，经常举行出征士兵欢送会、祝捷会等活动，并建立救助出征士兵家属组织，形成了体现明治日本自上而下、国民皆兵的战争推进体制。对日本人来说，日俄战争意味着每个家庭要出一名成员参战。整个战争期间，仙台出兵 1508 人，战死 105 人，伤病千余人。② 仙台居民对此引以为豪，一直沉浸于日军在中国东北战场节节胜利的欢庆氛围中。1905 年 1 月 5 日，旅顺陷落，仙台停车场前举行欢庆大会，15000 多名市民参加，会场上悬挂着国旗彩旗，乐队演奏，鸣放烟花爆竹，以爱宕山山上的烟火为信号，走出家门的市民们鸣钟击鼓，高呼万岁。像这样举城欢庆的场面仙台先后有五次，而鲁迅来到后便遇到了四次，置身浸润，深入体察到维新以来日本的国民效忠和强兵精神。同时，一批批俄军俘虏被送到仙台，起初被收容在片平丁的监狱署，医专的学生们随时可以看到他们。③

　　仙台医专受到的战争影响更是非同一般，鲁迅入学后，全校先后有 5 名教师、1 名职员、5 名学生应征奔赴前线。随着战况的进展，伤病员增多，仙台医专的临床教学医院即市内东三番丁的宫城医院，从 1904 年 12 月起，便要求医专教师和四年级学生前去帮忙。1905 年 5 月日本海海战胜利，仙台医专独自举行了祝捷大会，之后医专师生又参加了市民大会。"救人的医学维新者，竟也对杀人的战争屠戮高呼'万岁'"，置身于景观之中的鲁迅，心中况味，不难推想。学生们并建议学校提前考试。6 月 1 日起，一年级新生周树人与

---

① 鲁迅曾经警告同伴们说，日本野心勃勃，近邻又对中国的弱点了如指掌，若是日本战胜沙俄独霸东亚，则事态就会很严重，中国将要遭大殃。他批评蔡元培在上海创办的报纸《俄事警闻》"袒日而抑俄"，并请沈瓞民转告蔡元培三点意见："（一）持论不可袒日；（二）不可以'同文同种'、口是心非的论调，欺骗国人；（三）要劝国人对国际时事认真研究。"沈瓞民：《回忆鲁迅早年在弘文学院的片断》，《鲁迅回忆录》（第一集），上海文艺出版社 1977 年版。

② 《鲁迅在仙台的记录》，日本平凡社 1978 年版。

③ ［日］渡边襄：《鲁迅与仙台》，第 71—72 页。

同学们一起换上夏季校服，21日走进考场，连续考了6天后，两个月的暑期长假到来了。这一年仙台医专有57名学生毕业，34名当了军医，军医占毕业生的60%。①

作为国内军校毕业生，鲁迅曾如是追述学医选择的理想——"战争时候便去当军医"，然而，万分尴尬的是，假如做了军医他将去救治谁呢？试问，彼时的"清国"有实力抵抗乃至仅仅是承受一场现代战争吗？可以说，从东京开往仙台的火车启动的那一刻起，鲁迅就直接步入了日俄战争的场域，走进了帝国视域下巨大的幻灯片当中。即便没有"常常随喜我那同学们的拍手和喝采"②，在仙台人山人海的战争欢庆氛围中，作为个体的周树人也不得不为之裹挟，沉默即等于随喜。如果说，在东京期间，这样的氛围尚可以"躲进小楼成一统"，将之虚化于共同的时代背景中，而仙台，特别是仙台医专——与救人③直接相关的专业学校，甚至教学医院成为日俄战争的后方医院——主体则不能不置身其中，成为时局幻灯片本身。"幻灯片事件"因之成为一个隐喻。拍手的日本学生恰似照片里站在战俘后面层层包围着的日本兵，沉浸于此战争氛围的中国留学生周树人成为被迫观看杀戮国人的旁观者。日俄战争行进中的仙台医专，为鲁迅近距离地靠近俄国，提供了一个具体化的现实场景。这比阅读俄国文学更多了一份独特的生命体验。这也同时意味着，如果鲁迅当初选择去金泽、千叶、冈山、长崎等地的医专学校④就读，并不一定会辍学，此乃仙台的独特性使然。

还需要特别指出的是，日俄战争的时间跨度是1904年2月8日至1905年9月5日，鲁迅离开仙台则是1906年3月，所看到的如果是幻灯画片，已经不是"正当日俄战争时候"⑤的时局新闻，而是刚刚过去的历史。战争结束时，鲁迅正从度过第一个漫长暑假的东京重返仙台，其间亲见中国同盟会成立，而后开始第二学年以解剖学为主的医学学业。也就是说，正是在日军继甲午海战后第二次获

---

① ［日］渡边襄：《鲁迅与仙台》，第71—72页。
② 鲁迅：《呐喊·自序》，《鲁迅全集》第1卷，第438页。
③ 1930年9月1日鲁迅《题赠冯蕙熹》"杀人有将，救人为医。杀了大半，救其孑遗。小补之哉，乌呼噫嘻！"
④ 1901年作为日本近代西洋医学的教育机关刚刚成立的、从旧制高中的医学部分离出来的医学专门学校只有这5所。［日］渡边襄：《鲁迅与仙台》，第44页。
⑤ 鲁迅：《呐喊·自序》，《鲁迅全集》第1卷，第438页。

胜，"军国热"高涨的巅峰时刻遭遇细菌学讲堂上的幻灯教学。

由此可见，无论战前、战中还是战后，身在日本的鲁迅全面把握日俄战争时局，在讲堂上看到的"电影"之外，早已通过各种形式观看了很多，哪怕是被强加的。民族屈辱感远非讲堂上的"顿悟"，或"震惊"。①

二 所观：文本内景中的经典意外

如果从视觉文化特点入手考量，鲁迅看到的到底是幻灯片、纪录影片，还是新闻图片展览，这个问题显然不可等而视之。李欧梵曾经提出过这一问题，然而对此没有展开论述②。

幻灯片是静默的，瞬间闪回的序列播放；纪录影片是有主导性话语解说的动态电影；新闻图片报道或展览则没有声音和连续性动作，更不会有欢呼回应的场景。事实已证明，当时鲁迅的周边不乏各类有关俄探斩首这样视觉冲击力非常强的新闻照片与报道。照相机发明于1839年，电影1886年被介绍到中国，纪录片则出现于1900年。日俄战争中，除日本、俄国之外，法国、英国、美国的随军记者和摄影师，摄制了大量的纪录影片，竞相报道战况。仙台曾多次举办与之相关的摄影展。据《仙台电影大全集》记载，1897年春仙台开始公开"活动照相"，即无声电影。1909年7月设立常设馆。日俄战争的时局幻灯上映会是1904年7月，仙台只有一次（《东北新闻》1904年7月30日）。纪录影片的上映是在开战之后的4月，最初在森德，然后是市内剧场，在鲁迅留学期间曾经举行过几次。③ 日本学者阿部兼也即推断，鲁迅很有可能是在教室之外的场所

---

① 韩琛：《入戏的观众：鲁迅与现代东亚新视界》，《中国现代文学研究丛刊》2014年第5期。
② [美]李欧梵、罗岗：《视觉文化·历史记忆·中国经验（代序）》，罗岗、顾铮编《视觉文化读本》，第11—12页。
③ [日]渡边襄：《鲁迅与仙台》，第76页。新岛淳良：《关于鲁迅的幻灯事件》，刘柏青、张连第、王鸿珠主编《日本学者中国文学研究译丛》（第二辑），吉林教育出版社1990年版，第175—190页。依据当时鲁迅的生活情况和他对该事件的描述，认为电影应按字面解作电影而非幻灯片。他说，当时，鲁迅是仙台市的"森德座"常客，在那里，鲁迅的同班同学铃木逸太往往一看到鲁迅出现，就与学友耳语道："喂，周来了！"森德座常常上映一些日俄战争的新闻电影，并且还上映各种与战争有关的活动画片和木偶片。1905年1月自22日开始的一周，森德座更召开了"日俄战争影会"。他并推测道，鲁迅自小爱看戏，而当时鲁迅领得的生活费远超同班同学，足够支出他每天到剧场看戏，因此，鲁迅很可能看过与日俄战争有关的新闻电影或活动画片。因此，新岛认为，（转下页）

看到了中国俄探的行刑场面。① 在我看来,甚至也很有可能是鲁迅在暑假回到东京时所看到的,乃至还有回国探亲目睹听闻各类有关日俄战争的新闻消息,包括邹容牺牲狱中。无论如何,1905年夏季对于留日生来讲,是最令人难以忘怀的悲愤的夏季。

然而,鲁迅为何独独选择了细菌学教室的幻灯片教学这样一个课堂情境来烘托他的"弃医从文"呢?具体来讲,鲁迅为什么没有把它设计成如下情境:孤零零的中国留学生,独自一人在阅览室翻阅到俄探斩首的照片,悲愤交加,茕茕独行于樱小路,暗下决心,弃医从文……鲁迅没有这样写,而是选择了有日本学生欢呼的课堂,选择了播放"电影"的视觉叙述。对这一问题,或许从文学话语的特性进入才是阐释的有效路径。

在各种具体的观看中,观者的主体性是不一的。如果是在阅读报纸新闻,阅读行为可以随意中断;如果是在参观展览,可以自主选择参观路线与感兴趣的展品,尽管有说明导引,对于不认同的展示也可以略去不看。那么,活动电影呢?又分两种,如果是幻灯片,观者被固定于组合在一起的图片顺序中,静态图像成组连续地出现,貌似呈现出一种活动趋势,现场还会配有人工解说。受众在序列化观看中,努力去理解幻灯片所释出的动态"信息",逐渐习惯于简化历史的图像阐释模式、不可逆转的意见陈述,主体性因之相对减弱。而如果是纪录片,传播技术升级,"静态影像"流转为"活动影像"。为了主导观者的思维和渲染气氛,还能配上临场感般的解说乃至音效。这时,随着视觉技术的强化,同样的图像比在报纸和展览中更加显示出魔力,"毋庸置疑"地向观者传递权威信息,使之逐渐略去独立思考的过程,而习惯于直接去"理解"。面对纪录片,一般观众

(接上页)鲁迅在叙述幻灯片事件时,混淆了课堂和剧场的记忆,而鲁迅所说的电影或新闻画片有可能是新闻电影而非幻灯片。

① 1933年5月,时任《东亚日报》上海特派员的申彦俊对鲁迅进行采访并写成如下报道,登载于《新东亚》1934年4月号上。"(矿物学堂)毕业后的我,怀着中国在人种改良,人种变强之后就能成为强国的想法,去日本学习医学。那时,我还认为日本明治维新始于医学。但是,两年后,在某种活动照相中,看到了中国人当作间谍的一员而被枪杀的场面,我就想要提倡新文艺,让中国在精神上复活,于是放弃医学,开始一边研究文艺一边写小说。""活动照相"即无声电影。([日]阿部兼也:《以申彦俊〈鲁迅访问记〉为中心——从"人种强化"走向医学,从处决俄探的"活动照相"走向文学》,《季刊中国》第57号,1999年夏季号);渡边襄则指出申彦俊引人注目地具体谈到了鲁迅说是在市内的电影院所放映的新闻影片中看到的。([日]渡边襄:《鲁迅与仙台》,第70页。)

很难不被对方的主导代入。然而，即便纪录片有如此难以让人抗拒的魔力——观众误以为自己就是历史或时局的见证者，而实际上只是观众而已——仍然可再分为两种主体状态。一种是独自观影，观众可以选择中途退场，以显示主体性；另一种是集体观看，中间很难做出超群的独异反应，特别是将这种集体观看置于讲堂之上，危险则是致命的，主体性几乎完全丧失。因为，讲堂具备影片、观众、互动三要素，不仅有类似剧场效应，① 更可借助于教育的权威性，使观者完全处于只能接受的被动地位。由于学生是不能随意离开课堂的，即便是课堂间隙的几分钟，由于大多数人不会放过这样的求知时刻，必要的瞬间离开也会迅速归位，成为集体观看中的一员，因而，选择此种情境播放日俄战争的时局影片，就成了不得不看，不得不接受。鲁迅便如此于文本中高密度地集中呈现了帝国意识形态符号，让人不难体察明治日本的帝国迷梦如何以鲜明的意图，运用最先进的科技手段加以彰显与渗透。这样的叙述内涵了太多的潜台词，不能不说具有非常强的诗学力量。"在阅览室里看到一张或几张新闻图片，静态、孤立、平面，无法高度集中地来展现"几个层面的意义。② 只能采用直接描述、心理独白，或者直抒胸臆的传统表现手法，而"一篇一个新样式"的作家鲁迅会满足于如此单一地表达自我吗？特别是在第一部小说集《呐喊》出版之际。

讲堂关联着意识形态最鲜明的符号——教科书；幻灯机作为当时最先进的教学仪器，是现代科学的象征，恰兴起于帝国势力大肆扩张之际；电影意味着工业革命后的大众文化，是具有高度情感潜能的，能够被深刻映入想象和回忆的表演图像，而历史纪录影片的魔力，尤其在于以图像扭转历史时空，与其重叠，将其封闭。以拉康观点一言以蔽之："在视觉这方面，一切都是陷阱。"

幸亏，教室里还有一个由前现代位移至现代的"我"尚在觉醒中，能够识破这一切话语霸权，拒绝与之共同赏鉴，尽管当时已陷入"无论辩白与否，都已经是屈辱"的尴尬境地。这样的集体观看

---

① 在1922年12月3日写作《呐喊·自序》之前一周，鲁迅刚刚有过一次观剧经历。即11月26日陪同苏俄盲诗人爱罗先珂观看燕京女校学生在协和医院礼堂演出的莎士比亚的《无风起浪》。三天后，即12月29日爱罗先珂写下《观北京大学学生演剧和燕京女校学生演剧的记》一文，鲁迅译后刊发于1923年1月6日《晨报副刊》。

② 罗义华：《"幻灯片事件"与精神胜利法——从一个新发现的旁证出发》，《鲁迅研究月刊》2018年第11期。

场域内振动着的每一分子仿佛都在宣告——你看到的就是真的,从而由"就像我当时在场一样"产生"我当时的确是这样"的幻象,将游离于"集体荣光时刻"的"我"逼到无地自容。

这也是为何提起"弃医从文",更容易让人想到《呐喊·自序》《藤野先生》,几乎不会想到其他鲁迅自传的原因。上述接受美学效应,恰恰证明了,《呐喊·自序》《藤野先生》里的"幻灯片事件"叙述更具有文学话语的特性,而且运用了视觉占领认知中心的科技与美学的双重冲击力,其他鲁迅自传则仅仅是普通话语的讲述。

在文学话语性最强的叙述文本中,"幻灯片事件"下的叙述主体,其内心景观如何呢?影像中暴力行径程度之深,给人重重一击,在毫无心理预备且尚无法克制内心情感的一刻,一种过激的情绪忽然令"我"认识到"我"是谁:在殖民者日本的被奴役者。而作者鲁迅的内在注视又是一种怎样的模式?质疑视觉表面的意义,穿透主观性、具象性抵达一种内在的、隐秘的、受权力主宰的现实。具体说来体现在以下两个方面:

一方面,幻灯片作为科学新进展呈现了文化表征下的深层意义。谁也不会否认,看的行为发生在现实的社会语境下,各种关系千丝万缕地交织在一起,构成一个错综复杂的视觉现场。以《满洲军中露探の斩首》①《俄探斩首》② 这两张新闻图片为例,在画片内部,中国战俘为日本兵主宰式的目光所掌控,成为被观看被审视的主体,视觉暴力是外显的;在画片外部,控制了画片视角的是国际新闻摄影师,视觉暴力是隐含的;而在仙台医专细菌学讲堂上对画片观看的观看中,则以日本师生为主体,唯一的中国留学生是被忽略的。正是上述观看者对中国战俘的目光所落之处,泄露了帝国立场的视觉规则。在"弃医从文"的文学性文本中,鲁迅将国民性话题置于更为整体的世界处境、现代性扩张的进路中去打开。这意味着,"清国"在世界上是任人杀戮、拍摄与哄笑的,而且是哑言的,现代中

---

① 《实记》第 108 号(1905 年 12 月 13 日号)以整版登载的凹版照片,并附有日文和英文标题、解说。"满洲土人中,有为俄军充当间谍将我军动向通告敌军者,抓住即处死。本图就是其中之一。"[日]渡边襄:《鲁迅与仙台》,第 74 页。

② 附有说明,"坑前的俄探被杀了,旁观者中有的士兵笑了(摄于 1905 年 3 月 20 日满洲开原城外)",据说,刊登于 12 月 11 日发行的照片集《满山辽水》上。画面上的俄探中国人被绑着,日本士兵挥舞着军刀,旁观者中有中国人。没有证据可以证明,鲁迅在仙台时这张照片已公开发表。[日]渡边襄:《鲁迅与仙台》,第 74 页。

国该如何去呐喊，如何表达和展演自身，成为鲁迅最为深入的反思。

另一方面，快速切换的新视觉技术下的暴力美学，对于鲁迅而言，已经不是屈辱感冲击力太强的问题，而是最大限度地激发了个体的文艺感受。换言之，尽管是被迫看到的幻灯片，却被其独特的呈现方式深深吸引了，那是一种前所未有的触及心灵的表现力，尽管幻灯在鲁迅写作《呐喊·自序》的 1922 年已经不再是新鲜事物。早在 1995 年，美国学者周蕾即认为，鲁迅的意外与震惊来自影像方式而非意外地看到了幻灯片，并指出技术化观视（the technologized visuality）即摄影技术的形象领域对于鲁迅的冲击。砍头的影像，是一种西方新兴视觉媒体的暴力叙述，体现了西方殖民者的嗜血本质，鲁迅用这样一次电影经验来解释他为何走上创作道路。亦即鲁迅是通过了观看电影才认识到他及其国民是在世界的关注下作为一种景观而存在的。而意外看到幻灯片的鲁迅经历在中国现代文学史上被一致性的误读，证明了视觉文化批评在中国文艺界的滞后乃至缺席。随着一次视觉遭遇催生中国现代文学之父，视觉性、镜头感也从此被代入 20 世纪中国文学的书写当中，成为其重要表征。① 二十多年来，在对周蕾这一研究成果的征引和批评中，鲜有从鲁迅自幼年时对于图画的喜爱，其内心深处所蕴藏的致力于现代美育的巨大潜能出发来展开学术对话。② 在我看来，恰恰是自幼年时代对于图像的特别兴趣，才促使鲁迅在日本时被电影深深吸引，或者说选择用这样的视觉经验来阐述"弃医从文"。直到 1930 年代倡导连环画这种大众艺术形式的时候，他还非常自信自己的前瞻眼光，认为用活动电影来展示（showing）而不是讲述（telling）的教学，将会收到意想不到的效果。③ 所以，"电影"作为核心要素出现在鲁迅的回忆文本

---

① ［美］周蕾：《视觉性、现代性与原始的激情》，罗岗、顾铮编《视觉文化读本》，第 261—262 页。

② 韩国学者全炯俊指出周蕾将静止的幻灯片（slide）与动态电影（film）通用为 film，没有对照分析二者的差异，其关于鲁迅视觉经验使之退回传统书写的论断构建了另一种鲁迅文学起源的新神话。而视觉媒介与病态国民性两个要素的结合才使得冲击效果达到最高值。（《幻灯片时间的诠释与翻译》，《汉语言研究》2013 年第 4 期）；许徐虽然没有提及周蕾的先行研究，但专门论述了鲁迅的图像启蒙，将"山海经"与"幻灯片"联系起来，认为二者是考察鲁迅图像观的两个"原型"事件（《从"山海经"到"幻灯片"：鲁迅图像观的发生——兼及"左翼图像学"的创构》，《文艺理论研究》2016 年第 2 期）。

③ 鲁迅：《南腔北调集·"连环图画"辩护》，《鲁迅全集》第 4 卷，第 457 页。

中，是叙述主体一次崭新美学体验的展示，一次对于传统美学视野的出离。特别是，鲁迅本身的回忆书写也非常像在播放影片，瞬间由拍手喝彩、俄探枭首切换到了"弃医从文"，迫不及待地分享视觉暴力经验，并由"据解说"顺带揭出五四"人的文学"的启蒙命题。这种闪回的语言策略构造了一种特有的并置空间中的认知逻辑，寓示着中国进入了景观社会。然而，周蕾只是在认同鲁迅说法的基础上以视觉文化理论分析文本，并没有结合其他史料，而且只是提到了视觉经验，没有阐释讲堂经验，且论证的是鲁迅文学创作的"起源"，非从事文艺运动的起源。更令人遗憾的是，其在二元对立的思维中将论点落脚到了鲁迅不得不回归文字书写的传统，无力涵盖电影和医学的技术来完成其后的从文。但众所周知，所谓的视觉震惊后，鲁迅并没有马上创作，且在1918年发表《狂人日记》之前便有参与开拓中国视觉艺术的实践，比如在教育部社会教育司策划举办了系列展览；1913年翻译日本心理学家上野阳一所作《艺术玩赏之教育》《社会教育与趣味》，详细阐述雕刻绘画、建筑居室、器物玩具、人体衣饰等美的艺术；写下了《拟播布美术意见书》等文章。事实证明，弃医后的鲁迅是倾心致力于视觉美育的。

需要强调的是，读者对于鲁迅"弃医从文"的决绝感受是通过阅读印刷技术传递的语言符号，透过字里行间独立思考"幻灯片事件"的叙述特质、写作纹理、语义学要素所得来的心灵经验，是对鲁迅所述视觉体验的再度图像化，而非如同鲁迅一般直接来自形象功能编排视觉图像所施加的不可抗拒的力量。正如周蕾所言，这样的叙述有意无意地吸收了电影视觉性留下的痕迹，如节略技术、剪辑和焦点化等，将影像美学要素融进了文字书写。也就是说，鲁迅用文字书写回放了一次日本医专讲堂上的视觉经验，来阐述一个中国留日医学生如何走上了治文学与美术的道路，从而精心构建了文本内景中的经典意外。

三 所述：内在注视与文学话语的错位

鲁迅在仙台的内在注视穿透媒介表象空间究竟看到的是什么？一言以蔽之，那就是扩张期日本在东亚的帝国野心与殖民企图，然而，鲁迅是如何表达他的所观的呢？众所周知的中国人麻木的神情。

如前所述，促使鲁迅"弃医从文"的并非日俄战争的开始，而是战争以日本胜利而结束。日本以东亚一个蕞尔小国战胜了欧洲庞然大物的俄国,国际地位骤然提高,不仅吞并了朝鲜,更意欲将俄国强占的满洲夺为己有,作为继续侵略中国的跳板。而鲁迅在战前便已敏锐地捕捉到了日本帝国之眼的霸权野心。"正是在日俄战争之时,日本真正成了那样的'伪文明'的国度、帝国主义国家。"①

俄探奸细之斩首发生在日俄战争期间,"幻灯片事件"发生在日俄战争结束以后,而鲁迅写作《呐喊·自序》《藤野先生》《俄文译本〈阿Q正传〉序及著者自叙传略》《鲁迅自传》四个文本的时间在事情发生之后的16至25年间。这样的时间差是分析"弃医从文"问题时刻要虑及的。用回忆误差、虚构这样的词汇来探讨"幻灯片事件"与"弃医从文"之间的关系应该转为对上述文本的细致解读。从还原历史的冲动入手,我们往往去比较时间、地点、处死方法、旁观者、医专学生的反应、鲁迅的看法等要素②,而从文学话语的角度出发,比较文本中叙述者的视点对此问题的解决将大有裨益。

(一)《呐喊·自序》

> 我已不知道教授微生物学的方法,现在又有了怎样的进步了,总之那时是用了电影,来显示微生物的形状的,因此有时讲义的一段落已完,而时间还没有到,教师便映些风景或时事的画片给学生看,以用去这多余的光阴。其时正当日俄战争的时候,关于战事的画片自然也就比较的多了,我在这一个讲堂中,便须常常随喜我那同学们的拍手和喝采。有一回,我竟在画片上忽然会见我久违的许多中国人了,一个绑在中间,许多站在左右,一样是强壮的体格,而显出麻木的神情。据解说,则绑着的是替俄国做了军事上的侦探,正要被日军砍下头颅来示众,而围着的便是来赏鉴这示众的盛举的人们。(着重号为笔者所加)

---

① [日]和田春树:《日俄战争:起源和开战》上卷,易爱华、张剑译,生活·读书·新知三联书店2018年版,第3页。
② [日]渡边襄:《鲁迅与仙台》,第70页。

《呐喊·自序》写于1922年12月3日，发表于1923年8月21日北京《晨报·文学旬刊》，同时印入北京大学新潮社文艺丛书，并于同月出版。作为鲁迅的第一部小说集，它的期待读者是渐成大群的新文化人，特别是逐渐聚拢起来的青年学子。1923年《呐喊》出版之际已是鲁迅声名日隆之时，S会馆"俟堂"状态下初发表《狂人日记》时所遭受的冷遇，都已成为过去式。《呐喊·自序》也正是对自己加入新文化阵营以来小说创作实绩的总结，尤其是如何走上文艺道路，成为创作主体必须回答的时代之问。

"据解说，则绑着的是替俄国做了军事上的侦探，正要被日军砍下头颅来示众，而围着的便是来赏鉴这示众的盛举的人们。"注意，这是完整的一句话，亦即，"赏鉴这示众的盛举"，是解说者的话语，而非叙事人的再生产。① 前半句以被动语态强调了动作的接收者和受害者，"是"连接词语与画面——一个压迫性的场景，"正要"带给读者即时现场的恐怖与屈辱，而后半句则用了主动语态，然而，在被压迫的情境下反而主动来赏鉴，即便是从语段衔接来看，也已经构成了矛盾。如果将该句全部改成主动语态则是，"据解说，日本兵绑着替俄国做侦探的清国人，正在砍下他们的头颅来示众，赏鉴这示众的盛举的人们围了上来"。显然，由此主动句中的动作发出者来看，日本兵与赏鉴者是同一暴行的实施者，一个是行动杀戮，一个是视觉杀戮，而不可能举刀一方是施行者，赏鉴一方是受害者。因而，《呐喊·自序》中的原文一定是解说者强加的一句完整话语，正可谓图穷匕见，更何况，"麻木"何以体现"赏鉴"的态度？只有阿Q飞着唾沫炫耀自己看杀革命党，"咳，好看。杀革命党。唉，好看好看，……"② 这才是主动赏鉴的态度。《呐喊》14篇故事中有9篇都写到了看客心理，而专门写到看杀人的经典之作便是《药》和《阿Q正传》。在整部小说集概括美学总纲的自序文里，当然要为之追根溯源，终于溯到了"幻灯片事件"，却在互文中与国民性话语产生了错位和裂隙，恰在这裂隙当中，我们察觉到了鲁迅的内在视点。那就是，同胞被杀戮，神情被麻木，使其无法在仙台医专继续就读下去。从医学这一面讲，放弃不只是个人志趣理想的转变，不只是

---

① ［美］李欧梵：《再从"头"谈起——缘起鲁迅的国民性随想》，《现代中文学刊》2010年第1期。

② 鲁迅：《呐喊·阿Q正传》，《鲁迅全集》第1卷，第534页。

民族屈辱感的增强，而是不得不如此。① 而从文，在始终具有文艺潜在力量的鲁迅那里则从来就没有间断过。

翻阅日俄战争史，由于清廷软弱，日俄两国破坏中国中立的行为，有恃无恐，均不遵守中国政府声明的"我既局外，两国开战以前，开战以后，均不得招募华民匪类充当军队"的条规。然而，日本和俄罗斯军队都在满洲当地的中国居民中招募了辅兵。俄罗斯人所雇用的中国人辅兵，在他们的铁路和补给线上执行警卫职责，没有配备俄罗斯军服，而是获得了在枪托上印有"俄罗斯帝国政府财产"特殊标记的Mosin Nagant 步枪，一些俄罗斯骑兵编队还配备了一小群中国骑兵，这些辅助骑兵通常被雇佣为信使和侦察兵，而不是战斗角色。②

日本侵略军以东北最高统治者自居，恣意侵犯中国主权。日本满洲军总司令大山岩以日本陆军的名义发布告示，迫令中国人民："尔等各宜奋力效劳，倘或暗助俄人，妨害我军；或作奸细等等，一经查出，立即严办，决不稍贷。③" 俄方阿列克谢耶夫也向中国居民发出严厉的命令，声称："所有在满洲之中国人，均应帮助俄军，以防日本兵。若不听从此命，严罚不贷。"日军在其占领地区，竟公然随意杀害中国官员。④ 所谓从事谍报工作的俄国奸细，可以是不配合

---

① 1904 年 3 月出版的《大陆》杂志第二卷第二号上刊载的《留学生之狼狈》一文报道了日俄开战不久，留学生中之归国者接踵于途，基本上都是因为受到日本人的冷笑、侮辱，孩子投以瓦石以及大人变相的"逐客"而忍无可忍。文章举了一例：两个学习医学的学生不忍半途而废，伪为痴聋，修学如故，却被老师和同班同学以为其开"送别会"的形式羞辱而不得不归国。转引自严安生《灵台无计逃神矢》，陈言译，生活·读书·新知三联书店 2018 年版，第 180 页。鲁迅虽然不想归国，但也可以选择自由读书著译。

② 俄罗斯边防卫队的一位少校在回忆录中提到，他看到一群武装的中国人在他的火车前面穿过铁路线时感到非常震惊，并把他们指给一位同事看，后者告诉他不要担心"他们是我们的"；当被问到他怎么知道的时候，他回答说："因为他们没有向我们开枪。" A. lvanov & P. Jowett, *The Russo-Japenese War 1904 – 05*, Illustrated by Andrei Karachtchouk, Osprey Publishing, pp. 12 – 14.

③ 《军都部堂档案》1904 年第 2 卷，第 1740 号。

④ 1904 年 9 月 24 日，增祺"派部下高等兵官一名往沙河堡，侦探两军举动"，被日本哨兵抓获，"立即处以军律"（《东方杂志》1904 年第 12 期）；奉天委员马文卿县令，到新民厅查账，抚事该处商民，被日军诬为俄国间谍，"遂被日军杀害"。（《东方杂志》1906 年第 1 期）因公干到新民府，被日军诬蔑为俄国间谍加以杀害的，还有奉天西路游击马队管带阮翔和知县马某。日军占领辽阳以后，又将该州的继任徐知州逮捕，并抓去宗室绅士 11 人，其中有 5 人被杀。另外，又把海城县王县令逮捕，与徐知州一起，都押送到青泥洼（即后来的大连）监禁，后来又移到辽阳囚禁，原因是日军当局怀疑他们"与俄人通信"。（《东方杂志》1905 年第 5 期）

的清国官员、袭击日军的马贼，也可以是无辜百姓，甚至"日寇认为做俄国间谍的，不必要有证据，只须日寇认为是间谍便是间谍"。以"间谍"之罪，成批杀害，屡见不鲜。每个县里至少也有一、二百人。[1] 随时可以看到中国的百姓明明是被绑架来围观杀人，"以示严惩"。

这一切残暴的罪行在摄影中被再现为一种视觉杀戮，视觉统治的意识形态将一种压迫关系隐喻化、合法化。日俄战争之前鲁迅的预感被证实，不难想见其拯救民族危亡的志向由人种转而为文艺的逻辑链条，即改变被帝国展演的中国历史，被观看的中国人。正像1903年3月1日开始在大阪举行的第五届国内劝业博览会设立人类馆展示的"支那"鸦片和小脚；神田桥某日本语学校在附近的活动馆举办招待清国留学生晚会上的"支那艺人"缠足表演；更不要说靖国神社游就馆里的"顺民"旗、北洋舰队"靖远号""来远号"残骸，以及闲步街头，便被孩童呼为"猪尾巴"的围观歧视[2]……"我们的耻辱尽皆暴露在世人的眼中"，日俄战争期间东北人民的集体苦难与创伤笼罩在力图吸引公众高度注意力的展现意识之下，让被压迫民族经历了更加艰难的历史煎熬。夺人眼球的展演同样是历史本身。如何看待历史创伤，历史将以何种方式进入记忆，这是作为视觉媒体的表象空间策划者必须忠诚面对的。对此，鲁迅始终保持着最敏锐最冷静的神经，以及最富有前瞻性的思考。

（二）《俄文译本〈阿Q正传〉序及著者自叙传略》《鲁迅自传》

> 这时正值俄日战争，我偶然在电影上看见一个中国人因做侦探而将被斩，因此又觉得在中国还应该先提倡新文艺。（着重号为笔者所加）

1925年5月26日鲁迅应《阿Q正传》俄译者王希礼之请写下序言，后加自叙传略，初发表于1925年6月15日《语丝》周刊第三十一期。1930年5月16日增补修订而成《鲁迅自传》，其中补充修改的一句是："因此又觉得在中国医好几个人也无用，还应该有较

---

[1] 褚德顺：《控诉日俄战争的日寇罪行》，转引自穆景元、毛敏修、白俊山《日俄战争史》，辽宁大学出版社1993年版，第422页。
[2] 严安生：《灵台无计逃神矢》，第104—148页。

为广大的运动……先提倡新文艺。"关于从事文艺运动的事实陈述非常简略，仅此一句显性因果关系的普通话语，而非意蕴深远的文学话语。我们看不出提倡文艺是缘于国人的麻木、愚昧，更明显的因果是"中国因做侦探而将被斩"成为他者电影中表现的主题，而中国的知识界、文艺界是无声的，在文艺表现手段与内涵方面均是无力的，甚至根本还没有诞生现代中国知识界、文艺界，我们的屈辱历史在任人展演。

（三）《藤野先生》

> 中国是弱国，所以中国人当然是低能儿，分数在六十分以上，便不是自己的能力了；也无怪他们疑惑。但我接着便有参观枪毙中国人的命运了。第二年添教霉菌学，细菌的形状是全用电影来显示的，一段落已完而还没有到下课的时候，便影几片时事的片子，自然都是日本战胜俄国的情形。但偏有中国人夹在里边：给俄国人做侦探，被日本军捕获，要枪毙了，围着看的也是一群中国人；在讲堂里的还有一个我。
> "万岁！"他们都拍掌欢呼起来。这种欢呼，是每看一片都有的，但在我，这一声却特别听得刺耳。此后回到中国来，我看见那些闲看枪毙犯人的人们，他们也何尝不酒醉似的喝彩，——呜呼，无法可想！但在那时那地，我的意见却变化了。（着重号为笔者所加）

《藤野先生》写于1926年10月12日，发表于12月10日《莽原》半月刊第一卷第二十三期。这里需要拎清楚的几点是："但我接着便有参观枪毙中国人的命运了"，很明显这是一种被迫参观；"这种欢呼，是每看一片都有的"，由"每看一片"呈现的连续性特点来看，像是在播放幻灯片，但并不一定每一片都有中国俄探，而主要是日本将士如何英勇作战，甚至很可能并没有中国俄探被杀的画片；这里的行刑是枪毙，而非斩首；"也何尝不酒醉似的喝彩"中的"也"字表明，并非只有麻木的中国人观看杀人，而是日本人陶醉喝彩在先，"闲看枪毙犯人的人们"是"回到中国来"以后的所观。实际上，这类人不分国族均没有"理想的人性"，人性恶在各个民族那里都有不同面貌的显现。在西方封建时代，观看杀头也曾是上流社会贵族太太小姐们的观赏节目，而且每次观赏都一定要晕过去才算达到高峰体验。可以说，鲁迅在这里对中日双方乃至全人类都进行了反思；"在讲堂里还有一个我"，一个"还"字将镜头一下子由幻灯转向了坐席上唯一的中国人，这是一个意想不到的特写角度。作为深陷现代化技术性观视陷阱的受害者进入第一个读者——恋人许广平的视野，而后是期刊编辑、朋友、一代代读者逐渐覆盖的公众视野。作者借用了一种主体—注视来觉察自我被欢呼排除在外的事实，但那种注视并不能简单还原为一个单独的看的主体，而标志着一个不可能存在的位置。那个讲堂上的座位与具象表达之间，在见证矛盾的重压之下瓦解为"不可能性"的空间——弃医还是被弃？

显然，作为回忆性散文的《藤野先生》是可以理所当然地使用文学话语的。例如："到第二年的终结，我便去寻藤野先生，告诉他我将不学医学，并且离开仙台。"其实，鲁迅在还没到第二学期期末考试的1906年2月便去意已决，日本同学为其开了送别会；3月6日清国驻日公使留学生监督李宝巽便向仙台医专邮送了关于周树人的退学申请书。医专3月15日受理批准。"我离开仙台之后，就多年没有照过相"，其实，鲁迅于1909年在东京至少照过4张照片，还有一张寄给了朱家。显然，这些语句都是为了服务于"惜别"情境而营造的。因之，讲堂上观看幻灯片也会有艺术处理是顺理成章的。

那么，为何在融入新文化阵营后的五四叙事当中，鲁迅的所述吸引了公众注意的是围观的中国人麻木的神情而不是别的？换言之，鲁迅为何借此将视点由外部世界移向自身，进行自我返观？

这需要将其安置于1922年"后五四"的语境中来把握。鲁迅是从一个总体上的切身反思性视野进入这一命题的。如果说，对被观看的反思是留日时期的精神底色，这里包含对中日两国看客心理的反思，那么，在写作《呐喊·自序》时，叙事重心已经反转为国人自身习性占主流。在文字表述的背后，鲁迅没有用双眼去看，而是用某种视角在观察自己，这一视角在某种程度上是否可以理解为思想被解放的距离？在这个潜在的主体间性时刻，叙述人主导叙事进行"别样的"或辩证的镜像反映，或者说，引导思考如何将哑言式存在转换为呐喊式存在。另外，"因为做序文，也要顾及销路，所以只得说的弯曲一点"①。十年后在上海给萧军萧红的信中谈到自序文

---

① 鲁迅：《19351116 致萧军萧红》，《鲁迅全集》第13卷，第584页。

的写作意图，使我们明白即便是在《呐喊·自序》中，虑及培养起批判性思维的新兴读者群，"弯曲一点"的表达手法一定是存在的。而在那个时候，"吃人""看客"等国民性语汇已经成为新文学之父鲁迅的文学关键词。

如果鲁迅的叙述被认可为在指责围观中国人的话——一个世纪以来，对于"幻灯片事件"的解读已经成为这样的固化模式——试问，在任人宰割与屠戮的情境下，谁能够有资格去麻木不仁地观看杀戮，谁又敢于冒着被杀的危险去做看客或不去做看客？除非是日本军队勒令围观，以"杀鸡儆猴"，是谓示众。在那样一种暴力情境下，被"鉴赏这示众的盛举"，除了麻木还会有什么样的神情？面对自己的是屠刀、枪口和镜头，在最发达的现代性的捆绑下，什么样的中国国民爱国神情能够被敌方的战时记者拍摄下来？能够被日本人制作的幻灯画片呈现出来？毫无疑问，无意义的看客和示众的材料是帝国之眼下的殖民话语生产，而非鲁迅的再生产。只能说，鲁迅选择这样一个极具戏剧效应的课堂情境来衬托"弃医从文"，视觉场景太过于尖锐冲突，致使麻木成为嗜血暴力下的合理反应，所谓的国民劣根性批判思维于此被绑架，"庸众"概念不成立。反而秋瑾女士曾经写到自己到横滨路遇日本民众欢送征兵上战场的热烈场面，在反思国民性上更具文学合理性：

> 我昨天到横滨去看朋友，在路上听见好热闹的军乐，又看见男男女女、老老小小都手执小国旗，像发狂一样，喊万岁，几千声，几万声，合成一声，嘈嘈杂杂，烟雾冲天。我不知做什么事，有这等热闹。后来一打听，哪晓得（是）送出征的军人，就同俄国争我们的东三省地方，到那里打仗去的。俄国，我们叫他做俄罗斯，日本叫他做露西亚，这就叫征露的军人，所以日本人都以为荣耀，成群结队的来送他。最奇怪的就是我中国的商人，不知羞耻，也随着他们放爆竹，喊万岁。我见了又是羡慕，又是气愤，又是羞恼，又是惭愧；心中实在难过，不知要怎样才好，只觉得中国样样的事，色色的人，都不如他们。①

---

① 秋瑾：《警告我同胞》，《白话》1904 年第 3 期。

秋瑾这篇文章发表时，鲁迅已到仙台医专报到一个月。秋瑾的这一段描写用来铺垫深蕴国民性思考的"弃医从文"，同样可以达到震撼人心的效果，可概括为"欢送征露游行盛宴"。同胞们一样是强壮的体格，酒醉似的神情。尽管"我中国的商人"乃秋瑾"想象的共同体"，并非今天意义上的华侨概念，而在社会杂居和文化融合的横滨华人群体这一面看来，很可能基于所谓亚洲共同体意识之上的日中共存共荣精神，而成为参与欢庆的心理动机。

由于《呐喊·自序》《藤野先生》中的视觉叙述与表达意图没有很好地咬合在一起，使国民性问题在极端的场景中失去合理性，导致了百年后终于有人质疑幻灯片叙事神话，即叙事者为何不去关注和描述日本兵的神情[1]，然而，这一质疑仍然没有叩问到关键之处。显然，以酒醉式的神情、看热闹的心态围观处决死刑犯，是鲁迅在国内的现实体验，而非在日本被迫观看屠戮无辜同胞时的视觉体验，由这一裂隙，可以直接判断鲁迅的"幻灯片事件"叙述是一种文学话语。但文学话语不等同于虚构，更不等同于记忆失误。这需要立基于二者之间的关系来分析叙述、阐发语义，而不应直接在事实与虚构二者之间对立讨论。正像国民性话语最先由他者文化生产出来，麻木的看客形象同样来自帝国迷梦朦胧醉眼下的观照。对此，必须清醒地辨析。

然而，"幻灯片事件"的诗学力量太强，以至于研究界及读者均麻木地接受了叙述者对于国人麻木的批判，没有留意乃至充分挖掘《呐喊·自序》"据解说"后面的潜台词，没有看到叙述者将五四时期反思国民性的思维安放在了1906年的日俄战争时代。换言之，被麻木的中国国民形象植根于启蒙观者，后者相信通过使用国民性话语可以捕捉到被启蒙者的本质。

由此再倒推过去关于"弃医从文"的文本，反而确凿地证明了鲁迅在《呐喊·自序》《藤野先生》里有后设启蒙的意图在内。不管有没有这张幻灯片，它与鲁迅的叙述都一定存在某种距离。尤其是，《呐喊·自序》对小说集中14篇故事的理解具有美学操控力量。

---

[1] ［美］李欧梵：《再从"头"谈起——缘起鲁迅的国民性随想》，《现代中文学刊》2010年第1期。该文指出鲁迅是在客观按照幻灯片的部分真实的基础上，从揭示国民性的创作意图出发，对原幻灯片进行了再生产。鲁迅的取舍虽然突出了揭示"看客"国民劣根性的主题，达到了从痛苦中汲取心灵精神的升华和国家民族的理想的目的，但也无意中忽略了揭露帝国主义者凶残屠杀弱国人民的暴行，弱化了对被屠杀者等弱者的同情。

而其余的文本则时刻注意与其呼应，后者已经奠定了"弃医从文"的基调。

四　结语

"幻灯片事件"这一中国现代文学的典范场景，具有极高而又深潜的诗学阐释力量，是鲁迅基于历史本事与个体独异经验的文学话语表达，彰显了仙台的独特性、视觉电影的独特性及写作主体鲁迅的独特性，从而成为中国现代文学史上最值得挖掘的潜文本。

在仙台，鲁迅真正开始深入日本社会中间。文艺的彻底觉醒始于其仙台注视，而这种注视恰恰是粉碎了以改良人种拯救国族命运的冲动，在那种外显的民族屈辱的决定中抵达人性的起源，因而将文艺奉为精神的灯火，并由此立志开辟文艺的战场。但是，为了抵达这一历史时刻，作为主体的鲁迅首先应当具有潜在的文艺性。为了文艺，人必须首先已经在从事文艺。这种同义反复是由作为一种僭越手段的视觉经验进入公众视野的。这意味着：只有到了这一刻，中国近代启蒙知识分子才能投身于现代文艺，换角度言之，走向现代的中国人只能通过文艺的世界汇通打开的空间里看到自己的镜像才能走向主体性反思的这一刻。

显然，中国现代文学主体性降临的时刻不是鲁迅本人于1906年的细菌学讲堂上瞬间产生的，而是作者在文本外的各种观看、持续性阅读①、深入的生活，与日本人交往的亲身体验中逐渐感受到的，也是在文化比较中萌生的，甚至还包括归国之后的东亚局势进展，中日关系的新状况、新氛围，从"二十一条"到巴黎和会上蛮横的山东问题决议案，五四新文化运动的浪潮，等等。因而，到1922年《呐喊·自序》中用文字建构了"幻灯片事件"及"弃医从文"，对于写作主体来讲，这是一个不断觉醒、不断生产着的过程。要说有关键时刻，那就是鲁迅开始内在注视、返观自身的那一刻，由日本归国后以文艺作品呐喊出来的那一刻。因而，以回望到16年前的某一个时间节点来寻找鲁迅文学起源的物证支撑，或验证记忆之真，

---

① 日俄战争后，鲁迅又购买过关于日俄战争的书籍，查鲁迅藏书遗留下来的有维拉萨耶夫著《我在日俄战争中的经历》（斯图加特·B.路茨出版社1909年版）；欧根·察伯尔著《俄国文化史，经历与回忆》（柏林，K.库提乌斯出版社1907年版）；亚历山大·布吕克纳著《俄罗斯文学史》，《俄罗斯思想发展在其文学中的反映》等。

乃至论证中国现代文学的起源，显然均步入了简化历史的误区。

"弃医从文"是"幻灯片事件"叙事所召唤出来的因果关系，叙述者与读者都在不断提供这种关系，甚至是读者的主动弥补。实际上，鲁迅身后至今的批评界、研究者仍在不断地构建"幻灯片事件"及其"后续历史"，使之"在数十年间穿梭于不同的历史语境以及被多种媒介挪用、移植和旅行的'重述'经历，而每一次重述都和鲁迅的原初叙述构成了对话和紧张"[①]。所以对于仙台之问，我们需要做的可能最重要的还是去质疑发问的视角，而对这一问题的再度质疑，也是一次重返文艺本身的过程。

（原载《鲁迅研究月刊》2021年第12期）

---

① 罗岗、徐展雄：《幻灯片·翻译官·主体性——重释"幻灯片事件"兼及鲁迅的"历史意识"》，《杭州师范大学学报》2011年第5期。